PETRA OELKER

Der Tote im Eiskeller

EIN HISTORISCHER KRIMINALROMAN

ROWOHLT TASCHENBUCH VERLAG

Originalausgabe
Veröffentlicht im Rowohlt Taschenbuch Verlag,
Reinbek bei Hamburg, Juni 2005

Historische Karte Seite 2/3
Staatsarchiv der Freien und Hansestadt Hamburg
Hamburg-Karte Seite 38/39
und Abbildung Seite 63
Peter Palm, Berlin
Umschlaggestaltung any.way, Cathrin Günther
(Abbildung: Eduard Schliecker)
Satz Caslon 540 PostScript bei
Pinkuin Satz und Datentechnik, Berlin
Druck und Bindung Clausen & Bosse, Leck
Printed in Germany
ISBN 3 499 23869 1

Und nun:
FÜR FRANK

Die Zeit wird vergehen!
Was wir hier sehen
steht in diesem grünen Garten,
verwelkt in kurzer Zeit,
wie schon des Herbstes Neid
scheint darauf zu warten.

Simon Dach, 9. Strophe des Trauergedichts *Klage über den unendlichen Untergang und ruinierung der Musicalischen Kürbs=Hütte und Gärtchen* anlässlich der Enteignung des Gartens des Komponisten Heinrich Albert wegen eines Straßenbaus. 1641.

KAPITEL 1

Hamburg im August 1771

«Soll ich nicht doch einen Laternenträger holen lassen, Monsieur Hecker?» Der Wirt des *Schwarzen Adler* unterdrückte ein Gähnen und sah seinen letzten Gast besorgt an. «Ihr solltet so spät nicht alleine durch die Nacht gehen.»

«Wegen der paar Schritte? Vertanes Geld. Wir haben Halbmond und brave Nachtwächter, und wenn Ihr an diese seltsamen Kerle denkt, die sich in der letzten Zeit auf unseren Straßen herumtreiben – die sollen nur kommen.»

Wilbur Hecker, ein Mann von erheblichem Umfang und kurzem breitem Nacken, klopfte auf die ausgebeulte rechte Tasche seines Rocks, drückte sich den Dreispitz aufs spärliche Haar und machte sich auf den Heimweg. Nur wer genau hinsah, bemerkte sein leichtes Schwanken.

Der Wirt blickte ihm gleichmütig nach. Vom Licht des Mondes war in der Steinstraße, obwohl sie eine der breitesten der Stadt war, nicht viel zu sehen, die Gestalt in dem dunklen Rock verschmolz schon mit der Dunkelheit, nur die weiß bestrumpften Waden leuchteten noch. Beinahe sah es aus, als bewegten sie sich allein durch die Nacht. Die Straßen waren schlecht, und der regenreiche Sommer hatte sie nicht besser gemacht; Heckers Chance, ohne Sturz nach Hause zu kommen, war gering.

Achselzuckend schloss der Wirt die Tür. War er der Hüter seiner Gäste? Nur solange sie an seinen Tischen saßen. Wenn Heckers Geiz eine Laterne verbat, trug er selbst die Schuld.

Er legte den Balken vor, öffnete die Fenster, damit die milde Luft der Spätsommernacht den Tabakqualm und den klebrigen Geruch von Bier, Wein und Ochsenbraten vertreibe, und goss den Rotsponrest aus Heckers Krug in eines der guten Gläser. Der edle Schluck war der Auftakt für den schönsten Teil des Abends: Er setzte sich mit der Kasse in den Lehnstuhl beim Kamin, zog den dreiarmigen Leuchter heran und zählte die Einnahmen. Selbst wenn er dabei nicht leise und in tiefer Zufriedenheit vor sich hin gesummt hätte, wäre ihm das plötzliche Verstummen der klappernden Absätze auf der einsamen Straße kaum aufgefallen.

Wilbur Hecker war ein ehrbarer Mann. Als Kaufmann hatte er es zu einigem Reichtum gebracht, den er besonders in seinem Sommerhaus mit dem großen, an exotischen Gewächsen reichen Garten gerne zur Schau stellte. Er war ein pflichtbewusster Gatte und Vater von vier Söhnen und einer Tochter, er besuchte an jedem Tag den Frühgottesdienst (in dem er höchstens für einige Minuten einnickte) – viel mehr wurde über ihn in der Stadt nicht gesprochen. Außer dass sein unermüdliches Bestreben, in die Reihe der Bürgerkapitäne aufgenommen zu werden, kurz vor dem Ziel stand. Von Lastern jeglicher Art war nichts bekannt, zumindest wurde von keinen geredet – was unweigerlich geschehen wäre, wenn es welche gegeben hätte. Dass er an jedem Donnerstagabend im *Schwarzen Adler* einkehrte, um mit einigen nicht ganz so honorigen Herren ‹ein Spielchen zu wagen›, fiel da nicht ins Gewicht. Auch ein tugendhafter Mann brauchte ab und zu ein Vergnügen.

Böse Zungen behaupteten, es sei sein einziges, denn wer mit einer wie Madame Hecker verheiratet sei, müsse sein Amüsement nun mal außerhalb des eigenen Heims suchen. Eine Behauptung, die keinesfalls gerechtfertigt war. Madame Hecker galt als recht schweigsame und zuweilen strenge Dame, doch sie war eine Frau von Verstand und bei aller Leidenschaft für die empfindsamen (und teuren) Gewächse in ihrer Orangerie eine gute Wirtschafterin, was sich jeder kluge Mann von seiner Gattin nur wünschen konnte.

Das wiederum flüsterten andere Stimmen, die auch der Ansicht waren, wer mit Monsieur Hecker verheiratet sei, werde bald schweigsam und tue gut daran, sich der Pflege eines kostspieligen Gartens zu widmen, weil es in einem solchen Leben sonst wenig Freude gebe.

Kurz und gut, das Eheleben der Heckers und das, was darüber geredet wurde, boten nichts Außergewöhnliches.

An all dies dachte Wilbur Hecker nicht, als er die Steinstraße hinuntertapste. Er hatte nie über seine Ehe nachgedacht, auch nicht über seine Frau. Er hätte nicht gewusst, wozu das nützlich sein sollte. Das Leben war, wie es war, und er hatte allen Grund, mit dem seinen hoch zufrieden zu sein.

In diesen Minuten dachte er nur an den netten kleinen Gewinn, den er Ascan Westmeyer abgeluchst hatte. Er hoffte, der neue Spieler in seiner alten Runde werde sich trotz des Verlustes, der für den reichen Privatier gewiss leicht zu verschmerzen war, auch am nächsten Donnerstag im Hinterzimmer des *Schwarzen Adler* einfinden. Es war angenehm und einträglich, mit einem Mann zu spielen, der ängstlich jedes Risiko mied und auch sonst berechenbar blieb. Vor allem aber hoffte er, dann mehr über dessen geheimnisvolle Mischung von Alpenkräutern zu erfahren, aus denen sich ein Elixier brauen ließ, das das Leben wenn auch nicht endlos machte, so doch erheblich verlängern konnte. Bei guter Gesundheit. An diesem Abend hatte Westmeyer, der sonst für seine Geschwätzigkeit berüchtigt war, nicht mehr als einige vielversprechende Andeutungen preisgegeben.

‹Jajaja›, dachte Hecker, ‹das ist das Beste: bei guter Gesundheit.›

Und das war das Letzte, was er in dieser Nacht in zusammenhängenden Sätzen dachte. Es war nicht mehr weit bis zu seinem Haus in der Petritwiete, kaum mehr als zwanzig, in Anbetracht seines ziemlich unsicheren Ganges vielleicht dreißig Schritte, als er sich von kräftigen Händen mit einem Ruck in die Schwärze einer Toreinfahrt gezogen fühlte. Sein empörter Schrei erstickte in einem Lappen, der seinen Mund füllte und verschloss, und dann – was dann folgte, ging in einem Übelkeit erregenden Schwindel verloren. Bis ihn ein Schwall kalten Wassers wieder munter machte, stinkiges Wasser aus einem Fleet; bis der Knebel herausgezogen wurde und er, ehe er auch nur den Versuch machen konnte, um Hilfe zu schreien, gezwungen wurde, noch mehr Wein zu trinken. Wein? Nein, es war Bier, ein schales, saures Gebräu, er schluckte und spuckte und schluckte in panischer Angst, bis es wieder leer in seinem Kopf wurde, dumpf und schwarz, und er dachte, nun werde ihm auch kein Wunderelixier mehr zu einem biblischen Alter verhelfen können.

Als der Morgen graute und die Glocken zum Frühgottesdienst riefen, eilte der zweite Prediger von St. Petri die enge Treppe im dritten Pastorenhaus hinunter, nur ein hastiges Gebet verhinderte, dass er über den Talar stolperte und sich den Hals brach. Ein kleines Gebet half eben immer, sogar wenn er verschlafen hatte. Das hatte ihm ausgerechnet heute passieren müssen, da der erste Prediger mit einer Missstimmung der Galle niederlag und er die unverhoffte Ehre hatte, ihn zu vertreten.

Der Glockenschlag verlangsamte sich, just als er die Tür zur Sakristei aufstieß. Er hatte es geschafft, mit dem Verklingen des letzten Tons würde er vor den Altar treten, so wie es sein musste.

«Ich bin ja schon da», wehrte er den Küster ab, der ihm händeringend entgegenstürzte, «ich bin ja schon da. Nein, jetzt keine Debatte, Rubhoff, später, nun wartet die Gemeinde.»

Ärgerlich schüttelte er die nach seinem Talar greifende Hand des Küsters ab und öffnete die Tür zum Kirchenschiff. Wie erhebend wäre es, erklänge jetzt die mächtige Stimme der Orgel. Er liebte Musik, und die Orgel von St. Petri war weithin berühmt, doch leider gehörte der Frühgottesdienst einzig dem Wort und der stillen Andacht.

Abrupt blieb er stehen. Von Andacht konnte an diesem Morgen keine Rede sein. Die Gemeinde, sie war größer, als er erwartet hatte, saß nicht über ihre Gebete gebeugt in den Bänken, die Männer und Frauen, auch einige Kinder waren darunter, standen vor den Stufen des Altars wie vor einer Jahrmarktsbude und starrten stumm auf etwas, das er nicht sehen konnte.

«Was ist hier los?», rief er streng, allerdings klang es nach nicht viel mehr als einem Piepsen. Niemand wusste, dass er sich vor Menschen fürchtete, wenn es mehr als zwei waren und sie ihm näher als sechs Fuß kamen – was für einen Seelsorger und Mann Gottes höchst hinderlich war. «Was ist hier los?», wiederholte er. «So setzt euch doch, ich bin nun bei euch.»

Endlich bemerkte ihn jemand, ein Schubsen und Raunen ging durch die kleine Menge, und die Menschenmauer öffnete sich. Aber sie gingen nicht weg, setzten sich nicht in ihre Bänke. Warum gingen sie nicht endlich weg?

Seine Augen folgten ihren Blicken, und was er sah, erschien ihm wie der schlimmste Albtraum. Was für ein Sakrileg!

Direkt vor dem Altar lag ein Mann, Rock und Weste beschmutzt von Erbrochenem, die Beine gespreizt, die Hände über dem dicken Bauch gefaltet, und darunter, darunter – darunter war der Körper nackt. Bis zu den nicht mehr ganz weißen Strümpfen. Und dort!, an dieser besonderen Stelle des Körpers, die ein anständiger christlicher Mann selbst im ehelichen Schlafgemach nur in der Dunkelheit und so selten wie zum Erhalt einer Familie nötig unter der Decke entblößte, leuchtete im frühmorgendlichen Dämmerlicht ein großer runder Fleck in tiefroter Farbe. In Scham und Entsetzen wandte er den Blick ab, sah dem Mann, den er sehr wohl erkannte, ins Gesicht und zog scharf die Luft ein. Dort, wo seine Ohren, bescheidene menschliche Ohren, ihren Platz hatten, hingen borstige Schweinsohren.

«Tot», schnaufte der Schmied vom Pferdemarkt in die Stille. «Hecker is tot, keine Frage.»

Das Aschenmädchen der Matthews kicherte nervös, eine andere Stimme, sie gehörte einer Zwiebelverkäuferin aus Bardowick, murmelte etwas von der Sittenlosigkeit der Stadtleute. Und mitten hinein in die nun aufbrandenden Mutmaßungen, auch ein Besuch des Teufels während der vergangenen Nacht wurde als Erklärung für dieses unerhörte Ereignis erwogen, mitten hinein dröhnte plötzlich kurz und heftig ein rülpsender Schnarcher.

Wilbur Hecker war nicht tot. Aber als er gleich darauf erwachte und sein Bewusstsein sich den Weg durch den Nebel in seinem Kopf gekämpft hatte, als er in die Gesichter sah, eine ungewohnte Kälte am Unterleib spürte und endlich begriff, hätte er zum ersten Mal in seinem behaglichen Leben nichts dagegen gehabt.

KAPITEL 2

September 1771

Das Licht des späten Nachmittags, matt und golden wie ein Vorbote des nahen Herbstes, verwandelte die verwüsteten Marschen zu einer Landschaft von bizarrer Schönheit. Anstatt der Gerüche warmer spätsommerlicher Äcker und Wiesen und frischen fließenden Wassers trieb der sanfte Wind die Ausdünstungen von Morast und Brackwasser heran, von verwesendem Fleisch und verfaultem Fisch. Wo gewöhnlich der Flickenteppich von fetten Weiden, Äckern und Gärten sein Gelb, Braun und Grün ausbreitete, lagen klebrig-nasser grauer Sand, zu wirren Haufen zusammengeschobener Unrat, entwurzeltes Gesträuch, zwischen sterbenden Bäumen von der Flut zerdrückte und auseinander gerissene Schuppen, Ställe und Katen. Selbst von den festeren Häusern waren viele nicht mehr bewohnbar.

Die eigentümliche Stille, die oft auf ein großes Unglück folgt, wurde nur von den Schwärmen der Krähen und Möwen durchbrochen, wenn sie sich mit Gekrächz und schrillem Geschrei um Beute stritten. Hin und wieder auch von einem zornigen menschlichen Schrei, wenn jemand die Kraft erübrigte, die gierigen Fresser für einen kurzen Moment aufzuscheuchen. Die Vögel schienen groß und siegreich, unbeirrbar wie die nun wieder in trügerischer Trägheit in ihren Betten dahinfließenden Wasser. Die Menschen hingegen wirkten in dieser Wüstenei wie müde Ameisen. Einige suchten noch Reste ihrer Habe. Die meisten mühten sich, mit Händen und Schaufeln ihre immer wieder im Morast einsinkenden Karren mit Unrat und den Kadavern ertrunkenen Viehs und Wildgetiers zu beladen. Andere schoben den schlammigen Sand und alles was die große Flut sonst noch zurückgelassen hatte, aus den Dielen ihrer Gehöfte.

Als die Pferde endlich wieder trockenen Grund unter den Hufen spürten und kräftig anzogen, sagte der Kutscher: «Es ist eine Schande. Dieser Deichbruch ist eine echte Schande. Die Leute in der Stadt meinen, die Wühlmäuse waren schuld, aber das sind nur dumme Kreaturen. Wühlmäuse wühlen. Was sonst? Und abgesoffen sind die sowieso zuerst. Ich sage, der Vogt ist schuld. Die Flut war wochenlang vorauszusehen, und als sie näher kam, da ist er die Deiche abgegangen und hat befunden, dass keine Gefahr besteht. Ein Vogt, der nicht sieht, dass die Wühlmäuse im Deich sind, ist schuld, wenn der bei Hochwasser bricht.»

Er blickte die junge Frau, die neben ihm auf dem Bock saß, erwartungsvoll an. Vergeblich, auch diesmal antwortete sie nicht. Sagte kein ‹Tatsächlich?›, kein ‹Wie Recht Ihr habt›, sie nickte ihm nur mit ihrem schmalen Lächeln zu, das immerhin, und es war bei aller Sprödigkeit doch ein hübsches Lächeln.

Als die Kutsche nach der Überquerung der Elbe bei Zollenspieker von der Fähre gerollt war und die Reisenden wieder ihre Plätze einnahmen, hatte sie gefragt, ob sie sich zu ihm setzen dürfe. Sie sei so neugierig auf die große Stadt und könne den Anblick kaum erwarten. Ihm war es recht gewesen und dem Postillion auch. Die Kutsche war ein einfaches Gefährt, schlecht gefedert, die Bänke nur mit durchgesessenem Stroh gepolstert, doch der Postillion war müde wie die Pferde und tauschte gerne für ein Weilchen den Platz im Staub gegen einen im Wagen. Ins Horn konnte er auch zum Fenster hinaus blasen. Oder sich, wenn die Stadt nah genug war, auf eines der Pferde schwingen. Das tat er immer gern, wenn Röcke und Hauben in der Nähe waren.

In Lüneburg waren zwei Reisende ausgestiegen, der Postillion musste die beiden Bänke nur noch mit zwei weiteren Männern teilen. Der jüngere, ein kurzbeiniger dicklicher Mensch mit einem Kindergesicht, war ein Student, sein Gepäck bestand aus nichts als einer abgeschabten Tasche. Während der ganzen Reise versuchte er sie auf dem Schoß zu halten, was bei dem Geschaukel der Kutsche unermüdliche Aufmerksamkeit erforderte. Dabei sah die Tasche aus, als berge sie nichts als langweilige gelehrte Bücher, einen Schreibkasten und ein zweites reines Hemd.

Der andere, ein Herr von mittleren Jahren und gewaltigem Umfang, schien kaum interessanter. Sein Passpapier wies ihn als einen Mann von Adel aus, aber solche gab es wie Sand am Meer. Echte und falsche. Und wer in dieser Kutsche und ohne Diener reiste, mit dessen Adel konnte es nicht weit her sein. So oder so – das Trinkgeld würde mager ausfallen.

Die junge Frau neben dem Kutscher sah nicht aus, als könne man einen vergnüglichen Abend mit ihr haben. Dazu wirkte sie zu fromm. Die Farben ihres einfachen, von kaum helleren Streifen durchzogenen nachtblauen Kleides und des sandgelben Mieders waren noch frisch, auch die festen Nähte bezeugten, dass beides neu war. Ihr Brusttuch war hoch am Hals mit einer kupfernen Nadel geschlossen, eine graue Haube beschattete ihr Gesicht so sehr, dass er es nur sehen konnte, wenn er sich vorbeugte. Sie hatte dunkles, fast schwarzes Haar, das hatte er bemerkt, als sie sich nach einem Reiher umdrehte und dabei den glänzenden Knoten in ihrem Nacken zeigte. Es war ein schöner Nacken, lang und schlank. Für so etwas hatte er einen Blick. Die Zartheit passte allerdings nicht zu ihren Händen, die verrieten deutlich, dass sie ihre Tage nicht müßig in einem Salon zugebracht hatte. Das wunderte ihn nicht. Eine junge Frau, die allein reiste und sich auch noch zu dem Kutscher auf den Bock setzte, stammte kaum aus bürgerlichem oder gar wohlhabenden Haus.

Trotzdem war sie keine, der man ungefragt zu nahe kam, sei es auch nur, um rasch die Hand auf ihren Arm zu legen oder für ein Weilchen ihren weiblichen Duft zu atmen. Einerlei, selbst eine so spröde Gesellschaft machte eine lange Fahrt auf allzu bekannten Straßen kurzweiliger.

So hatte ihn ihre Bitte um einen Platz auf dem Bock gefreut, er hatte die Schultern breit und den Rücken gerade gemacht und bedauert, dass er sein Hemd schon seit dem vorletzten Sonntag trug, was man ihm leider auch ansah.

Es fand es angenehm, wenn Frauen wenig sprachen, es reichte, wenn sie zuhörten. Aber ab und zu ein kleines Wörtchen, ein zierliches Kichern, nur damit er nicht das Gefühl haben musste, mit sich selbst zu reden, das wäre doch angebracht.

«Wien», versuchte er es wieder, das kleine Wort tat stets gute Wirkung. «Das ist eine grandiose Stadt. Nichts gegen Hamburg, das ist groß – aber Wien!»

Er gab seiner vom Staub heiseren Stimme etwas Schwärmerisches und wartete auf den Seufzer, der von den Mädchen beim Erwähnen der fernen Kaiserstadt stets erfolgte. Nichts. Nicht einmal die üblichen Fragen, ob er dort die Kaiserin gesehen habe oder wenigstens eine der Hofdamen und ob die Schlösser und Gärten tatsächlich so prachtvoll und paradiesisch seien? Auch nach dem Kaiser wurde gewöhnlich gefragt, allerdings nicht so oft.

Er war nie in Wien gewesen. Die Postlinie, auf der er seit

mehr als einem Jahrzehnt fuhr, verkehrte zwar zwischen Hamburg und Wien, doch er kutschierte stets nur bis Leipzig, für die Weiterfahrt über Prag bis zum Ziel übernahmen andere Kutscher die Zügel. Aber er hatte genug gehört, um mit den Geschichten anderer Männer Eindruck zu machen. Noch besser wäre es gewesen, wenn sich der Traum seiner Jugend erfüllt und er zu den Reitenden Boten gehört hätte. Die waren verwegen und schnell wie der Wind, sie brachten Post bis nach der fernen Türkei, im Norden bis nach Norwegen und Finnland, nach Hinterpommern im Osten, nach Westen bis Amsterdam und weiter durch England bis ins Schottische oder auf die irische Insel. Aber für solche Eskapaden war er längst zu alt.

«Wien», erklärte er mit einem nachdrücklichen Schnalzen, «ist wahrhaft kaiserlich.» Das war nicht originell, aber hübsch allgemein. «Wart Ihr jemals dort?»

«Nein», sagte sie und wandte ihm endlich ihr Gesicht zu. Einfach nur nein, kein Wort des Bedauerns, keine Frage nach seinen Erlebnissen. Nur ein Blick aus diesen dunklen Augen. Ein Blick, der ihn gleichsam schrumpfen ließ.

«Na ja», murmelte er, «ich auch nicht. Genau genommen.»

Sie lächelte, ihr Blick wurde sanft, und sie sah wieder nach vorn.

Die Große Allee vor dem Steintor, das den Eintritt in die Stadt von Osten gewährte, lag beinahe ebenso verlassen wie die in diesen Tagen aus dem überschwemmten Land wieder auftauchenden Nebenarme und -flüsschen der Elbe. Für gewöhnlich waren die schmalen Wasserläufe besonders in der Erntezeit voller kleiner Boote, die Allee voller Wagen; am Morgen rollten sie hoch bepackt in die Stadt, im Gefolge ein paar von barfüßigen Kindern getriebene Gänse oder Schafe, am Abend ging es leer zurück in die Dörfer und zu den einsam in den Marschen gelegenen Höfen. Doch im Spätsommer und Herbst anno 1771 gab es nur wenig zu transportieren, die gesamte Ernte der Vier- und Marschlande war vernichtet. Nur die Äpfel und Birnen, die an den oberen Zweigen der Bäume in den Gärten wohlhabender Bürger die Flut überstanden hatten, leuchteten rot und gelb im Licht der tief stehenden Sonne, als wollten sie die Bauern verspotten, die hier von jeher von der Gemüse-, Erdbeer- und Blumenzucht lebten, stets gebückt über die feuchte schwere Erde.

Am Rande der Großen Allee vor dem Steintor saßen zwei Männer auf ihren Pferden und blickten auf den verwüsteten Landstrich. Er erstreckte sich als mächtiger Keil nach Südosten, von der am Geesthang verlaufenen Allee etwa drei Meilen weit bis zur großen Elbschleife beim Krauel. Gut zwei Monate nach dem ersten Deichbruch war das Wasser bis auf modrige Tümpel in den Senken wieder abgelaufen, das Grün hatte mit seiner unermüdlichen Energie begonnen, sich den Weg zurück durch das versandete und verschlammte Land ans Licht zu erkämpfen, angeschwemmte Samen hatten schon kleine Kolonien von Gras, Kräutern und niedrigem Gebüsch neu entstehen lassen. Selbst manche der Bäume trieben so spät im Jahr noch einmal Knospen, wie zum Beweis, dass doch noch Leben in ihnen steckte.

Einer der beiden Männer, der im kirschroten Rock über engen sandfarbenen Hosen, schob seinen Dreispitz zurück, beschattete die Augen mit der Hand und murmelte: «Glück gehabt.» Er sah zu seinem Begleiter und sagte laut und plötzlich vergnügt: «Wirklich, Elias. Verteufeltes Glück.»

«Wie man's nimmt», antwortete der andere. Er war

schlicht und dunkel gekleidet, ein runder schwarzer Hut mit breiter Krempe steckte nachlässig aufgerollt in seiner Rocktasche. «Wir schon, Viktor. Unser Baumgarten liegt auf dem Geestrücken, aber die Leute dort …»

Er beendete den Satz nicht, eine alte Angewohnheit, die den anderen, seinen Bruder, stets ungeduldig werden ließ.

«Die kommen schon wieder auf die Beine. Wer's nicht schafft, wäre sowieso über kurz oder lang in Konkurs gegangen. Die Leute in den Marschen sind Deichbrüche gewöhnt, Elias, und immerhin hat die Flut diesmal keine Menschenleben gekostet. Nicht ein einziges. Vergiss jetzt mal das Bauernland und denke an all die abgesoffenen Gärten um die Sommerhäuser. Für uns ist dieses Unglück reines Glück. Wenn der ganze Sand und Unrat erst weggeräumt sind, muss neu angelegt und gepflanzt werden, und wer hier einen Garten hat, verfügt auch über das nötige Geld. Hast du nicht die Liste gesehen? Unter den Besitzern sind zwei Bürgermeister, sechs Senatoren, ein Bürgerkapitän, lauter Männer mit dickem Geld. Auch der Kattunfabrikant ist gut im Geschäft. Für uns, Elias, ist das ein grandioses Geschäft. Ich hoffe, du warst klug genug, die Bestellungen für das nächste Frühjahr zu verdoppeln. Sieh mich nicht so grimmig an, Bruder, ich würde mir nie erlauben, deinen Geschäftssinn infrage zu stellen.»

Elias Malthus nickte, was immer das bedeuten mochte. Er zog den Hut aus der Tasche, schlug ihn auf dem Oberschenkel in Form und drückte ihn sich auf den Kopf. «Ja. Wir haben wohl Glück gehabt.»

Er hoffte, sein Bruder habe bemerkt, dass er das ‹Wir› betont hatte. So wie er hoffte, sein Bruder habe nicht bemerkt, dass er zuvor bei dem von Viktor so besonders betonten ‹uns› zusammengezuckt war. Uns. Wir. Das waren schöne Wörter, wenn sie jedoch ihn und Viktor betrafen, insbesondere im Zusammenhang mit der Malthus'schen Handelsgärtnerei, gefielen sie ihm ganz und gar nicht.

Der durchdringende Klang des Posthorns, schwerer, in einer Staubwolke näher kommender Hufe und ratternder Wagenräder riss ihn aus seinen Gedanken. Die Postkutsche kam rasch heran und zog an den beiden Brüdern vorbei. Das Wappen auf dem Schlag wies sie als eine der Hochfürstlich Braunschweigisch-Lüneburgischen Post aus. Der Postillion saß auf einem der beiden vorderen Pferde. Er hatte sich keine Zeit genommen, den Sattel aufzulegen, er war daran gewöhnt und sah aus, als sei er eins mit dem Tier. Die vier muskulösen Braunen waren schweißnass. Die Straße von der Elbfähre beim Zollenspieker war erst seit kurzem wieder befahrbar; immer noch machte der aufgeweichte Grund das Vorwärtskommen schwer, nur das letzte Stück, eine Viertelmeile vielleicht, war schon von spätsommerlichem Staub bedeckt.

Auf dem Bock neben dem Kutscher saß eine schmale, trotz des warmen Wetters dunkel und bis unter das Kinn hochgeschlossen gekleidete weibliche Gestalt. Sie hielt eine Tasche aus dunkelrotem Samt fest auf dem Schoß, saß kerzengerade und passte sich doch leicht und geschmeidig dem Schaukeln des schweren Gefährts an, als wäre sie eine so erfahrene wie gute Reiterin. Sie musste auch eine gute Tänzerin sein.

«Das Mädchen hat Mut», rief Viktor lachend durch das feine Tuch, das er sich gegen den aufwirbelnden Staub vor den Mund hielt, «das Reisen auf dem Kutschbock ist kein Vergnügen.»

Als die Kutsche die beiden Männer am Straßenrand passierte, sah sich die junge Reisende nach ihm um, und ihre Blicke trafen sich. Er salutierte auf eine fast private Weise, als grüße er auf dem Spazierweg auf den Wällen eine ihm gut bekannte Dame. Aber sie lächelte nicht, winkte auch nicht zurück, kokett und im Davoneilen nichts wirklich versprechend. Sie hielt nur für diesen kurzen Moment seinen Blick, bis der Staub die Kutsche wieder verschluckt hatte. Und er das Gesicht unter der grauen Haube schon wieder vergessen hatte.

«Nun komm, Elias», sagte er und klopfte flüchtig Staub von Dreispitz und Rock. «Das Tor wird gleich geschlossen.»

Er schnalzte leise, drückte seinem eleganten Apfelschimmel die Fersen in die Flanken und machte sich, ohne seinen Bruder weiter zu beachten, auf den Heimweg. Elias würde ihm folgen. So war es immer gewesen, jedenfalls früher, als sie noch Jungen waren. Viktor, der ältere, gab den Ton an, Elias, der jüngere, folgte. Das war nur natürlich, warum sollte es jetzt anders sein.

Als Viktor das leise Schnauben des Pferdes seines Bruders hinter sich hörte, lächelte er. Hätte er sich nach ihm umgedreht, hätte er das vielleicht nicht getan.

Elias Malthus galt als ruhiger, bedächtiger Mann. Niemand konnte sich erinnern, ihn je in einen lauten Streit, gar in eine Schlägerei verwickelt gesehen zu haben. Ebenso wenig fiel jemandem ein, ihn ängstlich oder gar feige zu nennen. Der junge Malthus, sagten die Leute und meinten damit auch nach dessen unvermuteter Rückkehr niemals Viktor, sondern einzig Elias, ist eben ein friedfertiger Mensch.

Als Elias seinem Bruder nun nachritt und auf dessen breite gerade Schultern in dem makellosen, mit einer weißen Schärpe geschmückten Uniformrock der Hamburger Garnison blickte, auf die selbstbewusste Haltung, die entspannt am Knauf des Offiziersdegens liegende linke Hand, sah er keineswegs friedfertig aus. Seine um die Zügel geballten Fäuste, der dunkle Blick verrieten alles andere als brüderliche Liebe und Verbundenheit.

Als Jungen hatten Viktor und Elias Malthus einander so sehr geglichen, dass selbst die Nachbarn sie kaum zu unterscheiden wussten, wenn einer der beiden an ihnen vorbeiflitzte: das blonde Haar, die hellen Augen, die staksigen Glieder. Vielleicht war Viktor, der um zwei Jahre ältere, ein wenig schneller, auch verwegener. So jedenfalls war die allgemeine Meinung, als er, kaum fünfzehn Jahre alt, an einem kalten Märztag mit der einsetzenden Dämmerung aus dem elterlichen Haus und durch das Millerntor aus der Stadt verschwunden war. Zu jener Zeit wurden die beiden Brüder kaum mehr verwechselt, obwohl sie einander auf den ersten Blick immer noch sehr ähnlich gesehen hatten. Während Viktor seinen kindlichen Übermut, seine schnelle Bereitschaft zum Zorn noch nicht abgelegt hatte, war Elias schon über seine Jahre hinaus vernünftig gewesen. Viktor träumte von den Abenteuern der weiten Welt, Elias stellte sich niemals ein anderes Leben als das von der Familientradition bestimmte vor. So war er Gärtner und Kaufmann geworden, und die weitesten Reisen, die er je gemacht hatte, hatten ihn ins Holländische und ins Württembergische geführt. Zu anderen Gärtnern und Kaufleuten. Seit dem plötzlichen Tod des alten Wilhelm Malthus im Frühjahr leitete er die Geschäfte allein, bedächtig und erfolgreich. Das war es, was er sich vom Leben wünschte; er hatte nie befürchtet, dem könne eines Tages etwas entgegenstehen. Oder jemand.

«Elias?» Viktor Malthus drehte sich nach seinem Bruder um. «Welche Laus läuft dir gerade über die Leber? Denkst du immer noch an die abgesoffenen Äcker? Vergiss es, mein Lieber, wenigstens für heute. Wenn du nicht länger herumtrödelst und deiner müden Stute gut zuredest, bleibt uns vor dem Nachtessen noch ein halbes Stündchen für ein Bier im *Bremer Schlüssel*. Bist du dabei?»

«Nein, heute nicht. Aber geh du nur. Solange du pünktlich zum Essen kommst ...»

Er sprach den Satz nicht zu Ende, ihm war eingefallen, dass er etwas sagen wollte, was nicht zutraf. Tatsächlich legte ihre Mutter bei der Abendmahlzeit großen Wert auf Pünktlichkeit. Ihre Augen wurden streng, ihr Mund leidend, wenn er, was hin und wieder unumgänglich war, zu spät an dem großen Tisch erschien. Wenn jedoch Viktor zu spät kam, und das geschah weitaus häufiger, hob sie nur scherzend den drohenden Finger. Nur um darauf glücklich seinen Teller zu füllen und zu erklären, der Dienst eines Offiziers auf den Wällen sei eben nicht mit der Uhr zu messen. Und niemand widersprach. Konnte denn ein Gärtner einfach die Hacke und die Samenbeutel fallen lassen, ein Kaufmann die Feder ins Tintenfass stecken, wie es ihm beliebte?

Trotz des geringen Verkehrs auf der Straße von den Vier- und Marschlanden und vom Zollenspieker hatte sich vor dem Steintor eine kleine Schlange von Fuhrwerken gebildet, die meisten waren auf der nördlicher gelegenen Straße von Lübeck gekommen. Die Kutsche war nicht mehr zu sehen. Der Post wurde stets Priorität eingeräumt, sie hatte das Tor passiert, bevor ein hoch mit Tonnen und Säcken beladener Achtspänner über die Zugbrücke in die schmale Tordurchfahrt rollte und sie verstopfte. Die Torwache nahm es heute mit der Kontrolle der Fracht und der Berechnung der Akzise besonders genau.

Elias erfüllte das Zeit verschwendende Warten mit Ungeduld, doch Viktor nickte zufrieden. Seit dem Munitionsdiebstahl aus dem kleinen Magazin auf der Bastion

Eberhardus war entsprechende Ordre ergangen; es befriedigte ihn zu sehen, wie die Soldaten sich daran hielten. Eigentlich ging es darum, die gestohlene Munition zu finden, wenn sie hinausgeschmuggelt wurde – aber wusste man, ob nicht auch welche undeklariert in die Stadt gebracht und dort heimlich verkauft wurde? Es war viel von gärender Unruhe in England zu hören, auch von frechen Raubüberfällen in London am hellen Tag und auf offener Straße. So weit durfte es hier nicht kommen.

Viktor Malthus war sicher, dass die Munition von ganz normalen Dieben gestohlen worden war, sie würden genug Abnehmer finden, in der Stadt und vor den Toren. Doch so oder so, es war immer gut, die starke Hand und das wachsame Auge des Militärs zu zeigen.

Der Soldat, der mit seinem bajonettbestückten Gewehr vor dem Tor stand, erkannte den Reiter in der roten Uniform, er salutierte und begann sofort, die Männer und Frauen, die sich an dem Fuhrwerk vorbei durch das Tor hinaus in die St.-Georg-Vorstadt drängten, zur Eile anzutreiben, und schrie auch einen bellenden Befehl in das Dunkel des Tores, um die Nachfolgenden zurückzuhalten, damit der Oberleutnant und sein Begleiter ohne Wartezeit passieren konnten. Niemand murrte, alle beeilten sich, Platz zu machen, und Elias, der seinem Bruder zögernd folgte, fragte sich wieder einmal, wieso es einem Mann solche Privilegien verschaffte, nur weil er eine Uniform trug und im tiefsten Frieden auf den Wällen patrouillierte. Besser gesagt: seine Untergebenen patrouillieren ließ. Kurzum: einem Mann, der keiner richtigen Arbeit nachging.

Einer der Männer auf dem Weg aus der Stadt und nach Osten schien der gleichen Meinung zu sein. Er war von kräftiger, nicht sehr großer Gestalt, sein Gesicht wettergegerbt, wie von vielen Jahren auf See. Der schwarze, kurz geschorene Bart gab ihm trotz der hellen Augen etwas Düsteres. Kurz bevor er den Offizier auf dem nervösen Apfelschimmel passierte, räusperte er sich derb und spuckte aus. Sein Auswurf verfehlte die Hufe nur um wenige Zoll, und der Blick, der Viktor traf, war so abschätzend wie verächtlich.

Niemand außer den beiden Malthus' bemerkte die kleine Attacke, alle hatten es eilig, vor der Dunkelheit ihr Ziel zu erreichen. Elias sah dem ohne Hast und mit vorgerecktem Kinn davonmarschierenden Mann nach, Viktor lachte unbekümmert. «Noch einer, dem eine Laus über die Leber gelaufen ist.»

«Ja.» Elias neigte abwägend den Kopf. «Allerdings eine sehr konkrete. Das war Rutger Ermkendorf. Erinnerst du dich nicht an ihn? Seine Familie hat ihren Hof auf Spadenland. Als wir Jungen waren, hat er, wann immer er auf dem Hof seiner Eltern zu entbehren war, in unseren Gärten gearbeitet. Bis er zur See gefahren ist. Ich habe ihn einige Zeit nicht mehr gesehen, aber er ist unverkennbar, trotz des Bartes. Du musst dich doch erinnern. Er verstand sich gut auf unsere Arbeit, besser als all die anderen, die hin und wieder aushalfen.»

Viktor erinnerte sich nicht. Es war so lange her, und da waren so viele gewesen, die in den Gärten arbeiteten und kamen und gingen.

Aber er wusste, was Spadenland bedeutete. Als die Flut endgültig drohte, die Schleusen am Deichtor zu sprengen und in die Stadt einzudringen, hatte der Rat beschlossen, den gemeinsamen Deich von Ochsenwerder, Tatenberg und Spadenland durchstechen zu lassen, damit das Wasser Raum fand, abzufließen. Es war geglückt, die Stadt war verschont geblieben. Und die drei Gemeinden waren unter der Flut verschwunden. Sie dienten vor allem als Weiden für Rinder und Schafe, nur einige kleine Höfe duckten sich hinter dem Reet. Ein geringes Opfer, wenn man die Verheerungen dagegen aufrechnete, die das Wasser in der Stadt angerichtet hätte.

Die, denen die Höfe und die nun für lange Zeit verschlammten und sauren Wiesen gehörten oder die sie gepachtet hatten, waren anderer Meinung. Und viele mit ihnen. Immer noch wurde darüber gestritten, ob die Deichdurchstiche nötig gewesen waren, schließlich hatte das Wasser schon begonnen zu sinken, als sich die Männer mit den Schaufeln an die Arbeit machten; dass es während dieser schrecklichen Wochen häufig gesunken war, nur um in der nächsten Nacht wieder bedrohlich zu steigen, wollten sie nicht gelten lassen. Manche sagten, die Deiche seien nur so rasch durchstochen worden, damit das Wasser die überschwemmten Lustgärten der reichen Hamburger schneller wieder freigab und bisher verschonte nicht erreichte.

«Spadenland», murmelte Viktor, «deshalb also.»

«Ja. Die Ermkendorfs hat es schlimm getroffen. Sie können in diesem Herbst die Pacht nicht bezahlen, es heißt, sie seien endgültig bankrott.»

Viktor murmelte ein Bedauern, schnalzte und lenkte sein Pferd in den Tordurchgang. Die Menschen, dachte er, waren unvernünftig. Der Beschluss des Rats war hart, aber der einzig richtige gewesen. Doch warum traf der Zorn dieser Leute ihn und seine Männer? Rutger Ermkendorf war nicht der Erste, der ihn das spüren ließ. Er hatte nur die Kompanien befehligt, die bei den Deicharbeiten halfen und die Bauern in Schach hielten, die die eingerissenen Lücken wieder zuschaufeln wollten. Er hatte seine Pflicht getan, sonst nichts. Warum zielte die Wut nicht auf den Rat oder gar auf Baumeister Sonnin, der diese Aktion berechnet und für die Stadt empfohlen hatte? Immerhin traute sich der Vogt, der die Deiche vor dem Herannahen der Flut untersucht und für sicher befunden hatte, nicht mehr ohne die Begleitung seiner Knechte unter die Leute. Allerdings hatte die Flut seinen Hof als einen der ersten und mit noch unverbrauchter Wucht getroffen. Die meisten fanden, das sei Strafe genug.

«Warum war der Kerl wohl so durchnässt?», fragte Viktor, als sie das Tor passiert hatten, Elias wieder neben ihm ritt und sie ihre Pferde durch das übliche abendliche Gedränge auf den Straßen lenkten. «Wie heißt er? Rutger, ja. Und was trug er bei sich? Es sah nach einem ordentlichen Knüppel aus.»

«Du hast viel vergessen, seit du uns und die Nähe zur Küste verlassen hast.» Elias blinzelte ihm spöttisch zu. «Warum seine Jacke so nass war, weiß ich auch nicht. Aber was er über der Schulter trug, sah mehr nach einer Harpune als nach einem Knüppel aus. Die Spitze war mit Tuch umwickelt», erläuterte er auf Viktors fragenden Blick, «hast du das nicht gesehen? Rutger fährt als Harpunier auf den Grönlandfahrern. Wenn du mehr wissen willst, frag im *Bremer Schlüssel.* Jakobsen, die alte Landratte, weiß von jeher alles, was im Hafen passiert und geredet wird, und als guter Wirt gibt er immer gerne Auskunft. Aber es ist seltsam, dass Rutger schon da ist. Gewöhnlich kommen die Grönlandfahrer viel später im Jahr zurück. Rutger muss auf der *Fortuna* gefahren sein. Die musste bald wieder umkehren und hat wenig Walspeck und viel Eis mitgebracht, auch für unseren …»

«Ach, verdammt!» Viktor ließ die Faust auf den Sattelknauf fallen. «Mit dem Bier bei Jakobsen wird es nichts. Du wirst mich auch bei unserer verehrten Madame Malthus entschuldigen müssen, Elias. Ich hatte völlig vergessen, dass ich bei den Herrmanns' erwartet werde. Wenn ich mich nicht sehr beeile, komme ich schon jetzt zu spät. Das mag Fenna gar nicht, und ich fürchte, Monsieur Herrmanns noch weniger. Mir bleibt nicht mal Zeit, den Staub von Rock und Stiefel zu bürsten.» Er warf einen raschen Blick auf seine mit Erde des Baumgartens überkrusteten Stiefelspitzen. «Der Hausdiener wird schon Bürste und Wasser herbeischaffen, bevor er mich in den Salon bringt. Es ist ja nur ein kleines Diner mit den van Wittens und – ich glaube – den Bocholts. Ganz nette, aber schrecklich langweilige Leute. Und wichtig. Immerhin, Madame Herrmanns ist charmant, findest du nicht? Man merkt gleich, dass sie nicht von hier stammt.»

Er tippte zwinkernd an seinen Dreispitz, lenkte sein Pferd rasch und sicher durch die Menge und verschwand im Dunkel einer Twiete, dem nächsten Weg zum Haus der Herrmanns' auf der Wandrahminsel beim Hafen.

Elias spürte einen Anflug von Hitze auf der Stirn und im Nacken. Er sah seinem Bruder nach und ärgerte sich über seinen Ärger. So war es immer gewesen: Viktor fragte etwas und hörte nicht auf die Antwort. Aber: Sag Vater, sag Mutter, sag dem Pastor, sag diesem, sag jenem – und weg war er, der große Bruder. Und er, der Kleine, blieb zurück und sah ihm nach, allein, sehnsüchtig. Nicht wert, den Großen bei seinen Abenteuern zu begleiten.

Das war nun Vergangenheit. Er war nicht mehr klein, schon lange nicht mehr, er konnte eigene Abenteuer haben. Doch da war es wieder, dieses Ziehen in der Brust, das er während all der Jahre, die Viktor fort gewesen war, nie gespürt hatte. Es war nicht zu leugnen: Er, Elias, wollte keine Abenteuer. Die Launen der Natur in seinen Gärten und die Finessen des Handels waren ihm Abenteuer genug. Aber nichts, absolut gar nichts hätte er jetzt lieber getan, als seinem Bruder zu folgen und bei diesen ‹schrecklich langweiligen Leuten› an seiner Seite zu sitzen. Oder an Mademoiselle Fennas Seite, die ihn stets an die ersten milchfarbenen Gladiolen im Sommer und an den zarten Persischen Flieder in seiner Orangerie denken ließ.

Er hätte nie gewagt, direkt nach einem Ritt vor die Stadt und ohne frisches Hemd bei seinen Gastgebern zu erscheinen. Auch darin unterschieden sich die beiden Brüder. Aber anders als Viktor, der am Ende dieses langen Tages und selbst in morastigen Stiefeln noch frisch und makellos wirkte, klebte Elias' Haar nass im Nacken und an der Stirn, war sein Hemd zerknittert, beschmutzt und verschwitzt.

Die Leute, die Elias Malthus als höflichen Menschen mit guten Manieren kannten und ihn an diesem Abend vorüberreiten sahen, wunderten sich. Er grüßte niemanden, schon gar nicht verhielt er seine Stute, um ein paar unverbindliche Worte zu wechseln, wie es doch gute Sitte war. Er starrte mit ausdruckslosem Gesicht geradeaus, und es schien, als lasse er seine Stute den Weg nach dem Malthus'schen Haus in der Neustadt selber finden.

Viktor Malthus hatte sich nicht geirrt – im Prinzip. Fenna Lehnert legte in der Tat Wert auf Pünktlichkeit, was allerdings nur bedeutete, dass sie eine gute Erziehung genossen hatte und Pünktlichkeit als höflich und somit selbstverständlich erachtete. Was wiederum nicht bedeutete, dass sie in dieser Hinsicht als Vorbild gelten konnte. Da half auch die neue, hübsch ziselierte Taschenuhr wenig, besonders wenn man vergaß, sie hervorzuziehen und den Deckel aufzuklappen. In Mademoiselle Lehnerts Kopf ging ein so profaner Gedanke wie der an die Zeit leicht unter, stets gab es so viel zu bedenken, so viel zu erleben, so viel zu sehen. Noch mehr, seit sie das beschauliche Hannover verlassen hatte, um in Hamburg zu leben.

Sie versprach sich Besserung, immer wieder. Denn Viktor, so dachte sie, mussten Verstöße gegen Disziplin und Pünktlichkeit höchst zuwider sein. Deshalb hatte sie gelassen Theas Spott ertragen, als sie schon am Nachmittag nach ihr rief, um sich bei den vielen winzigen Knöpfen ihres Kleides und bei der Frisur helfen zu lassen. Nun lag die Uhr aufgeklappt vor ihr, das mahnende Ticken war nicht zu überhören. Sie würde, egal was noch geschah, zur rechten Zeit bereit und zur Stelle sein.

Mit den van Wittens, den Bocholts und Viktor wurden nur wenige Gäste erwartet, trotzdem war es ein ungemein wichtiger Abend. Die Herrmanns' legten großen Wert auf die gute Meinung vor allem der van Wittens, was nicht zuletzt daran lag, dass van Witten als Senator und überaus erfolgreicher Großkaufmann eine gewichtige Stimme in der Stadt und ihrer feinen Gesellschaft war. Und – das hatte sie durch die Tür des kleinen Salons gehört, obwohl sie wirklich nicht hatte lauschen wollen – weil Monsieur Herrmanns sich mit seiner Entscheidung, einer Verbindung Fennas mit Viktor Malthus zuzustimmen, wohler fühlen werde, wenn der Senator ihn akzeptiere. Daran zweifelte Fenna keine Minute.

Sie selbst legte größeren Wert auf Madame Herrmanns' Meinung. Die stammte von der englischen Insel Jersey, lebte erst seit wenigen Jahren in Hamburg und war weit gereist, erst im vergangenen Jahr bis nach den amerikanischen Kolonien, worum Fenna sie glühend beneidete. Anne Herrmanns war bekannt für ihren guten (manche sagten: leichtfertigen) Geschmack, sie war eine Dame mit klarem, unbestechlichem Blick und ihre Gesellschaft nie langweilig. Obwohl ihre Heimat eine kleine Insel nahe der französischen Küste und somit tiefste Provinz war, wirkte sie in der behäbigen Stadt an der Elbe trotz allen Bemühens, sich in die hanseatischen Sitten einzufügen, wie ein bunter Vogel. Ihr Versprechen, Fenna bald mit in das kleine Theater am Dragonerstall zu nehmen, hatte Fennas Sympathie für Anne Herrmanns umgehend zu Verehrung wachsen lassen. Niemals hätte ihr Vater einem so frivolen Vergnügen zugestimmt. Zum Glück wusste Madame Herrmanns das nicht. Und sie hatte Viktor gleich gemocht, natürlich hatte sie das.

Monsieur Herrmanns hatte seine Zustimmung zu dieser Heirat erst gegeben, als Viktor erklärte, er werde seinen Offiziersrock zum Ende des Jahres ausziehen und in das Malthus'sche Familienunternehmen eintreten. Ein Kaufmann galt in dieser Stadt alles – ganz besonders bei wohlhabenden Kaufleuten wie Claes Herrmanns –, selbst wenn er Bäume, Blumen und Sämereien verkaufte, was auch bei Verbindungen bis Bordeaux, London und sogar St. Petersburg natürlich nicht so viel galt wie der Handel mit Weizen, Eisen, Kaffee, Zucker oder Holz.

Fenna warf die Feder auf die Ablage – die Tinte war längst eingetrocknet – und legte den zur Hälfte beschriebenen Bogen in die Mappe. Der Brief an ihren Vater mit dem überfälligen Dank für die Uhr würde auch heute nicht fertig werden. Sie schob die Mappe in die Schublade ihres Pultschreibtisches, ließ die Finger, wie stets, wenn sie die Schublade schloss, leicht über den Beschlag aus vergoldeter Bronze gleiten, und wischte ein Stäubchen von der mit Ebenholz und Palisander eingelegten Mahagoniplatte. Sie liebte das so zierliche wie elegante Möbelstück fast so sehr wie das große englische Bett mit dem Himmel aus nachtblauer Seide und war fest davon überzeugt, dass sie viel amüsantere Briefe und seelenvollere Gedichte schrieb, seit sie in diesem Zimmer wohnte.

Außerdem barg der Aufsatz des Schreibtisches dieses

hübsche geheime Fach, in dem sich verstecken ließ, was niemand finden durfte. Der Brief zum Beispiel, den ihr ein Straßenkind vor dem Laden des Opticus gegeben und in dem Viktor sie um ihr erstes heimliches Treffen gebeten hatte. Oder der winzige Tiegel mit dem Rouge, das sie allerdings niemals gewagt hatte zu benutzen. Nicht wegen der Herrmanns', sondern wegen Thea. Thea sah alles und würde sie mit gefärbten Wangen und Lippen nicht einmal die Treppen hinunter in die Diele lassen. Sie vergaß ständig, dass Fenna einundzwanzig Jahre alt war und spätestens im nächsten März eine würdige Ehefrau.

«Fenna!» Thea, Amme, Zofe und strenge Hüterin der einzigen Tochter Baptist Lehnerts, stand mit in die hageren Hüften gestemmten Fäusten in der Tür. «Wozu musste ich dir schon am Nachmittag das Mieder schnüren, bis du kaum mehr atmen konntest, wenn du nun hier herumsitzt und träumst? Die ersten Gäste sind da, und dein zukünftiger Herr Ehemann ist gerade in den Hof geritten. Warum bist du noch nicht im Salon und redest dummes Zeug, wie es sich gehört? Halt!» Mit energischem Griff hielt sie Fenna fest, die rasch an ihr vorbei zur Treppe laufen wollte, und zog eine besonders üppige rubinrote Seidenblume aus ihrem Haar. «Denkst du ich seh das nicht? Ich hab die da nicht reingesteckt. So ein Aufputz schickt sich höchstens für eine Karnevalstanzerei, davon kann heute keine Rede sein. So, nun lauf. Und, um Himmels willen», rief sie Fenna nach, «wasch dir den Tintenfleck ab, oder soll dein Rotrock dich für einen Blaustrumpf halten? Das wird er nicht mögen. Überhaupt nicht.»

‹Wäre aber gar nicht schlecht›, dachte sie und lauschte den treppab eilenden Schritten nach. ‹Gar nicht schlecht.›

Noch war es nicht zu spät. Wie hatte Monsieur Herrmanns dieser Verbindung nur zustimmen können? Ein

Gärtner! Immerhin kein Zwiebelbauer, sondern Mitbesitzer eines anständigen Handelsunternehmens. Das galt allerdings eher für den jüngeren Bruder. Elias Malthus hätte überhaupt besser gepasst, so ein angenehmer ernsthafter Mann ohne jede Attitüde. Langweilig, hatte Fenna gesagt, schrecklich langweilig. Ob aus Viktor je ein solider Kaufmann werden konnte, wusste der Himmel. Er hatte ein anderes Handwerk gelernt, dass er sich aufs Rechnen verstand, glaubte sie nicht. Und ein guter Ehemann? Als Junge war er auf und davon, bei Nacht und Nebel, egal, was er seinen Eltern damit antat. So einer verschwand auch gern, wenn ihm die Ehefrau nicht mehr frisch genug erschien.

Eine quälende Nacht lang hatte sie gegrübelt, ob sie Fenna oder gar deren Vormund berichten solle, was sie erfahren hatte. Böser Klatsch, hatte sie gedacht, bis sie es selbst gesehen hatte. Man hörte von solchen Dingen, und junge Männer mussten sich die Hörner abstoßen. Es mochte auch sein, dass grüne Jungen es ab und zu mit dem Gesetz nicht so genau nahmen, über die Stränge zu schlagen gehörte zum Erwachsenwerden. Doch alles hatte Grenzen. Und Viktor Malthus war nicht mehr jung, sondern dreißig Jahre alt, und zwischen Kopenhagen und Wien und in all den Kriegen, in denen er sich herumgetrieben hatte, musste mehr als genug Zeit und Gelegenheit für solche Sperenzien gewesen sein. Wenn es nur Sperenzien waren.

‹Ach, Kind›, dachte sie und stieg steif die Treppe hinunter, ‹so stolz und so klug und fällst auf dieses fatale Glitzern in den Augen herein wie jede andere.›

Thea hatte ihren Schützling für klüger gehalten, für weniger töricht. Trotzdem, sie würde schweigen. Und gut Acht geben.

Die Torwachen hatten das Horn des Postillions schon von weitem gehört und die Kutsche, wie es Vorschrift war, schnell passieren lassen. Nun kam sie in den engen Straßen nur mit Mühe vorwärts, der Postillion tat seine Pflicht und blies immer wieder ins Horn, doch wie stets, wenn sich der Tag neigte, schien die ganze Stadt unterwegs zu sein, besonders vor den Brücken, zumeist noch schmaler als die Straßen, stauten sich Wagen, Karren und Fuhrwerke. Am schlimmsten waren die Sänftenträger. Immer in Eile, drängten sie sich, mit lauten Rufen Platz fordernd, in jede Lücke, es war ein Wunder, dass nicht alle Tage einer der Männer unter Räder oder Hufe geriet.

Doch endlich war das Ziel, die Poststation bei der Hohen Brücke am Hafen, erreicht. Der Kutscher streckte seine steifen Glieder und kletterte vom Bock. Erst jetzt spürte er seine Müdigkeit. Bis auf die kurze Zeit, für die er dem Postillion die Zügel überlassen hatte, bis auf die Momente, in denen er dösend die Pferde sich selbst überließ, hatte er seit Braunschweig keinen Schlaf gehabt, wohl an die vierzig Stunden.

«Wir sind da», rief er dem Mädchen zu, das, die Hände noch fest um die Tasche in ihrem Schoß verschränkt, reglos sitzen blieb. «Weiter geht's nur zu Fuß. Oder soll ich Euch eine Sänfte rufen?»

Das mit der Sänfte war ein Scherz, sie würde kaum Geld für überflüssige Bequemlichkeiten ausgeben können. Sie sah ihn ernst an, schüttelte langsam den Kopf und stieg immer noch nicht ab. Sie sah auf das Pflaster hinunter wie auf unsicheres Eis. Er hätte gerne gewusst, warum sie nicht, wie es bei allen anderen Reisenden das Gewöhnliche war, nach langer Fahrt so rasch wie möglich die unbequeme Kutsche verließ. Bis er das Gepäck und den Korb mit der Post abgeladen hatte, mochte sie bleiben, wo sie war.

Als sie sich der Stadt genähert hatten und die alten Festungswälle in Sicht kamen, das sie überragende Meer roter Dächer mit den Leuchttürmen gleichenden kupfergrünen Kirchturmspitzen, hatte sie doch gesprochen: «Welcher Turm gehört zu St. Michaelis?»

«Keiner», hatte er geantwortet. «Die Michaeliskirche ist vor Jahren abgebrannt, ein böser Blitz und aus war's. Die neue Kirche hat noch keinen Turm, dafür hat das Geld nicht gereicht. Aber in ein paar Jahren ...»

«Und St. Petri?», hatte sie ihn unterbrochen. Er hatte die Hand gegen die Abendsonne gehalten, nur um ein wenig Zeit zu gewinnen, denn er konnte die Kirchtürme der Stadt nie auseinander halten. «Der mittlere», hatte er schließlich behauptet. Er hatte sich geirrt, aber das machte nichts. Als sie der Stadt näher kamen, das Vorwerk passierten und auf das Steintor zurollten, hatte die Perspektive sich längst verändert und damit auch der Standort der Türme. Später würde sie genug Zeit haben, sich die Kirchen und Türme, die großen wie die kleinen, aus der Nähe anzusehen.

Während der Fahrt durch die Stadt hatte sie sich nicht satt sehen können, hatte jeder Kutsche nachgeblickt, zu den Kirchtürmen hinauf und, wenn sie über ein Fleet rollten, in das dunkle Wasser hinab, als finde sich dort die Lösung eines alten Rätsels. Sie hatte auch den Soldaten nachgesehen, die zur Wachablösung zum Steintor marschierten, nur die Häuser, viele doch mit prächtigen Fassaden, hatten sie kaum interessiert. Auch nicht die vielen, unermüdlich ihre Waren ausrufenden Straßenhändler oder die bunten Schilder über den Läden, die die Frauen sonst so entzückten. Er hatte ihre Aufregung gespürt, ihre Neugier und noch etwas, das er nicht deuten konnte. Abenteuerlust, hatte er gedacht, doch nun war er nicht mehr so sicher. Sie saß auf dem Bock, die Schultern hochgezogen, die Lippen

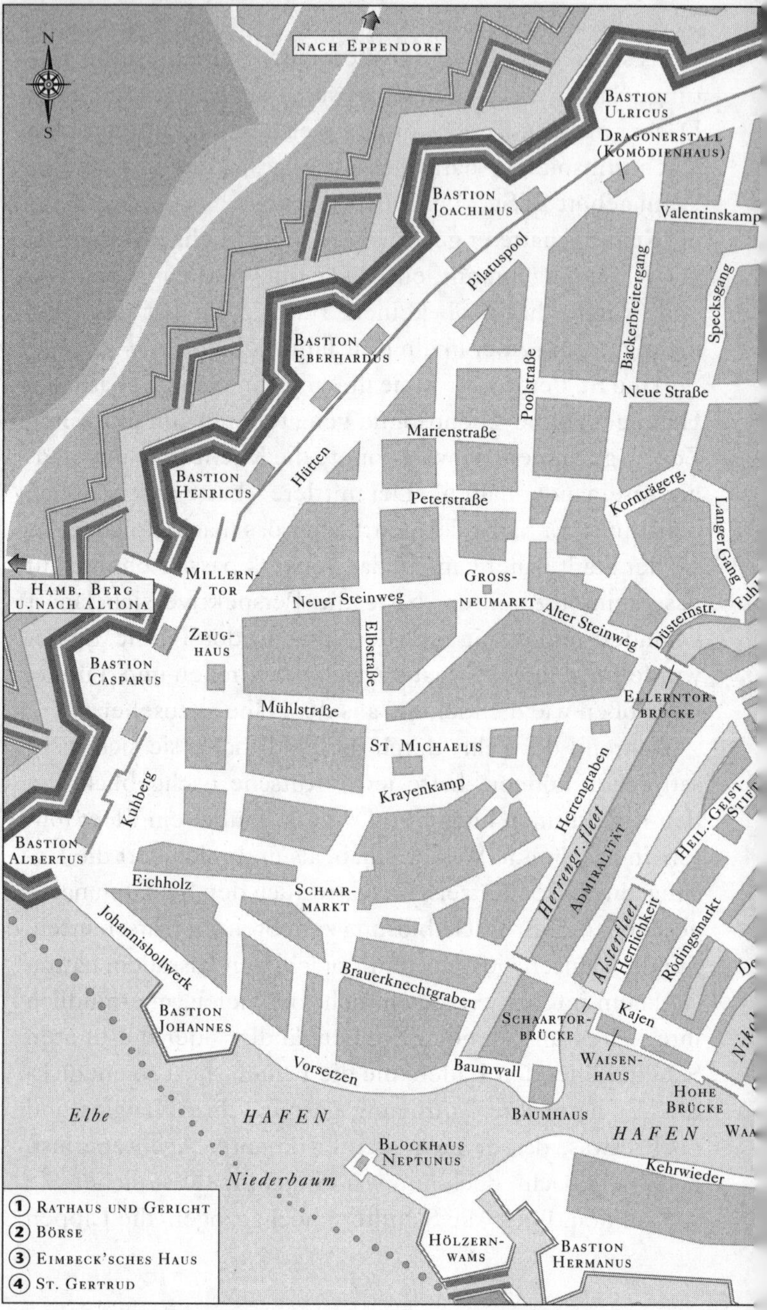

N
S
NACH EPPENDORF
BASTION ULRICUS
DRAGONERSTALL (KOMÖDIENHAUS)
BASTION JOACHIMUS
Valentinskamp
Pilatuspool
Bäckerbreitergang
Specksgang
BASTION EBERHARDUS
Poolstraße
Neue Straße
Marienstraße
Hütten
BASTION HENRICUS
Peterstraße
Kornträgerg.
Langer Gang
HAMB. BERG U. NACH ALTONA
MILLERN-TOR
Neuer Steinweg
GROSS-NEUMARKT
Alter Steinweg
Düsternstr.
ZEUG-HAUS
Elbstraße
BASTION CASPARUS
Mühlstraße
ELLERNTOR-BRÜCKE
ST. MICHAELIS
Herrengraben
Krayenkamp
Kuhberg
Herrengr. fleet
ADMIRALITÄT
HEIL.-GEIST-STIFT
BASTION ALBERTUS
Eichholz
SCHAAR-MARKT
Alsterfleet
Herrlichkeit
Rödingsmarkt
Johannisbollwerk
Brauerknechtgraben
BASTION JOHANNES
SCHAARTOR-BRÜCKE
Kajen
Vorsetzen
Baumwall
WAISEN-HAUS
HOHE BRÜCKE
Elbe
HAFEN
BAUMHAUS
HAFEN
BLOCKHAUS NEPTUNUS
Kehrwieder
Niederbaum
1 RATHAUS UND GERICHT
2 BÖRSE
3 EIMBECK'SCHES HAUS
4 ST. GERTRUD
HÖLZERN-WAMS
BASTION HERMANUS

Bastion Petrus
Damm-tor
nach Harvestehude
Bastion Didericus
Außenalster
Mühle
Lombardhaus
Lombardsbrücke
Bastion Davidus
Dammtorstraße
Theater im Opernhof
Gänse-markt
Garten
Binnenalster
Bastion Vincent
Hinter d. Bleichen
Jungfernstieg
Drillhaus
Holzdamm
Gr. Bleichen
Bleichenfleet
Werk- und Zuchthaus
Spinnhaus
Raboisen
Kurze Mühren
Rosenstraße
Lilienstraße
Alstertor
Kleine Alster
Marktstraße
Spitaler Straße
Lange Mühren
Dreckwall
Breite Str.
Pferde-markt
Johannis-kloster
St. Jakobi
Gr. Johannisstr.
Berg
St. Petri
Speersort
Steinstraße
Zum Steintor nach St. Georg
Fronerei
Gr. Bäckerstr.
Dom
Neß
Trost-brücke
Kaiser-hof
Fisch-markt
Springeltwiete
St. Nikolai
Gr. Reichenstraße
Niedernstraße
Zollen-brücke
Kl. Reichenstraße
Neue Burg
Brandstwiete
Mess-berg
Gröninger Straße
Grimm
Zippelhaus
Dovenfleet
Deich-tor
St. Katharinen
Jungfern-brücke
Neuer Wandrahm
Alter Wandrahm
Bei den Mühren
Holl. Reihe
Holländ. Brook
Bastion Ericus
St. Annen
Brook
Bastion Nicolai

aufeinander gepresst, und ihre Blicke glitten beunruhigt über das trotz des nahen Abends noch lärmende Gedränge am Hafen.

Sie musterte wachsam die am Ufer und an den Duckdalben festgemachten Schiffe, das Gewusel der Matrosen und Hafenarbeiter, der Männer und Frauen, die mit Karren und Fuhrwerken die Fracht aus aller Welt in die Stadt brachten, die kantigen Schuten auf ihrem Weg zu den an den Fleeten gelegenen Speichern, die auf dem Fluss tanzenden letzten Ewer, die ihre kleinen Segel in den Wind drehten für die Fahrt hinüber zu den Inseln oder in die Mitte der Elbe und nach Altona oder weiter hinaus, vielleicht bis zum Meer. Den dicken, von der am Horizont stehenden Sonne golden und rosig geränderten weißen Wolken, die so heiter wirkten, als böten sie einen Fensterplatz für die Engel, schenkte sie keinen Blick. Das erstaunte den Kutscher, nirgends war der Himmel so weit, waren die Wolken so schön wie im frühen Herbst hier im Norden. Er sah oft nach dem Himmel, nicht nur wegen aufziehender Wetter, die für einem Mann seines Berufes von größter Bedeutung waren, sondern weil er die hohen freien Wolken, die wie er immer unterwegs waren, mehr liebte als das Gedränge und den Lärm auf der Erde.

Endlich kletterte sie vom Bock, strich ihren Rock glatt, schob die Haube zurecht und wartete mit plötzlicher Ungeduld darauf, dass er ihr Gepäck, ein Reisekorb und eine kleine, fest verschlossene Holzkiste, vom Dach der Kutsche lud.

«Vorsicht», rief sie, als er nach der Kiste griff und sie mit Schwung dem aus der Station zu Hilfe geeilten Postknecht hinunterreichte. «Bitte! Seid doch vorsichtig.»

«Das könnt Ihr unmöglich allein tragen», rief er zu ihr hinunter. «Werdet Ihr nicht abgeholt?»

Sie schüttelte den Kopf, musterte streng die Schar von barfüßigen Straßenjungen, die sich immer einfanden, wenn eine Kutsche ankam, und entschied sich für den mit einem kleinen zweirädrigen Karren.

«Weißt du, wo die Neustädter Fuhlentwiete ist?», fragte sie ihn. «Und Krögers Hof?»

«Klar. Das is nich weit.» Seine Stimme klang enttäuscht. «Nur über die Kajen und am Herrengraben lang. Der Hof is gleich hinterm *Bremer Schlüssel.*»

Sie sah den Postknecht fragend an, und als er nickte, hob sie behutsam die kleine Kiste auf den Karren. Den Reisekorb überließ sie den kräftigeren Armen des Knechts.

Sehr aufrecht, immer nur einen halben Schritt hinter dem Jungen, die Hand fest auf der Holzkiste, verschwand sie im Gedränge.

KAPITEL 3

Wenn das Schwalbenpaar von der Versammlung seines Schwarms in das Nest unter dem Dach des Kröger'schen Hauses zurückkehrte, war es froh, dass der Abflug in das südliche Winterquartier kurz bevorstand. Den ganzen Sommer waren Haus und Hof in der Neustädter Fuhlentwiete hinter ihrem hohen geschlossenen Bretterzaun ein sicherer und stiller Hort inmitten der lärmenden Stadt gewesen. Das Haus, solide und drei Etagen hoch, wurde nur von Madame Kröger und ihrem Mädchen bewohnt, in der kleinen Scheune hinter dem Pferdestall hatten ein Korbmacher und seine beiden Söhne ihre Werkstatt eingerichtet, auch sie waren ruhige Menschen. Nicht einmal der jüngere Sohn, der gerade im richtigen Alter für solcherlei Bosheiten war, zog je eine Schleuder aus der Tasche, um auf Vogeljagd zu gehen.

Ab und zu beherbergte Madame Krögers Haus auch Mieter, wandernde Handwerker, die keiner Innung angehörten und deshalb auch bei keinem Meister Aufnahme fanden, reisende Kleinhändler oder Studenten. Alle blieben nur kurze Zeit, und nur einer hatte sich durch unmanierliches Lärmen bemerkbar gemacht, zumeist spät am Abend, wenn die Wirtshäuser schlossen und die Nachtwächter die letzten Herumtreiber von den Straßen scheuchten oder bis zum Sonnenaufgang in den Arreststuben der Wachhäuser einsperrten.

Doch seit einigen Tagen war es mit der Ruhe vorbei. An einem trüben Nachmittag waren die drei hochbepackten Wagen der Becker'schen Komödiantengesellschaft in den

Hof gerollt. Nun war das Haus überfüllt, ständig klappten Fenster, fielen Türen ins Schloss, hallten Rufe über den Hof, Unmengen von Wäsche flatterte auf der Leine beim Stall. Überhaupt lebten und arbeiteten diese seltsamen Fremden mehr im Hof als im Haus. Selbst Madame Kröger, eine mehr oder weniger ehrbare Witwe mit Ehrfurcht gebietender weißer Haube, erhob ihre Stimme lauter, und ihr Mädchen lachte schriller.

Die Neuankömmlinge zählten ein gutes Dutzend, sie schienen nie still zu sitzen, nie zu schweigen. Ausgenommen der noch sehr junge Mann mit dem roten Haar, den sie Muto riefen. Der sprach nie, selbst wenn er lachte, was nur hin und wieder geschah, tat er das wohl mit weit offenem Mund, gleichsam mit seinem ganzen Körper, doch ohne Töne. Während die anderen noch schliefen zu dieser frühen Stunde, wenn die Luft feucht und frisch und der sommerliche Gestank aus den Fleeten und übervölkerten Hinterhöfen noch nicht aufgestiegen war, kam er geräuschlos wie ein junger Fuchs aus dem Haus geschlichen. Er setzte sich auf die Bank unter dem Holunder und wartete geduldig zum Himmel blickend darauf, dass die Sonne über die Dächer stieg. Sein leicht geneigter Kopf zeigte, dass er auf die Geräusche der erwachenden Stadt lauschte. Und auf den Gesang der Vögel. Dann zwitscherten die Schwalben besonders schön, und manchmal konnten sie hören, wie er leise versuchte, ihre Melodie nachzupfeifen. Es gelang ihm von Tag zu Tag besser.

Die Schwalben mochten den Rothaarigen, und weil sie ihn auch nicht fürchteten, war er der Einzige, dem sie ihre rasanten Flugkünste so nah vorführten, dass er ihre flinken zarten Körperchen hätte greifen können. Sie waren sicher, er würde es nie versuchen.

Auch an diesem frühen Abend saßen Menschen im Hof,

zum Glück nur drei Frauen, und schon seit dem Sechs-Uhr-Läuten hatte keine auch nur ein Wort gesprochen. Der hohe Bretterzaun sperrte den größten Lärm der umliegenden Straßen und Werkstätten aus, und wenn die Hämmer des Kupferschmieds in der übernächsten Twiete für einen Moment schwiegen, war es so still, dass man das Kratzen von Federn auf billigem Papier hören konnte. Eine der Frauen, sie war eher hager als zierlich und wurde Gesine gerufen, hockte auf einer umgestülpten Kiste und nähte. Obwohl sie als Gewandmeisterin der Komödiantengesellschaft alle Tage mit bunten Stoffen und Flitter hantierte, war sie so schlicht gekleidet wie die Pfarrersfrauen in den Dörfern vor der Stadt; das mausbraune Haar war im Nacken zu einem aufgerollten dünnen Zopf gefasst. Ihr schmales Gesicht verriet jene Ruhe, die aus einer bescheidenen Zufriedenheit entsteht. Nur manchmal, wenn sie für einen Wimpernschlag von ihrer Arbeit aufsah, um den anderen beiden Frauen einen raschen, prüfenden Blick zuzuwerfen, verrieten ihre Augen, dass sie nicht so ergeben war, wie sie schien.

Die beiden anderen saßen sich an einem grob gezimmerten Tisch gegenüber, zwischen sich ein Tintenfässchen, und kopierten, jede für sich, einen Text, der ihren Augen einige Mühe bereitete. Was weniger an dem matter werdenden Tageslicht lag, als an den mit offensichtlicher Hast geschriebenen Zeilen ihrer Vorlage.

Rosina Hardenstein und Helena Becker glichen einander überhaupt nicht. Rosina war Ende zwanzig und so honigblond und schlank wie die um ein knappes Jahrzehnt ältere Helena kastanienbraun und trotz der schmalen Taille üppig.

Auf der Bühne war Rosina als Soubrette, die gerade noch jugendliche Liebhaberin, Tänzerin und in Hosenrollen zu sehen. Der verhaltene Ausdruck von Skepsis in den Augen und die lange Narbe auf der linken Wange taten ihrer Schönheit keinen Abbruch. Es gab Stimmen, die behaupteten, beides erhöhe ihren Reiz. Helena war die erste Heroine der Gesellschaft, mit ihrer wahrhaft königlichen Gestalt, den vollen Lippen und dunklen Augen gab sie ebenso fabelhaft die tragische Herrscherin, die würdige Mutter wie die Rachegöttin. Ihr Temperament wechselte leicht zwischen zornigem Aufbrausen und schallendem Gelächter, das hatte schon manches langweilige Stück gerettet.

«Du hattest Recht, Rosina. Das Drama ist wirklich gut.» Helena legte die Feder neben das Tintenfass, zog sich in der rasch abkühlenden Abendluft fröstelnd das heruntergerutschte Tuch mit den seidigen bunten Fransen über die Schultern und sah ihr Gegenüber abwartend an. Rosina nickte flüchtig und ließ die Feder weiter eilig über das Papier gleiten.

«Ich habe gesagt, du hattest Recht! Was soll ich noch sagen? Du kannst aufhören, ein grimmiges Gesicht zu machen.»

Dieses fatale neue Stück. Eine Theatertruppe brauchte ständig neue Stücke, wenn sie sich gegen die Konkurrenz behaupten wollte. Trotzdem war Helena nicht müde geworden, gegen dieses Einwände zu finden, bevor sie es noch gelesen hatte. Madame Hensel, hatte sie gesagt, sei als Schauspielerin grandios – selbst wenn der berühmten Aktrice bei genauem Hinsehen mancher Patzer unterlaufe, von ihrer Übertreibung des Melodramatischen gar nicht erst zu reden. Auch wenn sogar Monsieur Lessing sie für die größte Darstellerin halte – sie sei nun mal eine humorlose, selbstgerechte Person; so eine könne unmöglich ein die Herzen bewegendes Drama schreiben, und ganz gewiss enthalte es nicht die winzigste Stelle, die das Publikum zum Lachen bringe.

Endlich musste sie nachgeben. Alle übrigen Mitglieder der Gesellschaft waren dafür gewesen, Madame Hensels *Das Leben auf dem Lande* aufzuführen. Sogar Titus, der Hanswurst der Gesellschaft, der wusste, dass in neuen Stücken wie diesem kaum eine wirklich derb-komische Rolle zu besetzen war.

Aber womöglich hatte Rosinas Missmut einen anderen Grund. Seit ihrer Ankunft wartete sie auf Post von Magnus. Und weil keine kam, schwankte sie beständig zwischen der Sorge, ihm könne auf den Straßen etwas zugestoßen sein, und dem Zorn, weil er sein Versprechen nicht hielt. Und der Angst, er könne sie vergessen haben.

«Noch sagen?» Endlich sah Rosina auf. «Du sollst gar nichts sagen, Helena. Wenn ich grimmig aussehe, liegt es nur daran, dass diese Schrift schrecklich ist.» Unmutig schnippte sie gegen den Stapel eng beschriebener Bögen, der vor ihr auf dem Tisch lag. Das Stück enthielt neun Rollen mit Text, dazu einige stumme Auftritte. Das erforderte mindestens zehn Abschriften. «Ich wollte, wir hätten eine gedruckte Fassung bekommen, die ließe sich leichter kopieren.» Sie wischte ihre Feder ab, prüfte die Spitze und griff nach dem kleinen Messer mit dem Buchsbaumgriff. «Aber die Mühe lohnt sich. Dieses Drama», sie klopfte triumphierend auf den Papierstapel, «wird ein Erfolg.»

«Hoffentlich.» Helena stütze aufseufzend ihr Kinn in die Hände. «Wenn wir satt durch den Winter kommen wollen, brauchen wir alle Tage ein volles Haus.»

«Fast alle Tage würde schon reichen. Wie weit bist du?»

«Vierter Aufzug, elfter Auftritt. Bei dem Dialog zwischen Karl und Julie. Der ist wunderbar dramatisch.»

«Ja.» Rosina lachte leise und versuchte ihren Triumph zu verbergen. «Das sind gute Rollen mit echtem Leben.

Aber die beste ist doch die der Lady Danby. Du wirst großartig sein, Helena.»

«Madame Becker ist immer großartig!» Jean Becker, Prinzipal und Heldendarsteller der Becker'schen Gesellschaft, schob mit der Schulter das Tor auf, stolperte in den Hof und verbeugte sich mit fürstlicher Grandezza. Obwohl er alles andere als fürstlich aussah. Jean war ein so schöner und gut gewachsener wie eitler Mann; er verließ das Haus nie, ohne zuvor in den Spiegel zu blicken, und seine Kleider waren stets makellos. Doch nun waren seine schwarzen Strümpfe, die schieferblaue Kniehose, der weinrote Samtrock beschmutzt, auch über seine Stirn unter dem dunklen, von durchaus kleidsamen Silberfäden durchzogenem vollem Haar lief ein schmieriger Streifen, und die vom offenen Hemd müde herabhängende Halsbinde sah aus, als habe er damit den Boden der Theaterscheune gewischt. «Immer großartig», wiederholte er, vergeblich um eine akkurate Aussprache bemüht. «Stimmt's nicht, Titus? Natürlich stimmt es. Großartig.»

Titus verzog das kugelrunde Gesicht unter dem struppigen strohgelben Haar zu einem zustimmenden Grinsen. Es gab keinen Grund, an Helenas Großartigkeit zu zweifeln, erst recht nicht, wenn sie zuhörte.

Helena liebte ihren Ehemann an den meisten Tagen und mit nahezu jeder Faser ihres großen Herzens, doch wenn Jean sie so schwungvoll und mit nuschelnder Stimme mit Komplimenten bedachte, konnte das nur eines bedeuten: Auf dem Heimweg vom Theater im Dragonerstall hatten er und Titus einen Umweg genommen. Sie waren im *Bremer Schlüssel* eingekehrt, hatten mit Jakobsen, dem Wirt und alten Freund, den neuesten Klatsch ausgetauscht, und um Jeans Durst zu löschen, hatte es mehr als eines Bechers Wein bedurft. Was sie an langen Abenden und besonders nach der Vorstellung wenig störte, wohl aber am hellen Nachmittag.

«Immer großartig», rief Jean noch einmal, ließ sich neben seiner Frau auf die Bank fallen und streckte die Beine weit unter den Tisch. «Das Theater ist ein Desaster, Liebste. Wer immer zuletzt im Dragonerstall gastiert hat, ist ein Schwein. Die ganze Truppe muss eine Horde von Schweinen gewesen sein.»

Helena seufzte schon wieder, und Rosina verbarg ihr Amüsement hinter ihren tintenfleckigen Händen. Jeans grandiose Erkenntnis war nicht neu. Wie die meisten wandernden Schauspieler, Pantomimen, Akrobaten oder Operntruppen spielte die Becker'sche Gesellschaft in Hamburg in dem zu einem kleinen Theater für reisende Gesellschaften umgebauten alten Pferdestall auf dem Platz zwischen dem Valentinskamp und der Bastion Ulricus. Immer gab es viel zu reparieren und umzubauen, Ratten und anderes Kleingetier zu vertreiben, neu zu dekorieren. Besonders wenn es wie in diesem Sommer einige Monate leer gestanden hatte.

Wenn sie in die Stadt kamen, führte sie ihr erster Weg zum Theater. Dass sein Zustand in diesem September besonders schlimm war, wussten sie längst. Sogar die Brüstung der kleinen Galerie über der Eingangstür war zerbrochen. Während der letzten Vorstellung ihrer Vorgänger musste es eine üble Prügelei gegeben haben. Da sich auf den alten Dielen unter der Galerie keine Blutflecken befanden, konnte es aber nicht allzu schlimm ausgegangen sein.

Das Theater herzurichten kostete Zeit und Geld, trotzdem war das alte Fachwerkhaus ein Glück. Nur in wenigen Städten standen den Fahrenden eine Scheune oder ein bescheidener Saal zur Verfügung, für gewöhnlich baute jede Truppe in jeder Stadt ihr eigenes hölzernes Theater auf, die kleineren begnügten sich mit einem Podium unter freiem Himmel und hofften auf trockenes Wetter.

«Am schlimmsten», Jean griff sich an den Hals und brachte mit schmerzlich geschlossenen Augen ein krächzendes Husten hervor, «am allerschlimmsten ist der Staub, Helena. Reinstes Gift für die Stimme. Wir mussten ihn hinunterspülen, leider, das war Standespflicht. Sag selbst: Was ist ein Schauspieler ohne seine Stimme. Ein Heldendarsteller ohne *voll tönende* Stimme. Natürlich auch ein Hanswurst. Ein Spaßmacher ohne Stimme ist undenkbar.»

Er warf seiner beharrlich schweigenden Frau einen vorsichtigen Blick zu, blinzelte Hilfe suchend in Rosinas Richtung und sank schließlich ermattet zurück. War er nicht der Prinzipal? Konnte er nicht tun, was er wollte?

Helena hatte keine Lust zu streiten, nicht einmal mit Jean. Sie schluckte ihren Ärger hinunter, wischte ihm den Schmutz von der Stirn und zog den Wasserkrug heran.

«Trink», sagte sie, «und dann erzähl uns, was Jakobsen an Neuigkeiten wusste.»

«Nun.» Jean öffnete erst das linke, dann auch das rechte Auge. Er traute dem Frieden nicht. «Jakobsen wusste beunruhigende Neuigkeiten, er …»

«Er sagt», mischte sich Titus hastig ein, «der erste Grönlandfahrer ist schon wieder zurückgekommen. Die *Fortuna*, da soll nochmal einer sagen, nomen est omen. Sie ist nämlich fast ohne Speck und Fischbein zurückgekommen. Das Wetter dort im Eis war bitter wie im November, nur Sturm und Nebel. Schon bei den ersten Kämpfen mit dem Wal gingen so viele Männer verloren, dass der Rest fast gemeutert hätte. Da ist der Kapitän lieber umgekehrt. Er hatte sowieso nicht mehr genug Männer, um weiter zu jagen, und, hätte er nur noch zwei mehr verloren, nicht mal mehr genug für die Segel. Das sagt Jakobsen. Anstatt mit

Walspeck haben sie das Schiff mit Eis beladen. Genug, um etliche Keller zu füllen, sagt er. Das bringt nicht einen Bruchteil des Walspecks, aber es ist doch besser als nichts. Der Eiskeller …»

«Papperlapapp.» Jean hatte den Krug geleert und stellte ihn heftig zurück auf den Tisch. «Solche Geschichten interessieren unsere Damen wenig, Titus. Wer kann sich schon Eis leisten? Tatsächlich reden alle von etwas anderem.» Er machte eine Pause wie vor einem großen Monolog, zupfte mit spitzen Fingern seine schmutzigen Manschetten zurecht, und Titus setzte sich leise schnaufend auf den Hackklotz kaum einen Schritt von dem Tisch entfernt. Er wusste, was Jean nun erzählen würde. Der Versuch, diese Neuigkeit zu verschweigen, um Helena und Rosina nicht zu beunruhigen, war töricht gewesen. Nach all den Jahren des Reisens waren sie mit jeglicher Art von Verbrechen und Unglück vertraut, und spätestens beim nächsten Gang auf den Markt oder zum Theater würden sie es doch erfahren. Denn Jean hatte Recht: Seit der letzten Nacht sprach die ganze Stadt davon.

«In der Stadt», begann Jean und setzte sich in Positur, auch in derangierten Kleidern und in einem von der Welt abgeschlossenen Hof fühlte er sich wie auf einer Bühne. «In der Stadt geht ein Unhold um. Eine ganze Horde von Unholden …»

«Höchstens drei», unterbrach ihn Titus knurrig. «Das haben alle Überlebenden gesagt: Es seien zwei, höchstens drei gewesen. Lasst euch nicht erschrecken», fuhr er, an Helena und Rosina gewandt, fort, Gesine, die immer noch still auf ihrer Kiste im Hintergrund saß, hatte er völlig vergessen. «Auch ist Unhold ein zu starkes Wort. Echte Unholde töten, das ist klar, diese, nun ja, nett sind die auch nicht, aber sie haben niemanden getötet.»

«Bis jetzt!», fiel ihm Jean ins Wort, der sich um keinen Preis die fabelhafte Neuigkeit rauben lassen wollte. «Bis jetzt! Sie schlagen immer sehr spät in Nacht zu und immer sind ihre Opfer geachtete Männer. Dass ihr Unwesen noch keine Leben gekostet hat, ist nur Zufall. Das beweist, was in der letzten Nacht geschah.»

Hier, im Drama genau an der richtigen Stelle, setzte er wieder eine effektvolle kleine Pause, die jedoch enttäuschend verlief.

«Wo ist die Neuigkeit?», stichelte Helena. In einer großen Stadt, in der es so viele Elende und Arme gebe wie Vögel in den Bäumen, wo in den Spelunken am Hafen Matrosen und Abenteurer aus halb Europa ihre Heuer vertränken und verspielten, seien Schlägereien und Überfälle nichts Besonderes. «Wer dumm genug ist, in dunkler Nacht und teuer gekleidet durch die Straßen zu laufen, hat selbst Schuld.»

Rosina griff wieder nach ihrer Feder, und Helena, die fand, das Leben sei ohnedies zu hart, um sich an solcherlei Geschichten zu ergötzen, prüfte einen neuen Riss in ihrem Schultertuch. Nur Gesine legte die Näharbeit auf ihre Kiste, setzte sich an den Tisch und sah Jean auffordernd an.

In der letzten Nacht, erfuhren die Frauen, war es wieder passiert, und wieder, als schon die meisten Lichter in den Häusern gelöscht und die Straßen verlassen waren. Diesmal hatten sie ihrem Opfer in der Kleinen Reichenstraße, beim Hofeingang zu der Schreinerei, aufgelauert, sie hatten den Mann geknebelt und ihm die Hände gefesselt, die Augen verbunden und ihn durch den engen Gang geschleppt, der vom Hof zu dem dahinter liegenden Fleet führte.

«Vorher», unterbrach Titus seinen Prinzipal, «haben sie ihm die Haare geschoren, ratzekahl, jedenfalls fast, sie hatten wohl nur eine Schere. Der Knopfmacher sagt, sie haben ihm dabei ein Ohr abgeschnitten, mindestens ein halbes. Ich finde, es gibt Schlimmeres, sein Hörvermögen wird es kaum beeinträchtigen.»

«Und dann», Jeans Stimme klang beinahe wieder fest, «haben sie ihm alles geraubt, was halbwegs von Wert war, sogar die Knöpfe von seinem Rock, obwohl die nur aus Horn waren. Schließlich haben sie ihn in das Fleet geschleppt, es war gerade Ebbe, und festgebunden. Dort ist nämlich kürzlich ein Stück des Ufers eingebrochen und mit Eichenpfosten und Astgeflecht wieder befestigt worden. Die Pfosten eignen sich fabelhaft, jemanden daran festzubinden.»

«Von dem ekligen Morast wird er mächtig gestunken haben, als er wieder rausgezogen wurde», sagte Helena ungerührt. «Andererseits, wenn er aus einer der Spelunken am Hafen kam, hat er das wahrscheinlich schon vorher. Das auflaufende Wasser kann es nur besser gemacht haben.»

«Das ist ein sehr unchristlicher Gedanke, Helena», rügte Gesine milde. «Der arme Mann, allein im Fleet in der Düsternis, er muss auch furchtbar gefroren haben. Es war doch wohl keiner von den tiefen Kanälen?»

Jean überging ihre Frage. «Sehen konnte er sowieso nichts, Gesine. Nicht nur die Nacht, auch das Tuch über seinen Augen war schwarz. Nein, es war viel schlimmer.»

Der Mann im Fleet hatte zunächst nicht begriffen, wo er sich befand. Da war eine wattige Leere in seinem Kopf, was weniger am Schrecken als an der Menge Bieres lag, die er sich an diesem Abend zur Entschädigung für seinen schweren Dienst gegönnt hatte. Als er spürte, dass er allein war, und hörte, wie rasche Schritte sich leise entfernten, als alles Zerren an den Fesseln nichts nützte und der Knebel fest saß wie ein Pfropf im Flaschenhals, hatte er Gott gedankt, dass er lebte, und auf den Morgen gehofft. Er wusste, er war nicht weit entfernt von der Straße. Sie hatten ihn ja nur wenige Schritte fortgeschleppt. Was er noch nicht wusste, war, dass er in einem Fleet stand und die Flut an diesem Morgen besonders hoch auflaufen sollte. Als bei Sonnenaufgang einer der Lehrjungen des Schreiners kam, um einen Eimer Wasser zu schöpfen, und den Mann entdeckte, stand dem das Wasser schon bis zum Kinn.

«Nur eine Viertelstunde später», schloss Jean, «und der arme Mensch wäre ertrunken wie ein Wurf Katzenjunge im Sack. Titus mag darauf beharren, dass es bei den Überfällen dieser Bande keine Toten gegeben hat. Aber dieser Mann wurde nur rechtzeitig entdeckt. Es war Zufall und Glück. Eigentlich war er so gut wie tot. Oder etwa nicht?»

«Unbedingt», stimmte Gesine zu. «Und Jakobsen meint, es seien immer dieselben Männer, die diese Überfälle machen? Eine Bande?»

«Mehr als zwei sind eine Bande, und niemand kann daran zweifeln, dass es immer dieselben sind. Jedes Mal wurde das Opfer nicht nur beraubt und an einen ungewöhnlichen Ort verschleppt, sondern auch auf besondere Weise gequält. Diesem wurden die Haare geschoren, den davor – das war ein fabelhafter Skandal, zu schade, dass wir da noch nicht in der Stadt waren, wir sollten das unbedingt in eines unserer Lustspiele einbauen –, den davor also haben sie in die St.-Petri-Kirche gelegt, direkt vor den Altar …»

«Da hatte er es wenigstens trocken», sagte Rosina. «Haben sie ihn auch zum Kahlkopf gemacht?»

«Nein.» Jean grinste breit. «Ihm haben sie Schweinsohren über die eigenen gehängt und die Hosen ausgezogen. Als die Gemeinde zum Frühgottesdienst kam und ihn fand, lag er schnarchend vor dem Altar, nur mit Hemd,

Rock und Strümpfen bekleidet. Was natürlich ein Sakrileg ist und von wirklich gottloser Gesinnung zeugt, aber Jakobsen sagt, dass die Frühgottesdienste seither viel besser besucht sind.»

«Eines ist allerdings kurios», nun war wieder Titus dran, «den Mann in der Kirche haben sie nur um seine Münzen erleichtert. Seine Uhr, seine beiden Ringe, auch die Silberknöpfe auf seinem Rock – war alles noch da.»

«Sicher sind sie von den Nachtwächtern gestört worden», überlegte Rosina.

«In der Kirche? Spätestens dort hätten sie ihn in aller Ruhe bis aufs Hemd ausplündern können. Ich frage mich, wie sie überhaupt in die Kirche gekommen sind. Sind die Türen nachts nicht versperrt?»

«Offenbar nicht», murmelte Jean und ließ seinen Kopf auf die weiche Schulter seiner Frau sinken. Die anregende Wirkung des Weins wich plötzlicher, bleierner Müdigkeit. Er wäre gleich eingeschlafen, hätte ihn nicht diese leise Unruhe gestört. Da war etwas, das er unbedingt erzählen musste. Heute noch. Etwas, das er schon seit Tagen vor sich her schob. Als sie den *Bremer Schlüssel* verließen, hatte er noch daran gedacht. An was nur?

«Wer waren die Männer, Titus?», hörte er Helena fragen. «Kennen wir sie?»

Titus schüttelte den Kopf. «Wie sie heißen, weiß ich nicht, aber beide sind wohlangesehene Männer. Jedenfalls nicht arm. Den Verlust von ein paar Silberknöpfen werden sie leicht verschmerzen. Der im Fleet war eigentlich niemand Besonderer, er ist Oberaufseher im Spinnhaus, aber Jakobsen glaubt, ganz arm sei er auch nicht.»

«Da mag es mal den Richtigen getroffen haben.» Rosina steckte energisch den Stopfen in das Tintenglas. Niemand widersprach. Nicht einmal Gesine. Im Spinnhaus, dem Gefängnis und Arbeitshaus vor allem für Frauen und junge Diebe, herrschten ganz gewiss keine milderen Sitten als im benachbarten Werk- und Zuchthaus.

Inzwischen war die Dämmerung hereingebrochen. Doch der Abend war milde, niemand hatte es eilig, ins Haus zu gehen. Dort war es längst dunkel, nur aus dem Küchenfenster schimmerte warm eine Rüböllampe; das Klappern von Tellern und Töpfen verriet, dass die Krögerin sich mit ihrem Mädchen zum Abendbrot niederließ.

Rosina hatte Hunger, aber sie musste noch warten. Für die Mieter war die Küche erst frei, wenn sie von der Wirtin nicht mehr gebraucht wurde.

«Zum Glück», brummte Titus in das friedliche Schweigen, «sind die Überfälle geschehen, als wir noch nicht in der Stadt waren. Ratet, wem sie die sonst in die Schuhe geschoben hätten.»

«Unsinn», murmelte Jean, schon halb im Schlaf, «die Zeiten ändern sich, und der Weddemeister kennt uns. Wagner würde so etwas nie denken.»

«Nein, der sicher nicht», sagte Rosina. «Aber Wagner ist nicht die Stadt. Sieh dich doch mal um. Als wir ankamen, hing überall die Wäsche vor den Fenstern. Und jetzt? Kein noch so winziges Taschentuch ist mehr zu sehen. Und der Korbmacher geht mit seinen Söhnen über den Hof, als schleiche er durch Feindesland. Gestern hat er den Älteren erwischt, wie er mit Fritz sprach, du hättest sein Gesicht sehen sollen. Er hat gepfiffen, und der Junge ist blitzschnell in die Werkstatt gerannt.»

«Kleingeister», nuschelte Jean. Er rappelte sich auf und reckte gähnend die Schultern. «Wenn wir erst die Lat…»

Da war es. Nun fiel ihm wieder ein, was er zu erzählen ‹vergessen› hatte.

«Wenn wir erst was?» Helena sah ihn alarmiert an. Gewöhnlich redete Jean zu viel, wenn er einen Satz nicht zu Ende sprach, war Vorsicht geboten.

«Nichts Bedeutendes, mein Engel. Da ist nur etwas, das mir beinahe entfallen wäre. Ja, entfallen. Beinahe. Ein Prinzipal hat so viel zu bedenken, da kommt es schon mal vor, dass …»

Auch dieser Satz blieb unbeendet. Ein heftiges Pochen an der Pforte rettete Jean vor der verspäteten Erklärung, er unterdrückte einen erleichterten Schnaufer. Es würde viel einfacher sein, die Neuigkeit später zu erzählen, wenn alle über ihren dampfenden Tellern saßen, Wohlbehagen im Bauch und in der Seele.

Er irrte sich. Dann würde es zu spät sein.

Das Tor wurde aufgestoßen, und ein dünner Knirps mit braunen Zähnen zog einen mit einer Holzkiste und einem Reisekorb beladenen Karren herein. Eine junge Frau im zerknitterten nachtblauen Kleid folgte ihm in den Hof und blinzelte suchend durch die Dämmerung.

«Seid Ihr das, Madame und Monsieur Becker?», fragte sie mit dünner Stimme. «Ich weiß, Ihr erwartet mich frühestens morgen. Ich habe eine schnellere Kutsche bekommen. Hoffentlich es ist Euch recht.»

Jean hörte Helena scharf den Atem einziehen und schloss matt die Augen.

Der September entschädigte die Menschen im Norden mit langen Sonnentagen für den regenreichen Sommer. Als er zu Ende ging, waren die gebrochenen Deiche wieder geschlossen und wurden nur noch weiter befestigt und verstärkt. Die Winterstürme brauchte niemand zu fürchten.

Auch der letzte Mittwoch im September begann sonnig und mit dieser frühherbstlichen Milde und Diesigkeit, die poetische Seelen zu elegischen, gleichwohl hoffnungsvollen Versen inspiriert. In den Gärten glitzerte der Tau, das puderige Blau und tiefe Violett der Astern leuchtete intensiver, die späten Rosen dufteten süßer als an anderen Tagen. Selbst wer mit trüben Gedanken erwacht war, wurde von der Heiterkeit des Morgens angesteckt. Doch bald nach Mittag trübte sich der Himmel, gelblich graue Wolken zogen auf und schoben stickige Luft in die Stadt, kleine Tiere suchten sich einen Unterschlupf, und selbst sonst friedliche Kettenhunde knurrten schon, wenn sie nur von ferne fremde Schritte spürten.

Am Abend leerten sich die Straßen schneller als gewöhnlich. Alle Hände wurden gebraucht, um Türen und Fenster zu sichern, Dächer von Schuppen und Lagern zu prüfen, um Segel noch fester zu reffen und kleine Boote höher auf die schützenden Ufer zu ziehen. Sogar die Gasthäuser am Hafen und die Branntweinkeller in den Gängevierteln blieben spärlich besucht.

Die Mühe schien umsonst gewesen. Als die letzten Lichter in der Stadt gelöscht wurden, lösten sich die bedrohlichen Wolken auf, die Nacht versprach ruhig, der kommende Tag wieder schön zu werden. Doch der Himmel war tückischer Laune. Als die ersten Lehrjungen aus ihren Betten krochen, um die Feuer in den Backstuben zu schüren, beschloss er, dem Menschengewürm eine Überraschung zu bereiten. Wie aus dem Nichts tobte ein kalter Sturm heran, wühlte die Elbe zu einem brodelnden Schlund auf, brauste über die Wälle und fegte durch die Stadt, drückte hier Fenster und Türen auf, hob dort Ziegeln von den Dächern, griff nach Kisten und Tonnen, ließ die Schiffe an den Tauen zerren, warf um, was in seiner Bahn stand. Nur um wenige Zoll verfehlte ein durch die Luft fliegendes Brett den Kopf eines jungen Soldaten, der tapfer auf seinem Posten auf der Bastion Albertus ausharrte.

Der Sturm war in Eile, er verrichtete sein Werk rasch. Ihm folgte sein Bruder, der Regen. Der fiel einem Sturzbach gleich über die Stadt her, prasselte auf die Dächer, durchnässte das Heu und die Vorräte auf den Böden, drang durch die Ritzen in Holz und Mauerwerk, zerschlug in den Gärten, was der Sturm von der letzten Blütenpracht unbeachtet gelassen hatte, verwandelte Gassen, Straßen und Höfe im Handumdrehen in Bäche und Tümpel.

Schnell trieb er weiter nach Osten über die Marsch, wo der Sturm Bäume und Hecken umgeworfen hatte, deren Wurzeln selbst der Flut widerstanden hatten, wo er die Haufen von Unrat und verdorbenem Holz auseinander gewirbelt hatte, als seien sie nie in mühsamer Arbeit aufgeschichtet worden. Das hatte ihm genügt. Die Häuser und Katen, Hütten und Ställe, die die Flut, wenn auch oft nur in Resten, übrig gelassen hatte, nahmen wenig neuen Schaden.

Die Juliflut hatte kein Menschenleben gekostet, der Sturm nahm eines. Als der Morgen graute, wurde beim Marstall des Rats nahe dem Alstertor ein Toter gefunden, ein Laternenträger, der offenbar zu lange auf späte Kundschaft gewartet hatte. Vielleicht, auch das wurde vermutet, war er bei der Warterei eingeschlafen und vom Sturm überrascht worden. Vielleicht hatte er in den Ställen Schutz suchen wollen und war just in dem Moment unter der alten Eiche hindurchgelaufen, als einer ihrer Äste brach, nicht mal ein wirklich dicker, doch schwer genug, ihn zu erschlagen.

Am Morgen zeigte sich der Himmel klar und strahlend und die Stadt frisch gewaschen, was nach den vergangenen staubigen Wochen durchaus von Vorteil war. Auch roch sie frisch, was von noch größerem Vorteil war. Wer kein Dach zu prüfen, keinen Fensterrahmen oder Verschlag zu reparieren, keine davongewehten Habseligkeiten zu suchen, kein Bettzeug zu trocknen hatte, räumte abgebrochenes Geäst und herbeigewehten Unrat von den Plätzen, Höfen und Straßen, fischte noch Verwendbares aus den Fleeten, half im Hafen und in den Höfen der Speicher Durcheinandergewirbeltes zu sortieren und neu zu stapeln. Bei der Stadtwaage hatte der Sturm eine Linde entwurzelt, die Männer, die für die Reinlichkeit der Gassen zuständig waren, holten Sägen und Äxte und zerteilten den Baum zu handlichen Klötzen. Feuerholz für das Waisenhaus, so hatte der Rat in aller Frühe beschlossen, was nur den Prediger vom St.-Hiob-Spital verdross, denn er fand, das Holz stehe dessen Bewohnern zu. Sonst herrschte, wie es nach einer glimpflich überstandenen Bedrohung häufig ist, eine heiter gestimmte Geschäftigkeit.

Benni, ein Junge mit einem für sein Alter von etwa fünfzehn Jahren erstaunlich sanftem Gemüt, blieb bei den Männern mit den Äxten stehen und sah sich nach seiner Begleiterin um. Mamsell Thea schien es nicht besonders eilig zu haben. Das wunderte ihn, denn als er mit dem Karren im Hof auf sie gewartet hatte, hatte er gehört, wie sie Madame Herrmanns kühl erklärte, sie habe keine Zeit für diesen Auftrag, auch sei sie einzig Mademoiselle Fennas Zofe, derlei Botengänge gehörten nicht zu ihrem Dienst. Gleich darauf trat sie in den Hof. Niemand konnte Madame Herrmanns lange widerstehen. Benni wunderte nur, dass Thea, die doch schon seit einem guten Dreivierteljahr mit Mademoiselle Lehnert im Haus am Neuen Wandrahm lebte, es überhaupt versucht hatte.

Madame Herrmanns gab ihre Befehle stets mit Freundlichkeit, wenn trotzdem jemand murrte, bekam ihre Stimme, ganz ohne lauter oder gröber zu werden, diese Entschiedenheit, die umgehend überzeugte. Aber das war selten nötig. Wenn man das Leben im Haus der Herrmanns' auch nicht alle Tage als harmonisch bezeichnen konnte, dazu waren die Temperamente seiner Bewohner zu ausgeprägt, verlief es zumindest für die Dienstboten zumeist reibungslos. Auch Thea hatte sich eingefügt. Und Mademoiselle Fenna, deren Anblick Benni stets wünschen ließ, er könne so liebliche Verse erdenken wie Monsieur Klopstock, sowieso. Nichts tat der Pferdejunge lieber, als für sie die kleine Kutsche anzuspannen oder, wenn das Wetter ruhig und trocken war, ihre zierliche schwarze Stute für einen Ausritt zu satteln.

«Es ist nicht weit», erklärte er, als Thea die Schiffe und das lärmende Treiben im Hafen und auf den Kajen lange genug betrachtet und ihn endlich eingeholt hatte. «Wirklich nicht.»

Sie nickte, beschleunigte plötzlich ihre Schritte, und er beeilte sich, ihr zu folgen. Was nicht einfach war, immer wieder bremsten Pfützen und schlammige Löcher den Karren.

Sie durchquerten die Neustadt und passierten den weiten Platz vor dem Millerntor. Benni wäre gerne dem verführerische Duft von Zimtkringeln gefolgt, um sich bei der Bude am Tor einen zu kaufen, doch sie eilte schon weiter, vorbei an der Bastion Henricus und auf dem Weg zwischen dem ansteigenden Wall und den Soldatenhüten zur nächsten, der Bastion Eberhardus. Endlich blieb sie stehen und wartete, bis er neben ihr war.

«Hoffentlich brennt die Lampe noch», sagte sie missmutig. «Wie sollen wir in der Dunkelheit dort unten sonst etwas sehen?»

Die Lampe stand, durch einen feuchten Lumpen und Wachspapier gegen das Stroh geschützt, im Karren. Sie brannte noch, was bei der Wackelei auf dem holperigen Straßen einem kleinen Wunder glich. Wie töricht, eine glimmende Lampe durch die halbe Stadt zu fahren. Viel einfacher wäre es gewesen, in einem der Wachhäuser nahe dem Eingang zum Eiskeller um Feuer zu bitten. Das hatte Thea nicht gewollt. Wenn sie schon diesen Botendienst tun müsse, wolle sie sich nicht auch noch der Begegnung mit den ungehobelten Rotröcken aussetzen. Benni fand Thea eine sehr seltsame Person.

Die Hamburger Wälle waren vor anderthalb Jahrhunderten gebaut worden und galten immer noch als ein unübertroffenes Meisterwerk des Festungsbaus. Sie hatten die Stadt vor den Söldnerheeren des dreißig Jahre währenden Krieges beschützt, ohne dass von ihnen ein Schuss abgefeuert werden musste – die Uneinnehmbarkeit der Festung hatte sich im ganzen Reich herumgesprochen. Später, als der dänische König das wohlhabende Hamburg in sein Reich einverleiben wollte, musste doch noch geschossen werden. So waren die teuren Kanonen und das nicht minder teure Militär wenigstens nicht nutzlos bezahlt worden, von dem Bau der Festung ganz zu schweigen. Auch der letzte Krieg, der immerhin sieben Jahre gedauert und die Welt bis ins ferne Amerika und Ostindien durcheinander gewirbelt hatte, hatte die Stadt militärisch nicht berührt. Inzwischen waren etliche der Kanonen und Mörser, die einst in großer Zahl auf den Bastionen gestanden hatten, verkauft oder eingeschmolzen, auch von den verbliebenen waren nicht mehr alle funktionstüchtig. Obwohl die Bürger sich trotzdem im Schutz ihrer Wälle sicher fühlten, mehrten sich die Stimmen, die sie als Ärgernis bezeichneten. Der Festungsring behinderte die Ausdehnung der zu eng gewordenen Stadt, und die von Sonnenuntergang bis Sonnenaufgang verschlossenen Tore beeinträchtigten den Handel erheblich. Auch schien eine solche Befestigung inzwischen überflüssig, umso mehr, als sie der rasch fortschreitenden militärischen Technik nicht mehr entsprach.

Wo weniger Kanonen und Mörser bestückt werden mussten, weniger Soldaten im Dienst standen, wurden auch weniger Munitionslager gebraucht. So war der zwischen den Bastionen Eberhardus und Joachimus tief im Wall liegende Keller an wohlhabende Bürger vermietet, deren Häuser zu nah am Wasser standen, um über eigene trockene Keller zu verfügen. Weil der dunkle Raum unter dem Wall besonders kalt und fest abgeschlossen war, wurde er als Eiskeller genutzt. In jedem Winter hieben und sägten Männer aus den Flüssen und Seen große Eisblöcke, die sich in tief liegenden Räumen unter dicken Lagen aus Stroh gegenseitig genug kühlten, um bis in den späten Sommer gefroren zu bleiben. Das Eis war zum Geschäft geworden, es hielt nicht nur Fleisch, Austern und anderes Meeresgetier frisch, ‹Gefrorenes› gehörte in allen Häusern, die sich eine solche Delikatesse leisten konnten, zu den Lieblingsdesserts.

Der Keller war nur von einem durch den Wall auf die Brustwehr hinausführenden Gang zu erreichen. An dem knapp mannshohen ummauerten Eingang sah Thea sich suchend um. Dort halte ein Soldat Wache, hatte Madame Herrmanns erklärt und ihr das gesiegelte Papier gegeben, das allen, die sich damit als Mieter auswiesen, den Zugang erlaubte. An diesem Morgen hielt hier niemand Wache. Auch bei der nahen Baracke war kein Soldat zu sehen, nur durch das Gebüsch oberhalb des Weges schimmerten rote Röcke. Sie hörten Axtschläge, den ungeschützten Ulmen auf den Wällen hatte der Sturm schwer zugesetzt.

«Worauf wartest du, Junge?» Sie nahm die Lampe von der Karre und drehte den Docht hoch. «Geh voraus, ich kenne den Weg doch nicht.»

«Immer nur geradeaus», erklärte Benni achselzuckend, «der Gang ist auch nicht ganz dunkel, vom anderen Ende sieht man Licht.»

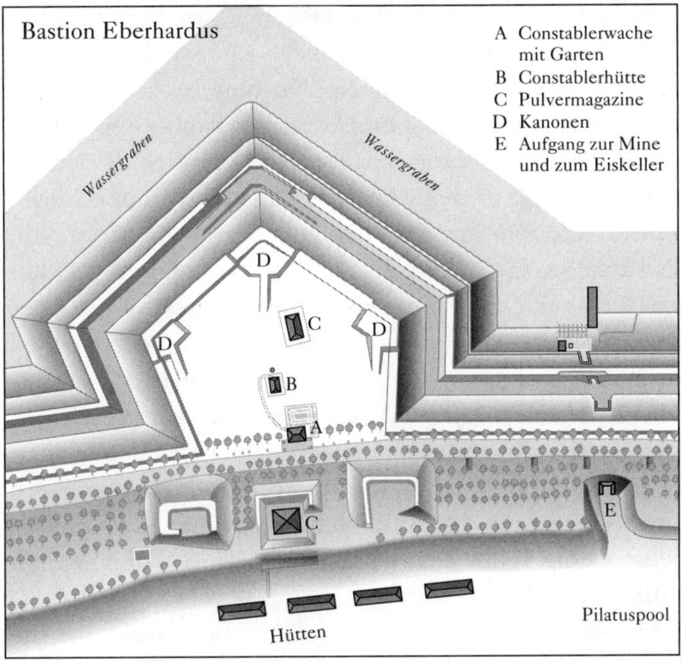

Der Gang, militärisch Mine genannt, war ein wenig abschüssig und nicht lang, er roch feucht und muffig. Etwa in seiner Mitte blieb Benni vor einer Tür aus schweren, vom Alter fast schwarzen Bohlen stehen, er nahm zwei Steine aus dem Karren und sicherte die Räder.

«Ist die Tür nicht abgeschlossen?» Thea wies auf das große Schlüsselloch in seinem rostigen Beschlag.

«Als noch Pulver und Kugeln drin lagen, sicher, aber jetzt nicht mehr. Warum auch? Vor dem Eingang zur Mine steht ja immer ein Musketier. Der hat ein Gewehr und lässt keinen ohne Uniform oder Passierschein durch.»

«Wie man gerade gesehen hat!»

Das fand Benni keiner Antwort wert. Die Tür wurde

von einem Balken in eisernen Haken gegen ihren Rahmen gedrückt, damit sie möglichst dicht schloss. Heute lehnte der Balken an der Mauer. Die Tür hing leicht geneigt in den Angeln, ihr Gewicht drückte sie auch ohne den Balken in den Rahmen. Er zog sie auf und tastete sich, Eishaken, Beil und Säge in den Händen, die steile Treppe hinab. Thea folgte ihm mit der Laterne, zögernd und fröstelnd, als steige sie in eine Gruft. Die Luft war nun noch kälter und feuchter. Das Mauerwerk von Wänden und Decke des engen Ganges sah moosig und wenig vertrauenerweckend aus, die Tür hingegen, die am Ende der Stiege den eigentlichen Keller sicherte, schien stabil und noch nicht sehr alt. Sie war wie die obere mit einem quer liegenden Balken gesichert, der Rahmen durch mit Pech bestrichenem Stroh unter einer Lederhaut akkurat abgedichtet, damit möglichst wenig Kälte entwich und möglichst wenig warme Luft eindrang.

Der Balken ließ sich leicht herausheben. Sie stellte die Lampe auf den Boden und half Benni, die Tür an ihren schmiedeeisernen Griffen aufzuziehen. Niemand hielt sich in diesem Loch gerne länger als unbedingt nötig auf. Die Tür öffnete sich leichter und leiser als die obere, ihre Angeln waren gegen die Feuchtigkeit gut gefettet. Eisige Kälte schlug ihnen entgegen, bei einem Eiskeller kaum verwunderlich, dennoch traf es sie beide wie ein Hieb.

Thea hielt die Lampe so hoch, wie es die niedrige Decke erlaubte. Wie der Gang war auch der Raum ausgemauert, jedenfalls soviel man erkennen konnte; bis auf einen drei, höchstens vier Fuß schmalen Streifen vor der Tür und der vorderen Mauer war er fast bis zur Decke gänzlich von unter einer dicken Strohschicht liegendem Eis gefüllt. In einer Ecke lag, von Reif überkrustet, eine verbeulte kleine Laterne.

«Verdammt», murmelte Benni. Er holte nicht zum ersten Mal Eis aus diesem Keller, aber er hatte es noch nie getan, so kurz nachdem er frisch gefüllt und das Eis noch hart wie auf Grönland war. Auch noch nie ohne Brooks, den Kutscher und Helfer bei allem, was im Herrmanns'schen Haus harte Muskeln erforderte.

«Es wird ein bisschen dauern, bis ich genug Eis gelöst habe», erklärte er. «Ich muss die Säge nehmen, damit die Brocken groß genug bleiben. Wenn ich zu viel hacke, werden sie zu klein und schmelzen schnell. Wenn Ihr friert», schlug er halbherzig vor, «könnt Ihr oben warten. »

«Dazu bin ich nicht mitgekommen. Wer soll dir die Lampe halten und helfen, die Eisklötze hochzutragen? Fang an und beeil dich. Dort», sie hielt die Lampe zur Seite und zeigte auf die linke Wand, «scheint noch ein kleinerer Stapel zu sein, der sägt sich sicher leichter als diese undurchdringliche Masse. Am besten versuchst du es dort zuerst.»

Sie beugte sich über den Stapel und begann das Stroh beiseite zu schieben. Plötzlich hörte Benni, der gerade den Lumpen von der scharfzahnigen Säge wickelte, einen seltsam kehligen Laut und sah erstaunt auf.

«Da», flüsterte sie, «da. So schau doch.»

Benni beugte sich vor, was er im Schein der Laterne sah, war kein Eis. Aus dem Stroh ragte ein Kopf, die weiße Perücke in bizarrer Struppigkeit gefroren, das Gesicht starr und von gleicher Farblosigkeit, nur die bereiften Brauen über den geschlossenen Augen schimmerten dunkel unter den puderigen Eiskristallen und ließen es wie eine Theatermaske erscheinen. Aber es war keine Maske, es war das Gesicht eines Mannes, der vergeblich versucht hatte, sich unter dem Stroh vor der Kälte des Eises zu schützen. Und es gab keinen Zweifel, der Mann war tot.

Thea stand starr, als sei sie selbst aus Eis, die Lampe

immer noch erhoben, und murmelte etwas, das Benni nicht verstand.

«Kommt», flüsterte er, ließ die Säge fallen und zog sie am Ärmel. «Wir müssen schnell nach oben. Und Hilfe holen. Vielleicht …»

Ein dumpfes Geräusch ließ ihn herumfahren. Schon aus den Augenwinkeln sah er, wie sich die Tür des Kellers schloss, und bevor er noch schreien konnte, hörte er hastige Schritte sich rasch auf der Treppe entfernen. In blinder Panik warf er sich gegen die Tür. Sie bewegte sich nicht. Wer immer sie geschlossen hatte, hatte auch den Balken vorgelegt.

KAPITEL 4

Weddemeister Wagner schwitzte. Das lag nicht nur daran, dass seine Beine kurz und sein Bauch rund waren und er den langen Weg vom Drillhaus über die Lombardsbrücke und auf dem Wall entlang bis zu dem Garnisonsgärtchen auf der Bastion Eberhardus im Eilschritt marschiert war. Wagner schwitzte immer, wenn er einer Autorität gegenüberstand oder jemanden, den er als solche empfand. Einem Senator zum Beispiel oder, wie an diesem Morgen, einem Generalmajor und Stadtkommandanten. Er starrte auf den tadellos geschnittenen roten Rock des Stadtkommandanten und tastete nach seinem großen blauen Tuch, doch es war schon zu feucht, um noch halbwegs manierlich zu erscheinen. Er ließ es in der ausgebeulten Tasche seines eigenen dunklen, formlosen Rockes und fuhr sich rasch, bevor der wichtige Mann die unfeine Geste bemerken konnte, mit dem Ärmel über die Stirn.

Er hätte sich Zeit lassen können. Der Stadtkommandant hatte genickt, als ihm der Weddemeister gemeldet wurde, hatte sogar einen flüchtigen Gruß gemurmelt, doch seine Aufmerksamkeit galt einzig den Rosenstöcken des Rondells in der Mitte des Gartens hinter der Constablerwache. Der Freiherr von Eberstädt liebte Rosen und diese Stöcke ganz besonders, denn sie entstammten seiner eigenen Zucht, der wärmsten Freude seines Alters. Den ganzen Sommer brachten sie zarte, am Grund rosig schimmernde weiße Blüten hervor, ihr delikater Duft erinnerte ihn an die heiteren Sommer seiner jungen Jahre, an die Zeit, als seine Gattin, nun längst grau wie er selbst, ein zartes Geschöpf mit Rosenlippen gewesen war, das er im Sturm erobert hatte. Tatsächlich erinnerte er sich viel lieber an jene Zeiten und an diese spezielle Eroberung, als an die Siege, die er danach auf den Schlachtfeldern errungen hatte. Aber das wusste niemand, nicht einmal seine Gattin; er gestand es ja sich selbst nur in besonders milden Momenten ein.

Nun war der Generalmajor verstimmt, sogar betrübt. Der Sturm hatte die Rosenstöcke gerupft und gebrochen, der Regen die meisten der letzten, herbstlich bescheidenen Blüten zerschlagen. Ein Weddemeister, zuständig für Missetäter in Zivil, interessierte ihn heute noch weniger als an gewöhnlichen Tagen.

Wagner räusperte sich zum dritten Mal. Er war daran gewöhnt, dass man ihn warten ließ, gleichwohl – es kränkte ihn immer noch, und heute, gerade heute, hatte er keine Zeit zu warten.

«Wenn Euer Wohlgeboren eine Minute Eurer überaus kostbaren Zeit erübrigen könnte», begann er mutig. «In der vergangenen Nacht ist in das Drillhaus eingebrochen worden. Ich möchte nur wissen, ob auch wieder in die Pulverlager der Garnison ...»

«Was für eine Verschwendung von Schönheit und *delicatesse.*» Von Eberstädt beugte sich vor, nahm behutsam eine abgeknickte Blüte zwischen Daumen und Zeigefinger und versuchte sie wieder aufzurichten. «Dahin», murmelte er. «Schon im September ein solcher Sturm. Das ist keine gute Ordnung, gar keine gute Ordnung!»

Wagner schnaufte vernehmlich, plötzlich war ihm egal, ob so ein Schnaufer Ungeduld und Insubordination verriet. Da der Kommandant ihn ignorierte, würde er eben gegen dessen Rücken reden. Wenn man lange und laut genug sprach, drehte sich ein solcher Rücken irgendwann um.

«Bei dem Einbruch sind Gewehre gestohlen worden»,

erklärte er, «Waffen. Es ist von großer Wichtigkeit für mich, für das Wohl der Stadt, zu wissen, ob es unter dem Schutz des Unwetters auch weitere Einbrüche in die Arsenale der Garnison gegeben hat. Von großer Wichtigkeit, ja. Falls Ihr noch keine Meldung über die Ereignisse der vergangenen Nacht bekommen habt, könntet Ihr vielleicht Euren Adjutanten beauftragen, Auskunft einzuholen. Wenn es Euch möglich wäre, gleich.»

Von Eberstädt drehte sich mit einem Ruck zu Wagner um und sah auf den Mann mit dem geröteten, schwitzenden Gesicht hinunter. Er überragte ihn um einen Kopf.

«Das Drillhaus ist nicht Sache der Garnison», erklärte er, «ein Haus, in dem Zivilisten den Umgang mit der Waffe üben, wenn es nicht gerade zu ausschweifenden Festen missbraucht wird, ist einzig Sache des Rats und der Bürgerschaft.»

«Sache des Rats, zweifellos.» Der Weddemeister fühlte, wie sein Nacken sich versteifte. Er hätte gerne etwas ganz und gar Unpassendes gesagt. Wagner war ein unscheinbarer stiller Mann. Er wusste das, und es störte ihn selten. Unterschätzt zu werden geriet ihm bei seiner Arbeit oft zum Vorteil. Dass der Generalmajor ein paar verregneten Rosenstöcken mehr Bedeutung zumaß als dem Diebstahl von Munition und Waffen, dass er es in einer so wichtigen Angelegenheit nicht für nötig erachtete, ihm richtig zuzuhören und ihn behandelte wie einen Lakaien, empörte ihn trotzdem. Die herablassend feixenden Gesichter der beiden Offiziere und des Gemeinen, die als Begleiter des Kommandanten auf der anderen Seite des Rondells standen, milderten seine Empörung nicht.

Doch offene Rebellion lag nicht in seiner Natur. Er schluckte seinen Zorn hinunter. «Ich bin nicht wegen des Drillhauses hier», erklärte er. «Ich möchte nur wissen, ob auch in Euren Arsenalen eingebrochen worden ist. Die Sicherheit der Stadt erfordert größte Umsicht. Wenn Waffen gestohlen werden, umso mehr. Ihr werdet die Güte haben zu verstehen …»

Der Generalmajor hob unwillig die Brauen, allerdings galt das nicht Wagners nur wenig ehrerbietiger Sprache und der an Unhöflichkeit grenzenden Beharrlichkeit, die ihn an den übellaunigen Terrier seiner Frau erinnerte, sondern aufgeregten Stimmen auf der Wallstraße hinter den Ulmen. Vier Soldaten kamen im Laufschritt näher. Wagner glaubte einen Korporal, einen Serganten und zwei Gemeine zu erkennen. Es gelang ihm selten, die Dienstgrade auf den ersten Blick auseinander zu halten. Die Gegenwart ihres obersten Vorgesetzten, den sie um diese Stunde keinesfalls auf dem Wall erwarteten, ließ sie augenblicklich verstummen und Haltung annehmen. Der Sergant machte Meldung, die Herablassung in den Gesichtern der Offiziere schwand, und Wagner grinste triumphierend. Ins Drillhaus der Bürger war im Schutz einer Sturmnacht eingebrochen worden, das war fatal. Wenn sich aber am hellen Tag Diebe unbemerkt in ein von der Garnison bewachtes Areal einschleichen konnten, war das eine üble, die Sicherheit der Stadt erheblich stärker gefährdende Schlamperei.

Bevor sein Adjutant ihn daran erinnern konnte, dass der Ort des blamablen Einbruchs gar kein Pulverlager mehr war, eilte der Kommandant schon mit so langen Schritten, wie es seine Gicht erlaubte, durch die Ulmenallee und den Wall hinab zum Eingang der Mine zwischen den Bastionen Eberhardus und Joachimus, gefolgt von sieben Männern in roten Röcken und einem im schmucklosen blauen. Schon am Eingang der Mine hörten sie dumpfe Schläge gegen Holz. Als der Sergeant in der Mitte des Ganges die obere Tür zum Keller öffnete, wurden sie lauter und von einem

Schwall äußerst unfeiner Flüche verstärkt, die eindeutig mit weiblicher Stimme ausgestoßen wurden.

Von Eberstädt blieb wie angewurzelt stehen, und wie es sich nach soldatischem Reglement gehörte, folgten die übrigen Rotröcke seinem Beispiel. Wagner überraschten weibliche Diebe so wenig wie derbe Flüche aus weiblichem Mund. Bevor der Kommandant seine Befehle geben und seine gehorsam wartenden Männer in Bewegung setzen konnte, tastete er sich die Stiege in das Dunkel hinab. Er hob den Balken von der Tür, zog sie auf, und zwei bleiche Gestalten stolperten ihm entgegen.

Wagner kannte sich mit Dieben jeder Art aus, selbst mit solchen in seidenen Kniehosen und Brokaträcken. Eine, die in ihrem strengen Kleid und der schlichten Haube einer Gouvernante glich, hatte er jedoch noch nie auf frischer Tat ertappt, und dass ihr Komplize ausgerechnet der Herrmanns'sche Pferdejunge war, machte seine Verblüffung nicht geringer.

«Wie wäre Mokkaeis mit einem tüchtigen Schuss Rosmarinbranntwein? Der ist bekömmlich und sorgt für launige Stimmung.» Augusta Kjellerup schubste eines ihrer silberweißen Löckchen aus der Stirn und sah ihr Gegenüber auffordernd an. «Ich sehe schon, Anne, das trifft nicht deinen Geschmack», stellte sie heiter fest. «Es ist nur ein Vorschlag. Mal etwas anderes als Mandel- oder Zitroneneis wäre doch nett. Die Erdbeerzeit ist ja leider vorbei, und Pflaumen schmecken im Eis belanglos. Glaube mir, ein Schlückchen von meinem Wunderelixier hat noch niemandem geschadet, es tut von Zeit zu Zeit selbst einer jungen Dame wie Mademoiselle Fenna gut. Es macht sie im Handumdrehen wieder munter.»

Bei anderen Gelegenheiten hätte Anne Herrmanns über

diese Bemerkung gelacht. Sie war eine schlanke Frau um die vierzig. Ihr etwas zu großer Mund, ihre etwas zu spitze, leicht himmelwärts weisende Nase, ihre wachen Augen in dem vom ausgiebigen Aufenthalt in ihrem Garten vor dem Dammtor leicht gebräunten Gesicht, nicht zuletzt ihr lebendiges Temperament ließen sie jünger erscheinen. Besonders wenn sie, wie jetzt, im modischen, mit Streublumen bestickten Negligé und mit nur nachlässig aufgestecktem Haar am Tisch saß und nachdachte.

Augusta Kjellerup war die Tante ihres Ehemannes. Sie hatte Anne gleich, als sie einander kennen lernten, in ihr Herz geschlossen und war nicht ganz unschuldig an dieser zweiten Ehe ihres Neffen. Augusta hatte den weitaus größten Teil ihres Leben als höchst ehrbare Gattin eines Kopenhagener Kaufmanns verbracht und war vor einigen Jahren in ihre Heimatstadt zurückgekehrt, um im Haus ihres verwitweten Neffen zu leben. Zum allgemeinen Erstaunen der feinen Hamburger Gesellschaft hatte Augusta sich während all der Jahrzehnte in der dänischen Hauptstadt, die für die Strenge ihrer Sitten bekannt war, ein paar Vorlieben bewahrt, die nur weitaus jüngeren Frauen anstanden. Neben einer Schwäche für glitzernde Bänder an ihrer Witwentracht und teure Schuhe aus Brokat und Seide gehörte dazu auch das Experimentieren mit der Herstellung von Likören und anderen hochprozentigen ‹Bekömmlichkeiten›. Dass sie dabei nur geringe Erfolge aufweisen konnte, störte sie wenig. Tatsächlich war ihr Rosmarinbranntwein das einzige genießbare Ergebnis ihrer Versuche. Davon verwahrte sie immer eine Karaffe in ihrem Salon, griffbereit bei vergnüglichen wie traurigen Anlässen.

«Nichts gegen deine Wunderwaffe, Augusta.» Anne Herrmanns versuchte, diplomatisch zu sein, obwohl solche Rücksicht bei Augusta überflüssig war. «Dein Branntwein ist delikat, nur als Aroma für unser Eis vielleicht nicht ganz geeignet. Ich fürchte, Fenna ist den Geschmack nicht gewöhnt. Die Idee ist trotzdem gut. Wir können es mit Pfefferminzlikör versuchen. Den mag Fenna.»

Sie lehnte sich zurück und sah zum Fenster hinaus. Der Himmel über der Elbe leuchtete in tiefem Blau, eine Möwe segelte im Aufwind vorbei, und durch das weit geöffnete Fenster drangen die Geräusche vom nahen Hafen herein. Geräusche, die stets ihre Sehnsucht weckten. Was für eine Verschwendung, diesen schönen Morgen im Haus zu verbringen. Viel lieber wäre sie in ihrem neuen Kabriolett mit Elsbeth, Köchin und wahre Regentin des Herrmanns'schen Haushaltes, in den Garten vor dem Dammtor hinausgefahren. Nichts schien ihr in diesem Moment wichtiger, als zu prüfen, welche Schäden das Unwetter der vergangenen Nacht dort angerichtet hatte. Elsbeth hatte allein gehen müssen und würde sich nur um den Küchengarten und die Obstbäume kümmern, für die Blumenbeete und die Orangerie würde sie nur einen flüchtigen Blick erübrigen. Der Garten musste fürchterlich aussehen. Durch seine Lage direkt an der äußeren Alster litt er trotz der Hecken und Bäume schon unter weniger heftigen Stürmen als dem der vergangenen Nacht. Zumindest die Glashäuser schienen das Unwetter heil überstanden zu haben, sonst hätte der Gärtner längst Nachricht geschickt.

Der Garten musste bis morgen warten. Anne Herrmanns war keine talentierte, geschweige denn begeisterte Hausfrau, das wusste jeder. Da Elsbeth eine umso bessere war, störte das niemanden, nicht einmal Claes Herrmanns als den Herrn des Hauses. Trotzdem versuchte sie ihr Bestes, um es deutlicher zu sagen: versuchte sie, den Schein zu wahren. Wenn also wie an diesem Tag ein großes Diner vorbereitet werden musste, war eben keine Zeit für ihre Liebhaberei.

«Also gut, Pfefferminzlikör», unterbrach Augusta ihre Gedanken. Sie mochte die Frau ihres Neffen umso mehr, als sie in ihr eine verwandte Seele gefunden hatte. Vielleicht war sie die Einzige im ganzen Haus, die verstand, wie viel Mühe es Anne oft kostete, ihre Rolle als Gattin eines hanseatischen Kaufmanns so auszufüllen, wie es erwartet wurde. Von ihrer ziemlich plötzlichen Reise im vergangenen Jahr und ihrer Freundschaft zu einer Wanderkomödiantin einmal abgesehen, gelang es ihr ganz gut. Jedenfalls meistens.

Augusta griff nach der Kaffeekanne, fühlte bedauernd, dass sie leer war, und stellte sie auf eine mit roten Lilien bemalte Porzellanplatte zurück.

«Pfefferminzlikör also», wiederholte sie lauter, als Anne weiter schweigend aus dem Fenster blickte. «Andererseits – sicher kommt Elsbeth mit Körben voller Fallobst aus dem Garten zurück. Eigentlich ist Pflaumeneis doch nicht so langweilig. Mit einem Schuss Portwein und einer Prise Zimt hört es sich sogar delikat an. Oder ist es zu früh für die Pflaumen? Ach, Anne, mein Liebe, mach nicht ein so verzagtes Gesicht. Du weißt doch, wie junge Mädchen sind, ihre Stimmungen wechseln wie das Wetter im April. Gewöhnlich kommen die Zweifel erst zwei Tage vor der Hochzeit, aber eine Verlobung ist auch kein Pappenstiel. Du wirst dich selbst gut daran erinnern.»

«Sogar sehr gut. Aber ich war schon fünfunddreißig, als ich Claes geheiratet habe. Wenn man einundzwanzig ist wie Fenna und zudem sehr verliebt, sollte man doch nichts als Freude empfinden.»

«Muss ich gerade dir erklären, dass es mit ‹sollte› und ‹müsste› so eine Sache ist? Nämlich eine verflixt schwierige? Wahrscheinlich vermisst Fenna nur ihren Vater. So ein dummes Ding», Augustas Stimme klang plötzlich gar nicht mehr gelassen, «warum macht sie den Mund nicht auf? Sie ist alt genug, um zu wissen, dass es nichts nützt, wenn man Kummer für sich behält. Sicher ist es nur der übliche Unsinn, der in jungen Jahren noch wie der Weltuntergang erscheint. Womöglich teilt Oberleutnant Malthus ihre hohe Meinung über Monsieur Klopstocks Verse nicht, oder er hat einem Gassenköter voller Flöhe einen Tritt gegeben und erscheint ihrer zarten Seele nun nicht mehr als edler Held, sondern als roher Mensch. Sie ist ein kluges Mädchen, aber mir scheint, Monsieur Lehnert hat seine Tochter ein bisschen zu wenig mit der wirklichen Welt bekannt gemacht.»

Als Fennas Vater im vergangenen Herbst fragte, ob seine Tochter für die Zeit seiner Reise nach Ostindien bei den Herrmanns' leben könne und Claes die Pflichten des Vormunds annehme, hatten auch Anne und Augusta gleich zugestimmt. Sie kannten Fenna nur flüchtig, doch seit Sophie, die einzige Tochter Claes Herrmanns' aus seiner ersten Ehe, nicht mehr im Haus lebte und seit Christian, der älteste Sohn, seine lange Reise nach Italien und Frankreich angetreten hatte, war es viel zu still in dem großen Haus am Neuen Wandrahm. Nur der Jüngste war noch da, Niklas, und von dem war wenig zu sehen oder zu hören. Er war ein fleißiger Schüler, und seine wenigen freien Stunden verbrachte er mit Vorliebe in den Bibliotheken, wo er zur Sorge seines Vaters die dem Handel förderliche Literatur ignorierte und sich in Werke über exotische Käfer, griechische Baukunst oder anakreontische Poesie vertiefte.

So bezog Fenna die beiden Räume, die immer noch ‹Sophies Zimmer› genannt wurden. Sie hatte ihre Gastfamilie nicht enttäuscht, sie war ein fröhliches Geschöpf, auf angenehme Weise neugierig und eine unterhaltsame Gesprächspartnerin. Seit ihrem Einzug im vergangenen November wehte ein frischer heiterer Wind durch das alte Haus. Bis zu Beginn der vergangenen Woche. Plötzlich schien sie blass, sprach nur noch, wenn sie gefragt wurde, und das Lachen war selbst aus ihren Augen verschwunden.

«Ich habe versucht, mit ihr zu reden», sagte Anne. «Sie antwortet immer nur nein, danke, ja, es gehe ihr gut. Man muss sie nur ansehen, um zu wissen, dass das nicht stimmt. Glaubst du, sie leidet an Melancholie, Augusta? Es heißt, ihre Mutter sei daran so jung gestorben.»

«Unsinn. Was heißt schon ‹es heißt›? Das hast du von unserer lieben Madame Matthew gehört, stimmt's? Agnes hat immer solche Räuberpistolen parat. Sie ist so kapriziös wie klatschsüchtig! Mit solchen Geschichten soll sie ihren Mops unterhalten. Weiß der Himmel, wie John sie aushält. Er ist ein so diskreter Mann.»

Anne hielt es für unangebracht, zu erwähnen, dass es gerade John Matthew gewesen war, ein schon lange in Hamburg lebender englischer Kaufmann und Freund des Hauses, der ihr diese Neuigkeit beim letzten Sommerkonzert im Saal am Valentinskamp zugeflüstert hatte. In einem Moment, in dem Fenna besonders vergnügt lachte, hatte er gesagt, wie schön es sei, dass Mademoiselle Lehnert vom Leiden ihrer Mutter, das sich doch gern von Generation zu Generation vererbe, offensichtlich verschont geblieben sei, ein bei einer bevorstehenden Verlobung nicht zu unterschätzender Faktor.

«Sollten wir doch mit ihrem Zerberus sprechen?», schlug Augusta vor. «Mamsell Thea kennt Fenna wie niemand sonst.»

«Und ist, wie du richtig sagst, ein Zerberus. Sie wacht eifersüchtig darüber, dass ich Fenna nicht zu nah komme. Ist sie eigentlich endlich zurück? Ich habe sie mit Benni zum Eiskeller geschickt. Es hat ihr nicht gefallen, aber an einem Tag wie heute und weil Gefrorenes Fennas Lieblingsdessert ist, hat sie nur ganz kurz widersprochen.»

In der Diele wurden Stimmen laut, eine Tür fiel ins Schloss und schwere Schritte kamen die Treppe herauf.

«Da hast du deine Antwort», sagte Augusta. Theas harter Schritt war unverkennbar. Ebenso ihre Art, eine Tür zu öffnen: energisch und doch fast geräuschlos. Diesmal jedoch wurde die Tür heftig aufgestoßen, und als Thea in den Salon trat, sprang Anne erschreckt auf. Mamsell Thea, die nie jemand mit einem losen Knopf, einer herabhängenden Haarsträhne oder dem winzigsten Fleck auf ihrem Mieder ertappt hatte, sah aus, als sei sie in eine Rauferei geraten. Ihr gerötetes Gesicht wirkte grimmig wie das eines Pastors bei der Bußtagspredigt, der lange Riss in ihrer Bluse, die beschmutzte, nur halb in ihre Rocktasche gestopfte Haube, die blutige Schramme auf ihrem linken Handrücken, die völlig aus den Fugen geratene Frisur konnten nur Schlimmes bedeuten.

Und dann? Kein Knicks, kein bescheidener Gruß – die Zofe mit den Manieren einer Hofdame sank einfach auf einen Stuhl und stützte schwer atmend die Fäuste auf die Oberschenkel. Endlich wurde Augustas Rosmarinbranntwein gebraucht. Sie füllte wortlos ein Glas und sah zu, wie Thea es in einem Zug leerte.

«Danke, Madame Kjellerup», stieß sie hervor, «ergebensten Dank. Es ist empörend. Niemals zuvor bin ich so behandelt worden.»

Sie sah in die beiden fragenden Gesichter, besann sich darauf, wo sie war, und erhob sich.

«Nein.» Anne drückte sie auf den Stuhl zurück und setzte sich ihr gegenüber. «Bleibt sitzen, Mamsell, und erzählt, was geschehen ist. Seid Ihr überfallen worden? Und wo ist Benni? Geht es ihm gut?»

«Der Junge ist in der Küche. Ich habe dem Mädchen gesagt, sie soll ihm heiße Brühe geben. Sonst holt er sich den Tod. Er ist ja spindeldürr.»

Mit dankbarem Nicken beobachtete sie, wie Augusta das Glas zum zweiten Mal füllte, und leerte auch das, diesmal mit kleinen Schlucken und sichtlichem Behagen. Augusta zwinkerte Anne zu, und beide dachten das gleiche, nämlich dass die eiserne Thea angenehmerweise doch die eine oder andere menschliche Schwäche verbarg.

«Eure Soldaten, Madame Herrmanns», begann Thea, während sie die Reste ihrer Haube aus der Tasche zog und sich damit Stirn tupfte, «sind äußerst rüde. Und nachlässig. Die Mine war ohne Wache, und als wir die Treppe zum Eiskeller hinuntergestiegen waren – die Stufen sind gefährlich feucht und rutschig, man sollte umgehend Sand streuen –, da hat der Pferdejunge die Tür geöffnet, und wir sind in den Keller getreten. Er ist voller Eis. Die Stapel reichen fast bis zur Tür.»

«Natürlich tun sie das», sagte Anne ungeduldig. Es konnte nur am Branntwein liegen, wenn die wortkarge Thea sich zu so überflüssigen wie ausschweifenden Worten hinreißen ließ. «Er ist ja erst vor wenigen Tagen gefüllt worden. Je mehr Eis darin ist, umso länger bleibt es gefroren. Aber was oder wer, um Himmels willen, hat Euch so zugerichtet?»

«Soldaten natürlich», rief Thea. «Ich weiß nicht, ob Ihr jemals welchen zu nahe gekommen seid? Ihr solltet das unbedingt vermeiden. Kaum waren wir in dem Keller, als jemand hinter uns die Tür verschloss. Und den Balken vorlegte. Wir waren gefangen, ich und der Junge …»

«Ja, in dem Eis. Wie furchtbar, Ihr müsst Euch entsetzlich geängstigt haben.»

«In der Tat, Madame. Entsetzlich. Zum Glück ging unsere Lampe nicht aus. Als sie endlich kamen, uns zu befreien, wir waren schon halb erfroren, sind sie über uns hergefallen, als seien wir Diebe. Ich bin sicher, wir säßen jetzt im Arrest, wenn dieser dicke kleine Mann nicht gewesen wäre, ein Zivilist. Er kannte Euren Pferdejungen und wusste, dass wir das Recht hatten, Eis zu holen. Leider hat es einige Zeit gedauert, bis sie auf ihn hörten. Auf uns, auf den Jungen und mich, haben sie natürlich gar nicht gehört. Einer dieser dummen Männer hat sogar seinen Degen gezogen. Stellt Euch vor, was hätte geschehen können? Dort unten in der Enge auf der Stiege. Sie wollten auch nicht hören, als ich sagte, dass dort etwas im Keller sei, was, nun ja, was dort nicht hingehöre.»

Thea schwieg und warf schwer ausatmend einen raschen Blick auf Augustas Karaffe.

«Was!?», rief Anne. «Etwa Ratten? Es gibt zahllose in der Stadt. Aber in einem solchen Keller müssen doch sogar die erfrieren.»

Thea schüttelte den Kopf. Ihre Röte wechselte zu plötzlicher Blässe, und ihre Lippen wurden schmal. «Nein», sagte sie, «keine Ratten. In Eurem Eiskeller, Madame Herrmanns, hockte ein Mann, in einer Ecke tief im Stroh. Er war tot, aber ich habe ihn gleich erkannt. Es ist entsetzlich, wie soll ich es nur Fenna sagen? Der Tote, Madame, ist Oberleutnant Malthus. Der arme Monsieur Viktor. Er ist in diesem fatalen Keller erfroren.» Plötzlich aufschluchzend schlug sie die Hände vor ihr Gesicht. «Jämmerlich erfroren», klang es dumpf durch ihre Finger. «Und Fenna – ach, das arme Kind.»

«Wir müssen sie suchen, Anne», sagte Augusta, die als Erste ihre Sprache wiederfand. «Sie ist noch nicht von ihrem Spaziergang zurück. Nichts verbreitet sich so schnell wie schlechte Neuigkeiten. Es wäre schrecklich, wenn sie auf der Straße davon erführe. Mamsell Thea, wisst Ihr, wo Fenna spazieren gehen wollte?»

Thea nahm die Hände vom Gesicht und schüttelte den Kopf. «Nein. Natürlich weiß ich so etwas für gewöhnlich immer, schon seit sie geboren wurde. Und natürlich habe ich sie immer begleitet. Es geht nicht an, dass eine junge Dame alleine …» Sie zog ein Tuch aus der Tasche und putzte sich, energischer als es in einem Salon erlaubt war, die Nase. «In den letzten Tagen hat sie zwei Mal darauf bestanden, allein auszugehen. Da Ihr, Madame», sie warf Anne einen missbilligenden Blick zu, «sie darin unterstützt habt, habe ich ihrem Wunsch entsprochen, obwohl Monsieur Lehnert solche Freiheiten nicht billigt. Besonders in der Brautzeit ist die Makellosigkeit des Betragens …»

«Das mag sein.» Die steile Falte über Annes Nasenwurzel zeugte von nur mühsam beherrschter Ungeduld. «Nun ist nicht die Zeit, Fragen der Schicklichkeit zu erörtern. Wo könnte Fenna sein? Sie liebt die äußere Alster, aber alleine würde sie nicht durch das Dammtor gehen. Ob wir sie auf der Promenade finden? Am Jungfernstieg?»

«Ich glaube, die Suche erübrigt sich.» Augusta hob den Finger ans Ohr und lauschte mit geneigtem Kopf. «Das ist doch ihre Stimme?»

Tatsächlich klang Fennas Stimme von der Diele hinauf in den Salon, sie begrüßte den alten Blohm, Diener und Faktotum des Hauses, der es sich trotz seiner steifen Knochen nicht nehmen ließ, Besuchern die Tür zu öffnen. Die drei Frauen, Anne, Augusta und Thea, lauschten in stummem Unbehagen. Dann hörten sie Fenna rasch und leicht die Treppe hinauflaufen, und sie betrat den Salon.

Ein Blick auf ihr Gesicht verriet, dass ihr niemand, auch nicht der alte Diener, die Neuigkeit berichtet hatte. Der lange Spaziergang hatte die Schatten über ihrer Seele vertrieben. Keine Spur mehr von der Blässe der letzten Tage, ihre Wangen waren wieder rosig, ihre Augen blank.

«Voilà», rief sie vergnügt und zeigte auf ein duftiges Gebilde aus mit Spitzen gerändertem und winzigen weißen Federn und Blüten aus pastellfarbener Seide besetztem Musselin, das einer zarten Wolke gleich auf ihrem Haar festgesteckt war. «Wie gefällt euch meine neue Haube? Wenn man diese Winzigkeit überhaupt Haube nennen kann, vielmehr ist es ein Hütchen. Ach, ich muss mich entschuldigen, Mesdames, während der letzten Tage war ich so missgestimmt, ganz ohne echten Grund. Das ist nun vorbei, und zum Zeichen», sie schnippte kokett gegen das Häubchen, «habe ich mir das hier geschenkt. Und ich habe wunderbare Stoffe gesehen. Könntet Ihr heute Nachmittag eine Stunde erübrigen, Madame Herrmanns, und mir bei der Auswahl für zwei Winterkleider helfen? Oder morgen? Ich vertraue ganz auf Euren Geschmack. Du meine Güte, Thea!» Erst jetzt bemerkte sie, dass ihre Zofe erheblich anders aussah, als sie es gewöhnt war. «Was ist geschehen? Bist du in einen Tumult geraten?»

«So etwas Ähnliches, ja.» Thea erhob sich steif und nahm Fenna am Arm. «Setz dich, Kind», sagte sie, ihre Stimme klang erstaunlich sanft. Augusta füllte unauffällig ein Glas mit Branntwein, und Anne legte ihre Hand auf Fennas.

«Ihr macht mir Angst.» Fenna versuchte ein unsicheres Lachen. «Gibt es Nachricht von meinem Vater? Ist das Schiff …?» Sie verstummte ängstlich, ihre Wangen waren wieder so blass wie in den Tagen zuvor.

«Nein.» Anne begriff, dass Thea sich ausnahmsweise an die Spielregeln hielt und, obwohl es um ihren Schützling ging, der Dame des Hauses den Vortritt ließ, was sie in diesem Fall durchaus bedauerte. «Es geht nicht um Euren Vater. Es geht um Viktor Malthus.»

Fenna entzog Anne abrupt ihre Hand und sprang so hastig auf, dass der Stuhl umgefallen wäre, hätte Thea nicht schnell nach der Lehne gegriffen.

«Er ist weg», sagte sie. Ihre Stimme klang kalt und tonlos. «Er ist aus der Stadt geritten und hat mir nur noch den Rücken gezeigt. Wollt Ihr mir das sagen?»

Anne verstand nicht, was sie meinte. «Das hätte er niemals getan. Nein, Fenna, Viktor ist tot. Und du musst jetzt überhaupt nicht tapfer sein.»

Wenn Anne später an diese Stunde zurückdachte, spürte sie stets ein Frösteln. Sie hatte mit Tränen gerechnet, lautem Jammer, mit einer Ohnmacht. Aber Fenna weinte nicht, sie blieb still und bewegungslos, nur ihr Gesicht zeigte, dass sie die Worte und deren Bedeutung verstanden hatte. Es gefror zu einer weißen Maske, das leuchtende Blau ihrer Augen wurde dunkel und grün. Ein Gesicht, das weniger Schmerz oder Verzweiflung ausdrückte als fassungslosen Zorn.

An Ende der ABC-Straße blieb Weddemeister Wagner stehen und ließ seinen Blick rasch und routiniert über den vor ihm liegenden Gänsemarkt gleiten. Der Platz war einer der größten in der Stadt, wichtige Straßen kreuzten ihn, doch an diesem Spätvormittag war er weniger belebt als gewöhnlich. Am Fuß des hölzernen Glockenturms hockten Bäuerinnen vom Hamburger Berg hinter Körben mit Gemüse, Eiern und hartem trockenem Käse. Einen Weidenkäfig, in dem ein mageres Huhn auf sein Ende im Kochtopf wartete, hatten sie an den Turm gebunden, damit kein flinker Dieb ihn im Vorbeirennen stehlen konnte. Ein mit Fässern und Ballen beladenes Fuhrwerk aus den Gerberhöfen rollte quer über den Platz zum Valentinskamp, der Kutscher musste die Pferde langsam durch die Pfützen und Schlammlöcher führen. Die wenigen flanierenden Damen, die Mägde und Köchinnen mit ihren Körben und die Kontorboten mit eiliger Post suchten sich eng an die Häuser gedrückt ihren Weg.

Im Portal des Englischen Reitstalls drängte sich eine ganze Traube von Menschen und versperrte die Sicht auf den Anlass ihrer Neugier. Ein heller Triller verriet Wagner, was er nicht sah. Die Leute scharten sich um einen Vogelhändler, gewiss um denselben, den er gestern bei der Börse und vorgestern auf dem Hopfenmarkt gesehen hatte. Es hieß, er komme aus Tirol, der Bäcker bei der Petrikirche hatte behauptet, aus Wien, aber das glaubte Wagner nicht. Er überlegte, ob die Reise von Wien noch länger dauere als von Tirol. Beides bedeutete einen unvernünftig weiten Weg, einzig um Vögel zu verkaufen, die nur hübsch aussahen und mit ihrer Singerei keiner der Nachtigallen Paroli bieten konnten, die im Frühsommer in den Gärten sangen, ohne dass man sie teuer bezahlte. Er musste sich diesen Kerl, dessen unauffällige dunkle Joppe und Hose zu allgemein waren, um als Tracht seine Herkunft zu verraten, doch einmal von nahem ansehen, vor allem sein Passpapier und den Erlaubnisschein zum Verkauf. Die große Stadt zog Gesindel an wie Blüten die Bienen.

Wagner nahm alles ohne nachzudenken schnell und akkurat wahr, eine Angewohnheit, die sein Beruf mit sich brachte, auch das Mädchen, das barfüßig und mit hochgebundenen Röcken die schlammbespritzte Tür des Konfitürenhändlers an der Ecke beim Durchgang zum Opernhof abwusch. Hätte ihn später jemand danach gefragt, hätte er sich sogar daran erinnert, wie sie ihren schmutzigen Tuchfetzen in einen dieser Ledereimer tauchte, die zum Kampf gegen Brände für jedes Haus vorgeschrieben waren.

Er entdeckte niemanden, den er kannte, trotzdem

drückte er, bevor er den Platz überquerte, seinen Hut tief in die Stirn. Der Weddemeister war bekannt in der Stadt. Die meisten gingen ihm gern aus dem Weg, doch wer von dem Fund im Eiskeller gehört hatte, würde versuchen, ihn mit unerquicklichen Fragen aufzuhalten. Ganz sicher eilte ihm diese brandneue Nachricht schon voraus.

Am anderen Ende des Platzes angekommen, spürte er, wie dringend er neue Stiefel brauchte. Zumindest bessere Sohlen für die alten. Es war leichtfertig gewesen, Karla den Stoff für ein neues Kleid zu kaufen. Aber ihre Augen hatten so geglänzt, ihre dünnen Finger so zart den geblümten Kattun gestreichelt, da hatte er das Rechnen vergessen. Was waren ab und zu nasse Füße gegen ihre Freude, ihren glücklichen Kuss? Bis zum Winter würde ihm ein Weg einfallen, Stiefel zu beschaffen. Wenn er gute gebrauchte fand, konnte er sich einreden, sie seien so gut wie neu. Mit ein bisschen Glück fand er beste Ware, die der Schuster von einem unzufriedenen vornehmen Kunden zurückgenommen hatte und billig wieder hergab. Mit einem Extranachlass für den Weddemeister.

So etwas war nicht korrekt und widersprach seinen Prinzipien. Wenn man es aber als eine Art Deputat ansah, konnte es angehen. Karla, die in den meisten Dingen erheblich praktischer dachte als ihr Ehemann, würde es als selbstverständlich ansehen und nicht weiter fragen. Das tat sie nie. Im Gegensatz zu ihm besaß sie die Gabe, das Gegebene einfach hinzunehmen. Zumeist mit einem Lächeln. Mit diesem windhauchleichten Lächeln, das ihn nach anderthalb Ehejahren noch entzückte, als sehe er es zum ersten Mal.

Die Erinnerung wärmte sein Herz, ein wenig sogar seine nassen Füße. Er schob seinen Hut zurück, bog zum Jungfernstieg ab und öffnete nach wenigen Schritten die schmiedeeiserne Pforte zum Stadtgarten der Kunst- und Handelsgärtnerei Malthus.

Unter seinen Pflichten gab es einige, vor denen er sich gern gedrückt hätte. Zum Beispiel bei den Hinrichtungen dabei zu sein, ob am Galgen, durch das Schwert oder unter dem Rad. Das war ihm das Schlimmste. Er verstand nicht, warum das quälende Ende eines Menschen, selbst eines durch und durch schlechten – was tatsächlich nicht alle waren, die auf dem Galgenfeld endeten –, warum dieser Anblick für die meisten Leute ein vergnügliches Spektakel war. Gleich danach kam seine Pflicht, Todesnachrichten zu überbringen.

Er drehte sich noch einmal nach dem Vogelhändler um. Vielleicht sollte er die Gelegenheit nutzen und gleich nach dem Pass fragen, bevor der Österreicher irgendwo im Labyrinth der Gängeviertel untertauchte, vielleicht …

Energisch öffnete er die schmiedeeiserne Pforte zum Malthus'schen Garten und machte sich auf die Suche nach Elias Malthus. Zum Glück musste er die Nachricht vom Tod ihres Sohnes nicht Madame Malthus überbringen. Als er in dem Haus in der Düsternstraße anklopfte, erklärte ihm die Magd, Madame mache Besuch in Jork; sie sei vor drei Tagen abgereist und werden heute gegen Abend zurückerwartet. Falls das Wetter es zulasse, gefahrlos die Elbe zu überqueren, was nach der vergangenen Nacht nicht sicher sei. Wenn es um eine Angelegenheit der Gärtnerei gehe, möge er sich an den jungen Herrn wenden, Monsieur Malthus sei im Garten beim Gänsemarkt.

Der große Garten erstreckte sich von der den Opernhof begrenzenden Häuserzeile bis an die innere Alster, im Norden reichte er bis zum Kalkhof. Der beiden anderen Malthus'schen Gärten vor dem Stein- und dem Dammtor dienten als Baumschulen, hier, mitten in der Stadt, wartete das Paradies der Blumen und Stauden. Im hinteren Teil standen, mit Lebensbaumhecken gegen raue Winde geschützt, die Glashäuser. Die meisten beherbergten die empfindlichen Gewächse aus wärmeren Ländern und Kontinenten, zum Beispiel Lorbeer und verschiedene Arten von Citrus-Bäumchen. Auch Bergamotte war darunter, ein Feigenbaum und Ananasstauden, Aloen, Arabischer Jasmin oder peruvianische Sonnenwendstauden und die stolze Kaiserkrone. Während der Sommermonate standen die meisten in großen Töpfen und Kübeln in besonders sonnigen und windgeschützten Ecken des Gartens, bis sie mit dem Beginn der kühlen Nächte wieder den wärmenden Schutz der verglasten Wände brauchten

Von dem einst großen Küchengarten war nur ein geringer Rest geblieben, die meisten Samen für Gemüse und Kräuter im Malthus'schen Angebot stammten von den Bauern vor den Toren bis weit ins Lüneburgische und anderen, auch ausländischen Gärtnereien. Der Garten war vor fast siebzig Jahren angelegt worden und gehörte zu den Attraktionen der Stadt, selbst in englischen Reisebüchern wurde er als Ort der Erquickung der Seele gepriesen. Mit seinen Spazierwegen unter alten Bäumen und für das Auge erquickenden kleinen Rasenstücken stand er allen offen, die sich an ihm erfreuen wollten. In den Sommermonaten war der Garten ein wohlgeordnetes Blütenmeer, doch schon von den ersten Schneeblumen im Februar bis zu den Winterlevkojen im Glashaus – irgendetwas blühte fast immer.

Selbst Wagner, der wenig Sinn für die Freuden der Gärtnerei hatte, hatte den Garten schon einige Male mit seiner Frau besucht. Zuletzt zur Zeit der Tulpen, Narzissen und Hyazinthen, Karlas Freude an der Vielfalt der Farben und Formen, an den süßen Düften, hatte ihn angesteckt, obwohl er sich mehr für Gemüse interessierte.

Nun ließ das Areal hinter den hohen Hecken schon die Melancholie des Herbstes ahnen. Auf den von niedrigem Buchsbaum gesäumten Rasenflächen um den Springbrunnen lagen Birken- und Lindenblätter wie gelbe Tupfen auf bemaltem Kattun; das Grün der Stauden zeigte Müdigkeit und etliche der hinteren Beete waren schon leer und für die winterliche Ruhe bereit. Monsieur Elias sei bei den Glashäusern zu finden, hatte die Magd vermutet, zum Glück habe er schon zwei Tage vor dem Sturm angeordnet, die empfindlichsten Gewächse hineinzubringen und die Fenster des Nachts zu schließen. Nun sei zu prüfen, ob alles am rechten Platz stehe und genug Licht und Luft bekomme.

Als trenne ihn nicht nur eine dichte hohe Hecke von städtischem Trubel und Gewimmel, herrschte im Garten ländliche Ruhe. Wagner sah etliche gebeugte Köpfe und Rücken, auf den Wegen auch Männer und Frauen mit Körben oder Schubkarren, doch falls sie sprachen, geschah es ohne Lärm. Malthus schien ein strenger oder über das Gewöhnliche hinaus empfindlicher Mensch zu sein. Bei den Glashäusern am Ende der in der Mitte verlaufenden Ulmenallee traf Wagner auf zwei junge Frauen und ein Kind, die Treibkästen für Obststecklinge herrichteten. Monsieur Malthus, erklärten sie, sei gewiss im Aufseherhaus nahe dem Bootssteg. Dort stünden auch die Samenschränke, die in diesen Wochen viel Arbeit machten.

Elias Malthus war allein, als Wagner an die Tür des Fachwerkhäuschens klopfte. Er erkannte den Weddemeister und bat ihn höflich einzutreten.

«Danke», sagte Wagner auf Malthus' Frage, «nein, ich möchte keinen Samen kaufen.» Er zog sein feuchtes blaues Tuch aus der Tasche und rieb es nervös über die linke Hand. «Ich habe keinen Garten, leider. Madame Wagner hätte gerne einen, aber – nun ja. Ich habe eine Nachricht zu überbringen, Monsieur Malthus. Und einige Fragen zu stellen. Wenn Ihr erlaubt.»

Elias Malthus lächelte. Der zappelige kleine Mann schien ihn zu amüsieren. «Fragen? Ihr macht mich neugierig. Aber zuerst die Nachricht. Wurde wieder in meine Baumschule vor dem Steintor eingebrochen? Seit dort nachts die Hunde frei laufen, hat das niemand mehr gewagt.»

«Die Hunde, aha. Sehr nützliche Tiere. Bisweilen. Aber nein, von dem Garten vor dem Steintor weiß ich nichts, ich hoffe, er ist unversehrt.» Wagner hörte sich plappern. Er fuhr mit dem Zeigefinger durch die plötzlich enge Halsbinde und fasste sich ein Herz. «Ich habe eine traurige Nachricht, Monsieur. Es geht um Euren Bruder, Oberleutnant Malthus. Viktor, ja. Er ist», Wagner hob bedauernd die Schultern, «er ist gestorben. In der letzten Nacht. Es tut mir sehr Leid.»

Wagner hatte oft erlebt, wie sich Gesichter bei einer solchen Nachricht veränderten. Das taten sie immer, jedes auf seine Weise. Elias Malthus' Gesicht veränderte sich nicht. Nur an seiner rechten Schläfe trat eine Ader hervor, fast verdeckt von seinem hellen Haar, und die vor der Brust leicht ineinander gelegten Hände umgriffen sich fester. Ein weniger geübter Beobachter hätte beides übersehen.

Elias setzte sich steif auf den Stuhl vor dem Kontortisch und wandte sich zur Seite, dem Fenster zu. «Viktor», sagte er. Mehr nicht.

Wagner spürte die Nässe an seinen Füßen und die aufsteigende Kälte in seinen Beinen. Warum fragte Malthus nicht nach dem Warum und dem Wo, nach dem Wie? Es war viel einfacher, auf Fragen zu antworten, als selbst zu erzählen. Aber Elias fragte nicht, so fuhr Wagner fort: «Euer Bruder wurde heute Morgen gefunden, um halb zehn. Er ist in der Nacht gestorben, wahrscheinlich spät gestern

Abend. In einem Keller im Wall, einem ehemaligen Pulverlager, das nun als Eiskeller genutzt wird.»

«Eiskeller?» Elias fuhr herum und starrte Wagner an. «In *unserem* Eiskeller? In der Mine bei Eberhardus? Was hat er da gemacht?»

«Wenn Ihr erlaubt?» Wagner war nun wieder in seinem Element, er zog flink einen Schemel heran und setzte sich. «Das ist eine der Fragen, die ich an Euch habe, Monsieur. Ihr sagt, es sei Euer Keller? Ich dachte, er ist an Monsieur Herrmanns vermietet.»

«An Herrmanns und an mich. Wir teilen den Keller, für eine Familie ist er zu groß. Was hat Viktor dort gemacht? Wollte er Eis holen? Wozu? Das ist Aufgabe des Hausknechtes.»

«Ich hoffte, das könntet Ihr mir sagen. Auch was er an diesem Abend für Pläne hatte, vor allem: mit wem? Euer Bruder, Monsieur, ist nicht einfach so gestorben. Jemand hat ihn in den Keller eingesperrt, sodass er erfrieren musste. Jemand hat Euren Bruder ermordet. Und Ihr werdet mir sagen können, wer ihn genug – und warum – gehasst hat, das zu tun.»

Elias Malthus schob seinen Stuhl zurück, nahm die Wasserkaraffe von der Fensterbank und füllte ein Glas. Er trank einen Schluck, betrachtete das Gefäß, als sei es kunstvoll geschliffen und nicht aus dickem billigem Material, trank noch einmal und stellte es auf den Tisch.

«Verzeiht», sagt er dann, füllte ein zweites Glas und reichte es Wagner. «Ihr müsst durstig sein», murmelte er. Er sah zu, wie Wagner trank, und setzte sich wieder auf seinen Stuhl. «Ich würde Euch gerne etwas über meinen Bruder sagen. Doch wenn er auch mein Bruder ist, weiß ich wenig über ihn. Getötet, sagt Ihr? Seid Ihr sicher? Sieht ein Unglück nicht oft nur so aus? Womöglich ist er gestolpert, mit dem Kopf auf das Eis geschlagen – das ist mir selbst schon passiert. Das Eis ist hart wie ein Fels, ich hatte Glück, ich war nicht allein.»

«Hin und wieder sieht ein Unglück so aus, ja, auf den ersten Blick. Euer Bruder allerdings ist, wie ich eben schon sagte, eingesperrt worden. Die beiden Türen zu diesem Keller öffnen sich nach außen, und sie haben an der Außenseite Balken, um sie fest in den Rahmen zu halten. Damit möglichst wenig warme Luft eindringt. Jemand hat den Balken vorgelegt, von außen. Dass das aus Unachtsamkeit geschah, ist unwahrscheinlich. Denkt Ihr nicht auch?»

Elias Malthus stand auf. Er verschränkte die Hände auf dem Rücken und sah hinaus. «Was hat er dort nur gemacht?», murmelte er. Durch das leicht geöffnete Fenster drang von der Alster das Geräusch von Ruderschlägen herein, als eine Frauenstimme übermütig lachte, schloss Malthus das Fenster mit einer plötzlichen Heftigkeit, die seine unbewegte Haltung Lügen strafte.

«Ich weiß, es ist jetzt nicht der rechte Moment», sagte Wagner, «Ihr seid erschüttert. Wenn Ihr mir trotzdem sagen könntet, ob es jemanden gab, mit dem Euer Bruder im Streit lag? Oder hatte er Schuldner? Vielleicht auch selbst Schulden, die er versäumt hat zurückzuzahlen? Oder, nun ja, er war ein noch junger Mann und, wie ich gehört habe, von einigem Temperament. Vielleicht gab es eine unpassende Liebschaft und ...», er hüstelte umständlich, «... einen betrogenen Ehemann?»

Elias Malthus setzte sich wieder und schüttelte unwillig den Kopf. «Von Schulden weiß ich nichts, und ich bin sicher, ich wäre der Erste gewesen, den er um Hilfe gebeten hätte. Mag sein, dass er in der Vergangenheit Liebschaften hatte, wie Ihr es nennt, aber sicher nicht mehr in den letzten Monaten. Viktor ist – er war verlobt», erklärte er auf Wagners zweifelnden Blick, «noch nicht ganz offiziell, doch der Vormund des Mädchens hatte schon sein Einverständnis erklärt, und das ist allgemein bekannt. In unseren Kreisen. Viktor war nicht dumm genug, eine so», er suchte stirnrunzelnd nach dem richtigen Wort, «eine so günstige wie gesellschaftlich passende Verbindung durch ein törichtes Abenteuer zu gefährden. Damit hätte er bis nach der Hochzeit gewartet.» Er fuhr sich unwillig mit der Hand über die Lippen. «Vergesst die letzte Bemerkung. Mein Bruder war kein leichtfertiger Mensch. Treue galt ihm viel. Er war beliebt und geachtet, sein Tod kann nur ein Irrtum sein. Jemand muss ihn verwechselt haben. Oder er hat Diebe überrascht, die Eis stehlen wollten. Wir haben gerade frisches bekommen, das lässt sich gut verkaufen, besonders am Ende des Sommers, wenn die Vorräte verbraucht oder geschmolzen sind. Nein», er erhob sich abrupt und sah zornig auf Wagner hinab, «ich glaube etwas anderes. Diese Überfälle während der letzten Wochen. Es hieß immer, es sei nur Glück, dass keiner der Männer getötet worden ist. Ich hielt das auch nur für eine Frage der Zeit, und nun, Weddemeister, nun ist es geschehen: Einer ist getötet worden. Ein ehrbarer Mann. Mein Bruder. Weil die Wachen in unserer Stadt unfähig sind, solche Lumpen zu schnappen.»

Elias Malthus' Stimme war mit jedem Satz lauter geworden. Wagner schnaufte schwer und verschränkte heftig die Arme vor der Brust. «Ich bin sicher, Monsieur, dass das andere sind», erklärte er alle Würde zusammenkratzend und stand auf. Was leider nur wenig nützte. Elias Malthus war ein großer Mann, auch jetzt musste Wagner noch zu ihm aufsehen. «Diese Lumpen sind ganz andere», erklärte er, und es gelang ihm, fast so kalt zu blicken wie sein Gegenüber. «Selbst falls Ihr Recht habt, was ich, nun ja, nicht glaube, wäre ich Euch verbunden, zu erfahren, wann Oberleutnant Malthus gestern Abend Euer Haus verlassen hat. Und mit welchen Plänen.»

«Das kann ich Euch nicht sagen. Selbst wenn ich wollte, was im Augenblick nicht der Fall ist. Ich muss mich nun um andere Dinge kümmern.» Seine Stimme klang schneidend, und Wagner versuchte, sich nicht doch wie eine Maus zu fühlen. «Nun gut, wenn es Euch hilft. Mein Bruder wohnte in unserem Haus, das stimmt, er zog es aber trotz des kalten feuchten Sommers vor, im Pavillon in dem kleinen Lustgarten hinter dem Haus zu schlafen. Von dort führt ein schmaler Gang auf die Straße, er konnte also kommen und gehen, wie er wollte, ohne dass es jemand sah oder hörte. Über die Vergnügungen an seinen dienstfreien Abenden hat er mir keine Auskunft gegeben. Danach fragt Ihr besser die anderen Offiziere seiner Kompanie, er hatte sonst keine Freunde in der Stadt. Ich kann mir nicht vorstellen, warum er in einer solchen Sturmnacht hinausgegangen sein sollte. Alle, die in unserem Haus leben, waren, nachdem wir in den Gärten getan hatten, was möglich war, zu Hause. So wie ich.»

«Wart Ihr nicht in Sorge, Eurem Bruder könnte bei dem Unwetter in dem Pavillon etwas zustoßen? Ein kleines Gartenhaus ist gewöhnlich nicht sehr stabil.»

«Ich war oft um ihn in Sorge», murmelte Elias Malthus. Er fuhr sich übers Haar und erklärte laut: «Nein, gestern war ich nicht in Sorge. Der Pavillon ist klein, das stimmt, aber er ist sehr stabil. Im Übrigen ist – war Viktor ein erwachsener Mann. Wenn er sich unsicher gefühlt hätte, wäre er ins Haus gekommen. Mehr kann ich Euch nicht sagen, Weddemeister. Und nun: Wo ist der Leichnam meines Bruders?»

Wagner schluckte. Was jetzt kam, war fast so schlimm

wie das Überbringen der Todesnachricht. «Im Anatomischen Theater im Eimbeck'schen Haus. Leider. Jeder, der auf unnatürliche Weise gestorben ist, wird zunächst dort hingebracht und untersucht. Das ist Vorschrift. Wie Ihr sicher wisst.»

Elias Malthus sah für einen Moment starr durch Wagner hindurch, dann nickte er knapp und ging zur Tür. Er öffnete sie weit und blickte Wagner auffordernd an.

«Gewiss. Sofort. Nur eines noch. Wer ist die Braut Eures Bruders?»

«Mademoiselle Lehnert. Sie lebt erst seit dem letzten November in der Stadt, als Gast bei Monsieur Herrmanns am Neuen Wandrahm. Ich wäre Euch äußerst verbunden, wenn Ihr Mademoiselle Lehnert mit Eurem Besuch verschontet, bis ich Gelegenheit hatte, ihr die Nachricht zu bringen. So etwas sollte in der Familie bleiben. Oder seid Ihr anderer Ansicht?»

Wagner schwieg. Er fand es überflüssig, einem Mann, der die Fähigkeiten der Wedde und der nächtlichen Wachen so rüde infrage stellte, einen unangenehmen Weg zu ersparen. Dass es ausgerechnet Mademoiselle Lehnerts Zofe gewesen war, die den Toten gefunden und die Nachricht vom so unvermittelten Ende des Brautstandes zweifellos längst überbracht hatte, würde er früh genug erfahren.

«Zu Eurer Frage, mit wem Viktor im Streit lag, Weddemeister», sagte Elias Malthus, als Wagner schon vor der Tür stand und überlegte, wie er durch das Labyrinth der Gartenwege am schnellsten zurück zum Gänsemarkt fände, «dazu werdet Ihr zweifellos bald meinen Namen hören. Aber das ist nicht wahr. Wir hatten in vielen Dingen unterschiedliche Ansichten, schon seit wir Kinder waren, aber ich lag nicht mit ihm im Streit. Wir haben uns immer geeinigt, früher und auch heute, ich meine, seit er wieder zurück war. Das wäre auch in Zukunft so gewesen. Und nun muss ich meinen Bruder aus diesem schändlichen Seziersaal nach Hause holen.»

Damit zog er heftig die Tür ins Schloss und ließ Wagner mit der Erkenntnis stehen, dass er eine wichtige Frage vergessen und doch darauf Antwort bekommen hatte.

Als er durch den Garten zurück zur Pforte stapfte, ratterte es in seinem Kopf wie in einem zu eiligen Uhrwerk. Dass Mademoiselle Lehnert bei den Herrmanns' lebte, machte die Sache leichter. Er kannte die Herrmanns' besser, als es einem einfachen Weddemeister anstand, was nur daran lag, dass Claes Herrmanns eine nicht immer hilfreiche Neigung hatte, sich in seine Arbeit einzumischen, und Madame Herrmanns und Madame Kjellerup, seine Tante, standen ihm darin nicht nach. In diesem Fall allerdings würde es die Befragung der jungen Dame erheblich erleichtern, wenn auch – Wagner zupfte die Frucht einer Berberitze von ihrem stacheligen Zweig und steckte sie gedankenverloren in den Mund, nur um die längliche rote Beere gleich wieder auszuspucken. Sie war saurer als jede Zitrone. Ja, es würde die Befragung erleichtern, sicher konnten die Herrmanns' gründliche Auskünfte über den Toten geben. Claes Herrmanns gehörte zu den bedeutendsten Großkaufleuten der Stadt, er war Mitglied der Commerzdeputation und gewiss nicht dumm. Wenn sich eine junge Frau verlobte, die seiner Obhut anvertraut war, hatte er den Bewerber auf Herz und Nieren geprüft, bevor er seine Zustimmung gab. Dann wusste er alles über dessen Schulden und Liebschaften, über dessen Vergangenheit und Zukunftspläne.

Das bedeutete erst recht, dass sich die Familie Herrmanns wieder mal an der Suche nach dem Täter beteiligen würde. In diesem Fall war auch das nicht übel. Wagners Laune wurde heller. Herrmanns hatte die besten Verbindungen und bekam Auskünfte von Männern, die einem Weddemeister niemals Einblicke in ihre Angelegenheiten geben würden, Madame Herrmanns und Madame Kjellerup wiederum kannten alle Damen, und die würden ihnen nur zu gerne jede Art von Familienklatsch anvertrauen. Was sonst wurde bei den Damenkränzchen ausgetauscht?

Nicht zu vergessen Mamsell Elsbeth. Die war mit allen Köchinnen und Marktfrauen vertraut, mit den Schlachtern und Bäckern, den Wäscherinnen …

Wagner vergaß seine kalten Füße und begann leise vor sich hin zu pfeifen. Im Vorbeigehen pflückte er einige kurze Asternzweige mit weißen, lichtblau geränderten Blüten und schob sie behutsam in die Rocktasche. Dort steckte schon sicher verwahrt eine Rosenblüte aus Elfenbein. Er hatte sie zu Füßen des Toten gefunden und eingesteckt, bevor einer der Rotröcke sie entdeckte.

Er schloss das Gartentor und überquerte, ohne auf die Pfützen zu achten, rasch den Gänsemarkt. Als die Glocke in dem hölzernen Türmchen schlug, blieb er stehen. Zwei Uhr? Das passte zum Knurren seines Magens, doch zwei Uhr bedeutete auch den Börsenschluss und damit eine Gelegenheit, die er sich nicht entgehen lassen durfte.

Auf dem Platz vor dem Rathaus und dem Commerzium sah er wieder den Vogelhändler. Er stand neben seinen Käfigen bei einer der Säulen der offenen Börsenhalle. Hier interessierten sich nur wenige Menschen für seine trillernde Ware. Nur eine alte Dame zählte dem Händler Münzen in die Hand, ihr Diener stand einen Schritt hinter ihr, in jeder Hand einen der kleinen Bauer. Eine Dienstmagd, ihren mit Gemüse gefüllten Korb mit beiden Händen umfasst, und zwei Jungen, deren schwarze Samtkleider sie als Schüler der Lateinschule auswiesen, sahen zu.

Doch nun hatte Wagner es noch eiliger als zuvor auf dem Gänsemarkt. Er würde Grabbe, seinen Weddeknecht, auf die Spur des Tirolers setzen. Natürlich prüften die Torwachen jedes Passpapier, aber auf die war kein Verlass. Wenn sie gerade die Röcke einer hübschen jungen Bäuerin nach Schmuggelware durchsuchten, eine Aufgabe, der sie sich gern und mit äußerster Gründlichkeit widmeten, konnte ein behänder Mann leicht hinter ihren Rücken in die Stadt schlüpfen. Besonders wenn die hübsche junge Bäuerin mit ihm unter einer Decke steckte.

Die Nachricht vom Einbruch in das Drillhaus hatte sich rasch verbreitet – die Neuigkeit von dem Toten im Eiskeller tief unten im Wall raste durch die Stadt wie ein Lauffeuer. Normalerweise hätte der Tod eines Stadtsoldaten kaum mehr Beachtung gefunden als der irgendeines unbedeutenden Mannes. Seit dem Bau des Festungsrings vor hundertfünfzig Jahren gehörte die Garnison zur Stadt. Sie wurde gebraucht, aber nicht gemocht. Die meisten der Soldaten, besonders der Offiziere, hatten zuvor viele Jahre anderen Herren in anderen Ländern gedient, das Misstrauen gegen die Männer in den roten Röcken saß tief. Ja, auch gegen die blauen der Artilleristen, deren Zahl war so gering, dass er nie an sie dachte. Was nach den Munitionsdiebstählen, so ermahnte er sich nun, von sträflicher Leichtfertigkeit zeugte. Das vor gut hundert Jahren erlassene Mandat, nach dem kein Einwohner der Stadt etwas von den Soldaten kaufen durfte, weil sich womöglich Gestohlenes darunter befinde, galt immer noch, wenn es auch kaum mehr beachtet wurde. Anders als in früheren, kriegerischen Zeiten betrachteten viele der zweitausend Soldaten die Stadt als ihre Heimat und blieben bis zu ihrem Tod. Dennoch wurden sie noch von vielen Bewohnern der Stadt als unzuverlässige Männer beargwöhnt, die ihren Dienst einzig um des bescheidenen Soldes willen taten. Wenn einer starb, war das Angelegenheit der Garnison. Punktum. War der Tote aber nicht nur Offizier, entstammte er auch einer alten Hamburger Familie, lag die Sache natürlich anders.

Jensens Kaffeehaus nahe der Börse war stets gut besucht – an diesem Tag war es so voll wie die Arrestzellen nach den Unruhen im vergangenen Jahr. Es gab etliche Kaffeehäuser in der Stadt, jedes hatte seine ganz eigene Kundschaft. Jensens wurde als das vornehmste gerne von den ausländischen Gesandten und wohlhabenden Reisenden besucht, insbesondere aber trafen sich hier die Mitglieder des Rats und der Bürgerschaft, der Deputationen und – das vor allem – der Kaufmannschaft. Unter dem belebenden Einfluss von Kaffee und Portwein wurden hier fast so viele Geschäfte eingefädelt und abgewickelt wie in den Kontoren, fast so viel Politik wie im Rathaus gemacht. Auch wer Neuigkeiten erfahren oder schnell und zuverlässig unter die Leute bringen wollte, ging zu Jensen. Am besten nach Börsenschluss um die Mittagszeit, wenn kein Kaufmann, der seine Geschäfte ernst nahm, den Weg dorthin versäumte.

Ein Weddemeister gehörte keinesfalls in dieses Kaffeehaus, freiwillig hätte Wagner das Etablissement, wie er es nannte, auch nie besucht. Die Versammlung so vieler Männer in Röcken aus teurem Tuch, die einen wie ihn geflissentlich übersahen, schreckte ihn ebenso ab wie die Preise. Sein Dienst forderte manches Opfer, vielleicht hatte er Glück und auch der Wirt übersah in dieser Stunde des stärksten Gedränges einen Gast, dessen Kleider so schäbig wie seine Taschen leer waren.

Die Tür stand weit offen, ein Zeichen, dass das Kaffeehaus schon überfüllt war. Tatsächlich waren die Tische längst besetzt, Tabakqualm erstickte den aromatischen Geruch des Kaffees und der Schokolade. Jensen und seine Helfer konnten sich nur mit Mühe durch die dichten Reihen der Männer vor dem Tresen drängen, und im hinteren Zimmer gelang es den Billardspielern kaum, ihre Queues anzusetzen. Was wenig störte, an diesem Tag war sowieso niemand ernsthaft am Lauf der Elfenbeinkugeln interessiert. Selbst die begehrten Zeitungen aus England, Frankreich, Italien oder den Niederlanden blieben unbeachtet. Niemand verlangte, wie es sonst häufig geschah, nach Feder, Tinte und Papier, um einen eiligen Brief zu schreiben oder das Ergebnis einer Vorverhandlung über den Kauf eines Grundstückes, einer Partie venezianischer Seide oder über Höhe und Art der Mitgift einer Tochter zu notieren. Niemand stritt über das Für und Wider der neuen Lotterie oder lamentierte über den gemeinen Rückgang der Geschäfte im Allgemeinen und im Besonderen. Wie Wagner vermutet hatte, gab es an diesem Tag nur ein Thema, den Tod von Viktor Malthus.

Er stand an der Tür, vor sich einen breiten Rücken, der über den Kragen hängende Zopf der gepuderten Perücke reizte ihn zum Niesen, und er überlegte, wie er es schaffen könnte, ins Zentrum des Geschehens zu gelangen. Drängeln half nicht, keiner dieser Männer würde ihm Platz machen.

Nach ungeschriebenem Gesetz hatte jeder Mann, gleich welchen Standes, Zutritt zu den Kaffeehäusern. Das klang nach der neuen vernünftigen Art zu denken – mit der praktischen Umsetzung haperte es allerdings. Es war allgemeine Sitte, unerwünschte Gäste herablassend zu behandeln oder schlicht zu ignorieren, sodass sie ihren Kaffee in Zukunft in einem bescheideneren Gasthaus tranken und ihre Zeitungslektüre an den Kiosken bei der Trostbrücke suchten.

An der Tür, abgeschirmt durch diese geschlossene Menschenmauer, würde er nicht viel erfahren. Wenn er hören wollte, was die Männer redeten, was sie über Viktor Malthus wussten oder mutmaßten, musste er weiter vordringen. Wieder hatte er Glück. Einer der Syndici des Rats, ein Mann, dessen Statur an einen Stier erinnerte, schob ihn zur Seite und sich selbst, immer seinen beachtlichen Bauch voran, in die Menge, die sich vor ihm öffnete wie einst das Schilfmeer vor Moses. Und Wagner, auch nicht gerade ein schlanker Aal, schlängelte sich in seinem Schatten ins Zentrum des Geschehens bei den hinteren Fenstern.

Dort stand eine besonders dichte Traube von Männern um den Tisch, der stets für die Handelsherrn Herrmanns, Bocholt und deren Freunde reserviert war. Zum allgemeinen Verdruss saß Claes Herrmanns, das eigentliche Ziel der allgemeinen Neugierde, nicht, genüsslich seinen geliebten Kardamomkaffee schlürfend, auf seinem angestammten Platz.

«Natürlich nicht», erklärte sein alter Freund Bocholt, schlug ein Bein über das andere und gab sich alle Mühe, zu verbergen, dass er genauso enttäuscht war. «Was glaubt ihr denn? Ein Todesfall, gewissermaßen in der eigenen Familie. Als Vormund von Mademoiselle Lehnert hat Herrmanns jetzt Wichtigeres zu tun, als euch zu unterhalten. Natürlich ist er gleich nach Hause gegangen, als der Junge die Nachricht brachte, jedenfalls gleich, nachdem die Börse schloss. Bei aller Pietät muss ein Mann Prioritäten setzen, und bis dahin war die Mademoiselle bei seinen Damen ja in bester Obhut. Außerdem», umständlich seine lange Tonpfeife nachstopfend genoss er die Aufmerksamkeit der versammelten Kaufmannschaft, «außerdem habe ich gerade Malthus gesehen, zweifellos auf dem Weg zum Neuen Wandrahm, um der Braut seines Bruders sein Beileid zu bekunden. Was soll er denken, wenn der Hausherr bei Jensen herumsitzt, anstatt sich um sein trauerndes Mündel zu kümmern. Sah übrigens gar nicht gut aus, der Mann, gar nicht gut.»

«Malthus? Tatsächlich?» Müllerjohann, ein dünner Mensch mit unanständig großen Silberknöpfen auf dem schwarzen Rock über einer Weste, die für einen Zuckermakler und zu dieser frühen Stunde viel zu bunt geblümt war, feixte. «Malthus hat doch allen Grund, sich zu freuen», rief er in die begierig lauschende Runde. «Jahrelang war ihm sein Erbe sicher, komplett mit allem Drum und Dran, was bei den Malthus' nicht wenig ist, bei Gott nicht wenig. Und dann kommt plötzlich sein verloren geglaubter Bruder zurück. Sein *älterer* Bruder. Was das bedeutet, muss ich wohl nicht erklären. Der ist nun tot – wenn das kein Grund zur Freude ist.»

Einer so unerhörten Behauptung wäre in einem privaten Salon und in Anwesenheit von Damen vehement widersprochen, zumindest wäre sie durch einen raschen Wechsel des Themas vornehm übergangen worden. In der reinen Männergesellschaft des Kaffeehauses war solche Rücksicht überflüssig, Müllerjohanns Behauptung ließ Stimmung und Lärmpegel rapide steigen. Da die Profession der meisten Besucher der Umgang mit Waren und Profit war, geriet die Frage nach dem Mörder zugunsten des möglichen Inhalts des Testaments des erst im Frühjahr gestorbenen alten Malthus ganz in den Hintergrund. Was Viktors unvermutete Rückkehr für die Zukunft der Malthus'schen Kunst- und Handelsgärtnerei bedeutete, insbesondere für den jüngeren Sohn, Elias, war nie zuvor öffentlich debattiert worden. Elias war der erfahrene Gärtner und Kaufmann,

Viktor der enterbte Abenteurer, der sich nur aufs Schießen und Salutieren verstand. Keine Frage, wer geeigneter war, die Geschäfte weiter zu führen.

Wagner war zufrieden. Er fühlte sich unsichtbar, konnte still zuhören und darüber sogar seinen Hunger vergessen. Und dass er als Einziger besser wusste, wohin Elias Malthus unterwegs war, nämlich nicht nach dem Neuen Wandrahm, sondern zum Eimbeck'schen Haus, gefiel ihm ausnehmend gut. Die meisten der Männer, die das Wort über ein allgemeines ‹Genau!›, ‹Sehr richtig!› oder ‹Unerhört!› hinaus ergriffen, konnte er sehen, wenn er sich ein wenig auf die Fußspitzen stellte, viele erkannte er. Und er bekam die Hinweise auf die Malthus'schen Familienquerelen, auf die er gehofft hatte.

Der alte Malthus war weder dumm noch sentimental gewesen, auch gewiss nicht von sanftem, leicht verzeihendem Gemüt. Als Viktor, gerade sechzehn Jahre alt, kurz bevor die Zugbrücken für die Nacht heraufgezogen wurden, das elterliche Haus und die Stadt verlassen hatte, um zu den Soldaten zu laufen, hatte sein Vater jeden, der es hören wollte, wissen lassen, er habe nun nur noch einen Sohn, Elias. Der andere, dessen Namen er nicht mehr nenne und nicht mehr hören wolle, werde sein Haus nie mehr betreten. Käme er auch auf allen vieren angekrochen. Tatsächlich war Viktor in der Stadt bald vergessen, der Älteste, der einzige Sohn und Erbe, war nun Elias.

«Aber das ist doch lange her», meldete sich Ascan Westmeyer aus einer der hinteren Reihen zu Wort, «vierzehn Jahre.»

Wagner sah sich um und erkannte den Sprecher in dem Mann im rosenholzfarbenen Damastrock, der von einer leichten Duftwolke von Bergamotte umgeben war. Er war der Einzige, der sich nach ihm umwandte. Wer sich wie

Westmeyer schon in jungen Jahren auf seinem Vermögen ausruhte, den die Künste liebenden Privatier gab und von Frauen nur als ‹holden Geschöpfen› sprach, konnte von ordentlichen Kaufleuten nicht ernst genommen werden.

«Stimmt, Westmeyer, das ist lange her», erhob sich Bocholts Stimme mit diesem Hauch von Herablassung, den Wagner nur zu gut kannte, und die allgemeine Debatte versickerte umgehend. Womöglich nur, weil niemand erwartet hatte, das ausgerechnet dem Kaufmann und Reeder Bocholt, dem doch Fleiß und Kontor über alles gingen, dem Schöngeist aus der hinteren Reihe in dieser Versammlung ernsthafter Männer zur Beachtung verhalf. «Und wie man hört, hat …»

«Wo denn?», rief jemand aus dem Billardzimmer dazwischen. «Von wem gehört?»

«Wie man hört», wiederholte Bocholt unbeeindruckt, «hat Malthus sich mit seinem ältesten Sohn versöhnt. Oder nicht, Westmeyer?»

«Doch. Unbedingt.» Ascan Westmeyer drängte sich, von der ungewohnten Aufmerksamkeit errötend, aus der Menge zu dem Tisch am Fenster vor. «Monsieur Malthus war, verzeiht, wenn ich das so frei sage, er war ein leicht aufbrausender Mann, das war er wirklich, doch er hatte auch das warme Herz eines Vaters.» Westmeyers Nasenflügel blähten sich bewegt, und er wischte sich mit der Fingerspitze den rechten Augenwinkel. «Ich kannte ihn wirklich gut, nun ja, natürlich nur so gut, wie man einen Mann kennt, der über Jahre Pflanzen für den Garten liefert. Exquisite Pflanzen übrigens, unbedingt, sogar der Caneelbaum hat schon vier Winter überlebt, obwohl Caneelbäume in unseren unwirtlichen Breiten gar nicht gedeihen. Selbst in der Orangerie. Doch nun – diese schreckliche Flut. Alles dahin. Wie? Ach ja, Monsieur Malthus. Als Viktor im letzten Herbst heimkehrte, hat er sich zuerst geweigert, ihn zu empfangen, das stimmt. Obwohl der Oberleutnant doch eine höchst respektable Laufbahn vorweisen konnte und nicht, wie befürchtet, bei Straßenräubern oder Vagantengesindel gelandet war. Die arme Madame Malthus hat damals sehr gelitten, sie ist eine so empfindsame Seele. Doch endlich hat er auf die Stimme des Herzens gehört und natürlich auf das Flehen seiner Gattin, ja, das auch, und seinem verlorenen und heimgekehrten Sohn verziehen. Fast schon auf dem Sterbebett. Und Madame Malthus», nun war der linke Augenwinkel dran, «niemand war darüber glücklicher als Madame Malthus. Es war ihr innigster Wunsch, ihre beiden Söhne vereint an der Spitze …»

«Was heißt denn vereint?», fragte ein beleibter Mann, den sein Rock aus weinrotem Samt über einer lachsfarbenen Weste, die gepuderte Perücke und die üppigen Spitzenmanschetten als Liebhaber der französischen Mode auswiesen. «Zwei Männer mit gleichen Rechten an der Spitze eines Geschäfts, so was geht nie gut. Einer muss das Sagen haben. Sonst gibt es Chaos. Oder», er lachte meckernd, «Mord und Totschlag.»

«So ein Unsinn», rief ein anderer, der seit vielen Jahren mit seinem Cousin zu gleichen Rechten einen florierenden Holz- und Eisenhandel betrieb, «mit Vernunft und einem ordentlichen Vertrag geht das sehr gut.»

«Das ist doch Sophisterei», protestierte eine neue Stimme. «Reines Pharisäertum!», bestätigte einer, der an der Tür zum Billardzimmer lehnte, den Queue wie ein Gewehr an der Schulter, und eine dritte Stimme in Wagners Nähe murmelte: «Und wenn einer die Braut mit einer Mitgift bekommt, die der andere gerne hätte, geht gar nichts mehr.»

Diesmal hatte Wagner Pech. Als er sich rasch umdrehte,

sah er nur geschlossene Münder in gleichmütigen Gesichtern, den Sprecher der geflüsterten Worte konnte er nicht erkennen.

Zweifellos hätte Ascan Westmeyer gerne noch mehr von dem berichtet, was er tatsächlich von seinem Kammerdiener gehört hatte. Der wiederum hatte es von der Malthus'schen Köchin erfahren, deren Berufsstand als erste Quelle für vertrauliche Familiennachrichten bekannt war. Leider gingen die Erwägungen über die ergreifende Versöhnung zwischen Vater und Sohn in der Debatte unter, ob und auf welche Weise es möglich sei, ein Unternehmen mit zwei Herren zu führen. Was ihn zutiefst kränkte.

Wagner beachtete als Einziger, wie der rosenholzfarbene Rock mit steif hochgezogenen Schultern wieder in der Menge untertauchte und das Kaffeehaus verließ. Auch gut. Monsieur Westmeyer war ungemein begierig, sein Wissen preiszugeben, da ihm sonst niemand zuhören wollte, würde er es auch tun, wenn der Weddemeister bei ihm anklopfte. Und ohne Publikum, davon war Wagner überzeugt, würde Westmeyer ihm auch noch das letzte dunkle Gerücht anvertrauen. Unter dem Siegel der Verschwiegenheit.

Er war lange genug Weddemeister, um leichtfertige Halbwahrheiten, üble Nachrede und klebrige Lobhudeleien zu schätzen. Wer es verstand, die Spreu vom Weizen zu trennen, fand in solchem Geschwätz immer ein Quäntchen Wahrheit, einen kleinen Hinweis, oft genug etwas, das er auf andere Weise nicht erfahren hätte. Oder zu spät.

«Westmeyer kann viel von Versöhnung und Rührseligkeit reden», Müllerjohanns laute Stimme führte die Debatte zum Thema des Tages zurück, «Madame Malthus mag das glücklich gemacht haben. Aber Elias? Das kann mir keiner erzählen. Es hat mehr als einmal Streit zwischen den Brüdern gegeben, Viktor ist sogar aus dem Haus in den

Gartenpavillon gezogen. Gemütlich ist es da sicher nicht, keine Bedienung zur Hand und die Ratten aus dem Fleet vor der Schwelle. Also, ich will nichts gesagt haben, aber es ist doch ein eigenartiger Zufall, dass der alte Malthus einen Tag vor seiner Verabredung mit dem Advokaten gestorben ist. Ich glaube nicht, dass es dabei um Violen und Rittersporn ging. Er wollte sich beraten, das ist doch klar. Ich sage nur ein Wort: Testamentsänderung. Den Rest kann man sich denken.»

«Richtig», rief Wülfing, der seit ihrer Kindheit Müllerjohanns Nachbar war und ihn schon immer für einen leichtfertigen Schwätzer gehalten hatte. «Sehr richtig. Man kann sich nämlich denken, wie es *tatsächlich* war. Wilhelm Malthus hat schon lange gekränkelt, er ist nicht so plötzlich gestorben, wie es heißt. Man kann auch denken, seine Söhne hatten nach seinem Tod *keinen* Anlass zu Streit oder Schlimmerem. Kann ja sein, dass sie gestritten haben, das tun Brüder nun mal, aber wenn du behaupten willst, Elias habe etwas mit Viktors Tod zu tun, ist das falsch gedacht. Welchen Grund sollte er haben? Falls Malthus sein Testament wirklich ändern wollte, was ich für reine Spekulation halte, konnte er das ja nicht mehr tun. Ein Teil der Gärtnerei gehört nun seiner Witwe und das meiste Elias. Er hätte Viktor sein Pflichtteil ausgezahlt und seine Ruhe gehabt.»

Während die Stimmen wieder laut wurden, die Leiber der Männer vor Erregung wogten wie reifer Roggen bei aufkommendem Sturm, schob Wagner sich zur Tür und verließ das Kaffeehaus. Fürs Erste hatte er genug gehört. Und im Moment wünschte er sich vor allem, Karla möge dem Leichtsinn nachgegeben und ein Beutelchen Kaffeebohnen gekauft haben.

KAPITEL 5

«Noch ein letztes Schlückchen auf den Weg?» Die Schankmagd nahm ein halb gefülltes Glas von ihrem Tablett und bot es Esbert Müllerjohann an. Sie lächelte auf diese zurückhaltende Weise, die er bei jungen Frauen egal welchen Standes schätzte und fuhr mit vertraulich gesenkter Stimme fort: «Ihr hattet heute wieder einen schweren Tag, ich sehe es an Euren Augen. Der Schlüsselblumenwein mit einer Prise Ingwerwurzel wird Euch gut tun.»

Müllerjohann stand schon an der Tür und sah sich nach den beiden Männern um, mit denen er den Abend im Gasthaus *Zum wilden Bär* verbracht hatte. Sie waren die letzten Gäste und saßen in der ruhigen Ecke hinter dem Kachelofen. Der jüngere hatte noch einmal die Mappe mit den Aufrissen und Berechnungen aufgeschlagen. Für einen Moment argwöhnte Müllerjohnn, sie bespráchen etwas, das er wissen sollte, und hätten damit gewartet, bis er sich verabschiedete. Doch das wäre dumm, es gab keinen Grund, so etwas zu tun. Auch war der ältere sein Vetter, dem vertraute er beinahe wie sich selbst.

«Danke, Valerie.» Er nahm ihr das Glas aus den Hand und roch an der gelblichen Flüssigkeit. «Es riecht ziemlich gesund.»

«Das ist es auch, und doch süß und delikat. Es verhilft zu gutem Schlaf. Ihr werdet sehen.» Valerie lächelte immer noch, nickte aufmunternd und sah zu, wie er das Glas leerte. «Ihr solltet an solchen Tagen auch Majorantee versuchen», fuhr sie fort, nahm das Glas zurück und öffnete mit einem Knicks die Tür. «Ich habe nach einem Laternenträger geschickt, er wartet schon. Guten Heimweg, Monsieur, und eine geruhsame Nacht.»

Sie schloss die Tür hinter ihm, und er hörte, wie sich der große Schlüssel im Schloss drehte. Er mochte Valerie. Für eine Schankmagd zeigte sie gute Manieren, was allerdings in einem noblen Gasthaus wie dem *Wilden Bär* nicht anders zu erwarten war. Ihr Vater hatte an der Straße nach Norden einen florierenden Gasthof für vornehme Gäste besessen. Nur weil er seinen Weinkeller ständig selbst leer getrunken hatte, musste sie nun fremde Leute bedienen.

Der Laternenträger hatte an der Hauswand gelehnt. Als sein Kunde auf die Straße trat, löste er sich mit einem gemurmelten Gruß aus dem Schatten. Trotz der dunklen Wolken, die sich immer wieder vor die fast runde Scheibe schoben, schien der Mond hell genug, und der Weg vom Pferdemarkt zu seinem Haus gegenüber der Bastion Hironimus war nur ein Katzensprung. Normalerweise verzichtete Müllerjohann in einer solchen Nacht auf einen Laternenträger. Doch Valeries Fürsorge schmeichelte ihm und wärmte sein kühles Herz, und natürlich war es in diesen Tagen, besser gesagt: in diesen Nächten, klüger, nicht allein durch die Straßen zu gehen.

Der Mann, der ihn mit der runden Laterne auf dem langen Tragstock erwartete, wirkte jung und kräftig, er stand gerade und stank nicht nach Fusel. Eine Horde von Räubern konnte er kaum in die Flucht schlagen, doch das Licht und der zweite Mann waren zumindest eine Abschreckung. Zudem wusste jeder, dass gerade in diesem Teil der Stadt die Nachtwächter und Soldaten immer in der Nähe waren.

«Nach den Kurzen Mühren», erklärte Müllerjohann sein Ziel und folgte dem Mann quer über den Pferdemarkt, vorbei an der Constablerwache zur Breiten Straße. In der

Wache brannte Licht, drei gesattelte Pferde dösten mit gesenkten Köpfen vor der Tür, zwei Soldaten standen mit geschulterten Gewehren unter dem Vordach und rauchten ihre langen weißen Pfeifen.

Die frische, schon herbstlich feuchte Luft klärte Müllerjohanns Kopf, er atmete tief und fand, dieser Tag sei trotz der Malaise seines Kopfes gut gewesen. Wieder ein guter, in Zufriedenheit endender Tag. Wie die meisten der letzten Jahre.

Esbert Müllerjohann hielt sich für einen glücklichen Menschen. Er hatte eine zur Schweigsamkeit neigende Frau, drei Kinder, die ihn kaum störten, und Geschäfte, die alle gut ernährten und satte Polster für die Zukunft schafften. Als geschickter Makler für verschiedene Waren, im Besonderen aber für Zucker, war es ihm gelungen, die richtigen Verbindungen zu knüpfen. Das hieß so viel, dass er sich in der Stadt auskannte, stets Augen und Ohren offen hielt, hier und da auch für diese kleinen Details aus dem Leben und Treiben anderer bezahlte, die zu kennen den Geschäften förderlich sind. Auch war er ein ungemein verschwiegener Mann. Was er erfuhr, verwahrte er sicher in seinem Kopf und sprach darüber nur mit denen, die es ohnedies wussten, gerne vergessen hätten und die zugesicherte Diskretion zu schätzen und – das vor allem – zu honorieren verstanden.

Nicht dass er jemals Geld genommen hätte. Eine solche Niedertracht wäre ihm nie in den Sinn gekommen. Er hielt nur viel von dem guten alten Sprichwort, nach dem eine Hand die andere wäscht. Ein Bild, das ihm gefiel, weil es von Sauberkeit und dem Erfolg gemeinsamen Tuns sprach. Leider ließ sich das schöne Wort auf die andere Quelle seiner Einkünfte kaum anwenden. Das lag in der Natur der Sache, in den Gängevierteln um St. Jakobi und in der Neustadt und den nur wenig besseren Gassen an deren Rändern war auf diese Weise nicht viel zu holen. Dem Pack, das dort auf der faulen Haut lag, war offenbar alles egal, wobei es sich bestens aufs Jammern verstand. Wenn es hart auf hart ging und sie dort ihren Verpflichtungen nicht nachkamen, dann nahm das Schicksal eben seinen Lauf. Daran trug niemand Schuld als sie selbst. Doch auch so gestalteten sich diese Geschäfte einträglich genug, um sie auszuweiten, und zum Glück waren die Zeiten vorbei, da er sich selbst auf den Weg in die stinkenden Quartiere machen und das Geschrei anhören musste.

Ja, Esbert Müllerjohann war ein glücklicher Mann. Nur eines beeinträchtigte sein Wohlbefinden: die heftigen Kopfschmerzattacken, gegen die kein Mittel half, nicht einmal das neue, allerorts als Wunderpulver gepriesene aus der Ratsapotheke. An manchen Tagen dröhnte es in seinem Kopf so heftig, dass ihm übel wurde und der Schmerz die Sehkraft seiner Augen minderte. Nur Dank der unerschütterlichen Stärke seines Charakters konnte er dann seiner Arbeit nachgehen. Vielleicht halfen auch die Gebete, die er voll Inbrunst zum Himmel schickte, wenn der Schmerz ihn in den frühen Morgenstunden aus dem Schlaf riss. Wobei es mit der Inbrunst nicht mehr so weit her war, seit er argwöhnte, dass die Gebete in dieser Sache doch nicht zu den wirksamen Mitteln zählten.

Der Schmerz, der ihn an diesem Tag begleitet hatte, war von der leichteren Art gewesen und am Ende des Abends fast verflogen. Er hatte sogar gewagt, ein Glas Wein zu trinken, es war ihm gut bekommen. Und sollte Valeries Wein das letzte dumpfe Bohren in den Schläfen vertreiben …

Der Laternenträger blieb so abrupt stehen, dass Müllerjohann ihm nahe genug kam, die Ausdünstungen des Körpers unter der groben schwarzen Jacke zu riechen.

«Hört Ihr?», fragte er. Seine tiefe Stimme klang im Flüstern dumpf. «Schritte.»

Müllerjohann lauschte in die Nacht. Irgendwo knarrte ein alter Fensterflügel oder eine Tür, ein Hund jaulte leise, vielleicht war es auch ein Kind. Sonst nichts. Hinter einigen Fenstern sah er noch den dünnen Schein einer Kerze, und obwohl die Feuer längst zur Nacht niedergebrannt und die Glut abgedeckt war, roch es nach dem Rauch von Holz und Torf. Ein wenig auch nach den Pferden aus dem nahen Marstall des Rats.

«Da ist nichts», sagte er und merkte, dass auch seine Stimme nur ein Flüstern war. «Geh weiter.» Er begann sich schläfrig zu fühlen und wollte endlich nach Hause.

«Wie Ihr meint», murmelte der Träger und bog in die Lilienstraße ein. In keinem der alten, vier oder gar fünf Stockwerke hoch aufragenden Häuser brannte noch ein Licht. Müllerjohann war ungezählte Male durch diese Gasse gegangen, am Tag wie in der Nacht. Nie war sie ihm so schmal und dunkel erschienen wie jetzt. Der unebene, von Karrenrädern zerfurchte Boden ließ seine von plötzlicher Müdigkeit schweren Füße stolpern. Waren da nicht tatsächlich Schritte, leise und schleichend? Bewegten sich da nicht Schatten in der Hofeinfahrt hinter der Werkstatt des Ofensetzers? Das war nur sein müder Kopf, in dem neuer Schmerz lauerte. Majorantee, morgen würde er Majorantee trinken und im November, wenn die Wirte der Logierhäuser weniger unverschämt waren, zur Kur nach Lauchstädt fahren oder …

«Da ist jemand, Herr», flüsterte der Laternenträger angstvoll, «kommt schnell. Hier ist es sicherer.» Müllerjohann stolperte dem schwankenden Licht in einen kaum schulterbreiten Gang nach, den die vorkragenden Wände zu einem beinahe geschlossenen nachtschwarzen Tunnel machten. Der schlagartig aufsteigende Geruch nach Jauche, Schimmel und Verwesung nahm ihm den Atem. Er glaubte das uralte Gebälk des Fachwerks ächzen zu hören und spürte Kälte in seinem Nacken wie eine Zange. Er wollte zurück auf die Straße, doch seine Augen klammerten sich an dem matter werdenden Licht fest, seine Füße eilten vorwärts, und als er seinem Begleiter nach um eine Ecke bog und nur wenige Schritte entfernt wieder die Helligkeit der Mondnacht sah, wusste er, wo er war, und sein Herzschlag, stolpernd wie seine Füße, beruhigte sich. Vor ihm lag der Armenfriedhof von St. Gertrud, und bei allem Respekt vor den Toten und den möglicherweise umgehenden Geistern empfand er den geweihten Boden als einen Hort der Sicherheit.

Er sah über die Schulter zurück in die Finsternis, da war niemand, kein Schatten, auch kein Geräusch. Überhaupt war das Ganze nur ein Spuk gewesen, Ausgeburt der hasenfüßigen Seele des Laternenträgers, dem würde er …

Mit einem scharfen Tadel auf der Zunge drehte er sich wieder um. Da war keine Laterne mehr, auch kein Träger. Konnte der Kerl nicht warten, wie es seine Pflicht war?

Hastig trat er aus dem Gang hinaus auf den Weg entlang der Friedhofsmauer. Da sah er die Laterne. Sie lag verlöscht im Schatten der Mauer.

Das war das Letzte, was er sah. Eine schwielige Hand presste sich auf seinen Mund, ein schwarzes Tuch legte sich über seine Augen und – und dann war nichts mehr. Müllerjohann mochte ein glücklicher Mensch sein, ein mutiger war er nicht. Eine tiefe Ohnmacht ließ ihn zu Boden sinken, und selbst der Schmerz, als rissige Fingernägel im Fallen sein Gesicht zerkratzten, holte ihn nicht ins Bewusstsein zurück.

Anne Herrmanns war mit einem guten Schlaf gesegnet. Normalerweise. Am Ende dieses ereignisreichen Tages lauschte sie auf den gleichmäßigen Atem ihres Mannes und zählte die Rosenknospen auf der burgunderfarbenen Seide des Bettvorhanges, was in der Dunkelheit eine wahrhaft ermüdende Sache sein sollte, aber auch nicht half. Endlich gab sie auf und glitt vorsichtig, um ihren Mann nicht zu wecken, aus dem Bett. Eine liebevoll-besorgte Ermahnung, sie möge endlich schlafen, der Tag sei doch lang und betrüblich genug gewesen, wollte sie nun nicht hören.

Sie setzte sich auf die Polsterbank vor dem Fenster und blickte in die Nacht hinaus. Auf der anderen Seite der Straße gingen zwei dunkle Gestalten mit einer Stocklaterne, vor einer der Türen in der geschlossenen Häuserreihe blieben sie stehen. Sie konnte es nicht genau erkennen, doch es sah aus, als prüfe einer der beiden, ob die Tür versperrt sei. Dann gingen sie weiter.

‹Die Nachtwache›, dachte sie und lehnte sich aufatmend zurück. Natürlich waren diese Männer Nachtwächter, die patrouillierten von Sonnenuntergang bis Sonnenaufgang ständig durch die Straßen. Ihr Ausrufen der Zeit oder der durchdringende Klang ihrer Schnarren, wenn sie einem Übeltäter auf der Spur waren, hatten sie oft genug geweckt. Jetzt, da sie diese Geräusche als beruhigend empfunden hätte, hörte sie nichts, und die nächtliche Stille erschien ihr plötzlich bedrohlich. Sie überlegte, das Fenster einen Spaltbreit zu öffnen, um wenigstens das Schmatzen des Wassers in den Fleeten zu hören, vielleicht den heiseren Ruf der Schleiereule, die sich im vergangenen Jahr im Katharinen-Kirchturm eingenistet hatte und ihre nächtliche Jagd hin und wieder auf die Wandrahminsel ausdehnte. Sie öffnete das Fenster nicht. Die Nächte waren schon kalt, vor allem aber wollte sie nicht erlauben, dass die Überfälle der vergangenen Wochen und Viktors Tod sie an der Geborgenheit ihres Lebens zweifeln ließen.

Viktors Tod. Das klang nicht ganz so erschreckend wie ‹der Mord an Viktor›. Es hatte eine Weile gedauert, bis sie wirklich begriff, dass sein Erfrieren in dem eisigen Keller kein Unglück gewesen sein konnte. Jemand hatte den Balken vor die Tür gelegt und ihm den Weg hinaus versperrt. So etwas war kein Unglück.

Fröstelnd zog sie die nackten Füße unter ihr Nachtkleid, und weil sie zu träge war, aufzustehen und nach dem Wolltuch zu suchen, legte sie sich die bis auf den Boden reichende Gardine aus schwerem Samt um die Schultern.

Der Mond war fast voll. Sie konnte ihn nicht sehen, doch wenn die dicken, rasch ziehenden Wolken ihn freigaben, warf sein Licht scharfe Schatten und beleuchtete die Stadt besser als die trüben Laternen an den Straßenecken und bei den Brücken, die in hellen Nächten gar nicht erst angezündet wurden. Sicher krochen Diebe und Räuber lieber in den düsteren Nächten aus ihren Löchern. Und bei Unwettern? Blieben sie dann zu Hause? Oder nutzten sie gerade die Stunden der himmlischen Gefahren, in denen sich selbst Soldaten und Nachtwächter kaum aus ihren Wachhäusern wagten?

Zum ersten Mal empfand Anne es als seltsam, dass sie, die während der vielen Jahre bis zu ihrer späten Heirat die heimliche Herrin des Handelshauses ihres Bruders auf der Insel Jersey gewesen war, viel vom Handel verstand, sich in Literatur und Theater fast so gut auskannte wie in der Gartenkunst, sogar wusste, wie ein Blitzableiter funktionierte, und (dank ihres Stiefsohnes) einen Mistkäfer von einem Mondhornkäfer unterscheiden konnte, dass sie jedoch nicht wusste, was in den Nächten auf den Straßen der Stadt geschah, in der sie schon ein halbes Jahrzehnt lebte.

Warum nur war Viktor während eines solchen Unwetters ausgerechnet in diesen Keller gegangen? Die Malthus' teilten ihn sich mit den Herrmanns' für ihre Eisvorräte, trotzdem war er kaum in die kalte Finsternis hinabgestiegen, um Eis zu holen. Für solche Gänge hätte er einen Dienstboten geschickt, auch das gewiss nicht mitten in der Nacht und erst recht nicht an diesem Abend, an dem alles getan werden musste, Haus, Hof und weiteres Eigentum vor dem erwarteten Unwetter zu sichern. Zudem waren bei den Malthus' jetzt im September ganz gewiss alle Hände gebraucht worden, um in den Gärten noch so viel als möglich an Samen zu sammeln, der kostbaren Grundlage für die Anzucht neuer Pflanzen.

Andererseits war Viktor gewohnt, zu befehlen und sich über die hanseatischen Gepflogenheiten hinaus bedienen zu lassen. Während seiner Jahre in Wien hatte er die Sitten des Adels kennen gelernt und auch einige von dessen Allüren angenommen. Das hatte sie schnell gemerkt, und obwohl sie es nicht gerne zugab, hatte es ihr gefallen. Diese weltstädtische Nonchalance, sein Selbstbewusstsein, seine leichte Art, über Malerei und Musik zu plaudern, das warme Interesse in seinen Augen und, ja, auch die Eleganz seiner Uniform.

Sie hatte gleich verstanden, warum Fenna sich in ihn verliebt hatte. Sie hatte alles getan, um Claes von dieser Verbindung zu überzeugen und auch Fennas und Viktors Wunsch nach einer raschen Heirat zu unterstützen. Eine Brautzeit von nur wenigen Monaten entsprach nicht den alten Sitten, gleichwohl war das in diesen aufgeklärten Zeiten keinesfalls ein Skandal oder Grund zu trübem Klatsch. Schließlich, so hatte sie nachdrücklich betont, schreibe man das Jahr 1771. Zuletzt hatte sie ihren Mann daran erinnert, was Monsieur Lehnert am Abend vor seiner Abreise gesagt hatte, nachdem Fenna schon in ihr Zimmer hinaufgegangen war: Er liebe seine Tochter sehr, der Gedanke, sein einziges Kind nicht mehr jeden Tag um sich zu haben, schmerze ihn nicht nur für die Zeit der langen Reise, sondern auch für die Zukunft. Dennoch, das Mädchen sei längst eine junge Frau im passenden Alter, wenn sich also ein geeigneter Bewerber um ihre Hand finde, solle Claes nicht zögern, stellvertretend für ihn seine Zustimmung zu geben. Nach gründlicher Prüfung von Charakter und häuslichen Verhältnissen, das sei nicht extra zu betonen. Er hatte eine Mappe mit Dokumenten auf den Tisch gelegt, die Auskunft über die Lehnert'sche Familie, seine Vermögensverhältnisse und einige als unerlässlich angesehene Punkte für den Ehevertrag enthielt. Dazu gehörte auch die Mitgift, die er für Fenna vorgesehen hatte.

Als Claes die Mappe ein gutes halbes Jahr später öffnete und die Dokumente las, weil sie womöglich bald gebraucht wurden, hatte Anne ihn leise durch die Zähne pfeifen hören. Es sei ein Jammer, hatte er erklärt, Christian lasse sich hier eine fabelhafte Gelegenheit entgehen. Fenna sei nicht nur reizend, sondern auch eine ausnehmend gute Partie, genau, was er sich für seinen ältesten Sohn wünsche. Die Höhe der Mitgift, zu der auch Anteile an zwei englischen Kohlengruben und einem vielversprechenden Kanalprojekt gehörten, hatte ihn erneut zweifeln lassen, ob Viktor zuallererst Fenna liebte.

‹Er weiß doch nur, dass sie aus gutem, nicht ganz armem Haus stammt›, hatte Anne eingewandt, ‹vom tatsächlichen Vermögen ihres Vaters weiß er noch nichts, erst recht nicht von der Höhe der Mitgift.›

‹Und du, meine Liebe, weißt genau, dass das nicht stimmt. So wie ich meine Erkundigungen über Viktor Malthus eingezogen habe, hat er sich zweifellos nach Fennas

Familie und deren Verhältnissen erkundigt. Sollte ich mich irren, sind meine Zweifel an seiner Vernunft und Ernsthaftigkeit doch berechtigt.›

Dem hatte sie kaum widersprechen können. In ehrlichen Momenten war sie nicht sicher, ob ihr Mut und ihre Liebe stark genug gewesen wären, ihren wohlbehüteten, allzu behaglichen Alltag aufzugeben, um diesen Monsieur Herrmanns zu heiraten und mit ihm in einer fremden Stadt, einem fremden Land zu leben, wäre er ein armer Poet gewesen. Oder ein Oberleutnant mit ungewisser Zukunft und kargem Sold.

Und nun? Natürlich hatte Viktors Tod Claes erschreckt und betrübt, doch sie glaubte auch eine Spur Erleichterung bemerkt zu haben. Die Last der Verantwortung, womöglich einer falschen Verbindung Fennas zugestimmt zu haben, war ihm genommen.

Warum hatte jemand Viktor getötet? Sie hielt nichts von der Überzeugung vieler ihrer Freunde, nach der die Opfer eines Anschlags selbst einen großen Teil der Schuld tragen, weil sie sich in Gefahr begeben hatten oder – schlimmer noch – Gesindel gut genug kannten, um zum Opfer zu werden. Aber was wusste sie wirklich von Viktor Malthus? Warum ging einer wie er mitten in der Nacht in einen abgelegenen Eiskeller? Hatte er Schutz vor dem Sturm gesucht? Dazu hätte es gereicht, sich in die Mine zu flüchten, der Gang unter dem Wall bot ausreichenden Schutz. Noch besseren Schutz boten die Constablerwache auf Eberhardus und die Soldatenhütten unterhalb der Bastion, warum war er nicht bis dort weitergelaufen? Es waren wenige Schritte. Und mit wem …

Unmutig fuhr sie mit der Hand durch die Luft, als könne sie ihre Fragen verscheuchen wie eine lästige Fliege.

Ob Fenna schlief? Hoffentlich hatte der Melissentee mit

der doppelten Portion Honig seinen Dienst getan. Und Thea? Die hatte nicht ausgesehen, als ob sie die Hilfe sanfter Kräuter brauche, um in den Schlaf zu finden. Hatte ihr Schluchzer überhaupt nach Trauer oder echtem Bedauern geklungen? Oder vielmehr nach einem erstickten Lachen? Das war ein wahrhaft böser Gedanke.

Oder gab es tatsächlich zwei Menschen in ihrem Haus, die Viktors Tod nicht bedauerten, sondern heimlich als Erleichterung empfanden? Hatte sie, Anne, sich in ihm geirrt und war auf eine schöne Fassade hereingefallen? Wenn es so war, musste es auch andere Menschen in der Stadt geben, denen es ebenso erging. Menschen, die ihn viel besser gekannt hatten und sich von ihm betrogen fühlten. Oder betrogen worden waren?

Der Gedanke, sie sei so blind gewesen und habe Fenna in falschen Plänen für ihre Zukunft bestärkt, beunruhigte Anne tief. Jetzt hätte sie nichts gegen ein Schlückchen von Augustas Rosmarinbranntwein gehabt. Sie rutschte tiefer in den wärmenden Samt und beschloss, nicht zu warten, bis der Weddemeister das Rätsel löste. Sie mochte Wagner, sie wusste auch, dass hinter seiner oft dümmlich erscheinenden Behäbigkeit zu gleichen Teilen Schüchternheit und schlaue Maskerade steckten. Trotzdem würde er auch in diesem Fall vor lauter Gründlichkeit ihre Geduld über die Maßen strapazieren. Sie wusste schon, wer ihre Ungeduld stets teilte und ihr helfen würde, in die Geheimnisse der Stadt einzutauchen. Und – ganz nebenbei – das Gleichmaß ihrer Tage als ehrbare Gattin äußerst belebend zu unterbrechen. Dieser Gedanke wiederum gefiel ihr so gut, dass ihr die bedrohlichen Schatten der Nacht plötzlich nur noch geheimnisvoll und wundersam erschienen.

Eine Diele knarrte, und sie fühlte eine warme Hand auf ihrer Schulter. «Mach dir nicht so viele Sorgen», sagte

Claes leise, «Fenna hat eine starke Seele. Sie wird es überstehen und sich wieder verlieben. Wenn wir es vernünftig betrachten, können wir froh sein, weil es jetzt passiert ist. Nach der Hochzeit wäre es eine erheblich größere Tragödie gewesen. Eine Witwe, selbst eine so junge und wohlhabende, findet viel schwerer einen neuen Mann als eine ehemalige Braut.»

Sie griff nach seiner Hand, verschränkte ihre kalten Finger mit seinen warmen, spürte die vertraute Nähe seines Körpers und sah zu ihm auf, in sein schläfriges Gesicht mit dem liebevollen Blick. Sie ärgerte sich oft über seine spröde, so schrecklich vernünftige Art, die Dinge zu sehen, stets Gewinn und Nutzen gegen Verlust abzuwägen. Aber manchmal, besonders in dunklen Nächten wie dieser, konnte sein kaufmännischer Pragmatismus tröstlich sein.

«Komm, Liebste», flüsterte er und ließ seine Fingerspitzen zart über ihren Nacken gleiten, «die Nacht ist kalt, lass mich dich wärmen.»

Nicht lange nach Sonnenaufgang wurden die Bewohner der Häuser um den Armenfriedhof von gellendem Geschrei aufgeschreckt. Alles was Beine hatte rannte an die Fenster oder hinaus an die bröckelnde Mauer, hoffend, die Ödnis der Tage in Arbeit und Sorge durch ein veritables Unglück beleben zu können. Doch in der Mitte des Gottesackers stand nur eine dünne, vom Alter gebeugte Frau, das schwarze Tuch, in das sie sich gegen die Kälte des Morgens gehüllt hatte, mit beiden Fäusten gegen den Mund gedrückt. Zwei Totengräber standen neben ihr und starrten wie sie in das Grab, in dem schon etliche Tote ruhten und das nun auch den Leichnam aufnehmen sollte, der in grobes Sackleinen gehüllt auf der Karre lag und nicht mehr beachtet wurde. Auf den Brettern, die die Toten vor den

Hunden schützten und die nun aufgestapelt neben dem Grab lagen, hockte ein blasses Kind mit dünnem rotem Haar, wiegte sich vor und zurück und saugte heftig am Daumen seiner von der Krätze schrundigen linken Hand.

Schnell sammelte sich eine große Schar von Menschen um die Grube, nur wer es bis in die erste Reihe schaffte, konnte sehen, was den schrillen Schrei des Entsetzens ausgelöst hatte. Drei Fuß tief, auf der Erde, die die zuletzt verscharrten Leichen bedeckte und den penetranten Geruch aus der Tiefe kaum zurückhielt, hockte eine an Händen und Füßen gefesselte Gestalt, auf ihrer Stirn leuchtete einem Kainsmal gleich ein großer blutroter Fleck. Der Mund war mit einem Knebel verschlossen, die Augen starrten so schreckgeweitet wie zornig auf die Gesichter, die sich über den Rand des Grabes beugten. Trotz der Fesseln war es Müllerjohann gelungen, sein Hemd über die eng an den Körper gepressten Beine zu ziehen. Was gut war, denn außer diesem Hemd hatte er nichts, um seinen schlotternden Körper zu bedecken.

Wer den Schrei der Alten überhört hatte, wurde durch die Woge des Gelächters aufgescheucht, das die Stille des Friedhofes brach und vom Klang des Totenglöckchens der Gertrudkapelle begleitet wurde. Am lautesten lachten die, die erkannten, wer dort in der Grube saß. Sie lachten noch, als die Soldaten von der Wache auf den Friedhof stürmten und die Menge auseinander stob.

Der Donner grollte schon zum sechsten Mal durch das kleine Theater im Dragonerstall. Erst schlich er heran, gleichsam stolpernd und aus der Ferne, wurde im Näherkommen lauter und schneller, um endlich im polterndem Getöse zu ersterben.

«Jetzt ist es gut», rief Rosina applaudierend. «Wirklich

ein fabelhafter Donner, Rudolf, viel dramatischer als in der Natur. Wenn du es dazu tüchtig blitzen lässt, wird das Publikum das Ganze für ein echtes Unwetter halten.»

«Solange die Leute nicht vor Schreck aus dem Theater laufen, ist es mir recht», sagte Rudolf. «Die längere Kiste macht guten Effekt, und mit den Steinen haben wir Glück gehabt. Ich hätte nicht gedacht, dass wir hier am Ufer solche finden, sie sind hart, fest und gerundet, genau wie sie für eine gute Donnermaschine sein müssen. Muto hat schnell gelernt, wie er die Holzkiste bewegen muss, damit die Steine richtig rollen und poltern. Genau in der passenden Geschwindigkeit.»

Ein bescheidenes Lächeln zeigte seine Freude über Rosinas Lob. Dass er es umgehend an Muto weitergab, den stummen Jungen und besten Akrobaten der Gesellschaft, der hinter der Bühne die neue Donnermaschine bedient hatte, war nichts Besonderes für ihn. Rudolf schmückte sich nie mit fremden Federn und nahm auch selten die in Anspruch, die ihm zustanden. Für sich selbst empfand er Rosinas Beifall als überflüssiges Lob. Als Kulissenmaler, Bau- und Bühnenmeister der Becker'schen Komödiantengesellschaft war die Einrichtung der Donnermaschine eine der leichten Aufgaben. Der Bau eines Flugwerks, stark und leichtgängig genug, um einen erwachsenen Menschen als Engel, Gott oder Satan über die Bühne sausen zu lassen, die Inszenierung von Lichteffekten und erst recht von Feuerwerken, ohne dass dabei das ganze Theater in Brand geriet, erforderten mehr Können und Raffinesse.

«Gut gemacht, Muto», rief er dem rothaarigen Jungen zu, der mit fragendem Blick aus den Kulissen auf die Bühne trat. «Wenn Rosina zufrieden ist, sind's die andern auch.»

Muto machte einen Kratzfuß, tippte sich dankend an die Stirn und sprang mit der Leichtigkeit des Akrobaten von der Bühne. Er reiste schon fast so lange mit der Gesellschaft wie Rosina. Und wie Rosina hatten sie ihn auf einer Straße im Sächsischen aufgelesen. Seine Kleider waren nur Lumpen gewesen, sein dünner kleiner Körper geschunden. Das war etwa acht Jahre her, und in all der Zeit hatte er kein Wort gesprochen. Dr. Struensee hatte gefunden, Muto sei sehr wohl in der Lage zu sprechen, es gelte nur herauszufinden, warum er es verweigere, welcher Schock ihn so beharrlich schweigen lasse. Monsieur Heinicke, der als Lehrer im nahen Eppendorf sogar taubstumme Kinder unterrichtete, war der gleichen Meinung. Bisher war es niemandem gelungen, Muto sein Geheimnis zu entlocken.

«Hier oben klingt es schön gruselig», rief eine helle Stimme von der Galerie über der Eingangstür, begleitet vom Triller auf einer Querflöte.

Rudolf nickte, doch sein Lächeln verschwand. Die Stimme gehörte seiner Tochter Manon, die Querflöte, Rosinas kostbares silbernes Instrument, lag an den Lippen seines Sohnes, Fritz.

«Passt auf dort oben», rief er. «Solange das Geländer noch nicht erneuert ist, solltet ihr euch einen weniger gefährlichen Platz zum Textlernen suchen. Im Zimmer hinter der Bühne ist es nicht so stickig wie direkt unter dem Dach, und dort seid ihr ungestört.»

Rudolf war ein sanfter Mensch. Selbst in Momenten wie diesem gelang es ihm nicht, seine Kinder mit strengem Befehl von der Galerie zu scheuchen. Gesine, bescheiden, unauffällig, aber von erstaunlicher Durchsetzungskraft, hatte damit kein Problem. Auch wenn ihre Kinder mit ihren siebzehn und sechzehn Jahren keine Kinder mehr waren, ein strenger Blick und der feste Ton ihrer Stimme verfehlten selten ihre Wirkung. Aber Gesine durchstöberte irgendwo in der Stadt die Restekörbe der Tuch- und Putzwarenhändler nach neuem Material für die Kostüme.

«Da sind immer noch Mäuse», rief Manon und hielt ihren Bruder fest, der gehorsam aufstehen und die Treppe hinuntersteigen wollte, «und vom Efeu kriechen mehr Spinnen herein, als Körner in einem Sack Hafer sind. Wie soll man dort lernen?»

«Lass die beiden doch, Rudolf», murmelte Rosina, damit ihre Stimme nicht bis auf die Galerie zu hören war. «Sie sind gute Tänzer und beherrschen ihre Körper. Sie werden schon nicht fallen.»

Anders als Rudolf, der fast zwanzig Jahre älter war als sie, erinnerte sie sich daran, was Ermahnungen solcher Art bewirkten, wenn man siebzehn war.

Das Geländer der Galerie hätte längst erneuert sein sollen, aber das Hamburger Gastspiel ließ sich in diesem Herbst schlecht an. Der Schreiber im Rathaus weigerte sich, seinen Stempel unter ihre Spielerlaubnis zu setzen, bevor alle Schäden im Theater repariert waren, insbesondere die zerbrochene Brüstung. Das hätte schnell geschehen können, wäre da nicht die lästige, einzig den städtischen Handwerkern dienende Vorschrift gewesen, nach der wandernde Gesellschaften ihr Bauholz bei einem Amtsmitglied kaufen und auch zuschneiden lassen mussten. Der Schreiner, der ihnen in vergangenen Jahren das Holz geliefert hatte, war ein heimlicher Theaterliebhaber gewesen und hätte sie auch ohne die diskret übergebenen Billetts für die erste Vorstellung nie länger als einen oder zwei Tage warten lassen. Leider war er im vergangenen Winter gestorben, wie es hieß, als Folge allzu lustvollen Genusses des zwölfgängigen Weihnachtsfestmahles, was allgemein bedauert wurde. Sein Nachfolger war von übellauniger Natur und verachtete die Künste, das Theater insbesondere, er bewies absolut keine Eile mit der Lieferung. Titus, dessen Groll ‹auf den nichtsnutzigen Holzwurm› von Tag zu Tag wuchs, war nur mit Mühe davon abzuhalten gewesen, anzuspannen und das nötige Holz im nahen Altona oder Wandsbek zu kaufen, was im besten Fall eine Geldbuße, im schlimmsten die Ausweisung aus der Stadt bedeutet hätte.

‹Macht nichts›, hatte Jean mit heimlichem Triumph gesagt. ‹Dann fangen wir eben klein an. Kleiner Verdienst ist besser als gar keiner. Wir haben ja Maline. Zu unserem Glück. Malines Kunst braucht nur das hintere Zimmer, das ist nur zu putzen, zu reparieren gibt es dort nichts.›

‹Nun ja›, hatte Maline gesagt, ‹das ist auch nicht so einfach.›

Malines Ankunft an jenem milden Abend im frühen September hatte nur kurze Turbulenzen ausgelöst. Nun – zwei Wochen später – hatten sich alle an sie gewöhnt. Sogar Helena. Auch wenn sie Jean noch nicht ganz verziehen hatte, dass er Maline Bernau engagiert hatte, ohne es mit den Mitgliedern der Gesellschaft und zuallererst mit ihr zu besprechen, hatte sie ihren Zorn bald hinuntergeschluckt. Was auch sonst? Maline war da, vom Prinzipal engagiert, und wie sie in der Dämmerung im Tor gestanden hatte, die Kleider staubig und zerknittert, der Blick müde und ängstlich, hätte es eines wahrhaft steinernen Herzens bedurft, sie wieder fortzuschicken.

Dass ihr Empfang Verwirrung auslöste, hatte wiederum Maline verwirrt. Sie hatten einander in Göttingen getroffen. Wenige Tage bevor sie ihre Wagen beluden und weiterzogen, hatte Maline in der schäbigen Absteige, die dort stets ihr Quartier war, angeklopft und gefragt, ob es möglich sei, in die Becker'sche Gesellschaft aufgenommen zu werden. Als Tochter fahrender Komödianten sei sie ihr Leben lang mit kleinen Gesellschaften durch das Land gereist, sogar bis ins Salzburgische und ins Elsass, und scheue keine Arbeit. Für die großen Rollen eigne sie sich nicht, dafür werde in dieser Gesellschaft gewiss niemand Neues gebraucht. Das habe sie während mehrerer Vorstellungen erkannt. Aber ihre Stimme sei passabel, wenn sie auch niemals an die von Mademoiselle Rosina heranreiche, sie tanze recht manierlich und habe einige Fertigkeiten mit den Jonglierbällen, verstehe sich auf die Arbeit mit Nadel und Faden. Seit zwei Jahren führe sie den Haushalt eines Optikers, doch nun wolle sie zu den Komödianten zurückkehren, denn das sei ihre wahre Profession

Sie hatte ihren Vortrag, es war wahrhaftig einer gewesen, mit einer Eloge auf das tief bewegende Spiel der Becker'schen Komödianten beendet, der Jean sofort von ihren Qualitäten, die sie gleichsam unverzichtbar für die Gesellschaft machten, überzeugt hatte. Helena nicht. Was Jean als ehrenwerte Bescheidenheit bezeichnete, empfand sie als trickreiche Schliche und Schmeichelei. Und wie könne eine Wanderkomödiantin den Haushalt eines Optikers führen? Das müsse gelogen sein, kein ehrbarer Mann überlasse einer, die ihr Leben auf der Straße zugebracht habe, sein Haus.

Titus hatte brummend die Unterlippe vorgeschoben, ein Zeichen, dass er die Sache zumindest bedenken wollte, Gesine hatte sich abwartend über ihre Näharbeit gebeugt, und Rudolf hatte gemurmelt: ‹Nun ja, auf ihre Weise ist sie recht hübsch. Das kann nie schaden.›

Eine Weile ging es hin und her, bis Rosina zu bedenken gab, die Gesellschaft habe gerade erst neue Mitglieder aufgenommen, ein weiteres werde nicht gebraucht und – das vor allem – könne bei den zu erwartenden Einkünften nicht bezahlt werden. Selbst wenn die Gage gering sei.

Damit schien die Angelegenheit erledigt. Dann traf Jean

Maline am Morgen ihrer Abreise auf dem Markt, was gewiss nur ein Zufall war. Sie hatte ihm von einer Laterna magica erzählt, die sie bald besitzen werde. Jean war begeistert gewesen. Die Zauberlaterne war auf vielen Jahrmärkten die Attraktion, sie füllte selbst dort die Buden, wo die Komödianten nur wenig Applaus fanden. Erst kürzlich hatte er von dem Wirt eines Leipziger Kaffeehauses gehört, der mit der Zauberlaterne das vornehmste, somit das Publikum mit der dicksten Börse anzog und nun in vierspänniger Kutsche fuhr.

Leider blieb keine Zeit, die Angelegenheit neu zu debattieren, die Wagen waren beladen, die Pferde standen im Geschirr, außerdem war Helena schlechter Laune, weil er am vergangenen Abend der Versuchung eines desaströs endenden Hasardspiels nicht hatte widerstehen können. So hatte er nicht einmal gefragt, woher sie eine so kostbare Maschine bekomme, sondern ihr rasch den Kröger'schen Hof in Hamburg genannt, dort wohne die Gesellschaft für den Herbst, er werde sie erwarten. Sofern sie nicht vor dem Ende der ersten Septemberwoche komme, werde sie die Gesellschaft in jedem Fall dort antreffen, selbst wenn sich auf den Straßen eine Verzögerung ergebe.

Dummerweise hatte er in der Zwischenzeit versäumt, die Neuigkeit bekannt zu geben. Als sich die Wogen geglättet hatten, als die Spielerlaubnis für das Theater ausblieb und die Zauberlaterne zum Einsatz kommen sollte, fiel auch die aus. So sorgfältig Maline die kostbare Gerätschaft auch verpackt hatte, das Gerumpel der schlecht gefederten Postkutsche hatte alles so heftig durcheinander geschüttelt, dass die Linse, das wichtigste Teil der Laterne, zerbrochen war. Maline hatte schnell einen Optiker gefunden, der versprach, eine neue zu beschaffen, aber wie der Schreiner mit dem Holz, ließ er sich Zeit und vertröstete sie Tag um Tag. Eine solche Linse habe er nicht auf Vorrat, sie müsse neu geschliffen werden, was Zeit erfordere, immerhin habe er schon das richtige Glas bekommen, Mademoiselle möge sich gedulden, Qualität erfordere Ruhe. Und ob sie sicher sei, seine Arbeit bezahlen zu können?

So waren diese Septembertage träge dahingeflossen: Ordnung in Utensilien und Kostüme bringen, Texte lernen, die sie erst im Winter beherrschen mussten. Rosina sah sich um und fand alle beschäftigt, sie wurde nicht gebraucht. Unschlüssig, was sie nun tun könnte, verließ sie das Theater, das einmal ein Pferdestall der Dragoner gewesen war, und setzte sich auf die Bank nahe der Pumpe an der Längsseite des Gebäudes. Es erschien ihr seltsam, einfach so dazusitzen und nichts zu tun, als das Gesicht in die Morgensonne zu halten. Sie hörte das Rattern der schwer beladenen Fuhrwerke, die hinter dem Theater auf der unteren Wallstraße zum Millerntor rollten, streitende Stimmen aus der gegenüberliegenden Reihe der Häuser, irgendwo jammerte eine Säge. Ein Schaf blökte angstvoll, das nächste Schlachthaus war nicht weit.

Alles war wie immer, nur die Luft war frischer. Die reinigende Wirkung des großen Regens würde einige Tage anhalten. Nicht einmal der Gestank aus dem Bäckerbreitergang, dem Beginn des alten Gängeviertels, war heute zu riechen. Die meisten Schweinekoben des Bäckeramtes, die früher dort ihren Platz gehabt hatten, waren verschwunden und durch enge, nur zweistöckige Mietshäuser ersetzt worden, doch die verbliebenen reichten gewöhnlich, um mit dem Südwind ihren penetranten Geruch herüberzuschicken. Zum Glück wehte heute ein sanfter Nordwest.

Sie lehnte sich gegen die warme Wand des Hauses, beschirmte die Augen mit der Hand gegen die Sonne und sah einem Reiter nach. Seine breiten Schultern in dem schlichten, doch gut geschnittenen Rock, die langen Beine in kniehohen schmalen Stiefeln, das im Nacken wie üblich zusammengefasste dichte dunkelblonde Haar etwas zu lang – ihr Herz machte einen Hüpfer. Aber nein, sie würde nicht mehr darauf hereinfallen. Schon zweimal war sie, ohne nachzudenken, einer solchen Gestalt hinterhergelaufen, beim zweiten Mal hatte sie wenigstens rechtzeitig, bevor sie einen Wildfremden am Ärmel zog, gemerkt, dass er es nicht war. Magnus war nicht da. Und wenn er es wäre, würde er gleich kommen, er würde nicht in der Stadt herumpromenieren, bevor er sie im Kröger'schen Hof oder hier im Theater gefunden hatte.

«Das würde er nicht», murmelte sie und fand selbst, dass es weniger überzeugt als vielmehr nach einer Beschwörungsformel klang.

Eine sehr schlanke, hoch gewachsene Gestalt kam mit undamenhaft langen Schritten und wehendem schilfgrünem Rock rasch näher, und Rosina war vom Sehnen und vom Nichtstun erlöst.

«So ein Glück», rief Anne Herrmanns, noch fünfzehn Schritte entfernt. «Hast du ein bisschen Zeit für mich, Rosina? Ich möchte dich etwas fragen. Genau genommen: um etwas bitten.»

«Guten Morgen, verehrte Madame Herrmanns», spottete Rosina. «Hoffentlich hat dich keine der Damen aus deinem Kränzchen so durch die Stadt rennen sehen.»

«Doch», sagte Anne fröhlich, «mindestens drei. Macht nichts, inzwischen sind sie daran gewöhnt. Madame Bocholt hat mich neulich sogar gefragt, ob ich tatsächlich im Herrensattel reite, sie habe so etwas gehört. Als ich entschieden verneinte – mit einem sehr indignierten Gesicht –, war sie sichtlich enttäuscht. Du merkst, ich kann mir fast alles erlauben. Im Gegensatz zu dir. Du siehst übrigens müde aus, Rosina, hast du schlecht geschlafen?»

«Das scheint in der hellen Sonne nur so. Lass uns in den Garten auf der Bastion gehen, Anne, dort sind wir jetzt sicher ungestört. Es sind nur ein paar Schritte.»

Anne drehte sich zum Befestigungswall um, der keine fünfzig Schritte entfernt anstieg, und schluckte. «Auf Eberhardus?», fragte sie. Der Eingang zur Mine, die zwischen den Bastionen Eberhardus und Joachimus zum Eiskeller führte, war vom Platz vor dem Dragonerstall nicht zu sehen, aber sie spürte nicht die geringste Lust, ihm näher als nötig zu kommen. «Lass uns hier bleiben», schlug sie vor. «Du wirst gleich verstehen, warum. Offenbar hast du die Neuigkeiten noch nicht gehört.»

«Du meinst den Toten im Wall?» Rosina zuckte die Achseln. Wer im Haus der Krögerin lebte, entkam keiner Neuigkeit. Der Tod des Soldaten, dem nun schon vierten Opfer in der Reihe der seltsamen Überfälle, hatte auch unter den Komödianten für Aufregung gesorgt. Rosina hatte er wenig berührt. Wer Jahr um Jahr auf den Straßen unterwegs ist, von einer Stadt zur anderen zieht, sich an zahllosen Stadttoren und Zollschranken kontrollieren und oft genug als Gesindel behandeln lassen muss, hat selten großes Mitgefühl mit Fremden in Uniformen. «Natürlich haben wir davon gehört. Der Tote wurde doch nicht im Bastionsgarten gefunden, sondern in einem Eiskeller im Wall.»

«Das stimmt. Und der ist mir heute viel zu nah an diesem Garten. Verzeih, wenn ich zimperlich erscheine, zum einen handelt es sich um unseren Eiskeller – wir haben ihn von der Garnison für unser Eis gemietet –, zum anderen, und das ist erheblicher, kannten wir den Toten gut. Du wirst dich an Fenna erinnern, Mademoiselle Lehnert, du hast sie gesehen, als du mich in der letzten Woche besucht hast. Der Tote war Viktor Malthus, der Mann, den sie heiraten wollte. Er ist nicht nur tot, Rosina, er wurde ermordet. Das macht ein tragisches Ereignis zum wahrhaft schrecklichen, und deshalb mag ich mich nicht in der Nähe dieses vermaledeiten Kellers gemütlich in einen sonnigen Garten setzen. Ich fürchte, ich werde nie wieder Eis essen können.»

Rosina lachte leise. «Dass dir diese Sorge einfällt, tröstet mich. Es zeigt, dass dein Schmerz nicht ganz so groß ist, wie der Mademoiselle Lehnerts sein muss.»

«Spotte nur. Ich bin wirklich tief betrübt, allerdings, das muss ich zugeben, mehr für Fenna. Ich habe sie sehr gern. Wir alle haben sie gern und ihr nichts gewünscht, als glücklich zu werden. Vor allem aber bin ich erschrocken.»

Eine glänzende schwarze Kutsche rollte vorbei, und Rosina erkannte hinter dem Fenster das Gesicht von Madame Matthew. Spätestens zum Toresschluss wäre es in allen Salons bekannt, Madame Herrmanns pflege wieder einmal ihre unpassende Freundschaft zu einer Wanderkomödiantin.

Es war noch nicht vergessen, dass die Becker'schen Komödianten Anne Herrmanns, die damals noch Anne Roberts hieß, vor einem gewaltsamen Tod bewahrt hatten. Doch das war etliche Jahre her, und solche Dienste sollten mit barer Münze entlohnt werden. Freundschaft war das falsche Mittel. Und das vertrauliche Du, das selbst unter Ehegatten nicht immer das Übliche war, konnte einzig mit Madame Herrmanns' englischer Geburt erklärt werden, mit der Sprache ihrer Heimat, die in diesem Punkt weniger Unterschiede machte als die deutsche.

Auch war bekannt, dass Mademoiselle Rosina nicht wie die meisten Fahrenden auf dem Karren geboren war, sondern aus vornehmem Haus stammte. Was allenfalls die

Möglichkeit einer solchen Freundschaft erklärte, die Reputation einer Aktrice jedoch kaum verbesserte. War eine, die aus der Geborgenheit einer achtbaren Familie in besten Verhältnissen floh, die eine sichere Zukunft als Gattin und Mutter eines Erben ausschlug, nicht sogar schlimmer als eine, die kein anderes Leben als das der Fahrenden kannte und erreichen konnte? Auf alle Fälle mussten die Töchter im schwärmerischen Alter (die Söhne nicht zu vergessen!) von einer so leichtfertigen Person fern gehalten werden, damit sie nicht auf seltsame Ideen kamen. Es reichte, dass Madame Herrmanns sich hatte anstecken lassen und im vorigen Jahr auf geradezu fluchtartige, auf alle Fälle empörende Weise die Stadt verlassen hatte und erst zurückgekehrt war, als ihr Mann ihr nachreiste. Seltsamerweise wirkten die beiden Herrmanns' trotz dieser Caprice glücklich. Was man besser totschwieg – sogar gesetzte Ehefrauen, so befürchteten wiederum die Ehemänner, kamen in Zeiten, in denen alle Welt schwärmerische Romane und Traktate las, auf absurde Ideen.

Rosina kümmerte nicht, ob solche Gedanken nun durch Madame Matthews Kopf gingen. Es reichte, dass sie in ihrem eigenen auftauchten. Sie hatte nie bereut, in jener Nacht in den Hosen eines der Pagen und der alten Joppe eines der Gärtner aus dem Fenster geklettert und in der Dunkelheit untergetaucht zu sein, außer vielleicht in den Stunden des größten Hungers und der Angst während der ersten Tage und Nächte ihrer Reise in das neue Leben. Aber seit einiger Zeit fühlte sie manchmal eine bedrängende Sehnsucht, an einem Ort zu bleiben, endlich wieder Wurzeln zu schlagen. Sehnsucht nach einer behaglichen Wohnung, einem Haus mit festem Dach, eigenen Möbeln und Geschirr, nach dem Gleichmaß der Tage.

Dieses Gefühl holte sie nicht ein, wie man doch annehmen müsste, wenn wieder einmal ein Rad brach oder die Wagen im Morast der endlosen Straßen stecken blieben, wenn der Frost schneidend durch die Kleider kroch, wenn die Leute in den Dörfern Türen und Fenster vor ihnen verschlossen. Sie spürte es in Momenten wie diesem. Wenn sie in der Sonne hinter den sicheren Wällen neben Anne saß und deren Vertrauen spürte, wenn sie an milden Abenden durch die Straßen ging und den warmen Schein der Lampen, einen über ein Buch gebeugten Kopf hinter den Fenstern sah, die vertrauten Klänge eines Spinetts oder einer Violine hörte.

Sie hatte selbst hinter solchen Fenstern gelebt und wusste, dass dort nur selten echtes Glück wohnte. Gewiss keine Freiheit, nicht einmal die der Gedanken. Wohlanständigkeit, die Eingebundenheit in die Gesellschaft der Bürger, das erschien ihr wie ein zu eng geschnürtes Korsett und bot tatsächlich nur scheinbar Sicherheit. Aber vielleicht, das dachte sie seit einiger Zeit immer wieder, konnte man es besser machen. Anders.

«Rosina?» Sie spürte Annes Hand auf ihrem Arm und kämpfte gegen plötzlich aufsteigenden Groll. Würde eine Madame Herrmanns ihre Freundin bleiben, wenn sie nicht mehr nur für wenige Wochen in der Stadt war und stets wieder verschwand? Würde sie sie mit den anderen Damen zum Tee laden, wenn sie nicht mehr die schillernde Freundin auf der Durchreise war, sondern eine Nachbarin mit fragwürdiger Vergangenheit?

«Verzeih», sagte Anne, «ich plappere dir von unserem Familienkummer und frage nicht einmal, wie es dir geht. Dürft ihr immer noch nicht spielen? Soll ich Claes bitten …»

«Nein.» Rosinas Stimme klang schroffer, als sie beabsichtigt hatte. Dazu gab es keinen Grund. «Nein», wiederholte sie weicher, und der Groll löste sich auf wie Morgennebel in der Sonne. «Leere Wartezeiten gibt es immer wieder. Wir haben in den letzten Wochen recht gut verdient und vorgesorgt. Aber ich hasse diese Warterei, sie macht so träge. Erzähl mir, was wirklich geschehen ist, Anne, der Klatsch von den Straßen ist gewöhnlich nur die halbe Wahrheit. Oder die doppelte. Besonders wenn sie aus dem Mund der Krögerin kommt. Die Phantasie unserer Wirtin ist erstaunlich, sie sollte unbedingt Dramen schreiben.»

Was Anne nun berichtete, entsprach in etwa dem, was Rosina schon wusste. Nur dass ausgerechnet Mademoiselle Lehnerts Zofe den Toten gefunden hatte, war ihr neu. Und anders als die Alleswisser auf den Straßen war Anne bei der Frage, aus welchem Grund Viktor Malthus ermordet worden war, absolut ratlos.

«Ich habe die halbe Nacht gegrübelt», erklärte sie. «Hätte man seinen Leichnam irgendwo auf den Straßen oder auf den Wällen gefunden, würde ich mir nicht so viele Gedanken machen. So etwas kann geschehen, wenn auch das Ergebnis genauso schrecklich wäre. Mit dem Eiskeller ist es etwas anderes. Niemand außer uns und den Malthus' hat dort Zugang.»

«Und die Soldaten», erinnerte Rosina, «am unauffälligsten die, die bei der Mine Wache stehen.»

«Genau!» Über Annes Gesicht flog ein Strahlen, und Rosina lachte. Endlich lachte sie.

«Jetzt weiß ich, was du mich fragen willst. Ich muss dich enttäuschen. Das Theater steht zwar nahe beim Wall, ab und zu streichen auch einige der Rotröcke hier herum, weil sie hoffen, eine von uns beim Umkleiden zu sehen, oder denken, Komödiantinnen sind leichte Beute. Aber seit sie gemerkt haben, dass wir noch nicht spielen und ihre Schmeicheleien unbeachtet lassen – nun ja, fast unbeachtet, Manon ist nicht mit der Charakterstärke gesegnet, die sich ihre Eltern für sie wünschen –, seitdem sehen wir sie kaum noch. Jedenfalls nicht von nahem. Und wenn du denkst, wir pflegen Bekanntschaften mit ihnen, irrst du.»

Nun war es an Anne, sich zu amüsieren. «Du machst ein Gesicht und hörst dich an wie Mamsell Thea oder die würdige Madame Bocholt, sobald das Thema Soldaten heißt. Das ist kurios, Rosina. Als Komödianten werdet ihr immer noch als unehrlich beargwöhnt, den Stadtsoldaten, zumindest den Gemeinen und Unteroffizieren, geht es in dieser Stadt doch ganz ähnlich. Aber du hast Recht, so etwas hatte ich gehofft. Ich finde solche Bekanntschaften nicht im geringsten ehrenrührig, es kommt nicht auf die Uniform an, sondern auf den Mann, der darin steckt. Allerdings gebe ich zu, dass wir außer dem Stadtkommandanten und einigen seiner Offiziere auch nie einen zu Gast hatten. Und Viktor Malthus natürlich.»

Rosina sah einer Sperlingsgroßfamilie zu, die vor ihnen im Sand badete, ein Hund, ein struppiger Kerl mit eingerissenem Ohr, schoss heran, und die Vögel flatterten eilig auf und davon.

«Du hast mich ertappt», sagte sie endlich. «Ich habe mich auf ein zu hohes Ross gesetzt. Du möchtest also, dass ich mich unter den Soldaten umhöre? Eigentlich hatte ich beschlossen, solche Eskapaden künftig Manon zu überlassen, obwohl ich nicht glaube, dass Gesine und Rudolf davon begeistert wären. Aber wenn wieder einer um das Theater schleicht, will ich es versuchen. Ein süßer Blick, ein Wiegen in den Hüften – und schon erzählen sie alles, was man nur hören will. Und einiges mehr.»

«Das wäre ein wahrhaft selbstloser Einsatz, Rosina, sei meiner Dankbarkeit gewiss. Auch wenn ich glaube, dass diese Komödie dir bei allem Misstrauen gegen rote Röcke immer noch großen Spaß macht, war meine Erwartung bescheidener. Ihr esst doch oft im *Bremer Schlüssel* zu Abend, da könntest du einfach Augen und Ohren offen halten. Nur ein bisschen mehr als sonst. Sicher sitzen dort hin und wieder auch Soldaten bei einem Krug Bier.»

Nun war es an Rosina, sich zu amüsieren. «Das tue ich doch sowieso, Anne. Argwohn hat meine Neugier schon immer beflügelt. Im Übrigen trinken sie meistens Branntwein und …»

Plötzlich hob sie die Hand und beugte sich vor. Sie hatte sich nicht geirrt, als sie das Knacken eines zerbrechenden trockenen Zweiges hörte. Sie sah gerade noch den letzten Zipfel eines weinroten Rockes mit cremefarbenen Streifen um die Ecke des Hauses verschwinden.

«Was ist los?», flüstert Anne erschreckt.

«Nichts von Belang. Ein Mord in der Nachbarschaft macht mich nervös, sogar am Vormittag auf einem lichten Platz. Ich glaube, jemand hat uns belauscht.»

«Das beunruhigt dich? Wer immer es war, er wird enttäuscht sein. Was wir besprochen haben, ist kein Geheimnis.»

‹Sie›, dachte Rosina, ‹sie wird enttäuscht sein›, und war nicht sicher, ob Anne Recht hatte. «Warum überlässt du die Schnüffelei eigentlich nicht unserem Weddemeister, Anne? Er hat es gar nicht gern, wenn man ihm ins Handwerk pfuscht.»

«Das fragst gerade du?» Anne lehnte sich zurück an die sonnenwarme Wand und verschränkte fröhlich die Hände hinter dem Kopf, nur für den Moment, bis ihr einfiel, dass dies in der Öffentlichkeit keine angemessene Haltung für eine Madame Herrmanns war. Schon lagen die Hände wieder ordentlich gefaltet in ihrem Schoß. «Wie oft hatte Wagner es dir zu verdanken», erinnerte sie, «dass er seinem Weddesenator und einmal sogar einem Londoner Richter melden konnte, der Dieb oder Mörder sei gefasst. Ich glaube, dass Wagner inzwischen gar nichts mehr gegen unsere Neugier hat, solange wir ihm die Ergebnisse nicht vorenthalten. Jetzt, in diesem Fall, möchte ich besonders schnell wissen, was geschehen ist, und nicht einfach nur abwarten. Vor allem», sie seufzte schwer, «vor allem muss ich wissen, ob es falsch war, Fenna in der Wahl ihres *fiancé* zu bestärken und ihr zu helfen, Claes davon zu überzeugen. Letzteres wiegt am schwersten, ohne seine Zustimmung konnte sie nicht heiraten.»

«Wirklich? Ich dachte, sie sei mündig.»

«Ja, seit einem halben Jahr. Trotzdem hätte Fenna einen so schwer wiegenden Schritt nicht gegen den Willen ihres Vaters getan, und den vertritt Claes.»

«Da hast du dir eine gute Prüfung entgehen lassen.»

«Die Prüfung ihrer Liebe? An der habe ich nie gezweifelt.»

«Nein, ich meine die Prüfung *seiner* Liebe. Stell dir vor: Fenna heiratet ohne diese Erlaubnis, oder besser noch: Sie brennt mit ihm durch. In dieser Stadt seid ihr viel zu bekannt, hier hätten sie schwerlich einen Pastor gefunden, der sie ohne die Einverständniserklärung getraut hätte. Und ohne die Bescheinigung der Wedde. Soviel ich weiß, muss die jeder kirchlichen Trauung vorausgehen. Das hätte bedeutet, dass sie ihre Mitgift, womöglich sogar ihr ganzes Erbe verloren hätte. Wenn er sich darauf eingelassen hätte, wäre das ein höchst edler Beweis seiner Liebe gewesen.»

Anne lachte hell auf, nur wer sehr genau zuhörte, bemerkte, dass es auch erschreckt klang. «Du bist wirklich durch und durch Komödiantin, Rosina», sagte sie. «Was für ein Melodram! Ich finde die Idee gar nicht schlecht, aber ich bitte dich sehr, diesen Gedanken niemals vor Claes zu erwähnen. Denk an seine Tochter. Dass Sophie ihrem allzu reputierlichen Ehemann davongelaufen und mit Jules durchgebrannt ist, wird er ihr vielleicht eines Tages verzeihen, verstehen wird er es nie.»

Auch der Ehe seiner eigenen Tochter hatte Claes Herrmanns damals nur zögernd zugestimmt, aber Sophie war verliebt, abenteuerlustig und von großer Überzeugungskraft gewesen. Und der Mann ihrer Wahl zwar aus einfacher Familie, aber ein vielversprechender junger Kaufmann in Herrmanns'schen Diensten in Lissabon. Ihre Scheidung war ein Skandal gewesen, der die ganze Stadt ergötzt hatte. Außer die Herrmanns'. Anne hatte Sophie verstanden und ihren Mut, aus einer unerträglichen Ehe auszubrechen, bewundert. Trotzdem war sie froh, dass ihre Stieftochter nun auf der anderen Seite des Atlantischen Ozeans lebte. Nicht zuletzt, weil ihre neue, zweifellos bis an das Ende ihres Lebens dauernde Liebe ausgerechnet Jules Braniff war, ein alter Freund ihrer, Annes, Familie. Seit Sophie fort war, seit dicke Briefe in ihrer kringeligen mädchenhaften Schrift das Haus am Neuen Wandrahm erreichten, hatte Claes sie nie mehr daran erinnert (was er in der Zeit davor allerdings zur Genüge getan hatte). Er las diese Briefe, wenn auch nie in ihrer Gegenwart. Sophie war glücklich, das allein sollte zählen. Er würde sich daran gewöhnen, dass sie nun Mrs. Braniff hieß. Es war nur eine Frage der Zeit.

«Ich muss wissen, ob Oberleutnant Malthus ein Opfer war», fuhr sie fort. «Oder – das wäre mir schrecklich, Rosina, und ließe mich selbst an den mageren Resten meiner Besonnenheit zweifeln –, oder ein Täter, der zum Opfer wurde.»

«Ein Täter? Was sollte er getan haben?»

«Wenn ich das wüsste. Claes hat überlegt, ob er womöglich den Waffendieben auf der Spur gewesen und ihnen zu nahe gekommen ist.» Nach kurzem Zögern fuhr sie mit gesenkter Stimme fort: «Da gibt es noch eine andere Möglichkeit. Nämlich dass er daran beteiligt war und nicht mehr mitmachen wollte. Oder nicht mehr gebraucht wurde. Man hört von solchen Dingen.»

Rosina schwieg. Sie hatte Viktor Malthus nicht gekannt, was sie über ihn gehört hatte und nicht erzählen würde, bis es mehr Hand und Fuß hatte als Gassengeschwätz, ließ Annes Sorge mehr als berechtigt erscheinen.

Mit einem leisen, gleichsam umständlichen Räuspern kündigte sich ein Besucher an. Weddemeister Wagner, das Gesicht von der Wärme des Tages gerötet, nahm den Dreispitz ab, drückte ihn an die Brust und verbeugte sich.

«Madame Herrmanns, Mademoiselle Rosina, wenn es erlaubt ist, ein Minütchen zu stören. Es ist – sozusagen – ein glücklicher Zufall, Euch zugleich, ich meine, gemeinsam anzutreffen. Es erspart mir einen Weg, obwohl es mir natürlich immer eine Freude wäre, kein Weg ist zu weit, ich meine – nun ja.»

Seit Wagner im vergangenen Jahr in den Stand der Ehe getreten war und unter zartem weiblichem Einfluss stand, bemühte er sich in Anwesenheit von Damen, zu denen er auch Rosina zählte, um Galanterie. Es würde noch jahrelanger Übung bedürfen, bis er sicher und ohne sich zu verhaspeln durch das Labyrinth gesellschaftlicher Floskeln fand. Tapfer sah er in die Gesichter der beiden Frauen, keine blickte spöttisch.

«Guten Morgen, Weddemeister», sagte Anne, «nehmt Platz. Für Euch haben wir immer ein – Minütchen.»

Rosina sah ihn zögern und wusste, dass er nun erst bedenken würde, wohin er sich setzen sollte. Er konnte sich unmöglich einfach neben eine Madame Herrmanns auf den noch freien schmalen Rest der Bank drängen, erst recht in seinen staubigen Kleidern, die ihres aus teurem indischem Kattun beschmutzen könnten. Sie hatte Wagner in den Jahren ihrer Bekanntschaft schätzen gelernt und nahm seine umständliche Art gelassen hin. An diese überflüssige Unsicherheit, sobald er einem Menschen in teuren Kleidern gegenüberstand, würde sie sich jedoch nie gewöhnen. Sie holte den großen hölzernen Eimer von der Pumpe und stellte ihn umgestülpt vor die Bank.

«Voilà», sagte sie, «ein Logenplatz für Monsieur Wagner. Ihr kommt gerade recht», fuhr sie mit einem raschen Blick zu Anne fort. «Wir möchten unbedingt hören, was es Neues über den Toten im Eiskeller gibt. Aber zuerst sagt uns, ob Karla wohlauf ist.»

Nichts tat Wagner lieber, bei diesem vertrauten Thema fand er schnell zu seiner normalen Sprache zurück. Madame Wagner, versicherte er, sei heiter und wohlauf, wie gewöhnlich. Auch habe sie ihre Angewohnheit, in manchen Nächten das Haus zu verlassen und schlafend herumzuwandeln, nahezu abgelegt.

«Nicht vollständig, nein, leider, aber doch nahezu.» Im Übrigen habe sie ihre Fertigkeiten in der Weißstickerei so vervollkommnet, dass sie kaum noch Zeit für anderes finde. Wenn es so fortgehe, werde sie womöglich bald bessere Einkünfte erzielen als er. Sein Blick verriet, wie wenig ihm diese Aussicht gefiel, und strafte sein stolzes Lachen Lügen.

Er rutschte unbehaglich auf dem Eimer herum und ließ den Blick über den Platz gleiten, registrierte auch die geöffneten Fenster des Theaters. Das war nicht der richtige Ort für ein vertrauliches Gespräch. Aber die Menschen, die auf der Straße am Wall und über den kleinen Platz zwischen dem Theater und der Häuserreihe gingen, schienen alle in Eile, niemand stand herum, keiner beachtete sie.

«Neuigkeiten, sagt Ihr?», begann er also. «Da der bedauernswerte Oberleutnant beinahe zu Eurem Haus gehörte, Madame Herrmanns, wisst Ihr schon alles über die Umstände seines Todes. Da gibt es nichts Neues. Er wurde in Eurem und sozusagen seinem eigenen Eiskeller eingesperrt und ist erfroren, ja. Erfrieren mitten in diesem sommerlichen September, das ist ein seltsamer Tod. Er hatte auch eine blutige Schramme am Kopf, an der linken Schläfe. Wahrscheinlich hat der, nun ja, der Unhold ihn heftig gestoßen, Malthus ist gefallen und mit dem Kopf auf das Eis aufgeschlagen. Das würde auch erklären, wieso er sich hat einsperren lassen. Er ist gefallen, vielleicht war er benommen, auf alle Fälle überrascht. Selbst wenn es nur ein Moment war, hat das gereicht, um die Tür von außen zu schließen und ihn einzusperren.»

«Habt Ihr niemanden gefunden, der gesehen hat, wie und vor allem mit wem er in den Keller ging?», fragte Rosina.

«Es steht doch immer ein Wachsoldat vor der Mine», ergänzte Anne.

«Nicht immer, leider. Auch dann nur bis zur Dunkelheit, danach stehen die Wachen nur auf den Bastionen, die Posten in der Stadt sind natürlich immer besetzt, aber auf der Straße am Wall wird nachts nur patrouilliert. An diesem Abend hatte der Wachsoldat seinen Posten vor der Mine noch früher verlassen, weil der Sturm erwartet wurde. Er wohnt mit Frau und vier Kindern bei den Soldatenhütten und musste sein schadhaftes Dach ausbessern, bevor das Unwetter losbrechen und es womöglich davonwehen würde. So war die Mine über geraume Zeit unbewacht. Ein unverzeihlicher Lapsus, ja. Nun sitzt der Soldat im Arrest und wartet auf seine Strafe. Normalerweise», Wagner beugte sich vor und senkte wie zuvor Anne die Stimme, «hätte das niemanden gestört, weil man es von den Bastionen sieht, wenn es tatsächlich jemandem gelänge, den Wassergraben zu durchqueren, den Wall hinauf und über die äußere Brustwehr zu klettern, in die diese Mine mündet, und so unkontrolliert in die Stadt zu schleichen oder sie auf umgekehrtem Weg zu verlassen. Was, so lange ich mich zurückerinnern kann, beides noch nie geschehen ist.» Wagners rundes Gesicht vorzog sich in besorgter Missbilligung. «Ich wollte, es wäre geschehen. Dann würden die Männer auf den Wällen aufmerksamer sein, anstatt Würfel zu spielen oder im Stehen zu schlafen.»

Deshalb, kam er endlich auf Rosinas Frage zurück, habe niemand beobachtet, wie Malthus in die Mine ging. Jedenfalls niemand von den Wachen. Von einigen der umliegenden Häuser sei der Eingang zur Mine zu sehen, besonders aus den oberen Etagen, Grabbe, sein Weddeknecht, sei gerade unterwegs, die Leute zu befragen. Allerdings wage er nicht auf verlässliche Zeugen zu hoffen. Es sei dunkel gewesen, der Sturm schon nah, und in solchen Angelegenheiten verschlössen die Menschen überhaupt gerne die Augen. Selbst bei Tag und ruhigem Wetter.

«Welche Wachen stehen nachts auf Eberhardus und Joachimus?», fragte Anne rasch, bevor Wagner seine Meinung über die Menschen an sich und in Wedde-Angelegenheiten im Besonderen weiter ausführen konnte. «Die Soldaten der Garnison oder Männer von der Bürgerwache?»

«Auf Joachimus patrouilliert nachts die Bürgerwache, wie in allen Nächten auf den meisten der Bastionen. Eberhardus wird ständig von der Garnison bewacht, auch nachts, gewöhnlich von einem Gefreiten und neun Gemeinen. Nur auf Didericus und Vincent, den beiden Bastionen am Durchfluss der Alster, stehen mehr bewaffnete Männer, und auf den Bollwerken bei der Hafeneinfahrt. Natürlich auch bei den Toren, da besonders, und den Außenposten wie der Sternschanze oder auf dem Hamburger Berg vor Altona.»

«Hm», sagte Anne, und Rosina fragte: «Was heißt hm?»

«Es heißt, dass meine Frage nicht weiterhalf. Die Bürgerwache wird, wie der Name sagt, von den Bürgern gestellt, von allen Männern, die das Bürgerrecht haben. Dabei ist die Liste der Freigestellten lang, sie reicht von den Ratsherren und Syndici über die Geistlichkeit und die Professoren bis zu den Küstern, Zollschreibern und den Aufsehern des Zuchthauses. Wer es sich leisten kann, darf einen Lohndiener an seiner statt schicken. Ich fürchte, inzwischen stehen mehr Lohndiener auf den Wällen Wache als Bürger. Jeder weiß, dass die Bürgerwache – ich will es vorsichtig ausdrücken – ihre Pflichten nicht ganz so ernst nimmt wie die Soldaten.»

«Das bedeutet trotzdem», überlegte Rosina, «die Stadt wird nach Einbruch der Dunkelheit von Nachtwächtern, Soldaten und von bewaffneten Bürgern bewacht. Es ist erstaunlich, wenn in den Straßen trotzdem so viel passiert.»

«Gar nicht erstaunlich», widersprach Wagner, der hinter Rosinas Bemerkung Kritik argwöhnte. Er gehörte keiner dieser Gruppen an, gleichwohl fühlte er sich ihnen verbunden. Als Weddemeister war er ebenso, wenn auch in anderen Belangen, für die Sicherheit verantwortlich. «Die Stadt ist groß, voller dunkler Gassen und Höfe, und die Menschen, nun ja, der Mensch an sich ist nicht gut.»

«Und viel zu oft arm und hungrig», gab Rosina zurück. «Das wisst Ihr besser als ich, Wagner.»

Für einen Moment herrschte dieses unbehagliche Schweigen, das auch zwischen einander gewogenen Menschen entstehen kann, wenn ein heikler Punkt berührt wird. Vielleicht war die Frage nach anderen ungelösten

Verbrechen nicht der tauglichste Weg, es zu durchbrechen, leider fiel Anne nichts Besseres ein.

«Wir alle wissen, Ihr tut Euer Bestes, lieber Wagner», schmeichelte sie, «und Eure Erfolge bestätigen uns darin alle Tage. Befriedigt noch einmal meine Neugier: Denkt Ihr, Oberleutnant Malthus ist ein Opfer der gleichen Bande geworden, die diese beiden seltsamen Überfälle verübt hat?»

«Diese beiden ...» Wagners Schultern sackten herab, sein Gesicht verzog sich kummervoll. «Ihr habt also noch nicht davon gehört? Sehr erstaunlich. Es sind nun drei, ja, drei Überfälle. Leider. In der vergangenen Nacht wurde Monsieur Müllerjohann zum Opfer, der Zuckermakler, Ihr kennt ihn vielleicht, Madame Herrmanns. Er war auf dem Heimweg vom *Wilden Bär* am Pferdemarkt, von dort ist es nicht weit bis zu seinem Haus. Er hatte auch einen Laternenträger, aber der Nichtsnutz hat sich gleich davongemacht; anstatt die Wache zu holen oder wenigstens ordentlich zu schreien, hat er die Laterne fallen lassen, obwohl sie doch für ihn von einigem Wert sein muss, und ist einfach verschwunden.»

«Und dann?» Rosina fand den Wert von Laternen im Augenblick nicht bedeutend. «Was ist dann geschehen?»

«Dann, so sagt Monsieur Müllerjohann, seien mindestens drei Kerle über ihn hergefallen, wahrscheinlich vier, sie haben ihm gleich die Augen verbunden, er konnte sie also nicht sehen. Er habe sich tapfer gewehrt, als Hauptmann der Bürgerwache sei ihm das selbstverständlich gewesen. Ja, gewehrt. Allerdings», überlegte Wagner und seine Oberlippe kräuselte sich ein winziges bisschen, «hat er bis auf einen Kratzer an der rechten Schläfe keinerlei Blessuren, ohne die ein solcher Kampf doch für gewöhnlich nicht abgeht. Dann wurde er geknebelt und gefesselt und in die Grube gelegt, der Überfall fand nämlich auf dem Gertrudenfriedhof statt. Dort ist immer eine Grube für das gemeinschaftliche Armengrab offen, bis, ja, eben bis sie voll ist und eine neue gegraben wird. Sie haben ihn ausgezogen bis aufs Hemd und alle Kleider mitgenommen, Schuhe, Dreispitz, alles. Natürlich auch, was in den Taschen war, insbesondere beklagt er den Verlust seiner silbernen Uhr und einer Börse mit dreizehn Louisdor. Dreizehn Louisdor, wer trägt einen solchen Schatz in der Tasche herum? Alles verloren. Und ausgezogen bis aufs letzte Hemd», wiederholte er nachdrücklich, und seine Lippe kräuselte sich stärker.

Esbert Müllerjohann hatte unter einem Berg von Decken in einem Lehnstuhl gesessen, als Wagner ihn besuchte, gleich nachdem er die Nachricht von dem Überfall bekommen hatte. Madame Müllerjohann und ihre älteste Tochter, ein Mädchen von etwa fünfzehn Jahren, das seinem Vater auf verblüffende Weise glich, flatterten um ihn herum, versuchten seine Wünsche zu erahnen und seine Befehle auszuführen, was an diesem Morgen noch schwieriger war als gewöhnlich. Aus der Küche roch es köstlich, Wagner, der keine Zeit für ein Frühstück gehabt hatte, lief das Wasser im Munde zusammen. Der Herr des Hauses verlangte jedoch einzig nach Majorantee. Er erzählte Wagner seine Geschichte, klagte, der Tee sei zu heiß und zu bitter, die Bewachung der Stadt eine Schande, im Übrigen brauche er nun Ruhe, nichts als Ruhe. Wagner bat um eine genaue Auflistung und Beschreibung der gestohlenen Kleider und, ja, auch der Uhr, er werde am Abend jemanden schicken, um sie zu holen. Wenn die Kleider oder die Uhr verkauft würden, und das würden sie zweifellos, bestehe die Gelegenheit, sie zu finden und damit die Verkäufer. Münzen sähen ja leider alle gleich aus, die Louisdor müsse er als verloren betrachten. Dafür habe er sein Leben erhalten, was nicht zu verachten sei. An dieser Stelle entschlüpfte Madame Müllerjohann ein Schluchzer, und Wagner beeilte sich, sich zu verabschieden.

Der Besuch im *Wilden Bär* bescherte ihm auch keine neuen Erkenntnisse. Valerie, die ihm um diese frühe Stunde erst nach heftigem und ausdauerndem Klopfen öffnete, zeigte sich tief betroffen. Sie bedauerte, nicht mit Auskünften helfen zu können. Den Namen des Laternenträgers wisse sie ebenso wenig wie den Posten, an dem er auf seine Kundschaft warte. Just als Monsieur Müllerjohann sich von seinen Freunden verabschiedete, habe sie durch die vorderen Fenster die Laterne über den Markt näher kommen sehen und sei gleich hinausgelaufen, weil sie sicher war, dass Monsieur so spät nicht alleine und unbewacht nach Hause gehen wolle. Ja, gewiss kenne sie einige der Laternenträger, sie müsse oft welche holen lassen, aber diesen habe sie nicht gekannt. Was nichts Besonderes sei, manche täten diese Arbeit ihr Leben lang, andere nur für kurze Zeit, bis sie eine einträglichere Beschäftigung fänden, denn wer arbeite schon gerne nachts. Was Müllerjohann an diesem Abend mit seinem Freunden besprochen hatte, wusste sie nicht. Aber, fügte sie spitz hinzu, das könne nicht von Belang sein, denn die Herren hätten beinahe eine Stunde nach Monsieur Müllerjohann das Gasthaus verlassen.

«Er wurde erst am Morgen gefunden», berichtete Wagner weiter, «natürlich, in der Nacht ist niemand auf einem Friedhof, jedenfalls wenn man nicht an Geister glaubt. Die Totengräber und die Alte kamen mit der Leiche ihres Mannes, um die zur letzten Ruhe zu betten, nur der Pastor war noch nicht da, und dann, nun ja, dann hockte schon jemand in der Grube, der dort nicht hineingehörte.»

«Wagner», fragte Rosina, «kann es sein, dass dieser Überfall Euch amüsiert?»

«Niemals!» Er richtete sich auf und verschränkte energisch die Arme vor der Brust. Die Empörung gelang ihm schlecht, was aber nur Rosina bemerkte.

«Müllerjohann, sagt Ihr?», fragte Anne. «Esbert Müllerjohann? Nein, ich kenne ihn nicht, aber mein Mann, und ich habe von ihm gehört. Ist er nicht der Makler, der mit seinen Mietshäusern größere Einnahmen erzielt als mit dem Zucker? Claes hat erzählt, Müllerjohann denke, niemand wisse davon. Was natürlich absurd ist. Jeder weiß es. Warum auch nicht?»

«Ja», sagte Wagner, «warum auch nicht. In den meisten seiner Häuser regnet es durchs Dach, und die Mieter wechseln so oft wie er den Mietzins erhöht.»

«Ein honoriger Mann», murmelte Rosina, und Anne schwieg unbehaglich. Auch das Handelshaus Herrmanns hatte seine Geschäfte im vergangenen Jahr auf Vermietungen von Speichern und Wohnungen ausgedehnt. Sie hatte nicht darüber nachgedacht, das stand ihr nicht zu. Aber jeder wusste, dass die Mieten in den vergangenen Jahren drastisch gestiegen waren, und dass, wer den Mietzins nicht bezahlen konnte, gewöhnlich umgehend auf der Straße und damit auf dem direkten Weg ins Werkhaus landete. Wer nicht freiwillig ging, wurde von Soldaten hinausgetrieben.

«Das ist nun schon der dritte dieser seltsamen Überfälle», sagte sie. «Sie müssen Euch erhebliche Sorgen bereiten.»

«Seltsam, nun ja, sie sind tatsächlich seltsam. Und doch alle unterschiedlich. Es ist nicht gewiss, ob sie – sozusagen – von gleicher Hand verübt worden sind. Gar nicht sicher. Die einzige Gemeinsamkeit ist, dass alle Opfer wohlhabende Bürger sind. Mehr oder weniger. Sonst haben sie nichts gemeinsam. Keine Geschäfte …»

«Jedenfalls keine bekannten», murmelte Rosina.

«Keine familiären Verbindungen …»

«Jedenfalls keine bekannten.»

«Keine, nun ja, Laster …»

«Jedenfalls keine bekannten. Ach, Wagner. Die Sache mit den Lastern ist nun wirklich kein Grund. Verbotene oder verachtete Leidenschaften blühen selten in der Öffentlichkeit. Jedenfalls, wenn Ihr nicht schon ein gelegentliches Würfelspiel oder Besuche verbotener und trotzdem florierender Etablissements dazu zählt. Ich kann nicht glauben, dass Ihr uns weismachen wollt, einer sei ein braves Lamm, nur weil er dreimal in der Woche mit Frau und Kindern der Predigt lauscht und genug besitzt, um das Bürgerrecht und noch ein paar Privilegien zu beanspruchen.»

«Verboten ist verboten», schnappte Wagner. «Und wer Verbotenes tut, ist lasterhaft.»

Mademoiselle Hardenstein, das war klar, war in streitsüchtiger Stimmung. Allmählich zweifelte an er seiner Idee, sich auf den Weg zu Rosina zu machen, um wieder ihren Verstand wie ihr Geschick zu nutzen, sich unerkannt dort einzuschleichen, wo er keine Antworten bekam.

«Ist nicht einer der Männer Aufseher im Zuchthaus?», fragte Anne im Versuch, die Wogen zu glätten. «Er kann nicht wirklich wohlhabend sein.»

«Im Spinnhaus, Madame, und in der Tat kann er nicht …»

«Dass die Opfer alle, nun gut: *fast* alle wohlhabende Männer waren, zählt auch nicht, Wagner», fuhr Rosina unbeirrt fort, und ihre Augen blitzten in plötzlichem Vergnügen. «Sollte ich je das Komödiespielen satt haben und mein Metier auf den Straßenraub verlegen, würde ich gewiss keinen Hungerleidern auflauern. Es gibt noch eine andere Gemeinsamkeit, sogar zwei: Zum einen wurden all diese Männer nur wenig gründlich beraubt, nun gut, bis auf den Letzten. Das würde ich sehr viel besser machen. Zum anderen, das scheint mir noch beachtenswerter, wurden alle an ungewöhnlichen Orten gefunden. In St. Petri, in einem Fleet, nun auf dem Armenfriedhof von St. Gertruden – und nicht zu vergessen: in einem Eiskeller. Tatsächlich sind es doch vier Anschläge.»

Anders als Wagner, der in Sachen Verbrechen überhaupt keinen Spaß verstand, fand Anne die Vorstellung von Rosina als Straßenräuberin höchst anregend und vergaß darüber, dass die Erwähnung des Eiskellers sie frösteln machen und betrüben sollte.

«Du musst daran denken, die nötigen Kostüme mitzunehmen, falls du das Theater verlässt», sagte sie und bemühte sich vergeblich um ein ernstes Gesicht. «Das von eurem Doktor Faustus mit dem wehenden schwarzen Umhang wäre genau richtig und ungemein kleidsam. Obwohl Jeans Hosen dir zu lang wären.»

«Der Eiskeller!», unterbrach Wagner das frivole Geplänkel mit ungewohnter Rigorosität. «Gerade der Eiskeller lässt mich zweifeln. Ein ungewöhnlicher Ort, in der Tat, aber er passt nicht dazu. Anders als die anderen ist er nicht für jedermann zugänglich. Und im Gegensatz zu den anderen Opfern wurde Oberleutnant Malthus überhaupt nicht ausgeraubt, nicht ein kleines bisschen. Und: Er war tot.»

«Ja», sagte Rosina. Sie sah Wagners grimmiges Gesicht, seine auf die Oberschenkel gestemmten Fäuste, die hochgezogenen Schultern in dem etwas zu engen, ärmlichen Rock und schämte sich. Ein wenig nur, aber immerhin. Sie wusste, wie leicht er aus der Fasson zu bringen war, sie wusste auch, welchen Verdruss es ihm bereiten musste, dass diese Überfälle immer noch nicht aufgeklärt waren. Zweifellos hatte der Weddesenator ihm längst eine unwirsche Predigt gehalten. So schluckte sie die Bemerkung, der Mann im Fleet sei nur knapp und durch einen glücklichen Zufall vor dem Tod bewahrt worden, hinunter.

«Ja, Wagner, das ist etwas anderes», gestand sie zu. «Verzeiht Ihr mir meine Besserwisserei? Soll ich versprechen, mich nie wieder in Eure Nachforschungen einzumischen?»

Wagner löste mit einem Schnaufer seine Fäuste, seine Lippen verzogen sich, ob er wollte oder nicht, zu einem Lächeln.

«Warum solltet Ihr etwas versprechen, das Ihr nicht halten könnt? Nein, das wäre mir nicht recht, gar nicht recht. Ich meine so ein Versprechen. Denn tatsächlich», sein Lächeln wurde breiter und verschmitzt, «tatsächlich, es wird Euch nicht überraschen, bin ich aus ebendiesem Grund hier, damit Ihr Euch, nun ja, ein wenig einmischt. Ich frage und erfahre viel, ja, aber der Wedde erzählen die Menschen nicht alles. Da das Theater so nah bei den Wällen steht, so nah bei den Soldaten ...»

Wagner verstand überhaupt nicht, warum die beiden Frauen auf der Bank vor ihm in lautes Lachen ausbrachen.

Als er sich verabschiedete, war er nicht zufrieden. Rosina würde die Ohren offen halten, das tat sie immer, und er hoffte, sie werde es ausnahmsweise dabei belassen. Aber er hatte auch gehofft, Madame Herrmanns werde ihm einiges über Viktor Malthus anvertrauen, etwas über dessen Verhältnisse, vor allem über seine wahre Natur und Sinnesart, wie er es von dessen Familie oder den anderen Offizieren nie erfahren würde. Leider zeigte sich Madame Herrmanns bei aller Freundlichkeit zugeknöpft. Sie hatte ihn an ihren Gatten verwiesen, der gebe gewiss gern und jederzeit Auskunft. Das war der Moment, in dem er sein großes blaues Tuch aus der Tasche zog, nicht weil er es gebraucht hätte, später erinnerte er sich erstaunt, dass ihn die

Gegenwart von Madame Herrmanns zum ersten Mal nicht zum Schwitzen gebracht hatte. Er zog es aus Tasche, weil er das oft tat, so wie andere sich über das Kinn streichen oder am Ohrläppchen zupfen, ohne es zu merken. Als er sich mit dem Tuch über die doch ganz trockene Stirn fuhr, beugte Madame Herrmanns sich hinunter und hob etwas auf, das mit dem Tuch aus der Tasche gerutscht war.

«Wie reizend», sagte sie, legte die elfenbeinerne Rosenblüte auf die flache Hand und zeigte sie Rosina. «Ein Geschenk für Madame Wagner? Sie wird entzückt sein. Es ist besonders schön geschnitzt.»

Wagner widerstand der Versuchung, zu erklären, dass die Rose ganz und gar kein Geschenk für seine Frau war, sondern ein Fund aus dem Eiskeller. Der einzige Fund, darüber hinaus hatte seine Suche nichts ergeben, nicht das kleinste Fädchen.

«Schön geschnitzt, ja», bestätigte er und betrachtete seine Schuhspitzen, «Elfenbein ist delikat, nicht wahr?»

«Oh», Anne nahm die Rose zwischen die Fingerspitzen und hielt sie ins Licht. «Ich hoffe», sagte sie, noch zögernd, ob sie ihn mit der Wahrheit enttäuschen sollte, «ich hoffe, Ihr habt nicht zu viel dafür bezahlt, sonst solltet Ihr einen Teil Eures Geldes zurückverlangen. Es ist etwas dunkler und gröber als Elfenbein, das ist Fischbein, sicher von einem Wal oder einem Walrosszahn. Das fällt mir schwer zu unterscheiden.»

Ein Blick in Wagners Gesicht ließ sie ihre Worte bereuen. Sie wusste nicht, dass ihre Auskunft Wagner einzig deshalb enttäuschte, weil das kostbare Elfenbein viel seltener war als Knochen und Zähne von Bewohnern der Meere. So sank seine Hoffnung, den Besitzer des kleinen Schmuckstückes zu finden. Eine Hoffnung, die ohnedies gering war. Die Rose hatte im Stroh neben den Füßen des Toten gelegen, womöglich hatte sie ihm gehört. Blieb nur die Frage, warum sie dann nicht mehr in seiner Tasche gesteckt, sondern auf der Erde gelegen hatte.

«Trotzdem ist es ein besonderes Stück», versuchte Anne ihn zu trösten. «Seht.» Sie legte die Rose mit der geschnitzten Seite nach unten auf seine Hand. «Seht Ihr die fein eingeritzten Linien auf der Rückseite? Die hat jemand gemacht, der sein Handwerk versteht, er hat sein Zeichen eingeritzt. Es sind keine Buchstaben, zum Beispiel die ersten seines Namens, wie man die der Maler auf vielen Gemälden findet. Oder doch? Nein, ich glaube, es ist nur ein winziges Zeichen. Trotzdem sieht es kunstvoll aus.»

«Wahrscheinlich kann der Schnitzer nicht schreiben», schlug Rosina vor. «Wo habt Ihr es gekauft?»

«Bei einem Straßenhändler.» Wagner griff wieder nach seinem Tuch und wischte sich über die nun doch feuchte Stirn. «Ja, auf der Straße. Ich habe sicher nicht zu viel dafür bezahlt, ganz gewiss nicht.»

Wagner hasste es, zu lügen. Vor allem, weil er es, selbst bei Nebensächlichkeiten wie dieser, so schlecht konnte. Ein Blick in Rosinas Gesicht verriet ihm, dass sie ihn durchschaut hatte. Dass sie ihn nun, in Gegenwart von Madame Herrmanns, nicht nach der Wahrheit fragte, ließ ihn ihre vorherige Widerborstigkeit vergessen. Er war erleichtert. Trotz ihrer Herkunft, trotz ihrer vornehmen Freundschaften gehörte sie noch zu Leuten wie ihm, zu Leuten in ärmlichen Häusern. Leuten, die sich keinen Eiskeller leisten konnten.

Wenn sie ihn fragte, später, wenn sich die Gelegenheit ergab und niemand zuhörte, würde er antworten. Er wusste ja selbst nicht, warum er die Herkunft der kleinen Rose für sich behalten wollte.

KAPITEL 6

Am Tor zum Kröger'schen Hof zögerte Rosina. Als sie am Morgen erwacht war, hatte sie sich fest vorgenommen, an diesem Tag nicht zur Poststation zu gehen. Morgen, hatte sie beschlossen, morgen sei früh genug. Unschlüssig sah sie die belebte Fuhlentwiete hinunter. Es war nicht weit bis zur Hannöver'schen Poststation auf der Hohen Brücke. Nur über den Herrengraben- und den Alsterfleet, am Heilig-Geist-Stift vorbei, den Rödingsmarkt hinunter, über die Kajen – schon war sie am Hafen und bei dem großen Haus auf der Brücke. Und vielleicht … nein.

Entschlossen schob sie das Tor auf – und ließ es wieder zufallen, raffte die hinderlichen Röcke und rannte los.

«Nein, Mademoiselle. Keine Post für die Becker'sche Gesellschaft. Auch heute nicht.» Der Posthalter in der Station an der Hohen Brücke am Hafen hob bedauernd die Schultern und stieß zugleich seine rutschende Brille die Nase hinauf, was ihm unter seinem spärlichen Haupthaar mit den über der Stirn abstehenden rötlich braunen Fransen ein kurios affenartiges Aussehen gab. «Auch nicht für Mademoiselle Hardenstein», erklärte er. «Fragt heute Abend wieder, dann kommt noch eine Kutsche, das Wetter ist ja wieder tadellos. Wäre es das nicht, käme die Kutsche erst morgen früh. Wie in den Monaten, wenn die Straßen morastig sind. Am sichersten fragt morgen – oder doch heute noch –, die reitenden Posten mit besonders eiligen und wichtigen Briefen erreichen uns mehrfach an jedem Tag, die Kutschen mit der allgemeinen Post natürlich auch. Ständig kann Post aus Göttingen eintreffen.»

Stolz, als sei die Einrichtung der so regelmäßig verkehrenden, reitenden und fahrenden Posten sein Verdienst, rieb er mit vorgeschobenem Kinn die Hände vor der Brust.

Die junge Frau mit den üppigen honigblonden Locken zeigte sich leider wenig beeindruckt. Seit über zwei Wochen fragte sie nahezu alle Tage nach Post. Für seinen Geschmack war sie ein wenig zu spröde, aber trotz der feinen Narbe, die von ihrem linken Ohr über die Wange bis hinunter zum Kinn verlief, ungemein ansehnlich. Sie war nur eine fahrende Komödiantin, das hatte er inzwischen erfahren. Trotzdem hätte er nichts dagegen gehabt, wenn sie ab und zu ein wenig länger geblieben wäre, um mit ihm über das Wetter, die Gefahren auf den Straßen und deren Bedeutung für die reitenden Posten wie für die Kutschen zu plaudern oder – das wäre ihm am liebsten gewesen – zu verraten, von wem sie so dringlich einen Brief erwartete. So wie es einige der Mägde und Diener taten, wenn sie private Post für ihre Herrschaft abholten. Manchmal vergaß sich sogar ein besonders schwatzhafter Kontorbote, was er allerdings nicht goutierte. Als Mann einer der beiden größten und bedeutendsten Poststationen der Stadt kannte er seine Pflicht und achtete peinlich darauf, dass Angelegenheiten des Handels und anderer Geschäfte mit größter Diskretion begegnet wurde.

Sie hingegen murmelte stets nur einen raschen Dank und war schon wieder verschwunden. Nicht so an diesem Tag.

«Seid Ihr ganz sicher?», fragte Rosina. «Vielleicht ist ein Brief übersehen worden und steckt in einem der Körbe? Wenn Ihr noch einmal nachsehen könntet? Ich wäre Euch sehr verbunden.»

«In einer Poststation, Mademoiselle, wird nichts übersehen. Und die Körbe von den Kutschen werden geleert und gleich wieder aufgeladen, gefüllt mit der Post, die von unserer Stadt in die Welt gehen soll. Ich darf sagen: in alle Welt.»

«Natürlich», murmelte Rosina. Am liebsten hätte sie die gesiegelten und verschnürten Briefe, die in den Fächern und in Stapeln auf dem langen Tisch darauf warteten, abgeholt zu werden, selbst durchgesehen.

«Ihr solltet auch bei der Station am Speersort fragen, Mademoiselle, im Kontor der Kayserlichen Reichspost. Man weiß nie genau, welche Gesellschaft unsere», er hüstelte und seine Lippen kräuselten sich zu einem vertraulichen Lächeln, «unsere Lieben wählen, wenn sie uns mit Briefen beglücken. Man weiß es nie. Wenn Euch Nachricht aus Göttingen avisiert ist, kann sie auch bei den Kayserlichen auf Euch warten, deren Posten kommen wie unsere aus dem ganzen Reich. Oder, auch das ist bei Post aus Göttingen möglich, bei der Königlich Preußischen Station in der Grünen Straße. Wenn Ihr ganz sichergehen wollt», fügte er hastig hinzu, weil sie sich schon zum Gehen wandte, «fragt auch bei den übrigen acht Stationen. Recht bedacht könnt Ihr die Schwedische wie die Dänische Post auslassen, die kommen ja aus dem Norden. Auch die Station am Grimm, dort kommen nur die Lübecker, Holländischen, Pommerschen und Mecklenburgischen reitenden Posten an. Vielleicht auch … wartet.»

Er drehte sich zu der Tabelle mit den in der Stadt ankommenden und abgehenden reitenden und fahrenden Posten um, die hinter ihm an der Wand hing. Es war eine lange Tabelle, die kleine Schrift schwer zu entziffern, und als er sich endlich wieder umdrehte, war er allein.

Den jungen Frauen wurden heute viel zu viele Freiheiten gestattet, dachte er und vergaß, dass auf das Komödiantenvolk noch das alte ‹vogelfrei› passte. Nicht nur ließ man sie allein zu einer Poststation gehen und womöglich heimlich Briefe abholen, insbesondere zu der am Hafen, wo sich viel ungehobeltes Volk herumtrieb, auch die Erziehung zu Sanftmut und Geduld, die edelsten weiblichen Tugenden, wurde sträflich vernachlässigt. Wieder einmal war der Posthalter froh, dass seine Gattin ihm fünf Söhne geboren hatte und keine einzige Tochter.

Morgen, versprach sich Rosina, als sie den Weg durch die Stadt zurückeilte, würde sie nicht nach Post fragen. Keinesfalls. Auch übermorgen nicht. Und überübermorgen …

Seit zwei Wochen wartete sie vergeblich auf einen Brief von Magnus Vinstedt. Seit sie einander im vergangenen Sommer in London getroffen hatten, wobei ‹getroffen› ein zu allgemeines Wort für das miteinander Erlebte war, und ihre Wege sie zum Ende jenes ereignisreichen Sommers in entgegengesetzte Richtungen der Windrose getrieben hatten, waren sie einander durch Briefe verbunden geblieben. Briefe, die immer länger und vertrauter wurden. Für eine fahrende Komödiantin und einen Mann, der es sich erlaubte, zum Vergnügen in fremde Länder zu reisen, bevor er entschied, wo und mit welcher Profession er sich niederlassen wollte, war eine Korrespondenz nicht einfach. Einige Briefe waren wegen der ständig wechselnden Anschriften verloren gegangen oder hatten ihr Ziel zu spät erreicht. Das hatte das Wachsen der Vertrautheit nicht behindert, sondern die schließlich zumindest zwischen den Zeilen zu lesenden Versprechen inniger Verbundenheit sogar befördert.

Wenn sie in diesem Sommer nach Hamburg zurückkehre, hatte er in seinem letzten Brief geschrieben, werde er sie dort erwarten. Sehnlichst erwarten, hatte er hinzugefügt und noch einige weitere süß klingende Worte. Ihr Herz hatte heftig geklopft, ob vor Freude oder Bangigkeit, hatte sie nicht gewusst. Plötzlich war sie beinahe so froh wie ungeduldig gewesen, weil es bis dahin noch etliche Tage dauern würde.

Dann hatte die Becker'sche Komödiantengesellschaft endlich Hamburg erreicht, die Wagen rollten in den Kröger'schen Hof, und die Krögerin eilte ihr entgegen, einen Brief in der Hand schwenkend, aus gutem Papier und sorgfältig versiegelt. Sie hatte ihn rasch in die Tasche gesteckt und erst geöffnet, als sie allein war. Nur um zu lesen, dass er abgereist war. Eine eilige Angelegenheit rufe ihn nach Göttingen, er werde schreiben, sobald er angekommen sei. Sie möge bei der Station der Hannöver'schen Post auf der Hohen Brücke nachfragen, dorthin werde er alle Post senden, bis er so rasch als möglich zurückkehre. ‹Ergebenst, Magnus V.›

Eilige Angelegenheit. Ergebenst. Es klang, als habe er einen Kontorschreiber beauftragt.

Wieder hatte ihr Herz geklopft. Gewiss nicht vor Freude. Aus Enttäuschung? Aus Bangigkeit? Oder vor Erleichterung?

Briefe zu schreiben und zu bekommen, deren Ton vertrauter und inniger wurde, die den Gedanken an eine neue Zukunft mutiger werden und bis zur freudigen Hoffnung wachsen ließen, war eine Sache. Einander gegenüberzustehen, womöglich Fremdheit und nahen Abschied zu spüren, eine ganz andere.

‹Bürgersöhne!›, hatte Helena triumphiert. ‹Ich hab's dir gesagt. Sie schreiben einer wie uns schöne Zeilen und säuseln süße Worte, und dann? Dann war alles hohles Geschwätz, und sie machen sich davon. Genau das hat der feine Herr getan. Glaube mir und vergiss ihn.›

Helena war seither guter Laune. Ihre heimliche Sorge, Rosina könne die Gesellschaft verlassen, sei es der Liebe oder anderer Gründe wegen, war zu einem Nichts geschrumpft.

Als Tag um Tag kein Brief von Magnus kam, auch bei den anderen Poststationen hatte sie längst gefragt, begann Rosina sich zu sorgen. Das war unvernünftig, Briefe gingen leicht verloren, blieben in einer Ecke vergessen liegen oder wurden im falschen Postkorb auf eine viel zu weite Reise geschickt. Aber sie kannte das Leben auf den Straßen, und die Krögerin hatte gewusst, dass er allein geritten war, ohne sich, wie es meistens geschah, Reisegefährten zu suchen, um auf den Landstraßen sicherer zu sein.

So hatte sie sich umso mehr gesorgt. Sie hatte ihn nach einer Begegnung mit Straßenräubern blutend, gar tot im Staub liegen sehen, hatte das Donnern der Hufe seines durchgehenden Pferdes gehört, sein Stöhnen vor Schmerz wegen gebrochener Knochen. Sie hatte ihn von einem im Unwetter gespalteten Baum erschlagen gesehen, ertrinkend beim Durchqueren eines angeschwollenen Flusses mit trügerischer Furt.

Überflüssige Sorgen. Lächerliche Sorgen. Nachdem Wagner sich mit der Erlaubnis, Mademoiselle Lehnert am nächsten Tag zu befragen – höchst behutsam, das verstehe sich von selbst –, verabschiedet hatte, war Anne eingefallen, dass am Morgen ein Brief von Christian eingetroffen war. Ihr Stiefsohn habe auf seiner Reise nach Süden Station in Göttingen gemacht, er sei wohlauf und habe einen vergnügten Abend mit Magnus Vinstedt und dessen Freunden verbracht. Sie seien wie Vinstedt studierte Männer und trotz einer gewissen Neigung zu Schwärmerei und Sophisterei, die allen gemein sei, angenehme Gesellschaft. Vinstedt lasse grüßen, auch und besonders Mademoiselle Rosina, die Madame Herrmanns zweifellos treffen werde.

Er lasse grüßen! Warum, zum Teufel, schrieb er nicht

endlich selbst? Sorgte er sich nicht, ob sie die sichere Stadt unversehrt erreicht hatte, wenn er vergnügt in einem Göttinger Gasthaus saß und seine Abende (und die Nächte!) mit Geschwätz und Wein verplemperte? Er war ‹wohlauf›. Und fand keine Zeit für ein noch so kurzes Billett. Sie konnte ihn nicht einmal an die versprochenen Zeilen erinnern, in seinem Brief, in diesen mageren Zeilen, die er bei der Krögerin für sie hinterlassen hatte, fand sich keine Anschrift.

Was war das überhaupt für eine eilige Angelegenheit, mit der er seine Abreise entschuldigt hatte? Und die schwärmerischen Freunde, die Christian Herrmanns mit ihm getroffen hatte – waren das wirklich Freunde? Oder tatsächlich eine Freundin? Eine Liebe aus seinen Göttinger Jahren, an die er sich plötzlich erinnert hatte und zu der er so eilig hatte zurückkehren wollen?

Unwirsch stieß sie einen angebissenen Apfel über die Straße. Die faulige Frucht hinterließ einen braunen Fleck auf dem hellgrauen Stoff ihrer Schuhe, was ihren Zorn nicht geringer machte. Am meisten zürnte sie sich selbst. Und Helena, die – das schien nun zu deutlich – Recht behalten hatte. Es war töricht gewesen, von den warmen Lichtern hinter den abendlichen Fenstern zu träumen. Dumm und einfältig, als sei sie noch das Kind, das sich aus dem Fenster des väterlichen Hauses stahl und glaubte, in der Welt dort draußen sei immer Sommer und jeder Tag voller Abenteuer.

Wie hatte sie zu Anne gesagt? Sie wolle künftig nur noch auf der Bühne Komödie spielen und Eskapaden wie das Umgarnen und Aushorchen der Soldaten auf den Wällen Manon überlassen? Was für ein absurder Anfall von Prüderie. Sie sah an sich hinunter, sah den schlichten Rock aus verwaschenem Blau mit schmalen weißen Streifen, die dunkelblaue Jacke über dem grauen Mieder, das mit seiner schmalen Spitze um das bescheidene Dekolleté allzu brav wirkte – das war das falsche Kostüm für einen Besuch bei den Wachen auf der Bastion Eberhardus. Sollte er doch bleiben, wo der Pfeffer wächst. Sie hatte Besseres zu tun, als sich mit vergeblichem Warten die Tage zu verderben. Die Tage und die Nächte.

Als Rosina zum Kröger'schen Hof zurückkehrte, war sie vom eiligen Gang durch den warmen Tag erhitzt, doch ihr Zorn hatte sich abgekühlt. Sie sah keinen Sinn darin, ihre Kräfte auf diese Weise zu verschwenden. Ein Brief würde kommen oder nicht, und wenn keiner kam, wusste sie, was es bedeutete. Dann begann ein neuer Tag, und das Leben führte sie auf neue Straßen. Das war eine äußerst vernünftige Einsicht. Sie hoffte, sie werde einige Tage anhalten. Wenigstens bis morgen.

Claes Herrmanns legte die Feder auf die Ablage und griff nach der Streusandbüchse. Es war noch keine vier Wochen her, seit er Baptist Lehnert geschrieben hatte, seine Tochter werde bald in den Stand der Ehe treten, und er habe die Umstände des zukünftigen Ehemannes aufs Gründlichste geprüft. Er wusste nicht, wo sich jener Brief auf seiner langen Reise zwischen Hamburg und Bengalen nun befand, schlimmstenfalls lag er noch in London und wartete, bis das nächste Schiff der *British East India Company* ablegte, um den halben Globus zu umrunden, um Monate später – wenn es Stürme, Piraten und andere Misslichkeiten überstand und nicht auf dem Grund der Meere endete – in den Flusshafen von Kalkutta einzulaufen.

Er streute Sand über den Bogen und sah zu, wie die staubfeinen weißen Kristalle die überschüssige Tinte aufnahmen. Lange schon war ihm kein Brief mehr so schwer gefallen wie dieser. Es war gut möglich, das er seine Reise um die Welt auf einem anderen, einem schnelleren Schiff antrat und Fennas Vater vor dem ersten erreichte. Diese verflixte Heiraterei. Er hätte nicht auf Anne, sondern auf sein eigenes ungutes Gefühl hören sollen, dann wäre ihm dieses Durcheinander erspart geblieben. Eine Ehe war kein Roman, sie sollte vor allem mit Vernunft geplant werden. Claes Herrmanns hatte selbst aus Liebe geheiratet (wobei dieser Liebe zum Glück kein vernünftiger Grund entgegengestanden hatte), er schätzte sie auch nicht gering. Trotzdem: Über die Zukunft musste mit beiden Füßen fest auf der Erde entschieden werden, anstatt mit dem Kopf in einer rosigen Wolke. Hätte er das nicht schon vorher gewusst, so hätte es ihm seine Tochter bewiesen. Wobei Sophies Geschichte tatsächlich einem Roman glich, nämlich einem Schauerroman. Er spürte, wie sich sein Mund zu einem Lächeln verzog, und stellte erstaunt fest, dass der Gedanke an seine Tochter ihn nicht gallig stimmte. Widerwillig gestand er zu, Anne könnte in Sophies Fall doch die Klügere gewesen sein. ‹Sophie hat ihr Leben selbst in die Hand genommen›, hatte sie irgendwann ungeduldig gesagt, ‹sie ist glücklich und du wirst dich daran gewöhnen.› Es stimmte, er begann sich daran zu gewöhnen, dass seine Tochter aufs Schändlichste gegen die guten Sitten verstoßen hatte und er sie trotzdem liebte.

Erst als er begriff, dass er einzig wegen Sophie so lange zögerte, Fenna und Malthus seine Einwilligung zu geben, hatte er endlich zugestimmt. Fennas Strahlen, das Glück in ihren Augen hatte ihn reichlich belohnt. Und nun? ‹Ich bin bekümmert›, dachte er, ‹wahrhaft bekümmert.› Doch die Kümmernis war nicht alles. Was er ebenso fühlte, war Erleichterung.

Wie er nun in seinem Kontor am Schreibpult stand, den

Blick über den alten Globus, den großen Tisch mit den Löwenfüßen, die für ein Kontor etwas zu behaglichen Lehnstühle und immer wieder zurück zu dem für ein langes Jahr verwaisten Platz seines reisenden Sohnes wandern ließ, beschloss er, dieses unpassende Gefühl für sich zu behalten, es höflich zu verbergen. Und sich nicht zu sehr dafür zu schämen.

Die Verantwortung für seine große Handlung, für seine Familie und alle, die zu seinem Haus gehörten, wog schwer genug. Es war nun mal angenehm, von der Last der zusätzlichen Verantwortung für die Zukunft einer jungen Frau befreit zu sein. Tatsächlich sehr angenehm, umso mehr, als er Fenna wirklich mochte. Gewiss würde sie einige Zeit trauern, sie war eine empfindsame junge Dame. Mit etwas Glück würde sie sogar fast ein Jahr trauern, und wenn dann Christian zurückkehrte, ein äußerst ansehnlicher junger Mann von so tadellosem wie liebenswürdigem Charakter mit den allerbesten, über jeden Zweifel erhabenen Aussichten … Den Brief, der dann an Baptist Lehnert fällig würde, schriebe er mit größter Leichtigkeit.

Auch Mamsell Thea, nun verzog sich sein Mund zu einem wahrlich breiten Lächeln, würde im Wissen um diese neue, diese beste aller möglichen Verbindungen nicht sauertöpfisch herumlaufen. Der Gedanke, ausgerechnet in der schroffen Mamsell eine Verbündete zu haben, amüsierte ihn. Christians Bild hatte ihr so sehr gefallen, dass sie gleich nach ihm fragte, als sie es an der Wand im großen Salon als Letztes in der Reihe der Porträts der Herrmanns' entdeckte. Obwohl das einer Zofe keinesfalls zustand. Hätte Sophie eine solche Wächterin gehabt …

Der so überflüssige wie falsche Gedanke, wer oder was seine Tochter vor ihrer skandalösen Eigenwilligkeit bewahrt hätte, blieb ihm erspart. Der alte Blohm stand in der

Tür, hielt mit seiner gichtigen Hand energisch den jüngsten Schreiber zurück, zu dessen Aufgaben im Kontor das Melden von Besuchern gehörte.

«Geh weg, Junge», knurrte der alte Diener, «das ist Familiensache, die geht dich nichts an. Monsieur Malthus», meldete er würdig, «wünscht den Hausherrn zu sprechen.»

Elias Malthus war nicht nur tadellos rasiert und mit einer spitzengesäumten Halsbinde und gepuderter Perücke für offizielle und festliche Anlässe geschmückt, er hatte sich auch mit Rosenwasser bestäubt, wobei er sich aus Mangel an Übung in der Menge vertan hatte. Vielleicht verströmte auch nur der Strauß von violetten und weißen Blüten, den er ungeschickt unter den Arm geklemmt hielt, diesen Duft. Claes war zwar nie aufgefallen, dass Astern süß dufteten, aber in botanischen Angelegenheiten kannte er sich nicht aus.

Elias Malthus nahm Claes' Beileidsbekundungen mit ernster Miene entgegen. Ja, Madame Malthus wisse die Rücksicht zu schätzen, versicherte er, sie erwarte den Beileidsbesuch der Familie Herrmanns nicht vor dem Tag der Beerdigung. Übermorgen, erklärte er, am fünften Tag nach dem Dahinscheiden. Er hoffe, Monsieur Bach habe bis dahin die Trauermusik geschrieben und eingeübt. Der Kantor sei in diesen Dingen äußerst gewissenhaft, so habe er gehört, allerdings könne man bei Künstlern nie wissen. Wegen der Eile, die bei Trauermusiken nur natürlich sei, habe er ihm gestattet, das neue Werk aus Teilen von schon vorhandenen zusammenzusetzen. Monsieur Telemann habe sich darauf bestens verstanden, ohne dass man glaubte, etwas Altes zu hören. Sein Nachfolger stehe ihm darin gewiss nicht nach.

Er saß Claes mit geradem Rücken gegenüber, seine Hände lagen fest und flach auf dem großen Tisch, als bemühe er sich, gegen einen Schwindel anzukämpfen. Claes sah die vom Scheuersand geröteten rauen Hände mit den nicht ganz reinlichen Nägeln, selbst ein so bedeutender Handelsgärtner wie Elias Malthus konnte seine Profession nicht verleugnen. Claes fand, es spreche für Malthus, für die Liebe zu seinem Beruf, ohne die es keinen Erfolg geben kann, wenn er seine Arbeit nicht einzig auf das Kontor beschränkte.

Claes begann sich unbehaglich zu fühlen. Der Tod gehörte zum Leben, er saß nicht zum ersten Mal einem Mann gegenüber, der den Tod eines nahen Verwandten zu beklagen hatte. Aber Malthus wirkte seltsam unschlüssig.

«Nicht nur Mademoiselle Fenna, wir alle bedauern den Tod Eures Bruders ungemein», versicherte Claes und beschloss ein bisschen zu lügen, wie es bei diesem Anlass üblich war: «Viktor ist uns in der kurzen Zeit unserer Bekanntschaft lieb und wert geworden, Fenna hätte keinen besseren Ehemann finden können. Sie wird lange brauchen, diesen Verlust zu verkraften. Wir tun natürlich alles, ihr zu helfen. Wenn ich Euch und Madame Malthus über mein Beileid hinaus unterstützen kann, lasst es mich wissen, und es ist schon geschehen.»

«Ja, der Verlust.» Elias sah nicht aus, als habe er genau zugehört. «Der Verlust ist groß. Meine Mutter, nun, Madame Malthus ist – wie soll ich es sagen …»

Claes nickte und beide Männer schwiegen wieder, wie man eben schweigt, wenn selbst passende Floskeln nur hohl erscheinen.

«Ich nehme an», sagte Claes endlich, «das Gebinde ist nicht für mich. Mademoiselle Lehnert ist zu Hause, wenn ich Euch hinaufbegleiten darf – es wird ihr ein Trost sein, Viktors Bruder zu sprechen und ihre Trauer teilen zu können.»

«Glaubt Ihr?» Elias' Finger spreizten sich, seine hellen Augen wurden groß. «Ich möchte Mademoiselle Fenna nicht belästigen, gleichwohl ist es mir ein tiefes Bedürfnis, ihr Trost zuzusprechen. Ich dachte nur, es sei angemessen, Euch als ihren Vormund um Erlaubnis zu fragen. Wenn Ihr glaubt, es sei ihr angenehm ...» Er schob seinen Stuhl zurück, erhob sich umständlich und griff nach den Astern, die er auf den Tisch gelegt hatte, prüfte mit raschen, kenntnisreichen Blicken ihre Blüten, knickte eine schon müde ab und steckte sie in die Rocktasche. So wie er reifen Samen seiner Pflanzen einsteckte, wenn er durch die Reihen in seinen Gärten ging und welchen entdeckte, den seine Helfer übersehen hatten. «Wenn Ihr glaubt, es sei angemessen, würde ich sie jetzt gerne begrüßen.» Er räusperte sich, eine rasche Röte flog über sein Gesicht, und eine zweite, allerdings tadellose Blüte fand ihr frühzeitiges Ende. «Ich wäre Euch sehr verbunden, wenn Ihr mich begleiten würdet. Obwohl wir beinahe verwandt sind», fügte er steif hinzu, «bin ich für Mademoiselle Lehnert doch ein Fremder.»

Elias' Aufforderung zeugte von wenig Übung in Besuchen bei jungen Damen aus gutem Haus, denen niemals, selbst nach einer Verlobung nicht, erlaubt war, mit jungen Herren allein zu bleiben. Doch eine so zarte Rücksicht, die nicht nur von einer tadellosen Erziehung, sondern auch von einer für einen erfolgreichen Mann seltenen Unsicherheit sprach, rührte Claes. Elias Malthus war bei aller Steifheit doch ein angenehmer Mensch.

Erst auf der Treppe hinauf zum Salon begriff er, was er gleich hätte bemerken müssen, als sein Besucher in diesem Sonntagsaufputz und mit den Blumen unter dem Arm das Kontor betrat: Der jüngere Malthus versuchte, in die Fußstapfen seines älteren Bruders zu treten. Das Erbe war ihm nicht genug – er wollte auch die Braut. Und deren Mitgift.

Die neugeborene Sympathie schwand so plötzlich, wie sie entstanden war.

Als sie den Kopf der Treppe erreichten, die aus der Diele hinauf zur Galerie und weiter zu den oberen Etagen führte, hörten sie vom nächsten Stockwerk Stimmen.

«Fenna ist in ihrem Zimmer», erklärte Claes und öffnete die Tür zum vorderen Salon. Er hatte gehofft, dort seine Frau zu finden, um sie zu bitten, Fenna zu holen. Doch der Salon war leer, helles Sonnenlicht fiel auf das warm schimmernde Mahagoni des runden Tisches, auf die mit gestreiftem ostindischem Chintz bezogenen Stühle, den mit Intarsien eingelegten Schrank und den weißen Kachelofen. Auf einem kleinen Tisch zwischen den beiden Fenstern lagen ein aufgeschlagenes Buch und ein Stickrahmen, die Nadel steckte in einer fast fertigen, von geschwungenen Ranken umgebenen blassgelben Blüte.

Claes erkannte Fennas Handarbeit und zögerte. Vielleicht hatte sie aus dem Fenster gesehen, wie Elias an das Portal klopfte, und war in ihr Zimmer geflohen. Vielleicht war es ihr zu schmerzhaft, in ein Gesicht zu sehen, das Viktors so sehr glich. Es nützte nichts, diese Begegnung konnte er ihr nicht ersparen.

Ein hell perlendes Lachen ließ Elias zusammenzucken und enthob Claes aller Bedenken. Fennas Lachen war ihm unverkennbar, auch wenn er es seit Tagen nicht mehr gehört hatte.

«Das Mädchen», log er rasch, «die Zofe meiner Frau. Sie lacht immer so – vergnügt. Nehmt Platz, ich werde sehen, wo die Damen sich versteckt haben.»

Er schob den immer noch in der Tür wartenden und zu den oberen Stockwerken hinauflauschenden Elias in den Salon und zog hinter ihm die Tür sorgfältig ins Schloss.

Vor Fennas Zimmer blieb er stehen, die Stimmen waren

nun nichts als ein Murmeln. Er musste sich geirrt haben. Fenna, seit der Nachricht von Viktors Tod wie erstarrt, konnte nicht so gelacht haben.

Seit Sophie fort war, hatte er nie mehr an diese Tür geklopft, und er ärgerte sich, dass er nicht in die Küche hinuntergegangen war, um eines der Mädchen nach Fenna zu schicken. Dem alten Blohm mutete niemand mehr die große Zahl der Stufen zu. Er klopfte, die Stimmen verstummten, und als gleich darauf die Tür geöffnet wurde, stand er Thea gegenüber. Sie hielt einen Kamm in der Hand, ihre Miene war von seltener Heiterkeit, und Claes fühlte sich plötzlich im eigenen Haus wie ein ungebetener Gast, was seiner Stimmung nicht förderlich war.

Fenna saß vor ihrem Frisiertisch, ein Umhang aus Batist lag um ihre Schultern, das offene Haar fiel darüber in sanften Wellen bis zur Taille hinab. Sie drehte sich um, neugierig, wer da an die Tür geklopft hatte, und in ihren Augen verlosch der Rest des Lachens, das bis zur Galerie hinunter zu hören gewesen war.

«Pardon», entschuldigte sich Claes, löste den Blick von der anmutigen Gestalt und sah Thea an. «Im Salon wartet Besuch für Mademoiselle Fenna. Elias Malthus möchte seine Trauer mit Euch teilen und Euch Trost spenden. Und ein Asterngebinde überreichen. Es wäre freundlich, wenn Ihr ihn nicht zu lange warten ließet.»

Damit drehte er sich um und stapfte die Treppe wieder hinunter, ärgerlich, weil er sich wie ein Schuljunge fühlte, der an eine ihm verbotene Tür geklopft und etwas gesehen hatte, das nicht für ihn bestimmt war.

«Blohm!!», rief er in die Diele hinunter, als er die Galerie erreicht hatte, und noch einmal: «Blohm!!» Und: «Betty!!»

Der ungewohnt harsche Ton seiner Stimme scheuchte außer dem alten Diener auch Elsbeth, die Köchin, und

Florchen, das neue Aschenmädchen, aus der Küche in die Diele hinauf, vom obersten Stock hörte er hastende Schritte und das erschreckte Gesicht der Zofe seiner Frau beugte sich über das Treppengeländer.

«Sag Madame Herrmanns, wir haben einen Gast, Betty», rief er nach oben und zum unten versammelten Küchenpersonal hinunter: «Kaffee, Elsbeth, die große Kanne. Und eine Schale von den frischen Mandeltörtchen. Es riecht schon den ganzen Morgen so gut aus dem Souterrain», fügte er milder hinzu, und die Gesichter in der Diele entspannten sich. Es kam selten vor, dass der Herr des Hauses seine Stimme in so schroffer Weise erhob, wenn es doch einmal geschah, bestand weniger Grund zur Sorge vor seinem Zorn, als vielmehr weil ein Unglück geschehen sein musste. Das konnte allerdings auch in einer umgestoßenen Schokoladentasse bestehen oder, wie es im Spätsommer hin und wieder geschah, einer Wespe, die sich in den Salon oder das Speisezimmer verirrt hatte, was Claes Herrmanns aus unerfindlichem Grund mehr zu fürchten schien als ein durchgehendes Pferd.

Als Fenna, bis zur Tür von ihrer Zofe begleitet, gleich darauf im Salon erschien, zeigte sie den stillen Ernst einer jungen Frau in Trauer. Das eben noch gelöste Haar war trotz der Eile akkurat genug frisiert, um nicht unter eine Haube versteckt werden zu müssen. Elias erhob sich, beugte sich tief über ihre Hand, und während er ihr mit einer zweiten Verbeugung seine Blumen überreichte, beschloss Claes, noch heute seinem Sohn zu schreiben, er werde dringend im Kontor und bei den Speichern am Hafen gebraucht und solle seine Reise abkürzen. Da jedoch als einziger Grund für einen solchen Hilferuf nur sein eigenes Unvermögen gelten konnte, das Handelshaus alleine zu führen, verwarf er diesen Gedanken wieder. Auch schien er überflüssig.

Fenna nahm die Blumen so höflich wie kühl entgegen, und ihre Worte waren so steif wie ihr Rücken. Sie setzte sich den beiden Männern gegenüber an den Tisch, faltete die Hände im Schoß und senkte den Blick, als hätte sie nie zuvor bewiesen, dass sie zu jeder Gelegenheit den passenden Ton zu treffen verstand.

Die Trauer, dachte Claes, die Trauer macht eben doch sprachlos. Er war erleichtert, als er flinke Schritte auf der Treppe hörte und seine Frau den Salon betrat. Anne verstand es, jede noch so spröde Gesellschaft zu unterhalten und lebendig werden zu lassen, wenn auch manchmal mit einem Thema, das ihm (und spröden Gesellschaften) nicht behagte.

Er rückte ihr den Stuhl zurecht, sah mit stillem Amüsement auf die vorwitzigen Strähnen, die sich aus ihrer Frisur gelöst hatten, und überließ ihr die Unterhaltung. Natürlich konnte er sich mit eiligen Geschäften im Kontor entschuldigen und der langweiligen Stunde entkommen, aber er hielt es für nützlich, Fenna und den Bruder ihres toten Bräutigams wenigstens für eine Viertelstunde im Auge zu behalten. Dann musste er sich ohnedies für den täglichen Gang zur Börse verabschieden. Hoffentlich wurden Kaffee und Mandeltörtchen vorher serviert.

Nachdem Elias auch den Damen berichtet hatte, die Leichenfeier finde am Sonnabend statt, nachmittags um drei, und der anschließende Leichenschmaus im Baumhaus am Hafen, er hoffe auf die Ehre, Mademoiselle Lehnert bei der Familie zu begrüßen, verlor er seine Befangenheit. Falls er bemerkte, dass Fennas Gesicht verschlossen und ihre Antworten bis zum Rande der Unhöflichkeit knapp ausfielen, schien er daraus einzig ihre tiefe Kümmernis zu lesen.

Just als Kaffee und Törtchen serviert wurden, begann

die Standuhr zu schlagen, und Claes musste sich verabschieden, was ihn nur wegen der Törtchen verdross. Mamsell Thea, die das Servieren übernommen hatte, meldete auch, Mademoiselle Fenna werde in ihrem Zimmer erwartet, der Schneider sei mit einer Auswahl an Trauerkleidern da. Es habe Eile, das Passendmachen werde geraume Zeit in Anspruch nehmen.

So sah sich Anne plötzlich mit Elias allein. Eine unbehagliche Situation, doch als er sich auch gleich verabschieden wollte, bat sie ihn zu bleiben.

«Ich weiß, Monsieur Malthus, Ihr seid in diesen traurigen Tagen noch beschäftigter als gewöhnlich, doch wenn Ihr ein wenig Eurer Zeit erübrigen könntet? Es ist mir ein Bedürfnis, über den lieben Verstorbenen zu sprechen, ein echtes Bedürfnis.»

Das war nur wenig übertrieben, trotzdem fand sie es angebracht, ihm nicht gerade in die Augen zu sehen, sondern sich ganz aufs Kaffeenachschenken zu konzentrieren.

«Natürlich. Ein echtes Bedürfnis.» Elias' Stimme, eben noch trauerumflort, klang klar, und obwohl Anne überzeugt war, er würde sich das nie erlauben, glaubte sie einen spöttischen Ton zu hören. «Der Tod meines Bruders, Madame», fuhr er fort, «lässt dieses Bedürfnis allseits wachsen wie Gras im Mai. Verzeiht, wenn ich das so schlicht sage, ich unterstelle Euch keine reine Neugier, aber ich weiß sehr wohl, dass Viktor nicht ganz Euren Vorstellungen des bestmöglichen Kandidaten für Mademoiselle Lehnert entsprach. Eure Trauer wird sich also in Grenzen halten.»

«Nun.» Anne stellte die Kaffeekanne behutsam auf den Tisch und suchte nach der richtigen Antwort. Als gute Kundin seiner Handelsgärtnerei kannte sie Elias Malthus seit einigen Jahren, privat, als zukünftigen Verwandten von Fenna, war sie ihm nur zweimal begegnet. Diesen selbstbewussten Ton hatte sie nie zuvor gehört, zum ersten Mal erinnerte er sie an Viktor. So entschied sie, es ihm gleichzutun.

«Ich schätze offene Worte», sagte sie. «Sie machen das Leben leichter. Der Tod Eures Bruders lässt mich nicht gleichgültig, für so kalt könnt Ihr mich nicht halten. Er war ein Mann, der die Herzen leicht gewann. Dass mich der Grund oder der Anlass seines Todes beunruhigt, werdet Ihr verstehen. Es muss Euch ebenso ergehen. Ja, Monsieur Malthus, ich bin neugierig und habe Fragen. Niemand kannte Viktor so gut wie Ihr, das hat er versichert, er ...»

«Hat er das? Das erstaunt mich. Warum glaubt alle Welt, dass Brüder einander gut kennen? Viktor war viele Jahre fort. Ich kannte ihn, bevor er unser Haus verließ, was er nach seiner Rückkehr dachte, wie er seine Zeit verbrachte – davon weiß ich nicht viel. Tatsächlich gar nichts. Ihr sagt, er wusste die Herzen leicht zu gewinnen. Das mag zutreffen. Er gehörte aber auch zu den Menschen, die häufig nichts sagen, selbst wenn sie viel reden. Ihr solltet besser meine Mutter nach ihm fragen.»

«Glaubt Ihr wirklich, Mütter kennen sich in Gedanken und Tun ihrer erwachsenen Söhne aus? Euer Lächeln ist mir Antwort genug. Ihr und Viktor hattet gemeinsame Pläne für die Zukunft, Ihr müsst miteinander gesprochen haben.»

Elias nahm ein Mandeltörtchen von der Platte, drehte es in den Fingern, als suche er die köstlichste Stelle, und legte es endlich auf seinen Teller.

«Wir haben miteinander gesprochen, sicher, auch über das, was Ihr unsere gemeinsame Zukunft nennt. Er wollte ins Zivilleben zurückkehren und mein Kompagnon werden. Das wisst Ihr. Monsieur Herrmanns hat unsere Verhältnisse gründlich geprüft, wie es als Vormund seine

Pflicht war. Ich will Euch nicht verhehlen, Madame, dass mich seine Einwilligung überrascht hat. Denn auch wenn mein Bruder», er gab dem Törtchen mit spitzem Finger einen unwilligen Schubs, er war es nicht gewohnt, mit Frauen über solche Dinge zu sprechen, «wenn Viktor sich zum Handelsgärtner machen wollte, wäre seine Position eine untergeordnete geblieben. Zumindest bis er genug von diesem Metier gelernt hatte, und das nimmt etliche Jahre an Übung und Erfahrung in Anspruch. Ohne Erfahrung geht in der Gärtnerei nichts. Das werdet Ihr als passionierte Gartenliebhaberin wissen. Ich nehme an, Ihr wisst auch, wie gering er im Testament unseres Vaters bedacht war. Und falls Ihr das Gerede um unsere Familienangelegenheiten und den Tod meines Vaters gehört habt: Er hatte nicht vor, sein Testament zu ändern.»

Das war das Stichwort, auf das Anne gewartet hatte, eines der Stichworte, aber immerhin. Sie schlug brav die Augen nieder und seufzte. «Ja, das Testament. Davon habe ich reden gehört. Nicht von meinem Mann», log sie, «Monsieur Herrmanns bespricht geschäftliche Dinge nie mit mir, und eine Prüfung der Verhältnisse eines Heiratskandidaten ist natürlich eine geschäftliche Angelegenheit. Ich habe tatsächlich gehört, Euer Vater wollte seinen ältesten Sohn wieder in seine alten Rechte einsetzen. Das kann Euch nicht gefallen haben.»

«Nein, Madame, das hätte mir in der Tat nicht gefallen. Aber es trifft nicht zu. Wenn Ihr nun noch wissen wollt, was ich dann getan hätte: Ich weiß es nicht. Wahrscheinlich hätte ich meinen Anteil genommen und eine eigene Gärtnerei eröffnet. Oder ich wäre nach England gegangen. Mein Handelspartner in London hat mir schon lange angeboten, bei ihm zu arbeiten. Er macht seine besten Geschäfte mit amerikanischen Bäumen, die er aus Samen zieht und für unsere Breiten akklimatisiert, bevor er sie nach ganz Europa liefert. Es wäre eine interessante Arbeit. Und ein guter neuer Beginn. So fern von allem», fügte er nach einem tiefen Atemzug hinzu. Es klang bitter. Und ein kleines bisschen sehnsüchtig.

Anne hatte in Elias Malthus niemals einen Funken Abenteuerlust vermutet. Möglicherweise hatte sie sich geirrt. Möglicherweise hatte sie (und nicht nur sie) sich in dem ganzen Mann geirrt. Leider war nun nicht der Moment, die verborgenen Qualitäten oder Abgründe im Charakter des jüngeren Malthus zu erkunden.

«Für einen Mann von Ehre muss es schwer sein, von der Mitgift und dem Erbe seiner Frau zu leben», sagte sie mit frommem Blick. «Das hätte er zwangsläufig gemusst, wollte er Fenna ihren gewohnten Lebensstil nicht vorenthalten.»

«Sagtet Ihr nicht, Ihr seid eine Freundin klarer Worte? Was wollt Ihr wirklich wissen? Lasst mich raten: Ihr wollt wissen, ob Viktor unredliche Geschäfte und Pläne gemacht hat. Tut Euch keinen Zwang an, Madame, damit könnt Ihr mich nicht schrecken. Ich lese es unausgesprochen in vielen Gesichtern, auch der Weddemeister hat in dieser trüben Ecke herumgestochert. Ich sage Euch das Gleiche wie ihm: So wenig ich meinen Bruder letztlich kannte, weiß ich, dass er so etwas nicht getan hätte. Niemals. Nach einem hat der Weddemeister nicht gefragt, ob aus Rücksicht oder Dummheit, möchte ich nicht entscheiden, nämlich nach den Munitionsdiebstählen der letzten Wochen. Aber keine Unterstellung ist töricht genug, um nicht laut zu werden. Ich weiß von diesem Gerücht vom Aufseher meines Gartens am Gänsemarkt. Er ist ein loyaler Mensch und lässt mich wissen, was hinter meinem Rücken geredet wird. Um es ganz klar zu sagen: Auch für eine solche *aventure* wie den

Diebstahl von Munition und Gewehren, dazu in seiner eigenen Stadt, war mein Bruder zu klug. Die einzige Torheit, die er hin und wieder beging, war das Lottospiel, doch darin befand er sich in der allerbesten Gesellschaft. Und nun erlaubt, dass ich mich verabschiede. Verzeiht, wenn ich nicht den Ton getroffen habe, der in einem Salon üblich ist. Ich bin ein geduldiger Mensch, das bringt mein Beruf mit sich, aber die Flut der Verdächtigungen, die uns plötzlich aus allen Ecken entgegenbrandet, macht mich das hin und wieder vergessen.»

Elias ließ ihr keine Zeit, nach dem Diener zu rufen, damit er ihren Gast hinausbegleite. So brachte sie ihn selbst die Treppe hinunter und zur Tür, genau genommen eilte sie ihm nach. Dann fiel die Tür ins Schloss, und sie stand in der Diele, verwirrt und beklommen, weil sie nicht wusste, wer die Regeln der Salongespräche gebrochen hatte: sie selbst mit ihrer Neugier oder Elias mit seiner unerwarteten Heftigkeit.

Dafür, dass er von seinem Bruder nichts wusste, hatte er doch einiges gewusst. Oder behauptet, es zu wissen. Und nun?

Sie lauschte in des große Haus. Aus dem Souterrain kamen die vertrauten Küchengeräusche, das Klappern der Töpfe und des Geschirrs, gedämpfte Stimmen, ein prustendes Lachen des Aschenmädchens. Von den Räumen des Kontors her war wie gewöhnlich gar nichts zu hören, was sie immer wieder wunderte. Und von oben? Eine Tür wurde geöffnet, eine energische Stimme (Thea!) sprach zu einer dünneren – Anne verstand die Worte nicht, das konnte nur der Schneider sein, der von Fennas Zofe verabschiedet wurde. Anne kannte ihn als geschwätzigen Mann, wenn er sie in der Diele traf, würde sie seinem Redeschwall kaum entkommen.

Sie griff nach dem Wolltuch, das auf der alten Truhe neben der Tür lag, schlang es um die Schultern und schlüpfte rasch hinaus auf die Straße. Elsbeth würde ihr Tuch nicht vermissen, um diese Zeit verließ sie ihre Küche selten. Eher würde man sie, Anne, vermissen. Niemand ging aus dem Haus, ohne über das Wohin und wie lange Bescheid zu sagen.

Sie brauchte frische Luft, eine halbe Stunde nur. Solange würde niemand nach ihr fragen. Noch lieber hätte sie mit Augusta gesprochen. In ihr verbanden sich die Klugheit ihres Alters so angenehm mit Witz und spitzer Zunge. Aber Augusta war nicht da. Wo war sie überhaupt? Wusste jemand, wo sie steckte? ‹Die Sitten im Hause Herrmanns›, dachte Anne, ‹erleiden einen bedenklichen Niedergang.› Sie raffte ihre Röcke und sprang in einem Satz über eine Pfütze.

Wer Maline Bernau zuletzt gesehen hatte, als sie müde von der langen Reise und ängstlich vor den fremden Menschen den Kröger'schen Hof erreichte, hätte sie kaum wieder erkannt. Aus dem im strengen Knoten zusammengefassten schwarzbraunen Haar war eine anmutige Frisur mit aufgerollten und über den Ohren aufgesteckten feinen Zöpfen geworden, statt der dunklen, hochgeschlossenen Kleidung trug sie einen in zwei Rottönen gestreiften Rock, die blassrote Bluse über dem Mieder in gleicher Farbe gaben der hellen Haut über den hohen Wangenknochen eine rosige Frische. Aus der Magd ohne Zukunft war wieder eine junge Komödiantin mit immerhin ungewisser Zukunft geworden.

Sie hatte den Tisch an das geöffnete Fenster gerückt, Sonne fiel auf ihren gebeugten Kopf, als Rosina das gemeinsame Zimmer im ersten Stock im Haus der Krögerin betrat. Maline wandte sich nach ihr um, ein freudiges Lächeln flog über ihr Gesicht.

«Du kommst gerade recht», sagte sie, stellte den Pinsel zu einem anderen in einen mit Wasser gefüllten Napf und wischte die Hände an einem farbfleckigen Fetzen ab. «Die ersten der neuen Glasbilder sind fertig. Sag mir, ob sie gelungen sind.»

Auf dem Deckel der Kiste, die die Laterna magica barg und nun neben dem Tisch gerückt war, standen vier Kästen mit den alten Glasbildern in ihren hölzernen Rahmen. Sie zeigten Landschaften, liebliche wie dramatische, von denen ein Feuer speiender italienischer Vulkan das Publikum am meisten erstaunen würde, Szenen aus der Bibel, Porträts der Kaiserin Maria Theresia und des preußischen Königs Friedrich II., auch ein gepanzertes Nashorn und einen Elefanten, einiges Getier aus einem Kuriositätenkabinett, zu dem auch eine dreiköpfige Schlange gehörte, eine Satansfratze über einer schlafenden Jungfrau. In einem Extrakasten warteten besondere Gläserpaare auf ihren Auftritt, sie zeigten bewegte Bilder, eine Attraktion, die häufig Ohnmachten und gestammelte Gebete hervorrief.

Rosina war alles andere als erfreut gewesen, als Jean erklärte, Maline komme nicht als Komödiantin, sondern als Laterna-magica-Künstlerin. So werde das Repertoire ganz vorzüglich erweitert, Theater gebe es überall und alle Tage, eine Zauberlaterne jedoch …

Da hatte Titus sich sehr heftig geräuspert, und Jean war eingefallen, dass er mal wieder einen seiner berüchtigten, wenig empfindsamen Momente hatte und Malines Engagement mit den falschen Argumenten verteidigte. Natürlich, hatte er eilig versichert, gehe ihm nichts über das Theater, über die menschliche Kunst der Darstellung tragischer wie heiterer Schicksale. Das wisse jeder. Von Zeit zu Zeit jedoch sei es erforderlich, zusätzlich eine Neuigkeit zu bieten, das beweise nur Weitsicht und kluge Planung.

Alle, die zur Becker'schen Gesellschaft gehörten, hatten schon Vorführungen mit der Zauberlaterne gesehen. Wenngleich sie die Wunder des Spiels mit dem Licht ebenso erschreckt, verblüfft oder amüsiert hatten wie das übrige Publikum, waren sie darin einig gewesen, dies sei keine echte Kunst und könne das Theater niemals ersetzen oder auch nur mit ihm konkurrieren. Vielleicht waren sie auch so einig gewesen, weil die Billetts erheblich schneller verkauft wurden als die für ihre Vorstellungen.

Rosina hatte Jeans heimliche Entscheidung als Verrat an ihrer Kunst empfunden und die Notwendigkeit, ihr Zimmer mit Maline zu teilen, als Ärgernis. Doch Maline erwies sich als still und von unaufdringlicher Bescheidenheit, ihr Naturell war heiter, und selbst in melancholischen Stunden, die sie hin und wieder einholten, schien sie keine besondere Beachtung zu erwarten. Rosina hatte schnell begonnen, sie zu mögen, und ihren Vorsatz, die Zauberlaterne und alles, was damit zu tun hatte, so weit als möglich zu ignorieren, vergessen. Sie spürte und las in Malines Gesicht, dass ihr die Laterne mehr bedeutete als eine Gewinn bringende Apparatur. Vielleicht war ihre Arbeit doch eine Kunst. Auch auf dem Theater wurde mit Apparaturen und Maschinen gearbeitet; sie hatte nie gedacht, die damit geschenkten Illusionen seien Scharlatanerie und betrögen das Publikum. Rudolfs Donnermaschine und sein Flugwerk, seine Zauberei mit dem Magnesium und anderen leuchtenden und zischenden Substanzen, die bewegten Kulissen, selbst Schminke und Kostüme – Illusion, gleich dem Spiel mit der Laterne.

Auf Malines Tisch herrschte peinliche Ordnung. Verschiedene Farbsteine und kleinen Schachteln mit Farbpulver standen in akkuraten Reihen. Da gab es Umbra, Bleiweiß, feuerrotes Karmin und blauen Lackmus, aus verkohlten Knochen geriebenes Beinschwarz, violetten Indigo, Ultramarin und Grünspan, grünlich gelbes Gummigutt und sogar eine winzige Portion des kostbaren Safran, für die braunroten Töne Drachenblut aus dem Harz indischer Bäume. Davor lag die Palette mit den angerührten Farben. Im Becher standen nur die beiden dickeren Pinsel, die feinen, die für die Miniaturen häufiger gebraucht wurden, lagen ausgespült auf einem Tuch, damit die zarten Härchen vor Schaden bewahrt wurden. Maline arbeitete mit Wasserfarben. Ölfarben ließen das Licht kaum passieren, auch trockneten sie zu schwer und bekamen leicht Risse. Nur wenn Teile der Bilder ganz schwarz erscheinen sollten, tauchte sie den Pinsel in dunkle Ölfarbe.

«Schau», sagte sie und hielt Rosina eine etwa handtellergroße quadratische Glasscheibe entgegen, «was sagst du dazu?»

Rosina nahm die Scheibe behutsam zwischen Daumen und Zeigefinger, doch ihr Blick hielt etwas anderes fest. Am Fenster stand ein schlichter Weidenkäfig, auf einer dünnen, zwei Zoll breit über dem Boden angebrachten Stange hockten zwei gelbbraun gefiederte Knirpse.

«Kanarienvögel», stellte sie fest. «Woher hast du sie? Sind die nicht schrecklich teuer?»

Maline hob gleichmütig die Schultern. «Wenn man es versteht zu handeln, bekommt man einen guten Preis. Um ehrlich zu sein: Den kleineren hat der Händler mir geschenkt, weil ich nur genug Geld für einen hatte. Ich wollte schon immer welche haben. Sind sie nicht anmutige kleine Geschöpfe?»

«Sehr anmutig. Solange sie in der Nacht aufs Singen verzichten.» Als habe der größere der Vögel Rosinas Worte verstanden, gab er einen langen Triller zum Besten, sein zarter Körper schien sich zu blähen und zu wachsen.

Maline lachte. «Fast so schön wie die Musik deiner silbernen Flöte», sagte sie. «Keine Sorge, am Abend lege ich ein dunkles Tuch über den Käfig, dann bleiben sie sogar nach Sonnenaufgang still.»

«Die armen kleinen Sänger.» Rosina mochte keine Käfige, sie war sicher, Vögeln, seien sie noch so klein, ging es ebenso. «Wie werden sie im Winter die langen Reisen auf den Straßen überstehen?»

«Oh, daran habe ich nicht gedacht. Ich war zu lange sesshaft.» Maline lachte. «Einstweilen können sie für uns singen. Wir bleiben doch einige Wochen hier. Und dann? Ich könnte sie Madame Kröger schenken. Glaubst du, sie würde sie mögen?»

«Bestimmt», sagte Rosina, die gerade überlegt hatte, ob ein heimliches Öffnen des Käfigs für die Vögel Freiheit oder den sicheren Tod bedeutete. «Sie wird sie vor lauter Liebe füttern, bis sie genauso rund sind wie sie selbst. Aber nun deine Bilder.» Sie hielt die Glasscheibe gegen das Licht und kniff die Augen zusammen. «Es ist so klein», murmelte sie, «was stellt es dar? Was tut der Mann?»

Maline kicherte boshaft. «Nimm das Leseglas», sagte sie, «das benutze ich auch beim Malen. Dann wirst du es gleich erkennen.»

Rosina hielt die von einem Hornrahmen gefasste Vergrößerungslinse vor die zierliche Malerei und suchte den richtigen Abstand. Maline mochte eine wenig begabte Komödiantin sein, ihre Talente als Malerin waren beachtlich.

«Er steht im Wasser», rief sie. «Du hast den Mann gemalt, den die Räuber im Fleet fast haben ertrinken lassen.»

«Ja. Und hier», Maline reichte Rosina eine zweite bemalte Glasscheibe, «auf diesem steht das Wasser schon höher, und sein Gesicht ist von Angst verzerrt. Auf einem dritten steht es ihm bis zum Kinn. Wenn man sie nacheinander in der richtigen Geschwindigkeit durch den Lichtstrahl schiebt, wirkt es, als könne man beobachten, wie das Wasser steigt und steigt. Es ist immer gut, Ereignisse der Stadt vorzuführen, besonders gut, wenn es grausige Ereignisse sind. Die Menschen», sagte sie plötzlich streng, «mögen Grausamkeiten.»

«Solange sie ihnen nicht selbst widerfahren. Du bist sehr gut mit Pinsel und Farbe. Wo hast du das gelernt?»

Wieder hoben sich Malines Schultern gleichmütig. «Bei niemandem. Oder doch, Meister Glarus hatte ein Buch. Er hat mir auch die Farben erklärt und wie man sie richtig verwendet, damit die Bilder für die Zauberlaterne taugen. Alles andere – man muss es nur versuchen. Es ist ganz einfach. Du könntest es auch.»

«Nein», sagte Rosina entschieden und erinnerte sich an die Verzweiflung ihres Zeichenlehrers, der vor vielen Jahren nicht begreifen konnte, dass die Tochter einer den Künsten verbundenen Mutter mit Pinsel und Zeichenstift ebenso wenig Bereitschaft wie Talent zeigte. «Ich konnte immer nur gut singen und tanzen, ich wollte auch nichts anderes. Wenn ich etwas male, erkennt keiner, was es darstellen soll. Du hast nie erzählt, wie du zu deiner Stellung bei diesem Meister gekommen bist.»

Maline beugte sich über ihre Farben, griff nach dem Schabmesser und begann an einem tiefroten Farbstein zu kratzen. «Du meinst, weil es nicht üblich ist, dass eine Komödiantin in einem ordentlichen Haus als Magd aufgenommen wird?»

«Als was auch immer aufgenommen wird. Ja, so ähnlich.» Rosina spürte, dass Maline dieses Thema unangenehm war.

Aber wenn es bei Fahrenden auch nicht Sitte war, zu genau nach dem Woher zu fragen, hatte sie lange genug gewartet. Irgendwann wollte ihre Neugier befriedigt sein. «Männern gelingt das hin und wieder», erklärte sie, was Maline selbst wissen musste, «insbesondere Studenten, die auf dem Theater für einige Zeit das Abenteuer und manchmal auch die Kunst gesucht haben oder denen schlicht das Geld für die Universität ausgegangen war. Aber uns Frauen?»

«Ja», sagte Maline. «Uns Frauen.» Sie hob das Papier mit dem Farbpulver an, klopfte den bunten Staub in die Mitte und ließ ihn behutsam in eine der Schachteln rieseln. «Ich habe einfach Glück gehabt», fuhr sie endlich fort. «Als meine Mutter starb – mein Vater war schon vor langer Zeit gestorben – und unsere Gesellschaft sich auflöste und in alle Winde verstreute, war ich der Wanderei müde. Der Optiker suchte gerade eine neue Magd, die ihm den Haushalt führte. Es war wie ein Glückstreffer in der Lotterie. Meister Glarus ist ein netter alter Mann, ein Herr. Er hat mich immer gut behandelt und nie wie andere – er hat nie Falsches verlangt.» Ihre Stimme klang heftig, als könne Rosina vermuten, er habe sie in sein Haus geholt, um sein Bett und seinen alten Körper zu wärmen. «Er lebte allein, und weil die Arbeit in seinem Haus mir genug Zeit ließ, durfte ich ihm in kleinen Dingen in seiner Werkstatt helfen. Er ist nicht nur Optiker, er versteht sich auf alle mechanischen Dinge. Er ist ein wirklich guter Mechanicus, seine Barometer und Fernrohre sind unvergleichlich, und seine mechanischen Apparate mögen Spielerei sein, für mich sind sie Wunderwerke. Besonders die mit den Glöckchen und Vögeln. Meine Zauberlaterne hat er auch selbst gebaut, und weil ich sie zu bedienen weiß und die meisten der Glasbilder in diesen Kästen gemalt habe, hat er sie mir zum Abschied geschenkt.»

«Eine wertvolle Gabe», fand Rosina. «Er muss dich sehr geschätzt haben.»

«Und warum nicht?! Ich glaube», erklärte Maline sanfter, «ich habe ihn an seine jüngere Tochter erinnert. Er hatte eine Miniatur, die kurz bevor sie starb gemalt worden war. Vielleicht sehe ich ihr wirklich ähnlich.»

«Warum bist du nicht dort geblieben?»

Maline dreht sich um und sah Rosina an. Ihr Gesicht wirkte angestrengt, doch sie begann zu lächeln. «Ich habe schon gehört, dass du ein Ausbund an Neugier bist. Ich bin nur fortgegangen, weil ich es musste. Seine Augen wurden so schwach, dass er diffizile Arbeiten nicht mehr tun konnte. In seinem Metier ist jede Arbeit diffizil. Als seine Brillen und Vergrößerungslinsen nur noch seinen Kunden halfen, aber nicht mehr ihm, hat er sein Haus und die Werkstatt verkauft. Sein Geselle, im letzten Jahr hatte er nur noch den einen, wartete schon darauf, endlich seinen Platz einzunehmen und selbst Meister zu werden. Meister Glarus wollte, dass ich bei ihm bleibe, ich hätte ihn gut versorgt und meine Augen für ihn sehen lassen. Aber seine ältere Tochter», sie nahm einen der Pinsel aus dem Glas und tupfte ihn behutsam trocken, «ist gut verheiratet und ihr Haus geräumig. Sie hat dafür gesorgt, dass er zu ihr zog, und ich musste gehen. Sie hatte von Anfang an geargwöhnt, ich werde ihren Vater bestehlen, und ihn oft gedrängt, mich fortzuschicken. Deshalb hat Meister Glarus mir die Laterne geschenkt. Damit ich mein Brot verdienen kann.»

«Auf ehrliche Weise», murmelte Rosina. Diesen Satz hatte sie oft gehört, er bezog sich selten auf Komödianten. Der alte Mann musste Maline mehr geschenkt haben als die Laterne. Wie sonst hätte sie die teuren Farben und das gute Glas bezahlen können?

«Aber wie sollte ich alleine reisen?», fuhr Maline fort,

ohne auf Rosinas Bemerkung zu achten. «Als ihr in die Stadt kamt, beschloss ich, es wieder mit einer Komödiantengesellschaft zu versuchen. Da wusste ich allerdings noch nicht, dass er mir die Laterne schenken würde. Das erfuhr ich erst einige Tage nachdem ihr es abgelehnt hattet, mich bei euch aufzunehmen. Ich dachte, ihr wäret schon abgereist, dann traf ich Jean – den Rest kennst du. Ist deine Neugier nun befriedigt?»

«Völlig. Nimmst du sie mir übel?»

Maline schüttelte entschieden den Kopf. «Meine Geschichte ist kein Geheimnis. Du kannst sie jedem erzählen. Es wäre mir sogar lieb. Dann werde ich vielleicht nicht mehr verdächtigt, die Laterne gestohlen zu haben.»

«Das tut niemand! Jedenfalls niemand von uns. Glaubst du, du wärest dann noch hier?»

Sie nahm eine der anderen Glasscheiben, die zum Trocknen gegen einen Holzkasten lehnten, bis die Farbe mit Firnis versiegelt werden konnte. In dem bewahrte Maline Pinsel, Kohle- und Rötelstifte und die Messer auf, mit denen die Farben geschabt und auf die Palette aufgetragen, gemischt und auch wieder abgekratzt wurden. Darunter gab es auch ein besonders feines, um die Konturen auf den getrockneten Bildern zu korrigieren.

«Und dieses? Es sieht aus, als zeige es den Garten der Herrmanns' an der äußeren Alster.»

«Den kenne ich nicht. Nein, es zeigt einen der mit Rosen berankten Bogen über dem Hauptweg im großen Garten am Gänsemarkt. Sie tragen jetzt nur mehr Hagebutten, aber ich weiß, wie ihre Blüten aussehen. Für sich allein ist das Bild nicht besonders, mit einem zweiten Glas, das man darüber schiebt, kann ich es aussehen lassen, als hüpften in den Ranken Vögel auf und ab. Ich will auch die große Holländermühle am Alsterdurchfluss beim Lombardhaus malen, mit dem zweiten Glas sieht es aus, als drehten sich ihre Flügel. Das ist sehr possierlich.»

«Ich habe mich geirrt, Maline», sagte Rosina und stellte das Glas wieder an den Kasten. «Ich war nicht gerade erfreut darüber, dass eine Laterna magica unser Repertoire erweitern soll. Doch nun», sie fand ein Kompliment, zumal ein ehrliches, als Entschädigung für ihre Neugier angebracht, «kann ich deine erste Vorstellung kaum erwarten. Jetzt begreife ich auch deine vielen langen Spaziergänge.» Sie tippte mit den Fingerspitzen auf das aufgeschlagene Skizzenbuch. «Mir scheint, du hast die halbe Stadt abgezeichnet.»

«Nicht ganz, aber es stimmt, ich bin immer auf der Suche nach passenden Motiven. Nicht alle eignen sich. Heute», fügte sie nachdrücklich hinzu, «war ich hier und habe gemalt.»

Diese unvermittelte Auskunft ersparte Rosina einen weiteren Beweis ihrer Neugier. Also war es nur ein Zufall, dass der Rockzipfel, den sie um die Ecke hatte verschwinden sehen, als sie mit Anne auf der Bank hinter dem Theater saß, aus genau dem gleichen Stoff war wie der Rock, den Maline trug. Warum sollte Maline verheimlichen, dass sie an diesem Morgen wieder auf einem ihrer Spaziergänge gewesen war, Rosina und Anne im vertraulichen Gespräch gesehen hatte und leise, um nicht zu stören, wieder davongeschlichen war? Andererseits: Warum sollte sie es erwähnen?

Da fiel ihr etwas anderes ein. Göttingen war eine kleine Stadt – es war gut möglich. «Wie lange hast du in Göttingen gelebt, Maline?»

«Zweieinhalb Jahre. Sehr gute zweieinhalb Jahre.»

«Ein Optiker, besonders wenn er mechanische Geräte baut, hat sicher zahlreiche Kundschaft unter den Professoren und Studenten der Universität. Kanntest du welche?»

«Einige.» Maline sah Rosina aufmerksam an. «So zahlreich waren sie nicht, Gelehrte haben gewöhnlich viel im Kopf und wenig in der Börse. Ich habe sie nie bedient, das hat der Meister immer selbst gemacht, manchmal auch der Geselle. Meinst du jemand Besonderen?»

«Vinstedt», sagte Rosina rasch, bevor sie es sich anders überlegen konnte. «Er heißt Vinstedt. Er hat in Göttingen studiert und besucht dort gern alte Freunde.»

«Aha, Magnus Vinstedt also.» Maline nahm die zuletzt bemalte Glasscheibe auf und pustete sanft über die trocknende Farbe. «Ist das der geheimnisvolle Mann, dessen Briefe du so sehnlich erwartest?»

«Ich warte, ja. Daran ist allerdings nichts geheimnisvoll und ob sehnlich oder nicht, ist unwichtig. Woher weißt du das?»

«Ich habe Ohren, Rosina. Es tut mir Leid, an Magnus Vinstedt erinnere ich mich nicht.»

«Aber er hat ein Fernrohr, ein sehr schönes, und ich weiß, dass er es in Göttingen gekauft hat. Und wieso kennst du seinen Vornamen? Ich habe ihn nicht genannt.»

Maline lehnte die Glasscheibe behutsam gegen das Holzkästchen, und während sie das nächste aufnahm, sagte sie: «Als ich beschloss, zu den Fahrenden zurückzukehren, dachte ich, die Zeit des Misstrauens sei vorbei. Warum sollte ich behaupten, jemanden, den ich kenne, nicht zu kennen? Wenn du den Namen nicht genannt hast, dann habe ich ihn von den anderen gehört. Oder von der Krögerin. Ist das so wichtig?»

«Verzeih, Maline. Es ist überhaupt nicht wichtig. Ich weiß nur nicht, warum er nach Göttingen geritten ist. Ich dachte – ach, ich weiß nicht, was ich dachte.»

Die trotzige Lust, sich als leichtfertiges Frauenzimmer herauszuputzen und zu den Soldaten auf den Wall zu gehen, war ihr vergangen, und sie entschied sich für einen anderen Besuch, der nichts mit Überfällen, Morden oder Eiskellern zu tun hatte.

Als sie kurz darauf auf dem Weg zum Millerntor und dem Hamburger Berg über den Großneumarkt ging, blieb sie vor zwei barfüßigen Jungen stehen, die eine magere Ziege am Strick hielten und auf einen Käufer hofften. Die Jungen blickten ihr missmutig nach, als sie eilig weiterging, ohne auch nur nach dem Preis gefragt zu haben.

Und Rosina überlegte, ob es nicht doch Malines Rock gewesen war, den sie gesehen hatte. Da war dieser leichte, doch eindringliche Geruch gewesen, als sie sich über ihre Schulter beugte, um einen Blick auf die Skizzen zu werfen. Ein Geruch, den sie schon häufiger von ihren Spaziergängen mitgebracht hatte, und nun wusste Rosina auch, was es war. Ziegengeruch, eindeutig und unverkennbar Ziegengeruch. Und den hatten Malines Kleider am Morgen, als sie beim gemeinsamen Frühstück eng nebeneinander auf der Bank im Hof saßen, noch nicht verströmt.

Als sie über die Zugbrücke des Millerntores lief und über das weite Tal der Elbe und die Hamburger Berg genannte Ebene nach Altona sah, schalt sie sich eine misstrauische Person. Sie hatte sich schon oft sicher gefühlt und doch geirrt.

KAPITEL 7

Weddemeister Wagner sah den beiden Dragonern nach, die im leichten Trab den Wall hinaufritten, und fühlte sich klein und dick. Er war klein und dick, das mochte in seinem Beruf hin und wieder von Nachteil sein, betrüblich fand er es jedoch nur in Momenten wie diesem, wenn er junge Männer vorbeireiten sah, schlank, geschmeidig, gar in einer eleganten Uniform. Gewöhnlich fügte er sich in sein Schicksal, weil er fand, es sei nicht das schlechteste, und seit er Karla liebte und sie ihn, war er restlos versöhnt. Nur manchmal wünschte er sich doch zumindest ein Pferd. Es musste angenehm sein, geradezu erhebend, vom Sattel eines so langbeinigen Tieres aus auf die Welt hinunterzusehen. Außerdem fraßen die langen Wege durch die Stadt viel zu viel seiner Zeit. Dummerweise stand einem Weddemeister kein Pferd zu, es sei denn, er kaufte und ernährte es selbst, was bei seinem Gehalt unmöglich war. Der Polizeimeister von Altona hatte sogar zwei Pferde, wunderschöne, schnelle Tiere. Aber für Proovt waren die Einkünfte aus seinem Amt nur ein Nadelgeld, die Kosten für seine Pferde und seidenen Hemden bestritt er aus den Einnahmen der Familiengüter. Proovt hatte das Amt nur übernommen, weil es ihm seltsamerweise Spaß machte. Wagner mochte ihn trotzdem.

Die Dragoner verschwanden hinter den Ulmen, und er setzte seinen Weg fort. Letztlich würde ein Pferd einzig seinen Hang zur Bequemlichkeit fördern. Zudem brauchte er sich nur umzusehen: Die Reiter kamen in den engen, von Sonnenaufgang bis Sonnenuntergang von Menschen,

Fuhrwerken, Kutschen und Karren vollen Straßen kaum schneller vorwärts als die Fußgänger. Im Übrigen waren Pferde ungemein große und nicht immer berechenbare Tiere, zu mächtig und eigensinnig für einen kurzbeinigen Mann, der noch nie auf einem gesessen hatte.

Bei der Apotheke am Großneumarkt fragte er sich, wie spät es sein mochte – im Lärm der Stadt hatte er die Schlagwerke der Kirchtürme überhört. Der Stadtkommandant erwartete ihn akkurat um drei Uhr. Schlag drei, hatte er ausrichten lassen, zu früh kommen war ebenso unpassend wie zu spät. Er blinzelte gegen das Sonnenlicht zur Wache an der anderen Seite des weiten Platzes hinüber. Unter dem von Säulen getragenen Vordach standen zwei Soldaten, zwei weitere marschierten gemächlich vor dem Gebäude auf und ab. Er wusste, wie wichtig diese Männer für Ruhe, Ordnung und das Gefühl der Sicherheit waren, gleichwohl empfand er ihren Anblick oft als bedrückend. Wenn sie paradierten oder im Gleichschritt an ihm vorbeizogen, das Gewehr geschultert, den Blick starr nach vorn, keiner kleiner als sechs Fuß, wie es Vorschrift war, erinnerten sie ihn an Zinnsoldaten. Oder an die Menschen nachgebildeten kleinen Maschinen, wie sie der Uhrmacher Godard in der Großen Johannisstraße neuerdings baute.

Er reckte seinen Hals, machte Rücken und Schultern gerade und marschierte mit festem Schritt quer über den Platz zur Hauptwache der Garnison. Dann kam er eben zu früh oder zu spät.

Die tägliche Wachparade mit mehr als vierhundert Soldaten war gerade vorüber, immer noch drängte sich viel Volk auf dem Platz. Früher waren es noch mehr gewesen. Bis vor wenigen Jahren das Pflaster gelegt worden war, war keine Parade vergangen, ohne dass Soldaten, sogar Offiziere, auf dem unebenen Grund strauchelten und im Dreck landeten. Von ordentlichem Marschieren hatte keine Rede sein können, und dieses Theater, ganz ohne Eintrittsbillett, hatte stets ein begeistertes Publikum gehabt. Nun konnte mit Würde marschiert, salutiert und das Gewehr präsentiert werden, und das Vergnügen der Zuschauer war nur noch halb so groß.

Die Hauptwache war ein freistehendes Gebäude von beachtlicher Größe, direkt unter dem tief herabgezogenen Dach befanden sich Zellen für die Gefangenen, ihr gemeinsamer Giebel thronte im Dach wie ein Pavillon. Es sah hübsch aus, allerdings nur von außen.

«Seid Ihr der Weddemeister?» Ein Major sah von der Höhe seiner sechseinhalb Fuß auf Wagner hinab und salutierte nachlässig. «Der Kommandant lässt sich entschuldigen», fuhr er, ohne eine Antwort abzuwarten, fort, «er ist ins Rathaus gerufen worden, Ihr müsst mit mir vorlieb nehmen. Breinhardt», stellte er sich vor, «Major der Infanterie. Wenn ich bitten darf.»

Wagner war nicht zum ersten Mal in der Hauptwache, den Raum, in den er nun geführt wurde, hatte er jedoch noch nie betreten. Während alle übrigen Räume der Wache einzig ihrem Zweck entsprechend ausgestattet waren, nämlich für den Aufenthalt von etwa drei Dutzend Soldaten, für Verhöre und den vorübergehenden Gewahrsam von Übeltätern, betrat er nun eine ‹gute Stube›, die an die Rauchzimmer in reichen Häusern erinnerte. Einzig die fünf Gewehre in einem Ständer nahe der Tür verwiesen auf das Militär. Auch die beiden Kupferstiche in schweren goldenen Rahmen an der Wand gegenüber waren in den Häusern der Hanseaten, die stolz darauf waren, seit Jahrhunderten keinem Fürsten zu dienen, selten zu sehen. Das linke Bild zeigte eine Ansicht von Wien, das rechte Kaiserin Maria Theresia und den seligen Kaiser Franz.

Major Breinhardt war eine beeindruckende Erscheinung. Auf seinem roten Rock mit den blauen Stulpen und den goldenen Knöpfen lag kein Stäubchen, die engen weißen Hosen und kniehohen Gamaschen zeigten keinen noch so winzigen Fleck, die blanken schwarzen Schuhe, die weiße Perücke mit dem akkuraten langen Zopf, der Degen an seiner Seite – alles an dem makellosen Mann gab Wagner das Gefühl, er sei schmutzig und ungepflegt wie ein Bettler.

«Bitte.» Breinhardt legte seinen Dreispitz auf den mächtigen Tisch aus dunklem Holz und wies auf einen der Stühle, zupfte seine Handschuhe aus weißem Ziegenleder von den Fingern und setzte sich Wagner mit geradem Rücken gegenüber.

«Ihr werdet verstehen», begann er gleich und legte die gefalteten Hände auf den Tisch, «dass wir selbst unsere Erkundigungen über den unerhörten Tod von Oberleutnant Malthus einziehen. Gleichwohl habe ich Anweisung, auf alle Eure Fragen zu antworten. Ich kannte ihn gut, wir haben zusammen in Wien gedient, wie unser Stadtkommandant. Wir alle, Offiziere, Unteroffiziere und Gemeine, sind ein bunter, weit gereister Haufen, viele von uns haben anderen Obrigkeiten gedient, bevor wir hierher kamen, ob in Neapel, Holland, Westfalen, Dänemark, Schweden oder Russland, der Republik Venedig, Preußen oder eben in kaiserlichen Diensten in Wien. Das ist in unserem Metier das Gewöhnliche und beeinträchtigt nicht im mindesten unsere Treue. Wir sind keine Söldner mehr, die ihr Fähnlein nach dem Winde drehen, Weddemeister. Ich kann Euch versichern, dass Malthus ein Mann ohne Makel war. Ein guter Soldat, treu ergeben. Immer im Dienst, wenn Ihr versteht, was ich meine.»

«Gewiss, treu ergeben. Wie er es geschworen hat. Natürlich.» Wagner nahm sich fest vor, nicht zu schwitzen. «Daran zweifelt niemand. Aber nun ist er tot, und womöglich gab es einen Anlass …»

«Anlass? Er wurde das Opfer der Übelstände in dieser Stadt. *Daran* kann kein Zweifel bestehen, absolut kein Zweifel.»

«Möglicherweise, ja. Leider ist er in seinem eigenen Eiskeller, nun ja, gestorben, wenn der sich auch auf dem Areal der Garnison befindet. So ist vieles möglich, Major, auch ein privater Grund. Es ist …»

«… absurd.» Die Miene des Majors verlor alle Verbindlichkeit. «Das ist absurd, Weddemeister. Auch als privater Mensch, wobei ein Soldat nie wirklich ein privater Mensch ist, war er ein Ehrenmann. Er stand kurz vor seiner Heirat, was Ihr möglicherweise noch nicht wisst, mit einer jungen Dame aus bester Familie. Sie und seine eigene Familie bedeuteten sein Privatleben. Und wenn Ihr darauf anspielt, er habe seinen Dienst quittieren wollen – das war noch nicht entschieden. Ich bin sicher, er hätte es nicht getan.»

«Möglicherweise. Wer weiß schon, was einen Mann wirklich bewegt. Da ist etwas anderes, das ich wissen muss. Es geht um die Munitionsdiebstähle, zuerst aus dem Depot der Bürgerwache auf der Bastion Henricus …»

«Was fatal ist», unterbrach ihn Breinhardt, «aber nicht erstaunlich. Verzeiht, wenn ich es so direkt sage: Die Bastion wird von der Bürgerwache kontrolliert, und deren Qualifikation ist bekannt.»

«Gewiss, bekannt. Der nächste Diebstahl allerdings, Ihr werdet Euch daran erinnern, traf das Pulvermagazin auf der Bastion Eberhardus. Und das, verzeiht, wenn ich das so direkt sage, gehört der Garnison und wird auch von ihr bewacht. Nun ja, an der Qualifikation Eurer Männer besteht kein Zweifel. Und nun, sehr bedauerlich, das sagen zu müssen, wurde auch ins Drillhaus eingebrochen.»

«Ins Drillhaus der Bürgerwache.» Breinhardts Brauen hoben sich amüsiert. «Während der Drillmeister in seiner Wohnung direkt daneben selig schlief.»

«Das ist in der Tat erstaunlich, wenn man bedenkt, dass er, bis er vor einem Jahr seinen Abschied nahm, zu Eurer Kompanie gehörte. Im Drillhaus kamen außer den kostbaren silbernen Deckelhumpen der Bürgerkapitäne nur einige Gewehre abhanden, was nicht annähernd so bedenklich ist wie die großen Mengen an Pulver und Kugeln aus dem Magazin auf der Bastion Eberhardus, ja, und auch Gewehre. Nun ja, auch auf Henricus.»

Breinhardt musterte seine Hände, als begänne er sich zu langweilen. «Es wäre freundlich, wenn Ihr mir erklärtet, was das mit Oberleutnant Malthus' Tod zu tun hat.»

«Das ist einfach. So wie Ihr Erkundigungen über seinen Tod einzieht, werdet Ihr auch diese Diebstähle verfolgen. Ich möchte wissen, ob er damit betraut war. Oder ob er sich besonders dafür interessiert hat. Immerhin steht das bestohlene Garnisonsmagazin auf Eberhardus, nur einen Katzensprung von der Mine und dem Eiskeller entfernt. Wenn die Diebe es noch einmal versuchen wollten und er ihnen auf der Spur war, ist er ihnen vielleicht nachgeschlichen, wurde entdeckt, und dann – ja, und dann fand er sein Ende im Eiskeller.»

Breinhardt lockerte seine Hände, lehnte sich zurück und sah an Wagner vorbei nach seiner Kaiserin. «Nein», sagte er endlich, «davon weiß ich nichts, und falls er eine solche Spur gehabt hätte, wüsste ich es. Aber ich muss zugeben, Ihr sprecht von einer Möglichkeit, die ich noch nicht bedacht habe. Tatsächlich hat Malthus sich mit der Lagerung des Pulvers beschäftigt. Er hielt es für gefährlich, dass große Mengen auf den Bastionen lagern, so nah bei den Wohnhäusern, und nicht einmal in besonders starken Mauern. Und beim Steintor, zum Beispiel, liegt das Pulver in dem mittelalterlichen Turmrest, der beim Bau des Befestigungswalles vor hundertfünfzig Jahren nicht wie die anderen abgerissen, sondern einfach in den Wall integriert wurde. Sein Mauerwerk ist uralt, es muss spröde sein. Malthus hat befürchtet, eine Explosion werde das Tor zerstören und womöglich eine Bresche in den Wall sprengen. Von den umliegenden Wohnhäusern gar nicht erst zu reden. Noch stärker hat ihn allerdings gesorgt, wie immer wieder mit Handelspulver beladene Wagen quer durch die engen, stets belebten Straßen der Stadt rollen, ohne dass ihre gefährliche Ladung deklariert wurde.»

«Was einzig Euren Soldaten anzukreiden ist, die bei den Toren Wache stehen und die Wagen nicht vorschriftsmäßig prüfen.»

Diesen leider völlig berechtigten Vorwurf beantwortete Breinhardt nur mit einem in diesem Fall ziemlich grimmigen Blick.

«Er hat sich mit der Lagerung des Pulvers beschäftigt», fuhr er knapp fort, «umso mehr werden ihn diese Diebstähle beunruhigt haben. Auch wenn ich nichts davon weiß – er war kein Mann, der vage Verdächtigungen ausstreut –, ist es tatsächlich möglich, dass er diese Halunken beobachtet hat, zufällig, und dass sie ihn entdeckt und in das verdammte Eisloch gesperrt haben. Dann aber», er wandte den Blick wieder Wagner zu, «dann müssen es viele gewesen sein, Malthus war ein tüchtiger Faustkämpfer und nicht leicht zu besiegen. Hatte er Blessuren, die auf einen Kampf hinweisen?»

«Nein. Keine. Nur eine Schramme vom Sturz auf die Eisblöcke.» Nun begann Wagner doch zu schwitzen. Wahrscheinlich war es dumm, die nächste Frage ausgerechnet hier zu stellen. «Es gibt eine andere», er hüstelte in sein großes blaues Tuch, wischte sich rasch über die Stirn, «ja, eine andere Eventualität. Ihr spracht von Mademoiselle Lehnert, sie stammt nicht nur aus einem achtbaren, sondern auch aus einem reichen Haus. Oberleutnant Malthus hingegen hatte bis auf ein sehr geringes Erbe nur seinen Sold. Denkt Ihr … wie soll ich es sagen?»

Breinhardts Blick, gerade noch in der Nachdenklichkeit milder geworden, versteinerte. «Das werdet Ihr nicht wagen, Weddemeister. Ihr werdet nicht wagen, einem meiner Offiziere zu unterstellen, er sei in irgendeiner Weise mit Dieben verbunden gewesen. Mit Munitionsdieben, als Verräter und Saboteur. Stellt diese Frage nicht. Sie ist so sinnlos wie dreist.»

Wagner hatte mit einer kalten Reaktion gerechnet, eine so heftige überraschte ihn. Auch fand er es bemerkenswert, dass der Major seine Gedanken sofort erraten hatte. Wenn diese Überlegung wirklich nichts als eine haltlose Unterstellung war, war das erstaunlich. Eine Überlegung, mehr war es nicht gewesen. Bis jetzt.

Wagner stand auf. Was immer er noch fragte, es konnte keine erhellende Antwort hervorbringen. Er würde anderswo tiefer in diesem Wespennest stochern.

Als sei der Weddemeister ein Delinquent, hielt Breinhardt ihn mit einer harschen Handbewegung zurück.

«Ihr werdet mich nun entschuldigen», sagte er mit einer Stimme, die selbst den Sonnengott hätte frieren lassen, öffnete die Tür und winkte einen jungen Offizier herein. «Fähnrich Börne wird Euch hinausbegleiten.» Dann drehte er sich mit einer knappen Verbeugung auf dem Absatz um und verschwand durch eine schmale Tür, die Wagner bisher nicht bemerkt hatte.

Während er dem Fähnrich durch den Flur und die Wachstube folgte, glaubte er tausend feindliche Augen im Nacken zu spüren. Was Unsinn war, kaum einer der Soldaten beachtete ihn mit mehr als einem flüchtigen Blick. Nur die beiden obdachlosen Bettler, die, jeder einen schmutzstarrenden Beutel mit seiner armseligen Habe auf den Knien, auf einer Bank hockten, sahen ihm länger nach. Einer rief seinen Namen, es klang wie ein Hilferuf. Wagner zog den Kopf ein und beeilte sich, die Wache zu verlassen.

Börne hatte keine Eile, den Weddemeister loszuwerden. «Ihr wollt also den Kerl fassen, der Malthus ermordet hat?», fragte er, als sie unter dem Vordach standen. «Was habt Ihr nur gesagt, unseren Major so in Rage zu bringen? Gewöhnlich ist er die Contenance in Person»

Wagner zuckte mit den Achseln und machte dumme Augen. «In Rage? War er das? Ich habe nur nach Oberleutnant Malthus' privatem Leben gefragt, ja, und nach den Munitionsdiebstählen. Das auch. Und ob er womöglich Geld brauchte. Finanzielle Mittel, sozusagen. So kurz vor seiner Eheschließung …»

Börne grinste über sein ganzes rosiges Kindergesicht, seine blauen Augen blitzten in einem Kranz von Lachfältchen. «Mir scheint, Ihr wollt mich vorführen», sagte er. «Gebt Euch keine Mühe. Ich habe genug von Euch reden gehört, um zu wissen, dass Ihr nicht so dumm seid, wie Ihr vorgebt. Das musste den Major in Rage bringen. Aber Ihr marschiert auf dem Holzweg. Geld brauchen wir alle, der Sold gibt gerade genug zu einem bescheidenen Leben. Wer keine anderen Mittel hat, trägt seinen Rock lange, bevor er sich einen neuen erlauben kann. Die Sicherheit der Stadt ist unserem Rat nicht viel wert. Auf den Bastionen stehen Kanonen und Mörser, die für die Kriegskunst vor hundert Jahren dienlich gewesen sein mögen, für heute –

doch das gehört nicht hierher. Ich will nicht behaupten ...» Er sah sich nach den Soldaten um, die keine zwei Schritt weit Wache standen und das Gespräch mit großen Ohren verfolgten. «Kommt», sagte er, «lasst uns ein paar Schritte über den Markt gehen.»

«Ich will nicht bestreiten», fuhr er leiser fort, als sie hinter dem Brunnenhaus Schutz vor neugierigen Augen und Ohren gefunden hatten, «dass es bei uns Männer geben mag, die es mit der Ehrbarkeit nicht ganz so genau nehmen, wie Major Breinhardt denkt. Für ihn ist so etwas unvorstellbar. Wir sind auch nur Menschen, und unter 2000 Mann, ob Soldaten oder Zivilisten, gibt es immer ein paar Lumpen, die Gesetz und Ehre vergessen und dafür den Galgen riskieren. Aber doch nicht Malthus. Auf keinen Fall. Der hatte es auch gar nicht nötig, er musste nur noch ein wenig warten, ein oder zwei Jahre, dann hätte die Hälfte der Gärtnereien seiner Familie ihm gehört. Deshalb wollte er die Uniform ausziehen. Und Gärtner werden, von mir aus auch Kaufmann, das hört sich besser an. Für mich ist das unbegreiflich, aber bitte, jeder nach seinem Geschmack.»

«Aha?», sagte Wagner. «Die Hälfte der Gärtnerei. Und woher, mit Verlaub, wisst Ihr das?»

Börnes Augenbrauen hoben sich, und seine Unterlippe schob sich vor. «Oh», sagte er, «ich dachte, Ihr wüsstet davon. Ich wäre Euch verbunden, wenn Ihr niemandem sagtet, von wem Ihr das gehört habt. Ich bin sicher, dass es stimmt. Malthus hat es mir selbst erzählt. Er neigte dazu, die Welt leicht und in schönen Farben zu sehen, was ich sehr an ihm mochte, es gibt genug Griesgrame auf der Welt. Er neigte aber nicht dazu, Unsinn zu erzählen.»

«Und wie sollte das gehen? Sein Bruder war der Erbe, ich kann mir nicht vorstellen, dass der die Hälfte hergeben wollte.»

«Kaum. Ich habe schon zu viel gesagt, Weddemeister, fragt besser Madame Malthus. Doch nun vergesst mal den Unsinn mit dem Erbe, dem Geld, den Diebstählen und diesen ganzen schnöden Kram. Kümmert Euch lieber um die Bauern, die sind rabiate Kerle, erst recht, wenn es um ihr Eigentum geht.»

«Die Bauern? Was hatte er mit denen zu tun? Sein Bruder Elias, der natürlich, der hat Samen von ihnen gekauft und wohl auch Pflanzen, aber ...»

«Ach was, Pflanzen, Weddemeister. Ich meine den Aufruhr, als nach der Flut die Deiche durchstochen wurden. Ihr müsst doch wissen, was damals geschehen ist.»

Das wusste Wagner natürlich. Als in der Nacht vom 8. auf den 9. Juli zuerst der große Neuengammer Elbdeich brach, als das Wasser mit unbeherrschbarer Kraft die Marschen unter sich begrub, hatte auch in der Stadt große Angst geherrscht. Diesmal war kein Sturm schuld gewesen. Nach einem eisfreien Winter hatte der Wettergott im März doch noch bittere Kälte und tüchtig Schnee geschickt, dann ließen Tauwetter und Dauerregen die Elbe hoch anschwellen. Von der Oberelbe kam schon im Mai die Kunde von schweren Überschwemmungen, und der Strom stand hoch wie schon sehr lange nicht mehr. Doch als der Deichvogt nach gründlicher Prüfung der Vierländer Deiche Sicherheit für die Marschen vor Hamburg versprach, besonders an der kritischen Stelle der Flussbiegung, wo das Wasser stets zuerst angriff, wich die Sorge trotz des kalten regenreichen Sommers. Mitte Juni erreichte der Fluss seinen höchsten Stand, und es schien, als wollte das Wasser niemals ablaufen. Das tat es schließlich doch, allerdings nicht ins Meer, wohin es gehörte. Es durchbrach den von Wühlmäusen unterhöhlten Neuengammer Deich, riss weitere Löcher und ergoss sich unaufhaltsam in die Marsch. Es vernichtete die

Ernte, ersäufte viel Vieh, jagte das Geflügel in die Bäume und riss Ställe, Scheunen und kleine Katen mit sich, als seien sie aus Pappe, es unterhöhlte und durchspülte Gehöfte und selbst steinerne Sommerhäuser.

Nach fünf Tagen stand die Flut auf einer Fläche von drei Meilen Länge und bis zu zwei Meilen Breite, vom Krauel bis vor das Hamburger Deichtor, drängte gegen die Schleusen, bis sie beinahe barsten, und bedrohte die Stadt. Endlich ordnete der Rat an, die Deiche der im überfluteten Gebiet durch ihren gemeinsamen Innendeich noch verschonten südlichen inselgleichen Areale zu durchstoßen. So fand das Wasser Raum, und die Stadt blieb verschont. Das hörte sich gut und einfach an, doch auch auf den von Nebenflussarmen umschlossenen Spadenland, Tatenberg und Ochsenwerder lebten Menschen, zumeist kleine Kätner, inmitten der Äcker und der Weiden, auf denen ihr Vieh stand, das den Hamburgern Milch, Butter und Fleisch lieferte.

Nicht zum ersten Mal wurden in der Geschichte der alten Stadt Deiche durchstochen, um Schlimmeres abzuwenden, doch zum ersten Mal hatte das Militär die Männer mit den Spaten vor der Wut der Bauern schützen müssen.

«Und nun denkt Ihr», fragte Wagner, «die Bauern haben sich am Militär gerächt, indem sie einen der Offiziere umbrachten? Das klingt unvernünftig. Die Entscheidung hat der Rat getroffen und empfohlen hat es Baumeister Sonnin, er hat berechnet, dass nur diese furchtbare Maßnahme die Stadt retten könne und wo sie auszuführen sei. Obwohl nicht alle seiner Meinung waren, hat er letztlich Recht gehabt.»

«Erzählt mal den Leuten in der Marsch, eine Stadt sei schwerer wieder aufzubauen als ein paar Gehöfte und Katen. Nein, so allgemein meine ich es nicht. Die Bauern haben damals versucht, uns an unserer Arbeit, die ohnedies gefährlich genug war, zu hindern, sogar Frauen und Kinder waren dabei. Alles war voller kleiner Boote. Andere waren noch auf ihren Wiesen, weigerten sich, sich wegbringen zu lassen, und versuchten, den Deich zu verteidigen. Wir hatten das gut im Griff, nur einmal, gleich am ersten Tag, wurden sie wahrhaft rabiat, dem befehlenden Offizier blieb nichts übrig, als über ihre Köpfe schießen zu lassen, um ihnen einen ordentlichen Schrecken einzujagen.»

Wagner erinnerte sich an diesen Aufruhr und pfiff leise durch die Zähne. «Und der Offizier war Oberleutnant Malthus.»

«Richtig. Über die Köpfe, hat er befohlen. Ich habe es selbst gehört. Das war milde gedacht, bei Aufruhr schießt normalerweise kein Soldat *über* die Köpfe. Kann sein, dass er sich den Bauern irgendwie verbunden fühlte. Wer in einer Gärtnerei aufgewachsen ist und bald dorthin zurückkehren will, denkt vielleicht so. Trotzdem hat sich eine Kugel – sagen wir: verirrt und einen der wilden Kerle getroffen. So ist das eben, wenn man sich gegen die Obrigkeit und unvermeidliche Maßnahmen stellt. Er kann sich glücklich schätzen, weil es nicht der Kopf, sondern nur ein Arm war.»

«Nur ein Arm», murmelte Wagner, «wirklich großes Glück.» Etliche der Kätner in den Marschen konnten sich und ihre Familie schon kaum mit zwei Armen ernähren. «Weiß jemand, wer es war? Wie er heißt?»

«Leider nicht. Sonst wäre ich schon dort und würde mir den Mann vorknöpfen. Aber mit Eurer Spürnase, Weddemeister», sein Gesicht verzog sich wieder in jungenhaftem Grinsen, «werdet Ihr ihn bald aufspüren. Falls Ihr für diesen Besuch bewaffnete Begleitung braucht, lasst es mich wissen, es wäre mir eine Freude.»

Wagner sah dem Fähnrich nach, wie er mit leichtem Schritt zur Wache zurückging, und fühlte sich mutlos. Die Summe der vagen Vermutungen und Verdächtigungen war bisher schon groß genug gewesen, und nun noch rabiate Bauern? Wie sollte er den Mann mit dem zerschossenen Arm finden? Wenn er überhaupt noch lebte. In so eine Wunde kam schnell der Brand, und dann war es aus. Wenn niemand beherzt zur Säge griff, was auch nicht unbedingt hieß, dass der Verletzte überlebte. Falls er tot war, mochte es erst recht jemanden geben, der seinen Zorn mit Rache kühlen wollte.

So oder so – wer sein Haus unter der Flut verloren, wem das Unglück gar den Bankrott beschert hatte, war kaum zu finden. Viele waren nun ohne Obdach und versuchten auf den Straßen der Stadt oder in den Wäldern zu überleben. Einige mochten bei Verwandten untergekrochen sein, falls sie welche in von der Flut verschonten Regionen hatten. Aber wo? Bei wem? Es war wenig aussichtsreich, in den Marschen nach dem Mann mit dem zerschossenen Arm zu fragen. Auch wenn viele ihrer Bewohner schon zurückgekehrt waren, würde in dieser Sache niemand einem Weddemeister Auskunft geben. Was nicht richtig war – aber hätte er selbst es anders gemacht?

«Weddemeister! Wartet.» Börne kam mit langen Schritten zurück. «Mir ist etwas eingefallen. Als der Mann getroffen war und das Blut spritzte, schrie die Frau, die neben ihm davongerannt war, wie auf der Streckbank. Wahrhaftig, beim Gedanken daran läuft es mir jetzt noch kalt den Rücken hinunter. Der Mann blieb liegen, und sie hockte sich neben ihn und versuchte mit ihren Röcken das Blut zu stillen. Alle anderen rannten weiter. Es war kein Vergnügen, das anzusehen. Vor allem anzuhören.»

Das habe Pullmann, einer der Wundärzte der Garnison,

wohl auch gefunden. Er habe darauf bestanden gehabt, die Soldaten an diesem Tag zu begleiten. Falls ein Unglück geschehe, habe er gesagt, aber wahrscheinlich, vermutete Börne, habe er sich nur gelangweilt und wieder einmal eine Front erleben wollen, wenn auch bloß eine von Wasser, Schlamm und mit Forken und Knüppeln bewehrten Bauern.

«Jedenfalls hat er sich des Mannes angenommen. Wie weit und in welcher Weise, weiß ich nicht, ich hatte Wichtigeres zu tun, als zu gaffen. Vielleicht weiß er einen Namen. Ihr findet Pullmann in dem Haus unterhalb der Bastion Didericus, bei der Mühle am Lombardhaus. Ihr könnt es nicht verfehlen, im Zweifelsfall folgt dem Geschrei. Sicher ist er gerade damit beschäftigt, ein Bein abzusägen oder einen Zahn zu ziehen. Sein Geschäft kann auch ohne Front ziemlich blutig sein.»

Wagner fand das Haus des Wundarztes, ohne jemanden schreien zu hören, was ihn sehr beruhigte. Nicht dass er beim ersten Tröpfchen Blut die Augen verdrehte und weiche Knie bekam, aber er hatte genug zerschlagene Knochen gesehen, um gerne darauf zu verzichten, einen Wundarzt bei der Arbeit zu erleben.

Das Haus stand an einem der schönsten Plätze der Stadt. Vom Fuß der Mühle ging der Blick über die Binnenalster und die ganze Stadt mit ihren roten Dächern und kupfernen Kirchtürmen, von der Höhe ihres Turms sogar bis über die Elbe. Nach der linken Seite, nach St. Jakobi und St. Petri hinüber, wandte Wagner sich nicht gerne. Dort standen am Ufer das Werk- und Zuchthaus, das Spinn- und auch das Drillhaus, an Letzteres wollte er gerade heute nicht mehr als unvermeidlich erinnert werden. Das rechte Ufer hingegen wurde von stattlichen Häusern gesäumt, manche noch von schmalen Gärten umgeben. Dahinter ragten die beiden Schornsteine der Kalköfen hoch auf, und ein wenig weiter erkannte Wagner das Dach des Theaters im Opernhof. Das letzte Drittel bis zum Beginn des Jungfernstiegs begrenzte die Hecke des Malthus'schen Gartens. Sie war nur von dem Aufseherhaus unterbrochen, an seinem Anleger war ein kleiner Fracht-Ewer mit eingerolltem Segel festgemacht, der im vom auffrischenden Wind bewegten Wasser dümpelte.

Wagner nickte zufrieden. Er hatte es gern, wenn alles nah beieinander lag.

In seinem Rücken stand das trutzige, lang gestreckte Gebäude des Lombards. Als städtisches Leihhaus bedeutete es Kummer, Not und Sorge, der große Garten, der sich hinter ihm bis an die Brustwehr der Bastion Didericus erstreckte, mochte denen, die hier einen warmen Rock oder den letzten Silberknopf versetzten, ebenso wenig ein Trost sein wie die Aussicht von der Bastion über die äußere Alster und die liebliche Landschaft an den Ufern des Sees.

Dieses schöne Fleckchen Erde am Rande der Stadt hatte als eines der ruhigsten innerhalb der Wälle gegolten, seit jedoch die Brücke verbreitert und die sie überquerende schmale Straße verstärkt worden war, rollten auch hier mehr Wagen. Der letzte Müller hatte eine lukrativere Mühle außerhalb der Stadt gepachtet, und da sich kein neuer Pächter gefunden hatte, stand sie still. Neben der Tür des ehemaligen Müllerhauses hing ein großes Messer mit seltsam gekrümmter Schneide am hölzernen Griff und wies das Haus wie ein Ladenschild als Domizil des Wundarztes aus. Entweder legte Pullmann keinen Wert auf zartbesaitete Kundschaft oder er war ein Mann von bissigem Humor.

Bevor Wagner klopfen konnte, wurde die Tür aufgerissen, und er stand einer nicht mehr ganz jungen Frau mit erschreckten Augen im wachsbleichen Gesicht gegenüber. Die blaue Schürze über ihren Kleidern zeigte auf der Brust einen großen nassen Fleck, trotz des dunklen Stoffes war er eindeutig als Blut zu erkennen. Das andere, was darauf klebte, konnte nur Eiter sein.

«Lasst mich durch», keuchte sie, «so lasst mich doch vorbei.» Entschieden schob sie ihn, der nur stocksteif dastand, zur Seite und stürzte hinaus auf den Weg. Wagner hörte ihr Würgen, bevor er wusste, was er tun sollte, hatte sich ihr Magen schon beruhigt, erfreulicherweise ohne dass sie erbrochen hatte. Sie fluchte leise und atmete mit weit geöffnetem Mund die frische Luft, bis ihre Wangen wieder rosig waren.

«Ihr seid der Weddemeister», sagte sie, als sie sich zu ihm umwandte, mit ungeduldigen Fingern an den Knoten der Schürze zerrte und sie endlich vom Körper zog. «Wenn Ihr zu mir wollt, seid Ihr umsonst gekommen. Ich arbeite jeden Tag, und keiner kann sagen, ich täte was, was ich nicht soll. Das kann keiner. Und wer's doch tut, der lügt.» Sie sah seinen verständnislosen Blick, errötete plötzlich und begann die blutige Schürze zusammenzulegen, was bei blutigen Schürzen völlig überflüssig war. «Ihr wollt zum Wundarzt, natürlich», fuhr sie hastig fort. «Da müsst Ihr ein wenig warten, er ist beschäftigt. Ich kann Euch nicht empfehlen, jetzt hineinzugehen. Ihr würdet nur gleich wieder davonlaufen, und das ist nicht gut. Wenn man einen Wundarzt braucht, muss man», sie atmete noch einmal tief ein und aus, «muss man Mut schöpfen und eintreten. Dann hat man es bald hinter sich und – du meine Güte, ich rede schon wie er. Setzt Euch auf die Bank neben der Tür. Ich hole Euch, wenn er fertig ist. Was für Beschwerden quälen Euch? Denn zweifellos quält Euch was, sonst wäret ihr nicht hier. Gewiss nicht freiwillig. Ihr wäret doch sonst nicht hier? Oder?»

Wagner schluckte. Er hatte mit Schreien und Blut gerechnet, keinesfalls mit einem solchen Redeschwall.

«Ja.» Er setzte sich gehorsam auf die Bank, nur um gleich wieder aufzuspringen. «Ich meine nein», erklärte er und fingerte nach seinem großen blauen Tuch, «Ihr irrt Euch. Ich habe keinerlei Beschwerden. Es geht mir gut. Ich bin völlig gesund. Völlig. Keinerlei Leiden, wirklich nicht. Ich muss nur den Wundarzt sprechen, in amtlicher Angelegenheit. Es geht um die Ereignisse bei der Flut.» Die Panik in seiner Stimme legte sich, und er fuhr ruhiger fort: «Ja, in amtlicher ...»

Ein jammernder Schrei aus dem Innern des Hauses unterbrach ihn, und eine harsche Stimme rief: «Verdammt, Marie, wo bleibst du denn?»

Der nächste Fluch rutschte über ihre Lippen, diesmal nicht ganz so leise, und sie verschwand im Haus.

Wagner sah auf die Bank, sah auf die Tür, warf einen ergebenen Blick zum Himmel und folgte ihr. Im Flur war es dämmerig, auf einer alten Truhe, die dringend ausgebessert werden musste, lagen eine rote Jacke und ein Dreispitz, der eine Bürste brauchte, in einer Ecke ein Mantelsack, der bessere Tage oder lange Reisen gesehen hatte. Die Tür am Ende des Flurs war halb zu einem behaglichen Wohnzimmer geöffnet, eine weitere an der rechten Seite geschlossen, die an der linken Seite vor der Stiege zum oberen Stockwerk stand offen. Über allem lag ein Geruch wie in einer Apotheke und von geschmortem Kohl. Wieder hörte Wagner ein Jammern, zaghaft nur, und eine tiefe Männerstimme murmelte Unverständliches, als spreche sie zu einem nervösen Pferd. Endlich trat Wagner ein.

Niemand beachtete ihn. Auf einem Tisch hockte mit

nacktem Oberkörper ein nach vorn gekrümmter Mann, seine Arme hingen schlaff herab, seine Stirn lehnte an der Schulter der Frau, die der Wundarzt Marie gerufen hatte. Sie hielt den Patienten, angestrengt die Lippen aufeinander gepresst, mit beiden Armen umfangen.

«Gleich hast du es überstanden», murmelte der über den Rücken gebeugte Arzt, «noch ein Stich. Jetzt. Du sollst atmen, verdammt, sonst fällst du mir noch vom Tisch, das willst du doch nicht, oder? In Gegenwart von Weibern passiert das einem Soldaten nicht. So, und jetzt halt kurz den Atem an – gut. Gleich ist es vorbei. Geschafft.»

Ein ersticktes Schluchzen antwortete, Pullmann legte seinem Patienten die Hand auf die Schulter. Die Hand, die am saubersten war.

«Jetzt bekommst du einen Verband, und dann schwörst du mir zwei Dinge. Erstens: Du wäscht dich ab heute regelmäßig. Und nicht nur Gesicht und Hände. Zweitens: Du wartest beim nächsten Furunkel nicht wieder, bis er so groß ist, dass ich nicht nur schneiden, sondern auch noch nähen muss. So ein eiterndes Ding bringt dich blitzschnell um. Ich verstehe euch Kerls nicht, ihr trampelt willig in jeden Krieg und fürchtet euch vor dem Wundarzt.»

Er nahm ein reines Stück Tuch von einem Stapel, der auf einem Extratisch wartete, strich eine Salbe darauf und legte es behutsam auf die Wunde zwischen den Schulterblättern. «Und egal, was passiert, du kommst jeden dritten Tag zu mir. Sag deinem Kompaniechef, es gibt Ärger, wenn er es nicht erlaubt. Jeden dritten Tag. Auch wenn es ein Sonntag ist. Verstanden? Und wer seid Ihr?», wandte er sich plötzlich zu Wagner um. «Ihr seht aus, als hättet Ihr einen wehen Zahn. Ein Aderlass zur Reinigung des Blutes würde Euch auch gut tun, Euer Gesicht ist viel zu rot. Und haben wir heute nicht frische Egel bekommen, Marie? Das sind muntere, stets durstige Tierchen, die einen so blutigen wie heilsamen Dienst tun.»

Wagner war nicht in der Stimmung, einen Scherz zu bemerken. «Nein», sagte er und wippte nervös auf den Fußspitzen. «Ich ...»

«Das ist der Weddemeister Wagner», erklärte Marie, fast wieder so blass wie vorhin. «Er will Euch amtlich sprechen. Amtliches muss warten, habe ich ihm gesagt.»

Pullmann nickte. «Der Weddemeister, soso.» Er begann geschickt einen langen Streifen Tuch über die Wunde und um den Oberkörper des Kranken zu wickeln. «Gleich habe ich unseren Freund hier verarztet. Er sieht nicht so aus, als könnten wir ihn sofort zurückschicken», wandte er sich an seine Helferin, «bring ihn in die andere Stube, Marie, er soll sich eine Stunde ausruhen, besser zwei. Dann ist er auch wieder halbwegs nüchtern. Gib ihm ein Beutelchen von dem Tee aus dem zweiten Glas von links in der oberen Reihe mit, davon soll er dreimal am Tag einen Becher trinken. Und wenn du mehr tun willst, was ich dir sehr empfehle, Junge, sorge dafür, dass deine Kleider nicht nur gewaschen, sondern auch ausgeräuchert werden. Alle. Am besten mit Schwefel. Deine Stube auch.»

Er wischte sich die Hände an seiner Schürze ab und hob mit einem Finger das Kinn des jungen Soldaten. «Hast du das gehört?»

Der Mann, tatsächlich fast noch ein Junge, nickte, wischte sich noch einmal aufschluchzend über die feuchten Wangen und rutschte von der Tischkante. Er blieb auf wackeligen Beinen stehen. «Dreimal», nuschelte er. «Ausräuchern. Alle.»

Seine Fuselfahne streifte Wagners Nase, mischte sich mit dem Geruch von Eiter, Blut und der Salbe. Er staunte, dass ihm nicht übel wurde.

«Ich fürchte, ich habe ihn ein bisschen zu viel trinken lassen», sagte Pullmann mehr zu sich selbst als zu seinem Besucher und stieß die Fensterflügel weit auf. Er schob die blutigen Tücher zusammen, warf sie mit seiner und Maries Schürze und den Instrumenten in eine hölzerne Wanne, nahm die Schüssel mit dem blutigen Wasser und ließ Wagner allein. Gleich darauf quietschte im Hof die Pumpe, und Wagner sah sich um.

Anders als er es sonst bei Wundärzten und Badern kannte, war der Raum vom Fußboden bis zu den beiden Tischen und dem offenen, mit Tüchern, Holzkästen, allerlei Tiegeln und Flaschen gefüllten Schrank sauber – einmal abgesehen von den Resten von Blut und Eiter, die die gerade überstandene Operation hinterlassen hatte. Nur auf der Fensterbank lagen neben einer angebissenen Birne zwei tote Wespen. An der Wand hing eine Urkunde. Sie war in der Sprache der Gelehrten verfasst, und Wagner, der nie mehr als die geringsten Grundkenntnisse des Latein gelernt hatte, verstand nur, dass sie von einer Schule für Chirurgen in Paris und für Davidus Pullmann ausgestellt worden war.

Deshalb also. Die Ratschläge, die Reinlichkeit – Pullmann war mehr als ein gewöhnlicher Wundarzt.

«Ah, Ihr habt meinen kostbarsten Besitz entdeckt.»

Wagner hatte den Chirurgen nicht eintreten gehört, er fühlte sich ertappt. Pullmann lächelte müde. Er trug nun ein knittriges, aber reines weißes Hemd. Mit seiner kräftigen, nur mittelgroßen Gestalt hätte er als Soldat in der Hamburger Garnison keine Chance gehabt. Sein Gesicht war in seiner Jugend kantig gewesen, nun zeigte es weichere Züge, seine Augen verrieten einen Hang zur Melancholie und sein dichtes braunes Haar war, obwohl er kaum die Mitte der dreißig überschritten haben mochte, von grauen

Fäden durchzogen. Er stellte die mit frischem Wasser gefüllte Schüssel auf einen Stuhl, einen Eimer daneben, und begann den Tisch zu säubern.

«Warum will nur niemand glauben, dass Schmutz krank macht. Aber deshalb seid Ihr nicht gekommen, nehme ich an. Setzt Euch», er deutete mit dem Kinn auf den zweiten Stuhl, «und erzählt mir, was ich für Euch tun kann. Gesunde verirren sich selten in dieses Haus.»

Er leerte die Schüssel zum Fenster hinaus und tauchte den Lappen in das frische Wasser des Eimers; während er seine Arbeit fortsetzte, erklärte Wagner den Anlass seines Besuchs. Erst als der Inhalt des Eimers dem der Schüssel gefolgt war, sah Pullmann den Weddemeister wieder an.

«Ihr seid also auf der Suche nach diesem armen Teufel», sagte er und ließ sich auf den zweiten Stuhl fallen. «Wahrscheinlich glaubt Ihr, er habe mit Oberleutnant Malthus' Tod zu tun. Oder er sei gar der Mörder. Richtig?»

«Warum denkt Ihr das?»

Pullmann lachte, seine grauen Augen verzogen sich zu Schlitzen. «Ihr habt es selbst gesagt: Der Mann, den die Kugel erwischt hat, als die Deiche durchstochen wurden. Den Befehl für diese Schießerei hat Malthus gegeben, und der ist nun tot.»

«Kanntet Ihr ihn?»

«Den Bauern?»

«Den auch. Aber jetzt meine ich den Oberleutnant.»

«Aber ja. Glaubt mir, niemand in der Garnison, der ihn nicht kannte. Malthus war ein Mensch, den man nicht übersah. Wenn er einen Raum betrat, dann sahen ihn alle. Und alle anderen schienen neben ihm blass. Erstaunlicherweise war er trotzdem beliebt, nicht nur, weil er ein so glänzender Kartenspieler wie Reiter war. Das zählt viel bei den Männern der Garnison. Er war tatsächlich ein netter

Mensch. Äußerst gern sahen ihn natürlich die Damen. Er hatte dieses Besondere, das alle Weiberröcke zittern und die Jungfrauen lieblich erröten lässt. Diese Mischung aus hanseatischer Kühle und Wiener Manieren. Wirklich beneidenswert. Außerdem war er einer der Günstlinge des Stadtkommandanten. Günstling ist etwas zu viel gesagt, es hört sich unredlich an, das kann und will ich keinesfalls behaupten. Der Alte mochte ihn einfach, die Kommandantin übrigens auch, aber kommt nicht auf falsche Gedanken, sie ist ja eine äußerst respektable Matrone. So viel ich gehört habe, war er auch ein tadelloser Soldat. Ich meine damit nicht den Dienst hier in der Stadt, der fordert wenig Courage und strategische Talente, sondern in den Schlachten der kaiserlichen Armee.»

«Dann kanntet Ihr ihn schon aus Wien? Er hat doch in Wien gedient?»

«Unter anderem, wo sonst noch, weiß ich nicht. Aber nein, ich kannte ihn nicht aus Wien, obwohl ich selbst einige Zeit dort war. Ich kannte Malthus auch hier nur flüchtig. Vergesst nicht: Ein Wundarzt ist nicht so viel wert wie ein Offizier. Aber bei der einen oder anderen Gelegenheit sind wir uns begegnet. Er war – lebenslustig. Und dabei ein angenehmer Mann. Kein Aufschneider.»

«Es hört sich trotzdem an, als hättet Ihr keine besondere Zuneigung für ihn gehegt.»

«Zuneigung? Das ist ein großes Wort. Ich hatte nichts gegen ihn, das trifft es, glaube ich, ganz gut. Aber wolltet Ihr nicht eigentlich etwas über den Bauern mit dem zerschossenen Arm wissen? Auch da kann ich Euch nicht viel sagen. Ich hoffe, der arme Teufel lebt noch. Ich musste ihm den Arm abnehmen. Nicht gleich, zuerst dachte ich, wir könnten es auch so schaffen. Aber es ging nicht. Nach vier Tagen war klar, dass nur noch die Säge half.»

«Die Säge, ja. Gewiss.» Wagner spürte seinen Mund trocken werden, er hätte gerne einen Schluck Wasser gehabt. «Nach vier Tagen, sagt Ihr. Dann müsst Ihr noch einmal in der Marsch gewesen sein. Also könnt Ihr mir auch sagen, wie er heißt und wo er wohnt.»

«Ich wäre der Wedde gern zu Diensten, aber ich muss bedauern, weder weiß ich, wo er wohnt, noch kenne ich seinen Familiennamen. Er hat keine Wohnung mehr. Da Ihr wisst, dass die Marschinsel, auf der er lebte, geflutet wurde, kann Euch das kaum überraschen. Ich war nicht dort, bei Nachbarn oder Verwandten auf trockenem Land, wo er hätte Zuflucht finden können. Als er am Deich zusammenbrach, habe ich ihn gleich dort draußen behandelt und verbunden. Es war gar nicht einfach, er blutete heftig, aber wenigstens nicht tödlich. Ich wusste, er würde weiter Hilfe brauchen und dort keine bekommen. Also habe ich ihm gesagt, wo er mich finden kann.»

Vier Tage später hörte Pullmann vor seinem Fenster Rufe. Er ging hinaus, und da stand ein Mann, offenbar einer der anderen vertriebenen Bauern, neben ihm eine junge Frau mit verweinten Augen. Auf einem zweirädrigen Karren lag unter einer alten Decke der Verwundete.

«Kurz und gut, Weddemeister, da half, wie ich schon sagte, nur noch die Säge.»

«Und dann?»

«Dann war der linke Arm ab. Ich habe die Blutgefäße so gut es ging genäht, das ist übel bei entzündetem Fleisch, und die Haut über der Wunde. Wie man als Chirurg eben versucht, einen ordentlichen Stumpf zu machen. Er war noch zweimal hier, dann nicht mehr. Die Wunde heilte. Ich hätte ihn lieber nochmal gesehen, aber er ist nicht mehr gekommen. Er muss eine Bärennatur haben. Es sei denn», sein Mund verzog sich zu einem maliziösen Lächeln, «es sei denn, er ist doch noch gestorben. Was nicht verwunderlich wäre, Amputationen führen nicht unbedingt zum Leben, selbst wenn sie jemand durchführt, der kein Scharlatan ist. Gebt gut auf Eure gesunden Glieder Acht, Weddemeister. Sie sind unersetzlich.»

«Dann habt Ihr ihn viermal gesehen und behandelt. Viermal. Und Ihr wisst seinen Namen nicht? Oder bei wem er wohnt? Wenn er hier war, muss er in der Stadt wohnen. Der Weg von der Marsch ist für einen so schwer Verletzten viel zu weit.»

«Ihr unterschätzt die menschliche Natur. Manche überleben tagelange Wege, wenn sie Hilfe brauchen. In der Marsch hat in jenen Tagen doch niemand gewohnt, da war nur Wasser und Schlamm, es heißt, sogar die Frösche seien ertrunken. Was weiß ich, woher er kam. Ich habe nicht gefragt. Vielleicht ist er in einem der Dörfer auf der Geest untergekrochen, vielleicht wohnt er in der Stadt. Hoffentlich nicht in den elenden Löchern in den Gängevierteln, das überlebt ein Rekonvaleszent kaum. Nicht mal mit einer Bärennatur.» Er lehnte sich zurück, legte den Kopf in den Nacken und schlug die Beine übereinander. Wagner hatte den Eindruck, als lausche Pullmann auf etwas. Bevor er fragen konnte, setzte sich der Wundarzt wieder auf.

«Andreas», sagte er, «die Frau hat ihn Andreas genannt. Oder Anders. Und der andere Mann? Das weiß ich ganz sicher nicht, er hat immer draußen gewartet. Das tun viele, die Kranke herbegleiten. Deshalb steht dort die Bank.»

«Und die Frau?»

Pullmann hob bedauernd Schultern und Hände. «Kein Name. Sie war noch sehr jung, wie der Bauer. Aber wartet. Marie!!», rief er.

Marie, nun in frischer Schürze, öffnete erstaunlich schnell die Tür. «Der Soldat schläft», berichtete sie eifrig, «er liegt auf dem Bauch und schläft seinen Rausch aus. Soll ich ihn schlafen lassen?»

«In Gottes Namen, ja. Das ist das Beste, was er jetzt tun kann. Wenn er nicht vorher aufwacht, kann er bis morgen bleiben. Dann kann ich ihn gleich noch einmal zur Ader lassen. Gib auf deinem Weg nach Hause in der Großneumarkt-Wache Bescheid, sonst glauben sie noch, er ist desertiert und empfangen ihn morgen mit Gassenlaufen. Mein Diener und Gehilfe», erklärte er Wagner, «hat mich im Stich gelassen. Marie ist jetzt nicht mehr nur für die Küche da. Marie, du erinnerst dich sicher an den Bauern, dem ich den Arm amputieren musste. Erinnerst du dich auch an den Namen der Frau, die ihn hergebracht hat? Oder des Mannes, der draußen auf der Bank gewartet hat?»

«Nach der Flut?» Marie spitzte die Lippen, und ihre dunklen Augen wurden kugelrund. «Als sie die Deiche eingerissen haben? Nein, Monsieur, mit denen habe ich doch gar nicht gesprochen.»

«Aber sicher habt Ihr gehört, wie sie miteinander geredet haben», mischte sich Wagner ein. Er begann, sich wie in einem der Lustspiele der Becker'schen Komödiantengesellschaft zu fühlen, was er allerdings überhaupt nicht lustig fand. «Da sagt man doch auch Namen.»

«Haben die aber nicht getan, Weddemeister, leider. Ich meine, ich habe das nicht gehört. Vielleicht haben sie's ja getan, als ich gerade nicht da war.»

«Danke, Marie.» Pullmann nickte ihr zu, und Marie verließ den Raum. An der Tür sah sie noch einmal über die Schulter, und plötzlich wusste Wagner, woher er sie kannte. Und warum sie gleich gewusst hatte, wer er war, obwohl er seinen Namen nicht genannt hatte. Sein Gesicht verzog sich, als habe er auf eine Zitrone gebissen. Oder auf die Frucht einer Berberitze, was nicht besser war.

«Habt Ihr nun genug Antworten?» Pullmann schob den Stuhl zurück und stand mit plötzlichem Schwung auf.

«Ja», sagte Wagner, «das heißt nein, natürlich nicht. Aber wenn Ihr nichts wisst, könnt Ihr auch nichts antworten. Auf eines könnt Ihr aber ganz sicher antworten: Hat der Bauer Euch gleich bezahlt, oder hat er um Aufschub gebeten?»

Nun lachte Pullmann laut und – vielleicht – ein bisschen befreit. «Weder noch», erklärte er. «Weil ich nichts von ihm verlangt habe. Ein Mann, dem gerade alles Hab und Gut vernichtet wurde, der nicht weiß, wie er sich und die Seinen ernähren soll, hat nichts, einen Chirurgen zu bezahlen, nicht einmal einen Kohlkopf oder einen halben Schock Eier. Außerdem», fügte er fromm hinzu, «darf ich nur die Soldaten der Garnison behandeln. Die Ärzte und Chirurgen Eurer Stadt lassen so leicht niemanden an ihre Pfründe. Was ich nicht darf, kann ich mir auch nicht bezahlen lassen. Das versteht Ihr sicher. Falls Ihr meine Untat im Rathaus oder beim Kriegsrat bekannt geben wollt, spart Euch die Mühe. Oberleutnant Malthus hatte mir als der befehlshabende Offizier erlaubt, mich um den Verwundeten zu kümmern. Ich könnte sogar sagen: befohlen. Wenn ich diese Erlaubnis auf die weitere Behandlung ausgedehnt habe – wer wollte so unchristlich sein, mir das vorzuwerfen?»

Als Wagner sich verabschiedete, begleitete Pullmann ihn hinaus. Für einen Moment standen sie nebeneinander, sahen hinaus über den friedvollen See und schwiegen.

«Dann sucht Ihr den Mörder also bei den Bauern», sagte der Chirurg endlich. «Seltsam, dass wir das Böse so gerne dort vermuten, wo das Unglück schon Einzug gehalten hat.»

«Gar nicht seltsam», sagte Wagner, «nur nahe liegend.»

«Oder ein verführerischer Weg zur einfachsten Lösung.

Oft genug ein Irrweg, glaubt Ihr nicht? Von Eurer Arbeit verstehe ich nichts, Weddemeister, es liegt mir fern, ungebetene Ratschläge zu geben. Trotzdem, bei den Bauern in den Marschen mögen raue Sitten herrschen, in einer Garnison aber auch. Lasst Euch von der Disziplin und den adretten Uniformen nicht blenden.»

Damit tippte er grüßend gegen die Stirn, schlenderte zurück in sein Haus und zog die Tür fest ins Schloss.

Wagner überquerte die Lombardsbrücke, ohne den Blick nach links oder rechts zu wenden, er bemerkte nicht einmal den plötzlich hohlen Klang seiner Schritte auf den Bohlen. Ebenso wenig das flache Boot, das von sechs kräftigen Armen flussaufwärts gerudert unter der hölzernen Brücke stadtauswärts glitt und die Lücke in der zweihundert Fuß weit im äußeren Alstersee vorgesetzten Pfahlreihe passierte, ohne dass die Wachen aus dem Zollhäuschen traten und es aufhielten und kontrollierten.

Hätte er sich müßig auf das Geländer gelehnt und die ungestörte Durchfahrt des Bootes beobachtet, hätte ihn das vielleicht geärgert, jedoch kaum gewundert. Vielleicht hätte er auch darüber nachgedacht, ob das gestohlene Pulver und die Kugeln nicht mehr in der Stadt lagerten und deren Sicherheit bedrohten, sondern auf diese Weise aus der Stadt geschafft worden waren. Frech und am hellen Tag auf einem Boot an der mitten im Fluss stehenden Zollhütte und den Wachen vorbei. Samt den silbernen Deckelhumpen der Bürgerkapitäne.

Wie groß war die Gefahr, dabei entdeckt zu werden? Wenn die Soldaten und die Männer im Boot einander von vielen Passagen kannten, gering. Dann riefen sie den Wachen zu, sie führen leer zurück, nannten den Namen eines Dorfes irgendwo flussaufwärts, und die Soldaten zogen nur an ihren Tabakspfeifen und sahen ihnen nach. Es sei denn, sie langweilten sich, dann mochten sie selbst ein leeres Boot mit großer Gründlichkeit inspizieren.

Doch daran dachte Wagner jetzt nicht. Während er auf der Wallstraße die bis in die Mitte des Sees gebaute Bastion Davidus passierte und im Schatten der Ulmen auf die nächste, auf Vincent zuging, dachte er daran, warum die Magd des Chirurgen ihn kannte. Er hatte sich nicht gleich an ihren Namen erinnert, aber an ihr Gesicht, wenn es sich auch inzwischen sehr verändert hatte. Ihre Unruhe, ihre hastige Versicherung, sie tue ihre Arbeit, bewies, dass seine Erinnerung richtig war. Marie hatte im Spinnhaus gesessen, er selbst hatte sie dorthin gebracht und – mehr oder weniger – auch wieder daraus befreit.

Das Spinnhaus war ein böser Ort. Anders als im benachbarten Werk- und Zuchthaus, das vor allem Arme und arbeitsscheue Elemente aufnahm, waren hier einige hundert Gassenhuren, Diebe und unverbesserliche Bettler bei karger Kost und nie endender Arbeit eingesperrt, zumeist bis an ihr Lebensende. Die meisten mussten spinnen, vom frühen Morgen bis zum späten Abend. Besonders gefürchtet war das Ausklopfen und Verspinnen von Kuhhaaren, die zu Fußbodenmatten gewebt wurden. Der ätzende kalkige Staub machte die Lunge krank und brachte Krätze. Weil die Arbeit mit den Haaren leichter war als mit der Wolle, wurde sie von den Knaben getan. Appelle vernünftiger Männer, sie solle nur von den ärgsten Verbrechern zur Verschärfung ihrer Strafe ausgeführt werden, besonders aber von rückfälligen Huren, die schon ausgepeitscht und aus der Stadt gewiesen worden waren und sich wieder durch die Tore hereingeschlichen hatten, waren bisher ungehört geblieben.

Bei Unbotmäßigkeit und Widersetzlichkeiten warteten

Pranger, Halseisen und Peitschen im Hof. Gefürchtet war auch ein Stuhl in einem eisernen Käfig hoch über den Köpfen der anderen. Wer das Pensum nicht schaffte oder dem Aufseher als faul erschien, musste darin sitzen und hungernd den anderen beim Essen zusehen. Die Deportation nach dem unwirtlichen Neuschottland, die nur genehmigt wurde, wenn die Straf- und Arbeitshäuser überfüllt waren, erschien vielen als Rettung, und dass jemand lieber seinem Leben selbst ein Ende setzte, als es hier auszuhalten, war keine Seltenheit. Im vergangenen Mai hatte eine Frau eines der Kinder erstochen, weil ihr, so hatte sie gesagt, der Galgen lieber sei als das Leben in diesem Haus, das nichts als ein langsames Sterben in einer Hölle sei.

Wagner hatte nie viel darüber nachgedacht. Eine Stadt brauchte solche Orte, und wer sich nichts zuschulden kommen ließ und ein arbeitsames Leben führte, musste sie nicht fürchten.

So hatte er gedacht, bis er Karla begegnete, bis auch sie im Spinnhaus landete, weil sie im Keller des Johannisstifts Vorräte gestohlen hatte. Nicht für sich, sondern im Auftrag ihres Dienstherrn, eines wahrhaft üblen Kerls. Wenn sie widersprach, ließ er sie hungern. Wahrscheinlich wäre sie wie die meisten, die keine Familie hatten, sie aufzunehmen, für den Rest ihres Lebens im Spinnhaus geblieben, wäre Wagner nicht von ihm bis dahin unbekannten Gefühlen überfallen worden und endlich auf eine kluge Idee gekommen. Es war ihm gelungen, den Rektor der Lateinschule davon zu überzeugen, für das Mädchen zu sprechen. Dass es geglückt war, erstaunte ihn immer noch.

Karla, so hatte der zuständige Vogt bestimmt, werde entlassen, sobald sich jemand finde, der ihr Arbeit und Unterkunft gebe. Auch das war gelungen. Matti, die alte Hebamme auf dem Hamburger Berg, hatte das Mädchen aufgenommen, sie viel Nützliches gelehrt und auch die verwundete Seele getröstet.

Nun war Karla schon seit einem guten Jahr Madame Wagner. Dass der Weddemeister eine heiratete, die im Spinnhaus gesessen hatte, war ein Skandal gewesen, die alle überraschende Erlaubnis des Weddesenators hatte die bösen Mäuler halbwegs gestopft.

Als Karla ihm aus dem Spinnhaus erzählt hatte, hatte er zum ersten Mal darüber nachgedacht, ob der Umgang mit Armut und Unmoral in dieser Stadt christlich und klug war. Auch diese Gedanken waren wenig ersprießlich gewesen. Dass viele der Frauen dort ohne eigene Schuld eingesperrt seien, hatte er trotzdem nicht hören wollen. Das behaupteten doch alle.

‹Und ich?›, hatte sie gefragt. Sie sei schuldiger als Marie und nicht mehr dort. Marie sei ein guter Mensch, sie sei nur im Spinnhaus, weil man sie verleumdet habe. Sie habe ihr, Karla, beigestanden, als sie im Fieber brannte, ganz sicher wäre sie ohne diese Hilfe gestorben. Oder im Pesthof gelandet, wo man irre werde und auch nur im Sarg wieder herauskomme.

Nach ausgiebigem Gebrauch seines blauen Tuches hatte Wagner nachgegeben, den nächsten klugen Einfall gehabt und nach einer schlaflosen Nacht voller Zweifel einen Besuch bei den Damen des Hauses Herrmanns gemacht. Madame Anne und Madame Augusta hatten nicht lange gezögert und ihrerseits einen Besuch bei Pastor Alberti von St. Katharinen gemacht, der ein gerechter und vernünftiger Mann war und trotz mancher Anfeindungen hilfreiche Beziehungen hatte. So war die Sache wundersamerweise neu geprüft worden, und weil sich alles als unklar erwies, die Zustände im Spinnhaus längst in der Diskussion und Alberti ein beharrlicher Mann war, war die Frau entlassen worden, wie zuvor Karla unter der Bedingung, dass sich Arbeit und Unterkunft finde.

Die ganze Angelegenheit war Wagner höchst unangenehm gewesen. Die Vorstellung, die hilfreiche Marie könne sich, kaum wieder in Freiheit, als ein böses, unsittliches Weib entpuppen, das tatsächlich ins Spinnhaus gehörte, und seine Fürsprache als einfältig entlarven, hatte ihn noch oft schwitzen lassen. Karla war klug genug gewesen, nie wieder mit ihm darüber zu reden. Nun wusste er, dass er Glück gehabt hatte.

Auch Marie hatte Glück gehabt. Die meisten Frauen, die in die Freiheit zurückkehren konnten, schufteten hinfort in den Manufakturen, wo sie ihre Gesundheit ruinierten und kaum genug verdienten, um nicht Hungers zu sterben. Marie sah gesund und wohlgenährt aus, ihr Dienstherr schien sie auch sonst gut zu behandeln. Ja, sie hatte mehr Glück gehabt als alle, von denen er nach ihrer Entlassung wieder gehört hatte. Bis auf Karla natürlich.

Offenbar kannten der Pastor oder Madame Herrmanns den Chirurgen, vielleicht war er ihnen etwas schuldig gewesen. Er durfte nicht vergessen, bei Gelegenheit danach zu fragen.

Es schien Wagner erstaunlich, dass jemand wie Pullmann eine aus dem Spinnhaus aufnahm. Und aufnehmen durfte, immerhin unterstand der Chirurg der Garnison. Andererseits, wenn selbst ein Weddemeister eine solche Frau heiraten durfte …

Wagner wusste nicht, was er von dem Chirurgen halten sollte. Pullmann war höflich gewesen, gleichwohl hatte er eine gewisse Arroganz nicht verbergen können, wie Wagner sie nur zu gut von den Bürgern kannte. Auch nicht seinen Hang zur Freigeisterei. Wenn er es nun bedachte, erschien ihm Pullmann trotzdem als ein angenehmer Mensch.

Noch etwas fragte er sich: Ob Karla und Marie einander trafen und seine Frau ihm nur nicht davon erzählte. Wagner war nicht sicher, ob er es wirklich wissen wollte.

Inzwischen hatte er die nächste Bastion erreicht, Vincent. Er nahm wieder wahr, was um ihn herum vorging, und beschleunigte seine Schritte. Er hatte schon zu lange herumgetrödelt. Aber noch einmal ging er langsamer, weil er sich plötzlich an etwas erinnerte, das er nicht genug beachtet hatte.

Unterhalb der Bastion, zwischen der Wallstraße und dem Ufer der Binnenalster, befanden sich außer einigen Wohnhäusern und einem großen Stall für die Pferde von Bürgern, deren Häuser für einen eigenen Stall zu eng beieinander standen, eine Pulvermühle, eine Constablerwache und das Wohnhaus ihres Kapitäns. Es gab auch einige Gärten, einen Teich und direkt an der Straße eine Hütte für auf Kundschaft wartende Laternenträger.

Die Laternenträger. Obwohl streng darauf geachtet wurde, dass sie ihren Dienst nicht betrunken ausführten und es in Gegenwart ihrer Kunden unterließen zu fluchen, war ihr Ruf nicht der beste. Einige, das wusste nicht nur Wagner, verdienten sich ein geringes Zubrot, indem sie Augen und Ohren für die Wachen aufhielten. Was sie kaum beliebter machte. Auch der Weddemeister hatte für einige Zeit so einen Spion gehabt, bis der eines Tages verschwand, niemand wusste, wieso und wohin. Männer verschwanden eben, sie gingen einfach durchs Tor oder heuerten auf einem Segler an, auf der meist vergeblichen Suche nach einem besseren Leben.

Müllerjohann, der Makler, der beim Gertrudenfriedhof überfallen und in das Grab gesetzt worden war, hatte sich auf seinem nächtlichen Nachhauseweg von einem Laternenträger begleiten lassen, der im Moment der Gefahr heimlich und leise verschwunden war. Und am Morgen nach der Sturmnacht war in der Nähe des Pferdemarktes, damit auch in der Nähe des Gertrudenfriedhofes, ein Laternenträger gefunden worden. Mausetot. Abgesehen von dem Ermordeten im Eiskeller war er das einzige Opfer jener Nacht.

Wagner blieb stehen und starrte zu der am hellen Tag verlassenen Hütte hinüber. Der Wundarzt im Eimbeck'schen Haus hatte gesagt, der Mann sei von dem Ast erschlagen worden, der neben ihm gelegen hatte. ‹Von dem Ast oder mit dem Ast?›, hatte Wagner gefragt, und der Arzt hatte gleich verstanden: ‹Ihr wollt wissen, ob jemand den herabgefallenen Knüppel benutzt hat, ihn zu erschlagen? Das ist unwahrscheinlich, wenn nicht gar unmöglich. Ich habe den Ast gesehen, er ist dick, lang und schwer und mit großer Wucht auf den Mann hinuntergekracht. Wenn's nicht der Sturm oder der Teufel war, müsste es ein hünenhafter Kerl gewesen sein. Ihr seht zu viele Verbrechen, Weddemeister. Den hier hat nichts als die Wucht des Unwetters das Leben gekostet.›

Wenn es nun doch ein Teufel gewesen war, ein menschlicher? Wenn einer die Laterne des Trägers hatte stehlen und seinen Platz einnehmen wollen? Das war ein irriger Gedanke, die Laterne hatte neben dem Toten gelegen.

Wagner ging weiter. Er marschierte rasch am Drill- und am Spinnhaus vorbei, und als er in die Straße einbog, die an St. Petri vorbei direkt zu seinem Ziel, der Fronerei, führte, grübelte er längst wieder darüber nach, wie er den Bauern und seine Begleiterin finden könnte.

KAPITEL 8

Die Sonne stand schon tief und verlieh dem Wasser der Elbe einen rötlichen Schimmer, als Rosina über den Hamburger Berg zur Stadt zurückging. Wie immer kurz vor Toresschluss drängten sich auf der Straße zwischen Hamburg und Altona Wagen, Karren und Fußgänger. Besonders die in Richtung Hamburg hatten es eilig, wer um diese Stunde nach Altona wollte, konnte sich mehr Zeit lassen. Die Stadttore am Beginn des dänischen Herrschaftsbereiches waren nicht viel mehr als breite Pforten in einem Zaun, selbst wenn sie schon geschlossen waren, fand sich ein Weg in die unbefestigte, kleinere Stadt. Wer hingegen den Hamburger Torschluss verpasste, musste eine teure Gebühr bezahlen oder draußen bleiben. Nach Mitternacht half auch keine Gebühr, dann blieben die Tore zu.

Rosina war vor dem Staub der Straße auf den Fußweg entlang dem Hochufer ausgewichen. Kurz bevor eine Abzweigung zum Strand und zum Hornwerk hinunterführte, der weit vorgeschobenen Doppelbastion zur Verteidigung von Stadt und Hafen gegen feindliche Schiffe, blieb sie noch einmal stehen und ließ den Blick zurück und über das weite Flusstal wandern. Wenn die Stadt mit ihrem Lärm und Gestank, mit ihrer Enge und dem Gewimmel viel zu vieler Menschen ihr allzu beklemmend erschien, flüchtete sie am liebsten hierher: an den Rand der noch kaum bebauten, ‹Hamburger Berg› genannten Fläche; zu dem freien Blick über den Fluss, die Inseln und die dahinter liegenden Hügel. An schlechten Tagen holte der Gestank sie auch hier ein. Dann stiegen vom Ufer die Dämpfe der Tranbrennereien auf, in denen der von den Grönlandfahrern gebrachte Walspeck ausgekocht wurde. Die erschienen ihr noch übler als die Ausdünstungen von Jauche und Verwesung von den Gerbereien und Leimsiedern.

Noch brannten die Feuer unter den riesigen Kesseln nicht, die Luft roch herb und süß zugleich nach spätem Sommer, der Wind, der sie auf dem Herweg begleitet und erfrischt hatte, war nur noch eine sanfte Brise, doch er brachte die Kühle des Abends mit.

Sie sah zu den kleinen, gelblichen und braunen Segeln der letzten Ewer hinunter, zu den großen, schon zur Hälfte gerefften zweier Barken, die mit der Kraft der auflaufenden Flut noch vor Toresschluss den schützenden Hafen zu erreichen suchten. Auch der wurde bei Sonnenuntergang geschlossen, dann stiegen die Baumschließer in ihre Boote und zogen an starken Ketten befestigte Schwimmbäume vor die Einfahrt. Wahrscheinlich kamen die Barken schon zu spät und mussten im Fluss ankern. Kein Schiff passierte die schmale Einfahrt, ohne vom Zoll geprüft zu sein, und dafür reichte die kurze Zeit bis zur Dunkelheit nicht mehr.

Von den behäbigen Dreimastern wehten Stimmen herüber, sie sah klein erscheinende Gestalten an Deck und auf den Rahen, die Steuermänner an ihren großen Rädern, sie hörte Möwen kreischen, entdeckte einen Kormoran, der als schwarze Silhouette lautlos durch den Himmel glitt, und fühlte sich frei. Wenn sie auf dem Hochufer über der Elbe stand, vor sich die unendlich erscheinende Weite und den Weg in die Welt, dachte sie nicht mehr an warme Lichter hinter den Fenstern behaglicher kleiner Stuben.

Über den Inseln lag zarter Dunst und verschleierte auch das letzte Sommergrün zu herbstlich müden Farben. Die Nacht würde neblig werden und der folgende Morgen kalt.

Hinter dem linken der beiden Fenster des kleinen Hauses, das keine zweihundert Schritte zurück in seinem gepflegten üppigen Garten stand, glimmte ein Licht auf, und Rosina stellte sich vor, wie Matti einen Span an das Küchenfeuer hielt und die erste Kerze anzündete, wie Lies die unter der grauen Haube dunkel wirkenden Augenbrauen runzelte und murmelte, es sei Verschwendung, eine Kerze anzumachen, bevor das letzte Licht das Tages geschwunden sei. Dann würde Matti mit der ihr eigenen Gelassenheit nicken – und den Span an den Docht der zweiten Kerze halten, vielleicht sogar an den der Öllampe, was eine noch größere Verschwendung war.

Wie immer, wenn Rosina die beiden Frauen in dem kleinen Haus besucht hatte, fühlte sie sich leicht und froh. Matti, die alte Hebamme, hatte ihr ganzes Leben dort verbracht, in bescheidenem Wohlstand, der über die Einkünfte des kargen Wehmutterlohns hinausging.

Lies hatte mit Fahrenden auf den Straße gelebt und zuletzt viele Jahre zu den Becker'schen Komödianten gehört. Bis sie die vertraute Freundin ihrer Jugend wieder traf und Mattis Einladung, wenigstens ihre späten Jahre mit ihr zu verbringen, nicht widerstehen konnte. In Mattis Haus in dem sonnendurchfluteten Garten, mit dem wärmenden Kachelofen, dem würzigen Duft von unter der Decke der Wohnstube trocknendem Thymian und Lavendel, Minze und Rosmarin, mit der friedvollen Stimmung, die auch die zur Knurrigkeit neigende alte Lies nicht verändert hatte.

In diesen Tagen wurde die Ruhe in Mattis Haus von einem neuen kleinen Erdenbürger durchbrochen. Wille war kaum ein halbes Jahr alt, sein Kopf kahl, seine Augen wach und himmelblau. Er war ein dünnes Kind, und seine Haut zeigte Reste von Milchschorf. Nicht mehr lange, hatte Matti gesagt, Wille sei stark und gesund und bald so rundlich, wie so ein kleiner Kerl sein müsse.

Rosinas Frage, wem das Kind gehöre, hatte sie mit einem liebevollen Blick auf den Kleinen überhört, und Lies hatte geknurrt, er sei eben ein Kind, das guter Obhut bedürfe, ob es neuerdings bei den Fahrenden üblich sei, dumme Fragen nach dem Woher und Wohin zu stellen.

‹Ja›, hatte Matti gemurmelt, ‹guter Obhut.› Und nun bedauere sie doch, schon so alt zu sein. Zu alt, diesem prächtigen Kind, dem sie auf die Welt geholfen habe, auf Dauer ein neues Zuhause zu geben. Denn das brauche es: ein neues Zuhause.

‹Komm nicht auf unnütze Ideen›, hatte Lies gesagt, als Rosina sich verabschiedete, ‹der Junge braucht ein Zuhause und Beständigkeit, keinen Komödiantenkarren.›

Dann standen sie an der Gartenpforte, nah beieinander, Lies mit den schwarzen Tuch über krummen dünnen Schultern, Matti mit dem schläfrigen Jungen auf dem Arm, und winkten ihrer jungen Freundin nach.

Rosina schlang fröstelnd die Arme um ihren Körper und ließ noch einmal, als sei es ein Abschied, den Blick über den Fluss wandern. Auf seiner Mitte legte sich die letzte Fähre zum südlichen Ufer in den Wind, und sie überlegte, wie weit es bis nach Göttingen war. Fünf Tage mit der Kutsche? Ein Reiter kam schneller voran. Was tat Magnus dort? Und – das vor allem – warum schrieb er nicht? Vielleicht hatte Helena Recht, wenn sie behauptete, er sei geflohen, habe ‹sich davongemacht›.

Wie sie es hasste, dieses ‹sich davongemacht›. Es klang so feige, so kleinmütig. Und so demütigend. Aber so war Magnus nicht. Er musste einen guten Grund haben. Ganz sicher hatte er einen wirklich guten Grund. Bevor diese so tröstliche wie brüchige Gewissheit schwand, raffte sie ihre Röcke und rannte das letzte Stück des Weges zum Millerntor.

Es war allerhöchste Zeit. Als sie die steinerne Brücke über den Stadtgraben erreichte, standen die Wachen schon bereit, das Tor zu schließen, und als sie in das Gewölbe rannte, versank der schmale gleißende Streifen der Sonne hinter dem Horizont, und der Himmel über dem Fluss brannte über aufsteigenden Nebeln.

Die Soldaten feixten, einer präsentierte das Gewehr und rief ihr etwas nach, das sie lieber überhörte, doch keiner hielt sie mehr auf, um zu prüfen, ob sie unter ihren Röcken etwas in die Stadt schmuggele. In dem tunnelgleichen Gewölbe war es schon so dunkel, dass die Bildsäulen mit den Allegorien der Klugheit, der Einigkeit und des Friedens eher feindlichen Schatten glichen. Kein Wunder, wenn die Leute das Millerntor mit seinem fast neunzig Fuß langen Gewölbe Düsterntor nannten.

Auf dem Platz vor der Stadtseite des Tores, auf der oberen und auch der unteren Wallstraße herrschte Feierabendstimmung. Die Fuhrwerke und die hastenden Dienstboten und Arbeiter hatten promenierenden Paaren und Grüppchen von jungen Männern und Frauen Platz gemacht, der Zimtkringelverkäufer bot im müden Schein einer Papierlaterne seine letzte Ware an, vor den Soldatenhütten saßen ein paar Männer, rauchten stinkenden Tabak in langen Tonpfeifen und spielten auf einer umgestülpten Kiste Würfel. Zwei Hunde lagen, die Köpfe auf den ausgestreckten Vorderpfoten, schlafend zu ihren Füßen, ein paar Jungen zielten mit einem abgenutzten Hufeisen nach einem in die Erde gesteckten Ast und johlten bei jedem Treffer. Den Sieger erwartete ein tiefer Schluck aus der Bierkruke der Würfelspieler.

Rosina bog in die Straße zum Großneumarkt ein. Auf dem Platz hatten die Laternenanzünder ihre Arbeit begonnen, der unangenehme Geruch des Rüböls folgte ihnen wie ein

Schatten. Gegenüber der Hauptwache und dem Brunnenhaus boten noch Straßenhändler ihre Ware feil: kleine Windräder und Blasrohre für die Jungen, hölzerne Puppen für die Mädchen, Sträußchen von Astern und Phlox oder aus in der hereinbrechenden Dunkelheit goldgelb leuchtendem Sonnenauge, Lavendel und anderen wohlriechenden Kräutern. Sie hätte gerne Lavendel für ihre Kleiderkiste gekauft oder eine der süßen gelben Melonen, die in einem Korb neben dem Puppenverkäufer auf Kundschaft warteten, aber ihre Taschen waren leer, und sie ging rasch weiter.

Der Duft der Melone ließ sie ihren Hunger spüren, außer dem süßen Brot aus Konstantinopler Quitten, das Matti von den ersten reifen Früchten gemacht und zum Apfeltee serviert hatte, hatte sie seit dem Frühstück nichts mehr gegessen. Die Vorstellung eines dampfenden Tellers von Jakobsens deftigen Suppen und einer dicken Scheibe würzigen Roggenbrots ließ sie schneller gehen. Nur noch durch den Alten Steinweg und die Düsternstraße und schon war die Fuhlentwiete und mit ihr das Gasthaus *Bremer Schlüssel* erreicht.

Der Alte Steinweg war schmal und dunkel, nur an seinem Anfang, seinem Ende und über den Türen des Tuchladens und des Gürtlers brannte jeweils eine Laterne. Anders als auf dem noch belebten Marktplatz lag die Straße bis auf wenige heimkehrende Menschen schon verlassen. Hinter den Vorderhäusern begann das Labyrinth des Neustädter Gängeviertels, aus schmalen Durchlässen zog der muffig-faule Geruch, der immer entsteht, wenn zu viele Menschen und Tiere mit zu wenig Licht, Luft und Wasser auf zu engem Raum leben. Aus den Gängen drang auch dumpf ein Gewirr von scheinbar fernen Stimmen und Geräuschen, und Rosina wünschte, sie hätte sich früher aus der Behaglichkeit in Mattis Haus verabschiedet.

Zwischen den hohen Wänden begann die Dämmerung schon ins Dunkel zu gleiten, so erkannte sie Maline erst, als sie nur noch wenige Schritte entfernt war. Sie konnte gerade erst aus einem der Gänge getreten sein. Nun stand sie mit geneigtem Kopf vor einer Frau von zierlicher, fast kindlicher Gestalt, neben ihr, Rosina den Rücken zugewandt, ein breitschultriger, mittelgroßer Mann. Er trug keinen Hut, sein dunkles Haar, nur nachlässig im Nacken gebunden, hing kürzer als gewöhnlich über den Kragen. In seiner Rechten trug er einen Knüppel, an die Schulter gelehnt wie ein Soldat sein Gewehr.

Rasch schlüpfte Rosina in den Schatten des steinernen Treppenaufgangs zu einem Kunstblumenladen. Es gab keinen Grund, sich vor Maline und ihren Begleitern zu verstecken, und doch glaubte sie etwas zu sehen, das sie nicht sehen sollte. Sie hielt den Atem an und lauschte. Sie hörte nur ein Murmeln, es klang angestrengt und müde.

Plötzlich erschien es ihr niederträchtig, im Schatten zu stehen und zu spionieren. Zumindest war es töricht. Sie trat auf die Straße, und just, als sie laut hüsteln wollte, verschwanden Malines Begleiter im Dunkel, rasch und geräuschlos, als habe sie die beginnende Nacht ausgelöscht.

«Rosina?» Maline hatte sich umgewandt, presste ihre Zeichenmappe vor die Brust und sah unsicher der näher kommenden Gestalt entgegen. «Ja», sagte sie, «du bist es. Ich war nicht sicher, in diesem Zwielicht ist ein Gesicht leicht zu verwechseln.»

«Selbst für eine so gute Beobachterin wie dich.»

«Beobachterin? Was meinst du?»

«Wer deine Zeichnungen und die winzigen Glasbilder gesehen hat, weiß, dass dir nichts entgeht. Und ich wusste nicht, dass du Freunde in der Stadt hast.»

Rosina fand, sie höre sich an wie ihr Vater, als er sie Latein lehrte, während sie nur Augen für den Globus hatte.

«Du meinst die Leute, mit denen ich gerade gesprochen habe? Die sind keine Freunde. Ich habe sie nach dem Weg gefragt, und sie waren so nett, mich bis zur Straße zu begleiten. Dort drinnen», sie zeigte vage nach dem düsteren Gang, «geht man leicht verloren, wenn man sich nicht auskennt. Und ich», betonte sie, «kenne mich überhaupt nicht aus.»

«Verzeih, Maline, ich wollte nicht neugierig erscheinen. Obwohl», Rosina zog seufzend die Nase kraus, «genau betrachtet bin ich meistens neugierig. Was, um Himmels willen, wolltest du dort? Verflixt, ich bin schon wieder neugierig. Vergiss die dumme Frage. Aber du solltest vorsichtig sein, Maline. In den Gängen herrscht eine elende Armut, das wirst du gesehen und gerochen haben. Wer hungrige Bäuche nicht füllen kann oder nicht mal ein Hemd hat, und davon gibt es dort viele, ist leicht verlockt, Spaziergängerinnen um ihre Tasche und ihr Kleid zu erleichtern. Wenn du trotzdem dorthin willst – ich bessere mich, das war keine Frage –, nimm Titus mit. Oder Muto. Am besten beide. Geh nicht allein, Maline. In einer so großen Stadt ist man nicht nur leicht verloren, man wird auch nur schwer wiedergefunden. Und nun lass uns gehen, mir ist kalt und ich habe schrecklichen Hunger. Jetzt wäre dein wollenes Schultertuch gerade richtig. Wo ist es? Du nimmst es doch sonst immer mit.»

Maline zuckte die Achseln. «Ich hab's verloren. Ich weiß nicht einmal mehr, wo.»

«Schade», sagte Rosina, «es war schön. Ein Grund mehr zur Eile. Die anderen sind sicher längst im *Bremer Schlüssel*, haben es warm und essen sich satt. Du kommst doch mit?»

Maline nickte. Sie folgte schweigend Rosinas rascher werdenden Schritten.

«Ich habe keine Angst», sagte sie plötzlich, als sie in die breitere Düsternstraße einbogen. «Aber es ist freundlich, dass du dich sorgst.»

Ihre Worte klangen steif und als habe sie sie genau bedacht. Rosina antwortete mit einem raschen Lächeln, sie verstand genug von den Tönen zwischen den Worten, um zu hören, wie ungewohnt solche Sorge für Maline war. Und dass sie nicht wusste, ob sie sich aufgehoben oder bedrängt fühlen sollte.

Die Düsternstraße begrenzte das Gängeviertel im Süden, hier unterbrachen breite, mit bescheidenem Bauschmuck versehene Fassaden aus massivem Stein die beiden Reihen der schmalen, vom Alter schiefen Fachwerkhäuser. In den hohen Fenstern brannten mehr Lichter, hingen reichere Vorhänge als in den kleineren ihrer Nachbarn. Die Luft war nun wieder frischer. Aus dem langen Herrengrabenfleet stank es in heißen Sommerwochen gewiss nicht weniger als aus den anderen Fleeten, doch als langer, bis zum Hafen im Fluss reichender, schnurgerader Einschnitt im Häusermeer wirkte es wie ein geöffnetes Fenster.

Vor dem letzten der größeren Häuser stand eine Kutsche. Die beiden Rappen dösten, und der Kutscher hatte den Bock gegen die gepolsterte Bank des Kabrioletts getauscht, den Kopf in den Nacken gelegt, beobachtete er das Aufgehen der ersten Sterne. Rosina erkannte das elegante leichte Gefährt gleich, auch war das geschwungene H am Schlag dezent, aber unübersehbar.

«Guten Abend, Brooks», sagte sie, «wartet Ihr auf Madame Herrmanns?»

Der Mann in der Kutsche setzte sich auf und beschirmte die Augen gegen das Laternenlicht neben der Haustür.

«Ach, Ihr seid es. Guten Abend, Mademoiselle Rosina. Ja, ich warte auf Madame Herrmanns. Und auf Madame Kjellerup. Die Damen sind schon lange da drin», er warf einen unwilligen Blick zu zwei erleuchteten Fenstern im ersten Stock des Hauses. «Sie müssen bald kommen. Madame Herrmanns hat gesagt, es werde nicht lange dauern. Wollt Ihr auf sie warten? Ich mache Euch gerne Platz, und die Damen», fügte er gesetzt hinzu, «freuen sich immer, Euch zu sehen.»

«Danke, Brooks, wir sind in Eile, sagt Grüße von mir. Das ist Mademoiselle Bernau», stellte sie ihre Begleiterin vor, die den Mann in der Kutsche mit offener Neugier musterte, «ein neues Mitglied unserer Gesellschaft. Und das, Maline, ist Brooks, der Herrmanns'sche Stallmeister. Verratet Ihr mir, wer in dem Haus wohnt, Brooks?»

Brooks wettergegerbtes Gesicht verzog sich zu einem freundlichen Grinsen. Er hielt nicht viel von fahrendem Volk, aber er wusste besser als die meisten in der Stadt, was die Herrmanns' den Komödianten der Becker'schen Gesellschaft verdankten, er war dabei gewesen. Und Mademoiselle Rosina – das war sowieso eine besondere Sache.

«Das ist kein Geheimnis», sagte er, «die Damen machen Besuch bei Madame Malthus.» Sein Grinsen wurde breiter, als er sich vorbeugte und fortfuhr: «Ich bin sicher, Ihr werdet bald selbst Genaueres hören.»

Rosina lachte. «Das hoffe ich. Und wie geht es Mademoiselle Lehnert?»

Brooks wiegte den Kopf, und seine Miene wurde ernst. «Ich habe sie seit dem – Ereignis nicht gesehen. Sie war nur seine Braut, und das noch ohne Siegel und Unterschrift, aber sie geht kaum aus. Fast wie eine Witwe. Elsbeth sagt, sie sei wohl betrübt, aber nicht – wartet, wie hat sie gesagt? Ja, nicht trostlos. Jedenfalls zeigt sie halbwegs guten Appetit. Und Mamsell Thea – ich weiß nicht, ob Ihr Mademoiselle Lehnerts Zofe kennt, wenn nicht, habt Ihr wenig versäumt –, Mamsell Thea, sagt Elsbeth, ist geradezu guter Dinge. Jedenfalls wenn sie glaubt, dass grade keiner hinguckt.»

«Das ist doch nicht erstaunlich. Soviel ich weiß, dient sie Mademoiselle Lehnert schon seit vielen Jahren und fühlt sich eher als mütterliche Tante denn als Zofe. Ein Ehemann, zumal ein geliebter, hätte sie sicher gestört. Nun müssen wir aber weiter, Brooks, wir sind nämlich schrecklich hungrig. Vergesst meine Grüße nicht.»

Während Brooks sich wieder der Betrachtung der Sterne widmete, bogen Rosina und Maline in die Fuhlentwiete ein.

«Wer ist Elsbeth?», fragte Maline plötzlich.

«Die Herrmanns'sche Köchin. Schon so lange, dass sich niemand mehr vorstellen kann, wie der Haushalt ohne sie funktionieren könnte. Was ein großes Glück ist, denn Anne, Madame Herrmanns, fühlt gar keine Neigung zu Hausfrauenpflichten. Nicht die geringste.»

«Und wieso nennst du eine Dame aus den reichen Häusern beim Vornamen?»

«Wie gut, dass ich nicht als Einzige mit Neugier geschlagen bin. Das ist eine sehr lange Geschichte, Maline, ich erzähle sie dir irgendwann. Oder frag die anderen. Sie wissen es ebenso gut wie ich.»

«Aber sie sprechen alle von Madame Herrmanns. Nur du sprichst von Anne.»

Ein knurrender Magen erschien Rosina wenig förderlich für Ausflüge in ihre Vergangenheit, von der sie ungern sprach, und zu ihrer Erziehung, die sich von Anne Herrmanns' kaum unterschieden hatte.

«Das ist eine noch längere Geschichte», murmelte sie, «und jetzt gibt es endlich etwas zu essen.»

Sie schob die Tür zum *Bremer Schlüssel* auf, schnupperte sehnsüchtig nach dem guten Duft der Suppen und roch nur Bier, Qualm von billigem Tabak und zu viele Menschen. Obwohl die Kerzen auf den Tischen und an den Wandhaltern nur wenig Licht spendeten, entdeckte sie Jean, Helena und Titus sofort an dem Tisch nahe der Tür zur Küche. Titus stritt, wie gewöhnlich, mit Servatius, dem Knopfmacher aus der Caffamacherreihe, Jean widmete sich ganz einem kleinen Stück Ochsenbraten, nur Helena beobachtete mit Ungeduld die Tür. Sie entdeckte Rosina und winkte mit etwas, das aussah wie ein Brief. Es war – endlich – ein Brief.

Augusta kannte den Abgrund der Trauer. Sie hatte ihre beiden Söhne und ihren Mann verloren und die Betäubung, die Hoffnungslosigkeit und das verzweifelte Gefühl der Schuld der Überlebenden nie vergessen. Es hatte viele Jahre gedauert, bis sie sich wieder erlauben konnte, das Leben als das Geschenk anzunehmen, das es immer noch war, es auch zu genießen und endlich sogar zu ihrer alten Heiterkeit zurückzufinden. Wie dünn diese Decke der Lebensfreude und des Seelenfriedens war, wusste nur sie. Und falls Anne, Claes oder ihre alte Zofe Anneke die von Zeit zu Zeit wiederkehrende, tiefe Melancholie bemerkten, war der Respekt vor Augustas Wunsch, mit der Erinnerung allein zu sein, groß genug, sie das nicht spüren zu lassen. Dafür war sie dankbar, denn sie wusste sehr wohl, dass ihre trüben Tage nicht verborgen blieben, und spürte die heimlichen besorgten Blicke, die kleinen liebevollen Gesten. Auch deshalb hatte sie ihren Entschluss nie bereut, Kopenhagen, wo sie den größten Teil ihres Lebens verbracht hatte, zu verlassen. Vor acht Jahren, bald nach dem Tod der ersten Frau ihres Neffen, war sie in ihre Heimatstadt zurückgekehrt, um sein Haus zu führen.

Sie war noch sehr jung gewesen, als sie Hamburg verließ. Die Malthus'sche Kunst- und Handelsgärtnerei hatte es auch damals schon gegeben, auch den Garten am Gänsemarkt. Sie erinnerte sich, wie Elias' und Viktors Großvater die Gärten der reichen Häuser mit Bäumen und Pflanzen beliefert hatte. Ernestine hatte damals noch Steenhof geheißen. Seine Mutter, hatte Elias gesagt, wolle in diesen Tagen allein bleiben und bitte, Besuche für die Zeit nach dem Begräbnis ihres Sohnes aufzuschieben. Augusta hatte es damals genauso gehalten. Aber sie wusste auch, dass es keine quälendere Einsamkeit gab als die nach dem Verlust zutiefst geliebter Menschen. Sie erinnerte sich gut, wie unerträglich es ihr zunächst erschienen war, als eine ihrer vertrauten Freundinnen sich nicht an der Tür des Kjellerup'schen Hauses abweisen ließ und die Mauer ihrer Abwehr durchdrang. Und wie sie sich nach diesem Besuch getröstet gefühlt hatte. Für einige Stunden hatte das Gefühl der Todeskälte sie an jenem Nachmittag verlassen gehabt.

So hatte Augusta sich nach einigem Zweifeln entschlossen und Brooks wissen lassen, er möge anspannen.

«Willst du Madame Malthus besuchen?», hatte Anne gefragt, als sie die Tante ihres Mannes in der Diele traf, im ungewohnt schlichten dunkelgrauen Kleid, einer ebensolchen Haube und einem schwarzen Tuch um die Schultern.

«Ich weiß, was Elias gesagt hat, meine Liebe. Ich weiß auch, was du denkst. Ich gehe trotzdem. Ernestine hat erst vor einem halben Jahr ihren Mann begraben, und nun ist ihr Sohn gestorben, auf so sinnlose, grausame Weise. Die Begegnung mit dem Tod braucht Einsamkeit, Anne. Trotzdem ist manchmal eine Störung – ach, ich weiß nicht, was sie ist. Jedenfalls besser als dieses bodenlose Loch mit seiner erstickenden eisigen Kälte. Jetzt ist auch nicht die übliche Stunde für einen Besuch, schon gar nicht für einen solchen, aber das ist mir nun egal. Wenn man mich nicht einlässt – auch gut, ich will es wenigstens versuchen.»

«Ich wusste nicht, dass du dich ihr so nah fühlst, Augusta.»

«Bis zum Tod ihres Sohnes tat ich das auch nicht. Ich fürchte, die gute Ernestine ist ein dummes Huhn, so langweilig wie ermüdend. Das war sie sogar als Kind. Trotzdem erlebt sie jetzt eine jammervolle Zeit. Damit sollte niemand alleine sein. Auch kein dummes Huhn.»

Augusta war nicht sicher, ob sie Annes rasche Entscheidung, sie zu begleiten, besser abgelehnt hätte. Als sie einträchtig schweigend in der Kutsche saßen, an diesem heiteren, sonnigen Spätnachmittag, der Sterben und Tod in weite Ferne gerückt erscheinen ließ, als ihre eigenen Erinnerungen sie dennoch einholten, empfand sie Annes vertraute Nähe wie einen Schutzwall gegen die lauernde Schwermut.

Das Haus der Familie Malthus in der Düsternstraße war wie das der Herrmanns' am Neuen Wandrahm um die vergangene Jahrhundertwende gebaut worden. Es war kleiner, und anders als die mit steinernem Weinlaub, Blumengirlanden und Muschelwerk gezierte Fassade des Herrmanns'schen Hauses, war diese nur im Giebel und über den Fenstern mit gekreuzten Farnwedeln geschmückt. Die Rückseite des Hauses grenzte nicht an ein Fleet, wie es bei den Handelshäusern mit ihren großen rückwärtigen Speichern üblich war, sondern mit einem kleinen Garten und zwei massiven Schuppen direkt an die erste Häuserreihe des Gängeviertels.

Die Magd, die Augusta und Anne die Tür öffnete, ließ

sie ohne Zögern eintreten, bat in der Diele zu warten und lief die Treppe hinauf. Die schwarz verhängten Wände und Fenster machten die Diele trotz des hellen Tages dämmerig. Augusta fühlte die Düsternis bedrückend wie die Mauern einer Gruft und wusste, sie hatte richtig entschieden. Die Tücher würden acht Wochen an ihrem Platz bleiben, so lange, wie auch eine Witwe nach dem Tod ihres Mannes das Haus nicht verlassen sollte, während der ersten zwei Wochen nicht einmal, um einen Gottesdienst zu besuchen. Für das lange, restliche Trauerjahr war es ihr verboten, mit der Gemeinde in der Kirche zu singen, obwohl der gemeinsame Gesang doch stets erhebend und ein Trost war.

Augusta fand diesen Usus unsinnig und hart, zum Glück kam er in seiner ganzen Strenge langsam aus der Mode. Ernestine Malthus hatte sich nach dem Tod ihres Mannes strikt daran gehalten. Ob es ihr ein Bedürfnis gewesen war oder nur der Gehorsam gegen die wachsamen Augen und Ohren der Nachbarn, wusste Augusta nicht. Für den Tod eines Sohnes oder einer Tochter, der eine Frau doch zumeist in noch tieferes Leid stürzt als der Verlust des Ehemannes, gab es solche Regelungen nicht.

‹Immerhin›, dachte sie mit einem plötzlichen Anflug von erfrischendem Grimm, ‹werden bei uns die Witwen nicht, wie man es aus Ostindien hört, mit dem Leichnam des Mannes verbrannt.›

Die Magd erschien auf dem oberen Treppenabsatz, sagte knicksend, Madame lasse bitten, und öffnete, noch bevor Anne und Augusta die ersten Stufen hinaufgestiegen waren, die Tür zum Salon.

Salon, ein Wort, das Gastfreundschaft und heitere Eleganz verspricht, war nicht ganz der richtige Ausdruck. Obwohl die schwarzen Tücher fehlten, herrschte auch in diesem Raum eine muffige Düsternis. Die nur halb geöffneten Kattunvorhänge, das schwere Mobiliar aus dunklem Holz, der massive, fast bis zur Decke reichende Schrank – dieser Raum brauchte keine schwarzen Tücher, um für Trauerzeiten passend zu sein. Selbst die Porträts längst verstorbener Malthus' wirkten nicht nur wegen ihres Alters düster. Bis auf das letzte. Es zeigte Wilhelm Malthus und war ein Jahr vor seinem Tod gemalt worden. Die Freundlichkeit, ja, Sanftmut seines Ausdrucks hatte Augusta an dem lebenden Wilhelm Malthus nie wahrgenommen – sie musste ihre Ursache im Auge des Malers haben. Monsieur Tischbein war nun mal ein gemütvoller Mensch.

Dass sie nicht von Ernestine Malthus erwartet wurden, erkannte Augusta erst auf den zweiten Blick. Die um gewiss ein gutes Jahrzehnt jüngere Frau war genauso klein und rundlich, ihr Haar, nur von einem winzigen, schleierartigen Gebilde aus gehäkeltem dunklem Zwirn bedeckt, genauso nussbraun. Allerdings fehlte ihm das Grau, das bei Ernestine Malthus schon dominierte. Der schlechte Sitz ihres schwarzen Rockes, des Mieders und der leichten Bluse, die sie darüber trug, verriet geliehene Trauerkleidung. Und zwar nicht vom ersten Schneider.

Mit vor der Brust gefalteten Händen und für den traurigen Anlass erstaunlich blitzenden Augen kam sie mit zögernd wippenden Schritten näher. Anne fühlte sich an einen balzenden Auerhahn erinnert.

«Madame Kjellerup, Madame Herrmanns, ja, und Madame Kjellerup, welche Ehre.» Offensichtlich wusste sie nicht, wer zuerst zu begrüßen war: Augusta als die Ältere oder Anne als die Gattin eines bedeutenden Mannes. «Madame Malthus ruht, die liebe Ernestine, sie würde sich so freuen, Euch zu begrüßen. Leider hatte sie eine sehr schlechte Nacht, man sollte sie noch ein halbes Stündchen im seligen Vergessen des Schlafes lassen. Ja, das sollte man. Wenn es Euch recht ist. Ich bin Madame Polter, eine Nachbarin und, das darf ich wirklich sagen, eine Freundin. Was ist das Leben in so schweren Zeiten, wenn das Schicksal zum Hammer greift und erbarmungslos, ja, zuschlägt, was ist es ohne Freunde. Und Freundinnen. Ich hoffe, Ihr werdet mit meiner bescheidenen Gesellschaft vorlieb nehmen, bis die liebe Ernestine erwacht. Es kann nicht lange dauern, gewiss nicht lange. Sie würde mir nie verzeihen, wenn ich so verehrten Besuch wieder gehen ließe. Nein, das würde sie nicht. Natürlich empfängt sie nicht *jeden* Besuch, wahrhaftig nicht jeden, nein, aber Ihr gehört ja beinahe zur Familie. Es ist ein solcher Jammer, die Hochzeit wäre prächtig geworden. Und nun gibt es eine Beerdigung, und in Anbetracht der Umstände kann es nur ein bescheidenes Begräbnis sein, ganz bescheiden. Die arme Ernestine.» Sie schlug aufseufzend die Hände vor ihr Gesicht, leider nur für einen kurzen Moment. «Ich habe geraten, ein wenig Laudanum zu nehmen», die Erwähnung des Opiumsafts ließ sie die Stimme senken, «ein wenig nur, das muss erlaubt sein. Oder ein winziges Krümelchen Bilsenkraut. Aber sie will nicht. Sie ist ein starker Charakter, sie flieht den Schmerz nicht. Nehmt bitte Platz, ich bestelle gleich Kaffee. Oder Schokolade? Ja, Schokolade. Gerade in schweren Zeiten, wenn das Schicksal mit dem … Nun ja, in schweren Zeiten bedarf es auch der leiblichen Tröstungen. Natürlich ebenso der …»

Wessen es weiterhin bedurfte, blieb Augusta und Anne erspart. Madame Polter lief schon die Treppe hinunter, und ihr fortplätschernder Redefluss wurde zum immer leiser murmelnden und endlich versiegenden Bächlein.

«Du meine Güte!» Augusta schwankte zwischen Unmut und Amüsement, und sie begann sich trotzdem besser zu fühlen. Unter den Freundinnen, die ihr damals beigestanden hatten, war zum Glück keine ein so dummes Plappermaul gewesen. «Sollen wir die Gelegenheit nutzen und uns gleich wieder verabschieden?»

«Auf gar keinen Fall.» Anne setzte sich auf einen der altväterlichen ungepolsterten Lehnstühle und versuchte sich an einem frommen Gesicht. «Du hast es gehört: Das würde Madame Malthus nie verzeihen, und es wäre schändlich, Madame Polter um den Genuss der süßen leiblichen Tröstung zu bringen. Im Übrigen ist die Gelegenheit mehr als günstig, sie scheint mir genau die richtige Person, um ein bisschen mehr zu erfahren.»

«Über Viktor?»

Rasche Schritte kamen die Treppe herauf, und Anne legte den Finger auf den Mund.

«Und Mademoiselle Lehnert, die liebe Fenna?», plapperte Madame Polter gleich weiter, als habe sie nicht einmal in der Küche eine Pause eingelegt. «Grämt sie sich sehr? Was für eine Frage, natürlich tut sie das. Bei einem solchen Verlust. Es kann keinen Zweiten geben wie den lieben Viktor. Ein so vornehmer Mensch. Und sagt selbst: Gibt es einen, den die Uniform besser kleidet? Und wenn man bedenkt, dass er in Wien der Kaiserin gedient hat. Und dem Kaiser, gewiss, doch zuerst der großen Kaiserin. Auch sie ist eine Mutter, ja, Gott hat sie reich bedacht. Wobei sechzehn Kinder doch ein wenig viel sind. Ich sage immer: Demut und Zurückhaltung. Das ist es, worin wir uns üben müssen. Ja, Demut. Selbst im Angesicht des Todes», erinnerte sie sich wieder an den Grund des Besuches. «Der liebe Viktor, er war immer ein so lebensfroher Mensch.»

Die Hände im Schoß gefaltet, sah sie Anne und Augusta, erst die eine, dann die andere, auffordernd an. Madame Polter, das war deutlich, verstand sich nur theoretisch auf

Demut und Zurückhaltung. Sie war geradezu begierig, ausgefragt zu werden und alles zu erzählen, was sie wusste. Und auch, was sie nur vermutete.

«Dann habt Ihr ihn also gut gekannt?»

«Gut gekannt, sagt Ihr, Madame Herrmanns!?» Mit einem Blick zur Decke hob sie seufzend die ausgebreiteten Hände. «Ich kannte ihn schon, als er noch mit Murmeln und Windrädern spielte. Lange bevor er vor vielen Jahren die Stadt verließ. Er war ein hübscher Junge, charmant und höflich. Immer vergnügt, das war er wirklich. Und ungemein hilfsbereit. Niemand hätte gedacht, er könne seinen Eltern solchen Kummer bereiten. Ja», sagte sie, wieder tief aufseufzend, «es sind die Besten, die uns Kummer bereiten, immer die Besten. Umso größer war die Freude, als er zurückkam und es sich zeigte, dass er der Stolz aller Eltern sein konnte. Wenn auch sein Vater, der liebe verblichene Monsieur Malthus, nicht sofort dieser Meinung war. Nein, das war er wirklich nicht.»

Wilhelm Malthus, so erfuhren Augusta und Anne nun, hatte sich zunächst geweigert, seinen heimgekehrten Sohn zu sehen, und sogar verboten, ihn überhaupt einzulassen. Woran sich Ernestine als gehorsame Ehefrau strikt hielt – es gab andere Orte, ihren Sohn zu treffen, zum Beispiel im Haus der Nachbarn.

Als Madame Polter an dieser Stelle angekommen war, es hatte geraume Zeit in Anspruch genommen, wurde die Schilderung der ersten heimlichen Treffen von Mutter und Sohn ungemein ausschweifend. Als sie beim dritten Treffen angelangt war, die ergreifenden Szenen samt genauer Abfolge der Speisen schilderte, die Mutter und Sohn im Hause Polter serviert bekommen hatten, drohten Augustas Versuche, sie zu unterbrechen, an Höflichkeit zu verlieren. Da endlich brachte das Mädchen die heiße Schokolade, und Madame Polter verstummte, um mit seligem Lächeln den herbsüßen Duft einzuamten.

«Zum leiblichen Trost möchte ich auch beitragen», sagte Augusta rasch, bevor Madame Polter mit dem Bericht über das vierte Treffen beginnen konnte. Sie griff in den Korb, den sie unter den Tisch geschoben hatte, und stellte eine kleine Karaffe Rosmarinbranntwein und eine Spanschachtel mit Elsbeths frischen, mit gehackten Pistazien bestreuten Anisplätzchen auf den Tisch.

«Der Branntwein soll Madame Malthus trösten», erklärte Anne und steckte das Spitzentuch in ihr Samtbeutelchen zurück, überzeugt, ihr Gesicht zeige nun wieder eine angemessen Anteil nehmende Miene. «Aber Euch wird ein Schlückchen auch gut tun, Madame Polter. Ihr tragt in diesen Tagen eine kaum minder schwere Last. Nicht wahr, Augusta?»

«Unbedingt. Und Euer Anteil an der Versöhnung, Madame Polter, kann gar nicht hoch genug geschätzt werden. Sicher habt Ihr auch dafür Sorge getragen, dass Monsieur Malthus sich mit Viktor ausgesöhnt hat?»

«Leider nein», erwiderte Madame Polter, holte drei Gläser aus der Vitrine, stellte sie auf den Tisch und griff nach der Karaffe. «Es wäre mir eine solche Freude gewesen, aus reiner Christenpflicht, denn wie heißt es in der Bergpredigt?» Sie hob ihr Glas, schnupperte mit Behagen an der bräunlichen Flüssigkeit und nahm mit zierlich gespreizten Fingern einen ordentlichen Schluck. «Gehe hin und versöhne dich mit deinem Bruder, ja, so heißt es. Auch Vater und Sohn sind doch Brüder in Christo. Diese Versöhnung ist einzig Madame Malthus' Verdienst. Ein Mutterherz, sage ich immer, ein Mutterherz vermag alles. Berge versetzen. Sozusagen. Glaubt mir, Madame Kjellerup», bereitwillig ließ sie sich ihr Glas nachfüllen, stellte es nach kurzem Zögern auf den Tisch und nahm brav ein Schlückchen Schokolade, «Wilhelm Malthus war ein Berg, um nicht zu sagen: ein Fels. Nun ja, manchmal auch ein Vulkan, wenn Ihr versteht, was ich meine, seine Stimmungen konnten heftig sein. Und laut. Aber auch in einem Fels schläft ein Vaterherz, ja, und Ernestine», ein kleines Kichern entschlüpfte ihren Lippen und sie beugte rasch den Kopf, «die gute Ernestine hat auch ihre Qualitäten. Steter Tropfen höhlt den Stein. Tropf, tropf, tropf. Das führt auch zum Ziel. Was sonst sollen wir schwachen Geschöpfe tun.»

Anne öffnete tief Luft holend den Mund, Augusta räusperte sich vernehmlich, und Annes Lippen schlossen sich wieder.

Es sei eine Freude gewesen zu erleben, wie Vater und Sohn wieder zueinander fanden, plapperte Madame Polter weiter. Und bitter, als das Familienglück nur so kurz währte. Schon wenige Tage nachdem Viktor wieder in das elterliche Haus eingezogen sei, sei Wilhelm Malthus gestorben.

«Ach», sie schüttelte mit Bedauern den Kopf und sah mit gespitztem Mund zu, wie ihr Glas zum dritten Mal gefüllt wurde, «der liebe Wilhelm. So plötzlich dahin, aber anders als sein armer Sohn wenigstens mit den Segnungen der Kirche. Er hätte so gerne noch sein Testament geändert, doch leider, das Schicksal wollte es nicht.»

«Ja, das Schicksal. Mit dem Hammer, wie Ihr richtig sagtet.» Anne fürchtete, ihre Ungeduld nur unzulänglich zu verbergen. «Sicher wusste die Familie, wie er es ändern wollte. Es wäre nur recht und billig gewesen, wenn Madame Malthus und ihre Söhne seinen Wünschen auch ohne gesiegeltes Dokument gefolgt wären.»

«Natürlich war es bekannt. Nur in der Familie, das versteht sich, aber Ernestine vertraut mir alles an. Er wollte

Viktor wieder in seine Rechte als ältesten Sohn einsetzen. Nicht gänzlich, das wäre unklug gewesen, denn Viktor verstand sich nicht auf die Gärtnerei und die Geschäfte, Elias hingegen ist ungemein tüchtig in seinem Metier. Und erfahren, ja. Aber Elias war dazu nicht bereit. Testament ist Testament, hat er gesagt, nur was gesiegelt ist, gilt, nichts sonst. Er soll auch gesagt haben, Viktor werde die Gärtnerei in kürzester Zeit ruinieren, aber das kann ich nicht glauben. Seine Weigerung, die gar nicht von brüderlicher Liebe und Sohnesgehorsam sprach, hätte ihm nichts genützt.» Sie warf einen flinken Blick zur Tür, stellte befriedigt fest, dass sie verschlossen war, und beugte sich über den Tisch Augusta und Anne zu. «Ernestine ist eine gerechte Frau, die Wünsche ihres Gatten sind ihr über seinen Tod hinaus Gesetz und – das mal unter uns – über Viktor ging ihr nichts. Und niemand, wenn Ihr versteht, was ich meine. Nach dem Testament haben sie und Elias je die Hälfte des Besitzes geerbt. Nach Ernestines Heimgang sollte Elias natürlich auch den Rest bekommen. Das Testament wurde ja geschrieben, als Viktor noch verschollen war und allgemein als tot galt. Nun war Viktor wieder da, und Ernestine wollte, dass alles seine gottgegebene Ordnung hat. Sie wollte ihm als dem ältesten Sohn ihr Erbe überschreiben. Alles. Das Testament enthielt keine Klausel, die das verhindern konnte. An so etwas hatte der liebe Wilhelm natürlich nicht gedacht. Ihr könnt Euch vorstellen, wie Elias das fand. Besonders soll ihn gegrämt haben, dass dazu auch der Garten am Gänsemarkt gehörte. Der ist nicht nur prächtig und wertvoll, so ein großes Grundstück mitten in der Stadt und direkt an der Alster. Er ist auch die Seele der Gärtnerei, denn dort hat einst alles angefangen, und Elias ist ein Mann, dem die Tradition über alles geht. Über alles, ja.»

Augusta vergaß die Contenance und pfiff leise durch die Zähne, und Anne sagte rasch: «Das kann Elias wirklich nicht gefreut haben. Da hat es sicher heftigen Streit gegeben.»

«Ha!» Madame Polter leerte in einem Zug ihr drittes Glas. «Elias ist keiner, der laut wird oder streitet. Er ist zum Advokaten gelaufen, das ist er.»

«Und?»

«Und was?»

«Was hat der Advokat gesagt?»

Zum ersten Mal wusste Madame Polter keine Antwort. «Was weiß ich», sagte sie, schob ihr ins Rutschen geratenes Schleierchen in die Mitte ihrer hoch aufgetürmten Frisur zurück und kämpfte mit einem aufsteigenden Schluckauf. «Das spielt nun keine Rolle mehr, Viktor ist tot.»

Plötzlich rötete sich ihr Gesicht von den Haarwurzeln bis zum Dekolleté hinunter, und sie starrte Anne und Augusta mit schreckgeweiteten Augen an. «Ihr werdet doch nicht glauben, ich wolle damit sagen, Elias habe – nein, das könnt Ihr nicht. Ihr werdet niemandem sagen, ich hätte Elias im Verdacht, seinen Bruder …» Sie griff nach dem Zipfel ihrer Bluse und tupfte sich fahrig über die Oberlippe. «Elias ist ein guter Mensch, das ist er. Unbedingt. Nie würde ich anderes behaupten. Er hat seinen Bruder geliebt, das müsst Ihr mir glauben. So eine kleine Meinungsverschiedenheit, was bedeutet die schon? Das kommt in allen Familien vor. In den besten …»

Die Tür öffnete sich mit leisem Knarren, und Madame Polter fuhr hastig herum. Ernestine Malthus war aufgewacht.

Sie war eine mollige kleine Frau Ende der fünfzig, ihr nussbraunes Haar nun völlig ergraut, die hochgeschlossene Trauerkleidung ließ ihr bleiches Gesicht noch bleicher, die geröteten blassblauen Augen noch entzündeter erscheinen.

«Madame Kjellerup», flüsterte sie, und ihre Augen füllten sich mit Tränen. «Augusta.»

Augusta hatte sich nie träumen lassen, Ernestine Malthus, das dumme Huhn, jemals zu umarmen. Doch nun stand sie vor ihr, klein und grau, in hilflosem Jammer gegen die Tränen kämpfend, auf der Suche nach den richtigen Worten, ihre Gäste zu begrüßen, und Augusta schloss sie fest in die Arme. Anne sah die beiden aneinander gelehnten Frauen, die ältere und die alte, hörte Ernestine aufschluchzen und Augusta Unverständliches murmeln und begriff, was sie über ihre Verschiedenheit hinaus verband.

Sie hatte stets bedauert, keine eigenen Kinder zu haben, nun empfand sie zum ersten Mal Erleichterung über diesen Mangel in ihrem sonst so reichen Leben.

«Na?», fragte Helena leise. «Zufrieden?»

Rosina nickte, faltete den Brief zusammen und schob ihn in ihre Rocktasche. «Ja», sagte sie. Mehr nicht.

«Nun sag es schon: Was schreibt dein Monsieur Vinstedt? Kommt er bald?»

Rosina zog mit spitzem Zeigefinger einen feuchten Kringel aus der Bierlache über den hölzernen Tisch, bevor sie nickte. «Er schreibt, dass er bald abreist, schon in wenigen Tagen. Aber bis er nicht hier ist, bin ich vorsichtig. Wer weiß, was ihm noch dazwischenkommt.»

«Sei nicht so streng Rosina.» Helena fühlte sich unversehens als Verteidigerin des Mannes, den sie am liebsten und für immer in weiter Ferne wusste. «Wenn er einmal ein Versprechen nicht gehalten hat, vielleicht nicht halten *konnte*, bedeutet das nicht, dass es seine Gewohnheit ist. Und nun sag: Wie geht es Matti und Lies?»

«Es geht ihnen gut, obwohl ich glaube, Lies' Gicht plagt sie ärger, als sie zugibt. Sie lassen alle grüßen. Im Übrigen sind sie jetzt zu dritt. Sie haben ein Kind zur Pflege, ein Säugling noch, ein wirklich hübscher Junge. Er ist ein bisschen dünn, aber Matti sagt, er sei gesund und bald so rundlich, wie er sein sollte.»

«Matti?», fragte Maline plötzlich. Sie hatte versucht, Jean die Geheimnisse der Laterna magica zu erklären, und nur Rosinas letzten Satz gehört. «Die vom Hamburger Berg? Ihr kennt die alte Hebamme?»

«Aber ja», sagte Helena fröhlich, «schon lange. Ihre Freundin hat bis vor wenigen Jahren zu uns gehört. Nun hat sie dort ein warmes Nest gefunden. Lies ist eine knurrige alte Frau, ich hätte nie gedacht, dass ich sie so vermissen könnte. Nicht nur, weil wir nun niemanden mehr haben, der sich aufs Kurieren aller denkbaren Malaisen versteht. Das hat sie von Matti gelernt, als sie beide noch jung waren. Den ganzen heilsamen Kräuterkram. Lies legt auch gut die Hand auf und kennt die geheimen Sprüche, du verstehst, was ich meine, man sollte nicht zu laut drüber reden.»

«Und woher», fragte Rosina, «kennst du Matti?»

«Woher?» Maline zuckte mit den Achseln. «Ja, woher? Ich weiß nicht. Ich habe irgendwo von ihr gehört, während der letzten Tage. Wenn ich durch die Stadt gehe und nach guten Bildern suche, höre ich den Leuten zu. Sie reden immer irgendetwas.»

«Stimmt», sagte Helena, «die Leute schwatzen pausenlos. Und Matti kennen viele. Sie ist die beste Hebamme weit und breit. Aber was ist mit diesem Kind, Rosina? Sie werden es doch nicht behalten. Pflegen sie es nur gesund und geben es dann an die Eltern zurück?»

«Ich glaube nicht. Matti hat mich nur spüren lassen, dass

mich das nichts angeht, aber Lies hat gleich geknurrt, ich solle nicht auf unnütze Gedanken kommen, genau so hat sie sich ausgedrückt, das Kind brauche ein sicheres Zuhause und keinen Komödiantenkarren.»

«Also suchen sie jemanden, der es aufnimmt. Was gibt es an einem Komödiantenkarren auszusetzen? Ich hatte nie ein anderes Zuhause, wir alle nicht, bis auf dich, Rosina, ist es uns schlecht bekommen?» Sie seufzte und eine vergessen geglaubte Sehnsucht schimmerte in ihren Augen auf. «Es wäre doch schön, wenn wir wieder ein Kind bei uns hätten. Manon und Fritz sind fast erwachsen und Muto sowieso. Wir sollten darüber nachdenken. Satt bekommen wir ihn allemal, lesen und schreiben kann er bei uns lernen und – ach, alles. Wer weiß denn, wo der kleine Kerl sonst landet. Ich würde Matti schon überzeugen.»

«Platz, Leute. Macht doch mal Platz.» Der Wirt drängte sich mit zwei dampfenden Tellern zwischen Tischen und Bänken heran, aus seiner Lederschürze ragte ein Runken Brot.

«Endlich», rief Rosina, «ich dachte schon, du willst uns verhungern lassen. Warum hat es heute so lange dauert, Jakobsen?»

«Lange? An anderen Tagen geht es nur besonders schnell.» Er stellte die Teller vor Maline und Rosina auf den Tisch und leckte Suppenreste von den Daumen. «Freu dich lieber, ihr habt nämlich Glück. Das ist fast der Rest. Entensuppe geht immer weg, als wär sie umsonst. Das muss am Rotwein und am Thymian liegen.»

«Oder an den Rosinen», sagte Rosina, griff nach dem Löffel und begann heißhungrig zu essen. Jakobsen brach das Brot, legte den beiden Nachzüglerinnen je die Hälfte vor die Teller und sah, die Hände vor dem beachtlichen Bauch gefaltet, befriedigt ihren Appetit.

«Setz dich zu uns, Jakobsen.» Helena rückte auf der Bank zur Seite, sie hatte beschlossen, die Sache mit Mattis Pflegesohn auf später zu verschieben, vielleicht auch auf noch später. «Erzähl uns, was es Neues gibt.»

Nichts hätte Jakobsen lieber getan. Der Wirt des *Bremer Schlüssel* erfuhr nicht nur vom meisten, was in der Stadt geschah, genauso flink wie die Marktfrauen und Straßenhändler, die von jeher am besten und schnellsten informiert waren, er liebte es auch, sein Wissen umgehend zu teilen. Anders als die meisten Wirte halbwegs manierlicher Gasthäuser hatte er nichts gegen wandernde Komödianten, jedenfalls nichts gegen die Becker'schen. Er kannte sie seit vielen Jahren, er verkaufte ihre Billetts, und mit Titus, dem Hanswurst, der ihm in seiner bärenhaften Statur in nichts nachstand, verband ihn Freundschaft. Was nur die wunderte, die nichts von Jakobsens heimlicher Sehnsucht nach dem freien Leben wussten. Als Junge hatte er von den Schiffen geträumt, von der weiten wilden Welt; trotzdem hatte er entschieden, den Schiffen nur nachzusehen und das Gasthaus zu übernehmen, als sein Vater starb. Die meisten Menschen träumten lieber von der Ferne, als sich hinauszuwagen, und Jakobsen war schon als Junge schlau genug gewesen, aus den Fabelgeschichten der Seeleute die Härte des Lebens an Bord, die Mordlust von Wasser und Sturm herauszuhören. Und nicht zuletzt war er lieber sein eigener Herr, als vor einem auf See allmächtigen Kapitän zu kuschen.

«Später erzähle ich euch was, Helena», sagte er, «jetzt muss ich mich um die Herrschaften kümmern.»

‹Die Herrschaften› waren Jakobsens ganzer Stolz. Seit seinem Bestehen hatte das Gasthaus in der Neustädter Fuhlentwiete wenn auch nicht gerade die Hungerleider des Gängeviertels, so doch nur das bunte Volk der umliegenden Straßen gesehen. Seit er jedoch einige kleinere Tische in eine separate Ecke gestellt und mit Tischtüchern bedeckt hatte, die er alle vier Tage wechselte, kamen hin und wieder auch vornehmere Gäste. Zuerst nur Reisende mit dem Blick von Forschern, die sich in eine fremde Welt begeben hatten, nach und nach, seit sich die Qualität der Küche im kleinen Raum hinter dem Schanktisch herumgesprochen hatte, auch Bürger der Stadt. Manchmal sogar mit Damen.

An diesem Abend hatten sich drei Männer an einem der Tische niedergelassen, sie tranken Wein, bestellten Suppe und Ochsenbraten, plauderten angeregt und ließen ihre Blicke immer wieder so neugierig wie prüfend durch den Raum gleiten. Sie waren weitaus besser gekleidet als alle anderen in dieser Schänke. Der älteste trug unter seinem leuchtend blauen Rock eine sandfarbene, bestickte Seidendamastweste, sein Hemd war reich mit Spitzen besetzt, die am Hals von einer glitzernden Nadel gehalten wurden. Er trug sogar eine gepuderte Perücke, deren Eleganz für diesen Ort und Anlass wirklich übertrieben war, und am kleinen Finger seiner linken Hand einen schweren Siegelring.

«Siehst du?», flüsterte Jean, stupste Helena sanft den Ellbogen in die Seite. «Herrschaften. Ich habe es dir gesagt, die Zeiten werden immer besser.»

«Ja, Liebster. Aber das bedeutet nicht, dass wir in besseren Häusern verkehren. Es bedeutet nur, dass diese Herrschaften auf Abenteuer aus sind.»

«Hier?», brummte Titus. «Bei Jakobsen? Hier gibt's doch keine Abenteuer.»

«Es kommt darauf an.» Rosina leckte ihren Löffel ab und legte ihn neben den Teller. «Wer immer nur hinter dem Ofen oder in Jensens Kaffeehaus sitzt, für den ist schon eine kleine Prügelei ein Abenteuer.»

«Denkst du, wir sollten eine anzetteln?» Titus ballte grimmig die kräftigen Fäuste. «Und hinterher den Hut rumgehen lassen? Mach kein erschrecktes Gesicht, Maline», er löste grinsend die Finger und spreizte sie ihr entgegen, «das war nur ein Spaß.»

«Und ganz überflüssig.» Rosina sah zum übernächsten Tisch nicht weit von dem der ‹Herrschaften›. «Da kann es nicht mehr lange dauern, bis es ganz von selbst losgeht.» Mit zusammengekniffenen Augen versuchte sie durch den Dunst aus Tabakqualm und rauchenden Unschlittkerzen zu erkennen, wer dort saß.

«Das ist doch nur Vandenfelde», half Titus, der ihrem Blick gefolgt war. Das Gesicht des Schlachters vom Schlachthaus an der Heiligengeistbrücke war zorngerötet, er fuchtelte mit seinem Branntweinglas herum, dass es nur so spritzte, und redete auf einen dünnen Mann ein, der ihm, nicht weniger zornig und die Fäuste auf den Tisch gestützt, halb erhoben gegenüberstand.

«Der hat's verdient, der Müllerjohann», brüllte Vandenfelde. «Wollt ich die Tiere beleidigen, würd ich sagen, der ist ein Schwein, eine echte Drecksau. Dem müsst noch was ganz andres passieren, und du, das sag ich hier nochmal ganz laut, damit es alle hören, du bist auch nicht besser, wenn du seinen Büttel machst. Papperlapapp, Kinder satt kriegen, das muss ich auch und schaff das ohne …»

Weiter kam er nicht. Jakobsen, besorgt um das Wohlbefinden der ‹Herrschaften›, hatte mit einer für seine Statur erstaunlichen Behändigkeit die beiden Streithähne erreicht. Er drückte den Dünnen auf die Bank zurück, hielt Vandenfelde mit der Rechten den Mund zu, quetschte sich zu ihm auf die Bank und legte den linken Arm um seine Schultern. Vandenfelde sackte zusammen wie ein Korsett ohne Fischbein, er schloss die Augen, und als Jakobsen seinen Mund freigab, ließ er den Kopf müde an die breite Brust des Wirts fallen. Der Anblick verblüffte nur neue Gäste, Stammkunden war er längst vertraut.

«Armer Kerl», murmelte Titus, der den Schlachter schon so lange kannte wie Jakobsen. «Er hat heute Kälber geschlachtet. So junges Vieh bringt er nicht gerne um, da ist er abends immer schlecht gelaunt. Vandenfelde hat einfach den falschen Beruf.»

«Hat er eben Müllerjohann gesagt?», fragte Helena. «Ist das nicht einer der überfallenen Männer?»

Titus zuckte die Achseln und Rosina nickte. «Ja», sagte sie, «der letzte, es hat ihn in der vergangenen Nacht erwischt. Weißt du, wer der andere Mann ist, Titus? Der, der für Müllerjohann den Büttel macht.»

«Den habe ich hier noch nie gesehen. Frag Jakobsen, der kennt seine Gäste.»

Rosina wischte mit dem letzten Stück Brot den letzen Rest Suppe aus dem Teller und lehnte sich behaglich zurück. Endlich war sie satt. Sie begann sich schläfrig zu fühlen, und ob sie wollte oder nicht, ihre Gedanken wanderten weit fort von Müllerjohann und seinem Büttel zu dem Brief in ihrer Tasche. Sie hätte ihn gerne gleich noch einmal gelesen, doch das würde sie erst tun, wenn sie alleine war. Sie strich verstohlen über ihren Rock, fühlte das steife Papier und das erbrochene Siegel. Klang er wirklich so vertraulich, so liebevoll, wie sie ihn beim ersten raschen Lesen empfunden hatte? Es waren doch nur wenige Zeilen, ebenso rasch geschrieben wie die, die sie bei ihrer Ankunft bekommen hatte. Sie schloss die Augen, sah Magnus' Gesicht, wie sie es zuletzt vor einem Dreivierteljahr gesehen hatte, und spürte, wie sich der harte Knoten in ihrem Herzen löste. Was zornig und gekränkt gewesen war, wurde weich. Die Angst vor dem Verlust, vor einem törichten

Irrtum, wich der Freude auf das Wiedersehen. Es war ein köstliches Gefühl. Wären da nicht die Stimmen der Männer am Nachbartisch gewesen, wäre ihr der sehnsüchtige kleine Vers von taubenetzten Rosen und schimmerndem Mondlicht, den er ihr mit einem Brief im Mai gesandt hatte, gewiss bis zur letzten Zeile wieder eingefallen.

Sie hatte die Männer schon gesehen, als sie, kurz bevor Jakobsen endlich mit der Suppe kam, das Gasthaus betraten. Sie waren zu fünft, hatten sich über den Tisch einander zugebeugt, als sei, was sie sprachen, nicht für alle Ohren bestimmt. Aber das war nichts Besonderes, der Lärmpegel stieg mit der Zeit und der Zahl der geleerten Bier- und Branntweinkrüge, wer nüchtern geblieben war, rückte näher, wenn er sein Gegenüber verstehen wollte.

Bis dahin waren die Laute vom Nebentisch nur eine murmelnde Facette im allgemeinen auf- und abschwellenden Stimmengewirr gewesen, nun wurden sie deutlicher.

«Was willst du bloß an Land?», sagte einer von ihnen, der nach einem Holländer klang, eindringlich. «Versauern? In der Erde buddeln wie die Maulwürfe? Und wenn wieder das Wasser kommt? Wie schnell das passieren kann, hast du gerade erlebt. Ich sag's dir nochmal: Ich hab jetzt ein gutes Schiff, nicht so ein altes Ding wie die elende *Fortuna*. Einer wie du ist genau, was wir noch brauchen. Und die Gewinnanteile sind auch besser.»

Rosina öffnete die Augen. Der Sprecher war ein kräftiger Mann mit wettergegerbtem Gesicht, sein Haar war so rot wie sein üppiger Bart, eine Narbe teilte seine linke Braue wie ein Scheitel. Die muskulösen Schultern steckten in einem reinen weißen Hemd aus festem Leinen.

Der Mann, der kein Maulwurf sein sollte, wandte ihr den Rücken zu, seine Antwort konnte sie nicht verstehen.

«Erzähl mir nicht solchen Unsinn, Mann», erwiderte der

andere ungeduldig, «wer einmal zur See gefahren ist, muss immer wieder raus.»

Sie hörte leises Lachen, der zweite Mann lehnte sich zurück und wandte ihr halb sein Profil zu, auch er trug einen Bart, allerdings war er sehr kurz geschoren, und seine Schwärze wirkte gegen das von Wind und Wetter strähnig gebleichte brünette Haar noch härter. Sie kannte ihn ebenso wenig wie den anderen.

«Vor einem Jahr», sagte er nun deutlich, «ach was, vor einem halben Jahr noch, wären wir uns schon einig. Jetzt nicht mehr. Die letzte Fahrt hat mir gereicht, ich bleibe an Land und damit Schluss.»

Der Dritte am Tisch stieß ein meckerndes Lachen aus. Anders als die übrigen drei trugen er und sein Tischnachbar schmal geschnittene Röcke aus leichtem Tuch, sein Gesicht war selbst im Schein der Kerzen blass, trotzdem war unübersehbar, dass er mehr getrunken hatte, als ihm bekömmlich war.

«Hat ihm gereicht. Hört Ihr, van Meulen? Hat ihm gereicht. Von wegen Maulwurf. Hasenfuß – das ist richtig. Ich hab's Euch gleich gesagt, hat sich doch schon rumgesprochen. Er hat Schiss vor dem Wal. So isses, so isses. Von wegen besseres Leben.»

Der Nacken des Schwarzbärtigen versteifte sich, doch er überging die Beleidigung. «Du findet schon einen anderen Harpunier», sagte er zu dem Holländer. «Du bist ein guter Steuermann und achtest auf deine Leute, das weiß jeder. Frag Sörensen, wenn er von seiner Fahrt zurückkommt. Der ist mindestens so gut wie ich.»

Für einen Moment wurde es still am Tisch. Der Betrunkene, der aussah, als habe er sein Leben lang nichts als ein staubiges Kontor gesehen, rieb sich mit albernem Grinsen das Kinn, van Meulen nahm einen Schluck Bier, endlich sagte der Zweite im besseren Rock: «Stimmt. Sörensen war ein guter Mann. War, leider. Habt Ihr es noch nicht gehört? Er ist dieses Frühjahr über Bord gegangen. Im Sturm vor den Scilly-Inseln. Das ist nicht nur für seine Familie ein Unglück, so erfahrene und zuverlässige Leute gibt es nicht viele.»

«Besoffen», krähte der andere und ließ wieder sein meckerndes Lachen hören, «war besoffen, der Kerl, ist doch klar. Hat sich übers Rumfass hergemacht, als gerade keiner aufpasste. Das geht am besten bei Sturm, der hat …»

«Und Ihr», der Schwarzbärtige griff über den Tisch die Halsbinde seines Gegenübers und zog sie mit einem Ruck zu, «Ihr haltet endlich Euer Maul. Das geht am besten, wenn einem der Hals abgedrückt wird. Was glaubt Ihr, wer Ihr seid? Immer ein Kissen unter dem Hintern und nie weiter als bis nach Neuwerk gekommen und …»

«Ruhig, Ermkendorf, ganz ruhig. Lass ihn los.» Van Meulen stand auf und umgriff fest die Schulter des Harpuniers. «Landratten sind gern ein bisschen zu schlau», er warf dem erschreckten Betrunkenen ein verbindliches Lächeln zu, «und Seeleute gern ein bisschen ruppig. Nichts für ungut, Monsieur Schlick.»

Monsieur Schlick, Erster Schreiber des Kaufmanns und Reeders, für den van Meulen den Harpunier anwerben wollte, sackte schnaufend zurück, rieb sich seinen geröteten Hals und war trotz seiner Trunkenheit, die Männer doch gewöhnlich über ihre Möglichkeiten hinaus mutig macht, klug genug zu schweigen. Und zu erschreckt, das breite Grinsen seines Begleiters, des städtischen Wasserschouts, zu bemerken. Dem machten gewöhnlich die Seeleute Ärger, dass es nun einer der geschniegelten Schreiber war, war mal etwas anderes.

«Van Meulen hat ganz Recht», sagte er, «Seeleute haben

raue Sitten. War nicht böse gemeint, was, Ermkendorf? Und wir machen uns jetzt auf den Weg.» Er legte eine Münze auf den Tisch, packte Schlick unter dem Arm und zog ihn hoch. «Ich bringe Euch nach Hause, zu zweit kommen wir nicht unter die Räder», sagte er, blinzelte van Meulen zu und fuhr fort: «Und wir fallen auch nicht in die Hände von Lumpenpack, das durch die Straßen geistert, um ehrbare Männer Gott näher zu bringen.»

Was Schlick, den Schreiber, noch mehr erbleichen ließ.

«Wenn Ihr es Euch anders überlegt, Ermkendorf», sagte der Wasserschout im Hinausgehen, «kommt zu mir. Ich finde immer ein gutes Schiff für Euch.»

Gleich darauf leerten die drei noch am Tisch sitzenden Männer ihre Bierkrüge, zogen ihre Jacken an und schoben sich, die neugierigen Blicke einiger der Gäste ignorierend, durch die Bänke zur Tür. Das Gesicht des Schwarzbärtigen war für den Moment, als er sich am Wandleuchter vorbeischob, deutlicher zu sehen. Es erschien Rosina nun doch vage bekannt und sie lächelte: Nein, dieses Gesicht erinnerte sie nicht an Magnus, ganz gewiss nicht.

Als er sich nach seinem jungen Begleiter umsah, dem schweigsamen fünften Mann, traf sein Blick Rosinas. Er ging bis ins Herz und ließ sie die Hitze des Errötens fühlen. Hastig floh sie in den Gedanken, das geschehe einzig aus Scham, weil er sie ertappt hatte, wie sie ihm neugierig nachsah. Sie war nicht sicher, ob wirklich ein Lächeln in seinen Augen gewesen war, als er sich umdrehte und van Meulen, dem Steuermann, zur Tür folgte.

Sie wandte sich Maline zu, die ihr den Rücken zugewandt hatte und gerade versuchte, Jean und Helena die grandiose Idee auszureden, Schminke mit Wasserfarben zu verbessern, schon deshalb, weil die letztlich nicht billiger waren als die Schminke.

«Siehst du den Mann dort, Maline?», fragte sie leise. «Den mit dem dunklen Bart. Hat der dich nicht vorhin aus dem Gängeviertel geführt?»

Maline sah zu den Männern und schüttelte dann den Kopf. «Nein», sagte sie, «ich glaube nicht. Aber: Ich bin nicht sicher, ob ich ihn überhaupt wieder erkennen würde. Es war nur ein kurzer Weg, und er ist vor mir hergegangen, die meiste Zeit habe ich nur den Rücken gesehen.» Damit wandte sie sich wieder Helena und Jean zu.

Nun warf sich der jüngere Mann, der die ganze Zeit still neben dem Harpunier gesessen hatte, blass und mit fiebrig erscheinenden Augen, seine Joppe über die Schultern. Sie war fadenscheinig und geflickt, anstelle der linken Tasche war nur ein dunklerer Fleck zu sehen. Er tat es ungeschickt, und als sie ihm zum zweiten Mal von der Schulter rutschte, erkannte Rosina, dass er nur einen Arm hatte.

«Wer war das?», fragte sie Jakobsen, der sich inzwischen ihr gegenüber neben Titus auf die Bank gesetzt hatte.

«Du meinst die Bleichnase? Der Kerl, der neben unserem Wasserschout saß? Das war der ehrenwerte Monsieur Schlick, Erster Schreiber bei Bocholt. Den kennst du sicher, Bocholt ist mit Herrmanns verbunden, die haben zusammen die Schulbank gedrückt, ist lange her. Ja, der Schlick. Der trinkt sonst kaum was, deshalb ist er jetzt so besoffen. Morgen wird er sich vor Scham kaum aus dem Haus trauen, so einer ist der. Ein hartes Los, wenn man sich für ein paar Schlucke Bier über den Durst gleich schämen muss. Oder gar zum Pastor rennen und Abbitte tun. Na, ist auch gut, dann klingelt mal wieder was im Gotteskasten, Hungerleider, die was brauchen, gibt es ja genug. Neuerdings stehen die sogar bei mir vor der Tür und wollen Reste. Als brauchten wir die nicht selbst für die Suppen oder den Schweinetrog. Ich fürchte, manche sind Bauern, denen bei der Flut Hof und Felder abgesoffen sind. Arme Teufel. Aber sag selbst: Was soll man tun? So ist das Leben, mal trifft es den, mal einen anderen.»

Und letztlich habe die Flut *alle* getroffen. Nicht nur Obst- und Gemüse-, auch Kornfelder seien vernichtet worden, was schon jetzt zu einer allgemeinen Teuerung, insbesondere des Mehls, führe, und das sei in den letzten Jahren schon teuer genug geworden. Trotzdem hätten sich die Stadtleute wahrhaft mildtätig gezeigt.

Rat und Kirchenministerium hatten den letzten Sonntag des Juli, gut zwei Wochen nach dem Beginn der verheerenden Flut, zum Buß-, Fast- und Bettag erklärt und zu besonderer Großzügigkeit bei den Kollekten aufgerufen, die an diesem Tag einzig für die Opfer bestimmt waren. Das Ergebnis von 27 340 Mark wurde allgemein als erstaunlich angesehen. So erstaunlich, dass Jakobsen die Summe noch im Kopf hatte. Auch der Englische Court und die Gemeinden der Mennoniten, der portugiesischen und der hochdeutschen Juden hatten je eine vierstellige Summe beigesteuert. Sogar auf viele Vergnügen war verzichtet worden: Theater und Konzerte blieben für eine Woche untersagt und das neue Lotto auf dem Gänsemarkt musste ohne Musik gezogen worden – all das allerdings weniger aus Mitgefühl mit den Leiden der bäuerlichen Nachbarn und Lebensmittellieferanten, sondern um dem Himmel ob dieser zweifellos strafenden Warnung Bußfertigkeit zu beweisen.

«Klar», sagte Titus, «ihr seid enorm gute Menschen. Davon haben die meisten da draußen aber noch lange kein Dach über dem Kopf, und es soll Jahre dauern, hab ich jedenfalls gehört, bis aus der Wüste von Schlamm und Sand wieder Ackerland und Wiesen wie vor der Flut geworden sein wird. Und von dem abgesoffenen Vieh wird auch keines wieder lebendig.»

«Und was soll der Unsinn, das Theater zu verbieten?», mischte sich Jean, der den ganzen Abend ungewohnt schweigsam gewesen war, mit gerechter Empörung ein. «Als würde unsere Kunst nicht die Seele erfreuen und, ja, nicht gottgefällig sein.»

«Erkläre das den Pastoren», fiel ihm Rosina rasch ins Wort. «Ich habe nicht den Betrunkenen gemeint, Jakobsen, nicht die Bleichnase, sondern den, der ihm gegenübersaß, den mit dem schwarzen Bart. Sie haben gesagt, er sei Harpunier. Heißt das, er ist ein Grönlandfahrer?»

«Meistens. Seit wann wirfst du ein Auge auf Grönlandfahrer, Rosina? Ich dachte, du interessierst dich für feinere Herren, solche, die man in London im Theater trifft.» Jakobsen grinste über sein ganzes rundes Gesicht. «Friss mich nicht gleich», sagte er vergnügt, «ich weiß doch immer alles. Dein Monsieur Vinstedt ist übrigens gar nicht übel, er war zweimal hier, kurz bevor ihr angekommen seid. Also gut, der mit dem schwarzen Bart. Er ist selten hier, aber ich kenne ihn auch schon von früher. Zuletzt war er Harpunier auf der *Fortuna*, die fährt seit Jahren zum Walfang, aber in diesem …» Er spitzte die Lippen und hob begreifend die Brauen. «Deshalb!», sagte er, «Mademoiselle ist mal wieder mit unserem Weddemeister im Bund. Es geht um das Eis, was? Da bist du auf der ganz falschen Spur, Rosina. Ganz falsch. Stimmt, das war Rutger Ermkendorf, und der ist als Harpunier auf dem Grönlandfahrer gefahren, der schon Anfang September zurückkam, weil so viele Männer verloren gegangen sind, dass kaum noch genug übrig waren, um den Dreimaster zurückzusegeln. Mit achtunddreißig ist die *Fortuna* ausgelaufen, als es nur noch einundzwanzig waren, hat es fast eine Meuterei gegeben, weil der Schiffer nicht umkehren wollte und lieber noch mehr Seelen riskieren. Da war kein guter

Stern über der *Fortuna*, nicht auf dieser Reise. Die Leute sagen, die hätte längst ins Dock gehört. Und was wäre mit so wenigen Händen bei Sturm passiert? Oder wenn der Wal noch eine der kleinen Schaluppen zerschlagen hätte und nochmal acht Männer ertrunken wären? Rutger hatte nur Glück, der Harpunier sitzt ja ganz vorne im Fangboot. Zwei der anderen Harpuniere hat es erwischt, die liegen jetzt auf dem Grund des Eismeers.»

«Was noch von ihnen übrig ist», verbesserte Servatius, der Knopfmacher aus der Caffamacherreihe. «Mein Vetter liegt da auch, schon seit Jahren. Wär besser hier geblieben und hätte Knöpfe gemacht, anstatt Fischfutter zu werden. Es ist eine Schande, die Schiffer riskieren viel zu viel. Nur weil ihnen manche Eigner kein Schiff mehr geben, wenn sie mehr als einmal mit zu wenig Fang zurückkommen. Viktor Malthus», seine flinken kleinen Augen sahen sich blitzschnell nach Lauschern um, «der Malthus hatte auch Parten. Anteile an einem Schiff», erklärte er auf Rosinas fragenden Blick. «Weiß der Teufel, wo er das Geld dazu herhatte. Sein Sold wird dazu kaum gereicht haben.»

«Woher wohl?», schnappte Jakobsen, der sich um nichts in der Welt seine Version der Geschichte wegnehmen lassen wollte. «Von Madame Malthus natürlich, seiner Mutter. Die war doch ganz närrisch mit ihm, seit er wieder in der Stadt war. Außerdem gibt es so kleine Parten, dass sogar ich welche haben könnte. Und jetzt willst du sicher noch behaupten, er hätte seine gerade an der *Fortuna* gehabt, was?»

«Ich weiß, was ich weiß.» Servatius, der nichts lieber tat, als Gerüchteküchen brodeln zu lassen, zog verschnupft die Mundwinkel herunter, was sein ohnedies kleines Kinn ganz verschwinden ließ. Leider wusste er absolut nicht, ob die Sache mit den Parten stimmte, und noch weniger, an welchem Schiff Viktor Malthus Anteile besessen haben sollte.

«Zurück zu Ermkendorf», wandte Jakobsen sich wieder Rosina und dem Rest der Gesellschaft zu, denn längst waren alle anderen Gespräche am Tisch verstummt. «Es stimmt auch, dass der Pott mit dem Bauch voll Eis zurückgekommen ist, ist doch klar, wo sie so wenig Walspeck hatten. Stimmt auch, dass die Leute von der *Fortuna* Eis in den Keller gebracht haben, in dem der junge Malthus erfroren ist. Aber Rutger ist …» Jakobsen stützte das Kinn in die Hände und überlegte. «Nein», sagte er dann entschieden, «der Ermkendorf ist tüchtig und ehrlich, ist er immer gewesen. Aufbrausend, als er jünger war, das schon. Das sind doch alle, wenn sie jung sind. War ich auch. Aber so was? Nee. Wenn sie sich geprügelt hätten, und er hätte zu stark zugeschlagen – kommt ja mal vor. Dafür wird ein Mann trotzdem aufgeknüpft, selbst wenn er nur seine Ehre verteidigt hat, das ist auch nicht gerecht, oder? Aber diese Sache im Eiskeller, die war heimtückisch. So einer ist Rutger nicht. Ist er nie gewesen, wird er auch nicht werden.»

Die lange Rede hatte Jakobsen atemlos gemacht. Er griff nach Titus' Bierkrug, leerte ihn und stand auf, um einen neuen zu holen.

Rosinas Neugier war nicht befriedigt, sondern durch die ungewohnt vehemente Verteidigungsrede erst richtig angefacht. Wagner hatte überlegt, wer auf die Idee mit dem Eiskeller als passenden Ort für diesen Tod gekommen sein könnte. Einer der Soldaten, hatte er angenommen, das am ehesten, oder einer aus den Häusern, die den Keller gemietet hatten. Also von den Malthus' und den Herrmanns'. Nun tauchte ein ganz anderer Mann auf, einer, der kurz vor dem Mord in diesem Keller gewesen war, der ihn wahrscheinlich selbst fast bis zum Rand mit Eis gefüllt hatte und am besten wusste, welch tödliche Kälte dort herrschte. Ein Grönlandfahrer. Einer, der wenige Tage vor dem Mord den Ort des Mordes mit Eis aufgefüllt hatte, mit dem Eis, das Malthus das Leben gekostet hatte. Wie hatte der Wasserschout gesagt? Seeleute sind raue Gesellen. Das war nicht neu, aber wert, es nun neu zu bedenken.

«Erzähl doch mal», sagte sie, als Jakobsen frisch gefüllte Bierkrüge auf dem Tisch verteilte und sich wieder ihr gegenüber setzte, «erzähl doch mal von – wie heißt er? – ja, Ehrendorf.»

«Ermkendorf. Rutger Ermkendorf. Du lässt nicht locker, was?» Er nahm einen großen Schluck und fuhr sich mit dem Handrücken über die Lippen. «Na gut, dann pass auf. Besser, du hörst die Geschichte von mir als von irgendeinem Spinner, der falsche Schlüsse zieht. Oder mit Sachen angibt, von denen er nichts versteht.»

Rutger Ermkendorf war als Sohn von Kleinbauern aufgewachsen und erst spät, er war schon neunzehn Jahre alt gewesen, zur See gefahren. Zuerst auf kleinen Frachtseglern, dann auf großen Holländern und schließlich auf Walfangschiffen. Dort brachte er es schnell zum Harpunier. Schon auf der vorletzten Fahrt hatte er sich gefragt, ob dies das Leben war, das er sich wünschte, ob er dafür die ärmliche Kate und das nasse Land hinter dem Deich verlassen hatte. Das selbst im Hochsommer eisige Wetter, die brüllenden, Menschen und Schiffe fressenden Stürme, das treibende Eis und die Nebelbänke, das monatelange Leben an Bord oder in den elenden Hüttensiedlungen, in denen es wüster zuging als in Londons verwahrlostem Osten, der karge, oft schimmelige, immer gleiche Fraß, der fast so viele Männer das Leben kostete wie die Kämpfe mit den großen Tieren. Oder mit den Konkurrenten.

Dass ihm auch das Töten der mächtigen Wale wie der

kleinen Robben immer weniger gefiel, gestand er sich nicht wirklich ein. Rutger Ermkendorf war nicht zimperlich. Aber auf dieser letzten Fahrt, bei der er so viele Männer hatte sterben sehen wie auf keiner zuvor, hatte er sich bei einer seltsamen Regung ertappt. Einmal, wenige Tage bevor sie den Schiffer der *Fortuna* endlich dazu brachten aufzugeben, statt Walspeck Eis zu laden und umzukehren, hatte er vom Deck aus beobachtet, wie eine der Schaluppen eines dänischen Walfängers von der riesigen Schwanzflosse eines schon fast besiegten Wals getroffen wurde. Das Boot flog durch die Luft wie ein Spielzeug und leerte seine sechsköpfige Besatzung in das eisige, schon blutrote Wasser wie Unrat. Obwohl er wusste, dass es für die Männer keine Rettung gab, hatte er nur auf den schwarzen Koloss geachtet und gehofft, der werde nun doch noch entkommen. Er entkam nicht, natürlich nicht, die nächsten Schaluppen waren schon da, die Harpunen bereit.

In diesem Moment hatte er gewusst, dass es Zeit war, und auf der langen Rückfahrt einen Entschluss gefasst. Er sehnte sich nach Stille und Frieden. Sollte die *Fortuna* überhaupt den sicheren Hafen in der Elbe erreichen, wollte er an Land bleiben. Endgültig. Wenn ihn das Meer doch nicht losließ, falls es ihm an Land zu eng und zu stickig werden sollte, konnte er immer noch auf einem Handelssegler anheuern. Einem, der nach Süden fuhr.

An dieser Stelle machte Jakobsen eine Pause. Ihm war eingefallen, dass ein Wirt noch andere Pflichten hatte, als neugierige Stammkunden zu unterhalten. Aber Lineken, seine dünne Schankmagd, lief eifrig zwischen den Gästen und dem Schanktisch hin und her, schleppte Bierkrüge und Branntweinkruken und sah aus, als genösse sie es bei aller Anstrengung, für diese eine Stunde die wichtigste Person im *Bremer Schlüssel* zu sein.

«Was will er an Land machen?», fragte Helena. «Hat er etwas anderes gelernt?»

«Ach was», nörgelte Servatius, bevor Jakobsen den Mund aufmachen konnte. «Der ist Kleinbauernsohn, und dazu der jüngere. Woher hätte er das Lehrgeld hernehmen sollen? So einer versteht sich nur auf Landarbeit. Wenn er schlau ist, geht er auf die Steuermannschule. Dafür wird das Geld jetzt wohl reichen, wenn er es nicht versoffen oder mit den Huren durchgebracht hat. Als Harpunier hat er ja besser verdient als die einfachen Seeleute.»

Jakobsen knurrte Unverständliches, dann sagte er: «Du bist ein verdammt Neunmalkluger, Servatius, eines Tages wird dir das noch jemand austreiben. Keine Ahnung, was Rutger jetzt machen will», erklärte er den anderen. «Sein Bruder ist gestorben und sein Vater alt. Ich dachte, er wollte den kleinen Hof wieder in Schuss bringen, womöglich auch Land dazupachten. Das wird nun nichts. Diese verdammt Flut, von Magdeburg bis vor unsere Tore hat sie Land gefressen und lässt die Leute hungern. Der Postillion von der Hannöver'schen sagt, weiter die Elbe rauf könne man keine Meile fahren, ohne auf Horden von hungerndem Bettelvolk zu treffen. Die Ermkendorfs gehören auch zu denen, die es besonders schwer erwischt hat. Es war im letzten Jahr schon schlecht gegangen, das Saatgut ist ihnen verdorben, und sie mussten welches auf Pump kaufen. Und jetzt, ganz ohne Ernte – wovon sollen sie das zurückbezahlen und noch neue Saat kaufen? Die haben nichts mehr, und wenn doch, dann brauchen sie alles, was sie zusammenkratzen können, um den Winter über irgendwie halbwegs satt zu werden. Sie sind bankrott und verlieren ihr Land. Wie viele andere auch.»

«Wieso?», fragte Rosina. «Ich denke, er hat als Harpunier gut verdient.»

«Was weiß ich?» Jakobsen mochte diesen Einwurf nicht. «So viel wohl auch wieder nicht. Was Servatius sagt, muss noch lange nicht stimmen. Du kannst Rutger selbst fragen, wenn er mal wieder hier sitzt. Jedenfalls weißt du jetzt, dass er keiner ist, der einen anderen Mann so einfach sterben lässt. Und warum auch? Warum Malthus? Nur so aus Spaß?»

«Bestimmt nicht», sagte Helena und seufzte, weil ihr die Vorstellung eines Walfängers, der die großen Tiere nicht sterben sehen mag, viel besser gefiel als Vandenfeldes Jammer wegen der Kälber, deren teures Fleisch sie als sehr delikat empfand.

Jean hätte ihr gewiss zugestimmt, aber er sagte gar nichts. Er hatte seinen Kopf auf die Arme gelegt und schlief. Zum Glück, ohne zu schnarchen. Titus starrte in sein Bier und Maline zerkrümelte gedankenverloren die letzten Brocken ihres Brotes. Servatius war immer noch beleidigt.

«Woher weißt du das alles, Jakobsen?», fragte Rosina. «Mir erschien er nicht wie jemand, der sein Herz auf der Zunge trägt.»

«Wer weiß, vielleicht tut er es doch. Ein Wirt hört viel, wenn die Nacht lang ist.» Jakobsens Grinsen war mit einer Prise Boshaftigkeit gewürzt. «Ich sag's dir aber nicht. Sonst hast du heute Nacht nichts zum Grübeln.»

Rosina lachte. «Wer sagt dir, dass ich meine Nächte mit Grübeleien verbringe, Jakobsen? Ich schlafe wie ein Murmeltier. Wenn du schon nicht weißt, woher du dich so gut im Seelenleben eines Harpuniers auskennst, weißt du sicher auch nicht, wo diese Kate stand. Wahrscheinlich direkt hinter dem Deich. Dort sollen Sand und Morast am höchsten auf den Feldern liegen.»

«Falsch geraten, Mademoiselle Neugier, das weiß ich wohl, jedenfalls mehr oder weniger. Irgendwo auf Spadenland oder auf Tatenberg, die ehemaligen Flussinseln haben mit Ochsenwerder einen gemeinsamen Binnendeich. Das ist ja das doppelte Pech, der hatte nämlich gehalten. Zuerst sah es so aus, als bleibe das Land dahinter verschont. Dann haben sie den Deich durchstochen – mussten sie ja, sonst wäre auch die halbe Stadt abgesoffen –, so hat's die Ermkendorfs doch noch erwischt.»

«Und der konnte nur durchstochen werden», begann Rosina, «weil die Garnison ...»

«Ich bin schrecklich müde», fiel ihr Maline gähnend ins Wort, «entschuldige, Rosina, es ist schon spät, und ich möchte schlafen gehen. Kommt jemand mit nach Hause?»

Bevor sie eine Antwort bekam, stand Lineken am Tisch und beugte sich zu ihr hinunter. «Der Herr dort drüben», wisperte sie mit verschwörerischem Lächeln und zeigte mit dem Daumen über die Schulter zu dem Tisch, an dem immer noch Jakobsens ‹Herrschaften› saßen, «er sagt, du sollst an seinen Tisch kommen. Er kennt dich, sagt er, du wüsstest schon, woher und auch warum.»

Maline, die schon halb aufgestanden war, versuchte an Lineken vorbei zu erkennen, wer dort nach ihr schickte. Alle am Tisch wandten sich um und sahen nach den drei Männern. Einer der beiden jüngeren hob sein Glas, prostete Maline zu und winkte sie mit gekrümmtem Zeigefinger heran.

«Wer ist das?», fragte Helena. «Woher kennst du solche Leute?»

«Ich kenne die doch gar nicht.» Maline ließ sich auf die Bank zurückfallen und beugte die Schultern vor, um sich hinter Titus zu verstecken. «Er muss mich verwechseln», murmelte sie, «ich kenne ihn wirklich nicht, ebenso wenig wie die beiden anderen.»

«Du hast es gehört, Lineken.» Titus machte sich vor Maline breit und warf den Männern einen düsteren Blick zu. «Sag den Kerlen, Pardon, den Herrschaften, wir kennen sie nicht. Nun geh schon.»

Lineken sah verzagt auf Maline hinunter, die kleine Münze in ihrer Hand wurde feucht, und sie ließ sie in ihren Ausschnitt gleiten. Falls der Monsieur sie zurückforderte, wenn sie ohne Maline zurückkehrte, war sie dort am sichersten. Da roch sie säuerlichen Weinatem und fühlte sich von einer energischen Hand zur Seite geschoben.

«Na, Mädchen?» Der Mann, der die Schankmagd geschickt hatte, verbeugte sich mit spöttischer Galanterie vor Maline. «Warum brauchst du so lange? Du wirst uns doch deine reizende Gesellschaft nicht vorenthalten. Wenn diese Herren», seine Hand strich eine vage Runde über den Tisch, «keinen Bedarf haben, bring deine Freundinnen gerne mit. Nun komm schon, sonst müssen wir uns woanders umsehen und dir entgeht – dies.» Er hielt eine silberne Münze hoch und ließ sie rasch zwischen den Fingern kreisen.

Das hätte er nicht tun sollen. Spätestens jetzt begriffen alle, worum es ging. Titus und Jakobsen standen mit einem Ruck auf, Jean erwachte, gähnte und sah sich interessiert die Szene an, die ihn – wie meistens – an eines der Stücke erinnerte, in denen er als jugendlicher Liebhaber brilliert hatte.

«Nur keine Aufregung!» Der Mann auf der Suche nach einer Hure hob abwehrend und mit nur mühsam verbindlichem Lächeln die Hände. «Nichts für ungut, meine – ähem – Herren. Man kann ja mal fragen. Ich habe mich gleich gewundert, warum sie heute hier ist und nicht …»

Mit jedem Satz zog er sich einen Schritt weiter zurück, wo er Maline sonst vermutete, war nicht mehr genau zu verstehen. Es klang nach ‹Madame Regina›.

«Wer, zum Teufel, ist Madame Regina?», fragte Jean. Er war nun hellwach und sah Maline verwirrt an.

«Das weiß ich doch nicht!» Maline, tief errötet, erschrak vor dem schrillen Ton ihrer Stimme; sie beugte sich hinunter, fand ihre Zeichenmappe unter der Bank und umklammerte sie. «Er hat mich verwechselt. Was sonst? Oder glaubt ihr etwa, ich sei – so eine?»

«Quatsch!» Helena legte ihren molligen Arm um Malines schmale Schultern und strich ihr über die Wange wie einem grollenden Kind. «Das tun wir natürlich nicht. Reg dich nicht auf, Maline. So etwas passiert, es ist nicht das erste und gewiss nicht das letzte Mal. Du wirst dich daran gewöhnen, auch daran, die richtigen Antworten für solche Unverschämtheiten bereitzuhalten. Wenn nicht gerade», sie kicherte schadenfroh, «wenn nicht gerade Titus und Jakobsen in der Nähe sind. Die sind bei diesen Gelegenheiten natürlich die beste Antwort. Unschlagbar, sozusagen.»

Jean schnaufte, leider fand er kein Argument gegen Helenas Versicherung, seine Talente lagen auf anderem Gebiet, und Servatius stand auf, um sich endlich zu verabschieden. Er schloss die Tür nur eine Minute nach den ‹Herrschaften›, die es vorzogen, ihre Bedürfnisse anderswo zu befriedigen.

«Zu schade, dass sie zu dritt sind», knurrte Titus ihnen nach, «wer weiß, ob in diesen Zeiten jeder für sich alleine heil nach Hause käme.»

Maline war still auf dem kurzen Heimweg vom *Bremer Schlüssel* zum Kröger'schen Hof und hinauf in die Kammer im ersten Stock. Als Rosina eine zweite Kerze anzündete, um damit in den Hof zu schleichen und endlich Magnus' Brief noch einmal zu lesen, saß sie auf dem Schemel vor dem Arbeitstisch und blätterte in ihren Zeichnungen.

«Geh schlafen, Maline», sagte Rosina, «es ist, wie Helena gesagt hat. Sie denken, weil wir herumziehen und uns gegen Geld auf dem Theater zeigen, seien wir auch sonst zu haben. Kennst du das nicht? Bevor du bei dem Optiker gelebt hast, bist du doch auch mit einer Komödiantengesellschaft durchs Land gefahren.»

«Ja, eigentlich sollte ich daran gewöhnt sein.» Maline legte behutsam die Zeichnungen aufeinander, zupfte an einem Pinsel und rückte einen Rötelstift zurecht. «Es ist schon eine Weile her, das Unangenehme habe ich wohl vergessen. Du gehst noch einmal weg? Jetzt?»

«Nur in den Hof hinunter.» Rosina hielt ihren Brief hoch. «Noch scheint der Mond, das ist gerade die richtige Stimmung für eine solche Lektüre.»

Sie nahm die Schuhe in die Hand, schlich auf Zehenspitzen die Treppe hinunter und setzte sich, in eine Decke gehüllt, auf die Bank unter dem Holunder. Der Mond stand gerade hoch genug, um sein Licht über die Dächer zu schicken, es war kalt, und der Dunst, der von der tagwarmen Erde aufstieg und sich bis zum Morgen zu Nebel verdichten würde, ließ selbst den friedlichen Hof unheimlich erscheinen. Sie hätte nichts dagegen gehabt, wenn die dicke Katze der Krögerin Pause von ihrer nächtlichen Mäusejagd gemacht und sich vertraulich schnurrend zu ihr auf die Bank gesetzt hätte.

Magnus' Zeilen waren wirklich nur kurz, doch er wusste mit Worten umzugehen. Sie reichten, um ihr verlorenes Vertrauen zurückzubringen. Als sie sie viermal gelesen hatte und schon auswendig wusste, faltete sie den Bogen und blickte in die diesige Nacht. Unsichere Schritte tapsten hinter dem hohen Bretterzaun vorbei, ein oder zwei Straßen weiter riefen die Nachtwächter die Stunde aus, sie verstand nicht, welche, doch die Stadt war schon so still, es musste sehr spät sein.

Selbst Magnus' Brief konnte sie nur für kurze Zeit von dem ablenken, was sie bei Jakobsen erfahren und – vor allem – was sie nicht erfahren hatte. Und von dem kurzen Blick aus den hellen Augen über dem schwarzen Bart.

KAPITEL 9

An diesem Abend verlief das Essen im Hause Herrmanns schweigsamer als gewöhnlich. Augusta hatte sich nach ihrem Besuch bei Madame Malthus in ihr Zimmer zurückgezogen, immerhin hatte sie den Teller mit kleinen Leckereien und das Glas Burgunder, die Anne ihr hinaufgebracht hatte, nicht abgelehnt. Es gehe ihr gut, hatte sie den besorgten Blick der Frau ihres Neffen beantwortet, sie sei nur ein wenig müde und der Redefluss Madame Polters habe ihr Bedürfnis nach Gesprächen für heute mehr als befriedigt.

Im Speisezimmer bestritten Claes und Niklas den größten Teil der Unterhaltung. Anne mischte sich erst ein, als sie fand, Claes habe seinen jüngsten Sohn nun genug nach seinen Fortschritten in der Lateinschule ausgefragt, um nicht zu sagen: examiniert. Sie lenkte das Gespräch auf Ostindien, wobei sie sich nicht einmal Mühe gab, es unauffällig und geschickt zu tun. Vater und Sohn waren gleichermaßen an dem fernen Land interessiert, wenn auch – wie in vielen Fällen – aus unterschiedlichen Gründen. Claes begeisterte sich für die ungeheuren Reichtümer, die dort erworben werden konnten, wobei er sich mit seiner damit verbundenen Lieblingsklage, nämlich über das schändliche Handelsmonopol der Londoner *East India Company,* in Gegenwart seiner englischen Ehefrau höflich zurückhielt.

Niklas träumte trotz seiner heimlichen Angst vor Piraten von einer Reise in das ferne Land, vor allem, weil er dort besonders aufregende Käfer und Schmetterlinge vermutete. Auch gegen Begegnungen mit Tigern und Elefanten hätte er nichts gehabt. Einzig die Schlangen interessierten ihn überhaupt nicht. Es hieß, durch die indischen Wälder und Sümpfe schlängelten sich wahre Höllenungeheuer, deren Gift noch schneller töte als das der gelben Skorpione in den nordafrikanischen Wüste.

Wie Anne gehofft hatte, wurde auch Fenna bei diesem Thema munter. Sie hatte von ihrem Vater vor dessen Abreise viel über Ostindien gehört, auch besaß sie einen Reisebericht über Bengalen, auf dessen Abbildungen außer Häfen und Landschaften ein mächtiges Panzernashorn und einige Exemplare der dort besonders reichen Vogelwelt zu entdecken waren. Käfer leider nicht.

Thea widmete sich wie meistens einzig dem Essen, trotzdem entging ihr kein Wort, das am Tisch gesprochen wurde.

«Ihr habt heute Madame Malthus besucht», wandte sie sich plötzlich, leise genug, um das Gespräch der anderen nicht zu unterbrechen, an ihre Tischnachbarin. «Ist sie wohlauf?»

Anne war mit ihren Gedanken weit fort gewesen und brauchte einen Augenblick, bis die Frage der Zofe in ihr Bewusstsein drang.

«Nein», sagte sie dann ebenso leise, «das ist sie gewiss nicht. Ihr könnt schwerlich anderes erwarten.»

Thea schob einen Kern aus ihrem Mirabellenkompott an den Tellerrand und nickte. «Die Frage war dumm, verzeiht, Madame. Einen Sohn zu verlieren …» Der lange Blick, den sie Fenna zuwarf, verriet, dass sie ihre junge Herrin eher als eine Tochter empfand. «Und Monsieur Malthus, Elias? Habt Ihr ihn auch getroffen?»

«Nein. Ich denke, er war noch in seinen Gärten. Oder, das ist wahrscheinlicher, mit den Vorbereitungen für das Begräbnis beschäftigt.»

«Es geht böser Klatsch in der Stadt um. Habt Ihr davon gehört?»

«Wegen des Testaments?»

«Ja. Aber das geschieht immer. Selbst als Fennas Mutter starb, gab es Gerede. So hat Monsieur Malthus doppelt zu leiden. Dabei ist er ein ungemein honoriger Mann, von großer Zuverlässigkeit. Auch darin», der nächste Kern wanderte auf den Tellerrand, «unterscheidet er sich angenehm von seinem Bruder.»

Anne staunte, nicht nur weil Mamsell Thea selten so viel sprach, sondern auch, worüber sie sprach. «Ihr hieltet Viktor für unzuverlässig?» Es bereitete ihr Mühe, die Stimme gesenkt zu halten. Der Tisch war groß und die Stimmen der ins Gespräch über ostindische Nabobs und die Unterschiede von Löwen und Tigern vertieften drei laut, doch Fennas Ohren mussten für den Namen Malthus besonders empfindlich sein. «Warum? Und warum habt Ihr davon nichts gesagt, als er noch lebte?»

Thea legte den Löffel in ihren Teller und sah Anne mit ausdruckslosem Blick an. «Es war nur ein Gefühl, Madame», sagte sie sanft, «und auf Gefühle soll man nichts geben. Nicht, solange sie nur vage sind. Ich hätte es auch jetzt nicht erwähnen dürfen. Trotzdem hat Monsieur Malthus nun doppeltes Leid zu tragen. Man sollte, wo immer man diesem Klatsch begegnet, entschieden widersprechen.»

«Was flüstert ihr beiden denn so?» Claes, den die indische Fauna zu langweilen begann, unterbrach das Gespräch just in dem Moment, als es für Anne beunruhigend interessant wurde. Sie hätte gerne noch herausgefunden, warum Thea sich als Elias' Fürsprecherin gebärdete. Und woher sie so genau um seine Honorigkeit (ein viel zu oft benutztes Wort, dem sie zutiefst misstraute) und seine Zuverlässigkeit wusste.

«Lasst uns teilhaben», bat Claes, «oder sag uns, Anne, welchem Untier du lieber begegnen möchtest, wir können es nämlich nicht entscheiden: dem afrikanischen Löwen oder dem bengalischen Tiger. Der Gepard ist schon ausgeschieden, aber der Eisbär auf Spitzbergen steht auch noch zur Wahl. Nun, was sagst du?»

Auch Anne konnte die Frage nicht entscheiden. Nachdem sie bald darauf die Tafel aufgehoben hatte und Niklas zu der seinem Vater versprochenen späten Lateinübung in sein Zimmer ging, wünschten auch Fenna und Thea eine gute Nacht. Anne und Claes setzten sich in den kleinen Salon und teilten sich die neuesten Ausgaben des *Hamburgischen Correspondenten* und der *Addreß-Comtoir-Nachrichten*. Beide liebten diese letzte Stunde des vergehenden Tages, die ihre Lektüre unterbrechenden Gespräche über Alltäglichkeiten oder die Ereignisse in der Welt.

Schon bald ließ Claes seine Zeitung sinken und legte die Lorgnette zur Seite, die er aus London mitgebracht hatte, aber nur in seinem Haus benutzte.

«Da sitzt du nun, meine Liebste, und hältst den *Correspondenten* ungelesen im Schoß. Machst du dir noch Sorgen um Fenna? Oder um Madame Malthus? Oder zerbrichst du dir den Kopf unseres Weddemeisters und grübelst dem Mörder nach?»

Anne sah sein Lächeln, mit dieser vertrauten Mischung aus Verstehen und liebevollem Spott, und spürte das wohlige Gefühl der Geborgenheit. Und einen Anflug von Unruhe. Wie schnell der Tod ein Glück beendet und mit der Hölle vertauscht, hatte sie gerade erlebt. War ihre Erleichterung, dass es andere getroffen hatte, niederträchtig?

«Von allem ein bisschen, Claes», sagte sie. «Obwohl mir die Sorge um Madame Malthus nicht zusteht. Sie ist auch überflüssig, um sie sorgen sich genug andere. Nicht zuletzt

Augusta. Diese Sache mit dem Testament geht mir allerdings nicht so rasch aus dem Kopf, aber du hast Recht, das ist einzig Wagners Angelegenheit. Warum lachst du?»

«Weil es zum Lachen ist. Wir haben uns noch immer in Angelegenheiten eingemischt, die einzig Wagners waren. Meistens ich, diesmal eben du. Solange es dich nicht auf nächtliche Straßen oder in die üblen Quartiere führt, ist es mir recht. Ich irre mich gewiss nicht, wenn ich annehme, dass Mademoiselle Rosina mit im Boot ist, oder?»

«Rosina, ja.» Anne rieb nachdenklich ihr Kinn. «Sicher ist sie das. Aber diesmal scheint ihre Neugier ein bisschen müde zu sein. Sie ist mit anderem beschäftigt. Erinnerst du dich an Magnus Vinstedt?»

«Aus London? Natürlich. Ein angenehmer junger Mensch.»

«Das findet Rosina auch. Sie haben seit dem letzten Jahr miteinander korrespondiert, und er wollte sie hier erwarten. Nun ist er nicht da, sondern kurz vor ihrer Ankunft abgereist, und sie weiß nicht, warum. Er hat nur wenige nichtssagende Zeilen hinterlassen. Aber sicher ist es ihr nicht recht, wenn ich darüber spreche. Vergiss es schnell. Nein, eigentlich mache ich mir Gedanken um Fenna.» Das war nur die halbe Wahrheit, sie hatte keine Lust, mit ihrem stets so vernünftigen Ehemann Theas ‹vage Gefühle› zu debattieren.

«Ist das noch nötig? Zumindest heute Abend schien sie mir fast wieder die Alte zu sein, jedenfalls für eine Stunde. Das ist doch ein Anfang. Ich höre gerade auf, mich zu sorgen.»

Anne schwieg. Als nach zwei Minuten noch immer nichts als das Ticken der Standuhr zu hören war, sagte Claes: «Du sorgst dich zu leicht und zu viel, Liebe, hör einfach auf damit. Auch ein mitfühlendes Herz braucht mal Ruhe.

Was hältst du von einem Glas Portwein vor dem Schlafengehen? Das vertreibt solche Grillen am besten. Ich habe gestern ein neues Fässchen bekommen und möchte hören, was du zu seiner Qualität sagst. Willst du Elsbeth nicht bitten, eine Flasche für Rosina abzufüllen?»

Claes musste den Portwein allein probieren. Anne schloss die Zeitung und küsste ihren Mann auf die Nasenspitze.

«Danke», sagte sie.

Er sah sie verblüfft an. «Wofür?»

«Weil du bist, wie du bist», erwiderte sie und dachte: ‹Liebevoll. Und nicht so schrecklich perfekt.›

Er griff nach ihrer Hand, legte sie für einen Moment an seine Wange, bevor er sie gehen ließ.

An der Tür drehte Anne sich noch einmal um. «Du gehst doch in der Dunkelheit nicht mehr allein durch die Straßen, Claes?»

«Nicht mehr allein? Doch, manchmal.» Endlich begriff er. «Du meinst, seit man nicht einmal den Laternenträgern trauen kann. Nein, ich gehe nun nicht mehr allein, ich nehme Brooks mit, jedenfalls bis diese Überfälle ein Ende haben und die Kerle hinter Schloss und Riegel sind.»

«Versprochen?»

«Versprochen.»

Hinter Fennas Tür war es still. Der Lichtschimmer, der darunter hervorkroch, zeigte, dass sie zumindest noch nicht schlief.

Wieder war es Thea, die auf Annes Klopfen öffnete. Fenna saß in ein großes blassgelbes Tuch aus feiner indischer Wolle gehüllt und gegen einen Berg von Kissen gelehnt in ihrem Bett. Sie hatte gelesen und klappte das Buch zu, als Anne eintrat.

«Es ist spät, Fenna, ich weiß, aber falls Ihr nicht zu müde seid, möchte ich noch ein wenig mit Euch plaudern. Mamsell Thea», fuhr sie mit entschiedenem Blick zu der Zofe fort, «sehnt sich nach diesem langen Tag gewiss nach Schlaf. Ich wünsche eine geruhsame Nacht, Mamsell. Vergesst die Kerze nicht, im Treppenhaus ist es schon dunkel.»

Was blieb Thea anderes übrig, als zu knicksen, ihre Näharbeit in den Korb zu legen, ein für die Halbtrauer einer Braut gerade noch passendes dunkelgraues Mieder mit weißen Streifen, und mitsamt dem Korb und dem Leuchter den Raum zu verlassen?

Anne sah zu, wie sich die Tür schloss, und lauschte noch den ungehaltenen kurzen Tritten auf der Treppe zu den Räumen der Dienstboten im Dachgeschoss nach, als sie Fenna kichern hörte.

«Gut», sagte sie und wandte sich, noch in leisem Triumph lächelnd, zu ihr um. «Euer Vergnügen muss bedeuten, dass mein Besuch nicht zu spät ist.»

«Keinesfalls zu spät, Madame, nein. Aber mein Vergnügen hat – wie soll ich es sagen? Ich bewundere, wie Ihr mit drei kurzen Sätzen und – nicht zu vergessen – mit einem Blick meine strenge Thea hinauskomplimentiert habt.»

«Dann ist es Euch also recht. Das erleichtert mich. Ich dachte, Ihr seid Eurer Zofe so verbunden, dass Ihr ständig ihre Nähe wünscht. Nein, bitte, bleibt unter der warmen Decke, die Nächte sind schon recht kalt. Wenn Ihr erlaubt.» Sie nahm ein in allen Farben des Regenbogens gemustertes Tuch vom Stuhl vor dem Sekretär, schlang es sich um die Schultern und setzte sich an das Fußende des Bettes. «So ist es viel behaglicher», sagte sie und lehnte sich gegen den runden Bettpfosten. «Wie lange ist sie schon Eure Zofe?»

«Solange ich denken kann. Thea war meine Amme, und als meine Mutter starb, ich war ja noch ein sehr junges

Kind, wurde sie», wieder kicherte Fenna, «meine Löwin. Ihr könnt in Anbetracht der abendlichen Debatte auch Tigerin sagen.»

«Eisbär», entschied Anne wenig diplomatisch. «Gewiss seid Ihr trotzdem froh, sie zu haben.»

«O ja, das bin ich. Sie war immer da, immer. Ohne sie wäre ich oft einsam und hilflos gewesen, und glaubt mir, Madame, ein Eisbärfell wärmt gut. Nur vergisst sie hin und wieder, dass ich inzwischen nicht mehr klein und hilflos bin. Seit wir hier sind, in dieser fremden Stadt – so sagt sie immer, obwohl *mir* die Stadt gar nicht mehr fremd erscheint –, gebärdet sie sich wie, wie …»

«Wie ein Zerberus?», half Anne.

«Richtig, wie ein Zerberus. Ich werde von Euch lernen, Madame, und zukünftig meine Wünsche durchsetzen. Egal, ob sie Theas Zustimmung finden oder nicht.»

«Fand Oberleutnant Malthus ihre Zustimmung? Mochte sie Viktor?»

Es schien, als halte Fenna die Luft an, bevor sie sagte: «Warum fragt Ihr das?»

«Aus keinem besonderen Grund. Da sie Euch sehr liebt und behütet, muss sie ein besonders kritisches Auge auf Eure Bewerber haben.»

«Das hat sie in der Tat. Allerdings gab es vor Viktor keinen, den ich ernsthaft in Betracht gezogen habe. Und Viktor», sie zupfte an einem heraushängenden Fädchen ihres Tuches, strich es glatt und verschränkte die Hände, «tatsächlich fand Viktor nicht ganz ihre Billigung. Er war ein Mann», sagte sie in plötzlichem Trotz, «kein Heiliger. Aber ich bin kein Kind mehr, ich weiß, dass Männer anders sind als Frauen.»

Anne musste ob dieser tiefgründigen Erkenntnis lächeln.

«Ihr habt mir Grüße von Madame Malthus ausgerichtet», fuhr Fenna fort, «denkt Ihr, ich hätte Monsieur Malthus' Bitte, seine Mutter nicht vor Viktors Beerdigung zu besuchen, ignorieren sollen und auch einen Besuch machen?»

«Nein, das denke ich nicht. Ich habe mich nur Madame Kjellerup angeschlossen. Augusta hat ihre beiden Söhne früh verloren, in ihrer Gegenwart fühlte Madame Malthus sich verstanden und nicht genötigt, sich mit höflichen Ritualen zu quälen. Augusta hat die seltene Fähigkeit, ohne Worte zu verstehen und zu trösten. Ich war ganz überflüssig. Aber wie steht es um Eure Trauer? Findet Ihr genug Trost?»

Fenna ließ sich tiefer in die Kissen sinken, und ihr Blick wurde unsicher. «Trost. Ja, den finde ich.» Ihr Augen füllten sich mit Tränen, sie suchte nach einem Tuch und drückte es fest auf ihr Gesicht. «Es ist so verwirrend, Madame Herrmanns. Natürlich bin ich schrecklich traurig, aber ich bin nicht – verzweifelt. Das müsste ich doch sein: zutiefst verzweifelt. Ich habe ihn über alles geliebt, er war so schön und immer so galant. Und fröhlich. Aber die Trauer will mich nicht wirklich erreichen», sie legte beide Hände auf ihr Herz, «nicht hier. Versteht Ihr? Es ist, als sei er nur verreist, für eine lange Zeit, das wohl, aber doch, als komme er eines Tages zurück. Manchmal habe ich Lust zu lachen, und als gestern die beiden Straßenmusikanten unter dem Fenster spielten, habe ich beinahe getanzt. Ich hatte die Trauer vergessen und wollte tanzen. Das darf doch nicht sein. Habe ich denn keine empfindsame Seele? Und heute, als ich mit Thea spazieren ging, kamen uns zwei junge Herren entgegen, sie waren mir ganz unbekannt, aber der eine grüßte, in seinen Augen, nun, in seinen Augen war Schmeichelei. Und ich? Habe ich meine Augen niedergeschlagen? Nein, ich *war* geschmeichelt. Ich habe ihm zugelächelt. Das ist doch ehrlos.»

«Halt, Fenna, halt. Ehrlos ist ein sehr großes Wort. Eine Schmeichelei kann gerade in scheinbar unpassenden Momenten willkommen sein und auch gute Wirkung haben. Wenn die Trauer milder als Verzweiflung ist, solltet Ihr darum nicht mit Euch hadern. Der Tod, besonders ein so unerwarteter, ist unbegreiflich, oft brauchen wir Zeit, um ihn als wahr anzunehmen. Seid nicht zu streng mit Euch. Ihr habt ihn erst wenige Monate gekannt, vielleicht war es zu kurz, um den Verlust als schwarzen Abgrund zu spüren. Deshalb seid Ihr nicht empfindungslos.»

Fenna nickte, nur halb überzeugt, und wischte die letzte Träne weg. «Ich hoffe, Ihr habt Recht, Madame Herrmanns. Thea sagt, ich solle nicht von ihm sprechen, dann vergehe die Erinnerung und damit der Schmerz am sichersten. Ich möchte aber so gern von ihm sprechen. Hat Madame Malthus von ihm erzählt?»

Anne schluckte eine grimmige Bemerkung über Theas absonderliche Philosophie hinunter und dachte, dass die eher dem strengen Elias entspräche.

«Ja», sagte sie sanft, «das hat sie. Wollt Ihr davon hören?»

Madame Malthus mochte ein schlichtes Gemüt haben, ein Plappermaul wie ihre Freundin Madame Polter war sie nicht. Als sie sich gefasst hatte, mit den anderen Damen am Tisch saß und sich von Augusta hatte überzeugen lassen, dass, wenn schon kein Schlückchen Rosmarinbranntwein, doch ein Anisplätzchen der Seele wohl tue, zog sie ein silbernes Medaillon aus der Rocktasche, klappte es auf und strich mit zarten Fingerspitzen über das darin verborgene, winzige Porträt ihres Sohnes.

Das habe Viktor für sie malen lassen und es ihr erst vor

drei Wochen geschenkt, nun denke sie daran, es Mademoiselle Fenna zu schenken, sicher sei das in Viktors Sinn. Ihre kleine Hand schloss sich fest um das Medaillon, und sie sah Augusta ängstlich an.

‹Nein›, sagte Augusta fest, ‹das wäre es überhaupt nicht. Er hat es *Euch* geschenkt, und bei Euch soll es bleiben.› Fenna trage sein Bild in ihrem Herzen. Das müsse reichen. Punktum.

Madame Malthus' Schultern sanken erleichtert herab, sie schob das Medaillon tief in die Tasche zurück.

Dieser kleine Episode behielt Anne allerdings für sich, sie fand, sie gehe Fenna nichts an. Sie berichtete nur, was Madame Malthus von Viktors Kindheit erzählt hatte, kleine Schnurren, wie es sie von jedem Jungen gibt und die nur liebenden Eltern bedeutsam sind. Noch lieber hatte sie jedoch davon erzählt, wie erfolgreich und geschätzt Viktor in der Garnison gewesen war, vom Kommandanten bis zu den Gemeinen.

Ja, hatte Madame Polter sich eifrig eingemischt, auch bei den Gemeinen, was nicht bei allen Offizieren so sei, tatsächlich nur bei wenigen. Der liebe Viktor habe auch die einfachen Soldaten nicht gering geschätzt. So habe er bei kleinen Vergehen seiner Untergebenen sein Herz sprechen lassen und sie nicht, wie es das Reglement verlange, dem Kriegsrat gemeldet, dessen übermäßig harte Strafen bekannt seien, sondern selbst für eine angemessene Sühne gesorgt.

Madame Malthus war dieses Thema sichtlich unangenehm. Sie rutschte auf ihrem Stuhl herum und warf ihrer redseligen Freundin einen eindringlichen Blick zu, aber Madame Polter war nicht aufzuhalten: Natürlich müsse Unrecht bestraft werden und Diebstahl im Besonderen. Aber gleich mit dem Galgen oder sechsmaligem Laufen durch eine Gasse von 300 mit Knüppeln bewehrten Männern? Das führe gewöhnlich zum gleichen Ergebnis, es dauere nur länger.

Anne hätte gerne gewusst, was dagegen Viktor für angemessen gehalten hatte, aber Augusta fand, es sei höchste Zeit, Madame Malthus' Nerven zu schonen und rigoros das Thema zu wechseln.

«Habt Ihr von diesen Dingen gehört, Fenna?», fragte Anne. «Hat er von solchen Bestrafungen erzählt?»

«Aber nein, das hätte er nie getan. Er war so zartfühlend, wirklich unangenehme Angelegenheiten hat er in Gegenwart einer Dame nicht einmal am Rande erwähnt. Manchmal ist es recht langweilig, eine Dame zu sein, findet Ihr nicht auch?»

«Manchmal, ja. Irgendjemand muss doch davon wissen. Wenn Viktor sich gegen die Regeln gestellt und eigenmächtig geurteilt hat, kann er sich damit nicht nur Freunde gemacht haben. Tatsächlich müsste es einen Skandal gegeben haben. Ihr seid sicher, dass er es nie erwähnt hat? Oder jemand anderes?»

«Ganz sicher.» Das klang zögernd genug, um Anne fragend die Brauen heben zu lassen.

«Thea hat etwas gehört», gab Fenna nach. «Ihr dürft ihr nicht verraten, dass ich darüber gesprochen habe. Und sie auch nicht danach fragen. Also: Viktor hat einen der Männer in seiner Kompanie selbst bestraft, anstatt ihn dem Kriegsgericht zu melden. Wirklich nur einen. Ich glaube, er war ein Gemeiner, genau wie Ihr es gesagt habt, sonst hätte er es kaum getan. Der Kapitän, der seine Kompanie befehligt, war mit dem Stadtkommandanten auf Reisen und Viktor für diese kurze Zeit an seiner Stelle. Es war nur ein kleiner Diebstahl, der Kriegsrat bestraft jeden Diebstahl schwer, zumindest mit endlosen Jahren Gefangenschaft, und ganz sicher wäre der Mann danach der Stadt verwiesen worden. Viktor hat ihn an den Pfahl stellen und auspeitschen lassen. Nicht zu hart, Madame, bestimmt nicht, er war doch ein zartfühlender Mensch.»

«Und zuerst ein Soldat, Fenna. Er war zum Gehorsam verpflichtet, auf seinen Eid. Von einer solchen Eigenmächtigkeit in der Garnison habe ich nie gehört. Es kann doch nicht verborgen geblieben sein. Wieso weiß ich davon nichts?»

Fenna wollte die Sache mit der lästigen Rücksicht der Männer auf Damen nicht wiederholen. Sie hätte es getrost tun sollen, um zu hören, dass die Damen der Stadt auf ihre eigene Weise alles erfuhren. Oft mehr als die Männer, häufig vor ihnen.

«Vielleicht», überlegte Fenna, «weil der Stadtkommandant ihn sehr geschätzt hat. Es heißt nämlich, er habe die Hand über Viktor gehalten und ihn nur schwören lassen, so etwas nie wieder zu tun. Was ich bedauere, denn ich bin sicher, er hat gut und christlich gehandelt. Womöglich», überlegte sie weiter, «war es den Herren im Kriegsrat heimlich recht, weil der Delinquent einem von ihnen auf irgendeine Weise verbunden war. Das kommt doch gewiss vor, denkt Ihr nicht? Vielleicht wusste er etwas, zum Beispiel Unschickliches, das er bei der Verhandlung bekannt gemacht hätte. Oder er war ein heimlicher, illegitimer Sohn.»

«O Fenna», sagte Anne lachend, «Ihr lest zu viele Romane. Ein Gemeiner diesen Herrn so verbunden? Das kann ich mir nur schwer vorstellen.»

«Was? Dass Viktor christlich handelte?

«Nein. Ich habe überlegt, ob ihn jemand wegen dieser Affäre genug gehasst haben könnte, um ihn, nun, um ihm das Leben nicht zu gönnen. Das macht keinen Sinn. Außer dem Stadtkommandanten kann es nur den Kriegsrat geärgert haben, der hätte wohl für eine Degradierung oder Entlassung gesorgt. Auf härtere Strafen hätte er kaum entschieden, immerhin gehörte der Oberleutnant zu einer angesehenen Familie.»

Mit den Strafen des Kriegsgerichtes kannte Anne sich wenig aus. Sie wusste, dass Meineidigen der Schwurfinger abgehauen wurde, bevor sie der Stadt verwiesen wurden. Auf Diebstahl konnte wie auf Totschlag und Desertion die Todesstrafe verhängt werden. Das waren uralte Gesetze, und seit einigen Jahren hatte das Gericht größeren Spielraum in seinen Entscheidungen, aber auch die Leibesstrafen waren drakonisch, wie in der zivilen Gesellschaft auch.

«Da wäre noch der Profoss», fuhr sie fort, «der kann damit überhaupt nicht einverstanden gewesen sein. Leibesstrafen sind allein seine Sache, und der Delinquent muss ihm eine Gebühr bezahlen. Vielleicht haben auch andere Offiziere Viktors Handeln verurteilt, sicher sogar, aber da müsste einer schon ziemlich verrückt sein, um deshalb seinen Tod zu wünschen. Dazu auf diese seltsame Weise.»

Fennas Gesicht war plötzlich klein und grau, und Anne begann sich zu schämen, so gedankenlos von diesen Dingen zu sprechen.

«Ihr seid müde, Fenna», sagte sie, trotzdem mit leisem Bedauern, «Ihr solltet versuchen zu schlafen. Ich will nicht vorschlagen, all das zu vergessen und das Nachdenken anderen zu überlassen. Das gelingt wenigen und führt selten zu ruhigen Nächten und guten Träumen. Doch vielleicht könnt Ihr versuchen, auf Eure Kraft und auf die Zukunft zu vertrauen.»

«Ich will es versuchen, Madame. Aber ich bin nicht müde. Wenn Ihr noch ein wenig bleiben wollt? Es ist so erleichternd, zu sprechen, ohne darüber nachdenken zu müssen, ob es genehm ist. Es ist Euch doch so genehm?»

«Absolut, Fenna. Wenn ich bleiben soll, darf ich dann eine letzte Frage stellen? Selbst eine, die vielleicht nicht nur erleichternd ist?»

«Ihr seid ziemlich gut in unangenehmen Fragen.» Fenna zog schüchtern lächelnd die Decke bis ans Kinn. «Fragt nur, bis jetzt hat es mir nicht geschadet.»

«Nun gut. Ihr müsst ja nicht antworten. In den letzten Tagen vor Viktors Tod schient Ihr mir sehr bekümmert. Und nun habt Ihr gesagt, er sei kein Heiliger gewesen. Der Gedanke, ich habe falsch gehandelt, als ich Viktor vertraute und meinen Mann drängte, Eurer Verbindung zuzustimmen, beunruhigt mich seit Viktors Tod bis in meine Träume. Mögt Ihr mir verraten, warum er ‹kein Heiliger› war?»

Fennas Blick wanderte von Annes Gesicht zu der kleinen holländischen Landschaft an der gegenüberliegenden Wand und hielt sich daran fest, als gebe es dort Unerhörtes zu entdecken. «Ihr habt nicht falsch gehandelt», sagte sie endlich, ihre Stimme klang sehr erwachsen. «Es ist nur eine Nichtigkeit, sie hatte nichts zu bedeuten. Es hat mich nur erschreckt, und Thea, sie hat es gut gemeint, wie immer, aber sie hat sehr streng geurteilt und mich so noch mehr erschreckt.» Fenna holte tief und schwer Atem, bevor sie fortfuhr: «Ich habe ihn mit einer anderen Frau gesehen. Unten am Hafen, als es schon dunkel zu werden begann. Sie gingen über diese Brücke bei der Hannöver'schen Post. Das war es, was mich erschreckt hat. Ich habe danach sogar geträumt, er sei aus der Stadt geritten, ohne Abschied und zurückzusehen, um nie mehr zurückzukommen.»

«Das war es? Mehr nicht? Thea soll der Teufel holen, wenn sie Euch deswegen Angst gemacht hat. Ist sie puritanischer als die Puritaner? Eine andere Frau – das heißt gar nichts. Ich bin erst in der vergangenen Woche mit Thomas Matthew über den Jungfernstieg spaziert, er ist ein Freund unserer Familie, und ich kenne ihn noch länger als Claes. Viktors Familie kennt die halbe Stadt, er ist hier aufgewachsen und wird auch einige der Damen gut genug kennen, um sie, wenn er sie irgendwo trifft, ein Stück des Weges zu begleiten. Habt Ihr ihn nicht danach gefragt? Das wäre das Einfachste gewesen.»

«Nein, Madame, gar nicht einfach. Die Dame war nämlich – keine Dame. Ihr mögt mich für ein behütetes Kind halten, aber ich bin nicht so fremd in der Welt, eine solche Frau für eine Freundin der Familie zu halten. Wenn Ihr sagen wollt, Sie seien zufällig nebeneinander gegangen und hätten gewiss nichts miteinander zu tun gehabt, oder er hätte, wie es hin und wieder Art der Männer ist, nur die Gelegenheit genutzt, um ein wenig mit dem Feuer zu spielen und gleich weiterzugehen – bemüht Euch nicht. Das habe ich mir selbst genug gesagt. So war es nicht. Sie hing an seinem Arm, ihre Körper berührten sich, und sie lachten auf diese besondere Weise und sprachen miteinander. Und verschwanden zusammen in einer der Gassen.»

«Ihr macht mich ratlos, Fenna. Was soll ich dazu sagen? Ich glaube trotzdem …»

«Sagt gar nichts. Denn ich habe inzwischen gründlich darüber nachgedacht: Wäre er ein Heiliger gewesen, hätte ich ihn gar nicht gewollt. Ich will kein langweiliges Leben. Ich weiß, er hätte diese Frau und andere von ihrer Art nach unserer Hochzeit nicht mehr beachtet. Dazu hätte er doch keinen Grund mehr gehabt. Und dazu», mit einer ungehaltenen Bewegung ihrer Faust wischte sie eine dicke Träne von ihrer rechten Wange, «dazu hat Viktor mich viel zu sehr geachtet. Und geliebt. Das hat er doch? Nicht wahr? Er hat mich doch geliebt.»

Der Rock war aus verwaschenem blauem Kattun, an einigen Stellen geflickt und eindeutig zu kurz. Wenigstens war er sauber und wie auch das Mieder nicht zu eng. Die Magd der Krögerin maß einen halben Kopf weniger als Rosina, dafür war sie rundlich wie ein junger Mops. Für diesen einen Tag würde es schon gehen, und wenn die Leute ihr nachsahen, weil sie ihre Knöchel zeigte – was tat's?

Heute konnte sie nichts wirklich stören. Selbst als die Magd ihr mit einer Schüssel Buchweizengrütze in den Weg lief und vor Schreck, zu so früher Stunde jemandem in der Küche zu begegnen, den Inhalt der Schüssel über Rosinas Mieder und Rock leerte, hatte sie nach dem ersten Ärger nur ein Lachen. Die Magd würde durch die verschüttete Frühstücksgrütze genug Verdruss mit ihrer Herrin bekommen. Rosina möge nichts von den beschmutzten Kleidern verraten, hatte sie gefleht, sie werde sie blitzschnell waschen, wenn Mademoiselle inzwischen mit ihrem eigenen zweiten vorlieb nehmen wolle, es sei ganz rein und noch kaum geflickt ...

Rosinas zweiter Rock für alle Tage hing schon auf der Leine und war nach der feuchten Nacht kaum trockener als am Abend zuvor. So schlüpfte sie in die abgetragenen Kleider der Magd, nahm ein Stück Roggenbrot aus der Küche und machte sich, leise vor sich hin summend, auf den Weg zur Poststation auf der Hohen Brücke.

Denn als sie an diesem Morgen erwacht war, kroch gerade das erste Grau der Dämmerung durch das Fenster, Malines Atem hatte tiefen Schlaf verraten. Sie hatte sich gleich hellwach gefühlt, eilig gewaschen und angekleidet und an den Tisch am Fenster gesetzt. Die Feder war übers Papier geflogen, der Brief verschlossen und gebunden – die Postkutsche, die auch Göttingen passierte, brach früh auf. Der Posthalter erkannte sie gleich. Er verbeugte sich väterlich lächelnd und legte den Brief in einen der Beutel in dem bereitstehenden, fast bis zum Rand gefüllten Korb.

Inzwischen war die Sonne über die Dächer geklettert, saugte den über Fluss und Fleeten liegenden Nebel auf und wärmte die Menschen, die nun schon in großer Zahl ihren Geschäften nachgingen, auf Plätzen und an den Straßen ihre Ware feilboten, einfach durch den Morgen schlenderten oder herumlungerten, weil der Tag ihnen nichts Besseres bot.

Als Rosina sich am Mastenwald des Hafens und den behäbig über den Himmel segelnden Wolken satt gesehen hatte, als sie lange genug in Gedanken ihrem Brief vorausgeeilt war, wusste sie, wie sie den Vormittag beginnen würde. Der Besuch bei Wagner musste warten. Vielleicht würde sie später auch noch Anne im Herrmanns'schen Garten vor dem Dammtor besuchen, wo sonst sollte sie an einem so schönen Tag sein? Doch zuerst war sie neugierig auf einen anderen Garten.

Sie fühlte sich voller Tatendrang, und so schnell die Menge der Menschen und Reiter, der in den engen Straßen um die erste Durchfahrt konkurrierenden Fuhrwerke und Kutschen es erlaubten, lief sie die Deichstraße hinunter, an St. Nikolai und dem Johanniskloster vorbei, ein wenig gemächlicher über den Jungfernstieg mit seiner schönen Aussicht auf den inneren Alstersee und war am Ziel.

Das Tor zum Malthus'schen Garten am Gänsemarkt stand weit offen. Sie sah an ihrem ärmlichen Kleid hinunter, und während sie sich noch fragte, ob man ihr die Kundin glauben könne, die sich für die Herbstpflanzungen ihres Gartens beraten lassen wollte, oder ob sie besser vorgab, eine Magd zu sein, hörte sie einen schrillen Pfiff. Auf dem breiten Mittelweg bei dem mit Buchsbaum gesäumten Rosenrondell stand ein Mann im schwarzen Rock.

Auch seine Kniehosen und Strümpfe waren dunkel, nur die wenig dazu passenden Holzschuhe waren so neu, dass sie noch hell leuchteten.

Er pfiff noch einmal, winkte mit ausholendem Arm, und als sie neugierig näher ging, rief er: «He! Du! Du bist doch die neue Tagelöhnerin? Warum kommst du erst jetzt?»

«Eigentlich …», begann sie.

Er ließ sie nicht zu Wort kommen. «Jetzt ist keine Zeit für eigentlich und aber, du bist eine Stunde zu spät. Was denkst du, was du hier tun sollst, Frau? Arbeiten! Wer so lange schläft, hat bei Malthus keinen Platz. Wenn das nicht dein einziger Tag bei uns bleiben soll, mach's morgen besser. Sei froh, jeder andere hätte dich gleich wieder weggeschickt. Und nun los. Bei den Glashäusern findest du Hanne, die sagt dir, was du tun sollst und wie.» Plötzlich musterte er sie misstrauisch. «Du kennst dich doch aus mit Gartenarbeit?»

Rosina wusste eine Chance zu nutzen, wenn ihr eine begegnete.

«Aber ja», sagte sie beflissen, «natürlich, ich arbeite immer in Gärten. Ja, und auf Äckern. Das auch.» Sie hoffte, er werde nicht bemerken, wie sie ihre Hände hinter dem Rücken verbarg. Das Schleppen der Kisten und Körbe voller Theaterutensilien und das Lenken der Wagenpferde hatten sie kräftig und schwielig werden lassen, aber sie waren sauber. Viel sauberer als die einer Frau sein konnten, die während des Sommers in Gärten gearbeitet hatte.

«Gut.» Immer noch musterte er sie mit gerunzelten Brauen, was, so hoffte sie, nur an dem zu kurzen Rock lag. «Was sind das bloß für Schuhe? Hast du keine vernünftigen? Na, die sind dir wohl auch weggeschwommen», brummte er um eine Nuance milder. «Wenn du nicht barfuß arbeiten willst, frag Hanne. Im Geräteschuppen steht noch ein altes Paar, das müsste dir passen. Und nun los. Die Glashäuser sind am Ende des Gartens. Lass dir nicht einfallen, von den Brombeeren zu stehlen, die sind für Kundinnen zum Probieren. *Nur* für Kundinnen, jede einzelne. Verstehst du? Nicht für euch Frauen. Es sind sowieso die letzten in diesem Jahr. Das gilt auch für die Holunderbeeren. Überhaupt für alles, was an Büschen, Hecken und Bäumen hängt. Wie heißt du überhaupt?»

«Rosa», sagte Rosina. Die Gefahr des Verplapperns und der Entdeckung war erheblich geringer, wenn der falsche Name dem richtigen ähnelte. Sie schlug die Augen nieder, murmelte brav knicksend Entschuldigung und Dank und lief, so rasch es ohne Übertreibung möglich war, den Weg hinab in die Richtung, die er ihr gewiesen hatte.

Vielleicht hatte doch alles seinen Sinn – selbst eine verschüttete Schüssel Buchweizengrütze, der man die geflickten Kleider einer Magd verdankte.

Einige der Frauen und Kinder – Männer konnte sie nicht entdecken –, die zumeist auf Knien oder in tiefer Hocke im Garten arbeiteten, sahen ihr nach. Als sie sich an der Brombeerhecke noch einmal umdrehte, waren alle wieder über ihre Arbeit gebeugt. Wer immer die erwartete und ausgebliebene Tagelöhnerin war, diese Frauen kannten sie nicht. Wenigstens nicht gut genug, um eine, die frech ihren Platz einnahm, zu beachten oder zu verraten.

Rosina blieb keine Zeit, den Garten genauer anzusehen, obwohl sie das sehr gerne getan hätte. Nicht dass sie wie Anne Herrmanns eine besondere Vorliebe für die Gärtnerei hätte, das ganz gewiss nicht, aber dieser schien ihr ungewöhnlich: einerseits Areal einer Handelsgärtnerei, andererseits fast so schön und gut gepflegt wie die großen Gärten bei den Sommerhäusern der wohlhabenden Bürger vor der Stadt. Wie auch der Herrmanns'sche. Der allerdings zeigte auf seinen Blumenbeeten, in seiner ganzen Anlage weniger die übliche Gleichförmigkeit und Akkuratesse als vielmehr die dem Natürlichen nachempfundene Leichtigkeit nach der neuen englischen Mode. Manche nannten es fälschlich schlicht Unordnung.

Als sie bei den Glashäusern ankam, hatte sie das Prinzip dieses Gartens verstanden: Er war genau das, als was sie ihn empfunden hatte. Hier wurden Blumen – darunter viele verschiedene Stauden, Rosenstöcke und Zierbüsche gezogen, auch einige Obstbäume und Beerenhecken, deren Beete und Reihen so geschickt zwischen kleinen Rasenstücken und altem Baum- und Buschbestand angeordnet waren, dass das Ganze den Eindruck eines reichen, seit vielen Jahren sachverständig und liebevoll gepflegten Lustgartens bot. Genau wie die Kunden, die sich beraten lassen und ihre Pflanzen, Samen oder Stecklinge bestellen wollten, sich ihren für die Zukunft vorstellten. Eine Kombination von Ertrag und Erbauung für Körper und Seele. Der Malthus'sche Garten war letztlich so etwas, was Rosina im vergangenen Jahr zum ersten Mal bei den Londoner Läden gesehen hatte: ein Schaufenster. Nur unendlich viel größer, unter freiem Himmel und ohne die schützenden Glasscheiben. Bis auf die Ausstellung der gegen das nördliche Wetter empfindlichen Gewächse in den Glashäusern natürlich.

Die einzige Frau in deren Nähe hockte auf einer umgestülpten Zuckerkiste, ihren Kopf mit dem feinen lichtblonden Haar über einen mit rot glänzenden Hagebutten gefüllten Korb in ihrem Schoß gebeugt. Sie hörte die fremden Schritte erst, als Rosina schon fast vor ihr stand.

Sie wusste nicht, was sie erwartet hatte. Eine stämmige Arbeiterin vielleicht, deren Jahre für lange Erfahrung und deren harte Hände und grobes Gesicht für harte und grobe

Arbeit bei Wetter und Wind standen. Die junge Frau, die mit einem kaum merklichen Lächeln aufsah, das noch von ihren Gedanken übrig geblieben schien, war von allem das Gegenteil. Bis auf die Hände vielleicht, die zeugten von schwerer Arbeit mit Schmutz, Erde und widerspenstigen Gewächsen.

Hanne war überschlank, ihr Gesicht trotz der leichten Sonnenbräune von zarter Blässe, die umschatteten grauen Augen verbargen kaum eine hinter der Aufmerksamkeit lauernde Müdigkeit, die auf den Rand des Korbs gestützten Handgelenke wirkten zerbrechlich. Ihre Kleider verströmten einen süßlich-muffigen Geruch, wo immer sie wohnte, gab es wenig frische Luft und noch weniger reines Wasser.

«Ach», sagte sie, und das Lächeln verschwand, «kommst du doch noch? Du bist doch Emme?»

Rosina schluckte. Nun wurde es brenzlig. Aber was sollte ihr geschehen? Sie konnte immer noch sagen, alles sei ein Scherz gewesen, sie wolle nichts als Ritterspornsamen kaufen.

«Ja», sagte sie, «das heißt: nein. Ich bin Rosa. Emme – ja, Emme ist krank. Ich komme an ihrer Stelle, deshalb bin ich so spät gekommen. Bitte, sag dem Aufseher nichts. Er wusste Emmes Namen nicht, ihm ist wohl gleich, ob ich Emme oder Rosa bin. Aber er hat doch misstrauisch geguckt, und ich», wieder schluckte sie, «ich brauche den Lohn. Emme bekommt ein Viertel ab», versicherte sie rasch, «weil ich heute ihren Platz haben darf. Und morgen, ich glaube nicht, dass sie morgen schon kommen kann.» Das war prächtig gelogen und gleich für den nächsten Tag vorgebaut, falls einer nicht reichen sollte. «Kennst du sie?»

«Hätte ich dann gefragt, ob du Emme bist? Mir ist es

auch gleich, die Hauptsache, die Arbeit wird getan. Was kannst du? Ach», sie bewegte wegwerfend die linke Hand, «was du heute tun musst, kann jede. Was sind das für Schuhe?»

Rosina nickte betrübt. «Es sind die einzigen, die ich noch habe, meine Holzschuhe sind – ja, gestohlen. Der Aufseher hat gesagt, im Geräteschuppen steht ein altes Paar, das mir passt.»

«Manchmal ist Dücker nett, aber verlass dich nicht drauf. Frag heute Abend bei dem Altkleiderhändler im Krayenkamp, der hat oft gebrauchte Schuhe, die noch nicht so abgelaufen sind, dass sie beim ersten Stoß gegen einen Stein oder Spaten brechen. Nun hol dir die Pantinen, der Schuppen ist hinter dem dritten Glashaus. Wenn du zurückkommst, zeige ich dir deine Arbeit.»

«Was machst du mit den Hagebutten?»

Hanne hatte ihre Hände schon wieder in die prallen Früchte der Rosen getaucht, sie ließ sie sinken und sah Rosina irritiert an. «Sortieren, was sonst? Die guten für den Samen, die nicht so guten gleich fürs Mus. Was macht ihr mit Hagebutten? Da, wo du herkommst? Wo kommst du überhaupt her?»

Sie bemerkte Rosinas Zögern, die nach innen gezogenen Lippen, und winkte gleichgültig ab. «Lass nur, zum Schwatzen ist keine Zeit. Beeil dich, wenn Dücker dich nicht bald bei den Beeten sieht, bekommen wir Ärger. Er ist flink dabei, den Lohn zu kürzen.»

Bald fand Rosina, es sei eine Schnapsidee gewesen, sich als Gartenarbeiterin zu verdingen. Ihr Rücken und ihre Knie schmerzten, ihre Hände und Arme, sogar ihr Gesicht waren von Brombeerranken zerkratzt, ihre Haare zerzaust, und die Fingernägel, die ganzen Hände so schwarz, dass sie hoffte, der Ratsschreiber werde nicht doch plötzlich die

Spielerlaubnis geben. Selbst nach gründlichem Bürsten mit Sand und Seife konnte sie sich mit diesen Händen und Nägeln nur mit Handschuhen auf die Bühne wagen.

Hanne, die in diesem Garten eine sonderbare Stellung zu haben schien, ließ sie zuerst das Laub, das in den letzten Nächten in großen Mengen von den Bäumen gefallen war, auf den Wegen und Rasenstücken zusammenharken. Rosina war erleichtert, das konnte wirklich jede.

Das Aufbinden der Brombeeren war schon schwieriger. Die Ranken gebärdeten sich widerspenstig und setzten ihre Dornen als heimtückische Waffen ein.

«Sei froh», sagte Hanne nur, als sie Rosinas Kämpfe bemerkte, «sie sind schon geschnitten. Vor zwei Wochen hättest du gegen sie verloren.»

Dann schickte sie ihre Helferin mit zwei Holzeimern zu dem hinter jungen Salweiden halb verborgenen Anleger an der Alster, um Wasser für den Vorratstrog beim ersten Glashaus zu schöpfen. Es war ein großer Trog, ihn zu füllen erforderte viele Wege hin und her.

Immerhin führte der Weg direkt am Aufseherhaus vorbei, Rosina nutzte einen unbeobachteten Moment, um durch das Fenster zu sehen und zu lauschen. Sie sah Aufseher Dücker an einem Tisch sitzen und schreiben, sah ihn aufstehen und zu einem der Samenschränke gehen, Schubladen aufziehen und wieder zuschieben – nichts, was ihr bemerkenswert erschien. Elias Malthus konnte sie nirgends entdecken, er schien an diesem Vormittag nicht hier zu sein.

Sie hätte Hanne gerne nach ihm gefragt, aber gehörte sich das für eine neue Tagelöhnerin?

Als der Trog endlich voll und ihre Röcke durchnässt waren, sehnte sie sich nach einer Pause. Es musste längst Mittag sein. Sie machte sich auf die Suche nach Hanne und fand sie endlich in dem der Alster zugewandten hinteren Teil des Gartens. Sie stand, den Kopf in den Nacken gelegt, einige Schritte entfernt vor einer etwa vierzig Fuß hohen Fichte und machte ein besorgtes Gesicht. In der Krone bewegte sich etwas, die ganze Spitze des Baumes schwankte, als aus dem Grün eine hakenbewehrte Stange hervorstieß und einen der reich mit Zapfen behängten Zweige näher zur Mitte zog.

«Pass auf», rief Hanne und hob abwehrend die Hände, «der Zweig ist schon so groß und fest, wenn er zurückschlägt …»

«Ich mach das doch nicht zum ersten Mal», antwortete eine angestrengte Männerstimme mit einem Anflug von Ungeduld von der Höhe herunter, «das Seil ist gut, das hält. Und die Aussicht – wenn's nicht so diesig wäre, könnte ich die Kirchturmspitze von Eppendorf sehen.»

Rosina war zu verblüfft und neugierig, um ihre Rolle als stille Beobachterin weiter zu spielen. Sie trat hinter dem Busch hervor, dessen Namen sie so wenig kannte wie seine feuerroten, fingerschmalen Blätter, stellte sich neben Hanne und blinzelte mit ihr gegen die Sonne zur Spitze des Baumes hinauf.

«Was passiert da oben?», fragte sie.

«Das siehst du doch, die Zapfen werden geerntet. Meistens schon im späten August, nach dem kalten Sommer in diesem Jahr ist alles noch später. Man muss sie zur richtigen Zeit holen, wenn sie erst reif und weit geöffnet sind, fallen die Samen heraus.»

Nun konnte Rosina beweisen, dass sie zumindest ein kleines bisschen von Bäumen wusste. «Der Gärtner …», sie konnte gerade noch ‹meines Vaters› verschlucken, «der letzte Gärtner, bei dem ich gearbeitet habe, hat immer die ganz jungen Bäumchen in den Wäldern ausgegraben.

Warum erntet ihr den Samen? Es sieht umständlich und gefährlich aus.»

«Es *ist* gefährlich.» Immer noch war ihr Blick starr auf die Baumkrone gerichtet. «Das lässt Monsieur Malthus natürlich auch machen, aber es gibt hier kaum Fichten, in diesem Garten auch nur die eine. Die hat sein Vater gepflanzt, als er selbst noch jung war. Zum Verkauf gibt es einige Reihen in den Pflanzschulen vor dem Stein- und dem Dammtor. Aber der Samen übersteht lange Reisen leichter. Monsieur Malthus», fügte sie hinzu und löste endlich den Blick von der Höhe, um Rosina stolz anzusehen, als gehöre der Garten ihrer eigenen Familie, «liefert einige Samensorten bis nach Sachsen, bald sogar nach St. Petersburg, aber das ist noch nicht gewiss.»

«Vorsicht», warnte die Stimme von oben, «Vor-sicht!!»

Zwei Zapfen knallten auf die Erde, nur drei Schritte vor Hannes Füßen. Als sie erschreckt zurücksprang, stolperte sie, und Rosina griff nach ihrem Arm. Durch den groben Stoff der Bluse fühlte er sich an wie der eines Kindes, dünn, zart und doch fest, wie hart arbeitende Kinderarme manchmal sind.

«Willst du nicht eine Pause machen?», rief Hanne nach oben und schob Rosinas Hand, die immer noch ihren Arm hielt, sanft, aber bestimmt weg. «Du bist schon so lange in der Fichte. Komm doch runter, es ist sowieso Mittagszeit.»

Aus dem Wipfel klang etwas, von dem sich nicht entscheiden ließ, ob es ein leiser Fluch oder ein leises Lachen war. Die Zweige gerieten in heftige Bewegung, ein Seil fiel herunter wie eine tote Natter, gefolgt von der Stange. Kräftige Beine kamen zum Vorschein, ein prall gefüllter Sack fiel herab, und endlich glitt der ganze Mann am letzten, astfreien Stück des schuppigen Stammes zu Boden.

Hanne unterdrückte einen erleichterten Seufzer, und

als der Mann sich zu ihnen umdrehte, als ein heller Blick sie traf, erkannte Rosina, dass sie sich im ersten Moment, als sein Kopf aus dem Grün auftauchte, nicht geirrt hatte. Der Mann, der für Elias Malthus Fichtenzapfen erntete, war der schwarzbärtige Harpunier. Der Grönlandfahrer, der auch den Keller im Wall mit dem Eis gefüllt hatte, das Malthus' Bruder das Leben gekostet hatte.

Die meisten der Frauen, die im weiten Areal des Gartens arbeiteten, eilten für die kurze Mittagspause nach Hause, um ihre Kinder zu stillen oder zu füttern, ihren Männern die Mahlzeit zu wärmen oder zu sehen, ob das Schwein nicht aus dem Koben geflohen oder noch alle Hühner im Gatter waren. Auch Rutger Ermkendorf verschwand. Er hatte Rosina nicht mehr beachtet.

Die Jungen und Mädchen zogen es vor, ihre Pause nicht in der Nähe der Erwachsenen zu verbringen, so saßen nur drei Frauen mit Hanne und Rosina auf der Sonnenseite der Fichte zusammen. Alle – außer Rosina – packten ihre Mahlzeit aus: schwarzes Brot, ein Stück Käse, eine holte auch drei kleine Karotten aus ihrem Beutel, eine andere sogar einen Streifen Speck. Die war eine dicke Frau mit apfelroten Backen, trotz ihrer noch jungen Jahre fehlten drei ihrer vorderen Zähne. Da sie nur auf der linken Seite kaute, schien es mit den rechten Backenzähnen auch nicht zum Besten zu stehen.

«Hast du nichts mitgebracht?», fragte sie Rosina, ohne ihr Kauen zu unterbrechen. «Hast du gedacht, hier ist der biblische Garten und dir fliegt Gebratenes ins Maul?»

«Lass sie, Kath», sagte Hanne. «Rosa hat zu spät gehört, dass sie heute bei uns arbeiten kann. Da war keine Zeit für den Brotbeutel.»

«Rosa? Deine Mutter wollte wohl was Bessres sein. Rosa.»

‹Gleich›, dachte Rosina, ‹gleich fragen sie, wer ich bin, woher ich komme.›

Die bereitgehaltene Lüge war überflüssig.

«Im Gewächshaus steht ein Korb mit Birnen, Kath», sagte Hanne, «der Aufseher hat gesagt, wir können uns jede zwei nehmen. Die anderen, wenn sie zurückkommen. Sie sind überreif», rief sie der umgehend davoneilenden Kath nach, «pass auf die Wespen auf.»

‹Wer Fragen fürchtet, stellt am besten rasch selbst welche›, dachte Rosina und fragte: «Ist der Herr nicht hier? Monsieur Malthus? Er soll keiner sein, der nur im Kontor und im Kaffeehaus sitzt, sondern einer, der lieber in seinen Gärten arbeitet.»

«Das stimmt», sagte die Frau mit den Karotten, «stimmt genau. Aber er hat noch die beiden Pflanzschulen vor den Toren, da ist er oft, da sind jetzt auch die meisten Gärtner und Arbeiter. Und bei den Herrschaften mit den großen Gärten ist er auch oft. Jetzt wohl nicht», ihr Gesicht verzog sich in zufriedenem Grinsen, «die Hälfte ist ja bei der Flut abgesoffen, da kratzen sie immer noch Schwemmsand ab. Ich glaub nicht, dass die in diesem Herbst schon wieder pflanzen können.»

«Und viel zu viel Salz ist da im Boden», ergänzte Kath, die sich, die Schürze voller Birnen, wieder auf den umgestülpten Eimer hockte. «Bis da wieder was Feines wächst, das dauert.»

Sie öffnete ihre Schürze, ließ die Früchte ins Gras kullern und fand mit sicherem Griff die größte. Leider war nur deren Oberseite prall und unversehrt. Die Wespe, die sich in der aufgeplatzten Stelle an der anderen Seite von der Frauenhand bedroht sah, stach sofort zu. Jammernd und an ihrer schon geröteten Hand saugend, rannte Kath zum kühlenden Wasser der Alster.

Alle sahen ihr nach, keine unterbrach ihre Mahlzeit. Rosina verschlang heißhungrig eine Birne, sie wischte sich den süßen Saft vom Kinn und sah Hanne an.

«Nimm noch eine», sagte die, «heut sind genug da.»

Rosina wählte mit Bedacht eine der kleinsten. «Der Mann in der Fichte», begann sie vorsichtig, «ist der einer der Gärtner? Das kann sicher nicht jeder, das Zapfenernten.»

Hanne biss in ihr Brot, die Augen fest auf den Goldregenbusch hinter Rosinas Rücken geheftet.

Es war wieder die Frau mit den Karotten, die antwortete: «Das ist doch Rutger. Der ist kein Gärtner, der ist Seemann. Die auf See verstehen sich alle aufs Klettern wie die Eichhörnchen, die müssen bei jedem Wetter auf die Masten, schwindelig wird denen nicht. Dagegen ist so 'ne Fichte 'n Klacks. Aber Rutger hat schon früher hier ausgeholfen. Als er noch 'n Junge war ohne das kleinste Härchen am Kinn. Stimmt doch, Hanne, oder? Da haben wir auch schon hier gearbeitet, du und ich.»

Hannes Blick streifte flüchtig Rosinas, bevor sie sagte: «Ja, das stimmt. Er weiß genau, was zu tun ist. Und Monsieur Malthus weiß, dass er sich auf ihn verlassen kann. Er hätte gerne einen richtigen Gärtner aus ihm gemacht, für die Baumschulen. Das ist eine ganz andere Arbeit als in den Gärten. Und jetzt», sie hob den Finger und lauschte auf den dünnen Klang der Glocke des Türmchens auf dem Gänsemarkt, «jetzt ist genug ausgeruht.»

Jede ließ noch eine Birne in die Tasche gleiten, bevor Hanne die restlichen Früchte einsammelte und ins Gewächshaus brachte. Auch Kath tauchte wieder auf, die Hand war gerötet und geschwollen, die zweite Birne, die Hanne ihr entgegenhielt, nahm sie trotzdem.

Am Nachmittag schickte Hanne Rosina zu den Beeten, die bald neue Zwiebeln von Tulpen und Narzissen aufnehmen sollten. Sie hatte längst gemerkt, dass Rosina von der Gartenarbeit kaum mehr verstand als ein Philosoph vom Schustern. Es sei einfach, hatte sie erklärt, die Erde sei weich und müsse nur von Laub und Unkraut befreit werden.

Rosina blickte stolz auf die befreite Erde des ersten Beetes, als sie eine vertraute Stimme hörte.

«Könntet Ihr es nicht doch versuchen, Monsieur Malthus? In Südengland habe ich ein prächtiges Exemplar gesehen, ich möchte unbedingt eine haben. Wenn sie in meinem Garten nicht wächst, trage ich ganz allein die Schuld.»

Die Antwort folgte zögernd. «Nein, Madame, das möchte ich nicht. Die Libanonzeder ist ein stolzer Baum von großer Schönheit. In Südengland ist sie an das Klima angepasst, unseres ist rauer, ein solcher Baum würde mit Glück einige Jahre überstehen, doch schon der erste harte Winter – nein, Madame. Ich bemühe mich stets, Pflanzen und insbesondere Bäume als das zu behandeln, was sie sind: als Lebewesen. Wenn sie auch keine Seele haben, ist es doch nicht recht, sie von vornherein vergeblichen Versuchen auszusetzen. Das versteht Ihr sicher.»

Rosina sah sich mit geducktem Kopf um, sah Anne Herrmanns unwillig nicken und beugte sich tief über das Beet.

«Habt ein wenig Geduld, Madame», fuhr Elias Malthus fort, «von meinem englischen Handelspartner habe ich kürzlich Nachricht bekommen, er erwarte Samen von Zedern aus den ostindischen Gebirgen. Er schreibt, dieser Baum gleiche der Libanonzeder, er sei nur robuster und noch edler und wachse mächtiger, in seiner Heimat 150 Fuß hoch. Das wird er in unseren Breiten kaum erreichen, aber so eine ostindische Zeder kann die stolze Zierde jeden Gartens und Parks sein.»

«Ein wenig Geduld, sagt Ihr? Wenn ich das aus Eurer

Gärtnersprache in meine übersetze, heißt das in diesem Fall mindestens zehn bis zwanzig Jahre.»

«Ja, Madame», Malthus' Stimme klang, als lächele er, «da habt Ihr richtig übersetzt. So lange mag es dauern. Aber nicht unbedingt. Bei manchen Gewächsen zeigt sich schneller, ob sie bei uns gedeihen. Die Erfahrung Eurer Landsleute im Akklimatisieren exotischer Pflanzen ist groß. Trotzdem braucht alles seine Zeit. Den rot blühenden Seidelbast kann ich Euch schon für diesen Herbst versprechen, er wird neben Eurem weißen ein eleganter Kontrast sein. Nun, Mademoiselle Lehnert? Gefällt Euch mein Garten?»

Noch einmal wagte Rosina den Blick über die Schulter. Fenna Lehnert kam, einen zierlichen Sonnenschirm in der einen, den gerafften grauen Seidenrock in der anderen Hand, aus einem der Querwege näher. Thea war seltsamerweise nicht zu sehen.

«Er ist wunderbar, Monsieur Malthus.» Fennas zwitschernde Stimme verriet echte Freude. «Wüsste ich nicht, dass er ein Handelsgarten ist, würde ich ihn für ein fürstliches Kleinod halten.»

Elias senkte dankend den tief errötenden Kopf. «Das ist zu viel der Ehre», murmelte er und hatte völlig Recht. «Wenn es Euch gefällt, würde ich Euch gerne die Glashäuser mit den Pflanzen aus südlichen Ländern zeigen. Natürlich nur, wenn es auch Madame Herrmanns genehm ist.»

«O ja, das ist mir sehr genehm», antwortete Anne fröhlich, «sofern Ihr auf meine Begleitung verzichtet. Ich kenne Eure Glashäuser wie meinen eigenen Garten. Geht nur, ich werde inzwischen einen Spaziergang durch diese herbstliche Pracht machen. Und nehmt doch Fennas Arm, Monsieur Malthus, wir Frauen in unseren unnützen Schuhen stolpern so leicht.»

Rosina hatte sich wieder über ihr Unkraut gebeugt, aus den Augenwinkeln sah sie ein Paar schlichter schwarzer Schnallenschuhe vorbeigehen, nah daneben ein Paar aus hellbraunem, mit hauchfeinen Silberfäden besticktem Damast.

«Wahrlich, eine verantwortungsvolle Arbeit», hörte sie Annes leise Stimme, «allerdings weiß ich nicht, ob es Elias begeistert, wenn eine seiner Tagelöhnerinnen mit dem Unkraut auch eine ganze Reihe frisch aufgegangener Radieschen ausreißt.»

«Radieschen!?» Rosina richtete sich jäh auf und sah entgeistert in Annes lachendes Gesicht. «Das ist ein Blumenbeet. Ich soll es für Tulpen- und Narzissenzwiebeln vorbereiten. Wieso Radieschen?»

«Ich weiß nicht, was Elias und seine Gärtner planen, aber ein Beet, das im September brachliegt, ist immer gut für ein paar letzte Reihen Radieschen. Sie wachsen schnell und nehmen der Erde nicht viel Kraft. Was, um Himmels willen, tust du hier?»

«Pst, nicht so laut», wisperte Rosina, «die anderen müssen nicht hören, wie Madame Herrmanns sich herablässt, einer Arbeiterin die Sache mit den Radieschen zu erklären. Wie du richtig erkannt hast, bin ich heute Tagelöhnerin. Und was glaubst du, was ich tue? Mit Brombeerranken kämpfen, Unkraut jäten und die Ohren und Augen offen halten. Es hat sich so ergeben. Du solltest jetzt weitergehen, die dicke Kath guckt schon neugierig.»

«Soso», sagte Anne laut, «Tulpen und Narzissen, wie schön. Sicher gibt es neue Sorten?»

«Davon weiß ich nichts, Madame, da müsst Ihr den Herrn fragen. Ich glaube, er ist bei den Glashäusern.»

Kath beugte sich wieder über ihre Arbeit, Rosina zupfte eine halb vertrocknete Vogelmiere aus und senkte wieder die Stimme: «Ich wollte dich heute besuchen, aber dann bin ich hier hängen geblieben. Wir müssen uns treffen, Anne, am besten mit Wagner.»

Anne nickte. «Wann bist du hier fertig?», flüsterte sie, «um halb acht? Komm in den Neuen Wandrahm, ich lasse Wagner Bescheid geben. Eine schöne Arbeit», fügte sie mit lauter Stimme hinzu, «es gibt doch nichts Schöneres, als in Gottes freier Natur zu sein.»

Kath hörte den letzten Satz, sie rieb ihre breiten schmutzigen Hände und sah der feinen Dame, die so dusseliges Zeug redete, wütend nach.

Wagner sehnte sich nach seiner Frau, nach seinem Zuhause, nach Ruhe. Der Tag war lang und wenig erfreulich gewesen, und er war müde. Die Suche nach Viktor Malthus' Mörder kam ebenso wenig voran wie die Klärung der Überfälle. Immerhin hatte er jemanden gefunden, der in der Sturmnacht beobachtet hatte, wie sich zwei dunkle Gestalten vom Drillhaus davonschlichen.

Als der Sturm nachzulassen begann und das Dach direkt über seinem Kopf nicht mehr gar so bedrohlich rüttelte, hatte sich der zweite Geselle des Kamm-Machers am Holzdamm an das winzige Fenster seiner Stube gestellt und hinausgesehen. Die innere Alster war noch so aufgewühlt, dass er an das Meer dachte, von dem er oft träumte. Leider bereitete ihm schon die Überfahrt nach Harburg an der südlichen Elbe, die er in seinem 35-jährigen Leben zweimal hatte wagen müssen, heftige Übelkeit.

‹Ja›, sagte er, als Wagner zu dieser bedeutenden Mitteilung ungeduldig mit der Spitze seines Bleistiftstummels auf den Tisch klopfte, ‹ja, das Drillhaus.›

Zwei seien es gewesen, und er habe gedacht, sie hätten Schutz vor dem Unwetter gesucht, was nur klug gewesen wäre, denn der Eingang schütze in der Tat vor Wind, wenn auch kaum vor so heftigem. Sie hatten einen Sack bei sich oder etwas, das danach aussah, für eine Leiche, das bitte er zu bedenken, war der Sack aber zu klein.

Wagner hätte gerne mit der Faust auf den Tisch gedonnert, er riss sich zusammen. Noch eine Leiche! Hier ging es einzig um die unersetzlichen silbernen Deckelhumpen und, ja, um die Gewehre. *Und* um einen drohenden Aufruhr, was mehr als genug war, weit mehr. Und nun plapperte der dumme Kamm-Macher von einem weiteren Toten.

Natürlich hatte er keinen der Männer erkannt: Es war dunkel, es war stürmisch, er hatte nicht weiter darauf geachtet. Überhaupt war er jetzt nur zum Weddemeister gekommen, weil er seine Pflicht kannte. Und so spät, weil es ihm erst jetzt wieder einfallen war.

‹Erst jetzt, aha›, hatte Wagner gesagt. ‹Warum erst jetzt?›

Da hatte der Geselle nur betreten auf seine Finger geguckt, und Wagner hatte ihn weggeschickt.

Er hasste solche Zeugen. Sogar diesen, der einer Vermutung, die er immer wieder weggeschoben hatte, neue Nahrung gab, nämlich dass tatsächlich ein paar junge Bengel Schutz vor dem Sturm gesucht hatten, sehr wahrscheinlich betrunkene Bengel. Sie hatten die Tür aufgebrochen und, als sie die im Drillhaus verwahrten Schätze entdeckten, die Gelegenheit genutzt. Das war dumm gewesen. Die Strafen waren hart, für Diebereien von Eigentum der Bürgerkapitäne konnte es womöglich mit dem Galgen enden, selbst wenn es ihr erster Diebstahl gewesen war.

Solche dummen Kerle boten ihr Diebesgut meistens dem nächstbesten Händler an, dann würden die Humpen bald auftauchen. Wenn sie ein bisschen schlauer und nicht ganz so geldgierig waren, verkauften sie ihre Ware an einen

Matrosen, dann waren die Humpen auf Nimmerwiedersehen verschwunden. Erst in London, Kopenhagen, Bordeaux, Archangelsk oder Lissabon würden sie auftauchen, unerreichbar.

‹Und Altona?›, dachte er. Dazu mussten sie durchs Millerntor geschmuggelt werden, das gelang bei so großen kostbaren Krügen nur schwer, und das Risiko war viel zu groß. Er, Wagner, würde sie an Matrosen verkaufen. Das war am sichersten.

Und der Pulverdiebstahl auf der Bastion Eberhardus? Von dem wollte niemand etwas bemerkt oder gesehen haben, kein Soldat, kein Bürger, kein Nachtwächter, kein Herumtreiber – wahrscheinlich nicht einmal die Vögel, die in den Ulmen auf den Wällen nisteten. Der Gedanke, der ihn mitten in der vergangenen Nacht aus dem Schlaf geschreckt hatte, kehrte zurück und besserte seine Stimmung nicht: Womöglich war der Diebstahl des Garnisonspulvers eine eingefädelte Sache, um einen unlösbaren Fehler in den Abrechnungen und Lagerlisten auf diese so schlichte wie verwerfliche Weise zu korrigieren. Ein übler Gedanke, denn falls es tatsächlich so oder so ähnlich war, würde er die Diebe niemals finden. Es stimmte: Wenn mehr als zwei Männer an einer Gaunerei beteiligt waren, verplapperte sich immer einer. Irgendwann. Wenn das erst geschehen war, wurde weitergeplappert – bis die Nachricht auch ihn erreichte und er das erste Fädchen der Lösung in der Hand hielt. Bei der Garnison konnte er auf so ein Plappern, auf so ein Fädchen lange warten.

All das war so wenig erhellend wie erfreulich. Als er in den Neuen Wandrahm einbog, knurrte sein Magen vernehmlich, hoffentlich dachte Madame Herrmanns daran, dass ein Weddemeister um diese Stunde selten schon ein Abendbrot gehabt hatte.

Ausnahmsweise wurde ihm die Tür nicht von dem alten Diener geöffnet, der Claes Herrmanns, dem Hausherrn, schon gedient hatte, als der zu seiner Kaufmannslehre nach London aufbrach. Mamsell Elsbeth stand in der Tür und sah ihn, die Fäuste in die Hüften gestemmt, streng an.

«Ihr solltet längst bei Eurer Karla sein, Weddemeister», sagte die Köchin, «eine so junge Frau lässt man am Abend nicht allein. Sagt das Madame Herrmanns. Sagt ihr, sie soll Euch das nächste Mal früher herbestellen. Ach, das tut Ihr ja doch nicht. Habt Ihr Hunger? Natürlich habt Ihr Hunger. Madame ist im kleinen Salon, Mademoiselle Rosina ist auch schon da. Geht nur, Ihr kennt Euch ja aus. Ich bringe gleich einen Imbiss. Mögt Ihr kalten Schweinebraten? Von der Forellenpastete wird auch noch genug da sein.»

Wagner hätte ihr gerne einen Kuss gegeben. Der Respekt vor Elsbeth und die Tatsache, dass er nie wagen würde, eine andere als seine eigene Frau zu küssen, ließ ihn nur einen Dank murmeln und die Treppe hinaufstapfen. Er hoffte, sie werde auch von dem frischen Brot dazulegen, dessen Duft süß in der Diele hing.

Wagner hatte schon einige Male im kleinen Salon der Herrmanns' gesessen. Beim ersten Mal hatte er kaum gewagt, sich auf mehr als die Stuhlkante zu setzen. Als er nun an die Tür klopfte, schien ihm das sehr lange her zu sein. Auch jetzt noch zog er seine eigene winzige Wohnung oder den *Bremer Schlüssel* dem vornehmen Raum im Haus dieser reichen, wichtigen Leuten vor, aber er fühlte sich hier und in deren stets so gelassen erscheinenden Gegenwart nicht mehr, nun ja, nicht mehr wie ein Wurm. Insbesondere, wenn auch Rosina dort war.

«Wagner, sehr schön. Seid willkommen.» Anne Herrmanns ging ihm entgegen und wies auf einen der zierlichen Stühle, die um den runden Tisch standen.

«Guten Abend, Wagner», sagte Rosina, «schaut mich nicht so kritisch an. Die Kleider gehören der Magd der Krögerin, warum, ist nicht von Belang.»

Wagner hüstelte und ertappte sich bei einem seltenen Grinsen. Das geflickte, etwas zu weite Mieder bemerkte er erst jetzt. «Und was habt Ihr mit Euren Händen gemacht? Wären sie nur so – schwärzlich, würde ich denken, Ihr habt in einer Kattundruckerei beim Farberühren ausgeholfen, aber woher sind die Kratzer?»

«Brombeeren», sagte Rosina düster. «Nun setzt Euch, was es mit den Brombeeren auf sich hat, erfahrt Ihr gleich. Ihr seid der Weddemeister, also seid Ihr zuerst dran. Oder sind Eure Erkenntnisse geheim und Ihr wollt nur unsere hören?»

Darüber hatte Wagner noch nicht nachgedacht. Weil sich nun die Tür wieder öffnete und Elsbeth wie ein guter Engel der Hungrigen mit einem großen Tablett voller Teller und Platten hereinkam, blieb ihm dazu noch ein wenig Zeit. Wieder kam ihm ein Kuss in den Sinn: Sie hatte an das frische, saftige Brot gedacht.

Wagner sah und roch die Pastete, den Braten, das Brot, den buttergelben Käse und das mit Zimt gewürzte Pflaumenkompott, erinnerte sich daran, dass er in dieser Gesellschaft keinesfalls zugleich essen und reden durfte, und beschloss, die Sache mit dem Drillhaus auszulassen. Das, da war er sicher, interessierte Rosina und Madame Herrmanns wenig. Selbst kluge Frauen verstanden sich schlecht darauf, Zusammenhänge und das große Ganze zu bedenken oder gar zu erkennen.

Allerdings erwähnte er, was Major Breinhardt über das Loblied auf den Ehrenmann Malthus hinaus gesagt hatte, nämlich dass der Oberleutnant sich mit dem Pulverdiebstahl und überhaupt der Lagerung des Pulvers in der

Stadt beschäftigt hatte. Leider war es Wagner nicht gelungen, mehr herauszubekommen. Im Übrigen, so hatte er inzwischen entschieden, fand er bedeutender, was er von Fähnrich Börne erfahren hatte: «Als der Deich um Spadenland, Ochsenwerder und Tatenberg durchstochen wurde», begann er, «kamen die Bauern mit Forken, Spaten und Knüppeln, wollten die Männer verjagen und ihren Deich retten. Natürlich waren sie hoffnungslos unterlegen, einfache Bauern gegen unsere Garnison, dazu das ganze Wasser, aber man weiß ja nie, und eine so, nun ja, so wütende Meute – jedenfalls hatte der Oberleutnant den Befehl über die Soldaten, die die Arbeit am Deich schützten, und als es brenzlig wurde, hat er schießen lassen.»

«Ja», Anne nickte nachdenklich, «davon habe ich gehört. Hat er nicht über die Köpfe schießen lassen? Das war doch milde, wer sonst hätte das getan?»

«Die wenigsten», stimmte Wagner streng zu, «die wenigsten. Aufruhr ist Aufruhr. Es hat trotzdem einen der Bauern getroffen. Er war nicht tot, aber schwer genug verletzt, dass ihm wenige Tage später der Arm amputiert werden musste. Ich glaube, es war der linke. Ich habe mit dem Chirurgen gesprochen, der das gemacht hat. Pullmann, er lebt im alten Müllerhaus bei Lombard. Gewiss kennt Ihr ihn, Madame Herrmanns.»

«Ja», Anne nickte, «hin und wieder ist es hilfreich, einen guten Chirurgen zur Hand zu haben, findet Ihr nicht? Soviel ich weiß, hat er eine sehr tüchtige Helferin. Habt Ihr sie gesehen?»

«Sehr tüchtig, es scheint so, ja. Pullmann weiß nur, dass der Bauer mit Vornamen Andreas oder Anders heißt, aber nicht, in welcher Straße, nicht mal, in welchem Quartier er jetzt wohnt. Grabbe ist unterwegs und sucht nach einem vor nicht zu langer Zeit Amputierten. Der Deich wurde in der vorletzten Juliwoche durchbrochen, da wurde der Kerl auch amputiert.» Er schnaufte grimmig. Selbst sein tüchtiger Weddeknecht würde in dieser großen Stadt mit ihren Armutsquartieren in den verwinkelten Gassen kaum einen finden, der sich zu verbergen suchte. Auch keinen, der so einen verriete, es sei denn gegen bare Münze.

«Der linke Arm», sagte Rosina. «Vielleicht habe ich den Mann gesehen.»

«Wo?», schnappte Wagner und setzte sich aufrecht. «Wann?»

«Ich bin nicht sicher, erzählt erst weiter. Das gehört sowieso zu meinem Teil der Geschichte.»

«Ich glaube nicht, dass der Bauer noch in der Marsch wohnt», fuhr Wagner widerwillig fort, «selbst wenn er nach dem Absaufen seiner Kate bei Verwandten unterkriechen konnte. Er ist danach noch zweimal bei diesem Chirurgen bei der Mühle am Lombard gewesen, von der Marsch ist das mit einer solchen Wunde zu weit.»

«Warum?», fragte Rosina. «Ihm fehlt doch kein Bein.» Nach ihrem Wanderleben empfand sie die Strecke selbst von Zollenspieker bis zum Lombard als einen Katzensprung.

«Zu weit», beharrte Wagner. Dass ihn das Verhalten des Chirurgen und nicht weniger dessen Magd in seiner Überzeugung bestärkte, behielt er für sich. Es war ja nur ein Gefühl. Der verletzte Bauer, berichtete er weiter, sei von einem Mann und einer jungen Frau gebracht worden, von denen der Chirurg auch weder Wohnung noch Namen kenne.

«Hm», machte Rosina, und Anne sagte: «Genau. Das ist wenig. Manche Wundärzte sind so, die interessieren sich nur für ihr Geld. Also vermutet Ihr, Wagner, der Bauer wollte sich für den verlorenen Arm rächen?»

«Und für die gefluteten Inseln. Die Leute dort haben alles verloren. Solche brauchen einen Sündenbock. Warum nicht den Offizier? Solche Rabauken verstehen nicht, wenn ein Mann seine Pflicht im Dienst der Stadt tut und einem Befehl folgt. Das *wollen* sie nicht verstehen.»

«Wie hätte denn einer aus der Marsch, der sich sicher nicht gut in der Stadt auskennt, auf die Idee mit dem Eiskeller kommen sollen?», fragte Anne.

«Und wie sollte einer mit nur einem gesunden und einem halben schmerzenden Arm diesen Balken vor die Kellertür wuchten?»

«Das frage ich ihn, sobald ich ihn gefunden habe», knurrte Wagner. Er warf Rosina einen scharfen Blick zu, doch die war mit der Betrachtung ihrer Fingernägel beschäftigt.

«Der Oberleutnant hatte sonst keine Feinde», sagte Wagner, «er war in der Garnison und auch allgemein beliebt, er war ein bisschen – nun, lebenslustig.» Dann fiel ihm siedend heiß ein, dass die junge Frau, die mit dem lebenslustigen Viktor verlobt gewesen und von dieser speziellen Art Lebenslust tief getroffen sein musste, in diesem Haus lebte. Er zog sein großes blaues Tuch aus der Tasche und wischte sich über die Stirn. Als er es wieder einsteckte, entschied er, es gehe sowieso nicht an, vor einer Dame wie Madame Herrmanns von Liebeleien jünger Offiziere zu sprechen. Hätte er gewusst, dass nicht nur Anne, sondern auch Fenna diese Seite Viktors kannte, hätte er gestaunt.

Anne hatte das Kinn in die Hände gestützt und sah wie so oft zum Fenster hinaus. Leider gab es dort nichts Aufheiterndes zu sehen, sondern nur die nachtschwarze Scheibe. Sie dachte für einen sorgenvollen Augenblick an ihren Mann. Doch der saß nun sicher und zweifellos bester

Stimmung mit den anderen Mitgliedern der Commerzdeputation im Commerzium. Brooks hatte ihn begleitet, ihm würde nichts geschehen.

Der Gedanke an Claes half nicht. Warum nur hatte sie dieses Treffen arrangiert? Warum hatte sie sich nicht aus dieser ganzen Sache herausgehalten und Wagner seine Arbeit allein tun lassen, wie es sich gehörte? War ihr Leben so langweilig, dass sie eitel ihre Nase in diese schmutzige Angelegenheit stecken musste? Es war doch genug, wenn Rosina sich einmischte, bei einer Komödiantin wunderte das niemanden. Wenn sich das jedoch von einer Kaufmannsfrau herumsprach – warum hatte Claes nur gelacht und nicht widersprochen? Vor allem aber: Musste sie nun wirklich Farbe bekennen?

«So esst doch, Weddemeister», sagte sie, schob ihm die Platte mit dem Fleisch und der Pastete näher, dann die mit Käse und Butter, brach das Brot und reichte ihm das größere Stück. «Ihr müsst hungrig sein. Wir sind unter uns, Ihr könnt ruhig beim Reden essen.»

Sie legte diskret ein Mundtuch neben seinen Teller, füllte endlich die bereitstehenden Gläser mit Rheinwein und nippte an ihrem.

Plötzlich erschien es ihr niederträchtig, zu erzählen, was sie bei Madame Malthus erfahren hatte. Sie konnte nicht an eine Schuld Elias' glauben. So wie sie niemals bei einem Menschen aus der ihr vertrauten Umgebung an eine schwere Schuld glauben konnte.

Sie hatte Glück. Der Bericht über die Malthus'schen Familienstreitigkeiten blieb ihr erspart. Das hatte Wagner selbst herausgefunden. An diesem Morgen hatte er endlich bei Ascan Westmeyer angeklopft, dem Mann im rosenholzfarbenen Damastrock, der in Jensens Kaffeehaus vorgegeben hatte, mit den Verhältnissen der Familie Malthus bestens vertraut zu sein. Westmeyer, das erfuhr Anne nun, wusste alles, was Madame Polter wusste, offensichtlich war er genauso begierig wie die Nachbarin der Malthus' gewesen, davon zu erzählen.

Dass Viktor enterbt worden war, dass sein Vater kurz vor seinem Tod das Testament hatte ändern wollen, dass Madame Malthus, nachdem diese Änderung nicht mehr vollzogen werden konnte, beschlossen hatte, ihr Erbe auf Viktor, ihren vergötterten ältesten Sohn, zu übertragen und dass Elias, ja, dass Elias dann nicht mehr alleiniger Herr im Hause Malthus gewesen wäre. Das müsse ihn zutiefst gekränkt und verletzt haben, woraus leicht Hass erwachse. Tödlicher Hass.

«Kain und Abel», sagte Wagner und schob endlich das Stück Pastete in den Mund, das er schon geraume Zeit auf der Gabel balancierte.

«Unsinn, Wagner», protestierte Anne, «sie waren doch Brüder. Das waren Kain und Abel natürlich auch, trotzdem heißt das gar nichts. Ihr habt mit Monsieur Malthus gesprochen, erschien er Euch als leidenschaftlicher, unbeherrschter Mensch, der um des Besitzes willen tötet? Gar seinen Bruder?»

«Wer kann so etwas genau wissen?», fragte Rosina. «Erinnere dich, Anne: Er war nicht mein Bruder, aber mein Vetter – für ein bisschen Wohlstand war er bereit, alles zu tun. Elias Malthus wusste immerhin von dem Eiskeller, für ihn wäre es ein Leichtes gewesen, seinen Bruder dorthin zu locken.»

«Sehr richtig», sagte Wagner. «Außerdem, ich muss gestehen, es ist mir erst jetzt wieder eingefallen, ja, erst jetzt. Monsieur Malthus wusste, dass sein Bruder mit dem Kopf auf das Eis aufgeschlagen war. Er hat es erwähnt, bevor ich es ihm gesagt habe.»

«Er wusste es?», fragte Rosina. «Und das fällt Euch erst jetzt ein?»

«Nun ja, genau genommen *scheint* es, als ob er es wusste. Er sagte, gewiss sei sein Bruder gefallen und benommen oder ohnmächtig gewesen und dann erfroren. Er wollte zuerst nicht zugestehen, dass sein Tod ein Mord war. Tatsächlich sagte er ‹womöglich›. Wenn ich mich nicht irre. Ich muss auf meine Notizzettel sehen.»

«Womöglich, aha. Natürlich sagte er das», rief Anne. «Elias hat das angenommen, und das ist nur folgerichtig. Das hätte ich auch getan. Nein», sagte sie nachdrücklich, «nicht Elias. Das hätte er seiner Mutter niemals angetan.»

Rosina schwieg, Wagner kaute, endlich gab Anne nach: «Nun gut, ich habe auch daran gedacht. Obwohl ich mich dafür schäme. Ich kenne ihn seit einigen Jahren und habe ihn immer als ehrlichen Mann und guten Christen erlebt. Doch nur weil ich ein sorgenfreies, behütetes Leben habe, bin noch nicht dumm genug, blind einer Fassade zu trauen. Wer weiß, welche Leidenschaften ein beherrschter Mensch verbergen mag. Wenn man wenigstens wüsste, ob er in dieser Nacht zu Hause war ...»

«Das weiß man, sozusagen», nuschelte Wagner. Er hatte zu hastig gegessen, es gelang ihm nur halb, einen Rülpser zu unterdrücken.

«Das wisst Ihr? Und da lasst Ihr mich so zappeln?»

Wagner drückte das Mundtuch auf die Lippen und musterte bedauernd den Fettfleck auf dem makellosen Leinen. «Pardon, Madame, ich wollte nicht ... Nun ja, es ist so: Monsieur Malthus hat es mir gesagt, was nicht viel bedeutet. Aber Madame Malthus' Mädchen sagt das Gleiche, ich war nämlich auch nicht untätig. Sie hat in jener Nacht in der Küche gesessen, im Souterrain, weil sie gedacht hat, dort könne ihr der Sturm am wenigsten anhaben, selbst wenn er das Haus umweht. Sie war die ganze Nacht dort und sagt, in der Küche sei gut zu hören, wenn die Treppe knarrt und jemand das Haus verlässt. Es stimmt, ich habe es selbst geprüft. Sie hat aber nichts gehört.»

Erst unter Rosinas zweifelndem Blick bemerkte Wagner, wie wenig verlässlich das Wort einer vom nächtlichen Sturm geängstigten, müden Magd war.

«Ja», sagte Rosina zögernd, «Mägden entgeht wenig. Dass jemand in einer solchen Sturmnacht sein Haus verlässt, um seinen Bruder in einen Eiskeller zu locken, klingt auch unwahrscheinlich. Andererseits begann der Sturm erst geraume Zeit nach Mitternacht …»

«Sehr unwahrscheinlich», rief Anne mit neuer Zuversicht. «Dieser Eiskeller ist einfach ein zu seltsamer Ort. Wenn er wirklich vorgehabt hätte, Viktor etwas anzutun, wäre ihm Klügeres eingefallen. Und jetzt will ich hören, was Rosina zu berichten hat. Wie hast du es angestellt, die Soldaten auszuhorchen? Und vor allem: Wie hast du dich in den Garten eingeschlichen?»

An die Soldaten hatte Rosina nicht einmal mehr gedacht. Wagners Enttäuschung hielt nicht lange an. Endlich konnte er sich aufs Zuhören beschränken und in Ruhe essen, das machte ihn nachsichtig. Als Rosina erklärte, der Schwarzbärtige im *Bremer Schlüssel* sei ein Grönlandfahrer, ließ er die Gabel sinken.

«Ein Grönlandfahrer? Seid Ihr sicher?»

«Ganz sicher. Er saß nur einige Fuß von mir entfernt, ich habe es selbst gehört. Jedenfalls, dass er Harpunier ist. Jakobsen kennt ihn, der hat alles Übrige erzählt. Jetzt hört zu: Dieser Mann ist auf der *Fortuna* gefahren, dem Schiff, von dem das frische Eis in den Keller im Wall gebracht worden ist. Und das haben nicht Hafenarbeiter oder Bedienstete getan, sondern die Seeleute selbst, wer von der Besatzung noch übrig war. Dazu gehörte auch der Harpunier. Er hat sich den Botenlohn sicher nicht entgehen lassen. Warum macht Ihr ein enttäuschtes Gesicht, Wagner?»

«Die Rose.» Wieder fiel Wagner etwas siedend heiß ein. «Ihr erinnert Euch gewiss an die Rose aus Fischbein, die ich Euch beim Dragonerstall gezeigt habe. Sie fiel mir aus der Tasche. Sie ist aber aus Walrosszahn, ich habe zwei Schnitzer befragt. Ich muss gestehen», er dachte daran zu hüsteln, doch das half nun auch nicht, «ich war nicht ganz ehrlich. Wie Ihr vorhin sagtet, Rosina, manche Dinge muss ein Weddemeister für sich behalten. Ja, die Rose. Sie war nicht für Madame Wagner, leider, und auch nicht bei einem Straßenhändler gekauft. Ich habe sie in dem Eiskeller gefunden. Genau vor den Füßen des Toten, im Stroh. Ich dachte, wenn ich herausfinde, wer sie gemacht hat, sie hat ja dieses Zeichen, und wenn der Schnitzer weiß, wer sie gekauft hat, finde ich, nun ja, vielleicht den Mörder.»

«Und nun glaubt Ihr, nicht der, sondern einer der Männer, die das Eis gebracht haben, hat sie dort verloren», schloss Rosina. Wagner nickte freudlos, und sie fuhr fort: «Ihr habt keinen Grund, enttäuscht zu sein. Dieser Grönlandfahrer fährt schon lange zur See, aber», sie machte eine kleine dramatische Pause, wie sie es auf dem Theater gelernt hatte, «aber er ist ein Bauernsohn. Und ratet, wo die Kate seiner Familie steht. Besser gesagt: gestanden hat. Auf Spadenland, dort, wo der Deich durchstochen worden ist. Die Familie hat alles verloren, sagt Jakobsen, sie ist bankrott. Und nun: Wer, glaubt Ihr, saß den ganzen Abend neben ihm?»

«Wer?», rief Anne. «Nun sag schon.»

«Ein junger Mann. Ich weiß nicht, wie er heißt, aber – er hatte nur einen Arm. Mit dem anderen war er sehr ungeschickt, als sei er noch nicht gewöhnt, mit einem auszukommen.»

«Ha!», rief Wagner, «ha!» Triumphierend spießte er ein Stück Schweinebraten auf und ließ es auf seinen Teller fallen. «Von Spadenland. Wie der Bauer beim Chirurgen. Wenn Jakobsen ihn kennt, weiß er auch seinen Namen. Und wo er wohnt. Jakobsen weiß doch alles von seinen Gästen.»

«Fast», sagte Rosina. «Er weiß nur, dass der Grönlandfahrer Rutger Ermkendorf heißt, den anderen kennt er nicht. Aber ich weiß, wo Ermkendorf jetzt arbeitet.»

«Doch nicht etwa ...»

«Doch, Anne, genau dort: im Malthus'schen Garten am Gänsemarkt. Er saß heute in einer großen Fichte und hat die Zapfen geerntet. Manchmal arbeitet er auch in den Baumschulen vor dem Damm- und dem Steintor. Er hat schon als Junge dort ausgeholfen. Ich nehme an, die Kätner in der Marsch können jeden Pfennig brauchen und verdingen sich und ihre Kinder in den Gärten, wenn sie ihre Ernte eingefahren und Hände übrig haben. Er ist etwa in Elias' Alter, das heißt, sie kennen sich schon lange – falls sich der Sohn eines wohlhabenden Kunst- und Handelsgärtners und ein junger Tagelöhner mehr als wie Herr und Knecht kennen. Solche Freundschaften kommen vor. Wenn sich nun beide zusammengetan hätten?», gab sie zu bedenken. «Oder wenn der Grönlandfahrer seinem alten Freund und neuem Herrn einen Gefallen tun wollte und den Konkurrenten aus der Welt schaffen? Beide hatten wenig Grund, Viktor zu lieben.»

Anne war mit diesem Resümee ganz und gar nicht einverstanden. Elias habe die fragliche Nacht in seinem Haus verbracht, das sei bezeugt, bei allem Vorbehalt gegen das Wort einer müden Magd. Und dieser Grönlandfahrer möge wohl zornig sein, das sei zu verstehen, wenn man es aber nur ein klein wenig kühl bedenke, trage Viktor weder an dem Deichdurchstich noch an der fatalen Amputation die geringste Schuld. *Wenn* dieser Einarmige denn überhaupt derjenige sei, den Wagner suche – solche gebe es gewiss etliche in der Stadt.

Wagner hörte weiter zu, widmete sich inzwischen Käse, Butter, Brot und Wein und war bester Stimmung. Es ging voran. Madame Herrmanns' Rede interessierte ihn wenig.

Leider versetzte Rosina ihm einen Dämpfer. «Du magst Recht haben, Anne. Allerdings glaube ich, dass die Menschen selten kühl und vernünftig denken, besonders wenn sie ins Unglück gestoßen wurden. Andererseits, da ist noch einiges andere. Es geht ja nicht nur um den Oberleutnant. Was haben Malthus und Ermkendorf mit den anderen Männern zu tun?»

Wagner setzt sein Glas abrupt ab. Es musste am ungewohnten Wein liegen, der machte übermütig und verdarb das Denken. «Die Überfälle, natürlich. Die habe ich nicht vergessen», log er, «nicht vergessen, ja. Gleichwohl», nun war es doch angebracht zu hüsteln, «ja, gleichwohl. Ich meine, möglicherweise, nur möglicherweise, muss man die Dinge tatsächlich getrennt betrachten.» Das entsprach inzwischen nicht mehr ganz seiner Überzeugung, warum auch immer, doch nun war es das Einzige, das er sagen konnte. Sagen musste, wenn er nicht zugeben wollte, dass er diesen ganzen Wirrwarr nicht mehr verstand.

«Ja», sagte Rosina fröhlich und stibitzte ihm das letzte Stück Brot vom Teller, «möglicherweise.»

Als Rosina und Wagner sich bald darauf verabschiedeten, hielt Anne ihre Freundin noch einen Moment zurück.

«Hast du Post bekommen?», fragte sie, und als Rosina nickte: «Angenehme Post?»

«Überaus angenehm. Wenn alles gut geht, ist er bald hier. In wenigen Tagen.»

Anne umarmte sie, was als ein Zeichen größter Vertraulichkeit äußerst selten geschah. «Und dann», sagte sie, «und dann, wer weiß – vielleicht kehrst du doch ins bürgerliche Leben zurück.»

Diesmal sagte Rosina nicht ‹womöglich›. Sie lief rasch die Treppe zu dem wartenden Wagner hinunter.

Anne stand am Fenster und sah den beiden nach, bis sich ihre Konturen hinter dem diffusen Licht der Laterne bei der Jungfernbrücke auflösten. Dann bewegte sich nichts mehr. Und Claes war immer noch nicht nach Hause gekommen.

‹Aber›, dachte sie wieder und versuchte, ein heiteres Gesicht zu machen, ‹er hat ja Brooks mitgenommen.› Jedenfalls hatte er es versprochen.

Rosina war keine ängstliche Natur, doch in dieser Nacht war sie froh, Wagner an ihrer Seite zu haben. Wieder lag herbstlicher Dunst über der Stadt, über den Fleeten, in den an ihnen verlaufenden Gassen hatte er sich schon zu wattigen Schwaden verdichtet. Ein furchtsames Gemüt konnte sie unter dem mondlosen Himmel leicht für Gespenster halten.

Beide hingen ihren Gedanken nach, bis Wagner plötzlich sagte: «Wenn ich es richtig verstanden habe, habt Ihr heute im Malthus'schen Garten als Tagelöhnerin gearbeitet?»

Rosina lachte, leise nur, als könne sie die Stille der Nacht stören. «Ich bin für eine ausgebliebene Tagelöhnerin eingesprungen. Einen so grandiosen Zufall konnte ich nicht ungenutzt lassen. Glaubt mir, Wagner, ich bin schon in weniger anstrengende Rollen geschlüpft. Sollte ich je einen Garten zu bestellen haben, hoffe ich, dass ich mir einen Gärtner leisten kann.»

«Und dort habt Ihr unvermutet den Grönlandfahrer gefunden. Das ist allerhand.»

«Nicht wirklich. Ich wollte in Elias Malthus' Nähe, und Ermkendorf hat schon vor vielen Jahren für die Malthus' gearbeitet. Nun will er nicht mehr zur See fahren, also arbeitet er erst mal wieder für ihn. Hätte ich das gewusst, hätte ich wohl gleich dort gesucht. Wenn ich ihn überhaupt gesucht hätte. Verdächtig finde ich ihn erst, seit ich um seine Verbindung zu Elias Malthus und von den Testamentsstreitereien weiß.»

«Hat er Euch erkannt? Ihr habt bei Jakobsen nur wenige Fuß von ihm entfernt gesessen.»

«Ich glaube ja, aber warum sollte eine Tagelöhnerin nicht mit ihrer Familie oder Freunden, die sich Jakobsens Suppen leisten können, dort sein? Falls er sich erinnert hat, hat er sich nichts anmerken lassen, er war auch bald verschwunden. Morgen gehe ich noch einmal hin. Ich habe so ein Gefühl, als sollte ich dort weiter die Augen und Ohren offen halten. Was denkt Ihr, Wagner?»

«Es kann nicht schaden. Gewiss nicht schaden.»

Ihre Schritte klangen dumpf auf der Brücke über den Herrengrabenfleet, als plötzlich zwei Männer in langen schwarzen Mänteln und großen, tief in die Gesichter gezogenen Hüten vor ihnen auftauchten.

«Wer da?», fragte eine seltsam hoch lispelnde Stimme, und Rosina hörte Wagner erleichtert die Luft ausstoßen.

«Ich bin's, Panne», sagte er, «Wagner. Seit wann schleicht ihr Nachtwächter wie die Katzen durch die Straßen?»

«Seit wir Männer fangen sollen, die Pfeffersäcke überfallen. Heute in so lieblicher Gesellschaft, Weddemeister? Liegt deine Wohnung nicht in entgegengesetzter Richtung?»

«Lass dein hässliches Grinsen, Panne. Mademoiselle

Hardenstein ist eine Freundin von Madame Herrmanns, wir waren dort, ja, zu Gast. Soll eine junge Dame um diese Stunde allein nach Hause gehen?»

Der Name eines der wohlhabendsten Häuser der Stadt verwandelte Pannes anzügliches Grinsen schlagartig in ein ergebenes. Und weil Wagners Wohnung tatsächlich in anderer Richtung lag, weil Karla gewiss schon unruhig auf seine Heimkehr wartete und die Nachtwächter ihre Runde leicht auf die Fuhlentwiete ausdehnen konnten, wurde Rosina von zwei Männern in langen schwarzen Mänteln zum Kröger'schen Hof eskortiert.

Wagner eilte ein Stück des Weges zurück und bog in die Dreckwall genannte Straße ein. Vor dem Durchgang zum Hof des Böttchers blieb er stehen und lauschte. Irgendetwas hatte er gehört. Schnell schlurfende Schritte? Oder eine alarmierende Nachtwächterschnarre? Doch bis auf die üblichen sanften Geräusche einer fast gänzlich schlafenden Stadt war alles still.

Für den Rest des Weges bewegte er seine kurzen Beine so schnell er konnte, er freute sich auf sein Zuhause. Es gab keinen Grund zur Unruhe, auch wenn er den zweiten Nachtwächter nicht kannte, in Pannes Obhut war Rosina sicher wie – ja, so sicher wie bei ihm.

KAPITEL 10

Claes Herrmanns war trotz der langen Sitzung in ausgezeichneter Stimmung. Die Zusammenkunft der Commerzdeputation war wie üblich von Angelegenheiten des Handels und der Politik bestimmt gewesen, Themen, die ihm durchaus behagten, nur die häufig zäh verlaufenden Debatten ermüdeten ihn zunehmend. Er war eben kein junger Mann mehr, es gab nicht viel, das ihm noch frisch und neu war. Die Folgen der Flut, die sie lange beschäftigt hatten, waren heute kein Thema gewesen. Richtig munter wurde er erst, als es wie schon oft in der Vergangenheit um die Forderung an den Rat ging, eine speziell für die im Hafen und in der Elbe liegenden Schiffe zuständige Wache einzurichten und diese auch mit Musketen und schnellen, wendigen Booten auszustatten. Die Diebstähle nahmen überhand, und die Vorstellung, wie sich die Langfinger und ihre Komplizen an Bord über Schiffer und Kaufleute amüsierten, weil die sich dagegen so wenig zu sichern wussten, ließ ihm das Blut in den Kopf steigen.

Umso erfreulicher war, was bei portugiesischem Wein und Tabak in der ‹gemütlichen Stunde› nach dem offiziellen Teil ausgetauscht wurde. Insbesondere Köhlers Hinweis, es gebe da eine Möglichkeit, mit einem französischen Schiffer ins Geschäft zu kommen, um an den Engländern vorbei in deren amerikanischen Kolonien Handel zu treiben. Das war nicht erlaubt, genau genommen reine Schmuggelei, aber es war lukrativ, und wenn die Engländer glaubten, sie könnten den Handel in der halben Welt beherrschen, zwangen sie andere geradezu, nach Hintertüren zu den Pfründen zu suchen. Bei seiner Reise nach den Kolonien im vergangenen Jahr hatte er vielversprechende Beziehungen geknüpft. Wenn sich nun ein Schiffer mit verlässlicher Besatzung fand – die Amerikaner waren sofort dabei, wenn es darum ging, ihrem Mutterland eins auszuwischen. Es wollte nur alles gut und diskret organisiert sein.

Er musste daran denken, Anne diesen Teil der Gespräche noch vorzuenthalten. Sie kannte sich bestens mit dem Handel aus, er hatte ihren Rat schnell schätzen gelernt. Doch bei aller Unbeschwertheit im Umgang mit den hanseatischen Sitten konnte sie in diesen Dingen unerwartet engherzig sein. Besonders wenn sie ihre britische Heimat betrafen.

Über den Mord an Viktor Malthus wurde an diesem Abend höflich geschwiegen. Jedenfalls in seiner Gegenwart. Nur Bocholt, dem das als altem Freund zustand, erkundigte sich raunend nach Mademoiselle Lehnerts Befinden.

Müllerjohanns schmachvolle Begegnung mit einem Armengrab hingegen wurde ausführlich erörtert. Die Palette der Meinungen reichte von gerechter Empörung über die Unsicherheit in dieser Stadt bis zu kaum verhohlener Häme. Wilbur Heckers böses Erwachen vor dem Altar von St. Petri löste immer noch einhelliges Gelächter aus.

Als die Männer sich voneinander verabschiedeten, bemerkte Claes mit heimlichem Vergnügen, dass alle, auch die, die behauptet hatten, diese Überfälle würden sie nicht im Geringsten beunruhigen, für ihren Heimweg durch die Nacht einen kräftig gebauten Diener oder Wächter bestellt hatten.

Nur Bocholt nicht. Dessen Haus lag wenige Minuten vom Commerzium entfernt und direkt auf dem Weg zum

Herrmanns'schen am Neuen Wandrahm, Claes' Begleitung reichte ihm vollauf. Dass der Brooks mitgebracht hatte, seinen Stallmeister mit Schultern wie ein Schrank, fand er trotzdem angenehm.

Sie passierten den Kran neben der Börse, und nachdem Bocholt die rasant kürzer werdenden Tage und die der Gesundheit abträgliche Nebelfeuchte der Nacht beklagt hatte, erreichten sie die Zollenbrücke hinüber zum Grimm. Bocholt blickte in das schwarze Wasser unter dem Dunst hinab, schüttelte kummervoll den Kopf und fragte endlich beiläufig, ob denn Christian nicht bald heimkehre. Was Claes, der Bocholts unausgesprochenen Gedanken teilte, sein hübscher junger Sohn sei für Fenna ein fabelhafter Trost, leider verneinen musste. Warum Bocholt so betrübt aussah, konnte er sich nicht erklären. Vielleicht weil er selbst keinen Sohn hatte, diese gute Partie zu erobern, sondern drei Töchter, die leider alle noch unverheiratet waren. Trotz der beachtlichen Mitgift, die für jede bereitlag. Obwohl beide Väter es mehr als gern gesehen hätten, hatte auch Christian Herrmanns sich bisher für keine der jungen Damen erwärmen können.

Brooks folgte ihnen mit zehn Fuß Abstand, wie es sich für einen Stallmeister gehörte, wenn Herren bedeutende Gespräche miteinander führten. Seine schweren gleichmäßigen Schritte wirkten wie ein sicherer Schild in deren Rücken.

Das Haus der Bocholts am Grimm war eines der letzten, bevor sich die kurze Straße zum Platz um die Katharinenkirche weitete. Im ersten Stock brannte noch Licht, Madame Bocholt, eine zarte, schon grau melierte Dame mit einer Vorliebe für Tonderner Klöppelspitzen und Teecreme mit Vanille und Rumrosinen, wartete auf ihren Mann.

«Meine Madame und die Töchter lesen in letzter Zeit

so viel», sagte Bocholt mit einem entschuldigenden Blick zu dem Fenster hinauf. Just in diesem Moment wurden die Kerzen gelöscht, und da er sich nicht zur Investition in eine Türlaterne durchgerungen hatte, schien es ohne den Orientierung gebenden Lichtfleck und mit den dunklen Wolken vor dem Mond schlagartig völlig dunkel. «Ich weiß nicht, ob das gut ist», fuhr er unbeeindruckt fort, «jetzt lesen sie schon Klopstocks Oden. Verdammt teuer, das Buch, viel Geld für ein Paar Reime, von denen keiner weiß, wozu die dienlich sein sollen. Na ja, es ist frisch aus der Presse, und man muss den Damen auch Freiheiten lassen.»

Dann wünschte er eine gute Nacht, bestellte ergebene Grüße an Madame Herrmanns und Madame Kjellerup, und während Claes und sein Stallmeister in den Kirchplatz einbogen, zeigte er sich als rücksichtsvoller Hausherr und begann in den Tiefen seiner stets mit allerlei Überflüssigem gefüllten Rocktaschen nach dem Hausschlüssel zu suchen.

Claes und Brooks hörten schon die schwachen Geräusche des auflaufenden Wassers unter der Jungfernbrücke, als hinter ihnen ein unterdrückter Schrei ertönte.

Sie brauchten eine Sekunde, um loszulaufen, eine halbe Minute, um den Kirchhof zu überqueren und Bocholt zu erreichen.

Die drei Männer vor ihm schreckten beim Klang der nahenden Schritte auf – sie kamen nicht weit. Brooks hechtete sich nach vorn und rollte mit dem größten in den Straßenschmutz. Claes erwischte den zweiten am Ärmel und griff nach dem dritten, doch der riss sich los, fiel stolpernd auf das Pflaster, rappelte sich auf und rannte davon wie ein Hase, fast ohne Geräusch, und ließ sich von der Dunkelheit verschlucken. Die anderen beiden boten Claes und Brooks einen kurzen, doch beachtlichen Kampf.

«Ich glaub's nicht», schrie Brooks plötzlich, «ich glaub's einfach nicht. Das ist 'ne Frau!!»

Die Mitglieder der Becker'schen Komödiantengesellschaft glaubten, Rosina helfe in diesen Tagen im Herrmanns'schen Garten aus. Ein Irrtum, den Rosina nicht richtig stellte. Allerdings dachten nur die Neuen, sie tue das für Lohn. Es wunderte sie nicht, sie alle hatten schon die unterschiedlichsten (auch die geringsten) Arbeiten angenommen, wenn ihr Beruf sie nicht ernährte. Maline bedauerte es, weil Rosina sie nun nicht, wie es verabredet war, zum Optiker begleiten konnte, der die neue Linse für die Laterna magica für heute versprochen hatte. Helena, Jean und Titus kannten die Wahrheit. Sie verkniffen sich ihre Fragen, sobald es Konkretes zu berichten gab, würden sie es erfahren. Oder wenn Rosina, wie schon einige Male, die Unterstützung ihrer vielfältigen Talente brauchte.

An diesem Morgen gehörte sie zu den Ersten, die kurz nach Sonnenaufgang durch die schmiedeeiserne Pforte des Gartens traten. Bevor sie wie die anderen zum Aufseherhaus ging, um ihre Anweisungen für diesen Tag zu hören, sah sie sich noch einmal um. Sie war sicher gewesen, Wagner werde irgendwo in der Nähe des Eingangs auf den Grönlandfahrer warten, in einem der Hauseingänge vielleicht oder auf dem Platz, den Kopf vermeintlich über die Obst- und Gemüsekörbe der Bäuerinnen gebeugt. Aber von Wagner war weit und breit nichts zu sehen.

Auch an diesem Morgen war Elias Malthus gegen seine Gewohnheit nicht unter den Ersten im Garten. Natürlich nicht, denn der Herr, erinnerte der Aufseher, begrabe heute seinen Bruder. Deshalb habe er mit der ihm eigenen Weitherzigkeit geboten, in den Malthus'schen Gärten heute nur bis um drei Uhr arbeiten zu lassen. Er hoffe, alle würden die freien Stunden nutzen, um während der Zeit des Trauerzuges in ihrer Kirche Gebete für den Toten zu sprechen und eine Kerze anzuzünden. Bei so frühem Feierabend, fügte der Aufseher hinzu, falle die Pause aus, das verstehe sich von selbst.

Rosina sah sich unter den Frauen und Kindern um, auch einige zumeist alte Männer waren heute darunter, Hanne und Rutger Ermkendorf jedoch fehlten. Alle gingen an ihre Arbeit, Rosina wurde mit der dicken Kath zum vorderen Teil des Gartens geschickt, um die Staudenbeete vom Unkraut zu befreien. Sie atmete auf, dort war die Gefahr, das Falsche aus dem Boden zu ziehen, gering. Kaths Hand war vom Stich der Wespe geschwollen, aber sie war wohl Schlimmeres gewöhnt und verlor kein Wort darüber. Sie schien sich an die Neue gewöhnt zu haben und ihr nicht mehr zu misstrauen.

«Weitherzigkeit», äffte sie die Stimme des Aufsehers nach, «Weitherzigkeit. Der hat leicht reden. Der bekommt seinen Lohn jede Woche, immer den gleichen und nicht zu knapp, wir jeden Tag, und glaub bloß nich, du kriegst heute Lohn für den ganzen Tag. Der feine Monsieur Weitherzig kann rechnen, der zahlt uns heute nur bis um drei. Und dann noch 'ne Kerze! Wer soll die bezahlen? Weniger Lohn und noch 'ne Kerze kaufen. Das nenn ich weitherzig. Was kümmert mich ein toter Oberleutnant? Und wenn er zehnmal der Bruder vom Herrn is. Mich kümmert, wovon ich meine Kinder und meinen lahmen Vater füttern soll.»

Kath gab sich keine Mühe, leise zu sprechen. Der Aufseher war in das Haus am Ufer verschwunden und die anderen teilten ihrer Meinung.

«Wo ist Hanne?», fragte Rosina und versuchte durch eine Ritterspornstaude Kaths Gesicht zu erkennen, doch hinter den noch dicht mit blauen Blüten besetzten Stängeln sah sie nur den gebeugten Kopf unter verwaschenem grauem Tuch und zornig am Unkraut reißende Hände.

«Was weiß ich», grummelte Kath. «Sicher hat sie heute wieder einen schlechten Tag. Die Hanne», sie richtete sich auf und strich sich mit dem Handrücken über ihre schon schweißnasse Stirn, «die is oft krank. Es sagt keiner, aber Hanne hat die Auszehrung. Seit letzten Winter hat sie schon diesen Husten, mindestens seit letzten Winter. Der geht nich mehr weg, der wird schlimmer. Und so spindeldürr, wie die is, und das Dunkle um die Augen – wenn das nich die Auszehrung is.»

Sie beugte sich wieder über das Beet, brach einen trockenen Zweig über der Wurzel der Staude und warf ihn hinter sich auf den Weg. «Die war so 'n hübsches Mädchen. Das is nich gerecht, nach allem, was sie durchgemacht hat, und keine Familie, nur diese Madame Tante. Hanne hat hier nur noch Arbeit, weil der Herr so gutherzig is, andere geben einem keine Arbeit mehr, wenn man nich jeden Tag pünktlich vorm Tor steht. Da stehen ja genug andere, die nur drauf warten. Und so gute Arbeit find'st du so schnell nich wieder. Ich hab Jahre in 'ner Gerberei geschuftet, ich sag dir: Bevor ich da wieder hingeh, sterb ich lieber.»

Während Rosina das Unkraut vergaß und überlegte, wie sich Elias Malthus' angebliche Gutherzigkeit mit der zuvor beklagten Knauserigkeit vertrug, sprach Kath, die flinken Hände wieder im Unkraut, schon weiter. Hanne, erklärte sie mit einem Anflug von Respekt in der Stimme, sei auch besonders geschickt, die habe in all den Jahren so viel gelernt, dass sie nicht schlechter sei als die Gärtner. Sie könne sogar lesen und schreiben, wenn sie als Junge auf die Welt gekommen wäre und einer das Lehrgeld bezahlt hätte, da hätte sie vielleicht bald eine eigene Gärtnerei.

«Aber jetzt is ja Rutger wieder da, der is für sie wie 'n

Bruder, sagt sie.» Kath streckte den Rücken und lachte. «So 'n Bruder», feixte sie und wiegte sich derb in den Hüften, «so 'n strammen Bruder hätt ich auch gern mal.»

«Der mit dem schwarzen Bart?», fragte Rosina dumm. «Der gestern die Fichtenzapfen geerntet hat?»

«Genau. Der is ... Was is da los? Gibt's was umsonst?»

Bei des Schneeballbüschen steckte eine kleine Gruppe die Köpfe zusammen und stob, als ein schriller Pfiff ertönte, auseinander wie Hühner vor dem Fuchs. Der Aufseher stand am Ende des Weges, er wachte mit dunklem Blick, bis alle wieder zu ihrer Arbeit eilten, und kehrte in sein Kontor zurück. Kaum war er verschwunden, ließ eine der Frauen, die mit dem Aufsammeln von Kastanien beschäftigt war, ihren Korb stehen und rannte zu Kath.

«Hast du's schon gehört», wisperte sie aufgeregt und duckte sich, den Kopf halb dem Aufseherhaus zugewandt, hinter die Stauden, «in der Nacht haben sie die Kerle geschnappt, die Müllerjohann und Hecker überfallen haben ...»

«Und den Aufseher vom Spinnhaus», ergänzte Kath grinsend, «den miesen Kerl.»

«Genau, den auch. Sie haben sie geschnappt, beim Katharinenkirchhof, und was glaubst du – die sind gar keine Kerle. Die sind Frauen.»

«Frauen?!» Kath lies ihr breites Hinterteil auf die Fersen fallen und lachte schallend. «Frauen», rief sie. «Da ham sich vier gestandene Männer von Frauen ...»

«Pssst», die andere presste ihr ängstlich die Hand auf den Mund, «wenn er mich hier erwischt, muss ich gehen. Ja», flüsterte sie, «drei Frauen. Sie haben nur zwei, eine ist weggerannt, aber warum soll das nicht auch eine sein? Es hat einen schrecklichen Kampf gegeben, sagt Hinrichs. Er ist grad vom Garten vorm Steintor gekommen und hat es unterwegs gehört. Sie ham Messer gehabt, sagt er, und

Äxte und was weiß ich, und das Blut ist nur so gespritzt. Da wär ich gerne dabei gewesen.»

Kath stieß die Hand von ihrem Mund und wischte sich über die Lippen. «Wer hat sie denn geschnappt? Die Nachtwache? Und wem wollten sie diesmal an den Kragen?»

«Sie wollten einem Kaufmann vom Grimm den Garaus machen, direkt vor seinem eigenen Haus. Dem Bocholt, keiner weiß, warum. Sicher hatte der ordentlich was in der Tasche. Wenn er nicht grad alles versoffen hatte, die feinen Herrn saufen auch, das glaub nur. Ja, aber dann kam der Herrmanns mit seinem Stallmeister, und – jedenfalls sitzen sie jetzt im Loch, und der Weddemeister quetscht sie aus.»

Kaths Miene ließ vermuten, dass ihr dieses Ende der Geschichte nicht gefiel. «Weißt du, wer die Mädels sind?»

Die Kastaniensammlerin schüttelte den Kopf. «Das wusste Hinrichs nicht. Aber er sagt, jetzt sei auch klar, warum sie Müllerjohann und Hecker nicht umgebracht hätten, ja, auch den Aufseher vom Spinnhaus nicht, obwohl es den fast erwischt hat. Nur den Oberleutnant, den haben sie kaltgemacht. Frauen, sagt Hinrichs, sind eben nicht hart genug. Selbst schuld, sagt er, wenn die Herren sie jetzt wieder erkennen. Dann ist es aus mit ihnen. Galgen, sagt er, ohne Frage.»

Rosina wurde blass. ‹Messer und Äxte und was weiß ich› … ‹Der Herrmanns und sein Stallmeister› … «Bei wem ist das Blut geflossen», fragte Rosina und versuchte, gleichmütig zu erscheinen. «Sind die Männer, die die Frauen erwischt haben, auch schwer verletzt?»

«Kann schon sein», sagte die Kastaniensammlerin. «Aber ich glaub, nicht wirklich. Hinrichs übertreibt gern ein bisschen, er hat es mit dem Blut, der wäre gerne Schlachter geworden.»

Eine in der Ferne klappende Tür ließ sie zusammenfahren, gebückt und flink wie ein Wiesel kehrte sie zu ihrem Korb unter der Kastanie zurück.

Rosina wäre am liebsten gleich zum Neuen Wandrahm gelaufen, um zu hören, was wirklich geschehen war. Doch sicher hatte Hinrichs tatsächlich übertrieben. Wäre viel Blut geflossen und wären Claes Herrmanns oder Brooks schwer verletzt worden, wäre es ihnen kaum gelungen, die Frauen festzuhalten, bis sie die nächste Nachtwachenpatrouille herbeigerufen hatten oder – das war sicher rascher gegangen – Monsieur Bocholts Diener aus dem Haus stürmten. Und was sollte sie dort, bei den Herrmanns', tun? Sie stünde dort nur im Weg.

«Was is?», hörte sie Kaths ruppige Stimme. «Wenn's dir auch die Sprache verschlagen hat, kannst du trotzdem die Hände bewegen.»

Es ging schon auf Mittag, als Rosina klar wurde, dass sie vergeblich weiterarbeitete. Hier gab es für sie nichts mehr zu tun oder herauszufinden: Die nächtlichen Räuber waren gefasst. Zwei Frauen. Oder drei. Waren sie auch Viktor Malthus' Mörder? Warum? Welchen Grund hatten sie gehabt? Außer dem üblichen Straßenraub, zu dem allerdings kaum ein Tod im Eiskeller passte, fiel ihr eine ganze Reihe von Gründen ein, warum Frauen sich zusammentaten und einen Mann überfielen und – wie es bei den anderen dreien geschehen war – der Lächerlichkeit preisgaben. Warum Viktor Malthus?

Dass es Frauen getan hatten, musste Anne tief beunruhigen. Egal, was wirklich der Grund gewesen war, wenn drei Frauen – womöglich junge – einen ‹lebenslustigen› jungen Offizier töteten, musste der Klatsch die allerschönsten Blüten treiben. Blüten mit üblem Geruch. Aber da war noch Wagners zögernde Erkenntnis, die ihrem ebenso unsicheren Gefühl entsprach: Diese Überfälle und der Mord an Viktor Malthus hatten nichts miteinander zu tun. Möglicherweise.

Sie blieb, doch die Hoffnung, mehr zu erfahren, wurde enttäuscht. Und Hanne? Immer wieder ging ihr die blasse junge Frau durch den Kopf. Rosina war auch außerhalb des Theaters in viele Rollen geschlüpft. Als Tagelöhnerin hatte sie nie zuvor gearbeitet, sie kannte sich nicht aus, trotzdem zweifelte sie nicht daran, dass Hanne in diesem Garten eine besondere Rolle hatte. Vielleicht war der Grund das Naheliegendste: Selbst Elias musste einst ein Junge mit heißem Herzen gewesen sein, auch wenn ihr die Vorstellung schwer fiel, und vielleicht war er damals in das Mädchen Hanne verliebt gewesen, vielleicht glomm noch ein Rest dieser Liebe, die dem Sohn einer ‹guten› Familie nicht erlaubt war, in seinem Herzen. Wenn es stimmte, dass Hanne tüchtiger und klüger war als die anderen Arbeiterinnen, geriet ihm seine Nachsicht einer Kränkelnden gegenüber letztlich sogar zum Vorteil.

Hanne unterschied sich von den anderen. Sie konnte lesen und schreiben, und – das fiel ihr erst jetzt auf – sie sprach anders. In längeren Sätzen, geübter, mit besserer Sprache.

Als der Aufseher mit dem Läuten seiner Handglocke das Ende der Arbeit anzeigte, ging sie wie alle anderen zum Alsterufer und wusch sich Hände und Gesicht. Ihre Röcke sahen trotz der festen Schürze, die sie heute mitgebracht hatte, übel aus. Sie wusste, womit sie den Rest des Nachmittags verbringen musste, und hoffte, die Krögerin werde nicht zu viel fragen, wenn sie den großen Kessel für das Waschwasser über das Küchenfeuer hängte.

Die Arbeiter und Arbeiterinnen, es mochten heute etwa zwanzig gewesen sein, waren, kaum dass sie die Pforte passiert hatten, wie der Wind verschwunden. Rosina glaubte nicht, dass sie es so eilig hatten, weil sie für den Bruder ihres Herrn beten und Kerzen anzünden wollten.

Vor dem Tor des Gartens kam sie sich plötzlich leer und überflüssig vor. Nur wenige Schritte weiter führte ein Gang in das immer noch Opernhof genannte Areal. Wo einst die alte Hamburger Oper gestanden hatte, stand nun das neue Ackermann'sche Theater. Vor einigen Jahren war sie für einige Monate Teil des grandiosen (und ebenso grandios gescheiterten) Versuchs gewesen, ein deutsches Nationaltheater zu errichten und zu erhalten. Nun gehörte es wieder der Ackermann'schen Truppe. Die war eine der besten und konnte trotzdem das große Haus nie füllen. Für die Becker'schen war es ein Glück, dass die Gesellschaft wieder einmal ihr Haus am Gänsemarkt für ein Zwischenspiel in einer anderen Stadt verschlossen hatte. Trotzdem spürte Rosina Bedauern. Einige der Mitglieder des Ensembles hätte sie gerne wieder gesehen, auch einige der Aufführungen, zum Genuss und um davon zu lernen. Sie war stolz gewesen, zu einem richtigen großen Theater in einem festen Haus zu gehören, zu diesem aufregenden, in die Zukunft weisenden Unternehmen. Trotzdem war sie bald zur Becker'schen Gesellschaft zurückgekehrt und hatte es nie bereut.

Und nun? Selbst der Duft der süßen Kuchen vom Stand neben der Pforte konnte sie so wenig hungrig machen wie der Vogelhändler neben dem Eingang zur Gerberstraße neugierig, was ein wirklich bedenkliches Zeichen war. Der Himmel hatte sich mit grauen Wolken bedeckt, kühler Wind zerrte an den Röcken und Schultertüchern der Frauen. Sie sah die Menschen geschäftig über den Gänsemarkt eilen, dazwischen müßig schlendernde Damen, deren aufwendige Garderobe auf Gattinnen und Töchter der wenigen Reichen oder der ausländischen Gesandten und Adeligen schließen ließ. Sie sah bettelnde Kinder vor dem Griff eines Wachsoldaten flink einen Haken schlagen und mittendrin – endlich – ein vertrautes Gesicht.

Elsbeth drängte sich energisch durch die Menge. Die Köchin der Herrmanns' war in Eile, wie gewöhnlich, wenn sie in der Stadt unterwegs war; als sie ihren Namen rufen hörte, verwandelte sich ihr gewöhnlich freundliches Gesicht zu einer grimmigen Maske.

«Ach, Ihr seid es, Mademoiselle Rosina.» Sie blieb stehen und versuchte ein Lächeln. «Wollt Ihr auch von der letzten Nacht hören? Ihr wäret wohl die Zwanzigste. Nun gut», seufzend stellte sie ihren Korb auf den Boden, «bei Euch weiß ich wenigstens, dass Ihr nicht aus purer Lust am Unglück fragt.»

Claes Herrmanns und Brooks, berichtete sie bereitwillig, waren bis auf ein paar Kratzer heil aus dem Gerangel mit den Frauen herausgekommen. Nein, Blut sei keines geflossen, auch nicht bei den Frauen, diesen Weibsbildern, die sich, wenn sie schon solche Eseleien anstellten, auch noch so dumm erwischen ließen. Einen Mann vor seinem eigenen Haus zu überfallen! Ein Schrei und die ganze Dienerschaft samt der der Nachbarn renne doch auf die Straße.

«Vielleicht stimmt sogar, was sie behaupten», schloss Elsbeth. «Aber nein», sie schob kopfschüttelnd die Unterlippe vor, «das behaupten alle.»

«Was, Mamsell Elsbeth? Was behaupten alle?»

«Dass sie es nicht waren, Mademoiselle Rosina. Nun muss ich aber laufen.» Sie nahm ihren Korb auf, sah Rosina mit verschmitztem Lächeln an und schlug das weiße Tuch zurück. «Mögt Ihr ein Pastetchen für den Weg? Blätterteig gefüllt mit Haschee von Gebratenem und Speck und Pilzen. Madame Herrmanns wird nichts dagegen haben, wenn eines in Eurem Bauch landet. Oder besser zwei?»

Rosinas Appetit kehrte schlagartig zurück. Sie spürte ihren nagenden Hunger und biss mit glücklichem Seufzer in die würzig-saftige Pastete. Sie winkte Elsbeth nach und wusste, was sie nun als Erstes tun würde. Der Weg zur Post auf der Hohen Brücke war ihr nie zu weit.

«Und?» Wagner schloss die Tür zur Schreibstube der Fronerei. «Sind sie schon weich?»

Grabbe wiegte unschlüssig den Kopf. Der Weddeknecht sah müde aus, was aber nur an seinen stets schläfrig wirkenden Augenlidern lag, an dem ungepflegten, mit stumpfer Schere in Kinnhöhe abgeschnittenem sandfarbenem Haar, den knochigen, wie im Frösteln hochgezogenen Schultern. Trotzdem war er hellwach, seinen wässrigblauen Augen entging so wenig wie seinen Ohren. Grabbe war genau der Richtige, harmlos in Ecken herumzustehen oder durch die Straßen zu streifen, unsichtbar zu bleiben und alles zu sehen und zu hören. Grabbe war der geborene Spion.

Ob er auch der Richtige war, zwei in der Fronerei gefangene Frauen einzuschüchtern, war nicht so gewiss. Leider fehlte ihm die für seinen Beruf nötige Härte, eine Eigenschaft, die Wagner, wenn es darauf ankam, seit einigen Jahren mit einer gewissen Lust in sich spürte. Wagner, der so weich und harmlos wirkte, der schon in Gegenwart einer Senatorengattin zu schwitzen begann, fühlte sich stark und kalt, wenn er Delinquenten gegenüberstand. Ob Männer oder Frauen – das war ihm egal. Halunke war Halunke, und Gesetz war Gesetz.

«Ich weiß nicht recht», erklärte Grabe auf seine bedächtige Art. «Die hocken im Stroh und kriegen den Mund nicht auf. So langsam sollten wir ihnen doch was zu essen geben. Vielleicht geht's dann besser. Sie sehen auch nicht so aus, als wären sie das übliche Gesocks.»

Wagner kaute auf der Unterlippe und trommelte mit seinen kurzen Fingern auf den Tisch. Dann schüttelte er den Kopf. «Später», sagte er, «bring sie rein. Sie können jetzt Wasser haben. Aber nicht im Kerker. Erst wenn sie hier sitzen.»

Wagner war in der vergangenen Nacht gerade zu Bett gegangen, als es heftig an seine Tür pochte. Karla starrte ihn erschreckt an, und während er noch überlegte, wer um diese Stunde bei ihm klopfen könnte, hörte er schon die Stimme eines Nachtwächters aus dem Katharinenkirchspiel. Die Nachricht, man habe die Kerle geschnappt, die diese Überfälle machten, machte ihn hellwach. Die zweite Nachricht, es seien Frauen, verwirrte ihn. Nur für eine halbe Minute, dann ordnete er an, die Frauen in der Fronerei zu lassen, ihnen nichts zu essen zu geben und nicht mehr als eine Kruke Wasser zu trinken, er werde sie morgen befragen.

Als er kurz nach Sonnenaufgang durch die Klappe der Kerkertür blinzelte und die beiden Frauen in Männerkleidern eng aneinander geschmiegt und in tiefem Schlaf im Stroh sah, entschied er verärgert, sie weiter schmoren zu lassen. Wenn sie erwachten, sollten sie ruhig noch hungern und dürsten, das würde die Verhöre abkürzen.

Dass die Frauen sich geweigert hatten, ihre Namen zu nennen, hatte ihnen nichts genützt. Eine erkannte der ältere der beiden Nachtwächter, die Claes Herrmanns und Brooks zu Hilfe gekommen waren, die andere Grabbe.

Neele Ellert war Magd bei den Heckers gewesen, Magda Knebusch war die einzige Tochter eines Kleinwarenhändlers, der im letzten Frühjahr sein Geschäft schließen musste. Zwei noch junge Frauen, wie viele in der Stadt.

Beide waren nun ohne feste Arbeit. Das war Pech, aber kein Grund, ehrenwerte Männer zu überfallen und auszurauben.

Wagner stutzte. An solche Zufälle glaubte er nicht: Auch einer der Überfallenen hieß Hecker. Er öffnete die kleine Holzkiste und holte die Zettel heraus, auf denen er mit seinem Bleistiftstummel alles notierte, was er herausfand oder was ihm dazu eingefallen war. Für jeden seiner Fälle gab es solche Zettel, je nach Anlass nur einen oder einen ganzen Stapel. Er brauchte die knitterigen Papierschnipsel selten. Sobald er etwas notiert hatte, war es auch in seinem Kopf festgeschrieben.

Er sortierte die während der letzten Tage bekritzelten Zettel, legte sie nebeneinander auf den Tisch und überflog die Notizen. Die meisten waren kaum noch zu lesen. Die Bleistiftstummel, die sein Weddesenator ihm großzügig überließ – ein einfacher Weddemeister hätte sich solche Stifte niemals leisten können –, waren von guter Qualität. Nach den Tagen in Wagners Rocktasche waren ihre Konturen trotzdem zu grauen Schatten verschwommen. Aber mit dem, was Wagner im Kopf hatte, reichten die Notizen aus. Er schob die Zettel wieder zusammen, stopfte sie in die Rocktasche und verließ die Fronerei.

Als er zurückkehrte, waren seine Schritte beschwingt, sein Kinn in frischem Selbstbewusstsein vorgereckt. Mochten sie ihm erzählen, was sie wollten, er wusste nun, worum es gegangen war. Die Klärung der genauen Hintergründe würde nur eine Frage der Zeit und der Schärfe des Verhörs sein. Sollten sie nur beharrlich leugnen, er würde ihnen ihre Taten beweisen. Noch wusste er nicht genau, wie, doch das würde sich ergeben. Auch das.

Der Kerker in der Fronerei war kein komfortables Gasthofzimmer. Die beiden Frauen, die Grabbe in die Stube führte, waren schmutzig und brachten den Gestank des klumpigen Strohs und des Eimers für die Notdurft mit herein. Und den Geruch der Angst, den zahllose Gefangene in der düsteren Kammer hinterlassen hatten. Beide zählten nicht viel mehr als zwanzig Jahre, waren von mittlerer Größe und schlank, soweit das unter den groben Männerkleidern zu erkennen war. Fast hätte Wagner der Gedanke, diese zwei ganz durchschnittlichen Frauen seien in der Lage gewesen, ausgewachsene, gut genährte Männer zu überwinden, amüsiert. Leider fehlte ihm bei seiner Arbeit der Humor, und was hieß durchschnittlich? Diese Frauen waren seit ihrer Kindheit harte Arbeit gewöhnt, sie hatten stärkere Muskeln als so mancher Mann, der sein Leben im Kontor zubrachte.

Wagner stellte zwei unbequeme alte Hocker ohne Lehne vor den Tisch. In seiner Anfangszeit hatte er die Delinquenten beim Verhör stehen lassen, inzwischen hatte er gelernt, dass sie sich erheblich unwohler fühlten, wenn sie saßen und zu ihm aufsehen mussten. Besonders, wenn er zudem hinter ihren Rücken auf und ab ging.

Gleich einem Feldherrn vor der Schlacht hatte er eine Strategie erdacht, wie er die beiden Frauen gesprächig machen würde. Zwar glaubte er nicht, dass sie so schlichten Gemüts waren wie einfache Diebinnen, aber Frauen widerstanden doch nie lange. Zuerst wollte er sie gemeinsam befragen und dann, wenn ihnen die Angst in den Augen stand, allein, jede für sich. Sie würden flink die Schuld auf die jeweils andere schieben, es würde Tränen geben, Jammerei, und wenn er hier ein wenig versprach, dort ein wenig drohte, auch an die stets bereite Kammer für die ‹peinliche Befragung› erinnerte, an die Daumenschrauben, die Streckbank, die glühenden Zangen, wüsste er bald alles, was er wissen wollte. Was tat es, dass diese Art der Befragung nur noch in allerschwersten Fälle und mit der Erlaubnis des Rats durchgeführt werden durfte? Allein die Drohung zeigte gewöhnlich gute Wirkung.

Die Strategie kam nicht zum Einsatz. Er ließ Grabbe den beiden Frauen Wasser geben, ließ ihn großzügig die durstig geleerten Becher noch einmal füllen und lehnte sich in seinem Stuhl zurück. «Neele Ellert», fing er an, «und Magda Knebusch. Habt ihr geglaubt, wir bekommen eure Namen nicht heraus, ohne dass ihr so gnädig seid, sie uns zu sagen? Da kennt ihr mich schlecht. Aber jetzt werdet ihr mich ja kennen lernen. Ja, das werdet ihr. Und eins sage ich gleich: Es wird leichter für euch, wenn ihr sofort den Namen eurer Kumpanin nennt.» Er schob seinen Stuhl zurück, stand schwungvoll auf und sah an den Tisch gelehnt auf sie herab. «Ich höre. Könnt ihr nicht reden?» Er sah sie an, eine nach der anderen, und haftete seinen strengen Blick auf Neele Ellerts schon zitternde Lippen.

«Wir wissen überhaupt nicht, was Ihr von uns wollt», sagte die andere, Magda Knebusch, kühl. «Was heißt Kumpanin? Ich weiß nicht, was Ihr meint, und meine Freundin weiß es auch nicht. Die ganze Nacht haben wir gegrübelt, warum *wir* hier sind und nicht die Männer, die uns überfallen haben. Wir können das nicht verstehen. Die ganze Stadt weiß, dass Ihr und alle, die zu den Wachen gehören, die Übeltäter suchen, die ehrbare Männer überfallen. Nun habt Ihr sie gehabt und was geschieht? Ihr sperrt *uns* ein, die armen unschuldigen Opfer. Und seht uns an.» Sie hob ihr Haar und zeigte einen blutigen Kratzer unter dem Ohr, zeigte auf den dunkelblauen Fleck an ihrem Kinn. «Soll ich euch auch noch die Male von groben Händen auf meinen Armen zeigen? Wir sind die Opfer, niemand sonst.»

Wagner war baff. «Opfer», sagte er tonlos, «arm und unschuldig. Das soll ich glauben», brüllte er plötzlich, «so ein

Ammenmärchen? Wisst ihr eigentlich, wer euch geschnappt hat? Monsieur Herrmanns. *Der* soll *euch* überfallen haben? Ein Mitglied der Commerzdeputation? Du lügst verdammt schlecht, Frau, ganz schlecht.»

«Ich lüge überhaupt nicht. Ich weiß nur eins: Wir sind spazieren gegangen. Wir wollten einmal sehen, wie es nachts in der Stadt ist, wie die Straßen aussehen, das Wasser, die dunklen Häuser. Im Mondlicht, ja, leider war es ziemlich dunstig und meistens stand der Mond hinter Wolken. Euch mag so was nicht einfallen, Ihr könnt wann und so viel Ihr wollt», ihr frommer Augenaufschlag zeugte von Übung, «Gottes schöne Welt erleben. Zu jeder Tageszeit. Fragt Eure Madame Wagner, die wird das gleich verstehen. Man hört, sie laufe auch gerne nachts herum.» Wagners bedrohlichen Schnaufer und seine plötzlich gestrafften Schultern, die geballten Fäuste schien sie nicht zu bemerken. «Nur weil es auf den nächtlichen Straßen für sittsame Frauen wie uns zu gefährlich und unschicklich ist, haben wir Männerkleidung angezogen. Ja, ich weiß, das ist auch nicht schicklich, aber was soll man tun? Als schwache Frau. So ist es gewesen, und jetzt verlangen wir, dass Ihr uns sofort gehen lasst.»

«Ha!», schrie Wagner, hörte seinen schrillen Ton und riss sich zusammen. «Eure Räuberpistole ist fein ausgedacht, aber längst nicht fein genug. Jetzt werde ich euch beiden erzählen, wer ihr seid, und warum ihr hier nicht so schnell wieder rauskommt. Und wenn, dann nur vor den Richterstuhl.»

Es hatte Wagner den ganzen Vormittag gekostet, herauszubekommen, was er nun erzählte, verlässlich herauszubekommen, bis er darauf vertraute. Er war in Kontoren gewesen, in Läden und bei ehemaligen Nachbarn der Knebuschs; er hatte Jakobsen gefragt und zwei Frauen, von denen er nie zugeben würde, dass er sie kannte.

Friedrich Knebusch hatte einen Laden für Ellen- und Kurzwaren in der Nähe des Hafens gehabt, ein äußerst bescheidenes Unternehmen, es reichte gerade, ihn und seine Tochter Magda zu ernähren. Bis plötzlich die Ladenmiete erhöht wurde, bis plötzlich geflüstert wurde, Knebusch vertreibe schlechte Ware. Bis die Geschäfte bedrohlich zurückgingen. Bis – endlich – der Mietvertrag aufgekündigt wurde und Knebusch und Magda die Reste ihrer Ware auf den Märkten verkaufen mussten. Was ein schlechtes Geschäft war. Die guten Plätze für den Straßenverkauf waren besetzt und wurden heftig verteidigt, die Straßen waren voll von Bankrotteuren und Bettlern, die sich mit allerlei Kleinhandel durchs Leben schlugen. Knebusch war keiner, der sich auf dieser Art ruppige Geschäfte verstand, selbst die energischere Magda fand sich nicht schnell genug in die neuen Geschäftssitten. Sie versuchte ihr Glück als Weißstickerin, auch davon gab es schon viele, und ihre Finger und ihr Naturell waren für die feine Arbeit zu ungeduldig.

Dann kam der letzte Schlag. Zuerst malten zwei Männer mit breitem Pinsel einen Strich roter Farbe an die Tür der Knebuschs in dem Mietshaus in der Marienstraße. Am nächsten Morgen kamen zwei andere Männer, ein bewaffneter Soldat stand mit dem Gewehr im Anschlag Wache, bis sie alles, was Friedrich und Magda Knebusch noch gehörte, auf die Straße geworfen hatten und die beiden ohne Obdach waren.

«So», sagte Wagner, «so! Und jetzt sagst du mir, warum Monsieur Müllerjohann ein Mal aus roter Farbe auf der Stirn hatte. Und wem das Haus gehört, in dem euer Laden war, Magda Knebusch. Und wem das Haus gehört, in dem ihr gewohnt habt. Na?»

Magda hatte die Hände tief in die Taschen ihrer Joppe geschoben, ihre Blässe reichte nun bis in die Lippen.

«Müllerjohann», sagte sie mit kaum unterdrücktem Zorn in der Stimme, «dieser miese Kerl. Aus seinen Wohnhäusern macht er Speicher, die bringen mehr Miete als Läden und die schäbigen Wohnungen, obwohl er für die viel zu viel verlangt, ohne jemals daran zu denken, dass Dächer und Fenster ab und zu repariert werden müssen. Müllerjohann», wiederholte sie mit festerer Stimme. «Na und? Ich hab mich gut amüsiert, als ich von seiner Nacht auf dem Armenfriedhof hörte. Warum erzählt Ihr uns diese Geschichte? Ich kenne sie besser, als mir lieb ist. Ah, jetzt verstehe ich. Er denkt», sie wandte sich ihrer Freundin zu und legte ihr fest die Hand auf den Arm, «der verehrte Weddemeister denkt, weil Monsieur Müllerjohann uns so übel mitgespielt hat, hätte ich ihm aufgelauert. Ich bitte Euch, Weddemeister, eine schwache Frau wie ich? Gegen so einen starken und bedeutenden Mann? Und seht Neele an. Sieht sie aus, als habe sie Freude an solchen Dingen? Oder die Kraft dazu?»

«Deine flinke Zunge nützt dir gar nichts. Deine Kumpanin da», er zeigte mit ausgestrecktem Finger auf Neele, «zittert ja schon. Sei schlau», sagte er und stupste sie hart gegen die Schulter, «gib zu, was ihr getan habt, und ich will sehen, was ich für dich tun kann. Die Richter hören auf mich.» Das war eine dicke Lüge, die er immer wieder gerne benutzte. Wenn er sie sagte, glaubte er sie fast und fühlte sich gut dabei.

«Neele ist ein liebes Schaf», sagte Magda hart, «sie hat sich von mir zu diesem Spaziergang überreden lassen. Ja, es stimmt, ich bin auf Müllerjohann nicht gut zu sprechen, weiß Gott nicht, ich wünsche ihm alles Schlechte. Das heißt aber nicht, dass ich so dumm bin, ihm nachts nachzuschleichen. Und warum sollte Neele das tun? Warum?»

«Ganz einfach», Wagner grinste, es sah fast freundlich

aus. «Weil du ihr bei dem Überfall auf Monsieur Hecker geholfen hast.»

«Ihr seid verrückt, Weddemeister.» Magdas blasses Gesicht wechselte zu hektischer Röte. «Ihr habt gründlich herumgefragt, das mag sein, aber Ihr seid auf falsche Reden hereingefallen. Neele ist nicht von Madame Hecker vor die Tür gesetzt worden, das ist einfach nicht wahr. Fragt die richtigen Leute, und Ihr werdet hören, dass es Neele dort nicht gefallen hat und sie selbst gegangen ist. Ihre Herrin hat sie vor dem Ablauf des Jahreskontrakts gehen lassen, was weiß ich, warum. Fragt doch die vornehme Madame Hecker selbst», ihr Lächeln wurde maliziös, «wo die Richter auf Euch hören, wird auch sie dem Weddemeister gerne Auskunft geben. Wenn sie mal in der Stadt ist und die Tür aufmacht. Wie man hört, ist beides selten.»

Wagner fühlte ein Zucken in seiner rechten Hand und schlug auf den Tisch. «Ich frage immer die richtigen Leute, und die haben gerne berichtet, warum dieses Fräulein hier lieber fortgelaufen ist, als in einem so guten Haus zu leben. Ich werde es euch sagen.»

Er sah Neeles Augen sich mit Tränen füllen, sah die dünnen Rinnsale helle Linien in ihre schmutzigen Wangen zeichnen, und für einem Augenblick gewann der Mann Wagner die Oberhand über den Weddemeister. Er nahm einen Schluck aus seinem Wasserkrug, setzte sich hinter den Tisch und verschränkte die Arme vor der Brust.

«Was er gemacht hat, mag nicht richtig sein, aber es kommt nun mal vor. Er hat dir angetan, was Männer Mädchen nicht antun sollten. Manche von euch haben nichts dagegen, wenn du zu stolz dazu bist …»

«Zu stolz?», schrie Magda. «Zu stolz!? Ihr sagt doch selbst, dass das nicht richtig ist. Wieso darf er das tun? Wieso? Weil er reich ist?»

«Das darf er nicht!», brüllte Wagner plötzlich, stemmte sich hoch, stützte die Fäuste auf den Tisch und starrte Magda wütend an. «Stell dich doch nicht so dumm. Manche Dinge sind, wie sie sind, und werden auch immer so bleiben. Herr und Knecht, Herr und Magd, so ist die Welt eingerichtet. Bringt mir einen, der es gesehen hat und vor den Richtern beschwört. Bringt mir einen. Am besten einen, dem man mehr glaubt als einem Monsieur Hecker. Wenn ihr das nicht könnt, fügt euch in euer Schicksal und geht nicht los und spielt den lieben Gott. Mein ist die Rache, sagt der Herr. Damit meint er sich und die von ihm eingesetzten Richter. Er meint keine Ladenmamsell und keine Magd. Und jetzt ist Schluss. Jetzt will ich verdammt nochmal wissen, wer die Dritte ist und warum ihr Oberleutnant Malthus im Keller habt erfrieren lassen.»

«Aber *damit* haben wir doch nichts zu tun», schrie Neele wie ein gequältes kleines Tier und sprang von ihrem Hocker auf, «das waren wir nicht, wir würden doch nie … und überhaupt waren wir in der Nacht doch gar nicht in der Stadt. Wir …»

Ein wütender Knuff in ihre Hüfte ließ sie erschreckt auf den Hocker zurückfallen. Schluchzend sank ihr der Kopf auf die Knie, und Magda schlang die Arme um Neeles bebende Schultern. Ihre Augen glühten in schwarzer Wut.

«Mit überhaupt nichts haben wir zu tun», zischte sie, «wir sind spazieren gegangen. Nur Neele und ich. Niemand sonst. Wie ich's gesagt habe. Ich kann es hundertmal wiederholen, bis Ihr es endlich glaubt. Tausendmal.»

Grabbe, der während des ganzen Verhörs still in einer dunklen Ecke gesessen hatte, stieß scharf die Luft aus.

Elsbeths Pasteten hinterließen in Rosina ein wohliges Gefühl, auch in ihrer Seele. Wenn man verloren zwischen geschäftigen Menschen auf einem weiten Platz stand, war es tröstlich, ein vertrautes Gesicht zu treffen und auch noch mit einer würzigen Leckerei beschenkt zu werden. Selbst das bedauernde Schulterzucken des Posthalters konnte sie mit einem Lächeln beantworten, sie hatte nicht wirklich mit noch einem Brief von Magnus gerechnet.

Von dummen Weibsbildern hatte Elsbeth gesprochen, von Eselei. War ein Mord eine Eselei? Es schien, als vermute auch Elsbeth nicht, dass diese Frauen Viktor getötet hatten. Sie hätte sie danach fragen wollen. Dass Frauen töteten, war nichts Neues. Das geschah seit biblischen Zeiten. Auch zu den Banden von Räubern und Dieben, die sich auf den Straßen und in den Städten ihre Opfer suchten, gehörten Frauen, und nicht nur, um in den Töpfen zu rühren, Schmiere zu stehen und die Betten zu wärmen. Einer der Männer, der Spinnhausaufseher, war, an die geflochtene Wand des Fleets gefesselt, beinahe ertrunken, die anderen beiden waren an hübsch trockene Orte gebracht worden, wo sie von vielen Menschen gesehen werden mussten. Sie waren einer Lächerlichkeit preisgegeben worden, die sie und die ganze Stadt so schnell nicht vergessen würden. Und Viktor Malthus? Seinem Tod fehlten Lächerlichkeit und böser Spott. Und doch war der Eiskeller ein so seltsamer, schwer zugänglicher Ort. Sie hätte gerne gewusst, was Wagner nun dachte, ob er glaubte, mit diesen Frauen auch Viktors Mörderinnen gefunden zu haben. Eine leise, nur allzu vertraute Stimme in ihrem Kopf gebot ihr, das nicht zu glauben.

Erst als sie am Herrengrabenfleet entlangging, nahm sie den monotonen Klang des Totenglöckchens wahr, dachte wieder an Viktor Malthus' Begräbnis und beschleunigte ihre Schritte. Die Hamburger Leichenbegängnisse standen im Ruf besonderer, geradezu fürstlicher Pracht. Jedenfalls wenn jemand zu Grabe getragen wurde, dessen Familie sich solchen Aufwand leisten konnte. Schon vor Jahren hatte der Rat (mehr oder weniger vergeblich) geboten, die Zahl der dem Sargwagen folgenden Kutschen auf vier zu beschränken. Der Rest der Trauergäste musste die eigenen Füße bemühen. Auch die, die dafür bezahlt wurden, um dem ganzen Unternehmen zur rechten Bedeutung zu verhelfen. Das war gewöhnlich die Mehrzahl, vom kompletten Knabenchor der Lateinschule oder der Kirchenschulen bis zu Ratsherren und Bürgermeistern, die in ihren kostbaren langen Mantelumhängen, üppigen weißen Halskrausen und schulterlang gelockten Perücken dem traurigen Tag die rechte Würde verliehen. Ihre Amtstracht ähnelte der der Pastoren, allerdings waren die Stoffe ihrer Umhänge erheblich kostbarer. Konkurrenz an Prächtigkeit machten ihnen nur noch die Reitenden Diener des Rats, die in knielangen Pluderhosen, schwarzen Strümpfen und aus schimmernden Stoffen genähtem Wams unter dem kurzen schwarzen Mantel auf ihren zu Hochglanz gestriegelten Pferden den Zug anführten. Aber nur gegen guten Lohn.

Als Rosina das Haus der Malthus' erreichte, säumte eine große Menge Neugieriger die Düsternstraße. Hier und da wurde geflüstert, auch einmal leise gelacht, sonst war es so still, dass hinter den alltäglichen Geräuschen der Stadt selbst das Eintauchen von Riemen in das Wasser des Bleichenfleets zu hören war. Sogar die Kinder, die sich in der Hoffnung eingefunden hatten, die trauernde Familie werde mit einem Obolus für die Armen die Aufnahme des lieben Verstorbenen in den Himmel zu beschleunigen suchen, versagten sich ihr gewöhnliches Gerenne und Geschrei.

Rosina schlängelte sich bis in die zweite Reihe. Vor dem Haus stand der Leichenwagen mit seinem schwarz verhängten Himmel, die vor ihm und die hinter ihm aufgereihten Kutschen waren mit Rappen bespannt. Auf den Böcken saßen in tiefes Schwarz gekleidete Kutscher, unter denen sie auch Brooks erkannte.

Endlich wurde die Haustür geöffnet, ein Raunen und Seufzen ging einer Welle gleich durch die Menge, dann war es wieder still. Hälse wurden gereckt, Schultern schoben sich weiter vor, und Rosina fühlte sich unversehens in die erste Reihe gedrängt. Sie wäre lieber in der zweiten geblieben, doch die Menschen standen fest geschlossen wie eine Wand hinter ihr, da gab es kein Zurück.

Als Erster trat der Pastor auf die Stufen vor der Tür, ein noch junger Mann, den sie nicht kannte. Ihm folgten Elias Malthus, und nach einigen weiteren Männern, von denen eine Stimme in Rosinas Rücken behauptete, sie seien Verwandte aus Lübeck, Wandsbek und Husum und der Handelsgärtner Bueck, folgten Claes Herrmanns und der Stadtkommandant mit drei seiner Offiziere. Die Männer, alle in langen Trauermänteln, traten mit gesenktem Kopf zur Seite, und unter dem nächsten Aufseufzen der Zaungäste am Straßenrand trugen sechs der Malthus'schen Gärtner, der Aufseher des Gänsemarktgartens ganz vorne, den mit Blumen und Trauerflor geschmückten Sarg zum Leichenwagen. Weitere Männer traten auf die Straße, schritten in verhaltener Hast am Leichenwagen vorbei und verschwanden, wie nun auch Claes Herrmanns, in den Kutschen.

Die Tür wurde von innen ins Schloss gezogen.

«Wo sind die Damen?», fragte ein fremdländisch wirkender Herr. «Und die Verwandten? Gibt es nicht auch eine Verlobte?»

«Die hat wirklich Pech gehabt», sagte eine Frau mit grämlichem Gesicht, die ihre knochentrockenen Augen betupfte. Sie steckte ihr Tüchlein unters Mieder und beugte sich dem Fremden vertraulich zu. «Noch nicht im

Ehebett und schon Witwe. Und dann ist er nicht mal gestorben, wie es sich gehört. Wo die Frauen sind, fragt Ihr?» Sie musterte ihn missbilligend. «Ihr seid wohl nicht von hier? Dem Sarg dürfen doch nur Männer folgen, das ist bei uns Gesetz. Die Frauen bleiben zu Hause. Die reinste Verschwendung», seufzte sie nach einer kleinem Pause, «er war so ein schöner Mann und so tüchtig, der wäre sicher Stadtkommandant geworden. Und jetzt? Jetzt darf er nicht mal ein richtig schönes Begräbnis haben.»

«Kein schönes Begräbnis?», mischte Rosina sich ein. «Ich dachte, er wird auf dem Friedhof von St. Michaelis begraben, neben seinem Vater.»

«Ein Malthus? Von wegen auf dem Kirchhof, die haben ein Familiengrab in der Gruft.»

«*Das* war eine Beerdigung, als der alte Wilhelm Malthus dieses Frühjahr heimgegangen ist», schwärmte eine andere, «da fehlte nichts. Wohl mehr als tausend sind dem Sarg gefolgt, auch Reitendiener, Chor, Scholarchen und Ratsherren, alles. Und die Kutschen! Ich will ja nichts sagen, aber der arme Elias, das muss ihn einen Sack voll Geld gekostet haben, da kann er froh sein, wenn sein Bruder – na du weißt schon. Schon wieder so eine Beerdigung, nach gerade einem halben Jahr, das ruiniert sein Geschäft. Und weiß man, wie lange es die arme Madame Malthus noch auf Erden hält? Nach solchen Schicksalsschlägen?»

«Dass du dich nur nicht versündigst, Maria», wies die andere sie in die Schranken. «Aber sieh dir das doch mal an», fuhr sie, wieder an Rosina gewandt, fort: «Wird das ein ordentlicher Leichenzug? Gerade mal zwanzig Männer, na, vielleicht dreißig. Aber keine Reitendiener, keine Trommler und Sänger, nicht mal der Turmbläser ist zu hören. Vom Rat ist auch keiner da. Und sein Regiment? Nicht mal seine Kompanie ist dabei, wo die Uniformierten in ihren roten Röcken und weißen Hosen hinter dem Sargwagen doch immer so stolz aussehen. Im Gleichschritt marsch, das macht was her und klingt gut. Wie ein zweites Totenglöckchen. Ram-tam-ram-tam. Und der Pastor – der ist kein Hauptpastor. Und für so was Bescheidenes muss Madame Malthus noch dankbar sein und Herr Elias auch. Verstehst du denn nicht? Du kommst wohl aus keiner christlichen Gegend, was? Wer so stirbt, ob von eigener oder fremder Hand, ohne die Segnungen unserer Kirche, hat bei uns kein Recht auf ein manierliches Begräbnis. Wer sich selbst ums Leben bringt, wird überhaupt nur an der Kirchhofmauer verscharrt, mit Glück und einem dicken Batzen in den Gotteskasten an der Innenseite. Eigentlich. Aber heutzutage und wenn man was zählt in der Stadt ...»

Plötzlich hatte Rosina kein Ohr mehr für die Ungerechtigkeiten dieser Welt im Allgemeinen und bei Begräbnissen wohlhabender Bürger im Besonderen. Auf der anderen Seite der Straße, gleich hinter der letzten Kutsche, die sich in diesem Moment in Bewegung setzte, entdeckte sie einen Mann von gedrungener Gestalt mit einem kurz geschorenen schwarzen Bart. Rutger Ermkendorf drehte sich um und schob sich behutsam durch die hinter ihm stehenden Menschen. Rosina vergaß alle Pietät. Sie flitzte unter allgemeinem Kopfschütteln und missbilligendem Schnalzen an Leichenwagen und Kutschen vorbei über die Straße und sah ihn gerade noch in den Langen Gang einbiegen.

‹Geh nicht allein in das Gängeviertel›, hatte sie Maline gebeten. Na und? Was für Maline galt, galt nicht für sie. Der Lange Gang war eine der manierlicheren Gassen des Gängeviertels, hier gab es sogar einige bescheidene Läden und Werkstätten, wenn auch keine, in denen Anne Herrmanns und ihre Köchin gekauft hätten. Trotzdem war bis auf einen Torfverkäufer mit seinem von zwei gelben Hunden gezogenen Karren und einer jungen Frau mit einem Korb nasser Wäsche niemand auf der Straße.

Der Lange Gang verlief im Zickzack, als sie um die zweite Ecke bog, war Rutger Ermkendorf verschwunden. Sie entdeckte die schwarze Lücke zwischen zwei Häusern, glaubte darin Schritte und ein Hüsteln zu hören und tauchte ein in das Labyrinth der Gänge.

Schlagartig umfing sie Dunkelheit, die Hauswände, zwischen denen der Gang verlief, kragten so weit über, dass sie sich hoch über ihr fast berührten. Den Rest des Lichts schluckte fleckige Wäsche, die auf zwischen winzigen Fenstern gespannten Leinen hing. Sie wusste nicht, wohin der Gang führte, sie wusste nicht, wie sie Ermkendorf folgen sollte, war sie zu schnell, kam sie ihm zu nah, war sie zu langsam, verlor sie ihn. Sie musste ihn hier verlieren, keine zehn Fuß, ohne dass eine Tür in einen Keller führte, ein Loch in einer Wand in einen Hof oder anderen Gang.

Und nun? Zurück? Sofort!, flüsterte die Vernunft. Niemals!, flüsterte die Neugier. Keine Frage, wer gewann. Der schmale Weg unter ihren Füßen fühlte sich schlammig an, einmal stieg sie über eine tote Katze, die ihre sich langsam an den Dämmer gewöhnenden Augen gerade noch rechtzeitig entdeckt hatten, einmal rutschte sie auf etwas aus, das sie nicht erkennen konnte. Nur weil die nächste Mauer gerade eine Armlänge entfernt war, stürzte sie nicht in das nach Kloake stinkende Rinnsal in der Mitte des Ganges.

Immer wenn sie glaubte, sie habe ihn verloren, sah sie seinen Schatten oder hörte seine Schritte. Je weiter sie ging, umso mehr empfand sie ein verstörendes Gefühl der Verbundenheit. Da verfolgte sie einen Mann, der sie – vielleicht – zu einem Mörder führen sollte, der – vielleicht – selbst einer war, und doch überfiel sie die Panik der Verlorenheit, sobald er ihr zu entkommen schien.

Wo waren die Menschen? Tausende lebten hier, hatte sie gehört, die Geschichten, die von diesem elenden Quartier erzählt wurden, schienen das zu beweisen. Wo waren die? Da war ein Summen um sie herum, auch einzelne Stimmen, einmal, als der Gestank unerträglich schien, grunzten Schweine, irgendwann hörte sie einen schrillen Pfiff über ihrem Kopf, aus einer Luke unter einem durchhängenden Dach grinste ein Gesicht zu ihr hinunter, es polterte, und die Fratze verschwand. Endlich schimmerte helleres Licht vor ihr auf, nun sah sie deutlich seinen Rücken. Er trat auf eine breitere Gasse, blieb stehen und lauschte hinein, dann überquerte er sie mit raschen Schritten und tauchte in den nächsten schwarzen Durchlass ein.

Die Gasse schien Rosina vertraut. War das nicht wieder der Lange Gang? War das nicht die gute Gelegenheit, diese Dummheit zu beenden und zurückzulaufen zu den großen Straßen? Diese Gassen glichen einander alle, womöglich lief sie in die falsche Richtung, in eine noch üblere Gegend, und dann … Sie spürte den schlammigen, klebrigen Schmutz an ihren Füßen, längst hatte er ihre dünnen Schuhe durchdrungen, fühlte trotzige Wissbegier und huschte Rutger Ermkendorf nach in den Gang.

Nun traf sie auf Menschen und wünschte sich gleich, sie wären wie zuvor nur hinter den Mauern aus bröckelndem Fachwerk und feuchtem Holz, in den nach Schimmel, Fäulnis und Kot stinkenden Kellerlöchern oder hoch über ihr unter den Dächern. Manche starrten sie an, als sei sie ein fremdes Tier, andere wandten sich ab, als bringe sie das Böse. Nur eine Frau griff nach ihrem Arm; ihre Hand war knochig und klebrig von uraltem Schmutz, ihr Gesicht wie ein Knäuel von dunklen Falten, die Linsen ihrer Augen milchig getrübt, ihr Kopf von den dünnen grauen Strähnen kaum mehr bedeckt.

«Bleib doch», flüsterte sie mit kehliger Heiserkeit, «bleib hier. Gib mir deine Hand, ich weiß, was drinsteht. Ich kann's sehen, ich kann's fühlen, ich kann's lesen. Dein ganzes Leben, langes Leben, schönes Leben.»

Rosina wandte den Kopf vor dem fauligen Atem aus dem zahnlosen Mund, sie versuchte die fordernde Hand abzuschütteln, doch der Griff wurde fester, presste ihren Arm wie eine Zange – und ließ plötzlich los. Sie stolperte zurück, taumelte gegen die Wand, stieß sich ab und hastete weiter.

«Langes Leben», hörte sie hinter sich krächzen, «schönes Leben. Im Hiiiiimmel», schrilles Lachen erstickte in rostigem Husten, «im Hiiiiiimmel, nur im Hiiiiiimmel.» Aus den Wänden um sie herum erscholl ein rauer Chor höhnischen Gelächters.

Rosina war egal, wo der Schwarzbärtige war, egal, wohin dieser Gang führte, sie wollte nur weg. Raus aus dieser Vorhölle. So schnell der rutschige Boden es zuließ, hastete sie vorwärts, bog um eine Ecke und blieb, schwer atmend nach Luft ringend, jäh stehen.

Luft. Hier gab es wieder Luft, die wert war zu atmen. Und Licht.

Der kleine Platz vor ihr erschien nach dem, was sie während der letzten so entsetzlich langen Minuten gesehen und erlebt hatte, wie ein sonniger Garten. Was nicht nur wegen des grauen Himmels falsch war.

Eine dürre Linde reckte sich dem Licht entgegen, an ihrem Fuß standen zwei Kübel mit Astern, leuchtende Fremdlinge in einer freudlosen Umgebung. Die Äste des schief zum Licht gewachsenen Baumes ragten über ein mit ordentlichen Ziegeln gedecktes Haus, seine Fenster waren nicht gerade blitzblank, aber die roten Vorhänge hinter den Scheiben in der oberen Etage waren deutlich zu erkennen.

Aus dem Haus, an dessen Rückseite sich Rosina wiedergefunden hatte, klangen Stimmen. Ganz normale Stimmen, sie krächzten nicht, sie grölten nicht, sie husteten nicht, es waren ganz normale Stimmen. Und aus dem Schuppen auf seiner linken Seite klang es, als ob dort ein Pferd ungeduldig scharre und schnaube.

Hustete da nicht doch jemand, leise und gequält? Nein, das war ein anderes Geräusch gewesen, dem sie nun keine Zeit hatte nachzulauschen. Aus dem Abtritt, jedenfalls verriet der scharfe Geruch, dass sich in dem schmalen Schuppen rechts des Hauses einer befinden musste, trat ein Mann, seine Kleider waren nicht reich, aber auch nicht ärmlich. Er nestelte noch an seiner Hose, ungeniert und seinen Blick schon auf die Frau gerichtet, die schmutzig im Hof stand, die dicken blonden Locken wirr, die Schuhe nur noch klebrige Reste.

«Ohoho», sagte er, schnalzte leise und verzog den Mund zu diesem Grinsen, das Rosina nur zu gut kannte. «Du bist neu hier, was? Ich hab dich jedenfalls noch nie gesehen, dann musst du neu sein. Du solltest mal baden, aber so ein bisschen Dreck», er kam mit einem Satz näher und packte sie an den Handgelenken, «kann auch amüsant sein. Was hast du denn?» Seine Finger griffen fester zu, je mehr sie sich wehrte, umso vergnügter wurde sein Grinsen, seine Zunge glitt nass über die Lippen, er versuchte, sie näher zu sich zu ziehen – und stöhnte fluchend auf und presste die Hände just an die Stelle, wo immer noch ein Knopf seiner Hose geöffnet war.

Ihr Stoß war nicht hart genug gewesen – diese verdammten Röcke. Als sie an ihm vorbeirennen wollte, richtete er sich ächzend auf, holte aus und verfehlte nur knapp ihr Gesicht. Da drehte sie sich um und stürzte dorthin, woher sie gekommen war.

Sie kam nur drei Schritte weit. Ein Arm schoss hervor und zog sie mit einem Ruck aus dem Gang, eine schwielige Hand legte sich auf ihren Mund – das Einzige, was sie wahrnahm, bevor das Dunkel sie umschloss, waren ein leichter Fichtengeruch und eine Wange mit kurz geschorenem schwarzem Bart.

Nachdem Grabbe die beiden Frauen wieder in den Kerker gesperrt und der Weddemeister ihm aufgetragen hatte, für sie frisches Brot und Speck zu kaufen, auch einige Äpfel, falls das Geld reiche, lief Wagner in der Stube auf und ab wie ein gefangener Wolf. Das war ein kurzes Verhör gewesen und so unergiebig wie selten. Er brauchte eine Pause, um nachzudenken. Nicht dass er weich oder wankend geworden wäre; er zweifelte keine Sekunde daran, dass die Richtigen auf den Strohsäcken im Kerker hockten. Irgendwann würden sie den Mund aufmachen. Dieser Gedanke kreiste in seinem Kopf und gefiel ihm immer weniger.

Beide Frauen hatten Gründe für die Überfälle gehabt, jedenfalls auf Hecker und Müllerjohann. Und Monsieur Bocholt? Darüber würde er später nachdenken. Auch über den Oberleutnant, obwohl ihm die Aufklärung des einzigen Überfalls mit tödlichem Ausgang am stärksten auf der Seele lag. ‹Aber›, so dachte er nun, ‹eines nach dem anderen.›

Nach Monsieur Herrmanns' und Brooks' Bericht waren sie zu dritt gewesen. Daran gab es nichts zu zweifeln, er kannte beide als nüchterne, klar denkende Männer und hatte am Morgen selbst mit ihnen gesprochen. Monsieur Bocholt hatte er noch nicht befragt, das war ein Versäumnis, doch zunächst schien ihm anderes wichtiger.

Wieso hatte Magda, eindeutig die Rädelsführerin, Karla erwähnt? Wieso wusste sie von den Anfällen von Mondsüchtigkeit, die seine Frau hin und wieder heimsuchten?

Nach Hecker, vor Müllerjohann, war ein anderer Mann überfallen worden, der Oberaufseher des Spinnhauses. Wenn die Frauen die Überfälle aus Rachsucht begangen hatten, dann wäre dieser Überfall vermutlich aus dem gleichen Grund geschehen. Viele mochten Anlass haben, den Oberaufseher zu hassen, wie es im Spinnhaus zuging, war bekannt. Aber nur wenige, denen es überhaupt gelungen war, wieder heraus und in die Freiheit zu gelangen, lebten noch in der Stadt. Für die meisten folgte auf die Entlassung die Ausweisung, für manche auch die Deportation nach den amerikanischen Kolonien der Engländer. Doch zu denen, die in der Stadt lebten, gehörte auch seine Frau. Von der Magda ein Geheimnis wusste.

«Karla», flüsterte er, und noch einmal lauter, als könne er den schrecklichen Gedanken so besser prüfen: «Karla?»

Er schüttelte den Kopf wie ein nasser Hund. Das würde sie nicht tun. Niemals. Nicht einmal im Schlaf, wenn so etwas überhaupt möglich war. Was wusste er denn über diese beunruhigende Angewohnheit seiner Frau – gar nichts. Er wollte nichts darüber wissen, als sei sie dann nicht wirklich vorhanden.

Aber es war ja unmöglich. Sie hatte Nacht für Nacht im gleichen Bett geschlafen wie er, neben ihm, in seinen Armen. Er schlief wie ein Stein, das stimmte, und ihr Schlaf war leicht. Wenn sie es wirklich einmal schaffte, die Riegel an der Tür, die er vorsorglich angebracht hatte, im Schlaf zu öffnen, wenn sie …

Da fiel es ihm endlich ein, ein Lachen brach aus seiner Kehle, befreit und übermütig. Er griff nach seinem Hut und machte sich, so schnell ihn seine Beine trugen, auf den Weg.

Als er über die Lombardsbrücke eilte, war er atemlos, und sein Hemd klebte auf der schweißnassen Haut seines

Rückens. Er blieb stehen, bis Atem und Herzschlag sich beruhigt hatten, wischte mit dem Ärmel den Schweiß von Gesicht und Nacken und überlegte, mit welchen Fragen er am besten zum Ziel kam. Wie Karla hatte auch Marie im Spinnhaus gesessen, mit ebenso geringer, wenn nicht gar geringerer Schuld, es war nur recht und billig, wenn sie wieder in Freiheit lebte. Wie Karla.

Während er bei seiner Frau eine sanfte Seele wusste, hatte er bei Marie eine freche Stärke gespürt. Sie passte zu Magda Knebusch, sie passte in seine Vorstellung von einer Frau, die sich nicht schikanieren ließ, ohne auf Rache zu sinnen. Er hatte keinen Beweis, nicht einmal einen Hinweis, er hoffte nur auf den Zufall (an den er sonst nicht glaubte), auf ein falsches Wort – auf irgendetwas. Wie Grabbe manchmal in seinen überraschenden Momenten von Hellsicht sagte: ‹Wenn man kein Brot hat, machen auch Krümel satt.›

Am Ende der Brücke blieb er erschreckt noch einmal stehen. Beinahe wäre er umgekehrt. Wer sagte denn, dass diese dritte, in der Nacht am Grimm entkommene Person auch eine Frau war? Viel wahrscheinlicher war doch ein Mann als der Anführer der Bande. Hatte man jemals davon gehört, dass Frauen …?

Er starrte zum schwarzen Turm der Mühle hinauf, zu den still stehenden Flügeln, zum verhangenen Himmel. Manchmal hasste er seinen Beruf. Die vielen offenen Fragen, die Notwendigkeit, stets das Böse und Verderbte zu suchen und zu finden. Die zahllosen Gelegenheiten sich zu irren. Noch einmal wischte er sich über die Stirn, dann eilte er weiter.

Der Chirurg und seine Helferin saßen auf der Bank vor dem Haus, halb verborgen hinter dem Rest einer ehemals den kleinen Vorplatz schützenden Hainbuchenhecke. Zu

Wagners Verdruss war sie nicht hoch genug, um sich dahinter zu verbergen und zu lauschen, Pullmann entdeckte ihn gleich.

«Sieh an, der Weddemeister», sagte er und zeigte einladend auf einen Schemel neben der Bank. Wagner fand, der Chirurg hätte zur Begrüßung aufstehen müssen, das tat Pullmann nicht, und als Marie aufstehen wollte, um ihren Herrn mit seinem Besuch allein zu lassen, griff er nach ihrem Handgelenk und zog sie auf die Bank zurück. Was Wagner wiederum sehr recht war.

Er stellte den Schemel vor die Bank und betrachtete seine beiden Gegenüber.

«Ihr seht zufrieden aus, Weddemeister», sagte Pullmann freundlich. «Ich dachte, Euer Beruf gebe Euch dazu wenig Anlass.»

«Wenig», sagte Wagner, «in der Tat, sehr wenig. Aber hin und wieder, nun ja.»

Sein Blick glitt von Pullmann zurück zu Marie. Ihre Hände waren violett verfärbt, was nichts Besonderes war, denn zu ihren Füßen stand eine Schüssel mit frisch gepflückten Holunderbeeren, ihre dunkelblaue Schürze, sogar ihre weiße Bluse und das Mieder wiesen Flecken von den saftigen Beeren auf. Interessanter, geradezu beglückend fand Wagner die Flecken in Maries Gesicht und auf ihrem rechten Unterarm.

«Nun», sagte Pullmann, «führt Euch unsere schöne Aussicht her, oder seid Ihr immer noch auf der Suche nach dem Bauern, den Ihr für einen Mörder haltet?»

«Möglicherweise», sagte Wagner, hob den Finger und wiederholte: «Möglicherweise. Nein, heute führt mich anderes zu Euch, das heißt, genau genommen nicht zu Euch, sondern zu Eurer Magd oder, wenn Ihr das lieber hört, zu Eurer Gehilfin.» Er sprach zu Pullmann, doch er sah Marie unverwandt an, sah mit großer Befriedigung ihren unruhigen Blick, die verschlungenen, fest aneinander gepressten Hände. ‹Krümel›, schoss es ihm frohlockend durch den Kopf, ‹Krümel machen in der Not nicht nur satt, sie führen direkt zum Brot.›

«Sagt nicht, Ihr wollt sie mir abwerben.» Pullmann lächelte immer noch, obwohl Wagner fand, dass seine Augen etwas Kaltes und Wachsames bekommen hatten. «Ihr müsst wissen, Marie ist, nun, sagen wir ruhig unverkäuflich. Es sei denn», er wandte sich ihr mit diesem wachsamen Blick zu, «es gefällt ihr nicht mehr bei mir.»

«Papperlapapp», entfuhr es Wagner, er hatte keine Zeit für launiges Geplänkel. «Woher habt Ihr die Schramme im Gesicht, Mamsell Marie? Und die blauen Flecke auf Eurem rechten Arm.»

«Von der Arbeit», sagte Marie, ihre Stimme klang rauer, als Wagner sie in Erinnerung hatte. «Ich weiß es nicht genau, so etwas passiert, wenn man arbeitet. Habt Ihr nie blaue Flecken? Der am Arm, ach ja», fuhr sie hastig fort, «jetzt fällt es mir ein. Gestern wurde einem Kranken unwohl, als er das Messer sah. Ja, das kleine Messer für den Aderlass. Da hat er nach meinem Arm gegriffen und sich festgehalten. Schrecklich fest.»

«Festgehalten, soso. Hat er Euch auch im Gesicht – gekratzt? Ist das überhaupt ein Kratzer? Oder war es ein Hieb?»

«Was sollen diese Fragen?» Pullmann sah nun gar nicht mehr freundlich aus. «Ich denke, das geht Euch nichts an. Marie», sagte er zögernd, «ist eine schöne junge Frau. Leider hat sie einen Verehrer, der gern ein wenig heftig wird. So ist es doch, Marie? Da Ihr, verehrter Weddemeister, ein Mann von Diskretion und Ehre seid, wird Euch diese Auskunft genügen. Auch wenn Rat und Geistlichkeit anders denken, das private Leben meiner Gehilfin geht niemanden etwas an.»

«Verehrer, aha. Das trifft sich gut. Dieser – Verehrer kann gewiss bezeugen, wo Ihr während der letzten Nacht wart. Als die Uhr zehn schlug und eine Stunde davor und danach.»

«Gestern in der Nacht?», fragte Pullmann. Dann lachte er plötzlich wieder dieses Lachen, das Wagner nicht mochte, dem zutiefst zu misstrauen war. «Immer gebt Ihr Rätsel auf. Lasst mich eine Lösung versuchen. Sie sind absurd, ich kann Eure Gedanken dennoch raten: In der letzten Nacht wurden zwei Frauen erwischt, als sie einen unserer ehrenwerten Kaufleute überfallen wollten. Obwohl wir hier am Rande der Stadt leben, erreichen uns solche Neuigkeiten schnell. Zwei Frauen also, und es heißt, eine dritte sei entkommen. Nun glaubt Ihr», er lehnte sich zurück, legte den Arm um Maries Schultern und zog sie zu sich heran, «nun glaubt Ihr, meine Marie sei diese dritte. Richtig geraten?»

Wagner wartete auf das Lachen, aber Pullmann lachte nicht. Er zog Marie, die, den Blick fest auf ihre ineinander verkrampften Hände geheftet, stocksteif auf der Bank saß, noch näher, bis ihr widerstrebender Körper weich wurde und sich in den schützenden Arm schmiegte.

«Seht Ihr, Weddemeister?», fuhr Pullmann fort, während er behutsam, als sei sie ein Kind, über Maries Haar strich. «Wir müssen Euch ein Geständnis machen. Allerdings ist es nicht das, das Ihr hören wollt. Ich bin es, der bezeugen kann, wo Marie in der letzten Nacht war. Sie ist *nicht* in der Stadt herumgelaufen, um ehrenwerte Männer zu überfallen. Nein, Marie war hier. Bei mir. Nicht nur als die Uhr zehn schlug und eine Stunde davor und danach, sondern die ganze Nacht.»

Wagner schnappte nach Luft, er fühlte sich wie ein Fisch

auf dem Trockenen, wie ein Jäger, dem der Fuchs die sichere Beute gestohlen hatte. «Bei Euch», wiederholte er atemlos, «die ganze Nacht.»

«Ihr werdet jetzt nicht von Unzucht sprechen, Weddemeister, das ist ein hässliches Wort. Stellt Euch einfach vor, Marie musste gestern besonders lange arbeiten, weil so viele Kranke meine Hilfe brauchten. Ihr wisst selbst am besten, wie gefährlich die Straßen nach Sonnenuntergang sind. Ich konnte sie, eine wehrlose junge Frau, doch nicht in der Dunkelheit nach Hause schicken. Leider müsst Ihr Eure Schuldige anderswo suchen.»

Wagner glaubte kein Wort. Wäre er nicht so wütend gewesen, hätte er eine gewisse Bewunderung für die kühle Gelassenheit, mit der der Chirurg so offensichtlich und unverfroren log, kaum verhehlen können. Aber noch war nicht alles verloren, eines würde Pullmann kaum zugestehen. «Und die Flecken?», trumpfte er auf, «die Schramme? Dann seid Ihr auch dieser, wie sagtet Ihr?, dieser *heftige* Verehrer?»

Für den Bruchteil einer Sekunde schien die Welt still zu stehen. Pullmanns Brauen hoben sich, Marie hielt den Atem an, als sie sich seinem Arm entziehen wollte, hielt er sie wieder fest.

«Ja», sagte er leichthin, «ja, das bin ich. Nehmt die Lüge als Beweis der Wahrheit. Ich gerate wie viele ruhige Menschen hin und wieder unversehens in Zorn. Marie hat eine Flasche zerbrochen, eine teure Flasche mit geschliffenem Stopfen. Da ist mir die Hand ausgerutscht. So einfach ist es. Und nun, Weddemeister, ist es Zeit für ein spätes Mittagessen. Wollt Ihr uns, da alles aufgeklärt ist, die Ehre erweisen, mit uns zu essen?»

Das wollte Wagner nicht. Keinesfalls. Als er über die Brücke zurückging, längst nicht so eilig wie auf dem Hinweg, dafür sprachlos und mit mahlenden Kiefern, als er versuchte, die Widersprüche in Pullmanns Worten zu sortieren, kreiste eine Möwe über seinem Kopf. Ihr schriller Schrei klang wie Hohngelächter in seinen Ohren. Er sah ihr wütend nach, sah sie auf dem First des Chirurgenhauses landen und wünschte sich brennend, an ihrer Stelle zu sein. Sie sah, was er sicher zu wissen glaubte, was er zu sehen wünschte. Alles, nur kein in trauter Umarmung auf der Bank sitzendes Paar. Und warum waren ihr Tränen in die Augen gestiegen, als sie sich zuletzt an ihn lehnte? Warum? Diese ewige Heulerei. Er würde das nie verstehen. Wozu sollte das gut sein?

Das eintönige Läuten der Totenglocke von St. Michaelis klang über die Dächer und das Wasser. Viktor Malthus wurde zu Grabe getragen. Schwer atmend blieb er stehen, nahm den Hut vom Kopf und drückte ihn an die Brust. «Verdammt», fluchte er plötzlich und schrie: «Verdammtverdammtverdammt.» Die Welt geriet aus den Fugen. Wenn nun schon studierte Männer, gar ein Mitglied der Garnison, für ihre nichtsnutzigen Mägde logen, so unverfroren logen – wohin sollte das führen? Er stülpte seinen Hut über und stapfte zurück zur Fronerei.

KAPITEL 11

Die Aussicht vom kleinen Saal des Baumhauses war prächtig. Trotz des grauen Himmels bot die Elblandschaft ein heiteres Bild, und die Luft war so klar, dass das Harburger Schloss am südlichen Arm der Elbe deutlich zu erkennen war. Die Stimmung war weniger prächtig, was nicht nur daran lag, dass ein Leichenschmaus selten und auch dann wegen der Höflichkeit nur heimlich Anlass zu Heiterkeit gibt. Die Damen, die ihre dem Sarg folgenden Männer hier erwartet hatten, hatten die Zahl der Gäste wohl um ein gutes Drittel wachsen lassen, dennoch konnte sich niemand erinnern, je eine so bescheidene Trauergemeinde erlebt zu haben.

Auch die meisten dieser wenigen hätten sich gerne gedrückt, so wie die große Zahl der Geladenen, die mit mehr oder weniger guten Gründen schon dem Begräbnis fern geblieben waren. Zum Glück würden nur sieben Gänge serviert werden. Schon nach dem dritten erhob sich Elias Malthus und dankte allen, dass sie gekommen waren, seinen Schmerz zu teilen und seinem Bruder das letzte Geleit zu geben. Er erwähnte auch, wie ungemein er es zu schätzen wisse, dass sie einer umbarmherzigen Sitte die Stirn geboten und für jeden in der Stadt sichtbar den Sarg bis in die Gruft begleitet hatten.

Darauf folgte ein unbehagliches, nur von diskretem Hüsteln unterbrochenes allgemeines Schweigen. Das wussten schließlich alle, es war nicht nötig, es auch noch zu betonen. Nur der Stadtkommandant murmelte: «Sehr richtig, sehr richtig», aber der war auch kein gebürtiger Hamburger.

Dann bat Elias Malthus, ihn zu entschuldigen. Seiner Mutter sei nicht wohl, und auch wenn ihr Mademoiselle Lehnert und Madame Kjellerup mit einigen Nachbarinnen an diesem Tag beistünden, brauche sie nun ihren Sohn. Er verließ den Raum, alle lauschten seinen Schritten auf der Treppe nach.

«Tja», sagte Monsieur Polter in die Stille, «tja, traurige Sache. Wirklich fatal.»

Es wurde geseufzt, es wurde genickt, Gläser wurden hastig geleert – leider dachte der Pastor gar nicht daran, auch seines zu leeren, einige bewegende Worte zu sprechen und zu gehen. Er war ein noch junger Mann und kein bedeutender Vertreter seiner Profession, auch hatte er diese ungemütliche Skepsis in den Augen, die seiner Karriere kaum förderlich sein würde. Trotzdem war es nicht angebracht, die Tafel zu verlassen, solange er sich anschickte zu bleiben und die folgenden Gänge zu genießen. Aber da er nun begann, sich mit von jeglicher falschen Feierlichkeit freien Stimme mit seinem Tischnachbarn, dem Aufseher des Gänsemarktgartens, über seine Vorliebe für Ranunkeln und Kamelien zu unterhalten, dauerte es nur wenige Minuten, bis aus der ganzen Trauergemeinde eine munter plaudernde Tischgesellschaft geworden war.

Endlich wagte jemand, Claes Herrmanns nach seinem Abenteuer der vergangenen Nacht zu fragen. Schlagartig wurde es still, und alle Augen richteten sich erwartungsvoll auf Claes. Es hatte sich doch gelohnt zu bleiben.

Nur Anne lehnte sich leise seufzend zurück. Sie kannte die Geschichte auswendig, und der Gedanke, die beiden Frauen hätten auch drei oder vier Männer sein können, harte Kerle, gewohnt, mit Fäusten und Messern umzugehen, bereitete ihr immer noch Übelkeit.

Claes war froh, dass weder Hecker noch Müllerjohann

unter den Gästen waren, der Spinnhausaufseher gehörte sowieso nicht in diese Gesellschaft. Es wäre ihm unangenehm gewesen, vor den Opfern der Überfälle von diesen Frauen zu berichten – sowieso, und weil er und Brooks sie im Handumdrehen überwältigt hatten. Sie waren wirklich keine besonders starken Frauen, wie man sie unter denen fand, die von Kindesbeinen an schwere Arbeit verrichten mussten.

Er erzählte seine Geschichte knapp und nüchtern. Niemand hatte anderes von ihm erwartet, trotzdem zeigten einige Gesichter Enttäuschung. «Ohne Brooks», schloss er bescheiden, aber der Wahrheit entsprechend, «wären sie alle entwischt, zumindest noch die Zweite.»

«Wenn man eine hat», erklärte der Stadtkommandant launig, «hat man bald alle. Frauen sind nun mal schwatzhaft wie Elstern. Solche Frauen, natürlich nur solche», ergänzte er mit einem Seitenblick auf seine die Stirn runzelnde Gattin.

«Diese wohl nicht», korrigierte Monsieur Bach, «soviel man hört, schweigen sie beharrlich. Sie sagen, sie seien nur spazieren gegangen, in Männerkleidern, weil es nachts sonst für Frauen zu gefährlich sei.»

Claes nickte. «Das wollten sie schon der Nachtwache weismachen. Eine ziemlich dumme Ausrede.»

«Warum?», entfuhr es Anne. «Es stimmt doch: Nachts ist es auf den Straßen trotz der vielen Wachen unsicher. Nicht nur für Frauen», fügte sie hinzu, «aber für die besonders.»

«Ich bin ganz der Meinung Eurer Gattin», kam eine kühle Stimme vom unteren Ende des Tisches. «Wollte ich nachts in der Stadt herumspazieren, was mir gottlob bisher nie eingefallen ist, würde ich auch Männerkleidung anziehen. Ich finde, das ist ein sehr vernünftiger Gedanke.»

Alle Köpfe beugten sich vor, um zu sehen, wer da sprach.

Nur Anne, Claes und drei oder vier andere hatten die Stimme von Madame Hecker erkannt.

Wilbur Heckers Ehefrau war eine auf den ersten Blick unauffällige Dame von mittlerer Größe. Sie war trotz ihrer dreiundvierzig Jahre noch schlank, das Gesicht verriet trotz des Zuges von Strenge und der schmalen Lippen noch die kühle Schönheit ihrer jungen Jahre. Ihr schon von silbrigen Fäden durchzogenes Haar war eher rot als braun, was der tiefgrauen Trauerkleidung eine überraschend elegante Note verlieh.

Sie hatte extra für diese Leichenfeier ihr Haus im Garten vor dem Steintor verlassen, was sie, wie jeder wusste, höchst selten tat, und das Baumhaus verspätet erreicht. Wieder einmal hatte die Kontrolle eines überladenen Fuhrwerkes das Tor versperrt. So hatte sie als Letzte den Saal betreten und sich, anders als es ihrer Stellung zukam, auf einen Stuhl am Ende der Tafel gesetzt. Das Raunen über ihre Anwesenheit, insbesondere ohne ihren Gatten, war nicht bis zur Mitte der Tafel vorgedrungen.

«Euer Erlebnis, Monsieur Herrmanns, interessiert mich ungemein. Aus sehr persönlichem Grund, wie niemanden überraschen wird.» An dieser Stelle wurde ihre Stimme noch kühler. «Verzeiht, wenn ich mich unwissend zeigen muss. Ich habe erst vor einer Stunde die Stadt erreicht und wusste nicht, dass diese schändlichen Überfälle aufgeklärt sind. Wenn, wie unser verehrter Kantor Bach gerade sagte, diese Frauen auch beharrlich schweigen, weiß man wenigstens, wer sie sind? Wie sie heißen?»

Eine der Damen, die nur drei Stühle von Madame Hecker entfernt saß, kicherte nervös, der Kommandant räusperte sich, Köpfe beugten sich verstohlen grinsend oder peinlich berührt über Teller und Schüsseln, und der Pastor, der viel vom Klatsch der letzten Wochen versäumt hatte, sagte munter: «Das möchte ich auch gerne wissen. Ich hoffe sehr, sie gehören nicht zu meinen Schäfchen, denn dann müsste ich mich sofort zur Fronerei aufmachen.»

«Ja, Madame Hecker», sagte Anne, die die im Raum stehende Mischung aus Peinlichkeit und Schadenfreude ärgerte. «Eine der beiden ist Euch bekannt. Sie war bis vor wenigen Wochen Eure Magd. Sie heißt ...»

«Neele Ellert.» Madame Heckers Stimme hatte alle Farbe verloren. «Ist es Neele? Danke, Madame Herrmanns, ich weiß Eure klare Antwort zu schätzen.»

Sie lehnte sich steif zurück, griff ebenso langsam nach ihrem Glas, betrachtete den roten Wein und trank.

«Ja», sagte der Kantor und nickte Anne kaum merklich zu, «so ist es. Und jetzt», er warf seine Serviette auf den Tisch und erhob sich energisch, «jetzt ist der richtige Moment, die Trauermusik zu Gehör zu bringen, ich hoffe, das Cembalo ist gestimmt. Keine Sorge», erklärte er schmunzelnd, «der Mann, dessen wir heute gedenken, war jung und lebensfroh, also habe ich auch die Musik nicht zu traurig gemacht.»

Erfreulicherweise stand das Spinett im Nebenzimmer, Monsieur Bach wurde durch das Scharren der Bestecke in den Tellern und hin und wieder nicht zu unterdrückendes Geflüster kaum gestört. Als erfreulich wurde auch empfunden, dass der Kantor, der für sein grandioses, aber enorm ausdauerndes Spiel bekannt war, ein einsätziges Stück komponiert hatte, was aber einzig an der Kürze der Zeit lag, die ihm seit Viktor Malthus' Tod zur Verfügung gestanden hatte.

Kaum war der letzte Ton verklungen, wurde das Dessert serviert, was erlaubte, die nun gebotene Andacht erheblich abzukürzen. Es gab Eiscreme aus Apfelsinen auf Biskuits, was ausgezeichnet mundete, obwohl die Wahl einer Eisspeise für den Abschluss gerade dieses Mahls von wenig Empfindsamkeit des Kochs zeugte. Als sich die Stimmen senkten und wieder nur der zarte Klang von Löffeln auf feinem Porzellan zu hören war, sagte Madame Hecker plötzlich: «Könnt Ihr mir auch sagen, wie die andere Frau heißt, Madame Herrmanns?»

Die Löffel verharrten, alle Köpfe wandten sich Anne zu. «Ja, Madame Hecker, es hat sich schnell herumgesprochen. Sie heißt Magda Knebusch. Ich glaube nicht, dass Ihr sie kennt. Sie hatte mit ihrem Vater einen kleinen Laden nahe dem Hafen, in dem Haus, das gerade zum Speicher umgebaut wird.»

Madame Hecker hob das Kinn, ließ den Blick zum Fenster hinausgleiten, unter dem der Hafen begann, und nickte. «Ja, ich kenne das Haus. Ich glaube mich zu erinnern, dass es Esbert Müllerjohann gehört? Oder irre ich mich?»

«Nein, Madame», antwortete Claes, «Ihr irrt Euch nicht. Und auch das Haus, in dem die Knebusch und ihr Vater gewohnt haben, bis sie die Miete schuldig blieben, gehört Müllerjohann. Was sie zusammen als Grund angesehen haben mag, sich an ihm zu rächen. Eine so abwegige wie verwerfliche Idee.»

«Gewiss, sehr verwerflich.» Madame Hecker nippte an ihrem Glas, nur ihre direkte Nachbarin glaubte zu erkennen, wie sich ihre Lippen verzogen. Voller Ekel vor der Untat, warum sonst?

«Und Viktor Malthus? Gibt es da eine Verbindung?», fragte sie, ohne den Blick von ihrem Wein zu heben.

«Das wird sich noch zeigen», sagte Claes, «es ist anzunehmen. Ich bin sicher, der Weddemeister wird es bald herausbekommen.»

«Oder auch nicht», widersprach Anne, ihre Hand berührte entschuldigend seinen Arm. «Niemand weiß, ob all diese Verbrechen auf ein Konto gehen. Der Weddemeister – nun, ich habe gehört, er sei da nicht so sicher. Er halte es sogar für wahrscheinlicher, dass es nicht so ist.»

Claes sah seine Frau irritiert an. Was hatte sie ihm da nicht anvertraut?

«Ihr seid gut informiert, Madame», Monsieur Bach drohte vergnügt mit dem Finger, «über Dinge, die Damen doch gar nicht bedenken sollten. Aber wir wissen ja, Ihr kennt unseren guten Wagner besser als die meisten von uns. Was ich für sehr löblich halte», betonte er mit einem kampflustigen Blick den Tisch hinunter, «wirklich sehr löblich. Doch nun sollten wir uns erhabeneren Dingen zuwenden. Die Musica hilft, alle Wunden der Seele zu heilen. Wenn es genehm ist ...»

Bevor jemand protestierte, was als äußerst unhöflicher Akt jedoch nicht zu erwarten war, eilte er zurück ans Cembalo und griff hurtig in die Tasten. Bald war der Raum mit dezent, aber eindeutig heiter schwatzenden und hier und da sogar den Takt mitklopfenden Menschen gefüllt.

Madame Hecker verließ die Gesellschaft schon nach dem ersten Stück. Anne hätte einiges darum gegeben, es ihr gleichtun zu können.

«Wenn du klug genug bist, nicht zu schreien, nehme ich meine Hand von deinem Mund», zischte Rutger Ermkendorfs Stimme an Rosinas Ohr. «Er wird nicht gut auf dich zu sprechen sein, und ich werde mich bestimmt nicht für dich schlagen, wenn er dich erwischt.»

Selbst wenn Rosina gewollt hätte, wäre ihr Schreien kaum mehr als ein Krächzen gewesen. Nach wem sollte sie auch schreien? Nach den elenden Gestalten, die ihr auf ihrem Irrweg durch die Gänge begegnet oder aus dem Weg gegangen waren? Nach dem Mann, der sie im Hof für eine günstige Gelegenheit ohne eigenen Willen gehalten hatte?

Ermkendorf beugte sich vor und sah durch den Gang zum Hof. «Er ist weg», sagte er. «So wie du ihn behandelt hast, wird er kaum hinter der Hausecke warten, sondern nach einer Schüssel Eiswasser suchen. Nun komm schon, oder gefällt es dir in diesem stinkenden Loch?»

Als sie sich nicht bewegte, griff er nach ihrem Arm und zog sie grob mit sich in den Gang hinaus. «Ich bringe dich jetzt an den Rand dieser Hölle», sagte er, «und dann will ich wissen, warum du mir nachschleichst.»

Es klang alles andere als freundlich, Rosina beeilte sich trotzdem, ihm zu folgen. Der Hof lag nun wieder verlassen da. Aus dem Haus klang plötzlich aufgrölendes Gelächter, und er schritt rascher an dem Schuppen links des Hauses vorbei. Penetranter Geruch und ein nörgeliges Meckern wiesen ihn als Ziegenstall aus. Dann duckte er sich hinter einem Holzstoß entlang – und stand am Rand einer Gasse, die fast einer Straße glich. Rosina hatte sich im Irrgarten der Gänge verloren geglaubt, und der Weg in die Freiheit war nur zwanzig Schritte entfernt gewesen.

«Warum, zum Teufel, bist du durch diese Düsternis gegangen, wenn es so eine Straße gibt?», fauchte sie.

«An deiner Stelle würde ich leiser sprechen.» Er warf einen Blick zu den Fenstern im ersten Stock. «Kann gut sein, dass er sich erholt hat und mit ein paar Kumpanen auf die Jagd nach dir macht. Also: Warum bist du mir nachgegangen?»

«Rosina!? Was tust du hier?»

Rosina hatte die Stimme erkannt, bevor sie sich nach ihr umdrehte. Maline stand in der Tür des Schuppens und blickte sie ungläubig an.

«Sie ist mir nachgeschlichen», antwortete Rutger an ihrer statt, «kreuz und quer und einmal im Kreis durch die Gänge. Komm», sagte er, «hier ist nicht der rechte Platz zum Austausch von Beichten. Nun geh schon», sagte er und schob Rosina vor sich her zum Schuppen.

Wer sie dort erwartete, konnte sie nicht mehr verblüffen. Der Raum war kaum mehr als ein durch eine Bretterwand vom Ziegenstall abgetrennter Verschlag. Auf dem gestampften Lehmboden standen außer einer grob gezimmerten Bettstelle ein schmaler Tisch und zwei Schemel und unter dem winzigen, mit einem Stück Sackleinen halb verhängten Fensterloch das kostbarste Stück: eine dunkelblaue, mit einem Blumenkranz bemalte Kiste. Auf einem Brett an der Wand war altes tönernes Geschirr aufgereiht, wenig mehr, als eine Person für eine Mahlzeit brauchte.

«Rosa?» Hanne schlug die Decke zurück und setzte sich auf ihrem strohgepolsterten Lager auf. «Was machst du hier, Rosa?»

«Nicht Rosa», knurrte Ermkendorf, «Rosina. Die Mademoiselle ist keine Tagelöhnerin, sondern eine von Malines Komödiantinnen.»

«Du bist Rosina?» In Hannes besorgte Miene schlich ein erkennendes Lächeln. «Maline hat von dir erzählt. Aber warum hast du im Garten gearbeitet? Das hat Maline nicht erzählt. Und warum als Rosa?»

«Wegen des Geldes», log Rosina. «Wir haben noch keine Spielerlaubnis. Eigentlich wollte ich mir nur den Garten ansehen, als der Aufseher mich für die Tagelöhnerin hielt – es war eine gute Gelegenheit. Ich glaube, Maline wusste nur, dass ich für einen Gärtner arbeite. Einen anderen vor der Stadt.»

Rosina fühlte sich schlecht, sie hatte genug von der Lügerei. Und Hanne zu belügen, die so freundlich war und noch blasser schien als am Tag zuvor, war doppelt schwer.

«Und warum bist du mir gefolgt?», fragte Ermkendorf. «Deine große Ohren sind mir nicht entgangen, als du im *Bremer Schlüssel* am Nebentisch gesessen hast. Ich kann ...»

«Sie ist nur neugierig», fiel ihm Maline hastig ins Wort, «das wissen alle. So sind wir auf dem Theater, Rutger, das ist nichts Besonderes. Wärst du vor ihr hier gewesen und hättest erzählt, dass du sie bei Malthus gesehen hast ...»

«Ja, neugierig», sagte Rosina rasch. Sie wusste sehr genau, dass das magere Wort für einen Mann wie Rutger Ermkendorf keine befriedigende Antwort sein konnte. Aber sie wollte keine Auskünfte geben, sie wollte welche haben.

«Und jetzt du, Maline. Wenn Hanne das Ziel deiner ‹Spaziergänge› war, warum hast du dann behauptet, du kenntest niemanden in der Stadt? Warum sollten wir nicht wissen, dass du Hanne kennst?»

Maline zuckte die Achseln. «Zuerst fand ich, es gehe euch nichts an, warum ich nach Hamburg will. Das war einzig meine Sache.»

«Und dann wollte ich es nicht», fuhr Hanne für Maline fort. «Was hättet ihr gedacht, wenn sie sagt, sie hat eine Freundin in einem Hurenhaus? Dazu eine, die ständig hustet.»

«Du meine Güte!» Rosina schüttelte unwillig den Kopf. «Wir sind Wanderkomödianten und kein Hoftheater. Außerdem lebst du nicht in dem Haus dort. Das war dumm, Maline, wir kennen Leute in der Stadt, vielleicht können wir helfen, damit Hanne eine bessere Wohnung findet.»

«Klar, das könnt ihr leicht», sagte Rutger Ermkendorf. «Wanderkomödianten kennen dazu bestimmt die richtigen Leute. Du hast keine Ahnung, die Stadt ist voll, und die Mieten steigen wie Wasser bei Springflut. Hier gibt's keine halbwegs bewohnbaren Zimmer für Leute wie uns.»

«Und der da?» Rosina sah sich nach Ermkendorf um. Er stand breitbeinig wie ein Wachsoldat vor der Tür. «Warum sollten wir nicht wissen, dass du diesen Neunmalklugen kennst? Du musst ihn im *Bremer Schlüssel* doch erkannt haben.»

Bevor Maline antworten konnte, begann Hanne leise und trocken zu husten.

«Ganz ruhig, Hannchen», flüsterte Maline und legte stützend den Arm um ihren Rücken. «Versuche ganz ruhig zu atmen, nicht zu tief.»

Es nützte nichts. Der Husten wurde härter, krampfte und schüttelte den dünnen Körper. Als es vorbei war, sank Hanne nach Luft ringend zurück. In ihren Mundecken klebte blutiger Schaum.

«Danke», flüsterte sie und strich Maline über die Wange. «Es ist schon besser als das letzte Mal, findest du nicht?»

«Ganz sicher.» Maline tupfte den kalten Schweiß von Hannes Stirn. «Aber du musst hier raus, du kannst nicht in diesem Stall bleiben, keinen Tag länger. Der Sommer ist vorbei, und sag jetzt nicht wieder, die Ziegen wärmten dich.»

Hanne lächelte und schwieg. Sie tastete nach dem Tuch in ihrem Rücken, es war das, von dem Maline behauptet hatte, sie habe es verloren, und kuschelte sich in die wärmende weiche Wolle. «Erzähl's ihr nur», murmelte sie dann. «Erzähl, wieso wir uns kennen.»

«Überleg dir, was du sagst», kam es leise von der Tür, «und ob du sie gut genug kennst.»

Die Geschichte, die Rosina nun hörte, war eine, wie sie den Menschen der Wandertheater und anderen Fahrenden häufig widerfuhr. Besonders war sie nur für die, denen sie geschah.

Beide Frauen waren auf Komödiantenkarren geboren.

Malines Vater war ein guter Komödiant, so hatten ihre Eltern lange zu einer der besseren Gesellschaften gehört. Als er starb, war für Maline und ihre wenig talentierte Mutter dort kein Platz mehr. Sie musste sich einer anderen Gesellschaft anschließen, in der das Leben so armselig und schmutzig war wie die Possen, die sie vorführte, und zu der auch Hannes Eltern gehörten.

Die Mädchen waren damals gerade groß genug für erste Rollen als Putto oder als lebendes Gewicht für die Akrobaten. Bald fühlten sie sich als Schwestern. Hanne, die um zwei Jahre ältere, hatte stets ein Auge auf Maline, Maline, die Frechere, bot stellvertretenden Widerstand, wenn Hanne wieder einmal zu kurz kommen sollte. Malines Mutter lehrte die Mädchen gemeinsam Lesen und Schreiben und las ihnen aus ihrem letzten noch nicht verkauften Buch die Gedichte Brockes vor. Sicher waren es diese Poeme, dieser unermüdliche Dank an Gott für seine blühende Schöpfung, die in Hanne die Liebe zu den Gärten weckte.

Es war kein gutes Leben, aber sie kannten kein anderes. Erst als sie heranwuchsen und die Welt jenseits von Karren und Schaubühne zu verstehen begannen, erkannten sie, dass es etwas anderes geben musste, und versprachen einander, eines Tages dieses andere zu suchen und zu finden.

Die Komödiantengesellschaft spielte mit ihren bescheidenen Künsten und dem unzuverlässigen Prinzipal kaum genug ein, alle zu ernähren, die Mitglieder wechselten so oft wie das Wetter. Manche verschwanden ohne Abschied, wenn der Blick auf die Zukunft unerträglich und der Weg ins Ungewisse die bessere Alternative schienen. So verschwand auch Hannes Vater, und ihre Mutter erinnerte sich, dass sie eine Schwester hatte, der es besser ging.

Das war nun viele Jahre her. Obwohl die Mädchen noch sehr jung waren, als sie getrennt wurden, schafften sie es, einander nie ganz aus den Augen zu verlieren. Hannes kurze Briefe, die Maline irgendwo und oft lange Wochen nachdem sie geschrieben worden waren, erreichten, enthielten keine Klage, trotzdem begriff Maline, dass diese Tante, der es angeblich besser ging, nicht das gute Leben bedeutete, das zu finden sie einander versprochen hatten.

«Ihr gehört dieses Haus», fuhr Maline fort, «es sieht ordentlich aus, aber das ist es nicht.»

«Sie weiß doch, was für ein Haus das ist», erklärte Rutger, der immer noch die Tür bewachte. Ob um ihre Flucht oder das Eindringen weiterer ungebetener Gäste zu verhindern, hätte Rosina gerne gewusst. «Sie ist schon einem der Kerle begegnet, er hat es ihr gleich gezeigt.»

Madame Reginas Gasthaus, in dem Hanne und ihre Mutter Aufnahme gefunden hatten, war nur im Erdgeschoss eines, satter Gewinn wurde im ersten Stock mit Verbotenem gemacht, an den Spieltischen und in den Bordellkammern. Hannes Mutter gab schnell dem Drängen ihrer Schwester nach und verdingte sich als Hure, ihre Tochter schützte sie jedoch mit der Entschlossenheit einer Löwin. Hanne scheuerte Böden und Geschirr, schleppte Wasser, heizte im Winter die Öfen und bediente auch in der Gaststube. Ihre Mutter hoffte immer darauf, genug zu verdienen, um das Mädchen irgendwo, wo sie niemand kannte, in gute Obhut zu geben. Das war der Traum vieler Huren, den wenigsten erfüllte er sich. Es gelang ihr nur, durchzusetzen, dass Hanne in den Malthus'schen Gärten arbeiten durfte, wenn dort Tagelöhnerinnen gebraucht wurden. Die Arbeit in den Gärten, die frische Luft – das war besser als nichts.

«Und da hat sie dich getroffen», wandte sich Rosina an Rutger. «Kath hat es erzählt», erklärte sie auf sein Stirnrunzeln, «sie hat gesagt, du und Hanne kennt euch schon seit langer Zeit aus dem Garten am Gänsemarkt.»

«Ja, schon sehr lange.» Hanne war nicht eingeschlafen, sie hatte mit geschlossenen Augen zugehört. «Im Herbst, wenn die Ernte in der Marsch eingebracht war, kam Rutger in die Gärten. Bis er auf seinem ersten Schiff anheuerte. Danach kam er nur noch ab und zu. Wenn die Grönlandfahrer wieder einlaufen, ist in den Gärten nicht mehr viel zu tun, dann braucht Elias selten zusätzliche Tagelöhner.»

Bevor Rosina sich wundern konnte, wieso eine Arbeiterin von ihrem Herrn mit dessen Vornamen sprach, fuhr Maline schon fort zu erzählen.

Maline hatte den Traum vom besseren Leben nie vergessen. Es gelang ihr nicht, für sich und ihre Mutter einen Platz in einer besseren Gesellschaft zu bekommen, aber sie gab sich selbst nicht auf. Sie verfiel nie in die rohen Gewohnheiten und die Sprache ihrer Umgebung. Sie hielt sich und ihre Kleider sauber und in bürgerlicher Ordnung, sie ließ sich von den Männern in den Städten und Dörfern niemals mit diesen verlockenden kleinen Gaben bestechen, nach denen sie sich so sehnte. All das kostete Kraft, und es machte sie einsam, aber so lange sie ihren Traum hatte, war ihr das – beinahe – einerlei.

Als ihre Mutter starb, als sie still und ohne Warnung einfach erlosch, glaubte Maline ihre Kraft am Ende. Bald darauf löste ihre Theatergesellschaft sich auf, und da, endlich, hatte sie Glück. Dieses Quäntchen Glück, ohne das kein Leben hell wird, und das, wenn es einem begegnet, kein Quäntchen zu sein scheint, sondern das größte Los in der Lotterie.

«Den Rest der Geschichte kennst du schon, Rosina», schloss sie, «Meister Glarus suchte eine Magd und nahm mich bei sich auf. Dass ihn nicht kümmerte, woher ich kam», sie zuckte die Achseln und nahm Hannes Hand, «ich konnte mir nicht erlauben, viel darüber nachzudenken.

Nur in einem habe ich gelogen, Rosina. Ich hätte dort bleiben können, wohl nicht mehr lange, das hätte seine Tochter niemals erlaubt, sicher nur noch ein oder zwei Jahre. Aber ich musste hierher. Hannes letzte Briefe – ich hätte es nicht ertragen, nach allem was geschehen ist, in Göttingen zu bleiben. Als ich euch traf und hörte, dass ihr nach Hamburg reist und dort mehrere Wochen bleiben wollt, habe ich mich schnell entschlossen. Aber dass der Meister mir die Laterna magica geschenkt hat, das ist wahr.»

Offenbar hatte Rutger Ermkendorf die Tür einzig bewacht, damit Rosina nicht fortlaufen konnte. Als sie ihm von außen in den Rücken stoßen wurde, stolperte er in den engen Raum, stürzte über einen Hocker und fiel auf den Tisch.

Die Frau, die im kirschroten Seidenkleid mit einem kaum ihre Brüste bedeckenden, von Spitzen gesäumten Dekolleté in der Tür stand, mochte Hannes Tante sein, ähnlich sah sie ihr nicht im mindesten. Sie war so füllig wie Hanne mager, ihre Haut schimmerte durch die helle Schminke nicht nur auf den Wangen rötlich, und ihr aufgetürmtes, mit Kämmen und einer roten Seidenblume geziertes Haar war schwarz wie die Gänge in diesem Viertel.

«Hat Mademoiselle wieder Gäste? Wie lange willst du noch herumliegen, Hanne? Ich kann mir nicht leisten, dich ewig durchzufüttern. Was glaubst du, was mich die Schmiergelder Tag für Tag kosten, damit die Herren in ihren Schreibstuben mich in Ruhe meine Arbeit tun lassen. Wir müssen alle für unser Brot arbeiten. So ist die Welt. Du hättest es einfacher haben können, du könntest auch so ein Kleid tragen und im Haus wohnen. Warum hast du dich nur mit diesem Nichtsnutz eingelassen?»

«Bitte, Madame Regina.» Maline erhob sich, strich energisch über ihre Röcke und schluckte etwas hinunter, das nur ein großer Klumpen Zorn sein konnte. «Bitte, Ihr seht doch, dass Hanne wirklich krank ist. Die Miete ist noch für zwei Wochen bezahlt, bis dahin habe ich längst ein anderes Quartier gefunden.»

«Da bin ich aber gespannt. Das sagst du schon seit einer Woche, Maline. Und du? Wer bist du?» Ihr Blick traf Rosina und wurde dunkel. «Etwa die Verrückte, die meine besten Kunden behandelt wie hergelaufene Vagabunden?»

«Da irrt Ihr Euch, Madame.» Rutger hatte sich aufgerappelt und schob sich vor Rosina. «Sie ist eine aus dem Garten, sie arbeitet dort. Ich habe sie mitgebracht, und von Euren – vornehmen Gästen ist uns keiner begegnet.»

Madame Regina, oder wie immer ihr richtiger Name sein mochte, blitzte Rutger verächtlich an, bevor sie mit gespitztem Mund an Rosina hinuntersah. «Dein Glück, Mädchen», sagte sie. «Aber so eine schmutzige Schlampe wie dich würde sowieso keiner meiner Kunden anfassen.»

«Natürlich nicht.» Maline sah Rosinas zorngerötetes Gesicht und stellte sich rasch neben Rutger. «Ich wäre Euch sehr verbunden, Madame, wenn ich aus Eurer Küche eine Kanne siedendes Wasser holen dürfte. Hanne braucht heißen Tee, Rutger hat heilende Kräuter gebracht. Ich bezahle das Wasser», fügte sie zögernd hinzu.

«Behalt deine Dreilinge, Maline, und hol dir das Wasser. Der Kessel hängt über dem Feuer. Aber nur für Hanne. Ich kann mir nicht erlauben, auch noch ihre Gäste zu bewirten. Was, glaubst du, zahle ich dem Träger jeden Tag für das gute Brunnenwasser? Und lass dir nicht einfallen, wieder von dem Eisvorrat zu nehmen. Der ist knapp genug, wer weiß, wann ich wieder welches bekommen kann. Bis zum Winter ist es noch lange, und nicht jeder Grönlandfahrer macht auf halber Strecke schlapp und bringt Eis statt Walspeck. Was, Rutger?»

Rosina hörte ein feines Geräusch, es klang, als mahlten kräftige Zähne aufeinander.

«Und du, Kind?» Madame Regina beugte sich über Hanne und schüttelte missbilligend schnalzend den Kopf. «All die Jahre habe ich dir und deiner Mutter ein Dach über dem Kopf gegeben, und was ist der Dank? Du liegst hier herum und machst ein Gesicht, als stehe ein Heer schwarzer Engel vor der Tür. Na gut, trink deinen Tee.» Sie strich mit einer unbeholfen zögernden Bewegung eine feuchte Strähne aus Hannes Stirn. «Und reiß dich ein bisschen zusammen, Kind. Dann geht alles. Morgen sieht die Welt besser aus. Sieh mich an: Hätte ich so viel erreicht, wenn ich jeder Schwäche nachgegeben hätte?»

Ohne die anderen noch zu beachten, öffnete sie die Tür und stand vor einem Mann, der sie mit erschreckten, fiebrigen Augen ansah.

«Noch einer.» Ihre Stimme klang wieder ruppig wie zuvor. «Was willst du? Eine Kranke ist mir genug. Oder bist du nicht mehr krank?»

Sie drängte sich an ihm vorbei und stieß mit kehligem Lachen den Griff ihres Fächers gegen seinen linken Arm. Er fuhr mit einem unterdrückten Schrei zurück. Auch Wochen nach der Amputation spürte er jede Berührung des Stumpfes wie ein glühendes Messer.

Madame Regina drehte sich noch einmal um. «Bist du nicht froh, Hanne? Nicht ein bisschen vergnügt?», spottete sie. «Heute haben sie ihn in die Gruft gelegt, und du hattest ihn doch besonders gern, unseren schönen Oberleutnant. Es ist wirklich schade um ihn. So ein angenehmer Kunde.»

Wagner hatte nicht gezählt, wie viele Männer, Frauen und Kinder er in seinen Jahren als Weddemeister verhört hatte.

Es mussten Hunderte sein, ihre Verbrechen reichten vom Diebstahl eines Apfels über das Drucken und Schreiben lasterhafter Pamphlete bis zum mehrfachen Mord, und er war daran gewöhnt, herauszubekommen, was er wissen wollte. Zu seiner Ehre muss gesagt werden, dass es ihn nicht wirklich störte, wenn sich ein vermeintlicher Delinquent als unschuldig erwies.

Dazu bedurfte es allerdings zuverlässiger Zeugen. Seltsamerweise fanden sich sehr viel leichter Menschen, die einen Verdächtigen belasteten. Im Fall Magda Knebusch und Neele Ellert fanden sich genug Klatschmäuler, aber überhaupt keine Zeugen. Die Opfer der Überfälle, Hecker, Müllerjohann und auch Schott, der Spinnhausaufseher, weigerten sich, die Frauen zu identifizieren. Das sei nicht möglich, ließen alle drei ausrichten, sie hätten die Täter nicht gesehen. Jedenfalls seien es Männer gewesen, das stehe außer Frage! Weibspersonen wären nicht in der Lage, sie zu überwältigen, auch nicht in einem überraschenden Moment und mitten in der Nacht. Im Übrigen seien sie unabkömmlich, ihre Pflichten ließen ihnen dieser Tage keinen Raum für einen überflüssigen Gang in die Fronerei. Das vierte Opfer konnte naturgemäß nicht befragt werden, da es schon in der Gruft lag.

Blieben die Herren Bocholt und Herrmanns und Stallmeister Brooks, die jedoch nicht mehr bezeugen konnten, als dass die Frauen auf offener Straße den Kaufmann bedroht hatten, was die Frauen wiederum beharrlich bestritten. Natürlich galten die Stimmen ehrbarer Männer mehr als die verdächtiger Frauen, zumal solcher Frauen. Aber Wagner war ehrgeizig, in seinem Charakter steckte etwas von einem Jagdterrier. Er ließ seine Opfer nicht los, bis er sie zweifelsfrei zur Strecke gebracht hatte. Erst dann übergab er sie den Gerichtsherren. Bisher war niemand freigesprochen worden, von dessen Schuld der Weddemeister überzeugt gewesen war. In diesem Fall war er kurz davor, sein Prinzip aufzugeben. Sollten sich doch die Richter mit der Wahrheit herumschlagen.

Selten hatte er eine so harte Nuss zu knacken gehabt. Sicher war er zu nachgiebig gewesen, sogar dumm, als er Grabbe auftrug, die beiden Frauen mit einer Mahlzeit zu versorgen. Aber auch Jagdterrier haben ein Herz, einige sogar ein menschliches. Er fand es müßig, damit zu hadern, und machte sich wieder an die Arbeit.

Magda Knebusch saß kerzengerade auf dem Schemel. Sie war noch schmutziger als am Morgen, auch stank sie noch unangenehmer, doch obwohl Wagner in ihren Augen Angst aufblitzen sah, überwog eine kalte Ruhe, die den nur mühsam im Zaum gehaltenen Zorn kaum verbarg.

‹Noch ein bisschen zwiebeln›, dachte er, ‹nur ein bisschen noch. Dann bricht der Zorn durch, und wer zornig ist und die Beherrschung verliert, verrät sich. Immer.›

Leider hatte er das schon vor einer Stunde gedacht, allmählich wurde er den Zweikampf der immer gleichen Fragen und Anschuldigungen, der immer gleichen Antworten und Erklärungen müde. Diese eine Stunde hatte er sich gegeben gehabt, er war froh, als sie herum war. Neele Ellert konnte er leichter zum Reden bringen, sie hatte inzwischen allein im Kerker geschmort, das musste ihr den Rest gegeben haben. Aber nicht deshalb hatte er zuerst die Stärkere allein befragt, sondern weil das der schwerere und damit verdienstvollere Weg war. Das war töricht gewesen. Und reine Eitelkeit.

«Ich sag's dir noch einmal», begann er einen letzten Versuch, «hör auf mit deiner dämlichen Spaziergangsgeschichte. Die glaubt dir kein Mensch und erst recht kein Richter. Gib zu, was ihr getan habt. Denk dran: Heute Morgen haben wir deinen alten Vater weggeschickt. Wenn du dich nun besinnst, lass ich ihn holen. Dann kann er dich sehen und trösten. Oder du ihn. Sag mir, wer die dritte ist, und ich verspreche, es wird für euch glimpflicher abgehen, als du jetzt glaubst. *Und* noch etwas.» Er zog einen Schemel heran, setzte sich direkt vor Magda und sah ihr gerade in die Augen. «Ich sollte dir das gar nicht sagen. Ich tu's trotzdem. Ich weiß, dass ihr Hecker, Müllerjohann, Schott und Bocholt überfallen habt. Halt den Mund! – Ich weiß es. Es ist nur eine Frage der Zeit, bis ich es restlos beweisen kann. Restlos! Sei froh, dass ich mir so viel Mühe gebe. Was glaubst du, wie viele die Richter schon verurteilt haben, ohne dass deren Schuld tatsächlich bewiesen war. Mit solchen wie euch hält das Gericht sich sowieso nicht lange auf. Da wird ruck, zuck verurteilt.»

«Wenn es das war, was Ihr mir sagen wolltet, hättet Ihr Euren Atem sparen können», sagte Magda und beugte sich frech vor, bis ihre Nase fast die seine berührte. «Das ist nichts Neues. ‹Solchen wie uns.› Was soll das heißen? Wir sind spazieren gegangen, wir haben nicht das Geringste mit diesen Überfällen …»

«Sei doch nicht so blöde», brüllte Wagner, «diese dämliche Ausrede.» Tief aufschnaufend zwang er sich zur Ruhe. «Hör zu, was ich sage: Ich glaube nicht, dass ihr den Oberleutnant in dem Eiskeller eingesperrt habt und erfrieren lassen. Hörst du: Ich glaube nicht, dass ihr Mörderinnen seid. So. Und jetzt gib endlich die Überfälle zu, die bringen euch doch nicht an den Galgen.»

«Darauf soll ich reinfallen?» Magdas Lachen klang nicht einmal bitter, sondern nach fröhlichem Spott. «Versprechen, die in dieser Stube gemacht werden, sind so viel wert wie ein ausgeblasenes Ei. Das weiß jeder. Für wie dumm haltet Ihr mich? Ich soll gestehen, was wir gar nicht getan haben, damit wir nicht für etwas sehr viel Schlimmeres angeklagt werden, was wir ebenso wenig getan haben? Ihr verschwendet Eure Zeit mit uns, Weddemeister, und draußen laufen die wahren Täter rum und lachen.»

Wagners Gesicht nahm die Purpurfarbe eines reifen Kalvill-Apfels an.

«Lachen?», stieß er mit zusammengebissenen Zähnen hervor. «Lachen? Sicher ist, wer hier *nicht* mehr lachen wird. Das bist du. Und deine greinende Freundin. Was ist los?!!» Wütend fuhr er herum, als die quietschenden Angeln der Tür einen Störer ankündigten. «Habe ich nicht klar genug gesagt, dass ich ungestört sein will, Grabbe?»

«Das habt Ihr gewiss, lieber Weddemeister, Euer Gehilfe hat es noch und noch beteuert. Aber ich störe nicht, ich erspare Euch einen höchst betrüblichen Irrtum.» Madame Hecker stand mit der leutseligen Würde einer Königin in der Tür und sah auf die beiden sie verblüfft anstarrenden Gesichter hinunter.

Magda fing sich zuerst. Sie sprang auf, knickste und blieb, die Hände auf dem Rücken verschränkt, beschämt stehen.

«Guten Tag, Magda», sagte Madame Hecker. «Dich hier zu treffen – das ist eine Schande.» Und zu Wagner: «Wollt Ihr mir keinen Stuhl anbieten?»

Das wollte Wagner nicht, er tat es trotzdem. «Gewiss», stotterte er, «gewiss. Allerdings, Ihr seht es, ich bin gerade in einem Verhör. Wenn Ihr die Güte hättet, nun ja, draußen, in der anderen Stube – die ist ein besserer Ort für ein Gespräch. Sicher ist es von großer Wichtigkeit, wenn Ihr Euch extra hierher, ich meine, Euch an diesen Ort, nun ja, begeben habt.»

Madame Heckers Miene verriet, dass sie nicht daran dachte, seinen Vorschlag zu akzeptieren. «Nein», sagte sie mit verbindlichem Lächeln, «hier bin ich genau richtig.»

«Richtig, gewiss. Wenn Ihr meint», er schob ihr seinen Schemel zu, «und wenn Ihr die Unbequemlichkeit auf Euch nehmen wollt. Grabbe! Bring sie weg.»

Grabbe brauchte einen Moment, bis er verstand, dass nicht Madame Hecker gemeint war, sondern Magda, womit sich wiederum Madame Hecker nicht einverstanden zeigte.

«Magda bleibt hier», sagte sie. «Da Euer Gehilfe nun ohne Auftrag ist, soll er Neele holen. Neele Ellert. Ich hoffe sehr, Weddemeister, Ihr habt sie gut behandelt. Sie ist eine zarte Seele, ein solcher Ort muss sie erschrecken.»

Wagner war einiges gewöhnt, dass der Pesthof und zuzeiten auch das Werk- und Zuchthaus das Ziel der Neugierigen waren, mochte angehen. Aber die Fronerei, seine Verhörstube – das ging über die Grenzen! Selbst für eine Madame Hecker.

Während er noch überlegte, wie er diese überaus lästige Dame halbwegs höflich und schnellstmöglich wieder hinausbefördern könnte, brachte Grabbe Neele, und Madame Hecker erhob sich mit vornehmem Knistern ihrer seidentaftenen Röcke.

«Setzt euch», sagte sie zu den beiden Frauen, und als Magda sprechen wollte: «Ohne zu reden. Das könnt ihr später tun, jetzt schweigt ihr. Setzt euch», wiederholte sie ungeduldig, zeigte auf die Hocker und nahm mit der größten Selbstverständlichkeit auf Wagners Lehnstuhl hinter dem Tisch Platz. Da es keinen weiteren Stuhl gab und Grabbe eiligst die Tür von außen geschlossen hatte, konnte Wagner ihn nicht nach einem schicken. So musste er stehen bleiben und erfahren, dass seine Theorie vom Sitzen und Stehen in der Verhörstube nur bedingt richtig war.

Auch ein paar andere Theorien gingen ihm an diesem

Tag verloren, insbesondere die, nach der es die Herrschaften in den großen Häusern nicht kümmere, was aus ihren Dienstboten wurde.

«Und nun, Weddemeister», sagte Madame Hecker, «verratet mir, warum Ihr meine beiden Helferinnen in der Fronerei festhaltet. Schon seit gestern Abend, wie man mir berichtet hat, und aus keinem Grund als einem harmlosen nächtlichen Spaziergang in Männerkleidern, was, wie ich gerade schon unserem verehrten Stadtkommandanten und Monsieur Herrmanns erklärte, ungewöhnlich ist, aber höchst vernünftig. Nun?»

Sie blickte Wagner mit gehobenen Brauen an. Sein Gesicht war ein einziges Fragezeichen.

«Beiden Helferinnen? Wieso beide? Nur die da», er zeigte auf Neele, «nur die war Eure Magd, ja, oder Euer Mädchen. Die andere ...»

«Ich dachte es mir schon. Ihr seid unzureichend informiert, Weddemeister», unterbrach ihn Madame Hecker. «Wie bedauerlich. Und wie erstaunlich, denn Euer Ruf ist tadellos. Erst kürzlich hat Senator van Witten mir versichert, Eure Gründlichkeit sei so außerordentlich wie Eure Findigkeit. Doch lasst uns nichts Überflüssiges reden, die Zeit eilt dahin, und dies, da habt Ihr Recht, ist kein Ort, um sich länger als unbedingt nötig aufzuhalten. Ich bin gekommen, Euch zu erklären, wie sehr Ihr in diesen beiden Frauen irrt. Niemand kann bestreiten, dass sie durchaus in der Lage sind, solche Überfälle zu verüben. Wohlgemerkt: erfolgreich zu verüben. Sie sind tüchtig und auch kräftig. Unsere Herren hingegen, nun, sie halten nur Feder, Streusandbüchse und Rechnungsbuch und essen und trinken zu reichlich, das führt mit den Jahren zu Schwächlichkeit. Aber Magda und Neele», ihr Blick streifte die angespannten Gesichter der beiden Frauen, «können es nicht getan haben. In diesen Nächten waren sie nämlich gar nicht in der Stadt.»

Sie lehnte sich zurück und sah mit mildem Lächeln von einem zum anderen und fuhr fort: «Sie waren bei mir, beide, Magda und Neele, in meinem Gartenhaus vor dem Steintor. Kennt Ihr die Geschichte vom ungläubigen Thomas, lieber Weddemeister? Sicher kennt Ihr sie. Genauso seht Ihr jetzt aus. Was ist so unglaublich?»

«Bei Euch, Madame. In Eurem Garten. Und was, bitte sehr, haben sie dort gemacht?» Es war nicht die nächstliegende Frage, doch sie fiel Wagner, in dessen Kopf es nur so surrte, als erste ein.

«Ihr habt wohl keinen Garten? Es ist hohe Erntezeit für das Obst. Ich gehöre zu den Glücklichen, deren Anwesen von der Flut verschont geblieben ist, meine Bäume tragen prächtig. Ich will daran denken, Euch ein Körbchen meiner Butterbirnen zu schicken. Was denkst du, Magda? Hängen noch genug an dem Baum in der hinteren Reihe, um so ein Körbchen zu füllen?»

«Oh, der Baum.» Magda richtete räuspernd ihre Schultern auf. «Ja, Madame, ganz bestimmt. Auch an dem Baum in der vorderen. Und die Pflaumen …»

«Richtig, die Pflaumen. Ja, die haben die beiden auch gepflückt. So etwas dauert lange, Weddemeister, da muss jede Minute des Tageslichts genutzt werden. Wie Ihr wisst, werden die Tore mit dem Einbruch der Dämmerung geschlossen, übrigens eine so lästige wie überholte Einrichtung. Deshalb muss ich meine Erntehelferinnen im Pavillon meines Gartens übernachten lassen. Er ist ein hübscher Pavillon, auch recht bequem, und die Aussicht aus den Fenstern ist superb.»

Madame Hecker hatte lange genug gesprochen, Wagner hatte sich von seiner Verblüffung erholt. Er glaubte etwas zu erleben, das er schon kannte. Es stimmte beinahe. Die herablassende Freundlichkeit, der selbstbewusste Ton – die bodenlose Lüge. Das gleiche Spiel wie vor wenigen Stunden bei dem Chirurgen im Mühlenhaus am Lombard. Aber Wagner war nicht bereit, sich zum Wurm machen zu lassen. Auch nicht zur Maus. So schnell, so einfach nicht.

«Und wann, bitte sehr, waren diese, diese – Helferinnen in Eurem Garten zur Birnenernte? An welchen Tagen?»

«Vergesst die Pflaumen nicht, Weddemeister, sie sind in diesem Jahr besonders köstlich. Wie die Birnen. In welchen Nächten, meint Ihr? Nun.»

Sie lehnte sich zurück, blickte zur Decke und Wagner frohlockte. Er konnte sich absolut nicht vorstellen, warum sie für diese Weiber log, die ihren eigenen Ehemann aufs Übelste erschreckt und vor der ganzen Stadt lächerlich gemacht hatten. Aber dass sie es tat, davon war er überzeugt, und gleich würde es sich erweisen. Sie lebte dort draußen in ihrem Garten und kümmerte sich nicht darum, was in der Stadt geschah, das pfiffen die Spatzen von den Dächern. Bestimmt wusste sie, wann ihr Ehemann überfallen worden war, aber kaum so genau, wie es erforderlich war, in welchen Nächten die anderen Männer. Die andern beiden und – ja, und auch Viktor Malthus.

Ihr Haar schimmerte rötlich im durch das Fenster hereinfallenden letzten Tageslicht, als sie ihn plötzlich wieder ansah, blickten ihre Augen unergründlich wie die einer Katze.

«Es waren mehrere Nächte, Weddemeister, ich habe viele Obstbäume. Auch diese speziellen Nächte waren darunter, das weiß ich sehr genau. Insbesondere die Sturmnacht, in der Viktor Malthus sein Ende in einem Eiskeller fand. Ein wirklich grotesker Ort. Ich verstehe Eure Aufregung nicht. Es ist ganz gewöhnlich, Hilfe für die Gärten zu bestellen. Auch, sie wegen des frühen Torschlusses für die Nächte zu beherbergen. So kann die Arbeit gleich nach Sonnenaufgang ihren Fortgang nehmen. Das ist in den großen Gärten nichts Besonderes, sondern eine Notwendigkeit. Es geschieht ständig.»

«Und warum», Wagner wippte triumphierend auf den Fußspitzen, «warum haben die beiden das nicht gesagt?! Warum hocken sie eine Nacht und einen Tag in der Fronerei und schweigen oder stricken lächerliche Ausreden von Spaziergängen und so weiter? Warum haben sie nicht einfach gesagt: Fragt Madame Hecker, sie weiß, dass wir es nicht getan haben können. Warum? Warum?»

«Ja, warum», überlegte Madame Hecker und brachte die auffahrende Neele mit einer winzigen Handbewegung zum Schweigen. «Genau das habe ich mich zuerst auch gefragt. Warum? Ich will es Euch sagen, Weddemeister. Weil sie rücksichtsvolle junge Frauen sind. Sie wollen nicht, dass Monsieur Hecker davon erfährt. Neele hat uns vor dem Ablauf ihres Kontrakts verlassen, das hat ihn schrecklich erzürnt. Er ist ein ehrenwerter Mann. Verträge sind ihm heilig, müsst Ihr wissen. Er hat mir verboten, sie je wieder zu beschäftigen. Ich bin eine gehorsame Ehefrau. Doch nun, wo es um einen so schwerwiegenden Verdacht geht», sie seufzte in ihr Taschentuch, allerdings hörte es sich verdächtig amüsiert an, «nun muss ich sprechen und bekennen: Ich war ungehorsam. Die Ernte meiner Birnen, ja, auch der Pflaumen, erlaube ich nur bewährten Händen. Tafelobst ist empfindlich, seine Ernte erfordert Zartheit und Geschick. Fragt nur Eure Madame Wagner, sie wird es sofort verstehen. Da ich niemanden kenne, der sich besser darauf versteht, habe ich es gewagt, mich über den Befehl meines Gatten hinwegzusetzen und diese beiden kommen lassen. So einfach ist es. Und nun», sie erhob sich, schüttelte zierlich die Rüschen ihrer Ärmel aus und griff nach ihrem Schultertuch aus schwerer tannengrüner Seide, «nun haben wir genug Eurer Zeit vergeudet. Obwohl Ihr zugeben müsst, dass Ihr daran selbst nicht ganz unschuldig seid.»

«Nein», stieß Wagner hervor, «das lasse ich nicht zu. Ihr könnt sie nicht mitnehmen. Solange die Sache nicht endgültig geklärt ist, bleiben sie hier. Beide.»

«Nicht geklärt? Was könnt Ihr nur meinen, Weddemeister? Oh, ich verstehe. Als gründlicher Mensch wünscht Ihr weitere Zeugen, die meine Worte bestätigen. Das ist einfach, Ihr könnt alle befragen, die mit mir im Gartenhaus wohnen. Mein Mann hat leider kein Vergnügen am Leben vor der Stadt, er war schon seit Monaten nicht mehr dort, auch meine Kinder können in dieser Sache aus dem gleichen Grund keine Auskunft geben. Aber meine Köchin, mein Mädchen, die Magd, der Kutscher, einer der beiden Bauern, die schon seit Jahren bei der Bestellung meines Gartens helfen, sie alle werden bestätigen, was Ihr von mir gehört habt. Mehr verlässliche Stimmen kann ich nicht bieten, ich lebe bescheiden, doch ich denke, das wird Euch genügen. Und nun gehen wir. Mein Kutscher versperrt den Platz vor diesem Haus. Neele. Magda. Rasch, ich warte. Ihr wisst, wie sehr ich es hasse zu warten.»

Sie reichte Wagner die Fingerspitzen, schenkte ihm ein schmelzendes Lächeln und zog Neele hoch, die immer noch mit fassungslosem Blick auf ihrem Schemel hockte.

«Lebt wohl, Weddemeister», sagte Madame Hecker zum Abschied. «Falls Ihr meine Dienstboten befragen wollt, vergesst nicht, dass es heute schon spät und morgen Sonntag ist. Aber natürlich will ich Euch in Amtsangelegenheiten auch am Tag des Herrn empfangen. Am besten zwischen elf und zwölf, zur gewöhnlichen Zeit für Sonntagsbesuche unter zivilisierten Menschen. Wenn Ihr mögt, bringt Eure Gattin mit. Wegen der Birnen, sie kann sich die schönsten aussuchen. Wie man hört, ist die junge Madame Wagner ganz reizend. Wenn ich es aber recht überlege», sie legte sich ihr Tuch um die Schultern und steckte es mit einer schmalen Diamantnadel fest, «werdet Ihr diesen Weg als überflüssig erkennen, denn Ihr könnt nicht glauben, eine Madame Hecker sage anderes als die Wahrheit. Madame Hecker, Tochter von Senator Kaltenhoog, Schwägerin des Ratssyndikus Hansen, Nichte des Bürgermeisters von Lübeck. Sicher wisst Ihr auch, dass meine Töchter die besten Freundinnen der Töchter des Barons Schimmelmann sind und – ach, ich denke, das genügt zu meiner Reputation.»

Leise zog sie hinter sich und den beiden Frauen die Tür ins Schloss. Wagner knickte ein wie ein dürrer Ast.

Eine halbe Stunde später, die sich ankündigende Dämmerung hätte es nötig gemacht, eine Kerze anzuzünden, hockte Wagner immer noch auf einem der Schemel und starrte blind durch das Fenster. Sein Zorn war verflogen, der Schweiß auf seiner Stirn getrocknet, sein wütender Herzschlag wieder ruhig.

Das Beste wäre es, das Spiel, das Madame Hecker – warum auch immer – zu spielen schien, einfach mitzumachen. Ihrer Caprice und der erdrückenden Übermacht ihrer Herkunft und Beziehungen nachzugeben. So war es eben, es gab ein Oben und ein Unten, und wer oben war, trug die schimmernde Rüstung der Unangreifbarkeit. O ja, sie hatten in dieser Stadt auch schon Ratsherren geköpft, aber nur, wenn sie die Politik der Kaufleute gestört hatten, empfindlich gestört. Aber eine Madame Hecker, Tochter von, Schwägerin von, Nichte von, Freundin von …

Er war so sicher gewesen, mit den beiden Frauen die

Richtigen erwischt zu haben. Er war es ja immer noch. Aber wenn er sich nun doch irrte? Wenn Madame Hecker *nicht* log? Wenn auch der Chirurg nicht gelogen hatte? Wenn sie Recht hatten? Und er, der Weddemeister, irrte, weil er verlernt hatte, auch das Unwahrscheinliche in Betracht zu ziehen? Weil er unbedingt, endlich, diese Überfälle aufklären wollte.

Alle drei Opfer – Hecker, Müllerjohann und Schott – hatten behauptet, sie seien von Männern überfallen worden. Bis gestern hatte er das wie jedermann geglaubt, weil niemand auf eine andere Idee gekommen wäre. Frauen! Wem sollte das einfallen. Heute war er sicher gewesen, die Männer beharrten auf ihrer Version, weil sie der Schande und dem Gelächter entgehen wollten, wenn bekannt würde, wem sie tatsächlich unterlegen waren. Und warum, zum Teufel, hatte sie Karla erwähnt? Dreimal! Oder gar vier? Warum Karla? Er fand keine Antwort. Keine, die ihm gefiel.

Und jetzt? Ein Krug voll Branntwein, das wäre jetzt das Richtige. Die Tür öffnete sich, Grabbe kam mit einem Leuchter herein, stellte ihn auf den Tisch und verließ, als der Weddemeister ihn nicht beachtete, leise den Raum.

Wagner schob den Hocker zurück und begann wieder auf und ab zu marschieren. Er ging in Gedanken seine Zettel durch, zog sie zweimal aus der Tasche, um eine Erinnerung zu prüfen. Wenn er sie zurückschob, berührten seine Fingerspitzen die Rose aus Walrosszahn, als wolle sie seine Gedanken auf sich lenken. Sie war das Einzige, was er in dem Keller gefunden hatte. Außer einer dieser verbeulten kleinen Laternen mit heruntergebrannter Kerze, wie es sie zu Hunderten, zu Tausenden gab und von der niemand wusste, wem sie gehörte. Aber die Rose war erst an der Reihe, nachdem er alles andere in seinem Kopf sortiert hatte. Wieder ließ er seine Finger über die Ränder der beinernen Blütenblätter gleiten, sie waren ihm vertraut, als sei der Fund aus dem Eiskeller sein Talisman.

Da war Viktor Malthus' Tod. Warum hatte er sich so verwirren lassen? Was war mit diesem Fall von selbstherrlicher Bestrafung eines Gemeinen, von dem Madame Herrmanns berichtet hatte? Womöglich gab es da eine Verbindung. Der Mann würde kaum ganz allein in der Welt stehen. Andererseits musste der Kerl dankbar sein. Wer weiß, wie das Kriegsgericht entschieden hätte.

Der Mord an Malthus. Die nächtlichen Überfälle. Wenn sich nun eine ganze Bande zusammengetan hatte, etwas ausgeheckt, das alle wollten, aber nicht alle ausführen mussten? Jedenfalls nicht gemeinsam. Die Gärten!, dachte er plötzlich. Die Gartenarbeit. Wenn Neele Ellert und Magda Knebusch sich tatsächlich auf Gartenarbeit verstanden – es war immerhin möglich und musste bedacht werden –, warum sollten sie nicht auch in anderen Gärten als dem Hecker'schen als Tagelöhnerinnen gearbeitet haben? Beide Frauen hatten zuvor ihre Arbeit verloren. Sie konnten die Hände nicht einfach in den Schoß legen.

Wenn es so war, konnte es eine Verbindung geben – zu dem Grönlandfahrer. Vielleicht auch zu dem Bauern. Der Grönlandfahrer hatte mit einem Amputierten bei Jakobsen gesessen. Es musste mit dem Teufel zugehen, wenn der und der gesuchte Bauer von Spadenland nicht ein und dieselbe Person waren. An dessen Verwundung war Viktor Malthus – nein, nicht schuldig, aber er hatte sie – irgendwie – veranlasst. Und der Deichdurchstich …

Er zog die Rose hervor, legte sie umgekehrt auf seine flache Hand und hielt sie nah an die Kerze. Er hatte sie schon früher genau betrachtet, natürlich hatte er das, auch die beiden Schnitzer, denen er sie gezeigt hatte. Keiner von ihnen kannte das darin eingeritzte Zeichen. Bisher war es ihm nicht deutlich genug erschienen, jetzt glaubte er in den Kratzern zwei Buchstaben zu erkennen. Und jetzt war keine Zeit mehr, lange zu fackeln. Wenn aber … Schluss mit Wenn und Aber!

Er sprang auf und klatschte in die Hände. Jetzt wusste er den nächsten Schritt. Alles Weitere fand sich dann. Der Kerker würde nicht lange leer bleiben.

«Grabbe!!», brüllte er. «Grabbeeeee!!»

Er würde es schon schaffen, zu Elias Malthus vorzudringen. Und wenn er die Tür einschlagen musste. Und wenn es zehnmal der Tag des Begräbnisses seines Bruders war. Seines so sehr geliebten Bruders.

«Warum gehst du denn nicht zu dem Wundarzt, Anders?» Maline legte ihre Hand auf die Stirn des jungen Mannes und schüttelte den Kopf. «Ich verstehe dich nicht, er hat doch gesagt, du solltest wiederkommen. Du hast wieder Fieber. Sicher kann er etwas dagegen tun.»

Anders hockte mit geschlossenen Augen auf der Kante von Hannes Bett. Seine rechte Hand hielt er schützend vor den zur Hälfte leeren linken Ärmel. «Vielleicht», murmelte er, «morgen.»

«Maline hat Recht», sagte Hanne, «geh, und nicht erst morgen. Morgen ist Sonntag. Ob er da seine Tür aufmacht, ist ungewiss. Ich will nicht, dass es dir ergeht wie Wille.»

«Wenn es wegen der Bezahlung ist …», begann Maline.

«Morgen», unterbrach sie Anders entschieden. «Es ist nicht wegen der Bezahlung. Er hat kein Geld genommen.»

«Und wenn er jetzt welches nimmt, dann von mir», bestimmte Rutger. «Morgen, Anders? Versprochen?»

Anders war auf dem Nachbarhof auf Spadenland aufgewachsen, Rutger Ermkendorf kannte den um ein Jahrzehnt Jüngeren seit seiner Geburt. Für ihn war Anders wie ein kleiner Bruder, auf alle Fälle jemand, um den man sich nun kümmern musste. Der Wundarzt hatte getan, was möglich war und gute Arbeit geleistet, die Wunde heilte langsam, aber besser, als sie alle geglaubt hatten. Vor etwa zwei Wochen aber hatte sie wieder zu schmerzen begonnen, der Stumpf schwoll an, rötete sich und wurde heiß. Mal wurde es wieder besser, mal wieder schlechter. Es war nicht nötig, den Frauen zu erklären, dass Anders sich davor fürchtete, wieder der Säge zu begegnen und noch ein Stück seines Armes zu verlieren.

Maline nahm einen Topf von dem Wandbrett und fischte eine tote Fliege heraus. «Ich hole Wasser für den Tee. Vielleicht kann ich doch ein bisschen Eis stibitzen, Anders, die Kälte hat gestern doch gut getan.»

«Tu's nicht», sagte Rutger. «Wenn sie dich erwischt, bekommt Hanne Ärger. Wir holen nachher Wasser aus dem Fleet, das kühlt die Hitze in der Wunde auch.»

Obwohl Rosina sich brennend für den Mann mit dem amputierten Arm interessieren sollte, der mit ziemlicher Sicherheit genau der war, den Wagner so dringend suchte, waren ihre Gedanken noch bei den Sätzen, mit denen sich Madame Regina verabschiedet hatte. Viktor Malthus war also ein guter Kunde in deren Haus gewesen. Und Hanne hatte ihn gekannt, gut genug, um den Oberleutnant ‹besonders gern› zu haben. Und froh über seinen Tod zu sein?

Sie sah Hannes erschöpftes Gesicht, das jämmerliche Lager, diese ganze jämmerliche Hütte, und hätte lieber geschwiegen. Einfach weggehen, still die Brettertür schließen und alles vergessen, was sie gesehen und gehört hatte? Das konnte sie nun nicht mehr. Vielleicht kannten Hanne und Viktor einander nur aus der Zeit, bevor er damals davongelaufen war. Aber das war so viele Jahre her, es schien ihr unwahrscheinlich, dass Hanne damals schon in der Stadt gelebt hatte. Und Madame Reginas maliziöser Ton hatte nicht geklungen, als habe es sich um eine so lange zurückliegende Bekanntschaft gehandelt.

«Du kanntest Viktor Malthus, Hanne?», fragte sie behutsam, als Maline gegangen war. «Woher? Von Besuchen im Garten seines Bruders?»

«Was kümmert dich das?», fuhr Rutger Ermkendorf sie an. «Musst du deine Nase in alles stecken? Wieso bist du überhaupt noch hier? Du kennst jetzt den Weg.»

«Lass nur, Rutger.» Hanne wischte sich mit dem Handrücken die Mundecken aus, sie sah die rötlichen Flecken und ließ sich zurückfallen. «Es ist nicht besser», murmelte sie, «überhaupt nicht besser. Zieh den Schemel heran, und setz dich zu mir, Rosina. Du wirst Maline doch danach fragen, ich erzähle dir lieber selbst, wieso ich den Oberleutnant kenne. Wieso ich ihn *kannte.* Er ist ja tot. Der Herr möge mir vergeben, da ist ein gutes Werk geschehen.»

«Sei still, Hanne», Ermkendorf beugte sich zu ihr hinunter, «sei still, ich bitte dich. Du kennst sie nicht, und ich habe gehört, dass sie den Weddemeister besser kennt, als solchen wie uns lieb sein kann.»

«Warum soll ich nicht von Wille erzählen? Ich erzähl gern von ihm. Es ist kein Geheimnis, Rutger. Warum gehst du nicht zum Fleet und holst Wasser für Anders' Arm? Bei den Ziegen steht ein Eimer, nimm ihn und geh zum Fleet.»

Das wollte er nicht. Er lehnte sich gegen die Bretterwand, verschränkte die Arme vor der Brust und hörte zu.

«Der Oberleutnant», begann Hanne, «hat meinen Mann getötet.»

«Das stimmt nicht, Hanne.» Rutger Ermkendorfs Stimme klang dumpf, sie hörte sich nach geballten Fäusten an.

«Er hat meinen Mann getötet», wiederholte Hanne. Die Farbe war in ihr blasses Gesicht zurückgekehrt, und ihre Stimme klang nun wieder, wie Rosina sie aus dem Garten kannte. «So ist es gewesen, Rutger. Und nun sei du still. Wille gehörte zu Malthus' Kompanie», wandte sie sich an Rosina. «Er war der beste Mann, den du dir vorstellen kannst. Ich habe ihn nicht hier getroffen, nicht in diesem Haus. Es war an der Alster, draußen vor dem Dammtor, im letzten Sommer. Ich war im Baumgarten gewesen, und als ich zurückging, saß er am Ufer – er war sehr schön. Für mich war Wille schön. Und er war ein sanfter Mensch. Er mochte die Blumen und er kannte die Sterne. Ich habe ihn gleich geliebt. Eigentlich dürfen die einfachen Soldaten in dieser Stadt nicht heiraten, aber sie tun es trotzdem, und uns war das alte Verbot egal. Als ich guter Hoffnung war, da war es uns erst recht egal.»

Sie hatte gefürchtet, er werde sie nun verlassen, so wie es vielen Frauen erging, wenn sie schwanger wurden. Aber Wille war glücklich. So waren beide glücklich, und zum ersten Mal, seit Hanne von Maline getrennt worden war, glaubte sie wieder an ihren Traum von einem besseren Leben. Dann wurde der kleine Husten, der sie schon lange hin und wieder geärgert hatte, heftiger, und manchmal schmerzte ihr Kopf, dass sie glaubte, er müsse zerspringen. An manchen Tagen fühlte sie sich schwach und atemlos wie eine alte Frau. Nichts half, und die besseren Mittel, die es in der Apotheke gab, waren viel zu teuer. Wie das bessere Essen. Der Sold der Soldaten war Hungerlohn, viele suchten sich neben ihrem Dienst andere Arbeit. Doch nur wer sich auf ein Handwerk verstand und

Glück hatte, fand eine. Die Stadt war voller Menschen, die Arbeit suchten.

Da tat Wille etwas, das er trotz allem nicht hätte tun sollen. Aber der Mann, dem er die acht Schillinge stahl, hatte mehr als er brauchte, er gab ein Vielfaches aus, nur um sich zu amüsieren, auch in Madame Reginas Haus. Viktor Malthus, der Oberleutnant, kam just in dem Moment in die Wachstube, als Wille das Geld einsteckte, sein Geld, seine Münzen, die er auf den Tisch liegen gelassen hatte.

«Ja», knurrte Ermkendorf aus seiner Ecke, «er hat ihn aber gefragt, wozu er die Schillinge haben wollte, und dann hat er ihn nicht dem Kriegsgericht übergeben. Er hat selbst für die Strafe gesorgt, das war für Wille das kleinere Übel. Das weißt du.»

«Trotzdem hat er ihn getötet», begehrte Hanne auf. Ihre Stimme klang klar und entschieden. «Er hat ihn auspeitschen lassen, Rosina, im Hof der Wache, bis sein Rücken blutig war und die Haut nur noch Fetzen. Aber das war ihm nicht genug. Er ließ Wille in den Kerker der Garnison sperren, ein dreckiges Loch mit fauligem Stroh. Sie haben mich nicht zu ihm gelassen. Ich konnte ihm keine Decke bringen, dabei war es bitterkalt. Auch keine reinen Tücher, nicht einmal Brot. Tagelang. Und dann», sie wischte die ihre Wangen hinabrinnenden Tränen ab, nachlässig, als habe sie das schon oft und ebenso vergeblich versucht wie jetzt, «als ich Wille endlich besuchen durfte, war es – da war es zu spät. Sein Rücken war voller Eiter und das Fieber so hoch, so schrecklich hoch. Er hat nach mir gerufen und nicht gemerkt, dass ich bei ihm war.»

Hanne schwieg. Sie sah an Rosina vorbei in ihre Erinnerung. Sie weinte nun nicht mehr. Ihr Gesicht, ein heller unbewegter Fleck im Dämmer des Schuppens, glich einer steinernen Maske.

«Und dann?», fragte Rosina endlich leise. «Hat Malthus nicht den Wundarzt rufen lassen?»

«O doch, das hat er. Ich bin durch die Wachstube gerannt, einfach an den Wachen vorbei bis in das Zimmer, in dem er saß und irgendwelche nichtsnutzigen Papiere mit Tinte bekleckste. Du hättest mich sehen sollen, Rosina. Und hören. Ich war laut. Und zornig.»

Zuerst hatte Viktor Malthus über die aufgeregte dünne Frau gelacht, die seine Wachen einfach beiseite geschoben hatte. So ein bisschen Kerker, hatte er gesagt, könne nicht schaden und sei allemal milder als das Kriegsgericht. Und wenn der Soldat im Kerker fiebere – er sei ein starker junger Kerl, da gehe das bald vorbei. Er könne sich nicht selbst um jede Kleinigkeit kümmern. Sie solle besser still sein, er gerate für seine Milde sonst in Teufels Küche, und der Soldat müsse doch noch vors Gericht.

Endlich kam er mit, und als er Wille sah, schickte er nach dem Wundarzt. Es war zu spät. Wille starb in der folgenden Nacht.

«Er hat ihn getötet», schloss Hanne.

«Und dann hast du Maline geschrieben. Weil du Hilfe brauchtest.»

«Ja, aber nicht gleich. Zuerst war Rutger da, bis er auf sein Schiff musste. Aber dann, als alles so schwer wurde …»

«Sie hat mir erst im Sommer geschrieben, im Juli», sagte Maline, die unbemerkt eingetreten war und die letzten Worte gehört hatte. Sie brachte einen brennenden Kerzenstummel mit und entzündete die Kerze neben dem Bett. «Ich bin so schnell gekommen, wie ich konnte. Was in den letzten Monaten geschehen war, wusste ich schon, aber jetzt – warum hast du nur nicht eher geschrieben, dass du so krank bist, Hanne?»

«Das habe ich dir schon dreimal gesagt. Du hattest eine

gute Stellung, so eine hättest du nie wieder gefunden. Ich wollte nicht, dass du sie aufgibst. Du hattest dein Leben und ich meins. Aber dann … ich wusste ja nicht, dass Rutger so früh zurückkommt. Plötzlich war er wieder da, schon einige Tage vor Maline. Und half mir auch.»

«Ja», sagte Maline leise, «viel besser, als ich es konnte. Und nun trink deinen Tee, Hanne. Es tut mir Leid, Anders, die Köchin war da, sie hat mir zwar das Licht geschenkt, aber sie hat mich keine Sekunde allein gelassen. Ich konnte kein Eis aus dem Kellerloch holen.»

«Das solltest du auch nicht», sagte Anders, «Rutger hat Recht, den Ärger bekommt nur Hanne. Es ist der Madame egal, ob du's bezahlst, sie will es einfach nicht. Wir gehen jetzt zum Fleet, der Sommer ist fast vorbei, da ist das Wasser schon kühl. Was ist da draußen los?»

«Eine ganz Kompanie Kundschaft für Madame», murmelte Rutger.

Er öffnete die Tür und trat in den Hof. Die festen Tritte bedeuteten keine Kundschaft für Madame. Wagner, Grabbe und vier Soldaten mit den Gewehren im Anschlag marschierten auf den Schuppen zu.

«Ermkendorf», rief Wagner, er hob die Hand und seine Begleiter blieben wie ein Mann hinter ihm stehen. «Du bist Rutger Ermkendorf. Du wirst arretiert. Wegen Mordes an Viktor Malthus.»

«Fällt Euch nichts Klügeres ein?» Rutger Ermkendorf sah Wagner, Grabbe und den hinter ihnen aufgereihten Soldaten mit amüsiertem Staunen entgegen. «Ihr bringt eine halbe Kompanie in diese düstere Gegend, um einem Grönlandfahrer einen Mord anzuhängen, für den er keinen Grund hatte?»

«Grund genug», rief Wagner, «Grund genug. Grabbe», befahl er, «die Handfesseln.»

«Nein!!», schrie es plötzlich schrill über den Hof. «Nein, er war es nicht. Er nicht.»

«Sei still, Hanne, sag nichts.» Rutger fing die heranstürmende Hanne mit beiden Armen auf. «So sei doch still. Ich war …»

Doch Hanne ließ sich nicht zurückhalten. «Er war es nicht. Ich war es. Ich habe ihn in den Keller gelockt, ich ganz allein. Ich habe die Tür zugemacht. Ich habe ihn erfrieren lassen. Er war ein Schwein, ein Mörder, er hat alles zerstört …»

Ihre Stimme erstarb in einem schluchzenden Husten, und Rutger fing sie auf wie ein strauchelndes Kind, hob sie in seine Arme, hielt sie fest und murmelte: «Sei still, du dummes Kind, sei still. Sei doch endlich still.»

KAPITEL 12

Wenn ihr schon nichts essen wollt», flüsterte Helena, «trinkt wenigstens die Schokolade.»

Sie stand in der Tür zu Malines und Rosinas Stube und hielt ein Tablett mit zwei dampfenden Bechern.

«Danke», sagte Rosina, «du bist ein Schatz. Woher hast du nur die Schokolade?»

«Ein Schatz hortet geheime Schätze. Sie war eigentlich für Jeans Geburtstag gedacht, aber bis dahin fällt mir schon etwas anderes ein. Sie soll trinken, solange die Schokolade heiß ist. Sie ist mit guter Milch, nichts von dem wässerigen Zeug, das die Krögerin uns sonst gibt. Wenn du etwas brauchst, ruf mich. Wir sind alle da.»

Im Kröger'schen Haus herrschte an diesem Abend eine ungewohnte Stille. Als es dunkel wurde und Rosina und Maline noch nicht zurückgekehrt waren, hatte Helena begonnen, sich zu sorgen. Beruhigend fand sie einzig, dass noch beide unterwegs waren. Wäre Rosina alleine ausgeblieben, hätte es womöglich echten Anlass zur Sorge gegeben. Auf ihr Versprechen, sich nicht mehr alleine brenzligen Situationen auszusetzen, gab Helena keinen Pfifferling. Rosina war weder leichtfertig noch unzuverlässig, aber ihr Talent, die Nähe einer Gefahr zu spät zu bemerken oder sich einzugestehen, dass es brenzlig wurde, war Helena nur zu vertraut.

Endlich kamen beide. Maline lief gleich die Treppe hinauf, und was Rosina den anderen berichtete, die einen der letzten milden Abende dieses Herbstes an dem Tisch im Hof genossen, war dazu angetan, den üblichen fröhlichen Lärm verstummen zu lassen.

Sie kannten weder Hanne noch Rutger Ermkendorf, den Bauern aus der Marsch oder gar die Malthus'. Aber Hannes Geschichte und Malines Kummer ließ alle erschreckt schweigen.

Als Hanne aus ihrem Schuppen gerannt kam und schrie, sie habe Viktor Malthus in den Eiskeller gesperrt, sie ganz allein, als sie Rutgers Behauptung, sie habe ihn doch gewiss nicht töten, sondern nur erschrecken wollen, wütend wegwischte, stand Maline im schwindenden Licht des Tages im Hof. Stumm und im Gesicht jene unheilbare Trauer, die nur das Wissen um die Vergeblichkeit aller Bemühungen, das endgültige Ende der Hoffnung gebiert.

Grabbe und die Wachsoldaten hielten mit ihren Gewehren die Gaffer im Zaum, die nach Hannes erstem Schrei in den Hof drängten. Wagner sah nicht zufrieden aus. Er stand stumm da und hörte zu, was die so zerbrechlich erscheinende Frau dem Mann erzählte, den er für den Schuldigen halten wollte und der für sie wie ein Bruder war. Hanne und Rutger hockten auf dem Boden und kümmerten sich nicht um die Welt. Er hielt sie fest, und sie sprach.

Sie hatte ihren Hass gegen den Mann, der an Willes jämmerlichem Tod im Kerker Schuld trug, für lange Monate fest in sich verschlossen. Sie tat ihre Arbeit, so gut es ging, und in den Nächten, wenn sie in ihrem Schuppen lag und auf die Geräusche der Tiere hörte, auf das Gelächter und das lustvolle Stöhnen aus Madame Reginas Haus, versuchte sie, nur an ihr Kind zu denken.

Ihr Hass loderte auf, als sie Viktor Malthus am Ende des Hochsommers in der Gaststube bediente. Es war nicht das erste Mal, aber Hanne war keine, die er beachtete oder mehr als flüchtig ansah. Die Frau, für die einer seiner Soldaten gestohlen hatte und gestorben war, hatte er in ihr nie wieder erkannt.

An diesem Abend trank er mit Freunden auf seine Zukunft als Ehemann. Und auf Fenna. Sie sei für ihn mehr als eine gute Partie, wurde er nicht müde zu versichern, mit Fenna werde er sogar glücklich sein, ihr gehöre sein Herz, für alle Zeit. Auf Dauer gebe es doch kein kommoderes Leben als daheim bei Frau und Kindern. Madame Reginas Haus werde er endgültig den Rücken kehren. Alle lachten. Viktor auch, nur nicht so laut wie die anderen.

Ihn in den Eiskeller zu locken war ganz einfach. Er hatte gerne damit geprahlt, seine Familie habe einen eigenen gemietet, groß genug für drei Pferde samt Sattelzeug und für einen Vorrat, der bis zum nächsten Winter reiche. Er sagte auch, der Keller im Wall sei dieser Tage frisch gefüllt worden, bis an den Rand, die Kälte darin sei mörderisch. Da hatte Hanne gewusst, was sie tun würde.

Es dauerte nur zwei Tage, bis er das nächste Mal kam. Als er wieder ging, erwartete ihn vor der Tür eine dünne junge Frau, sie war aufgeputzt wie eine von denen, die für Madame Regina arbeiteten, und für so eine hielt er sie auch. Der Wind in jener Nacht begann schon aufzufrischen und zerrte an ihren Röcken. Ihre Schminke war zu dick aufgetragen, ihr Lächeln zitternd, ihre Worte schmeichelten ungeschickt – vielleicht fühlte er den Reiz dessen, was in solchen Häusern als frisches Fleisch angepriesen wurde. Sicher hatte ihn der Wein übermütig gemacht. Jedenfalls war es leicht, ihn dazu zu bringen, der kleinen Hure den Eiskeller zu zeigen, gleich in dieser Nacht, wenn es dunkel und geheimnisvoll war, und, ja, auch das, ihr ein Stück der glitzernd gefrorenen Kälte zu schenken. Um ihr heißes Herz zu kühlen, hatte er lachend gesagt.

An die Wache vor der Mine hatte Hanne nicht gedacht. Dass in dieser Nacht keine dort stand, war reines Glück und schien nur zu beweisen, wie gut ihr Plan war. Als er aus der Soldatenhütte nahe der Bastion ein Licht holte, drückte sie sich in den Schatten des Hauses und zog sich ihr Schultertuch über den Kopf. Niemand sah sie.

So schwer es ihr gefallen war, seine Küsse und Hände zu ertragen, so leicht fiel es ihr, den Mann, der stolz das Eis präsentierte, mit aller Kraft umzustoßen, als er sich niederbeugte, um mit seinem Messer ein Stück für sie herauszubrechen. Sein Kopf schlug auf das Eis, er war benommen, doch nur kurz, sie hörte sein verblüfftes Lachen, seinen Ruf: ‹So lauf doch nicht weg!›, sein schreiendes ‹Nein›, als sie die Tür zuschlug, das Brett hochwuchtete und in die Halterungen klemmte, seine gegen das unbewegliche Holz hämmernden Fäuste, als sie die dunkle Treppe hinaufstolperte.

Dann hörte sie nur noch den Wind und rannte und rannte, bis sie ihren Schuppen erreichte, sie riss die süßlich riechenden Kleider herunter und schlüpfte in ihre eigenen. Sie ließ das ärgerliche Gezänk des Mädchens über sich ergehen, deren Schminke sie benutzt und deren Kleider sie für eine Stunde oder zwei ungefragt geborgt hatte, und fiel endlich erschöpft auf ihr Lager.

In dieser Nacht schlief sie ruhig und tief. Wenn das Rütteln und Pfeifen des Sturms in ihre Träume Einlass fand, spürte sie es nicht. Die Träume dieser Nacht gingen ihr so endgültig verloren wie der Traum von einem besseren Leben.

Wagner hatte zugehört wie alle anderen. Er wusste nicht, was er glauben sollte. Oder glauben wollte. Er war selbst in diesem Eiskeller gewesen, er wusste, dass es auch für eine Frau mit so dünnen Armen möglich war, den Balken der unteren Tür vorzulegen. Der obere war schwerer und auch nur mit Kraft und Mühe in die engere Halterung zu schieben. Aber der, er erinnerte sich genau an die Aussage der Zofe, war nicht vorgelegt gewesen. Immer noch argwöhnte Wagner, diese ganze Geschichte sei nur ein Märchen, um den Grönlandfahrer zu schützen. Diesen Schwarzbärtigen, dem er eine solche Tat sofort und ohne zu zögern zutraute. Wegen Spadenland, wegen des amputierten Arms seines Freundes und – vielleicht – um für seine Freundin Rache zu üben.

Aber da irrte Wagner. Rutger Ermkendorf, so würde er später erfahren, hatte von alldem nichts gewusst. Während des stürmischen Abends war er im Haus des Wasserschouts zu Gast gewesen und dort, als der Sturm bedrohlich wurde, bis zum Morgen geblieben. Anders als das Zeugnis der offensichtlich kapriziösen Madame Hecker zweifelte Wagner das eines amtlich bestellten Schouts nicht an.

Die Anwesenheit Rosinas und dieser anderen Frau, die er nicht kannte, ignorierte Wagner. Er hatte Rosinas Blick gesehen, er hätte ihr trotzdem gerne Fragen gestellt, doch das war nun, vor den Augen der Soldaten und der wachsenden Zahl der Zuschauer, nicht angebracht. Diese Elendsgestalten aus den umliegenden Gängen waren ihm Bedrohung genug. Trotz der Gewehre seiner Wachsoldaten. Er wollte nicht noch mehr Tote.

Als er genug gehört hatte und das Publikum unruhig zu werden begann, nahm er beide mit, Hanne und den Grönlandfahrer. Anderes wäre auch nicht gelungen. Rutger ließ Hanne nicht los, er wickelte sie in Malines Tuch und seine Joppe und trug sie, die Soldaten mit ihren Gewehren im Rücken, quer durch die Stadt bis zur Fronerei. Dort schickte Wagner ihn weg.

Madame Regina hatte aus einem der Fenster in der oberen Etage zugesehen, sie hatte nicht alles verstehen können, aber genug. Sie sah zu, wie Hanne verschwand, und starrte noch lange hinaus in die Nacht. Dann schloss sie das Fenster.

Maline nippte, beide Hände um den heißen Becher geschlossen, still an ihrer Schokolade. Es war ihre Ruhe, die Rosina beunruhigte. Aber was sollte sie nun sagen? Was tun?

Da fiel ihr ein, dass Hanne schwanger gewesen war. Was war aus dem Kind geworden?

«Hannes Kind», fragte sie leise, «lebt es noch?»

Maline nickte zögernd. Sie blies in ihre Schokolade und nickte noch einmal. «Ja, das Kind ist gesund. Vor allem seinetwegen hat Hanne mich gebeten zu kommen. Nein, *nur* wegen des Kindes. Es lebt jetzt in guter Obhut bei einer großherzigen alten Frau.»

«Matti», begriff Rosina plötzlich. «Jetzt verstehe ich, wieso du Matti kennst. Es ist dort, nicht wahr? Ich habe es gesehen.»

«Ja, bei der Hebamme auf dem Hamburger Berg. Es kann dort nicht bleiben, aber noch einmal, seit sie Wille getroffen hatte, hatte Hanne Glück. Für ihren Sohn. Dieser verdammte Wille war kein Glück. Er war ihr Unglück.»

Wieder verkroch sie sich in brütendem Schweigen.

«Erzähl», sagte Rosina. «Erzähl mir von Hannes Kind. Vielleicht fällt uns eine Lösung ein.»

Maline stellte den Becher auf den Tisch, lehnte eine ihrer Zeichnungen dagegen, das schmale Gesicht einer jungen Frau unter dünnem blondem Haar, und begann.

Eines der Mädchen, die für Madame Regina arbeiteten, wusste von einer Hebamme, die anders war als die anderen. So kam Madame Matti, wie die Frauen sie nannten, vom Hamburger Berg in die Stadt und half Hannes Sohn in die Welt. Nicht in diesem Stall, für eine Woche erlaubte Madame Regina ihrer Nichte, in einem der Zimmer unter dem Dach zu wohnen. Dann kehrte Hanne mit ihrem Sohn in den Stall zurück. Es war fast Sommer und, obwohl es viel regnete, schon warm genug. Wenn sie in die Malthus'schen Gärten ging, erlaubte Elias ihr, das Kind mitzubringen. Hanne empfand das als Glück. Beinahe war es ein schöner Sommer.

Der kleine Wille war ein stilles Kind, und sosehr Hanne sich bemühte, er blieb dünn, und seine Haut wurde schuppig. Wieder half Matti. Sie nahm ihn auf, um ihn gesund zu pflegen. Auch Hanne müsse dort weg, sagte sie, sie müsse sich einen anderen Platz zum Leben suchen. Dann seufzte sie grimmig und schwieg. Matti kannte die Welt und wusste, dass es keinen anderen Platz gab. Für einige Wochen könne auch Hanne bleiben, bot sie an und war erstaunt, als die sich höflich bedankte und sagte, nichts wünsche sie sich mehr, aber das könne sie nicht. Sie verlöre dann ihre Arbeit, und es gebe eine Aufgabe, ein Versprechen, das sie noch zu erfüllen habe.

«Und nun ist er dort und hat niemanden mehr», schloss Maline. «Niemanden als mich.»

Der Chor der Glocken, die sonntagmorgens um fünf Uhr zu den ersten Predigtgottesdiensten in den Hauptkirchen riefen, weckte Rosina aus bleiernem Schlaf. Es war ein mehrstimmig versetzter Chor. Nicht nur weil jede Glocke anders klang, sondern auch weil jede der Kirchturmuhren auf ihrer eigenen Zeit bestand, die mit keiner der anderen genau übereinstimmte. An gewöhnlichen Tagen liebte Rosina den Klang der Glocken. Er flog frei und weit über die Stadt, wenn der Wind günstig stand, sogar über den Fluss. Die Macht der bronzenen Stimmen klangen ihr nie als Mahnung oder gar Drohung, für sie bedeuteten sie die Geborgenheit der Stadt, nach der Wanderschaft auf den gefahrvollen Straßen einen sicheren Hort.

An diesem Morgen spürte sie davon nichts. Das Grau

des Tages kroch gerade erst müde durch das Fenster, umrahmte die dunkle Silhouette Malines, die am Tisch saß und bewegungslos hinausstarrte.

«Es wird Tag», sagte Rosina. Besseres fiel ihr nicht ein.

«Ja», Maline drehte sich nicht um, «es wird Tag. Ich hatte gehofft, er kommt nie.»

Der Morgen war kalt, als wolle er an den Winter gewöhnen. Rosina schlug fröstelnd ihre Decke zurück und glitt vom Bett.

«Er kommt immer», murmelte sie und dachte, auch an einem solchem Tag sei die Rückkehr des Lichts eine Hoffnung gegen die Dunkelheit. «Warum hast du mich nicht geweckt?»

Endlich wandte Maline sich zu ihr um, ihr Gesicht war im diffusen Licht der Dämmerung nur ein Schemen. Rosina erinnerte sich an die marmorne Maske, die sie gestern vor Hannes Schuppen gesehen hatte, und wusste, wie es aussah.

«Wozu hätte ich dich wecken sollen? Und warum so früh? Willst du den Glocken folgen und für Hanne beten?»

Es klang nur bitter, doch Rosina spürte die darunter verborgene Wut und verzweifelte Hilflosigkeit.

«Das ist kein schlechter Vorschlag», sagte sie, «aber das muss warten. Wir gehen jetzt zur Fronerei. Sofort. Oder willst du sie dort allein lassen?»

«Sie werden es nicht erlauben.»

«Hanne zu sehen? Ihr eine warme Decke und etwas zu essen zu bringen, das diese Bezeichnung verdient? O doch, Maline, sie werden es erlauben, und wenn nicht ...» Sie verschluckte den Rest der Worte und beugte sich über die Waschschüssel. Malines Lippen hatten sich aufeinander gepresst, das hatte sie sehr wohl gesehen, und sie wusste, was Maline dachte: Rosina kennt den Feind, den Weddemeister. Sie ist vertraut genug mit ihm, dass er ihr die Tür zum Kerker öffnet.

Es stimmte. Und es war gut. Heute war es sogar sehr gut. Zu dieser frühen Stunde waren die Straßen noch fast leer. Die Kirchgänger waren hinter den breiten Portalen verschwunden und lauschten auf die Worte der Pastoren, nur ein paar Kinder strolchten um die Ecken, und aus einem geöffneten Fenster in der Großen Johannisstraße klangen die sirrenden Töne eines Spinetts. Je näher sie der Fronerei kamen, umso mehr beschleunigte sie ihre Schritte. In Rosinas Korb stand ein Krug frischer sahniger Milch von den Elbinseln zwischen einem noch warmen Brot, einem Stück gekochtem Rotweinschinken, drei Eiern und einigen Äpfeln. Maline trug Helenas warme Decke und drei Kerzen. Sie würden die Wachen in der Fronerei schon davon überzeugen, Hanne für die Nacht die Kerzen anzuzünden. Wagner würde sie überzeugen. Daran zweifelte Rosina keinen Augenblick. Maline schwieg, und Rosina störte sie nicht in ihren Gedanken. Es gab nichts Tröstliches zu sagen.

Die Wachen ließen die beiden Frauen, von denen eine energisch verlangte, die Gefangene zu sehen, nicht einmal über die Schwelle. Ihre Forderung, den Weddemeister zu holen, parierten sie mit Gelächter. Dass Wagner so früh noch nicht in der Fronerei war, hatte Rosina nicht bedacht. Sicher saß er mit Karla im ersten Gottesdienst, wie es sich am Sonntagmorgen für einen Diener der Stadt gehörte.

«Ich bin sicher, er wird bald hier sein, um sechs ist der Gottesdienst zu Ende», sagte sie. «Komm mit, Maline, bis dahin weiß ich ein Fenster, dort kann Hanne uns wenigstens hören.»

Es war einige Jahre her, seit Rosina zum ersten und bis heute auch um letzten Mal vor diesem Fenster gehockt hatte. Damals hatte Jean im Kerker gesessen, ihr Prinzipal, der sie einst als verlorenes Kind von der Straße gerettet hatte, und sie war von seiner Unschuld überzeugt gewesen.

Heute war alles anders. Heute gab es nur eine Gewissheit, die keinen Raum für Hoffnung ließ. Das ‹Fenster› war ein vergittertes Loch kniehoch über der Erde in der Rückwand der Fronerei. Ein Luftloch für den Kerker, mehr nicht.

«Hanne», rief Maline leise, und als sie ohne Antwort blieb, noch einmal: «Hannchen. Ich bin's, Maline.»

«Ruf lieber nicht noch einmal», flüsterte Rosina. «Sie hatte eine schwere Nacht, sicher schläft sie nun. Wenn der Weddemeister kommt, ist es früh genug, sie zu wecken.»

Endlich kam Wagner. Nur ein Stündchen, hatte er Karla versprochen, als der Gottesdienst aus war, nur ein Stündchen wolle er in dieser wichtigen Angelegenheit in die Fronerei. Dann werde er nach Hause eilen und sie zu einem Spaziergang vor die Wälle führen. Ihr Vorschlag, durch die Malthus'schen Gärten am Gänsemarkt zu spazieren, hatte ihm nicht gefallen. Er sah Rosina und Maline auf der Bank vor der Fronerei sitzen und wusste, aus dem Stündchen würden wieder mal zwei werden.

«Guten Morgen, Weddemeister», sagte Rosina.

Er war ihr dankbar für die amtliche Anrede vor seinen Untergebenen und einer Fremden, die zudem die vertrauteste Freundin einer Mörderin war. Auch er hatte die halbe Nacht gegrübelt und beschlossen, dieses Geständnis als das zu nehmen, was es war: Das Geständnis, auf das er gewartet hatte. Trotzdem hatte er sich selten so wenig gefreut, Rosina zu sehen.

«Ihr wollt die, nun ja, die Gefangene besuchen», stellte er fest. «Das ist eigentlich nicht erlaubt, nicht so früh, besonders wenn die Verhöre noch nicht abgeschlossen sind. Aber in Anbetracht», er stöhnte leise, zog sein großes blaues Tuch aus der Tasche und wischte sich umständlich die Stirn, «in Anbetracht der – ja, in Anbetracht.»

Der Gang zum Kerker war dunkel, als sei es noch Nacht. Wagner hatte eine Kerze mitgenommen, ihre zitternde Flamme warf vage Schatten auf die grob verputzte Wand. Vor der dritten Tür aus schwarzen Eichenbohlen blieb er stehen, nestelte an dem großen Bund, steckte endlich den Schlüssel ins Schloss und drehte ihn um. Er schob die schwere Tür auf, trat zur Seite und ließ Maline und Rosina eintreten.

Hanne lag in Rutgers Jacke und von Malines wollenem Tuch bedeckt im Stroh und sah aus, als schlafe sie. Maline beugte sich hinunter, strich ihr zärtlich über die Stirn – und fuhr mit leisem Schrei zurück. An Hannes Mund und Hals, an ihrer Bluse klebte Blut, ihre Stirn war kalt, und sie atmete nicht. Hanne war tot. Sie war im Kerker gestorben, wie der Mann, den sie geliebt hatte.

Es kostete Rosina all ihre Kraft, Maline zurückzuhalten. Stumm, mit zusammengebissenen Zähnen, stürzte sie auf Wagner zu, schlug und trat um sich, stemmte sich gegen Rosinas Umklammerung, bis sie mit einem verzweifelten Aufschrei nachgab und zu Boden sank.

«Geht weg», schrie sie. «Starrt sie nicht an, reicht euch nicht, dass sie tot ist? Das wolltet ihr doch? Eine tote Mörderin. So geht doch endlich weg.»

Rosina schob den wie versteinert stehenden Wagner zur Tür und in den Gang, dann drängte sie sich an ihm vorbei und rannte, ohne die verblüfften Wachen zu beachten, hinaus auf den Platz. Ihr Hals schien zugeschnürt, sie blieb nach Luft ringend stehen und ließ den Kopf in den Nacken fallen. Regen! Wenn es doch nur regnete und alles fortschwemmte. Den Schmutz. Das elende Leben. Den Tod.

Was sollte sie nun tun? Wann hatte sie sich je so klein und verzagt gefühlt? Ein Schluchzen saß in ihrer Kehle, steckte fest wie ein schon lange nagender Schmerz. Sie stand nur da, kümmerte sich nicht um die Menschen, die auf ihren Sonntagmorgengängen den Platz vor der Fronerei überquerten und sich nach der Frau umsahen, die auf der Straße stand und nichts und niemanden zu sehen schien.

Sie sah wirklich niemanden, bis sie plötzlich ein Gesicht entdeckte, eine schlanke, hoch gewachsene Gestalt im Reitmantel, die ihr Pferd über den Platz führte. Ein Mann mit weichem dunkelblondem Haar ... Und da rannte sie schon, überlegte keine Sekunde, ob sie auch dieses Mal nur einem Wunschbild folgte. Sie rannte, und er hörte ihre Schritte, er drehte sich um, und sie lief in Magnus' weit geöffnete Arme. Endlich lösten sich ihre Tränen, sie weinte und weinte und wusste nicht, warum. Um Hanne. Um Malines Kummer. Um ein verlassenes Kind. Um die ganze traurige Geschichte. Vor Erleichterung, selbst wieder einmal davongekommen zu sein.

Oder einfach, weil Magnus da war. Weil er genauso gut roch wie in ihrer Erinnerung, weil seine Umarmung genauso fest und warm, seine Lippen genauso weich und zärtlich waren. Weil er sein Wort gehalten hatte.

Weil er endlich da war.

KAPITEL 13

Im November 1771

Die Nacht war pechschwarz, kein Stern weit und breit, ein Rauschen lag in der Luft, und von ferne grollte Donner. Nebel stand in dicken Schwaden, wand sich wie ein Schleier im Luftzug, und plötzlich glomm in ihm ein mattes kleines Licht auf. Es wuchs, stieg mit dem Dunst auf, und als der Donner näher kam, das Rauschen zum aufheulenden Wind wurde, dehnte sich das kleine Licht zu einer rasch größer werdenden Fratze, sie verzog sich in teuflischen Grimassen, schwankte vor und zurück, beugte sich, nun von blutrotem Glimmen umgeben, schlangengleich zu den Seiten, hohl und schauerlich lachend. Da sprang eine schwarze Gestalt mit rötlichem Haar, den Degen schon gezückt, dem bösen Spuk entgegen, hieb mit aller Kraft auf ihn ein – doch so viel er auch hieb, immer wich der teufelsgleiche Geist aus und entkam dem tödlichen Schlag. Es schien, als greife er nach seinem Gegner, versuche gar, ihm den Degen zu entwinden – bis er endlich mit wüstem Geheul im Donnergetöse in sich zusammenfiel.

Und die Nacht war wieder schwarz wie zuvor, kein Laut war zu hören – bis auf das Ticken der Standuhr. Es folgte ein erschreckter Schluckauf, und als eine zweite Gestalt mit einem dreiarmigen Leuchter das Dunkel vertrieb, endlich so begeisterter wie erleichterter Applaus.

Rudolf verbeugte sich, geschickt den Leuchter aufrecht haltend, Muto sprang auf, steckte den Degen in die Scheide, verbeugte sich tief, und beide genossen mit glänzenden Augen den Applaus und die Rufe der Begeisterung. Von denen einige allerdings noch recht zitterig klangen.

Die erste Vorführung der neuen Laterna magica vor Publikum war allen Unwägbarkeiten zum Trotz gelungen. Titus kam durch den schwarzen Vorhang und schob den kleinen Wagen, auf dem die Wanne mit dem aufsteigenden Qualm stand, aus dem Gartensaal. Gesine beeilte sich, alle verfügbaren Kerzen anzuzünden, und Rosina, Anne und Helena begannen, Wände und Fenster von den schwarzen Tüchern zu befreien.

Anne Herrmanns war begeistert. Die Vorstellung war ihre Idee gewesen. Als sie hörte, die Becker'sche Laterna magica sei nun bereit, schlug sie eine Premiere in ihrem Gartenhaus an der Alster vor, und obwohl Rosina den Vorschlag nur zögernd überbrachte, waren Jean und Rudolf gleich einverstanden gewesen. Ausnahmsweise aus dem gleichen Grund. Mit Premieren, erklärte Jean, sei es so eine Sache. Besser, sie gehe im kleinen, im Zweifelsfall diskreten Kreis schief, als im gut gefüllten Theater vor einem erwartungsvollen zahlenden Publikum, das immer schnell bereit sei, mit faulem Obst zu werfen und sein Geld zurückzuverlangen. Wer wisse schon, ob die neuen Linsen das geringe Licht der kleinen Öllampe zuverlässig zurückwürfen und vergrößerten, das Probieren im Hinterzimmer im Dragonerstall-Theater habe allerlei Probleme gezeigt. Und wenn ihm auch nicht im Traum einfalle, Rudolfs trickreiche Fähigkeiten infrage zu stellen, sei auch die Qualmerei, ohne die aus dem kleinen Bild kein bedrohlich schwankender Unhold werden könne, unberechenbar.

Sicherheitshalber hatte Rudolf mit der Darbietung unbewegter Bilder begonnen, die schon großes Staunen hervorriefen. Als das Licht aus der magischen Laterne dann eine Windmühle an die weiße Wand zauberte (ein Geschenk von Maline), deren Flügel sich drehten, noch ein wenig eckig und stockend, aber immerhin, waren die ersten erschreckten und entzückten Laute zu hören. Aber all das war natürlich gar nichts gegen den Nebelspuk gewesen.

«Grandios!», rief Claes Herrmanns in den verklingenden Applaus und sprang, noch einmal in die Hände klatschend, aus seinem Sessel auf. «Wirklich grandios. Ich wollte nicht glauben, dass so ein bisschen Lichterspektakel unter die Haut geht. Aber, zum Donnerwetter, ich hoffe nur, ein solcher Spuk begegnet mir nie, wenn ich nicht wie heute weiß, was da vor sich geht. Ich habe noch nie an den Klabautermann und solchen Unsinn geglaubt, aber jetzt muss ich zugeben, dass ich gerne einen tüchtigen Schluck von Augustas Rosmarinbranntwein hätte.»

«Wie gut ich dich kenne, mein Lieber», klang Augustas Stimme von der Anrichte, wo sie einige kleine Gläser füllte und zu den schon mit Schaumwein gefüllten auf ein Tablett stellte. «Sicher teilen auch andere deinen Wunsch. Lasst uns auf diese Premiere, auf dieses neue Kunststück der Becker'schen Gesellschaft trinken. Wenn es auch die Komödie niemals besiegen wird, ist es doch eine Kuriosität von eigener Kunstfertigkeit, die allen Respekt verdient. Nimm dir auch ein Glas», fügte sie leiser und nur für Elsbeths Ohren bestimmt hinzu, als die Köchin mit noch zitternden Händen das große Tablett mit den Gläsern nahm.

Alle erhoben ihr Glas, tranken auf Rudolf und Muto und auf Rudolfs Bitte auch auf Meister Godard, den Uhr- und Automatenmacher in der Großen Johannisstraße, der der Becker'schen Gesellschaft die neue Zauberlaterne so fabelhaft Malines nachgebaut hatte.

Wieder einmal saß eine so bunte Gesellschaft um den großen Tisch im Gartenzimmer, wie sie normalerweise in hanseatischen Häusern nicht anzutreffen war. Obwohl die

Herrmanns', wie es hin und wieder geschah, fahrendes Volk an ihren Tisch gebeten hatten, waren auch die Bachs und die Bocholts gekommen. Letztere hatten sogar ihre älteste Tochter mitgebracht, die so mollige wie sommersprossige Dorothea. Obwohl sie während der letzten Tage fleißig in Madame Herrmanns' dickstem Gartenbuch gelesen und sich fest vorgenommen hatte, an diesem Abend ihre vermaledeite Schüchternheit zu überwinden, war es ihr bisher nur wenig gelungen, Elias Malthus für sich zu interessieren. Der saß mit ergebenem Blick neben Mademoiselle Lehnert, die wiederum nur Interesse an dem jungen Herrn zeigte, der zu ihrer anderen Seite saß. Er war einer der zahlreichen Neffen Madame Heckers, ein etwas blasser, aber überaus eleganter junger Mann, und wusste hübsch anschaulich von einer Reise nach Venedig, Florenz und Rom zu berichten. Auch rezitierte er Gedichte, zumeist seine eigenen, was alle außer Fenna wenig erbaulich fanden.

Sogar Madame Hecker. Auch sie war der Einladung gefolgt, ohne ihren Gatten, was niemanden überraschte oder betrübte. Überhaupt wurde Madame Hecker neuerdings wieder häufig eingeladen, insbesondere zu den Damenkränzchen, die sie allerdings nach wie vor nur selten mit ihrem Besuch beehrte.

Wagner gab sich alle Mühe, ihr auch an diesem Abend so weit wie möglich aus dem Weg zu gehen. Als sie sich äußerst interessiert von Karla die Geheimnisse der Weißstickerei erläutern ließ, schickte er mehr als ein Stoßgebet zum Himmel, seine liebe arglose Karla möge ihr nicht von ihrem Aufenthalt im Spinnhaus erzählen. Erst recht nicht von der Ursache.

Trotzdem schwitzte er an diesem Abend kaum. Dazu war die Erleichterung, dass Weddesenator van Witten samt

Gattin wegen einer Unpässlichkeit abgesagt hatte, viel zu groß. Die van Wittens hatten sich noch nie von der Anwesenheit der Komödianten stören lassen, das Gegenteil traf vor allem für Madame van Witten zu, die von Rosinas Gesang entzückt und von Jeans Charme zumindest angetan war. Es war Wagner schon arg genug, wenn er seinen Vorgesetzten im Rathaus treffen musste. Doch dort waren die Regeln klar und einfach. Hier hingegen, jenseits amtlicher Angelegenheiten, wusste er nie, wie tief der Diener sein musste, ob er sitzen durfte, wenn der Senator stand, ob er essen durfte, wenn der Senator … Kurz und gut, der Weddemeister war erleichtert.

Eigentlich fühlte er sich mit Madame Hecker halbwegs versöhnt. Auch ohne ihre Bediensteten zu befragen, hatte er herausgefunden, dass Magda Knebusch und Neele Ellert zumindest am Abend des Todes von Viktor Malthus tatsächlich im Hecker'schen Gartenhaus gewesen waren, um vor dem drohenden Sturm noch so viel Obst als möglich zu pflücken, und dass sie dort auch übernachtet hatten. Nun ja. Für die Nächte der anderen Überfälle musste das nichts heißen … Nun ja. Stand es ihm wirklich an, das Wort einer Madame Hecker anzuzweifeln?

Es hatte tüchtiges Getuschel gegeben, als sich herumsprach, dass Neele Ellert nun wieder zum Hecker'schen Haushalt gehörte, allerdings diente sie ausschließlich in Madame Heckers Gartenhaus. In der Stadt war sie nicht mehr zu sehen, seit sie mit ihrer alten und neuen Herrin die Fronerei verlassen hatte. Auch dass die Knebuschs zum November wieder einen Laden eröffneten, und zwar in bester Lage, nur wenige Schritte vom Jungfernstieg entfernt, gab zu allerlei Spekulationen Anlass. An das unerwartete Erbe eines plötzlich irgendwo im Hannöver'schen verstorbenen Großonkels, das den Neuanfang ermöglichte, mochte niemand so recht glauben. Aber sicher war es nur ein Zufall, dass sich der Laden und die kleine, darüber liegende Wohnung in einem Haus befanden, das einem Cousin dritten Grades Madame Heckers gehörte.

Wagner sah sie nun neben der Gastgeberin sitzen. Madame Herrmanns verleugnete ihr heiteres Naturell selten, heute wirkte sie jedoch besonders vergnügt. Offenbar ließ sich Madame Hecker anstecken. Er sah ihr zwar im Plaudern lächelndes, gleichwohl strenges Gesicht und schüttelte den Kopf. Er musste sich geirrt haben. Je länger er darüber nachdachte, umso weniger konnte er sich vorstellen, dass eine solche Dame für zwei Frauen wie die Knebusch und die Ellert log. Warum hätte sie das tun sollen?

So mochte es denn sein, dass sie auch die Nächte der Überfälle im Hecker'schen Gartenhaus verbracht hatten. Er wollte nicht mehr darüber nachdenken. Die Männer, es mussten wohl doch Männer gewesen sein, die die Überfälle verübt hatten, waren noch nicht gefasst. Da es aber während der letzten Wochen keine weiteren Opfer gegeben hatte, neigte er dazu, sich der allgemeinen Meinung, nach der es damit nun vorbei sei, anzuschließen. Gewiss waren es Fremde gewesen, die nun weitergezogen waren. Von denen gab es ja mehr als genug in der Stadt, und einige unter ihnen waren sicher so verrückt, sich solche Dinge auszudenken. Dieser Schluss entbehrte zwar jeder Vernunft, aber waren die Menschen je vernünftig gewesen?

Allerdings fand Wagner es schon ein bisschen seltsam, dass weder die überfallenen Männer noch Senator van Witten ihn je nach dem Stand der Aufklärung gefragt hatten. Nicht ein einziges Mal. Er würde sie gewiss nicht daran erinnern. Es reichte, wenn der Senator ihn umso häufiger nach der immer noch ausstehenden Klärung der Munitionsdiebstähle fragte.

An Hanne Menzel, die tote Mörderin Viktor Malthus', musste ihn niemand erinnern. Das geschah schon durch die Bilder in seinem Kopf. Die Vorstellung, wie diese junge Frau allein im dunklen Kerker ihrer Schwindsucht erlag, verstörte ihn immer noch tief. Sie hatte einen Menschen getötet, rachsüchtig und heimtückisch, Mitleid war nicht angebracht, und doch …

Er sah zu den Becker'schen Komödianten hinüber, an diesem Abend waren es nur Helena und Jean, Rudolf und Gesine, Titus und Muto. Wobei Titus nur wenig zu sehen war, er mied feine Gesellschaft stets und half lieber in der Küche, um die Nähe Elsbeths zu genießen, die er seit Jahren so tief wie hoffnungslos verehrte.

Und natürlich war Rosina da. Sie saß mit Karla auf der gepolsterten Bank bei den Fenstern, Wagner hätte gerne gewusst, worüber die beiden so angeregt sprachen. Seine Frau erschien ihm in ihrem Kleid aus dem neuen geblümten Kattun zart und schön wie nie zuvor. Plötzlich stieß sie einen hellen Triller aus, Rosina warf lachend den Kopf zurück, und er wusste, worüber sie sprachen: über die Kanarienvögel, die Rosina Karla geschenkt hatte.

Maline Bernaus Kanarienvögel. Der Gedanke war ihm unbehaglich, auch Maline wäre sicher nicht erfreut, wenn sie wüsste, dass ihre beiden Vögel ausgerechnet in der Wohnstube des Weddemeisters ein neues Zuhause gefunden hatten. Aber Karla liebte die kleinen Sänger, also würde er versuchen, sie zu mögen.

Maline Bernau hatte die Becker'sche Komödiantengesellschaft verlassen, sie war auch nicht mehr in der Stadt. So wie Rutger Ermkendorf. Sie hatten Pferd und Wagen gekauft (Brooks hatte für eine günstige Gelegenheit gesorgt), die Kiste mit der Laterna magica und eine andere, bis zum Rand mit Beuteln und Schachteln voller Samen von Blumen, Gemüse und Mattis Heilkräutern gefüllte, sowie ihre übrige Habe aufgeladen, den kleinen Wille in einen dick gepolsterten Korb gelegt und so zu dritt die Stadt durch das Steintor verlassen. Niemand wusste, wohin, nicht einmal Rosina. Vielleicht nicht einmal sie selbst. ‹Sie werden es schaffen›, hatte Rosina gesagt, ‹ganz sicher.› Mit trotziger Stimme, so wie immer, wenn ihre Hoffnung größer war als ihre Zuversicht.

Rosina saß immer noch neben Karla. Aber immer wieder glitt ihr Blick zu dem jungen Mann, der neben Monsieur Bocholt saß und dem Älteren mit höflichem Interesse zuhörte. Magnus Vinstedt, das musste Wagner zugestehen, war ein wirklich ansehnlicher und auch angenehmer Mann. Die Linien seines Mundes verrieten Humor, die Ernsthaftigkeit seiner Augen Zuverlässigkeit. Aber Wagner traute den Menschen nicht, und deshalb hoffte er sehr, dass er sich in diesem nicht irrte.

Endlich gelang es Magnus Vinstedt, Monsieur Bocholts Vortrag zu entkommen. Nachdem er ihm noch einen glühenden Span für die ständig erlöschende Pfeife gereicht hatte, setzte er sich zu den beiden jungen Frauen auf die Bank. Er schenkte ihnen Wein nach und sah nicht im Geringsten betrübt aus, als Karla ihr Glas nahm und sich erhob, um zu ihrem Mann zurückzukehren.

«Ach, Liebster», seufzte Karla, setzte sich neben ihn und ließ ihre Hand federleicht über seine gleiten, «glaubst du, sie könnten so glücklich werden wie wir?»

GLOSSAR

Aderlass Die seit der Antike praktizierte Blutentnahme sollte wie Brech- und Abführmittel den Körper von ‹überschüssigen› oder ‹verdorbenen Säften› befreien und so zur Heilung nahezu jeder Krankheit beitragen. Geringe Blutmengen wurden mit Schröpfgläsern und etwas später Blutegeln entnommen. Die Untersuchung (Farbe, Geschmack, Konsistenz) des Blutes, die Blutschau, diente wie Harnschau und Pulskontrolle auch der Diagnostik. Der A. fand bis weit ins 19. Jh. Anwendung, vereinzelt noch heute.

Amt Ein anderer Begriff für Zunft.

Auszehrung Alter volkstümlicher Begriff für den allgemeinen Kräfteverfall durch schwere Störungen der Organfunktionen, z. B. bei Mangelernährung, Tuberkulose oder Tumorerkrankungen.

Bach, Carl Philipp Emanuel (1714–1788) Der zweite Sohn und Schüler Johann Sebastian Bachs studierte Jura in Leipzig und Frankfurt/Oder, ab 1737 gehörte er zur Kapelle des preuß. Kronprinzen und späteren Königs Friedrich II. Sein Spiel auf dem ‹Clavier›, dem Cembalo und dem Clavichord galt als unübertroffen. Im März 1768 folgte er seinem Patenonkel G. Ph. Telemann im Amt des Städtischen Musikdirektors der fünf Hamburger Hauptkirchen und als Kantor der Lateinschule Johanneum nach. B. wurde zu seinen Lebzeiten weitaus höher geschätzt als sein heute berühmterer Vater. Zu seinem Hamburger

Kreis gehörten bedeutende Vertreter der norddeutschen Aufklärung wie J. G. Büsch, J. A. H. Reimarus, G. E. Lessing, M. Claudius, F. G. Klopstock und J. H. Voß.

Bark Der große, bauchig gebaute Dreimaster war seit der Mitte des 18. Jh.s der wichtigste Langstreckensegler der Handelsflotten.

Baumhaus Das legendäre Gesellschaftshaus war nach seinem Standort am Eingang zum damaligen Binnenhafen benannt, der nachts durch ‹Bäume›, aneinander gekettete schwimmende Stämme, versperrt war. Das 1662 von Hans Hamelau im Stil flämischer Renaissance erbaute, weithin sichtbare, elegante Gebäude gehörte bis zum Abriss 1857 zu den Lieblingstreffpunkten des feinen Hamburg. Es bot Gaststätten, Spielzimmer und einen Saal für Bankette, Konzerte, Familienfeiern oder Bälle für 200 Personen, von der Dachterrasse den schönsten Blick über die Stadt und die Flusslandschaft. In zwei kleineren, eingeschossigen Seitenflügeln logierten Zollaufsicht und Schifferwacht, am Anleger machten die Fähren aus dem Umland fest.

Befestigungsanlage Zu Beginn des 17. Jh.s boten die alten Hamburger Wälle nicht mehr genug Schutz. Unter Leitung des niederländischen Festungsbaumeisters J. v. (→) Valckenburgh begann 1616 der Bau der neuen B., die mit 300 Geschützen bestückt und zu einer der mächtigsten des Jahrhunderts wurde. Das Metall für die Geschütze lieferten u. a. ausgediente Braupfannen. Die B. zog sich im weiten Halbkreis von der Elbe bis zur Lombardsbrücke zw. Binnen- und Außenalster (der Verlauf der westlichen Hälfte ist heute an dem ‹Wallanlagen› genannten Grüngürtel zu erkennen). Mittelpunkt war die Nikolaikirche, der Radius betrug ca. 1500 m. Der Erdwall von ca. acht bis zehn Meter Höhe erhob sich hinter einem im Zickzack verlaufenden, 69 m breiten Wassergraben und einem vorgelegten Niederwall. 21 vorgeschobene, nach den Vornamen der Ratsherren ben. Bastionen boten optimale Sicht und Schusswinkel, sie wurden durch Vorwerke und im Westen ein zusätzliches (→) Hornwerk unterstützt. Die sechs Tore hatten zumeist zwei, durch eine Zugbrücke getrennte Gewölbe, die mit einer weiteren Zugbrücke und einem Schlagbaum gesichert waren. Hier wurde für nahezu alles und jedes, was in die Stadt oder hinausgebracht wurde, Zoll kassiert. Während der fast elfjährigen Bauzeit musste jeder Bürger und Bewohner (Rat inkl.) einen Tag in der Woche unentgeltlich Hand- und Spanndienste leisten. Sie waren in Kompanien eingeteilt; tägl. außer Sonntag arbeiteten acht Komp., d. h. rund 1000 Männer. Pro Woche und pro Komp. musste die Erde von neun Quadratmetern und einem Meter Tiefe aus dem zukünftigen Wassergraben ausgehoben (ca. 1500 Schubkarren), auf den Wall gebracht, verteilt, festgestampft und geebnet werden. Dazu kamen die übrigen Baumaßnahmen, wie Tore, Vorwerke, Gebäude, Keller etc. Die Kosten betrugen etwa 1,6 Mio. Mark lübisch, das entsprach 1970 knapp 40 000 000 D-Mark. Während der nächsten Jahrzehnte wurde die B. durch verschiedene Maßnahmen weiter verstärkt, z. B. 1681 durch die weit ins westliche Vorfeld gebaute und durch einen Laufgraben mit dem Hauptwall verbundene Sternschanze. Nach etwa 200 Jahren wurde die B. abgebaut und teilweise in Grünanlagen umgewandelt.

Begräbnis Wie überall in der Welt gab (und gibt) es auch in Hamburg strikte Trauerrituale und -vorschriften je nach Stand und Verwandtschaftsgrad. Die Hamburger Leichenbegängnisse standen im Ruf, besonders pomphaft zu sein und bei Toten reicher Familien fürstliche Sitten nachzuahmen. Es gab ‹Tag-› und von Fackeln begleitete ‹Nachtleichen›, Letztere waren vornehmer und entsprechend teurer. Der Rat versuchte Kleidung und Aufwand einzugrenzen, beteiligte sich aber selbst munter daran. Das Leichengefolge samt Trauermänteln und -hüten wurde zum größten Teil bezahlt. Von 1618 bis ins 19. Jh. waren alle Frauen (danach blieben nur die Witwen im Trauerhaus, sofern die Feier dort stattgefunden hatte) per Ratsbeschluss vom Gefolge ausgeschlossen, da sie unterwegs trödelten und ihre Teilnahme überhaupt ‹*viele Inconvenientien mit sich bringt, indem ... die Frauen damit fast einen ganzen Nachmittag oder Morgen zubringen und sich also in ihrer Haushaltung merklich versäumen, sondern auch ihre Kleider im Regen und Ungewitter übel zurichten, ja ihnen den Frauen selbsten bei Winterszeiten insonderheit beschwehr- und gefährlich*›. Gottesdienste waren noch nicht üblich, dafür verfassten Professoren des Akad. Gymnasiums ‹Memorien›, meist gereimte Lobschriften, der Kantor (oft) komponierte eine Trauermusik. Tabakrauchen war verboten. Organisiert wurde das aufwendige Unternehmen vom ‹Sorge-› oder ‹Trauermann›, dem Hauptleid tragenden oder einem möglichst renommierten Vertreter. Die Kosten inkl. Trinkgelder und milder Gaben waren enorm, bei der Beerdigung der Kaufmannsfrau Margareta E. Martens anno 1779 z. B. 2700 Mark (G. E. Lessings Jahresgehalt als Dramaturg am Hamb. Nationaltheater betrug 2400 Mark [800 Taler]). Es wurde üblich, Kleidung und Utensilien zu leihen. Vom 17. bis ins 19. Jh. galt Hamburg als Spezialistenzentrum in Sachen Trauer. Vom Sargschild und Trauerbecher über schwarze Trompeten bis zu Details der Kleidung wurde alles gefertigt und weit über die Region verkauft oder verliehen.

Bilsenkraut Der Samen des auch Teufelsauge oder Tollkraut genannten großen Nachtschattengewächses ist bes. wegen des hohen Atropingehaltes giftig. Als schwer zu dosierender Bestandteil von Schlaftränken führte es immer wieder zu Todesfällen – auch bei Gretchens Mutter in J. W. v. Goethes *Faust*. Der Dichterfürst soll sich gelegentlich selbst ein Gran B.extrakt genehmigt haben, weil es ihm ergötzlichen Schlaf und gute Erinnerung an die Träume bescherte. Im Mittelalter wurde es gerne dem Bier zugesetzt. Und einige Jahrhunderte länger den ‹Zaubertränken› und ‹Hexensalben›, Mischungen von beruhigenden oder erregenden und halluzinogenen Substanzen, außer B. insbes. Stechapfel und Tollkirsche.

Brockes, Barthold H(e)inrich (1680–1747) Der in Halle, Wetzlar und Leiden in Jura und Philosophie ausgebildete und weit gereiste Hamburger Kaufmannssohn war neben seiner Tätigkeit als Ratsherr und Diplomat auch ein erfolgreicher Dichter. Trotz seines Hangs zum barocken Lebensstil war er ein engagierter Aufklärer. In seinem Hauptwerk, der 1721–48 entstandenen neunbändigen Gedichtsammlung *Irdisches Vergnügen in Gott*, verband er Betrachtungen über Gott und die zweckmäßige Einrichtung der Schöpfung mit akribischen Naturbeobachtungen; er wurde wegweisend für die ‹Ästhetik des Erhabenen› und der Naturlyrik. Er wusste, wovon er sprach: Sein großer Garten vor dem Steintor war ein echtes Schmuckstück. Einige seiner Werke wurden u. a. von G. Ph. Telemann und G. F. Händel vertont.

Bürgerwache Wie in anderen Städten leisteten Hamburger Bürger seit dem Mittelalter Wachdienste. Söldner wurden nur in Krisenzeiten ‹eingekauft›. Mit dem Dreißigjährigen Krieg bekam Hamburg eine ständige (→) Garnison. Die B. diente danach nur als ergänzende nächtliche Wache auf den Wällen. Sie war nach den fünf Kirchspielen in Regimentsbezirke aufgeteilt, jedem stand ein zum Rat (heute: Senat) gehörender Colonell-Herr vor, die Kompanien wurden von Bürgerkapitänen (Hauptmann) geführt, die damit einträgliche Verwaltungsaufgaben übernahmen. Die Posten bedeuteten Macht und Reputation und waren entsprechend begehrt. Die auf Lebenszeit geltenden Kapitänsstellen wurden gegen hohe Geldbeträge nur an Offiziere der B. vergeben. Das ‹Kollegium der Bürgerkapitäne› war eine wichtige politische Stimme, bes. bei Konflikten zw. Bürgerschaft und Rat. Ihre Bedeutung zeigt sich auch in ihrem kostbaren Silbergeschirr oder den silbernen oder goldenen Knäufen der Kommando-Stäbe der Kapitäne. Zahlreiche Berufe, vom Ratsherren über Schulmeister bis zum Alsterfischer, blieben vom Wachdienst befreit, wer sonst nicht selbst antreten wollte, zahlte ein Wachgeld, mit dem der jeweilige Kapitän einen bezahlten Ersatzmann engagierte. Ständige Einwohner fremder Nationalität (z. B. die ‹portugiesischen› Juden und die Mitglieder der englischen Handelsniederlassung ‹English Court›) waren vom Wachdienst befreit, d. h. ausgeschlossen, und mussten entspr. zahlen, bzw. eine *‹qualifizierte vereydete Person von jungen Handwercks-Gesellen›* zum Ersatz stellen. Nur die Offiziere der B. trugen (rote) Uniform, ab dem späten 18. Jh. auch die auf Dauer bestellten Ersatzmänner (dunkelblaue Mäntel). In Krisenzeiten, bei innerstädtischem Aufruhr, Feuer, Hochwasser etc. unterstützte die B. auch am Tag die Soldaten der Garnison. Die Ausbildung der B. im (→) Drillhaus war so schlecht wie die Disziplin, entsprechend gering war das Ansehen der B.

Caffa Der halbseidene Damaststoff, eine Seite glatt, die andere rau, galt im 18. Jh. als hochmodern. Die Straße C.macherreihe in der Hamburger Neustadt bezeugt, dass hier besonders viele Caffamacher arbeiteten.

Commerzdeputation Die Vorläuferin der Handelskammer wurde 1665 von Großkaufleuten als selbständige Vertretung des See- und Fernhandels gegenüber Rat und Bürgerschaft gegründet. Ihre sieben Mitglieder (sechs Kaufleute und ein Schiffer) hatten großen Einfluss auf Handel und Politik. Ihre 1735 gegründete Bibliothek besaß schon nach 15 Jahren etwa 50000 Bücher und gehörte zu den größten und bedeutendsten Europas. Ab 1767 unterstand der C. auch die 1619 nach Vorbildern in Venedig und Amsterdam gegr. Hamburger Bank für den Giro- und Wechselverkehr. Die C. mischte mit Rat, Tat und viel Geld bei allem mit, was Hafen und Schifffahrt betraf. Das Gebäude der C. stand neben Rathaus und Börse und wurde Commerzium genannt.

Dragonerstall Der Stall für die Dragonerpferde am westlichen Wall zwischen den Bastionen Ulricus und Joachimus wurde 1740 von den damals berühmten Brüdern Mingotti zum Theater umgebaut. Beide waren als Opernprinzipale Topstars, tourten durch ganz Europa und gastierten bis 1754 oft in Hamburg, 1748 hieß ihr Kapellmeister Ch. W. Gluck. Später traten in dem ‹kleinen Komödienhaus beim D.› reisende Theatertruppen aller Art auf, besonders französische Vaudevilletruppen machten dem Hamburger Nationaltheater am Gänsemarkt bittere Konkurrenz. Im Lauf der Zeit wäre aus dem Stall beinahe eine reformierte Kapelle oder ein Weinlager geworden. Der Vorschlag, hier nach spanischem Vorbild Stierkämpfe vorzuführen, blieb Idee.

Drillhaus Das 1671 nahe dem östl. Ufer der Binnenalster erbaute massive Gebäude diente der Ausbildung junger Bürger und andere das Bürgerrecht wünschende Männer am Gewehr und im Exerzieren. Der Boden war mit holländischen Klinkern belegt, die Gewehrschränke verglast. Unter dem hölzernen Tonnengewölbe war Platz für ‹etliche hundert Bürger›. In dem repräsentativen Saal fanden auch Feiern statt, z. B. alljährlich Ende August das prunkvolle Festessen der Bürgerkapitäne. Dazu wurden extra Musiken komponiert, von 1722–68 z. B. vom städtischen Musikdirektor und Kantor G. Ph. Telemann. Die Akustik soll fabelhaft gewesen sein.

Eimbeck'sches Haus Das Gebäude aus dem 13. Jh. stand an der Straße Dornbusch. Es beherbergte zunächst Rat, Gericht und eine Schenke und wurde nach dem Bier aus Eimbeck (heute: Einbeck) benannt, das nur dort ausgeschenkt werden durfte. Als Gesellschaftshaus blieb es durch die Jahrhunderte ein beliebter Treffpunkt. Im 18. Jh. beherbergte es zudem eine Hebammenschule und unter einer ausgemalten Kuppel ein ‹Anatomisches Theater› als Sezierraum und für den Unterricht der Wundärzte, in dem auch ‹*Selbstmörder und von unbekannter Hand gewaltsam Getötete entkleidet zur Schau gestellt und mitunter seziert*› wurden. Von 1769–71 wurde das Haus prachtvoll neu erbaut. 1842 fiel es dem ‹Großen Brand› zum Opfer, nur die Bacchusstatue vorm Eingang wurde gerettet. Sie bewacht nun den Eingang zum Ratskeller im ‹neuen› Rathaus.

Ewer Der in den vergangenen Jahrhunderten meistgebaute deutsche Segelschifftyp. Für die Hamburger und die Anrainer der Unterelbe war er im 18. Jh. sozusagen das Allround-Schiff für alle Gelegenheiten. Die flachbodigen, offenen, bis 1820 nur einmastigen Segler unterschiedlicher Größe wurde z. B. zum Transport landwirtschaftlicher Produkte und von Brennmaterial aus dem Umland, als Fährschiff oder Postewer, aber auch für die Fluss- und Küstenfischerei eingesetzt.

Fleete werden die Kanäle der Innenstadt genannt, die seit dem 9. Jh. zugleich als Entwässerungsgräben, Müllschlucker, Kloaken, Nutz- u. Trinkwasserleitungen und Transportwege dien(t)en. Die meisten waren (und sind noch) breit und tief genug für Elbkähne und die gestakten (→) Schuten. Viele F. fielen bei Ebbe flach oder trocken, so wurden die Lastkähne mit auflaufendem Wasser zu den Speichern u. a. Häusern in der Stadt gestakt, entladen und mit ablaufendem Wasser zurückgestakt. Im 18. Jh. existierten 29 F., die zusammen 18 Wasserstraßen bildeten. Im 19. Jh. wurde ein Drittel zugeschüttet, seit dem Wiederauf- und Umbau der Stadt nach dem 2. Weltkrieg gibt es noch ein Dutzend, davon fünf in der Innenstadt.

Fronerei Eine Art Polizeistation und Untersuchungsgefängnis auf dem ‹Berg› genannten Platz südwestlich der Hauptkirche St. Petri. Im Keller befand sich eine ‹Marterkammer› für ‹peinliche Befragungen›, die zu dieser Zeit nur noch mit Genehmigung des Rats erfolgen durfte. Die letzte offizielle Folterung fand in Hamburg 1790 statt. Der Fron, sozusagen der Fronerei-Chef, war zugleich der Scharfrichter. Für Gefangene der bürgerlichen Klassen wurde 1768 in dem aus dem 14. Jh. stammenden Turm des Winser Tores am Meßberg eine (allerdings erheblich gemütlichere) Arrestantenstube eingerichtet.

Fuß Die Maße und Gewichte waren wie die Währungen im Deutschen Reich des 18. Jh.s ein einziges Kuddelmuddel. Handelsstädte wie Hamburg veröffentlichten umfangreiche Listen und Umrechnungstabellen, um den internationalen Handel in dieser Hinsicht halbwegs reibungslos zu gestalten. Ein ‹Fuß hamburgisch› entsprach 0,2866 m.

Gängeviertel Die seit dem beginnenden 17. Jh. durch rapides Anwachsen der Bevölkerung immer enger werdende Stadt führte innerhalb der Befestigung zu wilder Bautätigkeit. Besonders in der nördlichen Neustadt und im südöstlichen Umfeld der Hauptkirche St. Jakobi entstanden Labyrinthe aus teilweise extrem schmalen Gassen (Gängen) und verwinkelten Höfen zwischen immer maroder werdenden, aufgestockten und angebauten Fachwerkhäusern – Elendsquartiere mit dramatischen hygienischen und sanitären Verhältnissen. Eine Untersuchung im späten 18. Jh. ergab, dass etliche, die hier lebten, nicht einmal ein eigenes Hemd besaßen. Den Bürgern galten die G. als Brutstätte allen sittlichen und kriminellen Übels. Durch die Nähe zum Hafen und die billigen Unterkünfte entstand hier spätestens im 19. Jh. eine Arbeitersubkultur. Seit Mitte jenes Jh.s wurde der Abriss diskutiert, doch erst nach der Choleraepidemie 1892 und dem Hafenarbeiterstreik 1896/97 begann die Flächensanierung. Als Letztes wurde zw. 1933 und 1938 das als Hochburg der KPD geltende G. um den Großneumarkt im Schatten der Michaeliskirche abgerissen, offiziell aus hygienischen Gründen.

Garnison Seit dem ausgehenden Mittelalter gab es in Hamburg für Zeiten der Bedrohung Söldner, um 1600 die ersten (ca. 50 bis 100) auf Dauer. Nach Ausbruch des 30-jährigen Krieges wurde eine regelrechte Garnison von bis zu 3000 Mann samt Militärgerichtsbarkeit und Verwaltungsinstitutionen aufgebaut. 1712 wurde die Zahl von 2000 besoldeten Soldaten festgelegt (Infanterie, Artillerie, Kavallerie). Die meisten, insbes. die Offiziere, kamen von fürstlichen Heeren in die Stadt, die Kommandanten alle. Gerichtsinstanz bei militärischen Vergehen war der Kommandant, er berief das Kriegsgericht. Als zweite Instanz fungierte das ‹Ober-Kriegsrecht›, bei dem den richtenden Offizieren zwei Deputierte des Rats beigeordnet wurden.

Grönlandfahrer Die falsche Bezeichnung G. für Walfänger um Spitzbergen entstand, nachdem holländische Entdeckungsreisende auf der Suche nach der Nordostpassage 1596/97 im Packeis von Spitzbergen überwintern mussten und sich an der grönländischen Ostküste wähnten. Ihre Nachricht von reichen Walfischgründen löste einen

Jagdboom zuerst bei holländischen, russischen, dänischen, englischen und französischen Walfängern aus, der dem späteren Goldfieber vergleichbar ist. Der Begriff G. bürgerte sich trotz Aufklärung des Irrtums ein. Die Fanggründe bei Spitzbergen wurden schon im frühen 18. Jh. mager, weil die Wale sich ins offene Meer zurückzogen, auch Richtung Grönland, wohin ihnen die (längst auch norddeutschen) Walfänger folgten. Der Tran wurde zur Beleuchtung gebraucht, aus den Barten (Knochen) wurden in ‹Fischbeinreißereien› verschiedenste Gebrauchsgegenstände hergestellt. Die stärkeren fanden auf den baumarmen friesischen Inseln sogar als Baumaterial Verwendung, Schulterblätter wurden oft zu Wirtshausschildern. Der Walfang war in Hamburg und Altona mit rd. 6000 Fangfahrten von der Mitte des 17. bis ins 19. Jh. trotz der immensen Verluste von Männern und Schiffen ein bedeutender Wirtschaftszweig, zeitweilig fuhren jährl. mehr als 80 Schiffe in diesem Geschäft. Zw. 1670 und 1715 wurden dabei ca. 10000 Wale erlegt. Holländische Reeder schickten zw. 1669 und 1725 8027 Schiffe auf Walfang, die 36369 Wale erlegten. Der Walfang war enorm lukrativ. Und ebenso gefährlich: Allein 1777 blieben sieben Hamburger Schiffe im Eis, 320 Männer starben.

Hamburgische Addreß-Comtoir-Nachrichten Die zuerst im Januar 1767 mit acht Seiten im Oktavformat erschienene Zeitung für Handel, Schifffahrt und Börse, lokale Nachrichten und auch die Geschichte Hamburgs gilt als eine der ersten dt. Handelszeitungen. Die Flut von 1771 und die Entwicklung des Wasserstandes wurde hier besonders gründlich bekannt gemacht. 1768–70 war Matthias Claudius ihr Redakteur. Kulturelles war in den H.A.-C.-N. kaum vorgesehen, weil der junge Dichter aber trotz des Hungerlohns mehr Sinn für Drama, Komödie und Poesie hatte, wurde er entlassen. Ab 1771 war er Redakteur des *Wandsbecker Boten.* Die H.A.-C-N. ging 1826 in der zuerst nahezu gleichzeitig erschienenen *Hamburgischen Neuen Zeitung* auf, die 1846 eingestellt wurde.

Hamburgischer Correspondent Die Zeitung erschien seit dem 1. Januar 1731 viermal wöchentlich mit einer Auflage von bis zu 30 000 Exemplaren (mehr als das Dreifache der schon berühmten Londoner *Times*). Sie blieb bis 1851 führend und war viele Jahre die meistgelesene Zeitung Europas. Neben politischen Berichten aus aller Welt, Handels- und Schifffahrtsnachrichten wurden auch geistesgeschichtlich wichtige Diskussionen gedruckt, z. B. zw. Lessing, Goeze, Bodmer, Gottsched und Lichtenberg. Aber auch Kleinanzeigen und – eine Sensation – Heiratsanzeigen.

Handelsgärtner Reiche Hamburger haben sich neben nötigen ‹Kraut- und Gemüsegärten› schon früh üppige Lustgärten gegönnt, viele weniger reiche zumindest kleine Parzellen gemietet. Seit die Stadt zum Ende des 17. Jh.s zu eng und übervölkert wurde, entstanden außerhalb der Befestigung große, zum Teil weithin berühmte Gärten mit botanischen Raritäten aus aller Welt, in den Sommerhäusern entwickelte sich eine ganz eigene gesellige Gartenkultur. Neben den Bauern in den Marschen, die schon früh Obst, Gemüse und Blumen zum Handel anbauten und auch den Samen verkauften, entstanden im 17. Jh. die ersten großen Handelsgärtnereien. Die bedeutendste im 18. Jh. war vor der Klefeker'schen und der Buek'schen die Böckmann'sche ‹Kunst- und Handelsgärtnerei› (1640–1854, zehn Generationen), bei der ich für diesen Roman den berühmten Garten am Gänsemarkt und die Baumschulen vor dem Stein- und dem Dammtor ‹ausgeliehen› habe. Die Großgärtnereien im- und exportierten weit über die Region hinaus.

Hanswurst Die wichtigste ‹komische Person› auf dem frühen deutschen Theater darf (und soll) alles, sie rülpst und furzt, lässt die Hosen runter, hantiert mit dem Klistier, ist dumm, gemein und schlau zugleich, prügelt und wird verprügelt. Der H. ist die derbere, weniger listenreiche Variante des Arlecchino der Commedia dell'Arte, der ihn im 18. Jh. als Harlekin auch in Deutschland verdrängte. Es gab ihn auf allen europäischen (Wander-)Bühnen, in England als Punch, Clown oder Pickelhering, in Spanien als Leporello, in Frankreich als Pierrot, in Russland ist es Petruschka, in Holland Jan Tambour.

Hensel, Friederike (1738–1789) wurde als beste deutsche Schauspielerin ihrer Zeit gefeiert. 1767/68 gehörte sie zum *Hamburger Nationaltheater*, im Ensemble gefürchtet, da sie keine andere neben sich gelten oder auch nur wachsen ließ. Ihr Einfluss auf das Unternehmen, zu dem G. E. Lessing als Dramaturg gehörte (*Hamburgische Dramaturgie*), war groß. Obwohl ihr Ehemann zum Ensemble gehörte, ging sie ‹eine Ehe linker Hand› mit ihrem Direktor Abel Seyler ein, den sie 1772 auch mit der rechten heiratete. Nach dem Ruin des Theaters gastierte sie mit seiner Schauspielergesellschaft in vielen Städten, u. a. in Wien. Dort hat sie ihr damals vielbeachtetes, schon 1770 gedrucktes Stück *Die Familie auf dem Lande* überarbeitet, es wurde unter dem neuen Titel *Die Entführung oder die zärtliche Mutter* aufgeführt und 1772 gedruckt. H. gehört zu den vielen vergessenen Dramatikerinnen, allein dreißig sind für die Zeit von 1770–1800 nachgewiesen, von ihren sechzig Originalstücken wurde mindestens die Hälfte aufgeführt und in Literaturzeitungen rezensiert.

Hornwerk Außenwerk einer Befestigungsanlage aus zwei miteinander verbundenen Halbbastionen. Das hier erwähnte oberhalb des steilen Geestabhanges zur Elbe vor der südwestlichen Ecke des Befestigungswalls diente der Verteidigung nach Westen und gegen Angreifer vom Fluss, es flankierte die benachbarten Bastionen Albertus und Casparus und schützte den Hafen.

Kabriolett Die leichte, gut gefederte zwei- bis dreisitzige Kutsche ist eine Entwicklung des Rokoko (wegen der Leichtigkeit und des Fahrverhaltens auf holperigen Straßen nach dem frz. *cabrioler*: Luftsprünge machen). Es ist in der Regel einspännig und nach vorne offen mit herunterklappbarem Verdeck. Ebenfalls eine ‹halbierte› Kutsche oder Equipage ist das geschlossene Coupé (frz. *couper*: abschneiden).

Kaffeehaus Das K., lange eine reine Männerdomäne, war Anlaufpunkt für Reisende aus aller Welt und Treffpunkt der Bürger und Diplomaten; es gab Spielzimmer, internationale Zeitungen und jede Menge wirtschaftlichen, politischen und privaten Klatsch. Theoretisch für jeder Mann, egal welchen Standes, offen, hatte jedes K. seine ‹Szene›, Hamburger Literaten und Gelehrte z.B. trafen sich im *Dresser'schen* bei der Zollenbrücke, in dessen Vorderzimmer sich die Redaktion der (→) *Hamb. Addreß-Comtoir-Nachrichten* befand. Hamburgs erstes K. wurde nahe Börse und Rathaus wahrscheinlich 1677 von einem engl. Kaufmann oder 1680 von dem Holländer Cornelius Bontekoe, dem späteren Leibarzt am preußischem Hof, eröffnet. Hamburg war zentraler Kaffee-Umschlagplatz für Nordeuropa. Ab 1763 passierten jährlich ca. 25 Mio. Pfund den Hafen, 1777 gab es hier 276 Kaffee- und Teehändler. Die wichtige Rolle der K.er zeigt, dass *Lloyd's*, eine der bedeutendsten Versicherungsgesellschaften, bis heute den Namen des Londoner K.besitzers trägt, an dessen Tischen sie Ende des 17. Jh.s mit Seeversicherungen entstand.

Laterna magica Ob sie von dem niederländischen Mathematiker, Astronom, Physiker und Uhrenbauer Christiaan Huygens (1629–95) erfunden wurde, der in ihr das umgekehrte Prinzip der Camera obscura anwendete, oder dem in Thüringen geb. Jesuiten und Universalgelehrten Athanasius Kirchner (1602–80), der sie zuerst beschrieb – die L. m. ist die Urmutter des Dia- und des Filmprojektors. Ihre Namen reichen von schlicht *Laterne* über *lucerna magica catoptrica-dioptrica sive thaumathurga megalographica* bis zu *Zauber-* oder *Schreckenslaterne*. Als Lichtquelle diente eine durch entspr. Linsen verstärkte Kerze, kleine Öllampe oder nur das Sonnenlicht. Die Illusion von Bewegung im projizierten Bild (seit dem 18. Jh.), z. B. Windmühlenflügel oder ein seinen Hut ziehender Reiter, entstand durch zwei übereinander gebrachte Glasbilder, von denen eines an einem Faden oder Stäbchen bewegt wurde. In einer Zeit, als es keine bewegten Bilder gab, waren die Projektionen, die durch das Zusammenspiel von einer oder mehreren geschliffenen Linsen und Licht leuchtenden und enorm vergrößerten Objekte, so begeisternd wie erschreckend. Da wurde aus einer Fliege ein Ungeheuer an der Wand, aus einem kleinen, auf Glas gemalten Bild eine weite Landschaft, eine gruselige oder heilige Szenerie. Wurden die Bilder auf aufsteigenden Rauch projiziert (Nebelbilder, zuerst um 1770), waren Ohnmachten an der Tagesordnung. Dieses Verfahren wurde gerne mit passender Geräuschkulisse bei Séancen eingesetzt, um den lieben Verstorbenen plastisch anwesend sein zu lassen. Zunächst Jahrmarktsattraktion, wurde die L. m. mit der Verbesserung von Optik und Verfahren im 19. Jh. etwas für Schüler und Bildungsbürger. Nun konnte man ferne oder klassische Landschaften, exotische Tiere oder ausbrechende Vulkane nicht nur auf Abbildungen in Büchern oder auf Gemälden sehen, sondern um vielfaches größer und plastischer. Themenvorträge wie: *Die Nibelungen (aus dem Baireuther Festspiel), 44 Bilder; Die Wunder der Urwelt – Die Bildung der Erdoberfläche vom Uranfang bis zum Auftreten des Menschengeschlechts, 44 Bilder; Die Nordpolexpedition von 1845 bis 1855, 32 Bilder* oder *Biblische Geschichte, 46 Bilder*, füllten große Säle. Spezielle Werkstätten und Händler boten große Auswahl, um 1900 z. B. Liesegang in Düsseldorf 30 000 verschiedene Motive, Newton & Co. in London 150 000, die allerdings nicht mehr handgemalt waren. Mit der fortschreitenden Entwicklung der Fotografie und bes. der Filmprojektion wurde die L. m. zum Kinderspielzeug.

Leimsieder übten eine außerordentlich übel riechende Tätigkeit aus. In großen Kupferkesseln kochten sie die Abfälle der Schlachter, Abdecker und Gerber (Häute, altes Leder, Knochen), an den Küsten auch Fischabfall, bis die festen Bestandteile aufgelöst waren. Der heiße Schleim wurde mit Alaunpulver haltbar gemacht und in Fichtenholztröge gegossen, wo er mit dem Erkalten erstarrte.

Lombardsbrücke Die L. überspannte als Teil des unter der Leitung von J. v. (→) Valckenburgh erbauten Festungsringes zwischen den Bastionen Didericus und Davidus die Alster. Zunächst war sie ein Steg, dann eine Klapp-, später eine Fahrbrücke. Sie ist nach dem 1651 an ihrem westlichen Ende erbauten ‹Lombard› benannt, dem städtischen Leihhaus, dessen Name wiederum auf die Lombarden zurückgeht, die als besonders erfahren und trickreich in Geldgeschäften galten. Der Alsterdurchfluss unter der L. war etwa 100 (→) Fuß breit, die in einigem Abstand als Sperre vorgesetzte Pfahlreihe hatte in der Mitte einen Durchlass für passierende Boote von etwa 35 Fuß, der nachts wie die Hafeneinfahrt in der Elbe durch einen Schwimmbaum verschlossen wurde. Hier stand ein

Zollhäuschen auf Stelzen, von dem aus die Boote kontrolliert werden konnten. Links und rechts der Brücke standen zwei der fünf windbetriebenen (→) Mühlen der Innenstadt. Die heutige dreibogige steinerne Brücke wurde 1865–68 gebaut und 1952/53 durch die parallel verlaufende, ab 1963 nach J. F. Kennedy benannte Brücke ergänzt.

Makler gab es als organisierte Berufsgruppe in Hamburg seit dem 16. Jh. Sie vermittelten Waren und Dienstleistungen nahezu aller Art zw. Anbietern und Käufern im Groß- und Zwischenhandel. Rechte und Pflichten waren in der M.ordnung streng geregelt. Ab 1642 durften nur vereidigte M. ‹*für Andere Waaren kaufen und verkaufen, Schiffe befrachten und sonst bedienen, Assecuranzen schließen, Immobilien kaufen, verkaufen und vermiethen sowie den öffentlichen Geld- und Wechsel-Cours notieren und über geschlossene Wechsel- und Geld-Negationen amtliche Atteste erteilen*›. Ihr Ausweis war ein mit dem Wappen der Stadt, ihrem Namen und dem Datum ihrer Vereidigung geprägtes Kupferstück, ab 1787 der M.stock. Ihre Tätigkeit war spezialisiert, das Hamburger Adressbuch von 1809 nennt 37 versch. M. von Assekuranz- über russische Waren- bis Zuckermakler. Heute betreuen 240 M.firmen jedes im Hafen einlaufende Schiff, dessen Reederei kein Büro in Hamburg hat.

Marsch → Vier- und Marschlande

Meile Europäische Längeneinheit von sehr unterschiedlichem Maß zwischen ca. 1,0 (Niederlande) und 10,688 (Schweden) km. In Kurhessen z. B. 9,2, in Westfalen (als ‹Große M.›) 10, in Sachsen (als ‹Postmeile›) 2,5 km. Eine Hamburger Meile entspr. 7,532 km.

Mühlen sind als Kornmühlen und als Kraftquellen (Kupfer-, Loh-, Farbholz-, Öl- o. Sägemühlen) seit dem 12. Jh. in der Stadt belegt. Für die Wassermühle am Oberdamm (heute Jungfernstieg) wurde die Alster im 13. Jh. zum See gestaut. Zwei erste Windmühlen im Stadtgebiet sind aus dem 15. Jh. belegt, der Bau fünf weiterer auf dem Festungsring zw. 1625 und 1641: je zwei beim Millerntor und an der (→) Lombardsbrücke, eine beim Deichtor. Die letzte Windmühle im Stadtgebiet stand bis 1940 auf dem Heiligengeistfeld außerhalb des Festungswalles.

Nachtwache Seit dem Mittelalter gab es in Hamburg professionelle Nachtwächter. Sie patrouillierten mit Musketen und Piken bewaffnet von Sonnenunter- bis Sonnenaufgang in schwarzen Mänteln und Hüten, achteten auf Nachtschwärmer, unredliches Gelichter und Feuer und riefen stündlich die Zeit aus. Hölzerne Schnarren dienten als Signalgerät und zum Herbeirufen von Verstärkung. 1770 taten 284 Männer (nur ehemalige Soldaten) in 64 N.-Distrikten Dienst. Die Bevölkerung nannte sie ‹Uhlen› (Nachteulen), als 1876 die Polizeibehörde die Aufgabe übernahm, ging der daraus entstandene Spottname ‹Udl› auf Polizisten über.

Neuer Wandrahm Der Name benennt seit dem 17. Jh. die Verlängerung des Alten W. Beide Straßen liegen auf der Wandrahminsel, im Areal der ab 1885 erbauten Speicherstadt. Bis zur Verlegung auf den noch südlicheren Grasbrook vor den Wällen im Jahre 1609 standen hier die Wandrahmen, große Gestelle, in die Tuchmacher das gefärbte Tuch (Wand, Lein-Wand) zum Trocknen und Glätten einspannten. Der Begriff Wand für Tuch geht auf das 8. Jh. zurück. Er bedeutete in gotischer Zeit Rute und übertrug sich über die aus Ruten geflochtene (mit Lehm verputzte) Haus‹wand› auf das wie Flechtwerk strukturierte Gewebte.

Negligé Im 18. u. 19. Jh. Bezeichnung für ein bequemes Hauskleid, tagsüber korrekt genug zum Empfang von Besuchern.

Optiker/Mechanicus/Opticus Die ersten Brillen wurden Ende des 13. Jh.s von Mönchen zum Eigenbedarf angefertigt. Beinahe zur gleichen Zeit gab es in Venedig eine Brillenmacherzunft. In Deutschland ist der erste O. für 1478 in Nürnberg belegt (‹Parillenmacher Jacob Pfuhlmeier›). Im 18. Jh. entwickelten sich aus den Handwerksbetrieben kleine Manufakturen, deren Ware (Drahtklemmbrillen/Zwicker) durch Hausierer und auf Jahrmärkten vertrieben wurde, was der schlechten Qualität entsprach. Die Berufe des O.s und Glas-/Linsenschleifers berührten einander, auch des Mechanikers, der optische Geräte und Spielereien herstellte. Zum Ende des Jh.s waren deutsche Brillen Schund, die Wanderhändler hatten keine Ahnung von der Anpassung. In London dagegen gab es gut ausgebildete O., ihre Schleiftechnik und die individuelle Anpassung bis zum Ausgleich von Astigmatismus waren höher entwickelt, solche Qualität wurde in Deutschland erst Mitte des 19. Jh.s (z. B. Zeiss und Rodenstock) erreicht.

Ostindien Seit Vasco da Gama 1498 in Calicut gelandet war, hatten europäische Mächte (Handels-)Niederlassungen in O.-I. Zunächst übten O.-I.-Gesellschaften nur beschränkte Macht in küstennahen Territorien unter der Oberhoheit der indischen Fürsten aus. Die 1600 gegründete engl. *East India Company* erhielt von Elisabeth I. das Monopol im Handel mit O.-I. und war (nach dem Niedergang der holländischen und 1763 auch der französischen O.-I.-Kompanien) de facto Herrscherin über ‹Britisch-Indien› mit allen souveränen Rechten. Ihr Handelsgebiet schloss China und Persien ein. Nach Kriegen mit indischen Völkern wurden in den nächsten Jahrzehnten weite Territorien unterworfen und unter brit. ‹Verwaltung› gestellt. Erst nach der Auflösung der E.I.C. 1858 wurde Indien tatsächlich Kolonie der brit. Krone, der Generalgouverneur Vizekönig.

Pesthof Der so genannte P. wurde 1606 für ansteckend Kranke (Pestilenz) außerhalb der Stadt nahe der Grenze zu Altona gebaut und nach und nach zur mehrflügeligen Anlage samt Kirche erweitert. Bald wurden auch Sieche und psychisch Kranke untergebracht (bis Ende des 18. Jh.s nicht von den infektiös Kranken getrennt), die letzten tatsächlich Pestkranken bei der letzten Epidemie in Norddeutschland 1713, die allein in Hamburg ca. 11 000 Tote forderte. Die 800–1000 Kranken vegetierten schlecht versorgt in großen, stinkenden, zumeist überfüllten Sälen dahin, dreimal wöchentlich kam ein (!) Arzt. Wer reich genug war, konnte Einzelzellen mieten. Wer aggressiv oder gefährlich war, wurde in ‹Tollkoben› angekettet, sargähnliche Verliese in den Wänden, die nur ein Loch für den Kopf hatten. J. F. Struensee, in den 60er Jahren des18. Jh.s Stadtphysikus in Altona, urteilte: ‹*In solchen Behausungen des Grauens kann wohl eher ein Vernünftiger zum Wahnsinn als ein Wahnsinniger zur Vernunft gebracht werden.*› Gleichwohl war der zur Besichtigung offene P. als Gruselkabinett zur Volksbelustigung hoch beliebt.

Pfeffersäcke Spottname für reiche Hamburger Kaufleute, die sich einzig für Handel und Profit interessieren.

Postillion Die Kutscher der Postfuhrwerke (erstmals 1690 zw. Nürnberg und Frankfurt zur Beförderung von Personen, Briefen und Paketen) wurden auch Schwager genannt (wahrscheinlich vom frz. *chevalier:* Ritter/Reiter, abgeleitet). Sie trugen auf fast allen Linien blaue Jacken mit roten Kragen (oft mit silbernen Litzen) und das Posthorn. Sie lenkten die Pferde vom Kutschbock oder – bes. bei vielspännigen Kutschen – von einem Sattelpferd, manchmal mit Unterstützung eines Postknechts/Kutschers. Im Dienst von Geschwindigkeit und Pünktlichkeit durfte der P. Wege abseits der Landstraßen benutzen, sogar über

Äcker und Wiesen, während des Dienstes weder verhaftet noch vor Gericht geladen werden, er war von Zoll und Mautgebühren befreit; war von weitem das Posthorn zu hören, mussten Schlagbäume und Stadttore geöffnet werden. Wind, Wetter, von den Pferden aufgewirbelter Staub, die ständigen Erschütterung machten seine Arbeit ziemlich ungesund.

Profoss Er vollstreckte an Mitgliedern der Garnison die Leibesstrafen, für die ihm die Delinquenten eine Gebühr zahlen mussten, deren Höhe nach Rang und Strafart variierte. Im 18. Jh. galt der P. wie die Scharfrichter noch als ‹unehrlich›.

Reitendiener Die hoch angesehene reitende Ehrengarde des Rates eskortierte Bürgermeister und hohe Gäste der Stadt, bewachte das Rathaus und war für die Einhaltung des komplizierten Protokolls zuständig. Die 26 Stellen waren so begehrt, dass die Kämmerei für sie bis zu 25 000 Mark verlangte. Die immense Ausgabe kam durch Trinkgelder und gut bezahlte Auftritte und Handreichungen bei div. privaten und offiziellen Feierlichkeiten wieder herein.

Rötel Der weiche Pigmentfarbstoff ist ein bräunlich rotes Gemisch aus Roteisenstein (Hämatit) und Ton oder Kreide. Zu Minen oder Stangen gepresst wurde Rötel bes. im 15. Jh., aber auch im Barock und Rokoko als Zeichenstift benutzt.

Rüböl Das aus Rübsen- (dem Kohl verwandte, bis 80 cm hoch wachsende, gelb blühende Pflanze, deren Samen bis zu 50 Prozent Öl enthält) oder Rapssamen gewonnene Öl wurde bis zum Ende des 19. Jh.s in Lampen und Laternen verwandt, bes. für die Straßenbeleuchtung, da es zwar unangenehm roch, aber viel billiger war als der fast geruchlose Waltran. Hamburgs Straßen galten im Deutschen Reich als die am besten beleuchteten. Schon 1679 gab es

1000 Straßenlaternen, die die Sicherheit in der Stadt erhöhen sollten. In hellen (Vollmond-)Nächten wurde Energie gespart und die Laternen blieben dunkel.

Rute Die R. war ein im ganzen deutschsprachigen Raum übliches Längenmaß. Während sie z. B. in Ostfranken 30 (→) Fuß = 8,649 m, in Württemberg 10 Fuß = 2,865 m maß, bedeutete die hamburgische Rute 16 Fuß = 4,585 m.

Schiffer Bezeichnung für den Schiffsführer, bevor ‹Kapitän› üblich wurde.

Schute Ein flaches, kielloses, meist offenes Fluss- oder Hafenboot ohne Segel, das gezogen oder geschoben wird, in (→) Fleeten und anderen flachen Gewässern auch gestakt. Die Sch. dient(e) zum Transport der Waren zw. Schiffen auf Reede und Lagerhäusern oder ufernahen Märkten. Heute werden Sch. einzeln oder in Verbänden von Motorschleppern bewegt.

Sonnin, Ernst (1713–1794) Nach dem Studium der Theologie, Philosophie und Mathematik in Halle arbeitete S. in Hamburg als Privatlehrer und entwickelte als genialer Tüftler mechanische und optische Geräte. Erst mit 40 Jahren begann er als Baumeister zu arbeiten. Seine aus fundiertem Wissen entwickelten bautechnischen Methoden galten bes. beim Turmbau (-begradigung) als verwegen, wenn nicht gar teuflisch. Die Michaeliskirche, das Hamburger Wahrzeichen, war sein berühmtestes Werk (mit J. L. Prey). Als Bauhofmeister, eine Art Oberbaudirektor, stellte ihn der Rat nicht an, aber er arbeitete häufig im Auftrag der (→) Commerzdeputation. Als 1771 die Flut mit dem Unterspülen der Deichtorschleuse die Stadt bedrohte, wurden auf Empfehlung des städtischen Ingenieur-Kapitäns und S.s mit Deichdurchstichen weite kultivierte Flächen geflutet, was die Stadt rettete. S. gehörte zu den Kreisen der Aufklärer und zu den Gründern der

Patriotischen Gesellschaft, einer heute noch aktiven Vereinigung zur Beförderung des Gemeinwohls.

Speiseeis Die Herstellung von S. wurde schon um 500 n. Chr. im Fernen Osten, seit etwa 1500 in Europa praktiziert, im 18. Jh. gehörte es zu den begehrtesten Leckereien. Zur S.-Bereitung wurde die mit Zuckerwasser und Zusätzen wie Früchte, Säfte, Mokka etc. gefüllte Gefrierdose in einen festen Holzeimer mit Spundloch (zum Abfluss des Schmelzwassers) gesetzt, dessen Boden mit einer dicken Schicht klein gehacktem, mit reichlich grobem Salz vermengtem Eis (wird bis minus 20° kalt) bedeckt war, womit auch der Raum zw. Dose und Holz gefüllt wurde. Die Dose wurde schnell gedreht, das sich an ihrer Innenwand absetzende Gefrorene immer wieder in die Dose geschabt, endlich geschlagen und gerührt. Die so in die Mischung gelangenden Luftbläschen machen sie cremig.

Spinnhaus Das Gefängnis und Arbeitshaus für ‹junge Diebe und liederliche Frauenzimmer›, d. h. gewerbsmäßige Prostituierte, wurde 1666 an der östlichen Binnenalster erbaut. Anders als das (→) Werk- und Zuchthaus diente es ausschließlich dem Strafvollzug und bedeutete meistens lebenslängliche Haft bei harter Arbeit und schweren körperlichen Strafen wie Stäupung (Auspeitschung am Pranger).

St.-Hiobs-Spital Das 1505 von der Brüderschaft der Krämer und Höker gestiftete und an der Ecke Spitaler Straße/Kurze Mühren erbaute Hospital beherbergte zunächst an Pocken, Krätze und Geschlechtskrankheiten Leidende. Zu Beginn des 17. Jh.s wurde es um Wohnungen für arme Alte erweitert. 1741–43 wurden Spital und Kirche in Fachwerk neu erbaut. Ab 1824 war St. H. ausschließlich Stift für alte Frauen. Sechzig Jahre später wurde das Spital abgebrochen und ein Neubau außerhalb der Altstadt bezogen.

Tischbein, Johann Anton (1720–1784) Mindestens fünf Mitglieder der vielköpfigen, ursprünglich hessischen Künstlerfamilie T. lebten für einige Jahre in Hamburg. J. A. T. ließ sich 1766 an der Elbe nieder, heiratete Johanna Meyer, die 23 Jahre jüngere Tochter eines Perückenmachers, und blieb bis zu seinem Tod. Aus der offenbar glücklichen Ehe gingen sechs Kinder hervor, die jüngste Tochter wurde Malerin. T. war zunächst Lehrer an einer privaten Zeichenschule, 1771 erschien sein Lehrbuch *Unterricht zur gründlichen Erlernung der Malerey*; seit 1780 war er Lehrer am Johanneum, der städt. Lateinschule. Sein berühmterer Neffe *Johann Heinrich Wilhelm T.*, der Maler des Bildes *Goethe in der Campagna*, hielt sich um 1770 und um 1800 für einige Jahre in Hamburg auf.

Tranbrennerei Im 17. Jh. erwarb Hamburg als erste deutsche Stadt im Walfanggebiet der nach ihrer Hauptinsel Spitzbergen genannten Inselgruppe im Nordpolarmeer einen Hafen. Die erlegten Wale wurden direkt am Fangort zerlegt und der Speck am Ufer ausgekocht, ‹gebrannt›. Als die Wale vor der schnell zunehmenden Jagd weiter in die Eisregion und ins offene Meer zurückwichen (ca. ab 1650), wurde der Speck in Fässern in die Heimathäfen transportiert, wo er in zumeist an den Ufern errichteten, übel stinkenden T.n ‹ausgebrannt› wurde. Mit den Rückgang der Wale wurde die Jagd auf Robben und Walrosse ausgedehnt.

Twiete oder Tweete bezeichnet in Norddeutschland eine enge Gasse als Durchgang zwischen zwei (twee) breiteren Straßen. Durch Entwicklung und Umgestaltung der Stadt veränderten sich auch einige T.n. Die *Neustädter Fuhlentwiete* z. B. war im 18. Jh. eine durchschnittlich breite Straße; sie wurde außer von den üblichen schmalen, oft vom Alter schiefen Häusern aus Fachwerk von einigen

Gebäuden für ‹gut Betuchte› gesäumt, u.a. vom ‹Herrenlogiment›, einem säulengezierten Palais und (wie der zweite Name ‹Ballhaus› verrät) eine Art frühes Fitness- und Sportcenter.

Unschlitt wird der Talg von Rindern, Schafen und anderen Wiederkäuern genannt, der u.a. zur Herstellung von Seifen und Kerzen verwendet wird. Während die besseren (nicht qualmenden) Bienenwachskerzen von Wachsziehern hergestellt wurden, wurden die billigeren und weniger hell brennenden U.kerzen zumeist von Seifensiedern und Metzgern gegossen und verkauft.

Valckenburgh, Johan van (um 1575–1625) Der Niederländer gilt als der einflussreichste Ingenieur und Festungsbaumeister im norddeutschen Raum im ersten Viertel des 17. Jh.s; von 1609 bis zu seinem Tod war er vor allem in Deutschland tätig. Da er sich auf Beratung, Planung, Vorbereitung und Oberaufsicht beschränkte, die Ausführung einheimischen Werk- und Wallmeistern überließ, konnte er an mehreren Orten gleichzeitig wirken. Er war an den Festungsbauten in 17 Städten beteiligt. Der damals als uneinnehmbar geltende Festungsring Hamburgs gilt als seine größte und bedeutendste Bauleistung.

Vier- und Marschlande Die früher politisch getrennte und von Flüsschen, Bächen und Entwässerungsgräben durchzogene Region liegt zwischen Elbe und Geestrücken südöstlich von Hamburg. Sie wurde seit dem 12. Jh. entwässert, besiedelt und eingedeicht. Trotzdem ist sie bis heute von Hochfluten bedroht. Die einzelnen ‹Inselchen› oder Gemeinden hatten/haben teilweise eigene Binnendeiche. Seit dem 16. Jh. belieferten die Bauern der V.- u. M. Hamburg mit Gemüse, seit dem späten 17. Jh. verkauften die ‹Grünhöker› ihr Gemüse und insbes. Erdbeeren und Maiglöckchen auf den Hamburger Märkten. Der Transport geschah zumeist in Ewern, die am Meßberg und am Hopfenmarkt direkt anlegen konnten. Stein- und Kernobst bezog (und bezieht) Hamburg überwiegend aus dem südwestlich am anderen Elbufer gelegenen Alten Land. Der Obstbau ist dort seit dem 14. Jh. belegt, er wurde im 19. Jh. Haupterwerbszweig. Heute stehen in dem bes. zur Baumblüte auch als Naherholungsgebiet beliebtem und von der Industrie bedrohten A. L. mehr als zwei Mio. Obstbäume.

Vogelhändler Tiroler Silberbergleute züchteten als Nebenerwerb schon um 1600 Kanarienvögel (Kanariengirlitz aus der Fam. der Finken) und verkauften sie an Wanderhändler, die um 1760 ganz Europa inkl. Russland und Türkei bereisten. Auf ihren Rücken trugen sie in Tragegestellen bis zu 170 kleine, mit Leinwand umhüllte Bauer, eine bis 50 kg schwere Last. Die ursprünglich grünen Sänger waren im 15. Jh. von den Kanarischen Inseln über Spanien nach Frankreich, England und Italien und dann nach Tirol gelangt, mit Hugenotten auch nach Holland, Deutschland, der Schweiz. Im 18. Jh. brachten Arbeit suchende Tiroler Bergleute Kanarienvögel nach St. Andreasberg/Harz, unter Tage zeigten die Vögel nahende ‹schlagende Wetter› und Sauerstoffmangel an. Der Ort wurde zur ‹Hauptstadt der Kanarienzucht›, im 19. Jh. wurden die Vögel von dort zu Tausenden bis nach Süd- und Nordamerika, Australien und Südafrika exportiert.

Wälle → Befestigungsanlage

Wasserschout oder *Schout* Zunehmender Ärger mit unzuverlässigen und unfähigen Seeleuten führte 1691 nach holländischem Vorbild zur Anstellung eines W.sch. Bewerber wurden von der (→) Commerzdeputation vorgeschlagen, von der Admiralität (Kollegium für das Recht in Seesachen und zur Sicherung der Schifffahrt) gewählt und vereidigt, ab 1750 auf Lebenszeit. Bald durften nur noch vom Sch. überprüfte und registrierte Jungen und Männer als Seeleute geheuert werden, ab 1766 mussten er oder einer seiner Gehilfen nur noch bei der Musterung durch den Schiffer anwesend sein. Er schrieb die Musterrolle (eine Art Arbeitsbuch bzw. Namenliste der angeheuerten Besatzung eines Schiffes) jedes in Hamburg geheuerten Seemannes und eine Kopie für den jeweiligen Steuermann. Bei Verbrechen von Seeleuten auf dem Wasser und an Land hatte der Sch. Polizeibefugnisse, er sollte Streit schlichten, Straftäter arretieren und dem Richter vorführen. Jeglicher Ärger, jeder Vertragsbruch an Bord, auch die im 18. Jh. zunehmenden Frachtdiebstähle sollten ihm gemeldet werden.

Wedde Die Organisation der Hamburger Behörden und Verwaltungen im 18. Jh. unterschied sich stark von der heutigen. Die W. ist nicht mit der heutigen Polizei gleichzusetzen ist, zu ihren Aufgaben gehörte u. a. die Registrierung von Eheschließungen und Begräbnissen, die Aufsicht über ‹die allgemeine Ordnung› und z. T. Jagd auf Spitzbuben aller Art. Kein Prediger durfte ohne Erlaubnisschein der W. für das Brautpaar eine Trauung vornehmen. Die der W. vorgesetzte Instanz wurde Praetur genannt. Dass der gleich vier Senatoren vorstanden, zeigt Bedeutung und Vielzahl der Aufgaben. Diese Praetoren waren in ‹Criminalsachen› entfernt der heutigen Staatsanwaltschaft mit einer Prise Kriminalpolizei ähnlich.

Werk- und Zuchthaus an der östlichen Seite der Binnenalster. Es wurde 1622 eröffnet und später erweitert, war Armen- und Arbeitshaus für Arme und hilflose Alte und ‹*etliche, die ihre Kost wohl verdienen könnten, aber wegen ihres faulen Fleisches und der guten Tage willen solches nicht thun, sondern gehen lieber betteln*›, und für ‹*starke, faule, freche, geile, gottlose, mutwillige und ungehorsame, versoffene Trunkenbolde und Bierbalge sowohl Frauen als Mannspersonen, die in Untugend, Hurerei, Büberei und allerlei Sünde und Schande erwachsen …›.* 1666 wurde es um das (→) Spinnhaus, die Extraabteilung für ‹junge Diebe und liederliche Frauenzimmer›, erweitert. Später war das W. fast ausschließlich Arbeits- und Armenhaus. Nach der Theorie, nur Arbeitsscheue seien arm, sollten die Insassen mit Gebeten und Disziplin ans Arbeiten gewöhnt werden, Kinder auch lesen und schreiben lernen. Mit dem Wandel der Strafpraxis (weniger Todesurteile) wurden ab den 1770er Jahren trotz Protestes der Verwalter auch strafrechtlich Verurteilte eingewiesen. Die Diskussion um die Trennung in Arbeitshaus und Gefängnis führte erst 1823, nach der frz. Besetzung und deren Vorbild, zum Erfolg.

Zoll Die seit dem 15. Jh. gebräuchliche Längeneinheit löste die im Mittelalter üblichen Maßeinheiten *dume* (Daumenbreite) und *vinger* (Fingerbreite) ab. Ein Z. maß regional unterschiedlich zw. 2,2 und 3 cm, in Hamburg 2,39 cm. Die Bezeichnung Zollstock für den zusammenklappbaren Messstab entstand im 18. Jh.

Zollenspieker Die östlich von Hamburg gelegene und oft umkämpfte lukrative Zollstelle an der hier die Elbe kreuzenden Hansischen Handelsstraße Nr. 1 ist seit dem frühen 13. Jh. belegt, ab 1420 gehörte sie wie das umliegende Land Hamburg und Lübeck gemeinsam. Vom ‹Spieker›, einer Art Aussichtsturm (zum Spieken), an der Elbbiegung gegenüber der Ilmenau-Mündung waren Schiffe und Flöße mit zollpflichtiger Fracht leicht zu sehen. Im 18. Jh. waren es jährlich ca. 900 bis 1000. Das Zollhaus, ein großes Doppelgebäude, stand oberhalb des Fähranlegers für die wichtigste Querung der Niederelbe. Die Überfahrt von einem knappen Kilometer dauerte je nach Wetter und

Strömung eine halbe bis eine Stunde, bei Sturm wurde der Preis nach Belieben der Fährleute (in der Anfangszeit ein Zöllner, ein Zollschreiber und drei Knechte, 1811 arbeiteten hier 38 Männer) erhöht. Die Fähre setzte Kutschen, Fuhrwerke, Reiter und andere Reisende über, seit dem 15. Jh. auch alljährlich bis zu 19000 Ochsen auf der Trift entlang dem ‹Ochsenweg› von Jütland und Schleswig und durch den an Hamburgs nördlicher Grenze gelegenen ‹Ochsenzoll› weiter nach Süden und Westen. Das brachte die Fährleute weiter flussabwärts wegen ihnen entgehender Zoll- und Fährgelder in Harnisch. Die Fähre ist heute noch in Betrieb, allerdings zumeist für ‹Sonntagsfahrer›, das einstige Zollhaus eine Gaststätte.

Zuckermakler → Makler

DANKSAGUNG

Tatsächlich hat es im 18. Jh. zwischen Gänsemarkt und Binnenalster einen großen, dem in diesem Roman beschriebenen ähnlichen Garten gegeben. Er gehörte wie die Baumschulen vor dem Damm- und dem Steintor zur ‹Böckmann'schen Kunst- und Handelsgärtnerei› und wurde in damaligen Reiseführern als Sehenswürdigkeit empfohlen. Der Deichbruch und die verheerenden Überschwemmungen haben sich im Sommer 1771 tatsächlich ereignet. Personen und Handlungen dieses Romans hingegen sind Produkte meiner Phantasie. Ähnlichkeiten mit vergangener oder auch gegenwärtiger Realität wären reiner Zufall.

Auch diesmal konnte ich aus dem großen Fundus der Fachliteratur und der Hamburger Museen, Bibliotheken, des Staatsarchivs und auch privater Sammlungen schöpfen. Für die Unterstützung bei meinen Recherchen habe ich dort vielen zu danken. Vor allem den Mitarbeiter/innen des Museums für Hamburgische Geschichte und der Staats- und Universitätsbibliothek ‹Carl von Ossietzky›. Darüber hinaus danke ich besonders Prof. Dr. Franklin Kopitzsch, Institut für Sozial- und Wirtschaftsgeschichte der Universität Hamburg, dafür, sein unerschöpfliches Wissen und seine Quellenkenntnis zur Fachliteratur über das 18. Jh. stets so bereitwillig zur Verfügung zu stellen.

Weiterhin danke ich Dr. Karl-Klaus Weber und Oberstleutnant a. D. Klaus Grot für Unterstüzung beim Thema Festungsbau und Militär; Dr. Volker Wissemann, Friedrich-Schiller-Universität Jena, Institut für spezielle Botanik, und Stephan Kaiser, Hamburg, verdanke ich Material und Hinweise zur Gärtnerei des 18. Jh.s, Dr. Karsten Gaulke, Museum für Astronomie und Technikgeschichte in Kassel, ein besseres Verständnis für optische und astronomische Geräte.

Eventuell eingeschlichene fachliche Fehler gehen einzig auf mein Konto.

Petra Oelker

B 24/3

Foto: Hergen Schimpf

Petra Oelker

«Petra Oelker hat lustvoll in Hamburgs Vergangenheit gestöbert – ein amüsantes, stimmungsvolles Sittengemälde aus vergangener Zeit ...» Der Spiegel

Tod am Zollhaus
Ein historischer Kriminalroman
3-499-22116-0

Der Sommer des Kometen
Ein historischer Kriminalroman
3-499-22256-6
Hamburg im Juni des Jahres 1766: Drückende Schwüle liegt über der Stadt. Auf dem Gänsemarkt warnt ein mysteriöser Kometenbeschwörer vor nahendem Unheil.

Lorettas letzter Vorhang
Ein historischer Kriminalroman
3-499-22444-5
Komödiantin Rosina und Großkaufmann Herrmanns auf Mörderjagd zwischen Theater und Börse, Kaffeehaus, Hafen, Spelunken und feinen Bürgersalons.

Die zerbrochene Uhr
Ein historischer Kriminalroman
3-499-22667-7

Die englische Episode
Ein historischer Kriminalroman
3-499-23289-8

Die ungehorsame Tochter
Ein historischer Kriminalroman
3-499-22668-5

Die Neuberin
Die Lebensgeschichte der ersten großen deutschen Schauspielerin
3-499-23740-7

Das Bild der alten Dame
Ein historischer Kriminalroman

3-499-22865-3

Weitere Informationen in der Rowohlt Revue oder unter www.rororo.de

PETRA OELKER

Die kleine Madonna

Roman

352 Seiten, gebunden
ISBN 3 8052 0768 9

Frühling in Möldenburg. Die Schwäne brüten, der Klostergarten soll nach mittelalterlichem Vorbild neu erblühen, das alte Backhaus restauriert werden – Äbtissin Felicitas Stern und ihre Stiftsdamen haben alle Hände voll zu tun. Da zerreißt ein neuer Mord den Frieden des evangelischen Klosters: Ein Archivar liegt tot im Brunnenschacht. Die Äbtissin und Kommissar Erik Hildebrandt stehen vor einem Rätsel. Wer hatte ein Motiv, den freundlichen Pensionisten aus dem Weg zu schaffen, dessen schlimmstes Vergehen war, für abscheuliche Heidelandschaften in Öl zu schwärmen?

WUNDERLICH